KB162831

발화

發火

●

上

●

박현배 장편소설

동아

발화

發火

上

초판 1쇄 인쇄일 | 2022년 01월 28일
초판 1쇄 발행일 | 2022년 02월 11일

지은이 | 박현배
펴낸이 | 박성면
펴낸곳 | (주)동아

출판등록 | 제406-39601002510020070000071호
주소 | 경기도 파주시 문발로 115, 세종대학교출판부 206호
전화 | (031)8071-5201
팩스 | (031)8071-5204
E-mail | bear6370@hanmail.net

정가 | 12,800원

ISBN 979-11-5641-185-7 (04810)
      979-11-5641-184-0 (set)

ⓒ 박현배, 2022

※이 책은 (주)동아와 저작자의 계약에 의해 출판된 것이므로, 무단 전재 및 유포, 공유를 금합니다.

發火

발화

박현배 장편소설

동아

목   차

|들어가기 전|

작중에 등장하는 배경, 지명, 인물, 종교, 그 외 모든 고유 명사는 가상의 환경으로 허구입니다.

동명의 실존인물, 단체, 고유 명사와는 관계없습니다.

또한, 작중에 등장하는 성경 구절은 대한성서공회의 《성경전서 개역한글판》(1961)에서 인용했습니다.

제1장

기쁘다 구주 오셨네 만백성 맞으라……

선잠이 든 귓전에서 성탄절 캐럴이 윙윙 울렸다. 틀어 놓은 라디오에서 울려 퍼지는 것치고 상당히 음산한 캐럴이었다. 분명히 새벽 타임 DJ가 사연을 읽고 있었던 것으로 기억한다. 뜬금없는 캐럴이 나올 타이밍이 아니었다.

젠장, 씨발, 또. 여러 번 뒤척이던 몸이 머리맡의 베개를 끌고 와 우악스럽게 귀를 틀어막았다.

다 찬양하여라…… 다 찬양하여……ㄹ……

잘만 흘러나오던 캐럴에 잡음이 섞이며 소리가 멀어진다. 베갯잇을 틀어쥐었다. 손등의 핏줄이 선뜩하게 솟았다. 꺼진 라디오 대신 고막이 찢어질 듯 시끄러운 고음이 마구 섞여 송곳처럼 귀를 찔렀다.

「네가 죽였어.」

「네가 죽인 거야.」

「까하하― 자는 척은 그만해. 우리 목소리가 들리잖아, 네가 죽였다고.」

「네 손에 칼이 들려 있었지.」

「네가 네 어미를 죽인 거야.」

「가엾구나…… 가엾어라…….」

"……!"

버둥거리던 몸이 못 참고 벌떡 일어나 귀를 틀어막았던 베개를 거세게 내던졌다. 벽에 맞고 떨어진 베개를 노려보며 헉, 헉 거친 숨을 몰아쉬다가 티셔츠에 스며들지도 못할 만큼 흐른 땀을 훔쳐냈다. 근래 제대로 먹지도, 자지도 못해 마른 손목이 힘없이 꺾이며 이불 위로 떨어졌다.

시이익― 시익―

고개가 침대 바닥으로 향한다. 팔뚝보다 몸집이 굵은 커다란 뱀 한 마리가 새빨간 혀를 내밀며 천천히 기어오고 있었다. 뱀이 지나간 길목마다 물길처럼 흔적이 남았다. 상식적으로 이 도시에 저만 한 뱀이 출몰할 일은 없었다. 게다가 이 건물은 신축 입주 아파트다.

서둘러 침대 옆 협탁 서랍을 열어 철제 통을 꺼내 바둑돌처럼 새까만 알을 집었다. 그럴 동안 뱀은 아주 천천히, 침대를 향해 꾸물거렸다. 마치 군침 도는 먹잇감을 차차 옭아매려는 것처럼.

샛노란 눈과 정면으로 마주치자 손아귀 안의 바둑알을 꾹 쥐었다. 좀 더 가까이. 조금만 더. 거리가 일 미터도 안 되었을 즈음 뱀이 아가리를 쩌억 벌리며 재빠른 무서운 속도로 침대에 돌진했다. 그 순간, 여태 쥐고 있었던 바둑알을 세게 던졌다.

카아아악―!

눈알보다 조그만 바둑알이 뱀을 맞추자 단단한 모양새와 달리 금세 파삭 터져 무색무취의 액체를 뿜어내었다. 물 한 모금 정도의 양인 그것은 천주교 구마 사제에게서 직접 받은 성수였다.

성수를 직격으로 맞은 뱀이 조금의 양으로도 괴롭게 몸부림을 치며 육중한 몸을 쿠웅, 떨어트렸다. 환영은 금세 사라졌다. 사람 피 말리게 하는 것치곤 빠른 소멸이었다. 저 아가리에 머리부터 잡아먹혔을 생각을 하니 또다시 땀이 비 오듯 흘렀다.

귀를 괴롭히던 목소리는 뱀이 등장하면서부터 사라졌다. 하지만 어딘가에 숨어 있다가 내일 밤이 되면 어김없이 등장할 테였다. 일주일이 넘게 그러고 있었으니까.

고물 라디오의 뻗어진 안테나를 갈무리해 정리해 놓고 축축한 몸을 겨우 일으켰다. 잠은 진작 날아갔다. 열흘 동안의 매일 하루 평균 수면 시간은 약 두어 시간가량. 그마저도 깊게 잠들지 못해 눈 밑이 퀭하게 파였다.

열흘 전까지 완벽한 써전이었던 정은규 교수는 나흘 전부터 수술방도 들어가지 않는다. 도를 넘은 수면 부족으로 인해 집중도 안 되거니와, 수술방 구석에서 웅크리고 앉아 연신 말을 거는 귀신들 때문에 메스를 쥔 손이 떨린 탓이었다.

아예 개소리를 하면 못 본 척 넘어가고 일단 수술부터 마무리 짓겠는데, '걔 죽어', '네가 죽일걸?' 따위로 떠들어 대니 신경을 갉작갉작 좀 먹는 기분이었다.

이 모든 것들이 일어난 지 벌써 열흘째였다. 열흘.

여섯 살 이후 안 보이고 안 들리던 것들이 정은규를 죽일 기세로 몰아닥친 날짜가 이제 열흘. 햇수로 무려 27년만이었다.

갈증이 나 생수 한 병을 다 비우고 거실 소파에 털썩 앉자 테이블 위의 핸드폰이 진동했다. 손아귀 안에서 콰지직 구긴 생수병을 대강 던져 두고 핸드폰을 가져왔다. 사실, 전부 무시하고 싶었는데.

발신자는 '베드로 신부'였다. 성수 바둑알을 준 구마 사제. 까끌까끌한 목소리를 가다듬고 통화 버튼을 눌렀다.

"……네."

-내가 깨운 거냐?

"……못 잤습니다."

-흐음……. 오늘도 같은 상황이고?

"예."

-운전할 수 있으면 이리로 오지 그래.

"거기 가면 뭐가 달라집니까."

-적어도 잠은 잘 수 있을 거다.

성모 마리아와 아기 예수가 지켜 주는 곳이라면 아무것도 없는 이 집보다야 훨씬 낫겠지. 하지만 일단 두 시간여를 운전해 갈 체력이 당장 없었다.

"캐럴이 들렸어요."

-캐럴이라…….

"신부님. 알고 지내는 무당 없으십니까? 아니면 퇴마사라도요. 집에 결계 같은 걸 좀 쳐야……."

말하다 말고 어처구니가 없어 혀를 찼다. 이게 현직 의사 입에서 나올 말인가 싶어서.

-하하, 이놈아. 내 존재가 무엇인지 잊기라도 한 게야?

"안 잊었어요. 그래도 종교를 넘어선 공조, 뭐 그런 거 있잖아요."

-너 드라마 끊어라.

"그런 드라마는 요새 촌스러워서 하지도 않습니다."

베드로 신부가 껄껄 웃었다. 이쪽은 썩은 동아줄이라도 잡고 싶을 만큼 애가 타는데, 수화기 너머는 약 올리듯 평온하다. 거센 두통이 일어 구급약을 찾으려 주방으로 힘없이 걸었다. 수분이란 수분은 모조리 빼앗긴 듯 버석한 발걸음이었다.

-그러고 보니 곧 성탄절이구나.

냉장고 옆에 걸어 둔 벽걸이 달력을 흘깃 살핀다. 12월 25일을 보름

남긴 오늘이었다. 무심하게 대답했다.

"그렇네요."

수화기 너머로 탁자를 주먹으로 톡, 톡 두드리는 소리가 났다. 베드로 신부도 고민에 잠긴 것일 테다.

-너 아무래도 성탄절 전에 그 집에서 나와야겠다.

또 그 얘기인가. 입주한 지 일 년도 채 안 된 새집인데.

"안 나가면 안 됩니까?"

-최악의 생일을 맞고 싶다면야. 뭐, 생일날 요절하는 게 꿈이면 계속 거기 있고.

두통약 두 알을 물 없이 까드득, 까드득 씹어 삼킨 정은규가 쓴맛을 느끼지 못하는 사람처럼 무표정을 고수했다.

전 세계 통틀어 12월 25일이 생일인 모든 사람이 나 같은 고통을 겪고 있을까.

성당에서 나온 스물부터 서른둘까지 생일 때마다 항상 악몽을 꾸었다. 아까의 환영처럼 뱀이 아가리를 쩌억 벌리고 잡아먹을 듯 달려들었다. 한 마리에서부터 셀 수 없이 많을 때도 있었다. 그래도 그때는 악몽으로 끝났다. 지금처럼 눈에 보이는 것이 아니라.

단 한 번도 행복한 생일이었던 적이 없었다. 어릴 땐 자다가 울며 일어나 전화라도 했었다. 그럴 때마다 베드로 신부는 침착하게 달래 주며 자신이 다시 잠에 들 때까지 성경을 읽어 줄 뿐이었다.

그나마 생일이 지나가면 그것들은 꿈에 다시 나타나지 않았다. 그런데 이번은 다르다. 베드로 신부도 요절이라는 단어까지 쓰며 집에서 나오라고 했다.

정은규가 뒤늦게 생수병을 따며 대답했다.

"곧 찾아뵐게요."

베드로 신부 역시 대답했다. 은규야, 짐 단단히 싸서 와라.

* * *

"휴직계?"

정형외과 강 교수가 놀란 목소리를 숨기지 않고 되물었다. 정은규는 파이브 샷을 때려 넣은 커피를 홀짝였다. 사약이나 다름없었다.

"예. 근데 제출하자마자 민 교수님께 까였어요. 며칠 쉬고 당분간 외래만 보기로 했습니다."

"하긴 티오 나면 감당하기 힘드니까. 근데 너 진짜 많이 마르긴 했다. 무슨 일인데 그래. 혹시…… 돈 때문에?"

무척 조심스러운 질문이었지만, 정은규는 웃어 넘겼다. 차라리 돈 때문이었으면 좋겠네.

"아니요……, 그런 건 아니고. 개인적인 사정이라 말씀드리기가 좀 곤란해요."

"아휴. 너 꼴을 보면 말리지도 못하겠고. 수술 스케줄은 로테이션 어떻게 짜기로 했어."

"일단 현수 선배 다음 주 오프 반납하고 땜빵 치는 걸로 바꿨어요."

"김 교수가 가만히 오케이 해 줬어? 아무리 너랑 여기서 제일 친하다지만, 쉽지 않았을 텐데."

"가만히 오케이 해 줬을 리가요……."

한 달 치 오프 반납에 따까리가 되라고 하던데. 그것만으로도 한숨이 절로 흘러나갔다.

콜 와서 먼저 가 보겠다는 강 교수에게 고개를 꾸벅 숙여 인사한 정은규가 병원 로비 한가운데에 우뚝 섰다. 강 교수와 대화를 나누는 동안 애써 무시하고 있던 것들이 눈에 화악 들어서였다.

아주…… 드글드글하구나. 저놈의 귀신들.

병원은 귀신들의 성지나 다름없다. '귀신 반, 환자 반의반, 의료진 반의반의 반으로 구성된 깡통 상자'라고 베드로 신부가 말했던 전적이 있을 만큼.

수납을 기다리는 보호자의 곁에 앉아 혀를 날름거리는 귀신은 양반이다. 정은규의 곁을 스쳐지나간 환자가 쇳소리를 내며 몸을 캑캑거렸다. 머리의 반이 날아가 피범벅을 한 귀신이 환자의 목에 대롱대롱 매달려 '죽어, 죽어!'라고 연거푸 외치고 있어서였다. 저런 경우는 원한이겠지.

하아…….

피곤해 죽겠다. 잠 좀 자고 싶다.

고개를 털어 낸 정은규가 새까만 커피를 마시며 걷다 말고 튕겨져 나가듯 멈췄다. 사물을 인식했을 때는 눈앞에 웬 슈트 차림의 가슴과 단단한 어깨 같은 것들이 보였다. 아. 부딪쳤나 보다.

"죄송합니다."

정은규보다 머리 하나가 더 큰 남자가 대단히 마음에 안 든다는 표정으로 위아래를 훑는다. 곱게 생긴 얼굴과 다르게 대놓고 사람 훑는 인성으로 보아 말 섞어 봐야 좋을 것 없단 예감이 들었다.

정은규는 뒤로 한 걸음 걸어 옆으로 비켜났다. 그럼 가세요. 죄송하다고 사과했으니까. 비실비실한 걸음으로 지나친 정은규가 제 어깨를 툭툭 쳤다. 온몸이 안 쑤시는 곳이 없었다.

"야."

야? 난데없는 반말에 돌아보자 부딪쳤던 남자가 네 걸음 만에 가까이 다가왔다. 정은규의 걸음으론 열 걸음이 넘었는데. 반질반질한 구둣발이 고무 슬리퍼 앞에 섰다. 어지간히 잘 길들였는지 앞코가 광이 났다.

솥뚜껑처럼 커다란 손이 휙, 얼굴로 와 무의식적으로 움찔 피했는데 어느새 다른 손으로 상체가 잡힌 후였다. 커피 쏟을 뻔했다.

"가만히 있어."

정은규는 숨도 못 쉬고 굳어 버렸다. 순간 귓전에 서늘한 바람이 불었다. 정은규가 또 한번 움찔하며 비켜났다. 남자는 이번엔 정은규를 잡지 않았다.

"오는 내내 어깨 아팠을 텐데."

맞다. 그래서 파스 몇 장을 얻으러 가는 길이었다. 그런데 남자의 손짓 한 번에 희한하게 무거웠던 어깨가 직전보다 가벼워졌다. 그보다 그쪽은 누구신데 처음 보는 사람을 잡고 말본새가 그따위인 거지.

그러나 정은규는 남자의 손에 모가지가 대롱대롱 잡혀 깩소리도 못내는 귀신을 보자마자 정말로 커피를 놓칠 뻔했다. 귀신은 눈알이 없어 뻥 뚫린 블랙홀 같았다.

저런 게 내 몸 위에 있었다고? 저 환자처럼 내 몸에 대롱대롱 매달려서? 하긴, 지나쳐 오면서 사람 몸에 붙은 귀신을 몇이나 보았던가. 쟤네가 내 몸이라고 가만히 두었겠나 싶긴 한데.

그런데 남자의 시선이 매서웠다. 제 손에 쥐어진 채 깩깩거리는 귀신과 놀란 동상이 되어 버린 정은규를 번갈아 훑는다. '이게 보여?'라는 듯 눈썹이 꿈틀거린다. 정은규는 뒤늦게 표정을 지웠다.

"손이 커서 쳐다봤습니다. 죄송합니다."

"정신 똑바로 차려, 의사 선생."

커다란 손아귀 안에서 과자 으깨는 듯한 소리가 나더니 귀신은 형체없이 사라지고 말았다. 남자의 볼일은 그것으로 끝인지 미련 없이 몸을 돌려 빠른 보폭으로 로비를 빠져나갔다. 정은규는 콜이 올 때까지 그자리에 망부석이 되었다.

저 사람은 어째서 귀신을 손으로 쥘 수도, 으깰 수도 있는 거지.

* * *

예닐곱이 되기도 전의 어린 정은규는 산속의 작은 집에 어머니와 단둘이 살았다. 전기가 들어오다가도 바람이 불면 쉽사리 나가 버리는 까마득한 산속에 친구가 될 만한 사람은 당연히 없었다. (그래서 현재의 무심하고 말 없는 성격이 어릴 때부터 이어진 것이라 스스로 여기고 있다)

게다가 정은규는 또래의 도시 아이들처럼 입이 트일 때부터 한글을 떼고, 이르면 구구단까지 외우는 일종의 '학습'을 전혀 하지 못한 상태였다.

어머니는 정은규를 방목하듯이 키웠다. 얼기설기 지은 집 밖의 대문에는 대나무로 만들어 꽂아 놓은 천왕대가 나풀거렸다. 어떻게 이런 외진 곳을 알았는지 모르겠지만, 이따금 말쑥하게 차려입은 사람들이 어머니를 찾곤 했다.

손님이 찾아오면 정은규는 자연스럽게 밖으로 나갔다. 누가 찾아오면 발소리도 내지 말고 뒷문으로 나가라는 어머니의 전언이 있었기 때문이었다.

꼬마 정은규의 친구는 산 자체였다. 꽃들과 키가 커다란 나무, 경계를 바짝 세운 작은 짐승들 같은 것. 가을이 되면 총천연색으로 물드는 이파리들이 사락거리며 말을 걸어 왔다.

「너는 외롭겠구나.」

'외롭다'의 개념을 모르던 나이였다. 언어를 늦게 깨우쳐 어디선가 속삭인다는 소리로 여겼을 뿐이었다.

짙은 색의 양복 차림을 한 두 명의 손님이 왔던 날에도, 정은규는 산 입구의 야트막한 길에서 쪼그려 앉아 민들레꽃을 구경하고 있었다. 탱글탱글 예쁜 노란 색이었다.

'뭐 하니?'

처음 들어보는 목소리였다. 아주 가냘프고 끝음절이 미약하게 떨어지는 목소리.

파득 고개를 들자 또래로 보이는 여자애가 정은규의 곁에 서 있었다. 그 애가 신은 빨간 구두의 앞코가 마구 해져 있고 종아리를 덮은 흰 스타킹엔 갈변한 소나무 낙엽이 엉망으로 붙어 있었다. 양 갈래로 묶은 머리숱이 많았다.

정은규는 여자애를 빤히 쳐다보기만 하였다. 모든 게 처음인 사람이었다. 엄마는 단단히 일렀다, 혹시라도 너에게 누가 말을 거는 사람이 있으면 반드시 무시해야 한다고. 반드시.

'말 할 줄 몰라?'

고개를 갸우뚱거리며 뻗는 손도 상처투성이였다. 한참이나 쪼그려 있던 꼬마 정은규가 아주 작게 물었다.

'아파?'

'아니. 안 아파.'

대답은 바로 들려왔다. 느릿하게 끄덕인 정은규가 몸을 일으켰을 때는 여자애 말고도 넷이 더 있었다. 전부 처음 보는 또래들이었는데 하나같이 상처투성이인 몰골이었다. 심지어 한 명은 다리 한쪽이 몽땅 썩어 있었다.

'안녕?'

'안녕?'

'우리는 네가 이리로 올 때마다 널 지켜보고 있었어.'

'맞아. 친구 하고 싶었는데. 한참이나 숨어 있었어.'

이들은 친절하고 해맑게 정은규에게 다가왔다. 젖은 흙이 달라붙은 손을 탈탈 턴 정은규가 입술을 꼼지락거렸다. 뭐라고 해야 할지 몰랐다.

'너는 이름이 은규지? 너희 엄마가 부르는 걸 들었어.'

그저 또 한번 고개를 끄덕일 뿐이었다.

'우리는 여기 너무 오래 있어서 이름을 잊었어.'

양 갈래 여자애가 히죽 웃었다. 연이어 나도, 나도, 나도……라고 메아리가 되어 돌아왔다.

정은규에게 말을 걸어 준 이들은 억울하게 살해당한 것도 모자라서 산속에 유기당해 소멸되지 못한 귀신들이었다. 산귀신은 도력이 높아

죄 썩은 속이라도 겉치레를 오래 유지할 줄 알았다. 때문에 가장 멀리 해야 할 악귀들이기도 했다.

그러나 그 사실을 정은규가 알 리 없었다. 단지 저 애들이 아프지 않았으면 좋겠다고 속으로 생각할 뿐이었다.

'은규야―!'

저 멀리서 어머니의 새된 외침이 들렸다. 느릿하게 돌아보는 정은규의 앞에 서 있던 귀신들의 얼굴이 순식간에 일그러졌다. 어린아이의 얼굴이 본래의 악귀 형상을 띠었다.

이때 눈이 마주쳤더라면 정은규 역시 뒤도 안 돌아보고 도망쳤을 텐데, 불행히도 헐레벌떡 뛰어오는 어머니를 보느라 발견하지 못했다. 악귀로 돌변한 그들이 끼히히힉, 소리 없는 웃음을 내었다.

정은규의 어머니인 연화는 강신무였다. 강신무는 세습무처럼 가업을 이은 무당이 아닌, 신병을 앓고 신을 받들어 모시는 무당이다.

모시는 신의 존재가 이 산보다 커다란 연화보살에게 잡귀들은 감히 덤비지 못했다. 대신에 유일한 피붙이인 정은규를 틈만 나면 갈취하려고 수작질이었다. 지금도 손님의 점괘를 봐 주다가 신의 목소리가 들려 급하게 뛰어온 것이었다.

이미 귀신과 접촉한 정은규의 몸 주변에 새까만 오라가 두둥실 떠 공기처럼 배회했다. 조금만 늦었더라면 아찔해질 수도 있는 상황이었다. 연화는 바락 화를 내었다.

'누가 말을 걸었어! 누가!'

'여기에 있었…….'

산귀신들이 있던 자리를 가리키자 감쪽같이 사라져 민들레꽃만 남아 있었다.

'뭐라고 했니, 걔들이 뭐라고 했어.'

'그 애들이…… 이름을 불렀어요…….'

'내려가자. 다시는 산에 올라갈 생각하지 말고.'

'너랑 친구를 하고 싶다고 했는데…… 저는 어, 저느은.'

느릿느릿, 문장을 만들어 갈 새도 없이 우악스럽게 잡힌 팔은 매가리 없이 끌려갔다. 억지로 하산하는 내내 정은규는 자꾸만 뒤를 돌아보았다. 그러면 그 애들이 친구 하자며 예쁘게 웃고 있을 것만 같았다.

* * *

겨울이라 말라비틀어진 줄장미가 성당 벽을 두르고 있다. 늦봄에서 여름이 되면 화사하게 피어 평신도들이 한 번씩 감탄을 자아내었지만 식물도 겨울은 혹독한 모양이었다.

볼품없는 장미 덩굴과 아기 예수 상을 지나쳤다. 안쪽 본당 입구 앞에는 성모 마리아 상이 있다. 본당의 문이 활짝 열려 있다.

정은규의 구둣발 소리가 고즈넉한 성당 안에 뚜벅, 뚜벅 울렸다. 스테인드글라스로 이루어진 천장은 고개를 최대한으로 젖혀야 끄트머리가 겨우 보일 정도로 높았다. 각 맞춰 줄지어진 의자에는 뜨문뜨문 몇몇이 앉아 미사를 드리고 있어 가장 맨 뒷줄의 의자에 조심스럽게 앉았다. 미사를 드리기 위한 의자라 정강이 부근에 닿은 나무판이 거치적거렸다.

얼마나 앉아 있었을까. 바깥에서 부는 바람 소리만 아니라면 그 어떤 소음도 허락하지 않는다는 듯 고요하고 신성한 곳에 누군가의 발소리가 저벅저벅 들렸다. 저도 모르게 졸고 있었던 정은규가 눈꺼풀을 힘주어 들어 올렸다.

"일찍 왔네."

두터운 손이 어깨를 툭툭 쳤다. 당장 어제의 스산한 기억이 떠올라 정은규가 움찔했지만, 베드로 신부는 개의치 않는다는 듯이 밖으로 나가서 이야기하자며 턱짓했다. 두 사람분의 걸음걸이가 미묘하게 어긋났다.

"짐은 다 챙겼고?"

신부의 집무실은 지하 성당 뒤편에 있었다. 대낮임에도 한겨울의 칼바람이 제법 매섭다. 베드로 신부가 단출한 차림의 정은규에게 웃어 보였다.

"차에 캐리어 있어요. 생일만 지나면 돌아올 거니까 옷가지만 좀 쌌고요. 근데 왜 짐을 챙기라고 하신 건지."

"패딩은 어디 있고. 거기 시골이라 춥다. 도시와는 바람 재질이 달라."

"예? 시골이요?"

잘못 들은 사람처럼 되묻자 베드로 신부가 뻣뻣한 머리칼을 쓸어 넘겼다.

"거기 내 꼬붕이 살거든. 걔라면 두 발 뻗고 편하게 잘 수 있게끔 도와줄 거다."

"시골도 시골 나름이긴 하지만 너무 갑작스럽습니다."

"인생은 원래 무계획 속 갑작스럽게 사는 거지."

"저는 무계획을 싫어합니다."

"너 미칠 지경 아니냐? 정상인도 그만치 잠 못 자고 귀신 보면 다른 사람이 돼. 일단 너부터 살고 봐야지."

"……신부님이…… 구마 의식을 해 주실 순 없는 건가요."

베드로 신부가 느슨하던 입꼬리를 방긋 올렸다.

"은규 너도 알겠지만, 나는 사람의 몸속에 들어간 악마를 구마하는 일을 한단다. 실체 없는 혼령을 직접적으로 구마하진 못하지."

"알고 있는데 혹시나 해서 여쭤봤습니다."

"어지간히 싫은가 보구나."

"다른 건 그러려니 하는데 시골이라는 게 좀. 저 휴직계 제출한 거 까여서 사흘 뒤부터 출근은 매일 해야 합니다."

"알지……. 심정도 충분히 이해한다. 하지만 당장 내게 이 방법밖에 없어. 미안하게 됐다."

"뭐. 미안해하실 것까진 아닌데."

집무실은 작은 마호가니 책상과 미켈란젤로의 〈최후의 심판〉이 그려진 벽화가 제일 먼저 눈에 들어왔다. 무채색의 가죽 소파에 앉아 뻐근한 눈자위를 눌렀다. 동태눈깔을 넘어 탁구공처럼 딱딱하다.

"커피 주랴? 아니다, 질리게 마셨을 테니 차나 한 잔 주마."

"괜찮습니다. 액체라면 뭐든 물려요."

본인 몫의 커피를 타 온 베드로 신부가 정은규의 앞에 만년필로 휘갈긴 메모를 내려놓았다. 간결하게 한 줄 쓰인 주소였다.

[경기도 의양시 화평군 무광리 1-24 선일 행정사 사무소]

"혹시 차에 내비게이션 신 주소만 검색되나?"

"아니요. 구 주소도 나옵니다. 그런데 행정사 사무소요? 이 주소가 확실합니까?"

"간판만 그래. 그 일을 하진 않고. 행정의 히읗도 모를 거다."

"……느낌이 영 별론데요."

"구원자라고 생각해, 구원자. 구원자라면 행정사 사무소든, 시청이든 알게 뭐냐."

이게 잘하는 짓인지 모르겠다. 나도 모르는 새에 귀신에게 잡아먹힌 것은 아닐까. 알지도 못하는 곳을 도피처 삼아 가야 한다니.

이 와중에도 점점 이성과 본능이 분리되어 전자가 사라지는 중이다. 본능은 충동을 만들어 낸다. 잠들지 못한 인체에 한계가 오자 점점 결핍의 대상에 집착하게 되었다. 자고 싶다. 나는 왜 이렇게 살아야 하지.

"참, 준비해야 할 게 있는데."

"뭔데요."

"이력서 한 부."

"예? 이력서는 왜요."

"낸들 아냐. 가져오라니까 가져가야지. 듣자마자 양식은 사 났다."

이력서는 인턴 때 말곤 써 본 적이 없었다. 귀신 때문에 잠 못 자서 잠시 거처를 옮길 사람에게 이력서를 받아 내는 이유가 대체 뭐란 말인가. 점점 불신에 찼다.

"이거면 됩니까?"

"아. 하나 더 있네."

"또 뭔데요."

커피를 사골국 마시듯 후루룩 마시고 내려놓은 베드로 신부가 나이에 맞지 않는 익살스러운 미소를 지어 보였다.

"마음의 준비."

"무슨 소리를 하시는 거예요."

"그놈이…… 누굴 닮았는지 싸가지가 더럽게 없어."

차라리 귀신이랑 뱀 보는 쪽이 편한 건 아닐까. 이력서 양식을 쥔 정은규의 손이 살짝 떨렸다.

* * *

서울에서 한 시간 반. 베드로 신부가 알려 준 주소는 그리 먼 곳은 아니었다. 도로 시작해 리로 떨어지는 주소치고는 근교라고 할 수 있는 거리였다. 단지 무광리 초입은 포장이 덜 되어 울퉁불퉁한 아스팔트를 달릴 땐 저도 모르게 깊은 한숨이 흘러나왔다.

-목적지에 도착했습니다. 경로 안내를 종료합니다.

기계적인 내비게이션의 안내를 끝으로 갓길 주차를 하고 내리자 정은규의 앞에는 낡아빠진 건물이 하나 있었을 뿐이었다.

군데군데 외벽 시멘트가 떨어진 자국이 있고, 저러다 태풍이라도 오면 무너지는 거 아닐까 싶을 정도로 허술해 보이는 꼴을 하고 있었다. 심지어 내비게이션에 등록되어 있는 '선일 행정사 사무소'의 간판도 걸리지 않았다.

이 건물을 제외하면 다른 건물은 전부 단층이다. 그냥 마을 읍내나 다름없었다. 여러모로 황량하고 어울리지 않는 풍경.

산과 가까운지 건물 근처 세워진 갈색 표지판에 직진 표시와 함께 '무광산 가는 길'이 적혀 정면을 바라보았다. 눈에 바로 보이는 커다란 산이 무광산인 모양이다.

……하필 산 근처야. 정은규는 구둣발 앞코를 언 땅에 쿡쿡 찧었다. 아직까지도 잘한 선택인지 구분이 안 갔다. 산이라면 질색이다.

정은규는 산에서 자랐다. 산에서 자랐고, 산에서 못 볼 꼴이란 꼴은 죄다 보다가 인생의 첫 파멸을 겪었다. 그때가 고작 여섯 살이었다.

산이라면 끔찍한 기억밖에 없는데 그곳으로 자진해서 돌아왔다. 산으로부터 도망친 도시에서도 비슷한 일을 겪어 버려서. 최악을 피해 차악으로 도망쳤던 곳이 다시 최악을 불러일으켰다. 저 커다란 산의 존재만으로도 작은 점이 되어 버리는 느낌이었다.

그건 그렇고 뭐가 이렇게 조용하지. 아무리 읍내라고 해도 돌아다니는 사람 하나 없고.

"실례지만 어떻게 찾아오셨죠?"

등 뒤에서 부드러운 목소리가 들려 돌아보았다. 까까머리에 커다란 덩치를 한 남자는 정은규가 머뭇거리자 되물었다. 이번엔 질문이 달랐다.

"저희 사무실을 소개시켜 주신 분이 누구신지?"

정은규는 그제야 가볍게 묵례하며 대답했다.

"베드로 신부님께서 보내셨습니다."

"아. 신부님. 연락 받았습니다. 들어오세요, 대표님은 잠시 외출 중이십니다."

대표? 간판도 없고 쓰러지기 일보 직전인 건물에서 사무실은 굴러간 단 말인가. 사고 회로가 바쁘게 돌아가지만, 심각한 수면 부족으로 인해 머리가 빠릿빠릿하지 못했다. 그래서 끄덕거릴 수밖에 없었다.

"아, 주차는 여기다 해도 되나요? 주차장을 못 찾아서."

"네. 여긴 시골이라 딱지 같은 건 안 끊어요. 관광객도 드문 터라 차가 별로 안 다녀서 길바닥 한가운데만 아니라면 괜찮습니다."

"예."

"저는 김석호 팀장이라고 합니다. 편하게 김 팀장, 또는 이름을 불러 주셔도 되구요. 성함이 정은규 교수님이라고 들었는데, 맞으실까요?"

"예."

기름칠이 안 되어 삐걱거리는 유리문을 열고 들어가자 낡은 계단이 보였다. 계단 틈 사이사이 '2층 초록 피아노 학원'이라는 아크릴판이 붙어 있다. 희한한 건 내부는 먼지 한 톨 없이 깨끗했다. 관리를 열심히 하는가 싶었다.

"피아노 학원도 있나 봐요."

"음? 하하. 네, 저희가 인수하기 전에 있었죠. 현재는 저희뿐입니다."

하긴…… 지나다니는 사람도 없는데 학원이 제대로 운영될 리가.

김석호를 따라 2층에 올라서자 전과는 사뭇 다른 중문이 보였다. 입구에 비하자면 세련됐다는 말이 절로 나올 육중한 중문이다. 세로줄 지은 도어 록이 세 가지나 되었다.

김석호는 차례대로 지문을 찍더니 뒤돌아 떨떠름한 표정의 정은규에게 웃어 보였다.

"좀 놀라실 거예요."

뭘요, 하고 되묻기도 전에 문이 먼저 열렸다. 그리고 정은규는 김석호의 말대로 좀 놀란 게 아니라 대단히 놀라고 말았다.

외관과 달리 내부는 딴판이었다. 대리석이 깔린 바닥과 넓다고밖에 표현할 수 없는 공간은 사무실이라기보다는 드라마 속에서나 볼 법한 부잣집 인테리어나 호텔 로열 스위트룸과 흡사했다.

LED 조명과 샹들리에가 교묘하게 어울려 적당한 조도를 내뿜었다. 벽면에 붙어 있는 커다란 텔레비전과 가죽 소파는 회장님의 집무실을 떠올리게 만든다.

사무실이라면서 그 흔한 파티션도 없었다. 정은규를 기준으로 왼쪽은 접대 및 상담용, 오른쪽은 근무 환경인 듯했다. 데스크톱 PC의 라인은 케이블 타이로 깔끔하게 묶여 번잡스러운 느낌이 없었다.

김석호는 구경에 빠진 정은규의 반응을 예상했는지 가슴을 쫙 폈다.

"다들 처음에 오시면 놀라십니다. 하하하. 앉아 계세요, 차는 뭐로 준비해 드릴까요?"

"……괜찮습니다. 마셨어요."

얼떨떨하다. 반전은 이런 곳에 쓰이는 단어라고 봐도 무방하다. VIP 환자 수술 건으로 민 교수와 함께 병원장실에 불려갔을 때도 이렇게 놀라지 않았는데. 베드로 신부님은 이곳에 오신 적 있을까.

"혹시 이력서 가져오셨습니까?"

"예."

주섬주섬 건넨 이력서 파일을 받아든 김석호가 자리에 앉아 키보드 두드리는 소리만 들렸다. 허리를 곧추세우고 앉은 정은규는 굳게 닫힌 창밖을 물끄러미 바라보았다.

산. 시선의 어딜 둘러보아도 산이었다. 새된 비명이 이명처럼 울리는 듯했다. 눈꺼풀이 무겁다.

"적적한데 노래나 틀어 드릴까요?"

"아, 아닙니다. 저 신경 쓰지 마시고 편하게 일 보세요."

그때였다. 도어 록이 차례대로 풀리는 소리가 났다. 아, 오셨네요. 모니터에 집중하고 있던 김석호가 몸을 일으켰다. 정은규의 고개도 반쯤 열린 중문 쪽으로 향했다. 웬 남자가 덩치에 안 맞게 쪼그려 앉아 무언가를 살피고 있었다.

"뭐냐, 이건. 이딴 게 계단에 왜 있어."

몸을 일으키자 키가 무척 컸다. 문득 그 뒷모습이 낯익었다. 일단 몸에 맞춘 듯 잘 맞는 슈트 차림부터가 그랬다. 뒷목이 드러나 깔끔하게 다듬은 헤어스타일이나, 언뜻 보이는 날렵한 턱 선까지.

어느새 정은규는 남자의 뒤에 다가가 섰다. '이딴 게' 뭔가 싶었는데, 구둣발에 밟힌 것은 검게 뭉쳐져 형체만 남은 덩어리였다. 콱 밟힌 덩어리가 사정없이 꿈틀거렸다.

본 적 있다. 어릴 때 시도 때도 없이 보던 것들 중에 하나다. 어머니는 이렇게 검은 덩어리만 남은 것들은 소위 말해 '갈 때까지 간' 놈들이라고 했었다. 퇴마사나 무당에게 소멸되지 못하고 떠돌다 기생충처럼 사람에게 붙어 영혼을 좀먹는 '악의 덩어리'라고.

그런 덩어리를 남자는 가뿐하게 지르밟았다.

"손님 오신 김에 따라 들어왔나 봐요."

김석호는 이런 그림이 익숙한 듯 휘파람을 불며 슬리퍼를 직직 끌었다. 양손을 바지 주머니에 쑤셔 넣은 남자가 귀찮은 어조로 되물었다.

"손님이라니."

"베드로 신부님이 보내셨다는데요."

"왜 보내. 안 그래도 바빠 죽겠는데."

피우다 만 담배를 눌러 끄듯이 구두 앞코로 덩어리를 짓이기자 덩어리는 이내 연기를 피어오르며 형체 없이 사라졌다.

졸지에 손님임에도 성가신 존재가 된 정은규와 남자의 눈이 마주친다. 고운 얼굴과 달리 솥뚜껑 같은 손으로 귀신을 잡아 터트려 죽였던 그 생김새가 눈앞에 있었다. 이런 재회를 맞닥뜨릴 줄은 결코 몰랐다.

"구면이네요? 정신 빼놓고 다니던 의사 양반."

저놈의 제멋대로인 말본새 역시 여전했다. 존대를 할 거면 존대를 하고, 반말을 할 거면 반말을 하지. 저런 식의 반존대는 딱 질색이었다. 정은규는 김석호 때와 달리 빳빳한 고개를 부러 숙이지 않았다.

명함을 받았다. '선일 행정사 사무소 대표 안대영'이라고 적힌 고급스러운 명함. 앞면은 뭐 그렇다 치고…… 뒷면이 금칠이라도 해 놓은 듯 번쩍거렸다. 지갑에 넣어 두면 명함 뒤져볼 때마다 무심코 이걸 꺼낼 만큼 튄다. 이럴 거면 명함에 회사 이름은 빼는 게 낫지 않나. 정은규가 살며 겪어 본 어느 행정사 사무소도 이런 명함을 쓰진 않았다.

쓸데도 없는 명함 뒷면을 보고 있을 때 안대영은 그가 가져온 이력서를 넘기고 있었다. 뭐가 마음에 안 드는지 내내 뚱한 표정으로.

"이게 끝?"

성의 없이 이력서를 탁자 위로 던진다. 양식 속 가지런한 필체들이 하찮다는 것처럼.

정은규는 명함을 지갑 속에 넣으려다 말고 울컥해 안대영을 노려보았다. 마음 같아선 이 명함도 함께 던지고 싶은데 그래도 이쪽은 지성을 배운 어른이라 꾹 눌러 참았다.

"끝입니다. 제 이력으로는 부족합니까? 그리고 여기가 병원도 아닌데 이력서는 왜 가지고 오라고 한 겁니까. 어디에 쓰려고요."

어금니를 꽉 깨문 정은규가 받아치자 안대영은 뻔뻔한 얼굴로 중문을 가리켰다.

"평소에 눈치 없단 말 들어 본 적 있어요?"

"……그게 무슨."

"내가 말한 이력서는 그쪽이 의대 6년 다니고, 인턴 1년, 레지던트 4년, 펠로우 1년 거쳐 신경외과 교수가 됐다는 내용이 아닙니다. 난 그쪽이 의사든 거지든 하나도 안 궁금해요. 뭐…… 그 젊은 나이에 정교수 타이틀 땄으면 능력은 있네."

베드로 신부의 말이 진짜였다. 싸가지를 저 산에다 내팽개치고 온 수준이다. 기분이 몹시 나쁘다.

"마음에 안 드시는 모양인데 어쩔 수 없군요. 가 보겠습니다."

잔뜩 빈정 상한 채 일어난 정은규가 중문을 걷어찰 기세로 씩씩거렸다. 그러는 정작 본인은 저 재수 없는 놈의 직업조차 모른다. 번지르르한 차림새에 어디 제비 짓이나 하게 생겨 가지고 사람한테 이딴 식의 모멸감을 주다니.

귀로는 둘의 대화를 들으며 눈은 모니터에 고정되어 있던 김석호가 머리를 옆으로 휙 뺐었다. 상황 봐서 나설지 말지 고민하는 모양새였다. 느긋하게 꼰 다리의 발끝을 팔랑거리던 안대영이 품 안에서 담뱃갑을 꺼냈다.

자존심이 와장창 부서진 정은규는 당장 박차고 나가려 중문을 밀었다. 그러나 버튼을 눌러도 열리지 않아 문고리와 씨름하고 있었다. 있는 힘껏 밀어도 꿈쩍하지 않는다. 왜, 왜 안 열리지. 분명히 열렸다는 소리도 났는데.

"교수님. 여기 왜 찾아왔어."

담배 냄새가 났다. 바람이 없는 실내라 연기는 고요히 천장으로 피어올랐다. 정은규의 등이 움찔한다.

안대영은 부싯돌 라이터를 손아귀 안에서 하릴없이 굴리다 파삭 구겼다. '퍼엉!' 작은 폭발음이 손바닥 안에서 울렸다. 폭발음을 듣자마자 화들짝 놀라 돌아본 정은규는 믿을 수 없는 광경에 입술을 반쯤 벌렸다.

산산조각이 난 라이터는 탁자 위에 흩뿌려졌으며, 안대영의 손바닥은 불꽃이 이글이글 일다가 금세 타 버릴 듯한 화염에 감싸였다. 양초를 켠 것처럼 선명한 불꽃의 모양새는 아니었지만, 겉불꽃과 속불꽃을 구분할 순 있었다.

말이 안 됐다. 이거야말로 환상을 보는 것이 아닐까. 사람 손바닥 위에 불꽃이 피는 것도, 그러면서 전혀 뜨거운 기색조차 없는 무표정도.

그러다 안대영은 정은규에게 보란 듯이 주먹을 꾹 쥐었다 펴 보였다. 그러자 불꽃이 감쪽같이 사라졌다. 그리고 얼빠진 정은규를 보며 피식 웃는다.

"김 팀장, 초콜릿 좀 가져와. 교수님 기절하게 생겼다."

"옙."

초콜릿에 앞서 굳어 버린 정은규를 모셔 오다시피 한 김석호가 마치 아기 달래듯 안대영의 맞은편에 다시 앉혔다. 정은규는 안대영의 불 붙은 손을 목도한 이후로 파리해진 안색이었다.

초콜릿을 오물오물 씹는 내내 아무 맛도 느낄 수 없었다. 김석호가 내민 머그컵도 무의식적으로 받아들고 입술을 축였다. 평소라면 입에도 안 댈 초콜릿과 핫초코였다.

"그건 어떻게 가능한 겁니까. ······손에 불이 붙었잖아요. 그런데 화상도 남지 않고······."

마지막 연기를 내뱉은 안대영이 재떨이에 담배를 눌러 껐다.

"순진 떨라고 보여 준 거 아닌데. 확실히 눈치가 없긴 없네."

던져진 정은규의 이력서를 도로 가져와 넘긴다.

"곧 생일이네요?"

자연스럽게 화젯거리를 바꾼 안대영은 그러면서 정은규를 빤히 보았다. 정확히는 이마 부근이었다. '12月' 지글지글 타오르는 붉은 글씨가 정은규의 이마에 낙인처럼 적혀 있다.

12월이라. 12월. 입 안쪽 살을 혀가 훑고 지나갔다. 12월이라. 오늘은 12월 12일이다.

"······예. 25일이요."

"2주 안 남았네."

시답잖은 반응이었다. 정은규는 본능적으로 알 수 있었다. 이 남자는 지금 인내심이 바닥나기 직전이다. 이번에야말로 원하는 대답을 말하지 않으면 저 중문을 자의로 열진 않겠다고.

사정을 털어놓기 싫었다. 솔직히 말하면 돈이나 달라는 대로 주고, 생일 때까지 원활한 수면을 책임져 달라고 거래를 걸 생각이었다. 하지만.

"귀신은 이전에도 보였습니다. 생생하게 보이던 어릴 때와 달리…… 디테일한 생김새를 벗어나 뿌연 형체 정도로만요. 잘못 봤다고 넘기는 경우가 많았습니다. 그런데 요즘은 다시 어릴 적처럼 또렷해졌어요. 하아……."

초콜릿을 쉬지 않고 먹은 덕분인지 말에 기력이 묻어났다. 안대영은 그제야 들어 주는 시늉을 하며 상체를 비스듬히 틀었다.

"그리고 매년 생일 때에만 뱀이 보였었는데…… 이번엔 이상하게 아직 생일이 아님에도 보입니다."

"뱀?"

"한 마리일 때도 있고, 떼거지일 때도 있고…… 끔찍한 몰골인 귀신들도 문제지만, 실질적으로 스트레스가 가장 큰 것은 뱀입니다."

왜…… 내 눈을 뚫어져라 쳐다보는 거지. 말이 없어진 채 옭아매기라도 할 것처럼 빤히 쳐다보는 안대영의 눈을 피할 재간이 없었다. 누가 눈꺼풀을 들어 올려 잡고 있는 느낌이다.

눈알이 시렵다. 숨도 직전과 다르게 거칠어졌다. 지겹게 괴롭히던 두통이 또다시 일어 뇌를 좀먹어 간다…….

팟―!

순간이었다. 안대영의 동공에 작은 불씨가 화르륵 일었다. 그것은 분명한 불씨였다.

"베드로가 나에게 가라면서 뭐라고 했습니까."

어쩐지 화가 난 안대영이 어금니를 으드득 갈며 물어 왔다. 그러자 정은규는 눈 감은 채 힘 빠진 몸을 아무렇게나 기대며 기어 들어가는 목소리로 대답했다.

"사실대로 말해도 됩니까."

"무조건."

"누굴 닮았는지 싸가지가 더럽게 없을 테니⋯⋯ 마음의 준비를 하라던데요⋯⋯."

몸의 한계가 거기까지인 모양이다. 고꾸라지는 몸을 날쌔게 달려와 받은 김석호가 안대영의 눈치를 살폈다.

"씨발 같은 노인네. 그때 죽였어야 했는데."

쌍욕을 뱉어 낸 안대영이 주먹을 꽉 쥐었다 풀었다. 당장 성당으로 달려가 베드로 신부의 목을 졸라 버리고 싶은 표정으로. 김석호는 기절한 정은규를 조심스럽게 안아 올렸다.

"이 분은 그래도 오래 버티셨는데요. 신부님이 말씀하시길 열흘 넘게 제대로 못 주무셨답니다."

"데려다 눕혀."

"옙."

"민혁이 어디래."

"돌아올 때 됐어요. 일곱 시 전에 온다고 했으니까요."

"그 교수 일어나면 전화해."

"어? 어디 가시게요?"

콰직 구겨진 담뱃갑을 쓰레기통에 던져 골인시킨다.

"담배 사러."

예이. 다녀오십쇼. 신사같이 한쪽 무릎을 굽혀 보인 김석호가 힘든 기색 없이 늘어진 정은규를 고쳐 안았다.

* * *

아직 동이 트지 않은 새벽. 곱게 한복을 차려입은 연화가 소복하게 쌓인 눈 위를 뽀득뽀득 걸었다. 꽃소금처럼 입자가 작은 눈 바닥 위에 꽃신 자국이 점점이 찍혔다. 새벽 기도를 드리기 위해 계곡으로 옥수물을 받으러 가는 참이었다.

밤새 눈이 많이 왔다. 다행히 계곡은 근처에 있어 험준한 산길로 파고들지 않아도 되었다. 새의 날갯짓이 푸드덕 나무를 타고 들렸다. 연화는 조심조심 걸음을 옮겼다.

계곡이 꽁꽁 얼 정도로 춥지 않아 살얼음 위를 무거운 돌로 내려치자 파삭 깨져 버렸다. 치마를 갈무리해 허리를 숙여 도자병에 물을 받은 연화는 허리를 펴자마자 철푸덕 엎드리고 말았다.

절로 몸이 벌벌 떨렸다. 자의가 아니었다. 이것은 제가 모시는 신보다 높은 분일 때의 반응이었다.

납작 엎드려 벌벌 떠는 연화의 앞에는 기골이 장대한 사내가 서 있었다. 마치 피에 젖은 듯 검붉은 색으로 나풀거리는 긴 두루마기와 날개옷이 싸늘한 바람에 흩날렸다.

허리까지 닿는 긴 머리를 틀어 올린 채 곰방대를 물고 있는 사내는 선이 곧고 몹시 날카로운 인상으로 감히 그 앞에선 고개조차 들기 어려웠다.

"귀한 분을 뵈옵니다."

「무당이로군.」

영 흥미 없단 말투였다. 연화는 더욱 납작 엎드렸다.

"제가 모시는 분께서 이 산의 주인이십니다. 전언이 있으시다면 대신 전해드리겠습니다."

「산의 주인?」

"예. 그렇습니다."

「하하하. 그놈이 제 입으로 산의 주인이라고 하더냐.」

호탕한 웃음소리와 반대로 계곡의 살얼음이 죄 깨져 버렸다. 그것은 비명과도 같았다. 연화의 치맛자락이 축축하게 젖어 들어갔다.

「뱀 새끼가 숨어 있는 곳답구나. 혓바닥만 날름거려 낡았군.」

제가 모시는 신을 서슴없이 비하해도 연화는 입을 벙긋할 수 없었다. 다만 전과 다르게 심장이 펄떡펄떡 뛰기 시작했다. 피부 위로 수많은 개미가 기어 다니는 간지러운 고통이 파고들었다.

이내 경련 수준으로 떨던 몸이 멈추었다. 땅에 붙을 기세로 엎드려 있던 연화는 천천히 몸을 일으켰다. 접신이었다. 사내의 입가에 미소가 걸렸다.

「왜 왔습니까.」

연화의 입에서 낮은 사내의 목소리가 흘러나갔다.

「도망을 쳐도 유분수가 있지. 고작 이런 곳에 무당의 몸을 빌리는 것으로도 모자라 숨어 있었단 말이냐.」

「도망친 적 없습니다. 그리고 이 무당은 제가 아니었더라면 진작 죽었을 몸입니다.」

「그럼 네 죄는 두 배가 되겠구나. 마땅히 생을 다해 돌아갈 자의 몸을 갈취하였으니.」

연화는 대답하지 않았다. 다만 겁도 없이 눈을 치켜뜨며 질문했다.

「왕자는…… 어떻게 되었습니까.」

「왕자라……. 뱀의 혀에 휘둘려 시도 때도 없이 도리천에서 운우지락을 나누다 기어이 정신이 나가 버린 그 미친놈을 말하느냐.」

「뱀이 아니라 이무기이고, 그 이무기를 막은 것은 대왕님이 아닙니까. 이무기 주제에 염라의 아들과 운우지락을 나누었다는 죄목으로요.」

고요히 분노하며 비꼬는 연화를 물끄러미 바라보던 사내가 씨익 웃는다.

「하하하. 그래, 그랬다. 그래서. 인간의 몸에 숨어 기생하다가 내 눈을 피해 승천할 작정이었느냐.」

대화를 나눌 필요가 없었다. 연화는 사납게 등을 돌렸다. 이곳에 올 때와 다르게 우악스러운 발걸음이었다. 치맛자락이 거치적거렸다.

「왕자는 내쫓았다. 도망간 너와 다르게 정식으로 절차를 거쳐서 말이다. 아……. 아주 골치 아팠지. 신하들이라는 것이 주제도 모르고 잡것처럼 대들질 않나. 그것들도 모조리 죽여 버렸다.」

우뚝 멈춘 연화가 입술을 꾹 깨물었다.

「내 아들을 내 손으로 이승에 내쫓아 버린 수모를 비롯해 네게 돌려받을 것이 참 많구나.」

사내가 연화의 곁을 스쳐 지나갔다.

「고작 그 따위 경고와 협박을 하러 예까지 오신 겁니까. 다섯 번째 지옥의 왕이시라는 분께서.」

「아, 그 혓바닥 놀림 참 마음에 안 들어. 내 당장 네 목을 잘라 버리고 싶은데.」

널찍한 등이 여유를 가장한 살기를 내뿜고 있었다. 본디 저승왕은 피도 눈물도 없는 존재였다. 신화적으로는 명부의 10대 왕 중 염라대왕(閻羅大王)이라 기록되어 있다.

「무당은 엿새 뒤 죽는다.」

뒤이어 삼차사를 비롯한 신하들이 땅에서 우뚝 솟았다. 그 수가 많았지만, 사내의 기골이 워낙에 장대하여 머리가 불쑥 솟을 만큼 컸다.

「이번엔 부디 잘 숨어 보거라. 다시 질질 끌려와 업경을 보는 수치는 겪기 싫을 것 아니냐. 원한다면 잔뜩 아량을 베풀어 바로 소멸시켜 줄 수도 있다.」

끌끌 웃는 목 울림이 칼날이 되어 꽂혔다. 살을 맞은 것처럼 입에서 피를 토한 연화가 얼마 안 가 풀썩 주저앉았다.

* * *

「들어가시면 안 됩니다.」

막 본당으로 오르는 계단 세 개째를 오를 시점에 키가 허리춤에나 겨우 올 법한 어린이 둘이 안대영의 좌우로 붙었다. 똘망똘망한 인상과 다르게 목소리는 장군처럼 위엄이 넘쳤다. 겉모습은 귀엽게 생긴 어린이지만, 사실 이들은 성당을 수호하는 신이다.

지옥에 염라대왕이 있다면 천당엔 하느님을 지칭하는 예수가 존재한다. 나라별로 부르는 이름만 조금씩 달라질 뿐 대상은 같다. 하지만 천당도 지옥도 이승을 중립구역으로 삼아 사후 세계를 굴려 먹느라 골치 아픈 건 마찬가지였다.

이곳에서 죽은 인간은 죄질에 따라 위로 가거나, 아래로 처박히거나, 혹은 갈래 길에 가기도 전에 소멸되었다. 그러나 순순히 처리될 리가 없었다. 죽어서도 사리사욕을 잃지 못하고 욕심과 복수심에 돌아 버려 이승에서 버티는 진상들이 상상 이상으로 많았다.

이곳은 이승이다. 가야 할 곳에 가지 않고 버티다 악귀가 되어 버린 자들은 살아 있는 육체를 탐냈다. 인간으로의 회귀 본능보다는 다른 이의 몸을 빌려 탐욕을 취하고자 하는 검은 속내가 훨씬 컸다. 간혹 신인 척하며 무당의 몸속에 파고들어 난동을 피운 악귀도 있었다.

무당이 아님에도 귀신을 볼 줄 알거나 영안이 뜨이거나……. 이것을 부르기 편하게 '눈 떠졌다'라고들 일컫는다.

그리고 귀신들이 가장 많이 달라붙는 케이스는 기가 약하거나 체력적으로 허약한 사람이 아니었다. 바로 '눈이 떠진' 자들이었다. 정은규도 이런 쪽일 것이다. 눈 떠진 애.

하지만 가지각색으로 끔찍한 모양의 귀신 형상이 아닌, 뱀이 동시다발적으로 괴롭힌 사례는 여태 없었다.

지옥에서의 뱀은 용이 되기 전인 이무기를 낮춰 부르는 대상으로 쓰였다. 대체로 조롱거리에 해당했다. 지옥의 제7대 왕인 태산왕(泰山王)이 관리하는 일곱 번째 지옥에서는 죄인을 한가운데 두고 뱀을 무더기로 풀었다.

반면, 천당에서의 뱀은 지옥의 의미와 사뭇 달랐다. 창세기 3장 1절의 뱀은 이렇게 기록되었다.

[여호와 하나님의 지으신 들짐승 중에 뱀이 가장 간교하더라 뱀이 여자에게 물어 가로되 하나님이 참으로 너희더러 동산 모든 나무의 실과를 먹지 말라 하시더냐]

뱀의 몸속에 들어간 사탄은 아담과 하와에게 신이 절대 먹지 말라 신신당부한 선악과를 섭취하게 만들었다. 그들은 선악과를 먹은 후 자신들이 알몸인 것을 깨닫고 중요 부위를 무화과나무 잎으로 가렸다. 선악과를 먹어도 죽지는 않았다. 다만 욕망이라는 것을 깨우쳤을 뿐이다.

사탄의 매개체로 쓰인 뱀은 다리가 잘리고 몸통만 남아 먼지만 먹고 살았다. 간교하고 교활하다. 줄곧 뱀은 사탄의 동물로 전해져 내려오고 있다.

안대영은 양쪽에 붙은 굳센 수호신을 번갈아 보았다. 잡는다고 잡혀 줄 아량 같은 게 있을 리가. 들러붙은 꼴이 진짜 귀찮았다.

"왜 안 돼. 내가 못 들어가는 이유는?"

「이계분이지 않으십니까.」

아하, 그래. 이계분이라. 안대영이 활짝 열린 본당을 턱짓했다.

"안에 들어갔을 때 도깨비 한 마리라도 보이면 그 즉시 너희 모가지 따서 매달아도 되는 거지."

「안 됩니다. 저번에도 성당에서 위험한 일을 벌이지 않으셨습니까. 자칫하면 평신도들까지 다칠 뻔했습니다.」

수호신들의 등에 손바닥만 한 날개가 솟았다. 여차하면 팔 한쪽씩 붙잡아 날아오르기라도 할 기세였다. 애새끼처럼 생겨서 충직하게 성당을 지킬 줄 알았다. 안대영은 부러 능글거렸다.

"자기들아……. 일하러 온 거잖아, 일. 내가 쓰레기 처리반이라는 거 몰라서 이래?"

둥그런 눈동자가 크게 뜨였을 때 안대영의 양손은 이미 수호신들의 뒷목을 하나씩 턱 붙잡은 채였다. 커다란 손에 뒷목이 세게 잡히자 당황한 수호신들이 마구 버둥거렸다.

「놔 주십시오! 놓지 않으시면 화살을 쏠 겁니다!」

"아. 그 유명한 큐피트의 화살? 너네도 가지고 있냐? 좋지, 그거. 이왕이면 상대 잘 골라서 쏴 줘. 안 그래도 요새 바빠서 섹스를 걸렀더니 좆 터질 지경이야. 잘됐네."

「이이이……! 이! 아버지께서 용서하지 않으시리라!」

"농담 아니야. 됐고, 어른들끼리 얘기 좀 하게 애기들은 잠깐 자고 있어."

퍽, 하고 깡통 터지는 소리가 나더니 수호신들은 그대로 혼절하고 말았다. 안대영은 널브러진 수호신들을 쳐다보지도 않고 손을 탈탈 털어 나머지 계단을 올랐다.

"시끌벅적해서 나와 봤더니 역시가 역시구먼."

멀리서 걸어오는 베드로 신부에게서 반가움이 묻어났다. 안대영은 코트 주머니에서 담뱃갑을 꺼냈다. 여기가 성당이라는 자각이 없는 듯 무식한 행동이다.

"찾아올 줄 알았다. 오랜만이구나."

"이번 달에 뒤질 사람을 왜 보내."

담뱃불을 바로 붙이며 던진다. 안부도 뭣도, 겉치레는 질색이었다.

"전생도 안 보여. 뭐야, 걔."

"무당의 유일한 아들이지."

"이 나라에 무당이 한둘이야? 나랑 스무고개 해?"

"그래……. 네 말이 맞다. 이 나라에 무당이 한둘이냐. 그런데 무광산에 남아 있던 마지막 무당이라고 하면 특별해지는데."

안대영의 입에 물린 담배에서 기다란 재가 툭 떨어져 바람에 흩어졌다. 그는 무표정을 넘어 눈동자마저 심해에 가라앉은 듯 어두컴컴해졌다.

무광산에 남아 있던 마지막 무당. 이름은 잘 기억나지 않지만, 그 무당의 몸속에 이무기가 숨어 있었다. 당시 안대영은 불미스러운 일로 재판이 열렸던 터라 직접 보지는 못했다. 단지 그렇다고만 '들었다'.

"왜 보냈는지 감이 좀 오나?"

안대영이 인간의 몸으로 째빠지게 일하는 이유도 거기에 있었다. 세상에 마지막으로 남은 단 하나의 이무기를 생포해 올 것. 그렇다면 추방령을 거두고 지옥의 열한 번째 대왕으로 앉혀 주겠다던 그 말. 지옥의 선악과. 안대영에게는 아담과 하와와 달리 선택지가 없었다.

"……뱀."

"뱀뿐인가. 캐럴이 들린다고 하더라. 그동안은 내 능력 선에서 지켰지만…… 나도 더는 무리야. 그래서 대영이 네게 보낸 거다."

"……."

이력서로 확인한 정은규의 생일은 12월 25일이었고 그의 이마에는 12월이 쓰여 있었다. 보통 남은 수명은 년도와 함께 보이는데 월만 쓰여 있었으니 순리대로라면 정은규는 이번 달 안에 죽는다.

캐럴. 크리스마스. 산발적으로 나타나기 시작한 뱀과 귀신들. 생일. 캐럴. 크리스마스. 뱀. 무당. 이무기.

그런 안대영의 눈이 베드로 신부의 이마로 향했다. 아무리 독실한 카톨릭 신자에 구마 사제라고 해도 한낱 인간이다. 그러니 베드로 신부의 이마에도 죽는 날짜가 지글지글한 글자로 박히는 것이 당연했다.

"하."

피우던 담배를 내던진 안대영이 기가 차서 인사 없이 뒤돌았다. 보지 않아도 뒷짐 진 채 가는 등을 살피고 있을 베드로 신부를 알았다. 항상 그랬으니까.

지나치려다 혼절한 수호신을 내려다보고 '일어나. 언제까지 잘 거야.'
라며 한 대씩 발끝으로 툭툭 걷어 찬 안대영이 성모상을 힐끔 쳐다보았다.
자애로우신 분이다. 그러니까 살생을 일삼는 저를 보고도 그냥 두셨
겠지. 정말로 안대영의 출입을 막으려고 했다면 수호신이 아니라 직접
행차하셨을 테다.

차에 올라탈 때까지 생각에 잠겨 있던 안대영은 조수석에 던져 둔 업
무용 핸드폰 액정을 터치해 보았다. 의뢰인의 부재중 통화가 남겨져 있
었으나 무시하고 주소록을 뒤져 김석호에게 전화를 걸었다. 품 안의 개
인 핸드폰을 꺼내기 귀찮아서였다. 어차피 김석호야 업무용이든, 개인
용이든 일단 걸면 안대영인 줄 알고 받았다.

신호가 얼마 가지 않아 달칵 김석호가 전화를 받았다. 주변에서 복사
기가 종이를 토해 내는 기계음이 들렸다.

"교수 일어났어?"

-예엡. 한 십오 분 깨어 있다가 다시 주무세요. 차 실장도 왔구요.

"밥부터 먹여. 출발한다."

-대표님 짜장면 드실래요?

"너나 많이 쳐드세요."

베드로 신부의 이마에 정은규와 같은 '12月'이 적혀 있었다. 잘못 볼
리가 없다.

손끝이 핸들을 톡, 톡, 톡 일관성 있게 두드렸다. 안대영의 눈동자에
다시금 이채가 돌아온 것은 그로부터 얼마의 시간이 지나서였다.

* * *

멍하다. 약에 취한 것처럼 몸은 무겁고 눈꺼풀도 겨우 떠졌다. ……얼마
나 잔 거지. 열흘이 훌쩍 넘도록 잠을 설치다 기절했으니 당연한 신체

반응이었다. 뇌를 좀먹어 가며 괴롭히던 귀신들 없이 편안하게 잔 게 도대체 얼마 만인지 몰랐다.

멍하게 위아래를 훑은 정은규는 가지런히 정리된 재킷과 넥타이, 양말을 보고 이마를 짚었다. 셔츠 단추가 두 개 풀려 있었다.

"일어나셨어요?"

해가 떠 있을 때 기절한 것으로 아는데 여전히 날이 밝았다. 김석호가 내민 머그컵에 입술을 대자 적당히 미지근한 물이 버석한 입 안을 채웠다. 찌뿌둥한 몸을 겨우 일으켜 물었다.

"몇 십니까……."

"네 시요."

네 시? 미간을 찌푸린 정은규가 근육이 죄 빠져 버린 것처럼 힘이 들어가지 않는 다리를 침대 밑으로 내렸다.

"저 두어 시간 밖에 안 잤나요……."

김석호가 정은규를 보며 어제처럼 미소 지었다.

"스물네 시간 주무셨습니다. 하루요. 아, 낮에 오셔서 헷갈리셨나 보다."

"……아."

"머리 많이 아프세요? 두통약 있으니 가져다 드릴게요. 오신 그대로 주무시면 불편하실 것 같아 최소한만 탈의했습니다. 아무 데도 안 건드렸어요."

"예……. 그리고 약은 괜찮아요. 혹시 제 핸드폰은 어디에……."

"아아. 여기요."

침대 옆 서랍을 열어 건넨다. 관자놀이를 꾹꾹 누르며 밀린 연락을 훑는데 'NS 김현수 선배'가 두 건 있는 것 말고는 잠잠하다. 곧장 통화를 걸었다.

"선배, 나예요."

-너 왜 전화를 안 받아?

"아, 눈이 지금 떠졌어……. 미안해요."

-네가 전화 안 받아서 김 선생한테 노티 받고 내 맘대로 오더 내렸다.

막무가내인 척하지만 놀리는 거다. 알아서 잘했을 사람이다.

"바쁘진 않고요?"

-바쁘지~ 누구님 덕분에 조온나 바쁘지~ 너 담달에 각오해라.

"고마워요. 정말."

-고마운 건 아네. 정 따까리 씨.

"사흘 뒤에 저 외래 나가니까 그때 점심부터 살게요. 그리고 무슨 일
생기면 언제라도 전화 줘요."

-야. 쌉소리는 됐고 푹 쉬기나 해. 이런 일 또 만들지 마라.

그게 맞다. 정은규는 고개를 끄덕이며 끊긴 전화를 힘없이 던졌다.

아……. 골 울려.

그리고 옆에서 공손히 손을 내미는 김석호를 올려다봤다. 부피가 큰
데도 워낙 조용히 있어서 잠시 잊고 있었다. 손을 왜 내밀지? 아아, 머
그컵 달라고.

"대화를 엿들으려던 건 아니었어요."

"들으셔도 상관없는 내용입니다. 근데 여긴 어딥니까……."

"사무실에 딸린 일종의 숙직실이라고 보시면 돼요. 쉬세요, 저는 나
갈게요. 도움이 필요하시면 불러 주시구요."

"예. 고맙습니다."

그제야 주위도 둘러본다. 평범한 방이다. 욕실이 딸려 있는 침대 방.
이 건물에 방도 있었구나…….

하루를 씻지 못한 몸이 찝찝해 일어난 정은규는 도로 침대로 주저앉
을 뻔했다. 안대영이 팔짱을 낀 채 문틀에 기대 서 있었기 때문이다.

"어제랑 다르게 사람 몰골이네."

기절했음에도 내다 버리지 않아서 고맙다는 최소한의 인사를 해야 하는

데……. 김현수에게는 수도 없이 흘러나간 그 쉬운 말이 안대영에게는 참 어려웠다. 방금 김석호에게도 하지 않았던가. 덕분에 잠다운 잠을 거의 2주 만에 잤다고, 사례든 뭐든 하겠다고 나서야 원래 정은규인데.

"배 안 고파?"

"……아."

때 맞춰 채신머리없이 꼬르륵 소리가 흘러나갔다. 파블로프의 개도 아니고. 민망해서 딴청 피우는 정은규를 보며 피식 웃은 안대영이 눈짓으로 욕실을 가리켰다.

"씻고 나와요. 가운도 있을 겁니다. 가운 불편할 것 같으면 내 옷 빌려주고."

"가운 입겠습니다."

"그러든가."

"……저기."

안대영은 눈만 깜빡여 보였다. 할 말 있으면 해 보라는 듯이.

"고맙……습니다."

이번엔 미간이 설핏 찌푸려졌다가 펴졌다.

"뭐가?"

"재워 주신 거요. 자는 동안 꿈조차 꾸지 않은 건 정말 오랜만입니다."

한번 어려운 물꼬를 트자 다음은 자연스러웠다.

"교수님."

"예?"

"연애 많이 안 해 봤지."

갑작스러운 질문에 정은규가 고개를 갸웃거렸다. 연애가 왜 나오지? 고맙다고 한마디 했을 뿐인데. 얼떨결에 하루 동안 입은 셔츠를 벗으려 단추를 느릿느릿 풀었다.

"그만 꼬셔. 내 앞에서 어디까지 벗을 거야."

"······아?"

손길이 뚝 멈췄다. 반응이 느릿느릿한 이유는 아직 신경이 덜 깨어나서다. 저 남자를 꼬시려는 의도가 절대 아니다.

"코트 벗겨 줄 때도 찡얼찡얼거리더니. 그런 거에 도는 미친놈들 많다고, 교수님."

"······."

"씻고 나와요."

문고리 안쪽 버튼을 눌러 닫는다. 안에서 잠그고 나간 거다. 정은규는 문득 반쯤 풀려 가슴골이 훤히 드러난 셔츠를 내려다보았다.

이게 왜. 그냥 남자 몸인데.

신경 쓰지 않고 탈의해 욕실로 들어가던 정은규가 아차 싶은 얼굴이 되었다.

코트 벗겨 줄 때도 찡얼찡얼거려? 다른 사람도 아니고 내가? 그럴 리가 없었다.

구원자는 무슨, 안대영에 대한 불신이 확 치솟았다.

비치된 가운을 입고 나가자마자 정은규는 후회했다. 어제 보았던 그 호화스러운 사무실에 가운만 입고 서 있으려니 대단히 민망했다. 아, 그냥 안 대표 옷 빌려 입을걸. 자리에서 부리나케 키보드를 두드리던 김석호가 정은규를 보고 휘파람을 불었다.

소파에 앉아 텔레비전을 응시하던 안대영이 외딴 섬처럼 멀거니 굳어 있는 정은규를 흘긋 본다. 무릎까지 떨어지는 가운을 입고 머리에서 물이 뚝뚝 떨어지는 몰골로 어쩔 줄 몰라 하는 저 샌님을.

"앉아요. 밥 사러 나갔는데 곧 올 겁니다."

쭈뼛쭈뼛 다가와 앉지 않고 곁에 선다. 안대영의 고개도 정은규에게 들렸다.

"왜."

"죄송하지만…… 옷 좀 빌려주시면……."

"보기 좋은데 왜요. 가운 입는다면서."

"……집인 줄 착각했습니다."

"내 순수한 호의를 거절한 건 그쪽 아닙니까."

"그럼 제 옷 도로 입겠습니다."

"아, 어쩌지. 세탁기 돌아가고 있을 텐데. 지금이라도 중단시키고 물에 푹 젖은 거 꺼내 입든가."

능글거리는 말투라면 재수 없다고 욕이라도 할 텐데, 평이한 어조로 티브이 가리지 말고 비키라며 손을 내치기만 한다. 처음부터 끝까지 싸가지라곤 한 톨도 없는 인간이다.

"안에서 문 잠그고 갔잖습니까. 빨래거리를 어떻게 꺼냈는데요."

이를 악물고 읊조리는 정은규를 보며 심드렁하게 대꾸한다.

"안에서 잠가 봤자…… 난 키 있으니까. 내가 안 들어가려고 잠근 게 아닙니다. 쟤 때문에 잠근 거지."

기다란 검지가 김석호를 콕 집는다. 핑계도 좋다. 정은규는 사람을 잘 볼 줄 모르는 편에 속하나, 적어도 악인은 구분해 낼 줄 알았다. 정확히는 그 사람에게서 퍼지는 기운과 오라로 구별한다는 편이 옳겠다.

김석호는 맑다. 파렴치한 짓거리를 일삼을 사람이 아니란 뜻이었다. 머리가 핑 돌아 깊게 한숨 쉬었다. 움푹하게 파인 쇄골과 목울대가 일순 울렁였다.

"옷 빌려줄 테니까 내가 하자는 대로 해요."

"뭡니까."

와 봐. 눈은 여전히 티브이를 응시하면서 손가락만 까딱거린다. 정은규는 의심스러움을 감추지 않고 허리를 약간 숙였다.

"밥 먹고 내 집으로 갈 겁니다. 일이 해결될 때까지 거기서 지내요."

"……."

"물론 내 집이니까 나도 같이 생활할 거고. 뭐, 불편하진 않을 겁니다."

"……."

"우리 교수님은 대답할 줄 몰라요? 아니면 긍정의 의미로 닥치고 있는 거야?"

입꼬리가 말려 올라간다 싶더니 대번에 손이 가운 속으로 파고든다. 차가운 손이 가슴에 닿자마자 파드득 놀란 정은규가 밀어내기도 전에, 어찌나 행동이 빠른지 살집을 한껏 움켜쥔 것으로 모자라서 말랑한 유두까지 꼬집혔다.

"교수님 젖꼭지 분홍색인 거 아까 봐서 알고 있으니까 그만 꼬시라고. 난 인내심이 짧습니다."

"……."

부끄럽거나 창피해서가 아니다. 의중을 모르겠어서 받아치지 못했다. 플러팅은 꽤 받아 보았지만, 이런 성의 없는 멘트를 날리는 사람은 없었다.

"또 보여 주면 그땐 손이 아니라 입을 댈 거야."

젖꼭지를 꼬집었던 엄지와 검지를 비비며 경고한다. 그래. 플러팅이 아닌 경고였다. 속삭이는 목소리가 음험했다. 정은규는 반사적으로 김석호의 자리를 살폈지만, 어디로 갔는지 의자만 덩그러니 놓여 있었다.

"옷은 나온 방 옷장에 있어요. 사이즈 맞는 거 아무거나 꺼내 입어요. 다시 돌려줄 필요는 없습니다. 그리고 이왕 간 김에 머리도 말리고. 감기 걸려."

아무 일 없었던 사람처럼 담뱃불을 붙인다. 툭 던진 라이터가 폭발해 어제의 불길을 내뿜으면 어쩌나 싶었는데…… 불씨를 한번 틔우고 얌전히 누워 있기만 한다. 정은규는 입술을 짓씹으며 가운을 여몄다.

연애. 그 쉬운 걸 못 해 봤다. 산속에서 구출당한 어린 정은규는 준비 없이 홀로서기와 정면으로 맞닥뜨렸다. 험한 세상에서 살아남아야 하는 과제는 사랑의 욕망보다 훨씬 커다랬다. 베드로 신부의 보살핌도 영원하지 않으리라는 것을 알고 있었기에 닥치는 대로 학습에 매진해야만 했다.

살아남고 싶었다. 과거는 과거에 두고, 오롯이 현재를 달리고 싶었다. 그것은 나이를 불문하고 필사적인 발버둥이었다.

검정고시를 친 후 수능으로 의대에 합격하고 갖은 핍박을 받았다. 흔히들 말하는 있는 집 자식도 아니었고 소위 빽도 없었기 때문이었다. 근거 없는 무시와 오해는 일상이 되었다.

사람과 사람이 맺는 인연이라는 건…… 욕창에 걸려 제대로 앉지 못해 엎드려서 하던 공부보다 괴로웠다. 대인 관계가 서툰 것은 죄가 아닌데. 이름난 의대는 허울일 뿐, 그는 독고다이였다.

그래서일까, 자연스럽게 혼자가 편해졌다. 레지던트 때 쥐꼬만 했던 인간관계가 소폭 상승하면서는 최소한의 인맥만 만들어 놓았다.

정은규의 마인드맵은 작고 또 작았지만, 그 안에 포함되어 있는 사람들은 제법 살뜰하게 챙기려 노력해 왔다. 알에서 막 나온 병아리처럼 서툴렀기에 손을 내밀어 준 그들에게 보답해야 한다고 여겼다.

함께 공부를 했고, 술을 마셨고, 취한 채 후배의 자취방에서 엉망으로 얽혀 잠이 들기도 했다. 전부 신선한 경험이었고 나쁘지 않았다. '사는 냄새'가 나는 관계. 마음의 문을 닫았던 정은규도 조금은 닫혔던 문을 열었다. 그래서 연애까지는 욕심내지 않았다. 이 정도면 딱 좋았으니까.

돌이켜 볼수록 치열하게 살아온 인생이다. 모난 돌이 세월의 풍파를 맞아 둥그런 자갈로 변하는 날도 언젠가 온다. 12월 전의 정은규도 그랬었다.

그때가 그립냐고 묻는다면 고민 없이 '그렇다'라고 대답할 것이었다. 그러나 지나간 시간은 영영 돌아오지 않는 법이다. 살아 있는 사람은 모두 현재를 달리는 마라토너다.

좋았던 과거를 회귀하고 현실을 비관해 봐야 변하는 건 없다. 과거만큼 행복한 미래를 위해 현재를 다듬을 뿐. 그래서 나도 여기까지 온 거겠지.

안대영의 옷은 대부분 품이 컸다. 제일 작은 사이즈의 셔츠를 꺼내 입고 바지 버클을 채웠다. 의외로 바지는 입을 만해서 허리띠까진 필요 없을 듯했다.

대강 말린 머리는 부스스하게 이마를 가렸다. 평소 시야에 거치적거리는 것을 싫어해 짧게 자르거나 뒤로 넘기는 헤어스타일을 고집해 왔다. 그리고 머리가 길면 나이보다 어려 보여서 무시당하는 경우가 빈번했기에 습관적으로 다듬었다. ……아, 길이 거슬려. 그래서인지 눈썹 부근에서 간질이는 앞머리를 자꾸 눈을 치켜떠 쳐다보게 된다. 젤도, 왁스도 없어 보이니 넘겨서 고정시킬 수는 없고.

에라, 모르겠다. 머리가 문제냐. 빗을 내려놓고 나갔다. 가운 차림 때와는 다르게 당당한 발걸음이었다.

"아, 교수님. 처음 뵙겠습니다."

소리 나지 않게 문고리를 잡아당기자 안대영만큼 키가 큰 남자가 정중하게 허리를 숙였다.

"차민혁. 서른. 차 실장이라고 불러요."

인사는 저쪽이 했는데 소개를 안대영이 한다. 그럼 좀 성의 있게 하지. 차민혁이 손을 내밀어 얼결에 악수까지 했다. 손 크기는 안대영보다 작았다.

"어제는 일이 있어서 못 들어오는 바람에 인사 못 드렸네요. 이야, 근데 되게 잘생기셨다. 제가 봐 온 의사들은 하나같이 좋도 못생겼던데."

말이 칭찬인지 욕인지 구분하기가 어려운데……. 그래도 꾸벅 인사했다.

"고맙습니다."

"식사하세요. 뭘 드실지 몰라서 간단하게 초밥 준비했거든요. 혹시 생선 알레르기 있으실까요?"

"아니요……. 다 잘 먹습니다. 고맙습니다."

"부담스러우실 텐데 편하게 드세요. 저희는 나가 있겠습니다."

"그러지 않으셔도 되는……."

말이 끝나기 무섭게 중문이 쾅 닫혔다. 정은규의 눈꺼풀이 끔뻑, 끔뻑 떠졌다. 그 눈길이 안대영에게 닿았다.

"안 나가십니까?"

"내가 왜 나가."

"저 분들은 나가셨으니까요."

"셔츠 잘 골라 입었네. 그 옷이 마음에 들었어요?"

윤기 나는 연어 초밥을 먹기도 전에 체할 뻔했다. 헛기침한 정은규가 간장 뚜껑을 열었다.

"대부분 사이즈가 커서요. 이 옷이 제일 작았습니다."

"앞머리 내리니까 훨씬 어려 보여. 먹어요, 방해 안 할 테니까."

정말 방해하고 싶지 않은 거라면 너도 밖으로 나가면 될 텐데. 그 말은 연어 초밥과 삼켜 버렸다. 쓸데없는 기 싸움은 영 취향이 아니었다.

* * *

"어디로 가면 됩니까. 주소 알려 주시면 따라가겠습니다."

"같이 움직이죠."

"제 차로요?"

운전석에 앉은 정은규가 물으니 대답 대신 조수석에 올라탄다. 안대영은 익숙하게 내비게이션을 켜고 주소를 찍었다. 자기 차인 줄 알았다.

"대표님 차는요."

"차 많아요. 출발."

-경로 안내를 시작합니다.

어처구니가 없어 쳐다보다가 핸들을 막 돌리려던 때였다.

"아, 잠깐."

안대영은 차창을 내리더니 방긋 웃고 있는 차민혁과 김석호를 차례대로 훑었다.

"초량이한테 맡긴 거 이틀 안에 찾아놓으라고 해."

"이놈 시키 겁나 따질 건데요…….."

"알 바야? 하라면 하는 거지."

둘은 저 싸가지가 익숙한가 보다. 미소를 잃지 않고 동시에 동그라미 모양을 만들어 보였다.

"모레 오케입니다. 직접 오시게요?"

"어. 도토리묵 주문 해 놔. 그리고 당분간 8번 이하 핸드폰은 전원 꺼 둬."

"옙."

"안전 운전하세요, 교수님!"

"아…… 예. 초밥 잘 먹었습니다."

"뭘요. 다음엔 훨씬 맛있는 거 사 드릴게요."

김석호가 차체를 두드렸다. 출발하라는 신호다. 내비게이션은 도착 예정 시간을 1시간 48분 후로 잡아 놓았다. 이곳에 올 때와 비슷하게 걸린다. 그래도 서울이니까 출근하는 데는 지장이 없겠고…….

텅 빈 도로를 달리는 내내 조용해 라디오라도 켤까 싶었던 정은규가 슬쩍 안대영을 곁눈질로 살폈다. 무료하게 정면을 응시할 뿐 싹퉁머리 없는 발언 같은 건 하지 않았다.

"초량이는 누굽니까?"

"도깨비."

곧장 대답해 준다. 비록 평범한 대답은 아니었지만……. 다시금 침묵이 찾아왔다. 말수가 없는 편이라 대화를 이끄는 능력은 없어 묵묵히 운전하던 정은규에게 안대영이 정면을 턱짓했다.

"차선 바꿔."

"지금요?"

"빨리."

다급한 글자치고 평온한 말투라 의아해하며 2차선으로 옮긴 정은규는 1분도 채 안 되어 가드레일을 박고 박살이 난 뒤차를 룸 미러로 확인하게 되었다. 차체가 부서지는 커다란 파열음이 여기까지 들렸다.

정은규는 눈이 튀어나갈 듯 놀라 급브레이크를 잡았다. 끼이이익ㅡ 고속으로 달리다 갑자기 멈추는 바람에 안전벨트를 맨 상체가 반쯤 튕겨졌다가 제자리로 돌아왔다. 다급히 안전벨트를 푸르고 내리려는 정은규를 안대영이 잡아챘다.

"그대로 가."

짜증이 덕지덕지 묻어서 하는 말이 저따위다. 정은규는 안대영을 뿌리치려 했지만, 힘이 워낙 세서 매달리는 꼴이 되었다.

"내려서 확인해 봐야겠습니다."

"무시해."

"분명히 다쳤을 거예요. 응급 처치를 해야 합니다. 교통사고는 일분 일초가 급해요."

"정신 차려!"

귀에 꽂히는 듯한 사나운 외침이었다. 정은규는 뻣뻣하게 굳어 안대영을 노려보았다. 안대영은 한 손으로 정은규를 제압한 채 다른 손은 룸 미러를 톡톡 쳤다.

"사람 아니니까 그대로 가라고 하는 거잖아. 누굴 싸패로 봐?"

그리고 룸 미러를 응시한 정은규는 박살 난 차 주위에서 히죽히죽 웃고 있는 네 가족의 형상을 보자마자 일순 맥이 빠져 핸들에 이마를 박았다. 사고 난 운전석은 텅 비어 있었다.

"씨발 진짜 좆같아서."

욕설을 지껄인 안대영이 조수석 문을 벌컥 열고 나간다. 자동으로 록이 걸린 차 안이 싸늘하다. 여전히 핸들 위에 엎어져 숨을 고르던 정은규는 똑똑, 차체를 두드리는 소리에 움찔 몸을 떨었다.

"내려."

안대영이 밖에 서 있었다. 귀신이 둔갑해서 문을 열라는 게 아닐까. 파리해진 안색으로 쳐다보기만 할 뿐 굳어 있자 이번엔 바퀴를 걷어찬다.

"내리라고. 내가 운전할 테니까."

"밖에……."

"없어."

그 말을 믿을 수가 없어 룸 미러를 다시 살폈다. 정말이었다. 형체도 없이 사라진 사고 현장에 기가 막히면서도 심장이 재빠르게 뛰었다.

무섭다. 그래 이건 무섭다는 감정이었다.

느릿느릿 운전석 문을 열고 쓰러지듯 내린 정은규를 받은 안대영이 혀를 찼다.

"교수님. 고작 이런 거로 쫄아 붙으면 앞으론 어쩌시려고 그래요."

"……저 귀신들은 왜 나타난 거예요."

"여기서 죽었으니까. 처리했으니 다신 안 보일 거야."

정은규를 안다시피 해서 조수석으로 옮겨 준 후 보닛을 빙 돌아 운전석에 앉은 안대영이 의자의 높낮이를 조절하고 핸들을 잡았다. 그리고 정은규는 이 차를 산 이후 계기판에 160이 찍힌 광경을 처음으로 보게 되었다. 쌩쌩 지나치는 풍경과 달리 의외로 무섭다는 느낌은 없었다.

"대표님은…… 정확한 직업이 뭡니까."

"명함 줬잖아."

"베드로 신부님이 행정의 히읗도 모를 거라고 하셨습니다."

"아하, 그러셨습니까."

정은규의 말투를 그대로 따라한다. 분기점에서 빠지자 정은규도 익히 알고 있던 고속도로가 나타났다. 그제야 안심이 되었다.

"퇴마사? 무당? 어느 쪽입니까."

"아는 직업이 그 두 가지밖에 없어요?"

피식 웃다가 제멋대로 라디오를 튼다. 내버려뒀다.

"쓰레기 처리. 그겁니다, 내가 하는 일은. 근데 무료로 해 주긴 싫어서 돈 존나 많이 받고 하는 거고."

"……."

"나 되게 비싼 몸인데. 교수님은 빚만 늘어 가고 있다는 거 알아 둬요."

병원에서부터 몇 번 살려 준 거야. 틀린 말이 아니라 꺼칠꺼칠한 입술을 매만졌다. 서울에 도착하면 립밤부터 사야겠다.

"얼마를 드리면 되겠습니까."

"돈은 됐고."

부드럽게 차선을 변경한 안대영이 팔꿈치를 차창에 기댔다. 핸들을 톡, 톡 두드리는 손가락.

"한번 자죠."

정은규의 미간이 대번에 찌푸려졌다. 확인 사살이 이어졌다.

"자자고. 그쪽이랑 자고 싶어."

유혹하는 목소리도, 정욕에 들끓은 표정도 아니었다. 어제오늘 줄곧 보았던 그 무심한 얼굴이었다.

* * *

정은규의 1년 선배 김현수는 직업과 다르게 미신을 꽤 믿는 편이었다. 1월이 되면 용하다고 소문이 난 철학관에 아침 일찍부터 줄을 서서 신년 운세와 점괘를 봤고, 큰 수술이 걸려 있으면 손목의 묵주를 가만히 매만지며 자칭 '명상의 시간'을 가졌다.

심지어 새 차를 샀을 때는 병원 주차장에서 고사 판을 좀 크게 벌리는 바람에 혼쭐이 나기도 했었다. 매일 아침 운세 어플을 확인해 행운의 색과 조심해야 할 일을 새겨야 하루가 평탄하다고 하는 사람이었다. 간호사들조차 혀를 내두를 미신 신봉자.

그러나 무당의 아들로 자란 정은규는 정작 미신에 관심이 요만큼도 없었다. 보이면 보이는 거고, 그게 존나 짜증이 나지만, 뭐 핏줄 탓이려니 여겼다. 귀신이든 사람이든 본인의 일만 방해하지 않으면 아무 상관이 없었다. 모든 것은 상식선에서. 정은규의 신조이기도 하다.

그리고 지금, 그것이 깨지고 있다.

안대영과 마주앉아 밥을 깨작거리면서 정은규는 그를 지그시 쳐다보았다. 집에 오자마자 배가 고프다며 배달 음식부터 주문한 사람이었다. 오기 전에 연어 초밥을 먹었던 터라 잘 안 들어갔다.

"내 집처럼 굴진 말고. 빨래 쌓이면 돌려 넣고 청소도 하고 그래요."

삐까번쩍한 사무실과 달리 안대영의 집은 적당한 크기에 평범했다. 방이 두 개, 널찍한 거실, 아일랜드 식탁이 딸린 주방. 적당히 깨끗하고 적당히 사람 사는 집 같았다.

"전 작은 방을 쓰면 됩니까."

"교수님. 동거인 된 김에 우리 말투 좀 고칠까요? 앞으로 다나까 금지. 한집에 사는데 거리감 느껴져."

욱해서 그 같잖은 반존대나 때려치우라고 소리칠 뻔했다. 안대영은 뻔뻔하게 정은규의 밥 절반을 덜어갔다.

"작은 방은 옷이랑 잡동사니로 가득해서 누울 공간이 없어요. 안방같이 써야 하는데."

"누구랑 같이 못 잡니다."

"다나까 금지."

"같이 못 잔다구요. 그리고 여기서 며칠이나 생활한다고 동거인이라고 합니까."

"그 말대로 며칠이나 생활한다고 같이 방을 못 써요? 결벽증 있나?"

"그럼 거실에서 이불 펴고 자겠습니다."

"왜. 내가 자자고 한 게 신경 쓰여서?"

젓가락 끝을 모아 정은규를 콕 가리키고는 웃는다. 저 웃음은 아무래도 버릇인가 보다. 한쪽 입꼬리만 말려 올라가 피식 내뱉는 웃음.

"신경 안 쓰인다고 하면 거짓말이죠."

"아, 되게 내외하네. 진짜 연애 안 해 봤어? 정말로? 연애를 안 해 본 건 그렇다 치고, 쌓인 거 남이랑 한 번도 안 풀어 봤어요?"

"예."

"서른셋 먹도록 자위만 했다는 거야? 대단한데."

놀리는 기색으로 물어 이를 앙다물었다. 맞는 말이라 화를 못 냈다. 성욕이 일 때는 대충 자위로 한 발 빼면 금세 욕구가 시들어 버렸다. 정은규에게 있어 성욕이란 별것 아니었다.

"나 되게 잘해. 한번 자면 또 하자고 매달리게 될 걸."

"그럴 일 없습니다. 제 몫까지 다 드세요, 전 배 안 고파요. 그럼 짐 정리는 작은 방에 하면 되는 겁니까?"

"안방에 풀어요."

"안대영 씨. 말했죠."

"침대 두 개야. 뭐 그렇게 날을 세워요? 경계하는 고양이도 아니고."

이러면 정은규는 순간적으로 말을 잃고 멋쩍어지는 거다. 안대영은 정은규를 실컷 놀려먹고 기분이 좋아졌는지 젓가락을 내려놓았다.

"건드리는 맛이 있어…… 교수님은."

가까이 다가와 혼잣말인지, 들으라고 하는 소리로 하는 말인지 속삭이고는 문을 연다. 훅 끼치는 냄새가 의외로 달달한 편이다. 단내 나면서도 향긋한……. 정은규는 무심코 냄새를 맡다가 내려다보는 시선과 마주치자 흠칫해 물러났다.

"뭐야. 진짜 고양이야? 아니면 킁킁거리는 게 강아지 쪽?"

"……나 그쪽이랑 안 잡니다."

"응응. 그래그래."

"장난으로 받아들이지 말고."

"그럼 더 자고 싶어 하는 걸로 알겠으니까 그쯤에서 그만. 왼쪽 침대 써요."

도대체 영 안 맞는 인간이다. 척 봐도 새것처럼 보이는 시트와 이불이 깔린 침대에 털썩 앉은 정은규가 그대로 누우려다 말고 아차 싶어 캐리어를 펼쳤다.

식탁 정리를 하고 온 안대영이 제 침대에 앉아 각 맞춰 접힌 옷을 꺼내는 정은규의 등을 바라보았다. 주름 하나 허투루 잡지 않은 게…… 정리도 성격대로 한다 싶어서.

"자주 입는 옷이나 잠옷 있으면 빌려줘요."

"왜요."

"교수님 집에 좀 가 보게. 어쩌다 그 꼴이 났는지 원인을 알아내야 하니까."

어머니에게 들은 적 있다. 가택귀를 잡기 위해 집주인의 옷을 빌려 입는 경우가 종종 있다고. 안대영을 잠시나마 의심했던 부분이 뭉개졌다. 대상이 마음에 안 드는 것과 별개로 사실 구분은 할 줄 알아서 다행이었다.

"……저도 갑니까?"

"아니. 나만 갑니다. 가고 싶어요?"

"지금은…… 아니요. 끔찍합니다."

"솔직해서 마음에 들어."

머뭇거리던 정은규가 옷 두 벌과 웬 통 하나를 가지고 온다. 안대영은 침대 위로 나란히 펼쳐지는 옷과 아랫입술을 짓씹는 정은규를 번갈아 보았다.

"이건 잠옷으로 자주 입는 겁니다."

"화장실 급해요?"

"예?"

"아닌 거면 안 잡아먹을 테니까 앉죠."

그러니까 애매한 거리를 두고 엉덩이만 겨우 걸쳐 앉는다. 마음 같아선 확 끌어당기고 싶은데 그랬다간 게거품 물고 졸도라도 할까 봐 내버려두었다. 안대영은 정은규가 꺼낸 철제 통을 가져갔다.

"이건 뭐야."

"베드로 신부님이 주신 겁니다. 바둑알처럼 생겼지만, 그 안에 든 건 성수인데……."

영롱하게 빛나는 새까만 바둑알을 집어든 안대영이 감별사처럼 휙휙 돌려본다. 그러다 곧 손아귀 안에서 터트린다. 물기로 축축해진 손바닥은 아무 반응이 없었다. 마른침을 삼켰다.

사실 정은규는 안대영도 귀신일 가능성이 없진 않으리라 의심하고 있던 중이었다. 정황상 의심해 본다고 해서 나쁠 것도 없었다. 그래서 일부러 성수가 든 바둑알을 줬는데…… 한낱 물풍선보다 못한 존재로 변해버렸다. 집에서 보였던 귀신들은 저 바둑알 하나에 쪽을 못 썼는데.

"애들 장난치나. 이딴 걸 주게."

"그래도 저에게 달려들던 뱀은 그걸 맞고 죽었…… 아니, 사라졌습니다."

"베드로가 줬다고?"

"예."

"다른 귀신들에게도 써 봤어?"

"아니요……. 그들은 직접적으로 공격하진 않아서."

"이까짓 걸 믿고 열흘 넘게 그 집에 있었다라……. 교수님도 꽤 무심한 편인가 봐."

"……예, 좀."

그 무심함을 뚫었으니 이 덤덤한 인간도 딱 죽을 노릇이었겠지 싶었다.

"수면제라도 먹어 보지 그랬어."

"먹어 봤는데 몸은 무겁고 정신은 깨어 있어서 오히려 더 힘들었습니다."

"지금 또 잠 오는 얼굴인데?"

눈은 이렇게 풀려 가지고. 안대영이 부러 침침한 눈을 해 보인다. 정은규는 크게 하품하다가 입을 텁 막았다.

"짐은 내일 정리하고 눈이나 붙여요. 난 오늘 밤은 안 들어올 겁니다."

"……그럼."

"음?"

"저 혼자 있을 때 또……. 또 보이면……."

기어 들어가는 목소리와 반대로 바짝 솟은 어깨 끝이 그날의 예민함을 동반하듯 움찔거렸다. 안대영이 정은규의 앞에 섰다. 정은규의 의뭉스러운 눈길이 닿았다.

"일어나 봐."

왜. 왜 일어나라는 걸까. 일단 시키는 대로 일어나자마자 품에 가득 안기고 말았다. 아까도 맡은 냄새가 도로 느껴진다. 콧속을 파고드는 달고 향긋한 냄새…….

포옹으로 시작한 안대영은 틈 없이 밀착해 얼굴을 목덜미에 마구 비볐다. 우뚝하게 떨어지다 날카롭게 마무리된 코끝과 도톰한 입술, 살갗의 요철이 모조리 느껴져 소름이 자글자글 일었다.

"하아……."

안대영은 일부러 숨을 불어넣고 있었다. 닿는 곳마다 피부가 뜨끈뜨끈 달아올랐다.

온몸의 힘이 쭉 빠지려던 찰나, 축축한 살덩이가 귀 뒤를 핥고 지나가는 순간 있는 힘껏 안대영을 밀쳐냈다. 그러나 역부족이었다.

"뭐, 뭐 하는!"

안대영은 뻔뻔하게 손등으로 입술을 닦아 냈다. 희롱당한 목과 귀를 감싼 정은규가 소름으로 도배된 몸을 떨었다. 허리가 그대로 잡혀 있었다.

"마킹한 거야. 섹스하면 근처에도 못 올 걸?"

"마킹이라니요."

"문자 그대로 당신한테 내 냄새 묻혔다고. 함부로 덤벼드는 똥멍청이들 있을까 봐 방지차."

말뜻을 헤아려 보면 이 남자의 위치는 먹이 사슬의 높은 위치에 있는 듯했다.

사족 보행하는 동물도 아니고 사람 사이에 마킹이라니. 한글로 직역하면 영역 표시를 일컫는다. 귀신이란 이런 것에 속아 넘어갈 만큼 단순한 존재인가. 정은규는 곰곰이 추론해 보았다.

"……그래서 자자고 한 겁니까."

"겸사겸사. 님도 보고 뽕도 따고."

언제 엉덩이까지 쥐고 있었던 건데. 커다란 손아귀에서 주물러지는 엉덩이에 속수무책으로 바둥거리다 안대영의 어깨를 꽉 틀어쥐었다. 정은규도 악력은 어디 가서 지지 않아 아플 만도 한데 안대영은 미동이 없다.

"손 좀 떼 주시죠."

"예민하긴."

"떼라고."

마지막으로 엉덩이를 팡 때린 안대영이 입맛을 다시며 떨어진다.

"내일 아침에 날 보고 뭐라고 할지 기대되는데."

정은규의 잠옷과 철제 통을 챙겨 나가는 등이 새삼 넓었다.

* * *

해가 지고 달이 뜨면 귀신들의 시간이 찾아온다. 어둠은 또 다른 세상이다. 낮에 숨어 있던 귀신들이 길을 잃고 헤매었고 지옥문이 열렸다. 한마디로 개판이 됐다.

"보름달이 개~애 크네. 도리천에서 달구경이나 하면 딱 좋은 날인데."

차민혁이 휘파람을 불었다.

"석호는."

"9번 핸드폰 울려서 출장 갔습니다. 박정규 의원 콜이요."

사무실에는 총 10대의 핸드폰이 있다. 1번부터 10번까지 이름을 정해 두었고, 일종의 '고객사 관리' 차원으로 썼다. 10번은 안대영이 직접 나서는 VIP로만 구성되었으며 그 이하는 차민혁과 김석호가 적당히 분배해 출장을 나갔다.

고객사는 정계 인사부터 연예인, 주식 부자까지 다양하다. 의뢰가 들어온다고 무조건 나가는 게 아니라 개중 돈 되는 것만 골라 일명 '출장'을 나가는 형식이었다. 기본 출장비는 기분 따라 정해졌다.

"냄새 잘 묻혔네요. 교수님 살 냄새가 나는데요."

"개냐? 비켜."

안대영이 코를 킁킁 들이대는 차민혁의 옆얼굴을 밀어냈다.

"설마 벌써……."

두 손바닥을 비스듬히 겹쳐 날갯짓하듯 뽁뽁 공기 빠지는 소리를 낸다. 안대영은 그런 차민혁을 가뿐히 무시해 버린다.

"너 내일 일정은."

"중요한 건 없어서 해 지기 전에 산 입구 나무들이나 좀 돌보려고요. 근데 그건 뭐예요?"

안대영이 들고 있던 철제 통을 보며 묻는다.

"뭐 같냐."

"사탕 통?"

"비슷해."

"그럼 저 하나만 주십쇼. 입이 텁텁해서."

통째로 넘겨준 안대영이 그 안에서 바둑알을 꺼내 곧장 입에 넣고 우물거리는 차민혁을 지나쳤다. 정은규가 빌려준 잠옷 차림이었다. 기본 흰 티와 통이 넓은 고무줄 바지. 한겨울에 춥지도 않은지 그 차림으로 슬리퍼를 직직 끌고 걸어간다.

"엑. 이거 사탕이 아니라 성수잖아요. 에이, 입 버렸다."

에퉤, 뱉고 나서 '버릴까요?'라고 묻는다. 안대영은 고개를 저었다.

"주인 있는 물건이니까 잘 가지고 있어."

"왕자님. 근데 이건 진짜 아닌 거 같은데. 베드로 그 새끼가 꿍꿍이가 없을 리가 있어요? 괜히 부탁한답시고 보낼 새끼가 아니라구요."

"야, 씨발아. 뭍에서 왕자 소리 하지 말라고 삼만 번 말했지."

돌연 쌍욕을 얻어먹은 차민혁이 인중을 길게 늘이며 '예예, 대표님.' 이라고 호칭을 수정한다.

"염라께 보고를 드리는 쪽이 어떻겠습니까. 전 졸라 찜찜해서 말리고 싶어요."

"베드로는 우리 관할이 아니야. 윗분들 소관이니 헛짓하면 알아서 하시겠지."

"아니 솔직히 마리아 님은……."

"시끄럽고 내가 먼저 보고 올 테니까 전화하면 올라와."

"같이 가시죠. 전 그래도 왕ㅈ…… 대표님의 호위무사 아닙니까."

허리춤에 꽂아 둔 검집을 툭툭 쳐 보인다. 여의주를 문 용이 휘감고 있는 모양새의 검집은 존재 자체로도 위용을 뽐내고 있었다.

"민혁아."

"소인 부르셨습니까."

차민혁이 무사의 예를 갖춰 한쪽 무릎을 털썩 꿇는다. 안대영은 바람결에 흩어지는 숱 많은 머리칼을 쓸어 넘겼다.

"그만 나대."

"송구하옵니다."

그러면서 싱글벙글 웃는 낯으로 일어난 차민혁이 멀어지는 안대영에게 소리쳤다.

"전화 주십쇼! 대기 타고 있겠습니다!"

갑자기 안대영이 바지 주머니에서 한 손을 꺼내 이쪽으로 까딱거렸다. 갸우뚱거리던 차민혁이 아, 하고 투수처럼 폼을 잡은 채 철제 통을 던졌다. 안대영은 야구공 대신 던져진 철제 통을 착, 낚아채 갔다. 나이스 캐치! 차민혁이 손뼉을 쳤다.

* * *

까무룩 잠들었던 정은규가 얼마 안 가 눈을 뜬 것은 낯선 번호로 걸려 온 전화 때문이었다. 잘 자고 있었는데 누가……. 모르는 번호는 안 받으면 그만인데, 혹시라도 병원일까 봐 몽롱함에 취한 채 손가락을 더듬거려 핸드폰을 집어 왔다. 잠귀가 밝은 건 이럴 때 사소한 괴로움이 됐다.

"……여보세요."

쩍쩍 갈라지는 목소리가 흘러 나갔다. 마킹이라 쓰고 희롱이라 읽는 같잖은 행위가 꽤 효험이 있었는지 모처럼 꿈도 꾸지 않고 숙면하는 중이었는데…….

-납니다.

"네가 누군데요……."

-잘 자고 있었나 보네.

"……안 대표님?"

-누군지 알았으면 집 비밀번호 불러 봐.

"8*1225."

-자신에 대한 사랑이 가득한가 봐? 비밀번호를 그런 거로 해 두게.

남의 집 문 따고 들어가는 주제에 말이 많다. 이 일이 아니었더라면 주거 침입죄로 신고했을지도 모르는 일인데. 정은규는 크게 하품하며 눈꼬리에 맺힌 생리적인 눈물을 닦아 냈다.

-집이 안 춥네.

"난방 외출로 돌려 놓고 와서요."

-교수님 정리벽 있어? 뭐가 이렇게 다 칼각이야.

"정리벽이 아니라…… 더러운 게 싫은 겁니다. 냉장고에 마실 것 있으니 목마르면 꺼내 드세요."

-한가롭게 뭐 마시자고 온 거 아니고. 깨워서 미안한데 내가 건들면 안 되는 거 있어요?

깨워서 미안하다는 사과는 전화 걸자마자 해야 하는 것 아닙니까. 속으로 대꾸한 정은규가 침대 헤드에 등을 비스듬히 기대앉았다. 비어 있는 옆 침대를 괜히 힐끔거리며.

"없습니다. 다만 뭐가 깨진다거나 어지럽히는 일이 일어난다면 치우고 나와 주세요."

-정리벽 맞네.

"엉망이 된 집을 누가 좋아하겠습니까……."

-그 다나까 말투는 죽어도 안 고쳐집니까?

"……대표님이 제게 존댓말만 한다면 고쳐 보도록 하겠습니다."

-내가 백 퍼센트의 존댓말로 대화하는 존재는 세상에 단둘밖에 없어서 불가능한데.

"둘은 누군데요."

-밑에 한 명, 위에 한 명.

"그렇게 말하면 어떻게 알아들으라는 건지……."

-알 필요 없다는 뜻이죠.

그 말인즉슨 말투는 죽어도 고치지 않겠다는 뜻이었다. 기 싸움 할 체력이 덜 채워진 상태인 정은규는 문득 목이 말라 마른 발바닥을 바닥에 내렸다. 내 집에서도 마음대로 꺼내 먹으라고 했으니 나도 그래도 되는 거겠지 싶어서.

"뱀과 귀신은 방에서 보았습니다. 이따금 거실에서도 마주쳤는데…… 말을 하거나 공격하는 귀신은 없었어요. 뱀은 방에서만 봤구요."

말하면서 냉장고를 열자마자 정은규는 잠시 굳었다. 정리벽은 이쪽이 들어야 할 말 아닌가.

일렬로 정리된 생수와 캔 맥주, 알알이 채워진 계란들, 신선 칸 안에 손질되어 보관 중인 채소까지. 각종 소스는 견출지에 유통기한을 써 붙인 채 옹기종기 모여 있었다.

잘 정돈된 것치곤…… 아까 고민도 없이 배달시키던데. 물과 음료밖에 없는 제 집 냉장고와는 판이 달랐다.

-이 줘도 안 가질 라디오는 뭡니까?

"베드로 신부님이 주신 겁니다. 어릴 때도 잠을 잘 설쳤던 편이라서요."

-그놈의 베드로. 베드로랑 섹스 했어요?

"……뭐라고요?"

신성 모독이나 다름없는 말을 아무렇지 않게 꺼낸다. 모럴의 문제를 넘어선 발언이었기에 생수병을 틀어 쥔 정은규가 불쾌한 기색을 드러냈다.

"이봐요. 아무리 싸가지가 없어도 말을 좀 가려서 하시죠."

-하나 알려 주는데…… 무사히 살고 싶으면 베드로부터 인생에서 쳐내는 게 좋을 겁니다.

"……."

-난 그 인간 별로거든. 나랑 전화 끊자마자 핸드폰 꺼 두고 자요.

그리고 전화는 툭 끊겼다. 미친 새끼 아니야? 뭐라 받아칠 새도 없이 끊긴 핸드폰을 내려다보는데 곧장 다시 울린다. 안대영이면 유교 사상을 가득 담아 꼰대 짓이라도 하려 했는데 발신자는 다름 아닌 베드로 신부였다.

"……허."

누가 보면 대기하다가 곧장 전화한 줄 알겠다. 끈질기게 울리는 핸드폰과 사라지지 않는 발신자명을 무던히 보던 정은규가 흠칫해 고개를 돌렸다.

'최악의 생일을 맞고 싶다면야. 뭐, 생일날 요절하는 게 꿈이면 계속 거기 있고.'

사람은 잠을 자야 한다. 잠을 자야 뇌가 제 기능을 했다. 수면 부족에 시달려 흘려버린 말이 퐁퐁 떠올랐다.

요절이라니. 그것도 콕 집어서 생일이라고 했다. 그 집에서 나오라고. 내가 죽는다는 건가. 그럼, 신부님은 그것을 어떻게 알았지. 구마 사제라서? 사제는 남의 죽음도 내다볼 만큼 영적 능력이 훌륭한 사람이었나.

머리가 아프다. 캐리어에 챙겨 둔 두통약이 떠올랐다.

여섯 살, 어린 정은규는 제 어머니를 칼로 찔렀다. 어머니는 산에 틀어박혀 신을 깍듯하게 모시는 무당이었다.

여섯 살의 정은규에게 친구란 산속의 귀신들뿐이었다. 그들과 말도 섞어서는 안 된다는 어머니의 비명이 귓속에 바늘처럼 꽂혔다.

'끼야아악—!'

어머니와 비슷한 사람들이 찾아올 때마다 숨어 있는 정은규를 보며 한마디씩 보탰다.

'저놈을 조심해라. 저놈이 널 죽일 게야.'

'너는 호랑이보다 무서운 것을 키우고 있다.'

'어서 손쓰지 않고 뭣 하고 있어!'

듣지 않는 척했지만, 모두 들렸다. 그럼에도 못 들은 척했다. 그들이 각자의 신을 모시는 무당이라는 것만 알았다. 어머니가 알려 줘서가 아닌, 그들의 등 뒤에 오라가 보였기 때문이었다.

정은규는 눈치 없는 사람이 아니었다. 단지 눈치 없는 척을 할 뿐이었다. 그래야만 살 수 있었다.

'며칠 전부터 신이 보이지 않습니다. 무당의 삶이 끝이 났으니 말씀대로 곧 죽을 테지요.'

어머니가 담담히 고하자 그들은 혀를 차고, 화를 내고, 영 못 봐주겠다는 듯 일어났다.

어머니는 며칠 전 계곡에서 피를 토하고 쓰러진 적이 있었다. 아침 식사 시간이 되어도 돌아오지 않는 어머니를 찾아 여기저기를 헤매던 정은규는 대문 밖에 서 있던 양 갈래 머리의 귀신에게 너희 엄마가 쓰러졌다는 소식을 듣고 눈길을 헤쳐 달렸다.

조그만 몸으로 피범벅인 어미를 겨우 업고 돌아와 눕히고 수건으로 닦아 줄 동안 산속의 귀신들은 환히 열린 대문 밖에 쪼그려 앉아 정은규를 보며 입맛을 다셨다. 겹겹의 결계로 인해 대문 안까지 들어올 수 없는 존재들이었다.

어머니는 밤이 되어서야 겨우 깨어났다. 그리고 꼬박 이틀간 먹지도, 자지도 않고 기도를 드렸다. 웬일로 기도를 드릴 때 정은규는 어머니의 곁에 앉아 있었다.

지쳐 잠들었다가 일어나도 어머니는 애타게 기도를 드렸다. 기도문을 알아들을 수는 없었다. 다만 어머니가 이틀을 기도드리는 내내 산의 날씨는 무척 험악했던 것으로 기억한다.

'허나. 나를 죽이는 것은 내 아들이 아닐 겝니다.'

그들은 어머니의 기도가 끝나자 찾아온 것이었다. 날씨도 기도가 끝남에 따라 신기하게 맑아졌다. 미친 듯이 불던 눈보라가 멎어 버렸다.

어머니는 툭 치면 쓰러져 죽을 사람처럼 앙상하게 말라 정은규가 고사리손으로 밥상을 차려도 몇 술 뜨지 못했다.

'어찌 장담하는가.'

'귀한 분을 뵈었습니다.'

'뭐라고?'

'귀한 분을⋯⋯ 뵈었습니다⋯⋯.'

어김없이 찾아온 무당들이 돌아간 사흘 후 어머니는 죽었다. 정은규는 그 순간을 기억하지 못한다. 다만 손에 들려 있던 칼과 피 웅덩이만이 머릿속에 선연하게 남아 버렸다.

캬아악, 아가리를 있는 대로 벌린 뱀 같은 것들이 스르르 사라지는 환영이 일었다. 정말로 본 것인지, 아닌지조차 구분이 안 되었다. 공포가 잠식한 어린 육체는 울컥 피를 토해 내었다.

친구 하자며 살갑게 다가왔던 귀신들이 넋 나간 정은규와 눈을 마주치자 악을 지르며 멀어졌다. 곧 안개가 자욱하게 몰려왔다. 상황을 이해할수도, 받아들일 수조차 없는 어린아이가 뒤늦게 몸을 덜덜 떨기 시작했다.

그 안개를 가르고 나타난 자가 있었다. 신부복을 입은 중년 남자였다. 입술 새로 나지막이 성경구절을 읊고 있었다. 끼익ー 녹슨 대문이 활짝 열렸다.

'내가 한발 늦었구나. 이런⋯⋯ 그 칼은 내려놓고. 괜찮니?'

다정한 목소리로 다가온 그는 정은규의 손에서 부드럽게 칼을 빼앗아 내려놓고 품에 안아 주었다. 한기로 언 몸에 따뜻한 체온이 감기자 정은규는 곧바로 무너지며 기절해 버렸다.

"⋯⋯."

그것이 베드로 신부의 첫인상이었다. 소설 같은 이야기였다.

정은규는 잠잠해진 핸드폰을 흘긋 보고 전원을 꺼 버렸다. 지금은 무엇도 생각하고 싶지 않았다. 12월 14일, 새벽의 일이었다.

* * *

차민혁이 안대영의 부름을 받고 올라간 것은 그로부터 30분 남짓 이후였다. 무심코 신발을 신은 채 들어가려다 아차 싶어 얌전히 구두를 벗어놓고 들어간 차민혁이 제집처럼 소파에 앉아 있는 안대영의 앞에서 예를 갖췄다. 바깥에서 깐족거릴 때와 다른 행동이었다.

"민혁아."

"부르셨나이까."

안대영의 눈동자 속에 불씨가 일렁였다. 그의 덩치에서 붉은 오라가 피어오르고 있었다. 차민혁은 재빨리 상황을 훑는다. 환히 열린 정은규의 방에 귀기가 덕지덕지 묻어 있다가 지워진 냄새와 인간의 눈에는 보이지 않을 처참한 흔적이 가득했다. 뱀의 허물이었다. 그 수가 몹시 많았다.

고물 라디오가 안대영의 손에서 장난감처럼 굴려졌다. 한쪽 입꼬리가 비스듬하게 올라가 있다. 차민혁은 안대영의 앞에 한쪽 무릎을 꿇고 앉았다.

"신, 그 어떤 명령이라도 받들겠나이다."

인간의 몸으로 살고 있지만, 사실 인간이 아니다. 선일 행정사 사무소의 근무자들이 모두 그러했다. '쓰레기 처리반'이라고 우스갯소리를 하는 이유도 가타부타 설명하고 싶지 않아서였다. 이들은 지옥에서 씻을 수 없는 죄를 짓고 올라온 신과 그의 부하들이다.

살던 곳에 돌아가려면 염라대왕이 내건 조건을 충족해야 가능하다. 첫째, 위·아래 사후 세계를 어지럽히는 이승의 귀신을 죄다 소멸시킬 것. 둘째, 세상에 마지막으로 남은 이무기를 생포해 저승으로 데려올 것.

그러나 이승에서 떠도는 귀신들은 원체 수가 많아 카운트를 세는 보람조차 없었다. 능력만 살린 채 내쫓기는 바람에 돈과 재물이 한 푼도 없어 일단 먹고 사는 문제부터 해결해야 이무기를 찾는 일이 가능해졌다.

이승은 저승과 다르게 자본주의였다. 물 하나도 돈을 내고 사 마셔야 하는 자본의 세계였다. 그러니까 부자들이 뒤지면 쓸모없어지는 재산의 안위부터 걱정하는 것이겠지. 존나 좆같지만 어쩔 수 없었다.

그래서 그들은 마구잡이로 일하다가 어느 정도 돈이 모이자 대상을 구분해 수주를 받았다. 이때부터 업무용 핸드폰이 10개로 늘어난 것이었다.

'체험 삶의 현장'이라도 바랐던 것일까. 현신해 나타난 염라가 껄껄 웃으며 '그렇게 자지 좀 잘 간수하지 그랬느냐.'라고 놀릴 때마다 패륜을 저지르고 싶었던 적이 한두 번이 아니었다.

이무기는 단 한 마리였다. 그것을 잡으면 전자의 전제 조건은 전부 없던 일이 된다. 이딴 개고생 따위 안 하고도 살던 곳에 돌아갈 수 있었다. 비록 그러기까지 아주 오랜 시간이 흘러 버렸지만 말이다.

안대영이 저승에서 내쫓겨 인간도 뭣도 아닌 존재로 쓰레기 처리반이 된 이유도 이무기 때문이었다. 염라의 아들이 체통을 지키지 않고 이무기와 운우지락을 나누었다는 것이 죄의 명목이었다. 훗날 저승의 열한 번째 왕이 될 염라의 유일한 자식이 도리천에 숨어 사는 하찮은 이무기와 정분이 났으니 발칵 뒤집힐 만도 했다.

떡 좀 쳐 댔다고 제 아들을 이딴 똥밭에 내쫓은 애비부터 죽이고 싶은 마음이 굴뚝같았으나, 불행하게도 지금은 까라면 까야 하는 입장이었다. 이승이 자본으로 굴러간다면, 저승은 오로지 힘에 의해 굴러갔다.

"날 엿 먹이고 숨어 버린 예쁜 개새끼와…… 그걸 꿀꺽해 팔자 고쳐 보려는 씨발 새끼 중에……."

덤덤한 말투가 언뜻 들으면 장난기 어렸나 싶을 때.

"누구부터 조질까."

안대영의 손아귀에서 고물 라디오가 처참히 부서졌다. 뾰족한 파편에 베인 손바닥에서 피가 뚝뚝 맺혀 이슬처럼 톡 떨어졌다. 차민혁이 마른 침을 삼켰다.

"뜻대로 하소서."

"뜻?"

안대영이 한마디를 내뱉으며 킬킬 웃었다. 뜻대로 하라…….

"깨끗이 치워 놔."

"예."

그대로 나가 버리는 등은 어느새 오라가 가라앉은 채였다. 차민혁은 그제야 저려 오는 다리를 콩콩 두드리며 일어났다.

* * *

사람다운 몰골이네.

푹 자고 일어나 화장실에 딸린 거울을 본 정은규의 소감이었다. 실핏줄 터진 눈도, 퀭하던 눈자위도, 푹 파인 볼도 점차 원상 복귀되는 중이었다.

새 칫솔을 뜯어 양치와 세수를 끝마치고 캐리어를 뒤적여 전기면도기를 꺼냈다. 부드럽게 턱 가를 롤링하며 면도하면서도 하품이 쩍쩍 나와 머리만 대면 다시 잠들 수 있을 것 같았다.

바빠서 죽을 지경이었던 레지던트 때보다 잠을 훨씬 못 잤으니 사고 회로가 마비되는 것도 이상한 일은 아니었다.

"배가 고픈데……."

아침 10시가 넘었지만 안대영은 귀가 전이다. 혹시라도 제 집에서 험한 꼴을 당한 건 아닐지 걱정이 들다가도…… 왠지 그 사람은 쉽게 당하지 않으리라는 이상한 확신이 있었다.

멀끔해진 꼴로 일어선 정은규가 습관적으로 머리를 쓸어 넘겼다. 모레 출근 전에 머리를 다듬어야 하지 싶다.

남의 집에서 요리하는 건 아무리 생각해도 오버 같아 손질된 당근을 쫑쫑 썰어 오물오물 씹어 먹고 있었다.

적막이 흐르는 거실에 겨울 볕이 스며들어 그림자를 만들어 냈다. 기계처럼 당근을 씹어 삼키던 정은규의 입술이 움직임을 멈췄다.

……밝다.

꽁꽁 묶여 엉망진창의 밤을 보내었던 지난날과 달리 해가 뜬 아침은 무척 밝았다. 미처 모르고 지났던 괴리감이 몰아쳤다.

스윽, 슥. 창가로 다가서서 바깥을 내다보았다. 따뜻한 볕이 드는 실내와 달리 밖은 바람이 쌩쌩 불어 앙상한 나뭇가지가 쉴 새 없이 흔들렸다.

「문 열어 봐.」

밖에서 말을 걸었다. 밖의 누가 말을 거는지 알 수 없었다. 검지와 중지 사이에 담배처럼 당근을 낀 정은규는 침묵했다.

「너와 친구 하고 싶어.」

괴리감에 기시감까지 얹어졌다. 사르륵, 바람을 타고 흘러온 속삭임이 정은규를 꼬마 시절로 되돌려 놓은 듯했다. 그러나 정은규는 그때의 어린애가 아니었다. 말을 섞지 말라던 어머니도, 숨어야 할 산도, 찾아오던 무당들까지 없는 현실에 선 어른이었다. 어른은 아이와 다르게 판단력이 높다.

창을 반쯤 열었다. 속삭임의 소리가 좀 더 가깝게 들렸다.

「그 집은 위험해. 당장 나와. 그 자가 널 죽일 거야.」

언제는 내가 내 어머니를 죽였다면서. 피식피식 흘러나간 웃음이 바람에 묻혔다.

「위험한 자야. 우리는 그 집에 들어갈 수 없어.」

「나와야 해. 살고 싶으면 나와.」

「어서.」

반응 없는 정은규에게 연거푸 속삭임이 쏟아졌다. 양 귀에 따로따로 들렸다. 그것들의 유혹을 가만히 들으며 손가락 사이에 꼈던 당근을 깨물었다. 아작아작 부서진 당근에서 축축한 즙이 나와 잇새에 고여 꿀꺽 삼켰다.

정은규가 묵묵히 당근을 씹어 먹는 동안 속삭임은 점점 엷어졌다. 벌써 지친 건가. 지구력은 후달리나 본데.

"뛰어내릴 거면 당근 값 내고 뛰어내려."

정은규의 잠옷 차림 그대로 돌아온 안대영이 흰 티를 벗어 던지며 냉장고에서 이것저것을 마구잡이로 꺼냈다. 한 박자 늦게 뒤돈 정은규가 내팽개쳐진 제 잠옷과 반라가 된 안대영을 차례대로 훑었다.

"안 뛰어내립니다."

"그럼 추우니까 문 닫아요."

위는 홀랑 벗어 놓고 춥단다. 그러나 정은규는 시키는 대로 착하게 창문을 닫고 잠갔다.

안대영에게 걸어가면서 떨어진 티를 주운 정은규는 몸을 일으키려다 얼굴 바로 앞에 두둑한 사타구니가 있어 뒤로 나자빠질 뻔했다. 흠칫해서 못 본 척 허리를 펴자 안대영이 대놓고 비웃는다.

"머리 붙잡아서 파묻어 버릴까 말까 고민했는데."

"……."

"눈치 없단 말 취소. 재료 꺼냈으니 할 줄 아는 요리 있으면 해 놔요. 샤워하고 나올 테니까."

"……."

"싫으면 내 자지나 빨아 주든가. 그럼 내가 한상 거하게 차려 드리고."

"……볶음밥밖에 못 합니다."

"좋네요. 간은 싱겁게."

간장을 죄다 털어 넣어 버릴까 심각하게 고민하던 차였다.

"아, 교수님."

"예?"

반사적으로 대답하며 쳐다봤다가 아찔해서 눈을 꽉 감았다 떴다. 안대영은 전라였다. 가운데서 덜렁거리는 자지가 서지 않았음에도 징그러울 만큼 컸다. 발기하면 훨씬 커질 텐데. UR(비뇨기과)에 데려가면 동양인에게서 이 크기가 가능하냐며 논문 쓰자고 달려들지도 모를 일이었다. 그만큼 컸다.

곧고, 커다랗고, 모양 잘생긴 자지. 아⋯⋯. 난 왜 남의 좆을 이렇게 빤히 보고 있지. 차라리 눈을 감아 버릴걸.

"보니까 빨아 줄 마음이 생겨요?"

"재수 없게 이럴 땐 존댓말을 하시는군요. 안 빨 겁니다. 왜 불렀습니까."

"볶음밥에 양파 넣지 말라고."

"⋯⋯하."

그게 끝이었다. 화장실 문이 닫히고 세찬 물줄기 소리가 들렸다. 볶음밥에 양파와 간장만 된통 넣어야겠다. 덜렁거리던 자지가 환영처럼 자꾸 떠올라 머리를 털어 낸 정은규가 프라이팬 안에 담긴 재료를 막막하게 내려다보았다.

근데⋯⋯ 볶음밥을 어떻게 만드는 거였더라.

여차저차 완성한 볶음밥은 엉망이었다. 즉석 밥을 렌지에 데워 넣어야 하는 것을 모르고 넣는 바람에 뭉친 밥알과 설익은 채소들이 뒤엉켜 숟가락도 꽂기 싫은 생김새였다.

이를 어쩌지. 숟가락으로 대강 볶아 놓은 밥 뭉텅이가 가득한 프라이팬을 내려놓자 막 씻고 나온 안대영이 의자를 빼기도 전에 허, 하고 코웃음 쳤다.

"이걸 먹으라고 만들었어요?"

"볶았으니 볶음밥 맞지 않습니까."

"취미가 거짓말인가 보죠. 딱 보니까 간도 안 했네."

간장의 양을 가늠하기 힘들어 아예 안 넣었다. 싱겁게 하라고 하지 않았나. 정은규는 민망함을 감추고 뻔뻔함으로 가장해 안대영에게 숟가락을 내밀었다.

"안 먹어요?"

"안 먹어."

"사실 요리 잘 못 합니다."

"그러게 자지나 빨아 줄 것이지. 왜 개겨."

안대영이 혀를 끌끌 차며 프라이팬을 가져가 인덕션 위에 도로 올린다. 국자로 뭉친 밥알을 쪼개 볶다가 계란 두 알을 꺼내 풀어 흩뿌려 재빨리 섞는 모습을 멍하니 바라보았다. 5분도 안 되어 직전과 전혀 다른 생김새의 볶음밥이 다시 놓였다. 비로소 정은규도 아는 볶음밥의 모양이다.

"먹어도 안 죽나요?"

복수랍시고 묻자 안대영이 숟가락을 쥐며 대답했다.

"먹어 보면 알겠지."

그리고 한입 크게 떠 넣고 우물거려 미심쩍게 쳐다봤다. 졸지에 기미 상궁이 된 안대영의 목젖이 일렁였다.

"안 죽었네. 먹어요."

그제야 정은규도 숟가락을 바로 쥐었다. 맛은 평범했다. 말없이 볶음밥을 축내던 안대영이 기다란 팔을 옆 의자에 걸쳤다. 근육이 예쁘게 잡힌 팔이다. 이 남자의 몸은 불필요한 지방이 조금도 붙어 있지 않았다. 슬림한 거구라는 말이 딱 어울리는 몸이다.

"교수님 집에 귀신 살기 딱 좋더라고."

그런 아름다운 몸을 하고서 한다는 말은……. 밥맛이 뚝 떨어져 숟가락질이 멈췄다.

"귀신은 시각, 후각, 촉각 중에 후각이 가장 발달해 있는데…… 내가 그쪽 옷 빌려 입고 간 것도 후각으로 둔갑시키려고 그런 겁니다. 이건 말 안 해도 알고 있었지?"

"예."

"걔네가 생각보다 단순해. 아는 냄새다 싶으면 일단 돌진하거든. 방에 들어가자마자 틀지도 않은 라디오가 먼저 켜지더군."

정은규가 숟가락 쥔 손을 흠칫 떨었다.

"그럴 리 없습니다. 항상 제 손으로 켰어요. 오래된 라디오라서 안테나도 끝까지 빼야 합니다."

"뭐, 주인이 며칠 집 비우니까 기다렸나 보지. 누가 한국에 사는 귀신 아니랄까 봐 성격은 급해서."

대수롭지 않게 말하면서 뻐근한 목 주변을 주무르는 손이 크다. 볼 때마다 정말 큰 손. 저 손으로 내 집에 있던 귀신들을 박살냈을까.

"라디오에서 캐럴이 나왔다고 했지."

"예."

"종교 있어?"

"성당 보육원에서 자라긴 했지만…… 무곱니다."

"그래도 사람들이 보통 캐럴을 언제 듣는지는 알 테고."

"알죠."

"교수님은 생일에 생일 축하 노래보다 캐럴을 더 들었겠는데."

"……예, 뭐."

안대영은 최대한 친절하게 이야기를 풀고 있었다. 본인의 인내심이 짧다고 말한 것치고 친절한 편이었다. 정은규는 안대영을 곧게 응시했다.

새삼스럽지만 예쁜 얼굴이다. 가늘게 찢어진 눈과 우뚝한 선으로 이루어진 코, 짧은 중안면부와 도톰한 입술. 얄쌍하게 떨어지는 얼굴형. 고운 얼굴에 떡 벌어진 몸을 가지고 있으니 남녀 구분 없이 인기가 많았을 타입이다.

물론 뭣 모르고 들이댔다가 어마어마한 싸가지에 나가떨어지겠지만, 아무튼 겉만 보면.

"선악과 얘기 들어 본 적 있나."

"아담과 이브 말하는 겁니까. 잘은 모릅니다."

"맞아. 축약하자면 위에 계신 분이 최초의 인류인 아담과 하와에게 처먹지 말라고 신신당부한 걸 사탄 새끼 혓바닥에 넘어가 결국 처먹게 만들었지. 걔넨 하지 말라는 짓 해서 결국 뒈졌고. 아, 하와는 이브야."

왜 이런 이야기를 꺼내는지 의중을 알 수 없었다. 기본 성경 공부라도 하자는 걸까. 어릴 적 교리 시간에 배우긴 했었지만, 처음 듣는 것처럼 가물가물한 내용이었다. 희한하게 성경은 아무리 들어도 좀처럼 외워지지 않았다.

"근데 사탄이 그냥 지 몸뚱어리 드러냈을 리가 없잖아. 음침한 새낀데."

"……."

"뱀 안에 들어가서 꼬셨어. 존나 음침하지? 죄 없는 뱀은 사탄 새끼 때문에 다리가 잘려 몸으로 기게 되었고. 여기까지가 기록에 의한 거야. 카톨릭이라면 다 알고 있는 얘기지."

다시 안대영이 볶음밥을 크게 떠 우물거렸다.

"근데 그 뱀 새끼들이 교수님 집에 우글거리더군. 고작 바둑알만 한 성수에 뒈져 버리는 장난감들이 말이야."

"……."

"신부라는 인간이 준 라디오에서 캐럴이 나왔고, 때마침 뱀이 등장해 공격하려 들었고, 성수에 맞자 죽었다."

"……."

"수법이 너무 뻔하지 않아?"

정은규의 다물린 입술이 열릴 줄 몰랐다. 심장이 둔중하게 뛰었다. 제시한 말이 나열하자면 한 사람을 지목하고 있는데, 그건 너무……. 아, 너무하잖아. 신중해져야 한다. 베드로 신부는 그럴 사람이 아니다. 아니어야 한다.

안대영의 말을 있는 그대로 받아들인다면 고물 라디오를 주고, 캐럴을 틀고, 뱀을 불러온 것도 베드로 신부라는 뜻이 된다. 그러면 성수는 왜 줬는데. 사이코패스도 아니고 그런 짓을 왜 벌인단 말인가.

다른 사람이면 몰라도 베드로 신부라면 어불성설이다. 휘말려서는 안 된다. 사람 함부로 의심하는 거 아니다. 그러면 정말로 천벌 받는다.

혼란에 가득 차 표정마저 사라진 정은규를 가만히 응시하던 안대영이 턱을 괴었다. 곧 저 입술에서 단정이 흘러나오겠지, 싶은 표정으로.

"베드로 신부님은 아닙니다."

역시나였다. 턱을 괴었던 손을 내렸다. 견고한 신뢰감에 손뼉이라도 쳐 줄 기세였다.

"믿음이 대단해."

"아무튼 그럴 리 없습니다."

"키워 준 은혜가 있어서 맹목적으로 따르는 건 알겠지만 내 예상보다 너무 믿네."

"알면서 왜 분탕 치려고 합니까."

"베드로에 대한 개인적인 감상과는 별개로 그 새끼가 멍청하진 않거든."

안대영은 폭풍이 치는 정은규와 반대로 고요한 물결 같았다. ……설마 제삼자가 개입했다는 뜻일까. 입 밖으로 꺼내지 않고 속으로 넌지시 패를 꺼내 보았다. 아, 모르겠다. 어지러워.

"상황이 대충 짐작 가요?"

"안 대표님. 죄송하지만 머리 아픕니다. 나중에 대화하죠."

지익, 식탁 의자가 뒤로 끌렸다. 핏기가 사라진 정은규는 비틀거리며 일어났다. 단시간에 급습당해 손까지 덜덜 떨렸다.

　무교에, 인외 존재는 믿지도 않고, 직업병이 투철해 과학적인 근거만 믿어 왔다.

　……아니, 믿는 척했다.

　"난 사람이 언제 죽는지 압니다. 이마에 쓰여 있거든. 마치 글씨가 불에 타는 것처럼 진하게."

　"……."

　"그래서 처음부터 이상했어. 그 씨발 새끼는 왜 정은규 씨를 나에게 보냈을까……."

　"제가 곧 죽나 보죠?"

　미소 짓는 안대영의 볼에 아주 옅은 우물이 팼다. 대답은 없었다.

　죽는다. 죽어 보지 않아서 죽는다는 의미가 크게 다가오지 않았다. 장난스럽게 '죽고 싶냐'라는 말을 들어보긴 했지만, 그건 말 그대로 장난이었다.

　직감이 알려 주고 있다. 너는 죽는다. 정은규는 곧 죽는다고. 이 지리멸렬한 불안감을 안대영에게 확인 사살이라도 받고 싶었던 걸까.

　"살고 싶어요?"

　만난 시간 중 가장 친절하게 안대영이 물었다. 정은규는 가만히 그를 응시한다.

　"살고 싶다고 하면 살려 줄게요. 교수님 입장에선 불행하게도 명줄 늘려 줄 사람은 나밖에 없는 것 같거든."

　"뭘 원하고 묻는 겁니까."

　"뭘 원하냐니. 저번에도 말했잖아, 기억력 나쁜 의사 양반."

　'한번 자죠.'

　왜 이렇게 섹스에 집착하는 거지. 내가 볼 게 뭐가 있다고.

　"성적 충동을 자제하기 힘들면 센터를 소개시켜 줄 수 있습니다. 돈이 부족한 분은 아니니 치료 지원금이 필요하진 않을 테고요."

"하하……. 성적 충동?"

목젖이 보일 만큼 크게 웃는다. 파안대소하는 안대영을 처음 본 터라 정은규는 바짝 굳고 말았다. 저러다가 단숨에 집어삼키려 들면 있는 힘껏 주먹을 날려 버리겠다고 다짐하면서. 그러나 안대영은 정은규를 잡아먹는 대신 숟가락 두 개와 프라이팬을 치웠다.

"난 살면서 후회하는 게 단 한 가지뿐인데."

수도에서 거센 물줄기가 쏟아진다. 수세미에 세제를 눌러 짠 안대영이 달그락거리며 심상하게 말을 이었다.

"첫사랑에게 이름을 지어 주기도 전에 사이가 찢어졌거든. 마지막 인사조차 못 하고 헤어져서 잘 사는지, 죽었는지조차 모르고 지금까지 살았죠. 그게 그렇게 후회가 되더라고. 따지고 보면 별거 아니었는데."

"……."

물줄기가 끊겼다. 젖은 손에서 물이 뚝뚝 떨어졌다. 싱크대를 받치고 선 안대영이 허여멀건 하게 굳은 정은규를 똑바로 쳐다보았다.

"근데 교수님을 죽게 놔두면 두 번째 후회로 남을 것 같단 말이야."

"……."

이상하다. 시시한 감동 따위가 없는 말에 가슴이 재빨리 뛰기 시작한다. 이 감정은 뭐지.

"그러니까 살고 싶다고 해요, 살려 줄게."

할 수 있다면 저 고운 얼굴을 물어뜯어 버리고 싶었다. 다디단 고백? 우스운 말이다. 이건 본인의 후회를 짊어지고 싶지 않아 정은규를 볼모로 삼은 것뿐이다.

어룽어룽한 시선에 날 선 바람이 휘몰아치는 바깥 풍경을 담던 정은규는 까무룩 눈을 감아 버리고 말았다. 언뜻 안대영이 혀 차는 소리를 낸 것 같기도 했다. 쯧. 강한 척은 실컷 해 놓고 이렇게 약해서야.

＊ ＊ ＊

정은규의 집에 갔던 밤. 안대영은 혼자 자기엔 널찍한 침대에 누워 편하게 팔다리를 늘어뜨렸다. 머리카락 하나 없는 깨끗한 침구는 버릇처럼 정리하는지 포근한 향기가 났다. 숨을 크게 들이쉬다 내쉬어 보고, 베개를 고쳐 벴다. 침대 좋네. 이러다 잠들겠는데.

집주인이 귀가하기만을 기다렸다는 듯 전원을 켜지 않은 라디오에서 잔잔한 발라드가 흘러나왔다. 성격들 참 급하네. 며칠 안 왔다고 이렇게 성급해서야.

스으윽. 정은규의 옷을 입어 상대를 착각한 귀신들이 발치에 드러났다. 눈을 감고 있던 안대영의 입술이 슬쩍 벌어졌다. 고작 이런 거에 속는 걸 보면 대가리 텅텅 빈 거 맞다니까.

「일어나.」

「어미를 죽인 것도 모자라 뻔뻔하기까지 하다니.」

「칼이다, 칼이야! 그걸로 죽였지!」

「꺄하하하! 살인자! 너는 살인자다! 네 어미를 죽인 살인자!」

「자는 척하는 거 다 알고 있어.」

잠을 못 잘 만도 하다. 엄청나게 시끄러웠다. 성가셔서 모조리 없애 버리고 싶은 마음이 굴뚝같았지만, 안대영은 웬일로 인내심을 발휘해 참았다. 손가락 하나만 튕겨도 몰살시킬 수 있다. 하지만 목적은 저것들이 아니었다.

때마침 라디오가 지지직거리는 소리를 냈다. 흘러나오는 노래는 캐럴이었다.

저들 밖에 한밤중에 양 틈에 자던 목자들……

안대영의 눈꺼풀이 천천히 떠졌다. 눈동자에 불씨가 일렁였다. 이 눈을 한 안대영은 인간이라 할 수 없었다. 지옥을 이끄는 10대 왕 중에서도 제5대 왕인 염라의 유일한 아들이자 화염 속에서 태어난 영(燁) 왕자다.

그 기운만으로도 압도당한 귀신들은 삽시간에 고요해졌다. 그러나 라디오는 달랐다. 캐럴은 계속 흘러나왔다. 안대영은 기가 차서 웃고 말았다.

대치한다. 안대영이 현신을 벗어 버린 상태라는 것을 분명히 알고 있을 텐데 저놈의 캐럴은 꿋꿋하게 틀어져 있다.

하늘의 뜻이니 저승과는 별개라 이거지. 중립을 지키고 끼어들지 말라.

근데…… 싫다면?

즐겁다. 본디 하지 말라고 하는 짓을 어기는 것이 더욱더 재미있는 법이다. 부러 캐럴을 허밍으로 따라 부르던 안대영은 다시금 지지직거리는 라디오를 흘긋 쳐다보았다. 문밖에서부터 축축한 소음과 종이를 날카로운 칼로 살살 베는 듯한 움직임이 들렸다.

뱀 떼다. 그 수가 어찌나 많은지 한꺼번에 문틈을 넘어오려다 걸려 넘어진 몸 위를 또 다른 뱀이 타고 넘어왔다.

「오랜만에 보는군. 영 왕자.」

라디오에서 음성 변조한 목소리가 흘렀다. 그러나 거칠거칠하고 음산하다. 안대영은 아가리를 쩍 벌리며 덤벼드는 뱀 몇 마리를 간단히 손가락으로 튕겨냈다.

「나는 네가 갖지 못한 이무기를 집어삼킬 것이다.」

살아 있긴 했나 보네. 우습게도 그 생각부터 들었다. 어떻게든 안대영의 살을 물어뜯으려 달려드는 뱀을 일일이 튕겨내기 귀찮아 손을 한 번 바람처럼 흔들자 불길이 일었다. 짐승이 타들어 가는 고약한 악취와 귀가 째질 듯한 괴성이 방 안에 가득 찼다.

「기나긴 시간이 끝나 가고 있다.」

「주의 은혜와 축복이 쏟아지는 날에…… 이무기는 곧 승천할 것이다.」

「집어삼킬 것이다.」

「그리하여 세상은 반드시 내 것이 된다.」

「그로 하여금 영생을 얻으리라.」

타 버린 뱀의 허물이 덕지덕지 묻었다. 안대영은 배경음악처럼 음성 변조된 목소리를 들으며 정은규가 건네준 철제 통을 꺼냈다. 그리고 처음으로 물었다. 곱게 뒤질래, 아니면 존나 아프게 뒤질래. 그러자 라디오에 쇳소리 가득한 웃음이 울려 퍼졌다.

「언제나 신의 가호가 함께하기를.」

모조리 쥐고 터트린 바둑알에서 성수가 분수처럼 흘러 손바닥을 흥건히 적셨다. 불쾌한 감촉이었다. 씨발 좆같은 뱀 새끼.

그리고 떠올라 버린 것이었다. 제집에서 세상 물정 모르고 쿨쿨 잠들어 있을 인간 하나가.

* * *

아……. 몸이 왜 이렇게 무거워…….

쇳덩이가 몸을 짓누르는 것처럼 움직일 수 없다. 이리저리 뒤척이다가 몸이 뜻대로 움직이지 않아 절로 인상이 찌푸려졌다. 가위라도 눌리고 있나. 그럼 귀신 목소리가 들려야 하는데. 며칠 잘 잤다고 그게 아니꼬워 찾아온 거라면…….

"쉬이…… 가만히."

나지막이 들려온 목소리에 정은규는 온몸에서 힘을 뺐다. 어깨를 타고 내려간 부드러운 손길이 손가락 끝에 닿았다가 자연스럽게 장골을 매만졌다. 안마보다 무겁지만 페팅보다는 약하다. 이런 식의 가위는 질색이다. 차라리 매일 하던 레퍼토리를 읊는 쪽이 나았다.

그만……. 그만…… 하지 마……. 바람 소리와 함께 나간 매달림을 무시한 손길이 다리 사이를 파고들었다.

'너 귀접 알아? 귀접? 자는데 느낌이 존나 좋은 거야. 진짜로 섹스

하는 것처럼. 몸은 안 움직이는데 한 발 싸는 기분까지 들더라. 흠. 어떤 느낌이냐면…… 끝내주게 떡 치고 나서 몽롱~한 거 알지. 아, 넌 동정이라서 모르려나? 어쨌든 뽕쟁이 새끼들 기분이 이해 가더라니까. 그런 섹스 좀 해 보고 싶더라. 그래서 이건 뭐지 싶어 검색해 봤는데 귀접이라잖아. 귀신이랑 섹스 한 거란다. 참나.'

김현수의 헛소리가 떠올랐다. ……아. 혹시 그런 건가. 별로 안 느끼고 싶은데.

"진짜 아다야?"

이 귀신은 쓸데없이 목소리가 달콤하다. 추궁하는 물음조차 낮고 달콤해 정은규는 겨우 고개를 주억거렸다.

"좀 까지게 논다고 해서 잡아갈 사람 없어."

"으……."

간지럽다. 매끄럽고 축축한 것이 목덜미를 머금었다. 그것이 입술이라는 사실을 어렵지 않게 알 수 있었다. 색색거리는 숨의 온도가 높았다. 입술은 쇄골을 타고 내려가 반으로 잘 갈라진 가슴 중앙까지 안착한다. 아…… 빨린다. 자국이라도 낼 것처럼 강하게.

"아…… 비, 비켜……."

헐렁한 바지가 벗겨졌다. 시트와 마찰해 사락거리며 벗겨지는 소리가 외설적이다. 정은규는 손끝에 힘을 주었다. 매가리 없이 말린 주먹이지만, 이 정도라도 움직일 수 있다면 충분히 밀어내는 것이 가능하다.

"은규야."

귓속에 이름이 속삭여진다 싶을 때 두툼한 혓바닥이 파고들어 마구잡이로 핥아 내었다. 고막까지 솜털이 이는 느낌이다. 종이를 구겨 귓구멍에 틀어막아 버리고 싶었다. 정은규는 소름이 자글자글 돋은 몸을 움츠리다 말고 이를 악물었다.

그때, 감아 버린 눈 속에 낯선 장면이 펼쳐졌다. 때아닌 화면이다. 화려한 무늬의 옷을 입은 남자와 반대로 무채색의 옷차림인 남자. 이 상황에서 이런 장면이 왜 떠오르는 거지.

'그래서 좋으십니까. 달을 피해 숨어 있는 저를 기어코 끄집어 내시니 좋으시냐고 물었습니다.'

'너도 눈이 있으면 봐. 혼자 보기 아쉬울 만큼 예쁘잖아.'

'영 님께는 달이 예쁠지 모르나 저에겐 그저 괴물 같은 존재입니다.'

'왜, 시도 때도 없이 뱀 꼬라지로 변하니까?'

'부전자전 아니랄까 봐…… 말 참 곱게 하시네요. 뱀 아니라고 기백 번 말씀드렸는데요.'

'부전자전이라니? 욕인데 그거. 취소해.'

'싫습니다.'

휘영청 떠 있는 보름달은 여태 봐 왔던 달과 크기부터 달랐다. 꼭 달이 저를 향해 돌진할 듯 커다랗고 샛노랬다. 잠깐만, 대화가 들리지 않아.

입만 벙긋거리던 남자들은 무어라 대화하는지 가끔 웃다가, 뒷짐을 진 채 달을 보다가…… 음소거 처리되었다. 시점은 아무래도 무채색 옷차림인 것 같다. 시야에 곤룡포처럼 생겼지만, 드라마에서 보던 것과 다른데…… 아, 대체 뭐지.

감은 눈이 마구 찡그려졌다. 외설적인 자극과 꿈에 갇힌 정은규가 바르작대었다.

"자꾸…… 자꾸 핥지…… 하아…….'

밭은 숨이 목구멍을 탁 치고 내뱉어졌다. 몸을 어루만지는 손길이 점점 자극적으로 다가와 아래가 설 듯 말 듯 꿈틀거린다. 그것조차 생생해 피부 위로 소름이 자글자글 끓어오른다.

가지가지 한다. 귀접으로 모자라 꿈까지 꾸다니.

다시금 손아귀에 힘을 주어 보았다. 직전보다 힘이 들어간다. 정은규는 필사적으로 팔을 들어 사타구니 위를 덮은 손목을 꾸욱 잡았다. 깃털처럼 가벼운 힘이었다.

"하지 마……."

겨우 떠진 가는 눈에 시야가 어룽거렸다. 정은규에게 잡혀 행위를 멈춘 손이 피아노 치듯 사타구니를 토도독 두드렸다. 아. 단발의 신음이 또다시 목구멍을 치고 흘러나갔다.

"하지 마?"

웃으면서 물어보는 목소리가…….

"하지 말까?"

어째서 익숙한 건데……. 뿌연 눈앞에 차츰 초점이 잡힌다. 그리고 정은규는 어둠 속의 안대영과 눈을 마주쳤다. 또렷한 얼굴의 윤곽이 보이자마자 체한 듯 배 속이 답답해졌다. 안대영의 눈 속에 불씨가 있다. 혼곤한 정신머리 속에서도 분명히 보였다.

"전부터 물어보고 싶었는데…… 대체 눈동자에 그건 왜…….'"

쇳소리를 가다듬지 않고 고스란히 내보내자 안대영의 입술 끝이 말려 올라갔다.

"마음에 안 들어?"

"……마음에 들고 안 들고를 떠나서 사람 눈에, 윽!"

불시에 유두를 꼬집힌다 싶었는데 머리가 아래로 내려간다. 정은규가 눈을 홉떴다. 유두가 마구 빨리고 있었다. 게걸스럽게 핥다가 앞니로 유두를 물고 잡아당겨 거친 숨이 쉴 새 없이 터졌다.

아. 섰다. 아랫배에 달라붙을 만큼 발딱 선 좇에 절망을 느낀 정은규가 팔로 눈을 가렸다. 혀끝에 힘을 실어 부어오른 유두를 짓궂게 굴린 안대영이 반대쪽 유두를 검지로 살살 굴리며 말했다.

"계속 해 줬으면 좋겠지?"

"차라리 귀신이었으면 했는데……."

"아, 진짜 정 떨어지게 솔직하네."

"왜…… 왜 이러는 겁니까. 나한테 왜 이래요."

몸이 멀어진다 싶어 살그머니 팔을 내린 정은규는 완벽한 슈트 차림의 안대영을 멍하니 바라보았다. 나갈 채비를 끝낸 사람 같은데. 기절하긴 했지만…… 잘 자고 있던 사람한테 왜 이러는 거야.

"글쎄. 교수님이 내 취향이라? 난 성별 안 가리거든. 교수님도 그런 것 같은데, 틀린가?"

그러더니 바지 버클을 따고 지퍼를 내린다. 곧 발기한 자지가 튀어나왔다. 슥슥 문질러 모양 갖춰 세운 안대영이 포식자처럼 정은규의 위로 올라탔다.

"교수님 내일 출근하잖아. 병원에서 또 얼마나 달라붙겠어."

"……출근하는 건 어떻게 알았어요."

"듣는 귀가 있으니까?"

"그럼 이건 마킹이라고 봐야 해요?"

"다나까 떼니까 귀엽다, 자기야. 살갑고 좋잖아. 일단 둘 다 섰으니 급한 것부터 해결하고……."

뭐라는 거야, 이 또라이 새끼가. 그러나 정은규는 안대영의 손아귀에 얼마 안 가 사정하고 말았다. 머리가 새하얗다. 저 인간에게 좋은 꼴 보여 주기 싫어 입을 꾹 다문 채 끅끅대며 신음을 참다가 오르가즘에 도달했을 때야 탄성을 뱉어내었다. 안대영의 손이 사정 중인 정은규의 좆을 거칠게 문지를 때마다 가슴 속이 들끓는 울컥함이 내뱉어졌다.

"놔 줘, 놔 달라고. 그만해."

흉포한 자지에서도 정액이 쏘아져 정은규의 상체 아무 데나 마구 튀었다. 손아귀 힘도 그제야 풀어졌다.

"키스하면 울겠네."

흐트러짐 없는 모습으로 몸을 일으킨 안대영이 종잇장처럼 널브러진 정은규를 내려다보다 제가 싼 정액을 뭉근히 펴 발랐다. 퉁퉁 불어터진 유두와 배꼽까지 내려가는 손가락에 정은규가 흠칫흠칫 몸을 떨었다.

"손 치워요."

안대영은 예상 외로 산뜻하게 물러난다. 몸을 일으킨 정은규가 휴지를 찾아 두리번거리다 일어났다. 차라리 샤워를 하는 편이 낫겠다.

"마킹은 핑계고 그냥 날 따먹으려는 것 아닙니까?"

정 없는 말투에 안대영이 바지 지퍼를 올리다 씨익 웃었다.

"사상이 불순해. 교수님."

"난 아무래도 그쪽 같은데요."

"좋을 대로 생각해. 어제처럼 문 잘 잠그고 자십쇼."

"오늘은 어딜 갑니까."

"교수님이 되게 싫어하는 곳."

"제가 싫어하는 곳이요?"

안방에 딸린 화장실에서 깨끗하게 손을 씻고 나온 안대영이 넥타이를 고쳐 매며 대답했다.

"산. 도깨비 만나러. 그쪽은 산만 보면 경기 일으키지 않았습니까."

……경기까진 아니었는데. 싫어하는 티가 나긴 했나 보다.

"산엔 안 좋은 기억밖에 없습니다."

"알고 있어서 혼자 가는 겁니다. 존나 꼴리니까 빨리 씻으러나 가요. 젖꼭지에 내가 싼 거 묻히고 뭐 하는 거야."

"그쪽이 발랐잖아요."

"그런 말하면 온몸에 싸지르고 싶어지는데?"

성가시다는 듯 손사래를 친 안대영이 개구지게 웃는다. 정은규는 부끄러워할 것 없이 힘 빠진 다리를 이끌고 화장실로 향했다. 얼마 안 가 현관문이 닫혔다.

　　　　　　　　　　＊　＊　＊

　무광산 입구. 패딩을 단단히 챙겨 입은 김석호가 담배를 꼬나물고 쪼
그려 앉은 차민혁에게 놀라 되물었다.

　"뱀 허물?"

　"어엉. 존나 많이. 아주 뱀 판이었어."

　"염라께 보고 드려야 하는 것 아냐?"

　"그 말 했다가 왕자님한테 고간 걷어차일 뻔했다."

　"야. 차 장군아. 나만 쩨하냐?"

　"어, 너만 쩨해."

　뒷말은 어느새 나타난 안대영의 것이었다. 둘은 급하게 예를 차린다.
산에 오를 채비와 억만 광년 떨어져 있는 슈트 차림의 안대영은 구둣발
밑에 바스락거리는 소나무 잎을 툭 걷어차며 개처럼 킁킁거리는 김석호
를 뚱하니 쳐다봤다.

　"벌써 잤⋯⋯?"

　의심 가득 담은 질문에 차민혁이 대신 대답했다.

　"아직 아니래. 근데 오늘은 냄새가 좀 많이 나긴 하네요. ⋯⋯아니,
설마?"

　정은규의 집 앞에서처럼 손바닥을 포개 뽁뽁 바람 빠지는 흉내를 다
시 낸다. 안대영은 둘을 무시한 채 산을 오르기 시작했다.

　"맞다. 교수님 내일부터 출근 다시 한댔어."

　"팔자도 좋아~ 뒤지니 마니인 상황에 출근이 가당키나 하냐."

　"그래서 마킹하셨어요? 그래도 과한데. 아무도 못 달려들 겁니다."

　김석호의 물음에 안대영이 허리를 굽혀 차가운 솔방울을 집어 들었
다. 귀기 어린 산속이 쥐죽은 듯 고요하다. 짐승의 울음조차 들리지
않는다.

"내가 맛봤는데 달려들면 안 되지."

무심하게 대꾸하고는 솔방울을 차민혁에게 건넨다. 이걸 왜 줘? 차민혁이 어리둥절하게 받아들고 살피다 등 뒤로 던졌다. 그걸 김석호가 꾹 밟자 솔방울 속에 숨어 있던 귀기가 피시식 사그라들었다.

"혹시 전생 보시려는 의도예요? 접때 안 보이는 것 같던데."

"그것도 있고."

접촉. 다방면으로 쓰이는 단어다. 웬만한 인간은 눈만 들여다보아도 죄가 무엇이고 그의 전생까지 모조리 보였다. 안대영이 염라의 아들로서 가진 능력 중 하나였다.

그러나 정은규처럼 아무것도 없이 깨끗할 때는 접촉을 시도해야 보였다. 가장 쉬운 방법이 살의 접촉. 이승의 언어로 일명 '몸을 섞다', '동침하다'에 해당한다. 영어로는 섹스.

정은규에게 느긋할 새는 없다. 이승의 시간이 정해진 인간이니까. 촉이 선 이상 그대로 돌려보내는 건 불가능했다. 그래서 섣부른 타이밍이라는 것을 알면서도 접촉을 시도해 보았다. 결과? 이전이 백지였다면…… 먹으로 몇 획을 그은 정도.

완벽한 접촉이 아니라 자세히 들여다볼 순 없었다. 하지만 한 가지는 알아냈다. 안대영이 나서지 않으면 정은규는 누군가에게 반드시 잡아먹힌다. 반드시. 그래서 일부러 정액을 마구잡이로 발라 대었다. 아무리 쫓겨난 왕자라고 해도 이승에서 안대영에게 덤빌 귀신은 없기에.

척 보기에도 무거운 배낭을 어깨 한쪽에 짊어졌음에도 걸음이 빠른 김석호가 안대영의 곁에 붙어 차민혁에게 안 들리는 데시벨로 속삭였다.

"교수님 말이에요. 대표님 냄새 묻히고 출근하면 소문 쫙 퍼질 텐데요. 저승사자부터 눈치채고 당장 염라께 달려갈 거라구요. 걔네 입 싼 거 아시잖아요."

"그래서 뭐."

"그러다 저번처럼 현신해서 오시면 개작살 날지도 몰라요."

"안 나."

"장담 막 하시면 안 되는데…… 대표님은 진짜 그 입이 문젠데……."

김석호가 덩치에 안 맞게 불안해하며 호들갑 떨자 저벅저벅 다가온 차민혁이 둘의 앞을 가로막으며 검을 빼들었다. 검에서 시퍼런 살기가 치솟았다. 검의 살기보다 옅은 파란 빛의 불이 동동 떠 있었다. 그 수가 꽤 된다.

김석호가 배낭에서 포장된 도토리묵을 연달아 꺼내자 차민혁의 검에 앞길이 막힌 불빛들이 웅성웅성 소리를 키웠다. 바닥을 끄는 저음부터 귀가 째질 법한 하이 톤까지 다양하다. 이 산의 도깨비들로, 저들의 구역을 통과하려면 일종의 뇌물을 쥐어 주어야 했다.

도깨비는 원래 저승에 소속되어 있었으나 한차례 반발을 일으킨 후 위와 아래를 자유자재로 다닐 수 있게 된 유일무이한 존재였다. 지옥도, 천당도 마음대로 드나듦이 가능한 그들은 함부로 다루면 안 되었다.

"야. 너네 꺼지고 초량이나 불러와."

"이놈이 미쳤나. 엇다 칼을 들이대! 낮짝도 썩은 저승 놈들 주제에!"

불빛이 번쩍이더니 외발로 선 도깨비들이 드러났다. 어찌나 수다스러운지 귀가 아파 안대영의 미간이 있는 대로 찌푸려졌다. 누가 누구더러 낮짝이 썩었다는 건지.

"이거 드세요. 56분 맞으셨죠? 하나하나 포장해서 왔습니다. 드시고 쓰레기는 저 배낭에 넣어 주세요."

김석호가 트레이드마크인 친절함으로 무장해 도토리묵을 내밀자 도깨비들이 우당탕탕 달려와 하나씩 채 가 우물거렸다. 쩝쩝거리는 소리가 수다보다 더 듣기 싫었다. 안대영의 짧은 인내심이 서서히 바닥을 드러내 갔다.

"석호야. 다음엔 묵에 독을 타라. 이것들 처먹고 다 뒈져 버리게."

짜증 묻은 목소리에 도깨비들이 일제히 입을 합 다물었다. 꿀꺽, 묵 넘기는 목울음만 울려 퍼졌다. 자유 협약을 맺은 이후 천방지축으로 굴긴 했지만, 이들도 높으신 분들 앞에서는 목숨 부지가 우선이었다. 게다가 안대영이라면 정말로 묵에 독을 탈 놈이었다.

"산불 내기 전에 초량이 불러와."

"나 여기 있지롱."

안대영의 등 뒤에서 뿅, 하고 자체 효과음을 낸 초량이 불쑥 등장했다. 저들과 다르게 인간의 모습이었다. 그것도 꽤나 잘생긴.

"영 왕자는 성격도 급하고, 싸가지도 없고, 예의도 없고, 재수도 없고!"

도깨비의 요새로 가는 내내 초량은 투덜거렸다. 부탁이라 쓰고 협박이라 읽는 심부름을 이틀 안에 해결하느라 여간 불만인 모양이었다. 산이 쿵쿵 울릴 만큼 보폭을 크게 걷는 초량의 곁에 차민혁이 놀리는 어조로 대꾸했다.

"밖에서 대표님한테 왕자라고 하면 너 죽을 수 있으니 아가리를 닫는게 좋을걸."

"에헤이! 죽여 봐라! 어디 한번 죽여 봐! 내가 그까짓 죽음을 두려워할 것 같아?!"

"씨발, 시끄러워."

합. 한마디에 입을 다문다. 죽음은 무섭지 않지만, 욕하는 안대영은 무서워하는 초량이다. 그러면서도 투덜거림은 이어졌다.

"저놈은 왜 인간 냄새를 덕지덕지 묻히고 온 거야? 그러다 염라한테 들킬라. 들켜서 이번엔 이승이 아니라 하늘로 내쫓겨라! 마리아의 품에 안겨 뿌에엥 울어 버릴 놈!"

쑤욱, 차민혁의 검집에서 검이 뽑혀 나갔다.

"엥?"

기척 없이 검이 뽑힌 터라 어리둥절해하던 차민혁은 안대영이 쥔 제 검을 보자마자 살포시 뒤로 물러났다. 초량은 목젖에 닿은 검의 날을 보자 입을 댓 발 내밀었다.

"장난도 모르는 육시럴 왕자 같으니. 네가 인간이 되고도 이 꼬라지로 구니까 저승왕 열 명 중에 단 한 명도 널 안 부르는 거다."

"시간 없어. 가져온 거나 내놔."

"정말로 성격도 급하고, 싸가지도 없고, 예의도 없⋯⋯! 으어억!"

산속 아주 깊은 곳에 도깨비의 요새가 있다. 도깨비가 모여 살기 전에는 신당의 자리였다. 무광산에서 유일한 신당이었고, 이곳을 보살피던 무당은 죽은 지 오래다. 폐허가 된 신당이라도 멋대로 무너트릴 수 없는 노릇이라 주변에 키가 들쭉날쭉한 억센 수풀을 심어 놓았다.

커다란 요새를 차린 도깨비들은 공짜로 집터를 마련하는 대신 줄곧 무광산을 알뜰살뜰히 보살펴 왔다. 이들이 돌봐 주지 않으면 산은 정기를 잃고 무너져 버린다. 잃어버린 무광산이 흰칠함을 유지할 수 있었던 것은 전적으로 도깨비 덕분이다.

초량은 이 중에 우두머리의 위치였다. 그래서인지 겁대가리가 하늘을 뚫고 치솟았다. 정말 화가 나면 자유 협약 따위 깨 버리고 죽일지도 모르지만⋯⋯ 안대영이 웬만하면 그냥 넘어간다는 것을 알고 있었기 때문이다.

"영 왕자야. 한 번만 자자. 맛있게 따먹어 줄 수 있다."

게다가 호시탐탐 저승 왕자의 기운을 탐냈다.

안대영이 가볍게 잡은 검을 베기 위한 용도로 고쳐 잡아 겨누었다. 그러자 인중을 삐죽 늘리며 멀어진 초량이 얼마 안 가 용포에 감싼 물건을 들고 왔다. 안대영에게 검을 건네받아 검집에 꽂아 넣은 차민혁이 눈을 휘둥그레 떴다.

"와. 진짜 이틀 안 걸렸네."

"삼도천 유람선이 인원 풀이라 헤엄쳐 갔더니만 글쎄, 문지기 놈이 삼지창을 그대로 내 모가지에 꽂으려고 하는 거야. 그래서 이 몸이 뭐라고 했게? '영 왕자님이 극진히 신뢰하는 이 몸에게 무엄하도다!'라고 했지."

"그러니까?"

"여긴 망자 전용이라고 다른 게이트로 꺼지라기에 결국 돌아갔다. 크흠."

뭐라고 떠들거나 말거나 무시한 채 용포를 던져 버린 안대영의 눈에 검붉은 검집이 드러났다. 차민혁의 것과는 전혀 다른 생김새로, 손잡이를 쥐면 손바닥을 귀기가 물어뜯는 듯한 따끔거림이 일었다. 안대영이 무사로서 처리한 귀신들의 고혈을 녹여내 새긴 세 글자가 손잡이에 도드라졌다.

영천왕(焱魋王). 이승으로 내쫓기지 않았다면, 열한 번째 지옥의 왕이 되었을 이름이다. 인간의 몸으로 내쫓기면서 여러 이유에 의해 검날의 컨디션이 저하되어 초량을 통해 부탁한 것이었다. 저는 이 몸을 하고 지옥에 갈 순 없으니까.

오랜만에 잡아 본다. 그동안은 쓸 일이 없었다. 검을 꺼내들 정도로 큰일이 없어서였다.

"초량아. 일 하나 해라."

"일? 무슨 일? 무슨 일인데 왕자가 직접 나에게 착한 말투와 그렇지 못한 표정으로 말을 꺼낼까?"

"며칠만 사람 하나 지켜."

요람에서 벗어난 지 얼마 되지 않아 토실토실한 아기 도깨비에게 사탕을 먹여 주던 김석호가 기함하여 안대영을 확 쳐다보았다. 초량의 푸른 눈이 갸웃했다.

"사람 하나를 지켜? 이게 뭘 의미하는 거냐?"

"개수작 부리지 말고 말 그대로 지키라고."

"내 귓구멍이 막혔나? 아니면 왕자 놈이 드디어 돌아 버렸나?"

잘못 들었다는 듯 귓구멍을 후벼 판다. 하기야 그렇다. 차민혁과 김석호를 두고 굳이 초량에게 의뢰할 필요가 없다. 게다가 도깨비는 장난기도, 심술도 많아 가성비가 영 별로다. 그럼에도 불구하고 말을 꺼낸 이유가 무엇이란 말인가.

"서얼마 교수님 말씀하시는 건 아니죠? 초량이의 뭘 믿고 맡기세요."

"다 들린다. 영 왕자에게 간이고 쓸개고 죄다 저당 잡혀 버린 몹쓸 책사 놈아."

"세연 병원 신경외과 정은규 교수. 당장 내일 아침 아홉 시부터 퇴근할 때까지. 페이는 석호가 알아서 쳐 주고."

"에엥?"

설마가 사실이 되자 뜨악한 김석호와 요리조리 기웃거리며 안대영의 검을 구경하던 차민혁도 흠칫해 애매한 자세로 올려다본다.

"개미 새끼 하나 못 붙게 해."

무심한 표정으로 쐐기를 박는다. 도깨비에게 거는 약속은 절대 무르지 못한다. 그것을 알면서도 도장까지 땅땅 찍는 안대영이다. 부하 직원 둘의 표정이 상당히 오묘해졌다.

대강의 이유는 파악 가능했다. 본인들은 저승의 소속이지만, 도깨비라면 위고 아래고 섣불리 건들 수 없다. 가뜩이나 강한 마킹으로 잡귀가 들러붙지 못할 텐데 도깨비까지 보디가드랍시고 쫑쫑거리며 달라붙어 있으면…….

차민혁과 김석호가 시선을 마주쳤다. 그리고 같은 의견을 공유했다. 아, 조만간 크게 좆되겠다.

"네 몸에서 냄새가 풀풀 나는 주인공이냐? 다시 맡으니 맛있는 냄새가 나는데."

대답 없이 올라온 길을 되돌아 내려간다. 초량이 거의 구르듯 하여 안대영의 곁에 섰다.

"걔 따먹으면 곱겐 못 죽어."

"떼잉."

무척 아쉬워하다가 신이 바락 나서 수다의 장을 열다 안대영에게 기어이 쌍욕을 얻어먹은 초량이 토라져 파란 불로 돌아갔다. 동동 떠서 움직임에도 수다가 끝이 없다.

"교수님이 쟬 버틸 수 있을까."

심각한 김석호의 고민에 침묵하던 차민혁이 이윽고 대답했다.

"존나 돌아 버린다에 한 표."

제2장

12월 15일 새벽 6시 20분. 안대영의 집에서 일찍 나온 정은규가 추위에 흩어지는 입김을 하릴없이 내보내었다. 지하주차장까진 내려왔는데 이놈의 안대영이 차를 어디다 주차시켰는지 기억나지 않아 한 바퀴를 뱅 돌아야 했다.

3524, 3524……. 넘버를 곱씹으며 동일한 차량을 훑고 지나가던 정은규의 귀에 입구 사이렌이 들렸다. 주차장임을 망각하기라도 했는지 속도를 줄이지 않고 들어온 차량이 갑작스레 멈췄다. 정은규의 앞이었다. 끼익, 하고 노면이 울었다. 조수석 차창이 쭈욱 내려가자 그 안에는 당연한 것처럼 안대영이 핸들을 쥔 채 있었다.

"일찍 출근하네?"

"내 차 어디다 댔습니까."

되도록 이 얼굴은 안 보고 싶었다. 전날의 성희롱이 걸핏하면 떠올라서였다. 사람을 쳐다보지도 않고 매몰차게 군 정은규가 주차장을 다시금 둘러보았다. 입주자들은 좋겠네, 주차장 커서.

"너무 섭섭해하고 그러지 마. 사이좋게 한 발씩 뺐잖아요? 교수님, 그거 먹튀 아니었다고."

"하. 섭섭?"

기가 막혀 되묻자 안대영은 입꼬리를 끌어올리기만 한다.

"섭섭이 아니라 동의 없는 성희롱과 성추행에 기분이 나쁜 겁니다. 차 어디다 댔냐구요."

"따라와."

브레이크에서 발을 떼 천천히 굴러가는 차량을 따라 정은규의 구둣발도 뚜벅뚜벅 걸었다. 여태 찾았던 방향과 반대쪽이었다. 아, 이쪽부터 볼걸. A-1 구역 맨 구석 세 대가 나란히 주차된 곳에 정은규의 차가 가만히 잠들어 있었다.

"먼저 빼요. 나가면 대게."

기어를 바꾼 안대영이 운전석에서 내렸다. 굳이 내릴 필요 없는데. 주차 선에 맞춰 잠든 차 사이를 들어가자 농담조가 들려왔다.

"옷자락에 스칠 때마다 수리비 청구할 거니까 조심."

록을 풀고 운전석을 열려던 정은규가 헛웃음을 짓는다.

"그쪽 찹니까?"

"그 라인 전부."

차 많다더니 외제 차 브랜드별로 한 대씩은 뽑았나 보다. 흥미 없는 자랑거리라 가뿐히 무시하고 올라탄 정은규가 시동을 걸었을 때였다. 느긋하게 걸어온 안대영이 차 앞을 막아섰다. 저 새끼가 자기 차는 옷자락에 스치지도 말라더니 남의 차 보닛을 양손으로 짚고 지랄이야.

클랙슨을 울리기도 귀찮아 마음에 안 든다는 표정만 짓고 있는 정은규에게 안대영이 이번엔 보닛을 똑똑 두드렸다.

"출근해서 뭐가 보이고 들려도 모른 척하고."

"뭐가 보인다는 겁니까."

"교수님이 평소에 보고 듣던 것들."

자식 유치원에 보내는 부모 같은 말을 한다. '우리 은규, 나쁜 아저씨가 맛있는 거 사 준다고 해도 따라가면 안 돼, 알았지?' 그 정도의 당부.

"보이고 들리는 걸 모른 척하는 게 쉽진 않아요. 사람은 누구나 반사 신경이 있습니다."

"흐음……. 맞는 말이긴 하지."

웬일로 후퇴를 하지. 미심쩍은 상태로 시동을 걸자 사뿐히 비켜난다. 차 앞머리를 뺀 정은규가 안 가고 버티는 안대영에게 한숨을 쉬어 보이며 운전석 차창을 내렸다.

"하나만 묻죠."

"말씀하세요."

"내가 교수님 몸 만질 때 뭐 보이는 거 있었어?"

떠보는 말투는 아니었다. 있으면 있고, 없으면 없는 거지 싶은 심상한 말투. 저런 말투는 특기로 가지고 있는 것일까.

문득 정은규의 머릿속에 보름달과 의문의 남자 둘이 스쳐 지나갔다. 그러고 보니…… 짜 맞추기에 가깝지만, 화려한 무늬로 범벅인 옷을 입은 남자의 키가 안대영과 비슷했었다. 목소리도 비슷했나? 여기까지는 솔직히 잘 모르겠다.

"왜 물어보십니까?"

"보긴 봤네."

"봤습니다. 꿈처럼 짤막하게. 내용 말씀드려요?"

"아니. 뭘 봤든 잊어버리지만 말아요."

제 말만 하고 용건은 끝인 모양인지 기다란 다리가 몇 번 휘적휘적 움직여 차로 돌아간다. 도무지 의중을 알 수 없는 인간이다. 하, 인간은 맞긴 하냐.

핸들을 돌려 주차장을 빠져나간 정은규의 시야에 푸르스름한 새벽이 쏟아져 내렸다. 공기가 몹시 찼다.

병원 로비에 벌써부터 거대한 트리가 들어섰다. 쉬는 새 설치했는지 색색의 알전구가 새벽의 어두운 로비를 반짝 비췄다. 'Merry Christmas!' 트리의 최상단에 걸린 커다란 금박 장식이 눈에 들어왔다.

트리 앞에 한참이나 서 있던 정은규의 시선이 아래로 내려갔다. 메모지와 펜이 준비되어 있고 곳곳에 소원 쪽지가 붙어 있었다. 자세를 낮추어 하나하나 들여다보았다.

[산타클로스님 안 아프게 해 주세요.]

[우리 지희 수술 꼭 성공하게 해주세요.]

[네 시간 투석 하고 나서 적고 갑니다……. 내년엔 이식 연락 왔으면…….]

[메리 크리스마스! 내년엔 병원 말고 밖에서 크리스마스 즐기고 싶어ㅠㅠ]

[지현아 퇴원하면 맛있는 거 먹으러 가자.]

[암병동 환우들 파이팅! 우리에게도 희망이 있습니다! 메리 크리스마스!]

[신경외과 김현수 교수님 잘생겼어요♥]

이 쪽지는 아무래도 김현수 본인인 것 같은데. 정은규는 피식 웃으며 쪽지를 떼어 냈다. 본인임을 감추려고 왼손으로 쓴 글씨임이 유력해 보였다. 가져가서 놀려야지.

그러나 웃음은 얼마 가지 못하고 가라앉았다. 바로 아래 붙은 쪽지가 상반된 분위기를 담고 있어서였다.

[살고 싶어요. 죽기 싫어요……]

정은규는 그 쪽지를 한참이나 바라보았다. 마음이 무겁다.

'그러니까 살고 싶다고 해요, 살려 줄게.'

정은규는 살려 달라고 말하지 않았다. 살고 싶었다. 살고 싶었지만, 입 밖으로 꺼내지 못했다. 정해진 삶대로 살아야 하는지, 아니면 욕심내서 삶을 이어야 할지 잘 몰랐다. 생각하면 한없이 땅굴을 파는 느낌인 데다 괴로워서. 믿고 싶지 않아서. 현실 부정이 의외로 길게 이어졌다.

살고 싶다. 누군들 안 그렇겠나. 솔직히 말하면 살고 싶었다.

"얼씨구. 이게 누구야~ 정 따까리 씨 아니야. 며칠 쉬더니 사람 같아 졌네."

호랑이도 제 말 하면 온다더니 패딩 차림의 김현수가 잠이 덜 깬 얼굴로 정은규를 툭 쳤다. 새집 지은 머리를 보니 직전까지 심각해했으면서 무의식적으로 웃음이 터졌다.

"당직이에요?"

"어. ER 콜 와서 자다 나왔다. 넌 왜케 일찍 출근했어. 여덟 시도 안 됐는데."

"오늘 외래 환자 차트 좀 미리 보려고요."

"몇 명이냐?"

"스물다섯 명이요."

"얼마 없네? 바뀐 듀티는."

"새로 짜서 알려 주겠죠. 이번 주 말곤 아직 몰라요."

"확 주3 당직 걸려라."

"그럴 리 없단 거 알면서. 참, 이거 선배가 썼죠."

쪽지를 받아든 김현수가 와하하 웃었다. 텅 빈 로비에 웃음이 메아리쳤다.

"엥? 내가 이걸 왜 써. 네가 써 놓고 괜히 부끄러워서 주는 거지?"

"뭐래. 난 선배 잘생겼다는 생각 한 번도 해 본 적 없어요."

"짜식이……. 적당히 솔직하랬지. 이건 가보로 남겨야겠다. 나 먼저 가 본다."

"예. 수고."

그리도 좋을까. 좋아하는 거 보니 자기가 쓴 건 아닌가 보네. 응급실로 내려가는 김현수를 배웅한 정은규가 일찍 오픈한 식당가 카페테리아에서 라테 한 잔을 사 들고 엘리베이터를 기다렸다. 신경외과는 4층에 있다. 혈관외과와 층을 함께 쓰고 있으며 각 과의 교수는 여덟 명, 열두 명으로 늘 환우로 바글바글한 층이었다.

투 샷을 추가한 라테가 적당히 쓰다. 엘리베이터마다 고층 병동에서 내려오는 터라 시간이 좀 걸린다. 무던히 기다리던 정은규의 곁에 커다란 몸집이 섰다.

"정은규 교수님 되십니까?"

훤칠한 키에 왁스를 발라 깔끔히 넘긴 머리, 목소리가 동굴에 울리듯이 저음인 남자. 본 적 없는 인물이다. 귀신인가? 안 대표가 보고 들리는 거 무시하라고 했는데. 귀신이라기엔 형체가 뚜렷하잖아. 정은규는 초면의 남자를 위아래로 훑고 떨떠름하게 대답했다.

"예. 그런데요."

"오늘부터 경호를 맡게 된 초량이라고 합니다. 내 이름 귀엽죠? 나도 알아요."

잘못 들었나 했다. 베드로 신부가 시골로 보낸다고 할 때만큼 뚱딴지같은 소리였다.

"······예?"

"왕······ 안 대표에게 못 들으셨나 본데? 반응이 왜 이러지?"

"예?"

"와. 교수님 존나 예쁘게 생겼다. 그 재수 없는 새끼가 괜히 나한테 부탁한 게 아니었구먼."

뭐? 이건 또 뭐야? 전해 듣지 못한 이벤트에 얼빠진 정은규가 대답도 못 하고 굳어 있자 초량은 태연하게 열린 엘리베이터를 가리켰다.

"엘베 왔는데 안 타실 거예요?"

"아니, 저기요."

"부담 갖지 마세요~ 저도 돈 받고 하는 일입니다요~ 그리고 교수님 예뻐서 마음에 들었어. 성실하게 일할래."

온통 알아들을 수 없는 말이다. 도대체 안대영의 주위에 있는 인간들은 왜 이 모양이란 말인가. 최대한 멀찍이 떨어져 봐야 비좁은 공간이라 두 걸음 물러난 정은규가 이마를 짚었다.

"이런 질문 진짜 어이없다는 거 아는데요."

"오. 예쁜 교수님. 나한테 관심이 생겨요?"

"그 예쁘단 말 좀 빼시고."

"왜애애. 칭찬인데."

"구역질 나려고 하니까."

"아하. 그럼 21세기에 걸맞게 프리티로 바꿀까?"

"사람입니까."

거두절미하고 묻자 초량이 여유만만하게 어깨를 으쓱였다. 정은규는 자괴감에 당장 무너져 버리고 싶었다. 사람이냐니. 의사 입에서 나올 질문인가 이게. 금세 도착한 4층에 내려 밝아진 복도를 걷자 초량은 일부러 보폭을 맞추듯 느긋하게 한 발짝, 두 발짝 옮겼다. 성가셔 죽겠다.

"사람이고 아니고는 문제가 아닌데에."

"초량 씨."

······아. 이름 부르니까 안대영과의 대화가 기억났다.

'초량이는 누굽니까?'

'도깨비.'

그럼 그렇지. 나한테 멀쩡한 사람을 붙일 리가 없지. 자조한 정은규가 2번 진료실 불을 켰다. 미닫이문 옆에 이름 팻말이 붙어 있다. 초량은 팻말과 가운 입고 찍은 증명사진을 빤히 쳐다보다가 외투를 거는 정은규의 뒤에 살포시 섰다.

"교수님, 아무래도 안 되겠어. 내 신부 할래요? 나는 돈도 많고 권력도 있어요. 하늘 놈이고 지옥 놈이고 못 건드려!"

"됐습니다. 도깨비 신부로 살기 싫어요. 안 나가실 겁니까."

사정을 봐주지 않는 싸늘함에 초량이 시무룩하게 중얼거렸다.

"나 못 나가. 교수님 잡아먹으려는 귀신이 판을 쳤는데 어떻게 나가. 안 대표한테 쌍욕 먹어 봤어요? 오금이 막 저린다구요."

그러면서 밖을 가리키는데 복도 난간에 매달린 귀신들이 이쪽을 노려보고 있었다. 그런데 가까이 오지는 못한다. 전에는 진료실에도 두어 명이 항상 상주해 있었는데······.

정액 분출 좀 했다고 마킹의 효과가 는 것도 웃기잖아. 이러니까 사이비 종교의 꼬임에 넘어가는 것 아니겠어. 아직도 안대영이 씹은 유두가 저릿하게 아팠다. 셔츠에 바로 닿으면 쓰라려서 반팔을 덧대어 입은 터라 답답하다.

도와주는 게 맞긴 해? 살려 주고 싶은 건 맞고? 한번 자고 나면 깨끗하게 끝낼 것처럼 구는 게.

상념에 잠겨 내려놓았던 컵을 다시 들어 입술에 댄 정은규의 표정이 파직 구겨졌다. 반절 넘게 남아 있는 라테가 텅 비었다. 초량이 윗입술에 묻은 우유 거품을 사악 혀로 핥았다.

"교수님은 쓴 걸 좋아하나~? 어이쿠 쓰다, 써."

내 라테. 저 씨발 도깨비 새끼. 더불어 안대영을 향한 욕설까지 입 밖으로 튀어나갔다.

* * *

초콜릿이 오도독 씹히다 부드럽게 녹았다. 초콜릿 한 판에 초코 시럽을 잔뜩 부어 버린 아이스 초코를 앞에 두고 번갈아 가며 먹는 안대영의 손에는 담배가 들려 있다.

벽의 절반을 차지하는 커다란 티브이에서 시답잖은 뉴스가 송출되고 있었다. 단정한 투피스를 입은 기상 캐스터가 허공을 손짓하자 도시 이름이 쓰인 지도가 펼쳐졌다. 내일 의양시 위에는 비구름이 그려져 있었다.

"비 온대요?"

키보드를 두들기던 김석호가 모니터 밖으로 머리를 빼고 물었다. 안대영의 입에서 연기가 스멀스멀 내뱉어졌다.

"어."

-다가오는 25일. 성탄절이죠? 아쉽게도 눈 소식은 없지만, 올해 들어 가장 큰 보름달이 뜬다고 합니다. 시간은 25일 새벽 3시 9분. 이렇게 커다란 보름달은 오랜만이라고 하는데요…….

"보름달이요?"

몸을 일으켜 티브이 근처에 선다. 팔짱 낀 팔이 보디빌더처럼 두껍다. 재떨이에 담배를 비벼 끈 안대영이 마지막 연기를 내뱉었다.

"디데이라고 착하게 알려 주네."

"대표님…… 저는 진짜 솔직히 좀 불안해요."

"불안할 게 뭐가 있어."

"대표님은 교수님이 이무기라고 짐작하고 계시잖아요."

짐작? 코웃음 치며 아이스 초코를 들이켠다. 척 보기에도 달아서 입에 못 대게 생겼는데 출근해서 한 잔, 지금이 두 잔째였다. 대표님이 초콜릿을 좋아하기야 하지만…… 저 정도면 과음인데.

김석호는 안대영의 초코 남용마저 불안해서 흘끔흘끔 살폈다. 아이스 초코에 안주가 초콜릿이라니. 이건 대표님도 머리가 많이 아프다는 증거 아닐까.

"기억이라는 게 참 웃겨. 타이밍이 맞다 싶으면 머릿속에서 얼른 둔갑시켜 버리거든. 얼굴이 똑같더라고. 그러면서 하나둘 히스토리가 떠올라."

판 초콜릿을 작게 부수어 내밀어 받았다. 으…… 달다. 안대영이 새 담배를 문다.

"우스워. 그 긴 시간을 뺑이치며 기다리던 목표 상대가 나타났는데 여긴 또 구질구질해져."

근육으로 부푼 김석호의 가슴을 담배 든 손으로 가리킨다.

"……그건 죄책감 아닐까요? 제가 더 겪을 고생이 없어서 하는 말이지만…… 대표님은 그때 진심이셨잖아요. 일거리가 이만큼 쌓였는데도 허구한 날 도리천으로 나가셨으면서. 그럼에도 이무기를 지키지 못했다는 죄책감이 아닐까 싶은데요."

"야."

"네?"

"소설을 써라."

소설이라니. 몰래 만나기라도 했다면 이승으로 내쫓기는 일이 없었을 수도 있다. 남의 시선은 좆까라면서 대놓고 펑펑 놀러 다닌 장본인이 누군데. 그러니까 변성왕(變成王)에게 먼저 걸리고 그 입 싼 노인네가 줄줄이 퍼트리기 시작하면서 염라 귀에까지 들어갔지.

까놓고 말해서 이무기는 그때 안대영과 얽히지 않았더라면 조용히 지내다 승천했을지도 모를 일이다. 고분고분히 숨어 살던 애꿎은 이무기를 들쑤셔 놓은 게 누구더라.

이무기의 기원은 이러하다. 수태한 뱀이 용이 품고 살던 여의주를 몰래 날름 훔쳐 먹어 천벌이 떨어졌으니 이를 이무기(螭龍)라 칭하였고, 감히 용의 여의주를 탐냈다는 죄목으로 도리천 못의 밑바닥에 꽁꽁 묶인 채 옴짝달싹하지 못했다. 그러나 이를 가엽게 여긴 여덟 번째 지옥의 평등왕(平等王)이 죄업을 거두고 조용히 살아가라며 꺼내 주었다고 한다.

이런 행동으로 인해 시왕(十王) 사이에서 언쟁이 일어났으나, 시끄럽다고 화를 버럭 낸 염라에 의해 도리천에 가두는 것으로 일단락되었다. 그리하여 이무기는 도리천을 벗어날 수 없으며, 타인의 눈에 띄지 않게 숨어 살아야 한다는 조건이 따라붙게 되었다.

그러는 사이 첫 번째 이무기는 알을 낳았다. 알은 총 아홉 개. 곧 여의주의 기운을 받은 아홉 마리의 이무기가 태어났다. 도합 열 마리의 이무기에 저승은 분주해졌다.

승천해서는 안 된다. 승천은 하늘과 협약 사항이 걸린 일이다. 멋대로 승천하는 게 아니라 사전에 고지를 하고 승인이 떨어져야 준비 후에 승천할 수 있었다.

그러나 그것은 순수 혈통만 해당되는 사항이지 이무기라면 다른 이야기가 되었다. 최초의 조항 자체가 어긋나는 이야기였다. 불완전한 용이었으니까. 자칫하면 잘 지켜 오고 있던 하늘과의 중립이 새로운 세력으로 깨져 버릴지도 몰랐다.

'어쩌면 좋습니까.'

'무엇을요. 승천하기 전에 죽이면 그만 아닙니까.'

그리하여 저승에서는 음험한 짓을 벌였다. 이무기를 한 마리씩 몰래 제거하기 시작한 것이었다. 자식이 몰살당하는 모습을 지켜보던 어미가 홀로 남은 막내를 제가 묶였던 도리천 못의 밑바닥에 숨긴 그날, 그는 어미마저 잃고 세상에 존재하는 마지막 이무기로 남아 버렸다.

물속은 외로웠다. 외로움을 버틸 수 없을 때마다 고개를 수면 위로 내밀면 휘영청 밝은 보름달이 떠 있었다. 축축하게 젖은 손에 달빛을 받으면 비늘이 반짝반짝 돋아났다. 여의주의 효험 덕분에 알에서 태어났음에도 인간의 형체를 한 채 살았지만, 보름달 앞에서는 속수무책으로 민낯이 드러나 버렸다.

구백구십 년이 넘게 못 안에서 살았다. 눈을 감았다 뜨면 죽어 나가던 형제들이 떠올랐다. 이미 오랜 시간이 지나 타격은 없었다. 하지만 왜 죽어야 하는지, 왜 죽임당해야 했는지 전혀 습득이 안 된 학살이었다. 분명한 것은 그들이 나빴다는 사실 하나다.

결코 죽지 않을 것이다. 나는 나의 형제처럼 그들에게 죽임당하지 않을 것이다.

꿋꿋하게 버티던 어느 날 이무기는 불현듯 깨닫게 된다. 나가야겠다고. 더는 물속에서 살지 못하겠다고. 목이 뎅강 잘리는 한이 있더라도 시왕을 찾아가 빌든지, 그것도 아니면 홀로 살아남을 힘을 어떻게든 길러야 했다. 사는 동안 매일 이럴 수는 없었다. 이대로라면 죽도 밥도 안 된다.

바닥에 가라앉아 잠들었던 눈이 뜨이고, 물살을 헤쳐 수면 위로 떠오른 이무기는 뭍의 첫 호흡을 뱉기도 전에 예상치 못한 존재와 마주하게 되었다.

'넌 뭐야.'

새빨간 검이 목을 겨누고 있었다. 날에서 귀신의 비명이 들리는 듯 섬뜩했다. 금세 저를 반으로 가를 것처럼 몹시 무서운 검이었다. 주춤주춤 뒤로 물러나다가 도로 첨벙 빠져 버리려는 이무기의 허리가 단단한 팔에 감싸 안겼다. 말을 할 줄 알면서도 두려움에 입술이 덜덜 떨렸다. 서늘한 시선이 젖은 이무기의 얼굴을 훑었다.

그것이 영 왕자와 이무기의 첫 만남이었다.

그때 만나지 말았어야 했는데. 그러나 필연이었다.

"……."

안대영은 몇 번째인지 모를 담배 연기를 내뱉었다. 이승으로 내쫓길 때 일부의 기억이 지워졌다. 재발을 방지한다는 핑계가 붙인 채로. 그래서 가끔 이무기의 꿈을 꾸어도 목 위는 달걀처럼 이목구비가 없었다.

그런데 보인다. 단지 정 교수의 전생을 보려 했음에도 예상치 못한 수확이 생겼다. 방금도 프레젠테이션처럼 기억을 떠올렸을 뿐인데 잊어버린 얼굴이 보이잖아.

정은규 씨. 당신 얼굴이.

맛 좀 본 걸로 이 정도의 수확이면 좋아해야 하는 건지, 어쩐 건지……. 섹스 하면 모조리 떠올리겠는데. 그 양반이 섹스까지 해 줄까 싶지만.

"대표님. 10번 핸드폰인데요."

김석호가 공손한 손길로 핸드폰을 내밀어 받아들었다.

"안대영입니다."

-그동안 잘 지냈어? 나 안 대표 도움이 필요한데.

하나당 이재숙 의원. 발신자에 그리 찍혀 있었다. 요즘은 국회의원의 의뢰가 많다. 내년 선거를 대비해 불경한 기운을 지워야 한다고 걸핏하면 전화를 걸어 대었다. 막상 출장 나가면 별거 없는 일이 태반이었지만, 이들은 돈과 재산이 많으니 의뢰를 받는 편이 이득이었다.

"장소."

싸가지는 대상을 가리지 않는다. 우스운 것은 클라이언트들이 안대영의 싸가지에 적응했다는 점이었다.

-뭐가 보이는지 말도 안 했는데 장소부터 말하라는 거야?

"따질 거면 끊어."

-여전하다니까. 세연 병원 VIP 병동 3실이야. 이이가 얼마 전부터 숨을 잘 못 쉬어. 검진 결과도 아픈 데 하나 없고 바이탈인지 뭔지 죄다

정상이라는데 이러네.

"지금 가죠."

-어머. 이렇게나 빨리?

대답 없이 전화를 끊은 안대영이 코트를 팔에 걸친 채 사무실을 나섰다. 쾅, 하고 중문이 닫히자 뒤늦게 따라 나온 김석호가 외쳤다.

"대표님! 어디로 가시는지 말씀이라도 해 주세요!"

계단 위의 김석호를 올려다본 안대영이 10번 핸드폰을 던지자 겨우 낚아챈 김석호가 에효오…… 가슴을 쓸어내렸다. 하마터면 핸드폰 부술 뻔했다. 그 바람에 목적지는 스킵당하고 말았지만.

* * *

"손 떨림은 어떠세요. 수술한 이후에 떨린 적 있으세요? 글씨 모양은 저번보다 좋아졌는데."

"약도 잘 묶었고 문제 없심다. 손이 막 떨리다가 안 떨리니까 그게 더 이상하구로."

기분 좋게 웃는 환자를 들여다본 정은규가 의자를 끌어 가까이 다가 갔다. 수술 부위도 잘 아물었고…… 수치도 정상적이고. 크게 문제 될 것 없다.

"가슴에 이식한 스위치도 문제없이 잘 가동되고 있어요. 그때도 말씀 드렸지만 과한 운동은 안 됩니다."

"안 그래도 걷기 운동을 열씨미 해가 숨이 쫌 찹다."

"천천히 걸으셔야 해요. 빠른 걸음 말고 산책하듯이. 30분 넘기지 마시고."

"알겠심다. 선생님 덕분에 내 요즘 날아갈 것 같으이."

회진을 돌고 외래를 아홉 명째 보는 중이다. 사람이 살던 곳에서 뛰

놀아야 한다고, 맥을 못 추린 채 잠들었던 정은규는 오랜만의 본업에 충실해 시간 가는 줄 몰랐다. 저하된 체력이 잠 며칠 잔다고 바로 올라올 건 아니었지만, 안대영의 집에서 실컷 잠자고 희롱당한 덕분인지 컨디션이 훨씬 나아졌다.

일단 저놈의 귀신들이 근처에 오지 않는다는 점이 꽤 상쾌하다. 진료실 문 열자마자 보이는 도깨비만 치우면 완벽은 아니어도 그에 가까울 텐데.

"저분은 아시는 분이세요?"

환자의 예약을 잡아 주던 간호사가 질렸다는 말투로 묻는다. 진료실 바로 앞 의자는 곧 들어갈 환자 자리라고 말해도 꿋꿋하게 거기 버티고 앉아 눈을 부라리고 있는 초량을 향한 질문일 것이다. 정은규는 CT 사진을 훑다가 눈을 들어 정자세의 초량을 흘깃 살폈다.

"몇 시간째 저러고 있는 거죠?"

"교수님 외래 보기 시작하시면서부터 계속이요. 화장실도 안 가요."

"하아……."

"환자분들이나 다른 쌤들이 눈치를 줘도 꿈쩍을 안 해요. 교수님 아시는 분 아니면 보안 팀 부르려고 하는데……."

"내가 말할게요. 식사하러 갔다 와요."

"교수님은요?"

"쟤부터 어떻게 좀 하고. 난 신경 쓰지 마요."

걸을 때마다 가운이 허벅지에서 휘날린다. 정은규가 그 앞에 당도하자 초량이 히죽 웃었다.

"일 완전 잘한다고 안 대표한테 꼭꼭 말해 주시오."

"배 안 고파요?"

"고파!"

"식사하세요. 지하 1층에 교수 식당 있어요. 키오스크에 이거 찍고 드시면 됩니다."

목에 걸려 있던 사원증을 빼서 내밀자 유심히 살피다가 벌떡 일어난다.

"사진이 실물을 못 따라가는데? 교수님의 프리티함을 조금도 담지 못했네. 쯧쯧. 사진사가 중죄야."

"초량 씨…… 나 그쪽 때문에 피곤합니다……."

"안아 줄까요? 교수님 정도야 한 팔로도 거뜬하지!"

"아니, 그런 뜻이 아니고. 하아……. 일어나요. 식당에 데려다줄 테니까……."

팔자가 적당히 세야 무시하고 버티지. 터덜터덜 걷는 정은규의 뒤를 똥강아지처럼 따라붙던 초량이 문득 뒤를 돌아보았다. 촐싹거리는 발걸음이 멎자 정은규가 피곤한 얼굴 그대로 초량 씨, 하고 불렀다.

초량은 어느 한 곳을 빤히 쳐다보고 있었다. 그의 시선이 닿는 곳에는 자식의 부축을 받으며 돌아가는 이름 모를 환자가 있을 뿐이었다. 왜. 귀신인가?

"거기 뭐 있어요?"

"으흐흐."

"왜 변태처럼 웃어."

"큰일 났다. 큰일 났다, 인제. 그 망할 왕자 놈에게도 큰일이 나겠구나."

"무슨 소릴 하는 거예요."

"교수님은 안 보이죠? 저기에 저승사자 놈들이 눈알을 이따~만큼 뜨고 우리를 보고 있는데. 흐흐흐."

"아직 여름 아닙니다. 납량 특집 그만 찍고 따라와요."

저승사자의 지읒도 안 보이는데 오버는. 무심하게 앞서가는 정은규의 뒤로 콧노래까지 부르며 따르는 초량에게 어느새 사자 둘이 붙었다.

「뭐야, 뭐야. 저 인간은 무엇인데 왕자님의 냄새가 나는 거야?」

"네놈들은 몰라도 된다."

「이 괘씸한 도깨비 자식. 출입이 안 되는 게이트를 뚫어 준 게 우리 아니냐! 이러기야?」

"염라 꼴이 아주 우습게 되었지 뭐냐. 푸항항."

「감히 대왕님의 존함을 꺼내다니! 그러다 끌려가서 고초를 치르게 만들기 전에 어서 말해라. 누구냐, 저 인간은.」

"영 왕자가 찜한 인간이지."

쌀가루 반죽처럼 허여멀건한 인상들이 대번에 놀라 짠 듯이 입술을 척 가린다. 원래도 커다란 동공이 더할 나위 없이 커졌다.

「대왕님께 어서 알려 드려야겠어.」

「왕자님이 미쳤구나. 미쳤어. 이무기로도 부족해 인간까지 탐하다니. 드디어 미치셨도다.」

"하루 이틀이더냐, 왕자가 미친 게. 아무튼 내가 말했다고는 하지 마라."

쉿. 검지를 입술에 가져다 댄 초량이 뒤를 따라붙으려는 저승사자들을 가로막았다.

"어허이. 따라오지는 말고."

「어쩌면 좋으냐? 어쩌면 좋아? 우리 미친 왕자님을 어쩌면 좋으냐고.」

「말린다고 말려지실 분이었으면 애초 이승에 내쫓기지도 않았다.」

「이무기는 잊었나 봐.」

「원래도 허리 아래 기준으로 사시던 분인데 충분히 그럴 수 있지.」

호들갑이 사라질 기미 없는 저승사자들을 두고 룰루랄라 신이 난 초량은 정은규와 함께 엘리베이터에 올라탔다.

애매하게 빗겨난 점심시간이라 여유로운 엘리베이터는 금방 지하 1층에 도착해 문을 열어 줬다. 인파로 바글거리는 식당가를 벗어나 비교적 한산한 교수 식당 입구의 키오스크에 사원증을 찍은 정은규가 한 명분은 카드를 긁었다.

"혼잣말을 자꾸 합니까. 5층에 정신 의학과 있는데 원한다면 보내 드리고요."

"교수님. 완전 진지하게 내 신부 하는 거 어때요? 그러면 안전한데에. 이건 내가 진짜루 교수님 마음에 들어서 하는 말이라구요."

"싫다고 거절한 지 오랜데요. 식판 받으세요."

"흥. 안 대표? 그깟 놈팽이는 교수님한테 어마어마한 피해만 줄 거라니까아."

"아 진짜 피곤해……."

마음 같아선 가 버리고 싶은데 혼자 두었다가 사고라도 칠까 무서워서 그러지도 못하겠다. 정은규는 살면서 처음으로 이런 게 업보가 아닐까 진지하게 고민했다. 머리가 핑 돈다.

"식사하시고 먼저 가세요. 안 대표에게는 제가 말씀드리겠습니다."

"안 돼, 안 돼. 이미 돈 받아서 안 돼."

"얼마 받았는데요. 내가 더 얹어 줄 테니까 제발 꺼져요."

피곤하고 예민해서 워딩의 수위가 높아졌다. 식판을 품에 안은 초량이 얼굴을 스윽 들이밀었다. 정은규는 뒤로 물러나지 않고 초량을 빤히 응시한다.

안대영의 눈에 불씨가 있다면 초량은 파란 불이 미약하게 보인다. 도깨비라서 눈의 색이 다른 모양이네. 어느새 이 정도까지 받아들여졌다.

"존나 섹시해. 욕 또 해 봐요. 두 번 해요. 세 번도 환영."

"개수작 부리지 말라고 했지, 씨발아."

그러나 원하는 욕은 정은규가 아닌 갑작스레 나타난 안대영에게서 얻어먹었다. 움찔한 초량이 식판을 소중히 품에 안은 채 입술을 삐죽 내밀었다.

정은규는 순간 안대영이 구원자처럼 느껴져 자기도 모르게 함박웃음을 지었다가 바로 무표정이 되었다. 그에 바지 주머니 속 양손을 꽂은 안대영의 미간이 슬쩍 구겨진다. 웃으려면 계속 웃지, 아수라 백작도 아니고.

"밥 처먹고 내가 부르면 다시 와."

"왜! 싫다!"

"아예 못 오게 다리를 잘라 줄까……."

초량도 도깨비 본연의 모습으로 돌아가면 외다리였다. 그리고 서열을 가리는 씨름판에서 안대영에게 처참히 진 적이 있기에 특별한 일이 아니라면 줄곧 현신의 모습으로 살아왔다. 아무리 강하고 힘이 센 외다리라지만, 저놈의 저승 왕자를 이길 순 없었다. 씨름에 진 이후 외다리는 초량의 콤플렉스가 되었다.

"이…… 우라질 싸가지……!"

"교수님은 나랑 먹죠."

주먹을 부르르 떠는 초량을 두고 정은규의 팔을 붙잡아 이끄는 안대영의 손이 단단하다. 속절없이 따라가는 정은규의 뒷모습을 씩씩거리며 쳐다보던 초량이 콧김을 내뿜으며 식당으로 들어섰다. 그래도 밥은 먹어야 했다.

"어디까지 갑니까. 밖에 먹을 만한 곳 없어요. 그리고 나 일찍 들어가 봐야 합니다."

"초량이한텐 말 귀엽게 하던데 왜 내 앞에서는 다시 군인 같아져? 사람 차별해?"

"귀엽다는 뜻을 모르시나 봅니다."

"너무 잘 알아서 탈이지. 피차 바쁜 건 똑같으니 간단하게 샌드위치로 때우는 거 어때요."

"상관없습니다."

입에 들어가면 열량 채우기는 똑같다. 아침에 라테를 산 카페테리아에서 샌드위치 두 개를 가져온 정은규가 가만히 서 있는 안대영에게 형식적으로 물었다.

"음료 드실래요?"

"핫초코."

"……핫초코?"

"엄청 진하게."

슈트를 빼입은 건장한 남자가 표정 없이 말하자 카운터를 보던 직원이 푸흡 웃는다. 덕분에 민망해진 것은 정은규였다. 어울리지도 않게 웬 핫초코…….

"……그거랑 아이스 아메리카노 쓰리 샷 추가해서 주세요."

"핫초코 파우더도 추가해 드려요?"

"예. 엄청 진하게라니까요……."

계산하려는데 오만 원이 먼저 내밀어졌다. 정은규는 멋쩍어져서 도로 카드를 집어넣었다. 그러고 보니 교수 식당에서도 한 명 값 더 긁었는데……. 초량 혼자서도 2인분은 거뜬하리라 생각하니 오히려 추가 결제를 해야 하는 것 아닌가 싶어졌다. 많이 먹게 생겼던데.

"남은 건 이 분 앞으로 달아 주시고."

"어……. 그러면 마일리지로 대신 적립해 드릴까요? 번호 뒷자리 불러 주세요."

"됐어요. 잔돈 받아 가세요."

"시간 끌지 말고 번호나 불러."

백 원이든, 천 원이든 빚지는 건 질색이다. 그러나 줄이 길게 늘어서는 바람에 정은규는 억지로 외우고 있는 번호 하나를 불렀다.

"……6033이요."

"김현수 님으로 나오시는데 맞으세요?"

"예."

"그쪽 이름은 김현수가 아닐 텐데? 정은규 씨?"

"원래 적립 안 합니다."

입씨름하기 귀찮아 잘 먹겠다는 말도 패스하고 쌩하니 지나쳐 빈자리 아무 데나 앉아 버렸다. 5분이 안 되어 캐리어를 받아 들고 온 안대영이 맞은편에 앉았다.

"저녁은 제가 사겠습니다."

"저녁?"

"예. 점심 사셨잖아요."

"별거라고."

핫초코 농도가 마음에 드는지 흡족한 미소와 함께 잔을 내려놓는다. 정은규는 새까만 커피를 몇 모금 마셨다.

"카페인 중독이에요? 그 정도면 사약인데."

"마실 만합니다. 그러는 대표님이야말로 안 어울리게 핫초코라니요."

"대가리 깨질 것 같을 때 초코만 한 게 없거든."

사무실에서 아이스 초코 두 잔에 초콜릿 한 판을 이미 먹은 후라는 사실은 구태여 말하지 않았다.

"병원은 어쩐 일로 오셨어요."

"일하러."

"일이면……."

"고객님이시지."

첫 만남도 병원이었다. 그때도 안대영은 '일'을 하고 내려오는 길에 정은 규와 마주쳤다. 각 병원의 VIP 병동이 그의 주된 근무지이기도 하다. 10번 핸드폰에 저장된 클라이언트는 VIP 전용 병실에 돈을 물 쓰듯이 버려도 끄떡없는 재계들로 구성되었다. '최소한 그 정도'는 되어야 안대영이 직접 출장을 나왔다. 뭐가 붙어 있든, 안 붙어 있든. 출장비는 환불이 안 된다.

"병원은 노다지야. 여기만 둘러보아도 천지잖아."

근처에만 못 올 뿐, 귀신은 여기저기 널렸다. 밥을 먹는 할아버지의 머리통을 뽑을 듯 잡아당기는 귀신과, 혼밥 하는 여자의 앞에 앉아 턱을 괴고 있는 귀신이라든가. 참 많기도 하다.

"돈만 주면 시키는 거 다 합니까?"

"그 한마디로 돈에 미친놈 된 기분인데."

"일이라고 하셨잖습니까. 액수만 맞으면 얼마든지 나서는 줄 알았죠."

"왜. 나한테 돈 주고 부탁할 일이라도 있어요?"

"그건 아닙니다. 그냥 궁금해서요. 안 대표님의 금전적인 기준에 부합되는 사람들은 당장 내일 죽는다고 해도 처리해 주나 싶어서."

"사람이 죽고 사는 문제는 명부에 쓰인 대로 사자들이 처리할 일이지, 내가 간섭할 게 아냐."

샌드위치를 우물거리던 정은규가 꿀꺽 삼키고 물었다. 물이 흐르듯 단조로운 물음이었다.

"그럼 저는 어떻게 살려 줄 겁니까. 제 이마에 12월이 쓰여 있다고 하셨잖아요. 말대로라면 안 대표님은 제 죽음에 간섭하지 못하실 텐데."

"교수님."

"예."

"연애 안 해 본 티를 자꾸 내."

생뚱맞게 연애 얘기는 왜 다시 회자시키고 지랄이냐며 따질 수 없었다. 안대영의 엄지가 정은규의 입가에 묻은 소스를 훔쳐 내었기 때문이다. 생리적인 열량 섭취를 잇던 입술의 움직임이 느려졌다.

"칠칠맞게. 이래도 본인이 안 귀여워요?"

그렇게 웃지 않았으면 좋겠다. 결단코 웃는 얼굴에 약해서가 아니다. 이 남자가 웃으면 피부 위에 개미가 지나다니는 듯 간지러워졌다. 정은규는 그것이 생리적인 반응이라고 믿고 싶었다. 그래서 단언해 버렸다.

"살고 싶습니다."

안대영의 표정에서 서서히 웃음이 사라졌다. 물티슈로 입가와 손을 꼼꼼히 닦은 정은규가 손대지 않은 안대영의 샌드위치와 매서운 눈매를 차례대로 훑었다.

"살고 싶냐고 물어봤잖아요. 네, 살고 싶어요. 하지만 저는 안 대표님

이 원하는 액수는 못 맞출 겁니다, 아마도. 벌이가 안 대표님의 고객들
보다는 한참 모자라거든요."

토독. 손톱을 짧게 깎은 손끝이 테이블을 두드렸다. 그러다가 어느새
익숙해진 바람 빠지는 웃음을 짓고.

"나랑 연애나 할래?"

안대영이 새로운 대안을 제시했다. 기껏해야 성희롱이겠지……. 그
런 식으로 막연하게 생각하고 있었던 정은규는 망치로 머리를 얻어맞은
듯 멍해졌다.

연애? 연애라고?

차라리 한번 자자고 하는 편이 훨씬 나았다. 불시에 충격이 거세게
쏟아져 커피도 물처럼 밍밍한 맛이 났다.

"안 대표님과 연애하면…… 이미 죽을 날짜를 받아 놓은 제가 살 수
있습니까?"

어이가 없다 못해 웃음이 터질 지경이라 말도 픽픽 튀어 나갔다.

"어."

그러나 몹시 진지한 대답이었다.

"내 건데 죽게 못 두지."

"……."

순간 여기에 안대영과 단둘이 있는 줄로만 알았다. 멍하니 있던 정은
규가 도리질 치며 제 뺨을 찰싹찰싹 내려치자 안대영은 벌어진 쓰레기
를 차곡차곡 정리해 한 곳에 모으며 일어났다. 정은규에게 남겨진 것은
뜯지 않은 안대영의 샌드위치와 반 이상이 비워진 커피였다.

"그건 이따 배고프면 먹고 바빠서 먼저 갑니다. 집에서 만나. 저녁 산
다고 한 건 교수님이니까 약속 지켜."

약속까지 한 적 없습니다. 평소라면 그리 받아쳤을 텐데 정은규는 한
동안 망부석이 되어 일어나지 못했다. 이딴 고백…… 아니, 제안이라고

봐야 하는 몇 글자가 상당히 불쾌해서였다.

'구원자라고 생각해, 구원자. 구원자라면 행정사 사무소든, 시청이든 알게 뭐냐.'

정은규에게 실질적인 구원자는 베드로 신부였다. 피를 잔뜩 흘리고 죽어 있는 어미의 곁에서 칼을 쥔 어린애를 거두어 주었다. 가타부타 묻는 말도 없었다. 정은규를 위해 늘 기도해 주었고 정상적으로 자랄 수 있도록 물심양면으로 도와준 은인이다. 베드로 신부가 아니었더라면 사회화는 언감생심이었을 것이다.

그런 베드로 신부가 안대영을 '구원자'라고 칭하였다. 반대로 안대영은 베드로 신부를 꽤나 싫어한다. 연장자에 대한 예의는 애초 밥 말아 먹은 사람처럼 군다.

'수법이 너무 뻔하지 않아?'

제삼자의 가능성을 염두에 두었다고는 하나, 현재 시점에서 정보의 습득이 부족하므로 한 치의 앞을 내다볼 수 없었다. 주장에 대한 충분한 근거가 뒷받침하지 못하고 있기에 정은규의 입장에서는 억측이라는 쪽에 힘이 실리기 마련이었다.

베드로 신부는 퇴마를 위해 성수가 담긴 바둑알을 주었다. 안대영은 장난감이라고 표현했지만, 그 성수가 아니었으면 정은규는 신경이 갉작 갉작 긁혀 진즉에 돌아 버렸을지도 모른다. 병 주고 약 준다는 심보가 응당 인간이라면 존재한다는 사실은 익히 알고 있다. 하지만 베드로 신부와 제 관계는 그 선이 아니었다.

'베드로에 대한 개인적인 감상과는 별개로 그 새끼가 멍청하진 않거든.'

그러나 안대영의 말도 무시할 순 없다. 때문에 쉽사리 중립에 설 수 없었다. 어느 쪽이 맞을까.

정은규는 쉽게 흔들리는 사람이 아니다. 어린 시절이야 남들에게 쉽게 발설할 수 없는 과거가 있다지만, 오히려 그 과거로 인해 심지 굳은 단단함을 만들어 냈다. 베드로 신부는 이를 보고 장족의 발전이라 칭찬하며 크게 기뻐했었다.

오늘은 15일. '생일날 요절'을 당하려면 열흘이 남았다. 열흘은 길고도 짧은 시간이다. 머릿속이 복잡해졌다.

당장 다음 주 수요일부터 다시 수술방에 들어간다. 현실적인 부분과 부딪쳤다.

첫째, 내가 죽는다고 했을 때. 빽빽하게 쌓인 스케줄에 차질이 생긴다. 땜빵이야 알아서들 하겠지만…… 본인이 워커 홀릭임을 모르는 정은규는 우습게도 일부터 걱정이 들었다. 나흘 새 김현수도 잔뜩 썩은 몰골로 나타나지 않았던가. 이곳이야말로 일의 지옥이 펼쳐질 거다.

둘째, 살아남는다. 그러려면 안대영의 불쾌한 제안을 받아들여야 한다. 막말로 열흘 뒤에 죽을지도 모르는 사람에게 연애하자는 개수작을 부린 자체가 더럽게 마음에 안 든다. 그러나 그는 단언했다. 내 건데 죽게 못 둔다며.

셋째, 그런 안대영이 싫어하는 베드로 신부.

"……."

펜대로 달력을 톡, 톡 쳤다. 무언가 베일에 싸여 있다. 아직 정은규가 깨닫지 못한 불의의 사건이 꽁꽁 숨어 찾아내기만을 기다리고 있을지도 모를 일이다.

내가 왜 죽어야 하지.

내가 왜.

나는 충분히 고달프게 살아왔다. 그런데 인제는 죽는다고.

뭐 이딴 인생이 있어.

이런 상황을 담담히 받아들이는 건 스스로 무심해서라고밖에 설명할 길이 없었다. 문득 어머니와 단둘이 산속에서 살 때 마주쳤던 가지각색 귀신이 떠올랐다.

'정말로 나와 친구가 하고 싶었던 거야?'

답은 즉시 도출되었다.

'아니.'

자문자답한 정은규가 눈자위를 꾹꾹 눌렀다. 참으로 기구한 인생이다. 열흘 동안 자서전이나 집필해야 할 판이지 않은가. 출간한다면 베스트셀러 뚝딱 먹고 영화로 제작되고도 남을 이야기 아니냐고.

잡념은 오래 가지 못했다. 진료실 문을 열고 들어온 간호사가 모니터 앞에 서서 마우스를 딸깍거렸다.

"교수님 많이 피곤하시면 마늘 주사 놔드릴까요? 윤아 쌤이 이브닝 뛰다가 너무 힘들어서 맞았는데 효과 직방이래요. 트림할 때마다 마늘 냄새 나는 거 빼면."

"괜찮아요. 황병현 씨 들어오시라고 하세요."

"넹~ 아, 수술방 물어보셨잖아요. 이진옥 씨요. 다음 주 수요일 새벽에 가능하다고 마취과에서 콜 왔어요. 새벽 말고는 꽉 찼대요."

"예. 고마워요."

"교수님 진짜 마늘 주사 맞으셔야겠는데요?"

"안 맞아도 돼요……. 나 마늘 싫어해요."

간호사가 쿡쿡 웃는다. 농담 아닌데. 아, 모르겠다. 쌓인 일거리부터 해결해야지. 기지개를 켠 정은규가 문득 새 보이지 않는 초량을 지칭해 물었다.

"밖에 있던 도깨비……처럼 생긴 사람은 갔어요?"

"그럴 리가요. 진료실 밖 대기석에 있어요. 허리 쫙 펴고 눈 이렇게 뜨고요."

부리부리한 초량의 눈매를 따라한다. 실소를 뱉은 정은규가 지친 목소리를 내었다.

"무시해요······."

"말씀 안 하셔도 그러는 중이에요."

똑똑 노크 소리가 들렸다. 절뚝거리며 들어와 앉는 환자에게 인사한 정은규가 펜대를 내려놓으며 마우스 버튼을 딸깍이자 환자의 뇌 사진이 모니터에 띄워졌다.

"보시는 화면은 아버님 뇌를 찍은 사진이에요. 여기 보시면 이 부분이랑 이 부분 혈관이 좁아져 있는 거 보이세요? 이 혈관이 좁아지거나 막히면 손이나 발끝이 저리거나 두통이 심해지는 증상이 일어나는데······."

아무렇게나 던져 둔 핸드폰이 진동을 울려 설명하다 말고 엎어 두었다. 찰나에 확인한 발신자는 베드로 신부로 찍혀 있었다. 정은규는 잠시 말을 끊고 잠잠해진 핸드폰을 응시했다.

"받으셔야 하는 전화 아니에요?"

표정 없는 정은규의 얼굴을 보며 보호자가 슬쩍 묻자 그는 이내 미소 지으며 고개를 저었다. 환자의 눈높이에 맞게 차근차근 설명하는 것은 의사가 된 이후 늘 지켜 오던 습관이었다. 의사도 뽑기 운이라고······. 그래서 정은규가 당직인 날엔 간호사들도 마음 편히 말하곤 했었다. 저 환자는 정 교수님 당직일 때 왔으니 운이 좋다면서.

"무슨 병이든 때를 놓치면 저도 손쓸 수가 없어요. 오늘 입원 가능하시죠?"

그러면서 핸드폰을 아예 가운 주머니 속으로 넣어 버린 정은규가 간호사를 쳐다보며 말했다. 병실 나오면 바로 잡아 주세요.

* * *

"왜 이러는 거야?"

베드 옆에 서 있는 안대영이 아무 말 없자 이재숙 의원이 참다못해 물어도 묵묵부답이다. 일의 경중조차 말하지 않고 숨이 넘어갈 듯한 남편을 보기만 하니 속이 터지는 거라.

"혹시 무당을 찾아갔던 게 문제가? 공천 관련해서 부적 써 달라고 같이 찾아간 적이 있거든. 그 무당이 이 바닥에서 알아주는……."

"사연 안 궁금해."

저 싸가지 없는 새끼. 말이 잘려 속으로만 으르렁거린 이재숙 의원이 귀찮음을 덕지덕지 묻힌 채 내려다보기만 하는 안대영에게 채근했다.

"안 대표. 일단 말을 좀 해 봐, 이이 상태가 어떤데. 귀신 붙은 것 맞아?"

"귀신은 아니고."

"아니고?"

"구렁이보다 훨씬 커다란 뱀이 몸을 둘둘 말고 있는데."

"뭐, 뭐어?!"

"알아들었으면 나가세요. 아무도 못 들어오게 하고."

"사, 살 수, 살 수 있어? 응?"

"나가란 말 안 들려?"

새 쫓듯 내쫓아 버리고 단둘이 남자 남편의 기침이 심해졌다. 뱀이 더더욱 몸을 졸랐기 때문이었다. 안색이 희게 질린 남자가 금세 죽을 것처럼 괴로워한다.

이마의 숫자를 쳐다본 안대영이 무심코 담뱃불을 붙이려다 병실임을 자각하고 담뱃갑을 움켜쥐었다. 이래서 병원은 싫다.

시이익—. 뱀의 혓바닥이 날름거렸다. 언뜻 보이는 독니가 무척 날카롭다.

「새로운 세상이 찾아올 것이다…….」

귀찮은데 그냥 죽일까. 아니면 개소리를 조금 더 들어 줄까.

「강력한 힘을 얻은 우리의 왕이 세상을 얻고 너희는 죽게 될 것이니라. 몸이 갈기갈기 찢겨 피를 뭉텅 흘리고 혀가 잘려 네 발로 기게 될 것이다. 우리의 왕이 뼛조각 하나하나 모조리 먹어치워 끝내는 새로운 세상이 찾아올 것이다……!」

캬아아악! 독사의 아가리가 안대영을 단숨에 삼켜 버릴 만큼 크게 벌어진 채 공격해 왔다. 삽시간에 벌어진 일임에도 안대영은 차분히 코앞의 목을 움켜쥐었다. 차분한 표정과 달리 손등의 핏줄이 퍼뜩 돋아날 만큼 거센 힘이었다. 목이 졸린 뱀의 독니에서 독이 뚝뚝 떨어졌다.

"너희들 왕이라는 그 새끼한테 가서 전해."

끼기긱— 끼긱. 끼기기긱. 기괴한 울림이 듣기 싫게 귀를 자극했다.

"내 인내심의 끝이 보인다고."

그대로 비틀자 우두둑 뼈가 으스러지는 소리가 났다. 짜증이 이는 바람에 양손으로 종이처럼 찢어 버리자 끔찍한 모양새로 두 동강이 난 뱀은 괴성도 지르지 못하고 사라져 버렸다. 안대영은 손 안에 남은 뱀의 감촉이 불쾌해 비치된 손 소독제를 넘치도록 짜서 발랐다. 알코올 냄새가 진동을 한다. 젠장. 죽어 버렸으니 못 전하겠네. 그럼 직접 가는 수밖에.

벌컥 병실 문을 열어젖히자 초조해하던 이재숙 의원이 안대영을 바락 붙잡았다.

"어떻게, 어떻게 됐어?!"

"해결했고 나머지는 김 팀장이랑 얘기해. 그리고 그쪽 남편은 벽에 똥칠할 때까지 살 거야. 손 치워."

쌀쌀맞음이 가끔 보던 때와 격이 달랐다. 기세에 눌린 이재숙 의원이 안대영을 놓고 주춤주춤 물러날 즈음에 그는 이미 VIP 병동을 빠져나간 후였다.

* * *

겨울비가 추적추적 내리는 16일의 이른 아침. 알람이 울리기도 전에 일어난 정은규가 잠시 눈을 감은 채 고개를 푹 떨어트렸다. 일어날 때마다 고되다. 잠이 많은 편은 아닌데 푹 자고 깨면 몸이 한없이 무거워 땅으로 꺼지는 것만 같았다. 일을 해서 그런가……. 찌뿌둥한 어깨를 주무르던 정은규가 서서히 고개를 들며 눈을 끔뻑였다.

동이 트기 전이다. 커다란 창밖에 비가 내려 유리에 빗방울이 점점이 흘렀다. 사락, 침대 밑으로 내려온 정은규가 옆 침대에 죽은 듯 잠든 안대영 앞에 섰다.

저녁 약속 지키라면서 자정이 되도록 들어오지 않았다. 기다리다 너무 졸려서 먼저 잠들어 버렸는데 기척을 내도 깨어나지 않은 것으로 보아 깊게 잠든 모양이다. 난방을 틀어 놓았어도 공기가 차가운 겨울이다. 반라로 잠든 맨 가슴이 규칙적으로 오르락내리락 들썩였다.

허리 아래를 간신히 덮고 있는 이불을 끌어 올려 덮어 줄까 싶었던 정은규는 이내 등을 돌려 욕실로 향했다. 괜히 의심 받을 행동은 하고 싶지 않았다.

얼마 안 가 젖은 머리를 털며 나온 정은규는 식탁에 앉아 있는 안대영과 마주치게 된다. 새집 지은 머리와 반라 그대로 노트북을 두들기던 안대영이 하품하며 마른세수를 했다.

"정 없네, 교수님."

"뭐가 말입니까."

"왜 자는 사람 쳐다보다가 그냥 가. 이불 덮어 주고 싶었던 거 아니었어?"

"깨어 있었어요?"

"잠귀가 밝아서 깊게 못 자거든."

그런 것치곤 잘만 자던데.

"출근?"

"예."

"일을 되게 사랑하나 봐. 이 판국에 성실하게 출근 준비를 하고."

"아침부터 시비 겁니까?"

"시비?"

그게 그런 의미가 되나 싶은 표정이다. 그러다 으쓱이는 어깨. 정은규는 속으로 혀를 찼다. 원래 저런 사람이다. 쓸데없는 시비를 거는 게 아니라, 원래 말버릇이 저 모양이라고. 발끈하면 지는 사람은 이쪽이다.

"시간 여유 있죠."

"예. 20분 정도."

"데려다줄게요."

"안 그러셔도 됩니다."

"비 오는 날은 귀신 잔치라고 보면 되는데…… 뭐, 괜찮으면 혼자 가든가."

저, 저. 나는 아무래도 상관없다는 말투와 무신경한 표정. 이런 게 마음에 안 드는 건데 저 남자는 죽을 때까지도 모를 거다. 정은규는 머리에 덮은 수건을 끌어 내리며 아주 작게 부탁했다.

"……데려다주세요."

"준비해요. 나도 씻을 테니."

꽤 진지하게 들여다보던 노트북을 미련 없이 닫으며 일어난다. 정은규는 다가오는 안대영을 정면으로 맞섰다. 새삼 껍데기 하나는 잘 빠졌다고 은연중에 생각하면서.

안대영의 턱 끝이 정은규의 젖은 정수리를 쿡쿡 찍는다. 그 바람에 다디단 살 내음이 콧속에 밀려들어왔다. 막연히 향수 냄새라고 생각했었는데 다르다. 초코를 많이 먹으면 체향도 달아지나. 섭취하는 음식과 체향의 관련성을 담은 논문이 있는지 찾아보아야겠다.

"난 교수님이 출근 안 했으면 좋겠어."

"……왜요."

머리 위에서 울리는 목소리가 정수리를 타고 귓속까지 파고들었다.

"게으름 피울 줄 모르는 사람은 정해진 시간을 남들의 두 배로 달려. 시간 죽이는 방법을 알지 못해서 계획대로 일이 되지 않으면 스트레스 받고. 그래서 빨리 죽지. 이 땅에 과로사하는 사람이 얼마나 많은 줄 알아? 일만 존나 하다가 젊은 나이에 죽으면 그게 다 무슨 소용이야."

그러면서 두 팔이 몸을 감쌌다. 졸지에 폭 안기게 된 정은규의 입술이 안대영의 어깨선에 닿았다. 아, 정말 단내가 난다. 콜로뉴 향기와는 다른 체향.

"제가 과로사 할 거라는 이야기처럼 들립니다."

"억울하잖아, 그렇게 죽으면."

"전 그냥 제 일을 할 뿐이에요. 이 직업의 단점은 나열하면 많겠지만, 제 기준에서는 장점이 훨씬 퍼센티지 차지가 크거든요. 사람을 살리는 의사…… 뭐 그런 드라마에서나 나오는 낭만적인 이야기를 하려는 건 아닙니다. 출근에 지장이 없게 하려는 건 원래 성격이 주변 사람에게 피해 끼치는 것을 싫어해서고."

"전형적인 워커홀릭다운 발언입니다만."

푸흐흐 웃기에 정은규는 눈만 깜빡였다. 왜 이러지, 이 남자가. 지나치게 말랑하다. 정은규의 머릿속에서 경고음이 울렸다. 떨어트려야 한다.

"……어디를 다녀왔기에 자정이 넘어서 들어옵니까."

"기다렸어?"

"예."

"대답 바로 나올 줄 몰랐는데."

"저녁 사기로 했잖습니까."

"아, 그랬지. 삐쳤어?"

"오늘 사죠. 계속 빚지고 있는 거 찜찜해요."

"그거 얼마나 한다고 빚이래. 사회성 부족한 의사 양반."

안대영이 몸을 놓아준다. 아쉽단 생각과 동시에 아쉬움이 드는 이유를 몰라 정은규는 애꿎은 수건을 꾹 쥐었다.

아. 페이스 말렸네. 그런 결론만 나오고 마는 것이다. 이런 자질구레한 일을 깊게 담아 두고 싶지 않았다. 그러면 골치 아픈 사람은 정은규 혼자다.

"교수님 생일에 존나 큰 보름달 뜬다던데."

어느덧 전라가 된 안대영이 문고리를 잡은 채 서두를 꺼낸다. 그쪽을 쳐다봤다가 자지 타령하던 게 떠올라 시선을 그의 뺨 즈음에 두었다.

"그래서 그런가? 명부가 참 바빠. 생전 안 보내던 메시지를 보내더군."

"제 생일에 보름달이 뜨면 안 되는 이유라도 있습니까."

"안 될 건 없는데…… 안 뜨길 바랐지, 정확히는."

두루뭉술한 화법은 정은규의 취향과 몹시 멀었다. 수수께끼나 스무고개도 질색이었다. 학부생일 때 MT를 가도 스무고개 게임이면 스스로 술을 들이부었다.

"연애하자는 건 생각해 봤어?"

또 화제를 돌린다. 상당히 고단수다.

"나랑 연애하고 싶으면 대답해요. 어제 어디 갔다 왔고 보름달은 뭡니까."

"조건이 너무 싼데. 정말 그거면 되겠어?"

"그리고 당신이 누구인지도. 제일 궁금한 건 이겁니다. 쓰레기 처리반 따위 아니잖아요."

"……."

유들유들하게 대꾸하던 안대영의 목소리가 멎는다. 샤워기 헤드에서 거센 물줄기가 쏟아졌다. 머리부터 발끝까지 물로 축축이 젖어 들어간 안대영이 정은규를 돌아보았다.

"가면서 말해 줄 테니까 문 닫아. 일 좋아하는 교수님 지각하면 안 되잖아? 닫기 싫은 거면 들어와서 자지라도 빨아 주든가."

바로 쾅, 소릴 내며 문이 닫혔다. 안대영은 예의 그 웃음을 비춘 기색
도 없이 지워 버렸다.

비가 꽤 많이 온다. 조수석에 앉아 멀거니 창밖을 바라보던 정은규가
히터를 낮췄다. 와이퍼가 쉴 새 없이 움직이며 빗물을 닦아 내었다. 안
대영의 집에서 병원까지는 약 40분이 걸렸다. 병원 근처의 제집보다
20분은 더 걸리는 셈이었다. 비가 오니 교통 체증이 있을 테고…… 오
늘 첫 외래는 9시다. 그럭저럭 비슷하게 도착할 듯싶다.

웬일로 슈트 차림이 아닌 안대영은 후드 티에 트랙 팬츠를 입고 볼캡
을 눌러쓴 채 말없이 운전하는 중이다. 이렇게 입으니 대학생이라고 해
도 속아 넘어갈 법했다.

"비 많이 오네."

10분을 말없이 달리다 드디어 첫 마디를 꺼낸다. 정은규는 코트 깃
을 여몄다.

"내가 이 땅에 내쫓겼을 때도 비가 존나게 왔는데."

……내쫓겨?

"쓰레기 처리반은 맞아. 뭣도 없이 내쫓겨서 인간처럼 살려면 돈이
필요했거든. 가진 능력을 십분 발휘해 의식주를 해결했고."

"원래 어디에서 사셨는데요."

"저승. 윗동네에서는 무저갱이라고 부르더라."

판타지 소설의 한 구절 속에 들어와 있나. 보고 들은 것이 워낙 많음
에도 저승이라는 한 단어가 생경하다. 일단 들어 보기로 한다. 정은규는
짤막하게라도 그간 겪은 상황의 정리가 필요한 입장이다. 믿거나 말거
나의 선은 넘은 지 오래다. 진실은 받아들이는 쪽이 구별할 문제였다.

안대영의 손은 불이 붙어도 멀쩡하고, 귀신을 때려잡을 줄 알고, 마
킹으로 제 몸에 삿된 것들이 붙지 못하도록 차단할 줄 안다. 그가 저승

에서 왔다는 것이 허무맹랑한 이야기가 아님을 증명해 주는 장치다.

이 모든 것은 급작스럽지만, 자연스럽다고 여기며 받아들여야 한다. 그러지 않으면 정신적인 혼란은 온전히 정은규의 몫이다. 차분히, 차분히.

"왜 쫓겨나셨습니까."

"이무기랑 연애 놀음해서."

"이무기요?"

"단어가 낯설어?"

"예. 좀."

담뱃갑 밑을 툭 쳐 솟아오른 한 대를 물려다 혀를 차며 콘솔 박스에 집어 던진다. 피워도 되는데. 어차피 본인 차 아닌가. 그러나 정은규는 함구한다. 차가 밀린다. 핸들을 놓은 안대영이 시트 깊숙이 몸을 묻었다.

"세상에 남은 단 하나의 이무기를 내가 채갔거든. 걔는 대가리들 입장에서 얌전히 죽어야 했던 존잰데…… 뭐, 내가 알 바는 아니었고. 난 그냥."

"……."

"그냥 존나 예뻐서 아무한테도 주기 싫었어."

"전에 말했던 첫사랑입니까."

"맞아. 걔야."

「너희가 내 몸을 갈기갈기 찢는 한이 있어도 못 데려간다.」

돌연 정은규가 몸을 바르르 떨었다. 눈이 커다랗게 떠졌다. 꿈에서 보았던 목소리. 꿈이 아님에도 들렸다. 환청일 리가 없는데……? 창밖은 여전히 비가 내리고 있었다.

"죽어야 하는 이유가 뭐냐고 물었더니 핏줄이 천해서 그렇다더군. 그게 웬 개좆같은 소리야. 교수님도 그렇게 생각하지?"

"……예."

"우습게도 나는 그놈의 핏줄을 잘 타고 태어나 권력도, 힘도 쓸 만했거든. 그러니까 아니꼬웠던 거야. 그 새끼들 눈엔 내가 채신머리없이 하찮은 이무기와 놀아나고 있으니."

"핏줄을 잘 타고 태어났다면 왕족…… 그런 겁니까?"

"비슷해. 저승도 커다란 왕국이니까. 시간 안에 도착할 것 같은데 커피 한잔?"

다음 신호에 있는 드라이브스루를 가리킨다. 정은규는 끄덕이며 안전벨트를 저도 모르게 꼬옥 쥐었다.

"저는 따뜻한 라테에 투 샷 추가로 부탁드립니다."

"벨트는 왜 그렇게 쥐고 있어. 귀엽게."

"긴장이 돼서요."

신체 안에 컴퓨터가 하나씩 들어 있으면 하드웨어적으로 정리하기 편할 텐데, 감정이 앞서 피부로부터 반응이 온다. 픽 웃은 안대영이 스피커에 주문하고 코너를 돌아 대기했다. 차창을 내리자 차가운 공기가 물밀 듯이 밀려 들어왔다.

"그래서 그 이무기는 죽임당했나요?"

"아니."

정은규 몫의 라테를 건넨 안대영이 스트로를 물어 음료를 반 이상 들이켰다. 웬일로 초코가 아닌 커피였다.

"내가 선수 쳤어. 단체로 엿 먹였지."

"……어떻게요?"

"아무도 찾지 못하는 곳에 꽁꽁 숨겼어. 최대한 자연스럽게, 완전 범죄를 꿈꾸면서."

"……."

"근데 눈치 빠른 내 아비가 알아 버렸더군. 체면 차린답시고 내가 한 짓을 자기가 했다며 떠들어 대는데…… 솔직히 말하면 그런 건 필요 없었어. 난 걔가 살기만 하면 됐으니까."

-500m 앞 터널에 진입합니다.

내비게이션이 안내하는 대로 터널의 입구가 보였다. 정은규는 목을 타고 넘어가는 라테의 맛을 느낄 수 없었다.

"그랬는데."

"……."

"날 잊었어, 걔가."

"……."

"나만큼은 잊어버리지 말았어야지."

터널 천장에 매달린 등이 갑자기 껌뻑, 껌뻑 불이 들어왔다가 나가길 반복한다. 삽시간에 어둠이 찾아왔다가 다시 밝아지는 터널 안이 지옥문 같았다. 정은규는 그만 얼음장처럼 굳어 버린다.

심드렁하게 이야기하면서도 정은규에게 시선을 고정시켰던 안대영이 손가락 스냅을 딱 쳤다. 그러자 당장에 터질 것처럼 과열되었던 터널의 등이 환하게 불을 밝혔다.

"25일이 되면 이무기는 보름달이 뜨는 밤에 승천할 수 있어. 안 죽고 천 년을 버텼으니까. 어제는 그 건을 비롯해 겸사겸사 성당엘 좀 다녀왔고."

성당이라면 베드로 신부가 있는 곳이 아니던가. 이 나라에 성당이 거기밖에 없진 않겠지만, 정황상 그곳에 갔을 확률이 높다. 그러나 정은규는 한 마디도 거들 수 없었다.

속이 너무 시끄럽다.

원하지 않은 것들이 머리와 가슴을 동시에 갈랐다. 마치 저를 괴롭혔던 뱀과 귀신처럼 파고들어 내장과 살을 뜯어먹는 듯했다.

본능이 말하고 있다. 이것들은 꾸며 낸 이야기가 아님을.

두통약. 두통약이 절실하다. 올라가자마자 삼킬 것이다. 마음 같아선 한꺼번에 한 팩을 전부 삼키고 싶었다.

"원하는 거 충족됐으면 인제 대답하지 그래."

병원이 보인다. 세연 병원. 정은규는 이곳에서 버텼다. 삶과 죽음의 경계가 매일 아슬아슬한 병원이 아이러니하게도 정은규에게는 사람답게 살 수 있는 유일한 곳이었다. 이곳에서 바쁘게 일하다 보면 찢어 버리고 싶은 과거가 잠시나마 잊혀졌다. 그래서 일에 몰두해 왔다.

"……예."

몹시 힘없는 대꾸가 이어졌다.

"연애하죠."

금세 고꾸라질 듯 매가리 없는 대답에 볼캡 아래의 매섭고 서늘한 눈이 가늘게 뜨였다. 원하는 대답을 얻어 냈음에도 안대영은 웃지 않았다. 다만 내리기 전의 정은규의 손을 낚아채며 그리 말하는 것이었다.

"정신 똑바로 차려."

첫 만남 때와 같은 경고였지만, 그때와는 뉘앙스가 전혀 달랐다. 정은규는 안대영을 가만히 응시하다가 목덜미에 빗물이 툭 떨어지자 황급히 잡힌 손을 뿌리치며 로비 안으로 사라졌다.

* * *

"성부와 성자와 성령의 이름으로 아멘."

성호를 그은 베드로 신부의 곁에 보조 사제가 성수에 담가 두었던 물건을 하나씩 꺼내 놓았다. 그 물건들이 몹시 소박하였다. 작은 종, 십자가, 묵주가 전부였다.

그들의 앞에는 죽은 듯이 몸을 늘어뜨린 부마자와 불안에 떠는 가족들이 앉아 초조하게 이쪽을 지켜보았다. 보조 사제가 묵주를 부마자의 손목에 하나씩 끼우고 베드로 신부를 돌아보았다.

"신부님. 준비됐습니다."

그들의 사이에는 소금으로 만들어진 기다란 길이 만들어져 있었다. 넘지 말아야 할 선이었다.

"놀라실 만한 일이 벌어지더라도 당황하지 마시고 계속 기도하셔야 합니다."

"네, 네에. 네……. 시, 신부님……. 우리 명석이 몸 안에 정말로 사…… 사탄이 있는 겁니까……."

미사보를 쓴 어머니는 유독 덜덜 떨었다. 베드로 신부가 안경을 추켜올렸다.

"흐음. 대부분 내담자인 경우가 많습니다. 확률로 따지자면 백 명 중에 한 명이 있을까 말까지요. 사람이란 본디 연약하고 유약한 터라 악귀가 가장 탐내는 존재이기도 합니다만, 주의 은총과 은혜로 무탈하게 살아가는 사람들이 훨씬 많습니다. 그래서 저도 구마를 원하는 이들이 찾아오면 일단 심리 상담부터 진행하지요. 명석 군의 경우는 안타깝게도 내담자가 아닌 정말로 구마가 필요한 상황입니다만……."

말하면서 작게 손짓하자 보조 사제가 눈치껏 철제 컵에 성수를 떠 왔다. 베드로 신부가 엄지를 성수에 담갔다.

"그리스도께서 진정한 구마자입니다. 저는 주의 부름을 받고 대신 도와드릴 뿐이지요. 쉽지 않겠지만 최선을 다할 테니, 의식이 진행되는 동안에는 계속 기도해 주십시오."

"아, 알겠습니다……. 알겠습니다……."

"시작하겠습니다."

성수로 축축한 엄지가 부마자의 이마에 십자가를 그린다. 가족들의 기도가 간절함을 담아 방 안에 가득 찼다.

"우리 하느님이신 예수 그리스도의 이름과, 티 없으신 동정녀이시며 하느님의 어머니이신 마리아와, 성 미카엘 대천사여……."

구마 기도문을 읊으며 부마자의 한쪽 눈을 십자가가 그려진 천으로 덮은 베드로 신부가 속삭이듯이 빠른 기도를 올렸다. 라틴어와 히브리어였다. 베드로 신부의 기도문 중간중간 보조 사제가 종을 울렸다. 딸랑, 딸랑.

작은 종임에도 둔중하고 경건한 소리가 가족의 기도 위에 얹어졌다.

꿈틀.

부마자의 몸이 나무토막처럼 뻣뻣하게 움직였다. 꿈틀, 꿈틀. 뼈의 마디마디가 따로 노는 움직임이었다. 그 모습이 몹시 끔찍하여 실눈을 떴던 형제가 혀를 깨물 뻔하다 다시금 눈을 질끈 감았다. 미사보에 얼굴이 가려진 어머니는 손까지 덜덜 떨어 가며 연신 기도를 올렸다.

하느님 아버지 저희 명석이를 지켜 주시옵소서. 아이는 죄가 없습니다. 하느님 부디 사탄을 지옥으로 떨어트려 주시고…….

키야악―!

괴성과 함께 부마자가 눈을 홉떴다. 눈을 덮은 천에 힘이 실렸다. 베드로 신부의 손아래 눈알이 데구룩 굴러가는 느낌이 선연하게 났다. 드러난 한쪽 눈알 역시 사태 파악을 하듯 이리저리 움직이다 그림자를 드리우고 있는 베드로 신부에게 향했다.

「히야……. 이게 누군가. 시몬 아니더냐. 길을 잘 찾아왔군.」

라틴어였다. 보조 사제가 부리나케 적어 내려갔다. 베드로 신부가 재빨리 필기하는 보조 사제를 흘긋 쳐다보고 부마자를 다시 내려다보았다.

「교활한 새끼. 너 혼자 먹어치우려고 했겠다……. 우리를 족쇄 삼아 노예 부리듯이 했던 간악함이 어김없이 발휘되는구나…….」

부마자의 목소리와 언어가 시시각각 변하였다. 걸걸한 남자에서 명랑한 아기까지 대중없었다. 그러나 어쩐지 이야기가 이어졌다.

「고작 갇힌 곳이 이런 허울 좋은 감옥이라니! 마리아만큼 관용을 베푸는 이가 없다더니 사실이로군. 네놈은 변절자이고 살인자다. 그리스도를 배신하고 그를 농락했지.」

「너 혼자 먹어치우게 둘 수 없다…….」

보조 사제의 손이 멈칫한다. 두려움과 의문이 깃든 눈이 하얗게 바랜 잇몸을 드러낸 부마자와 안경이 코끝까지 내려간 베드로 신부에게 향한다. 기도문을 읊던 베드로 신부가 보조 사제를 노려보며 일갈했다.

"뭐 해, 적지 않고."

"……예, 예!"

「힘을 얻고 싶니? 그래서 무저갱의 이무기를 먹어치우려고 하니?」

이번엔 가녀린 여자의 목소리가 흘러나갔다. 노트에 코를 박고 있던 보조 사제가 돌연 뒤로 넘어갔다. 입 주변에 뽀글뽀글한 거품이 일었다. 보조 사제뿐만 아니라 어느새 가족들도 기절한 채였다.

삽시간에 쥐 죽은 고요가 찾아왔다. 베드로 신부의 손에서 점차 힘이 빠진다. 부마자는 어느새 삐걱거리는 몸을 바로 해 일어났다.

「힘이 되어 줄 수 있다.」

"주의 이름으로 명령한다. 이 몸에서 나가라."

「그래 봤자 너도 결국엔 선악과를 먹은 뱀이니라.」

"다시 말한다. 이 몸에서 나가라. 주의 명령이시다."

부마자가 킁킁, 냄새를 맡고 다녔다. 소금 길을 넘지 못한 채 주위를 뱅글뱅글 돌며 개처럼 냄새를 맡는다. 벽의 반을 차지하는 창의 커튼을 걷어 내고 그리로 찰싹 붙어 킁킁거리자 베드로 신부가 십자가를 쥐었다.

「오는구나…….」

무엇이.

「물비린내가 난다……. 히히힉……. 히히히히힉!」

괴상하게 웃으며 창문을 깨부수고 가려는 부마자의 뒷목을 잡아채 침대에 내동댕이친 베드로 신부가 그 위에 올라탔다. 부마자의 얼굴 위로 총천연색의 생김새가 왔다갔다 수시로 바뀌었다. 이는 사탄에게서 도망친 악귀이다. 지금 잡지 않으면 무슨 일을 벌일지 몰랐다.

천으로 부마자의 두 눈을 모두 가렸다. 라틴어로 읊기 시작한 기도에 성난 몸짓으로 발버둥 치던 부마자의 몸이 얼마 지나지 않아 아주 천천히 안정을 되찾았다.

"성부와 성자와 성령의 이름으로 아멘……."

미동 없는 부마자의 이마에 성호를 그은 베드로 신부가 땀을 훔치며 창밖을 내다보았다. 그곳엔 익숙한 차와 기절한 수호신과 안대영이 팔짱을 낀 채 이쪽을 바라보고 있었다. 안에서 일어나는 일을 다 알고 있는 듯한 시선이었다.

"호랑이도 제 말하면 온다더니."

데엥, 데엥, 데엥…….

성당의 맨 꼭대기에 비치한 큰 종이 열두 번 울렸다. 엉망이 된 주변을 둘러본 베드로 신부가 수단의 소매를 걷어 보았다. 푸른 비늘이 솟았다가 곧바로 자취를 감추었다.

안대영이 성당에 도착한 것은 30분 전이었다. 그는 어김없이 저를 막아서는 수호신들을 내려다보았다. 오늘따라 작은 날개가 열심히 파닥거렸다.

"비켜."

「안 됩니다. 구마 의식이 진행되는 중입니다.」

"누가 누굴 구해. 그 새끼 따위가?"

「저번처럼 저희에게 폭력을 행사하시면 마리아 님이 결코 가만히 계시지 않을 겁니다.」

"폭력? 내가 언제 너희에게 폭력을 썼지."

부러 키를 맞추고 묻자 수호신의 안면 근육이 부르르 떨렸다.

「저희도 저승왕의 입장을 생각해서 참는 겁니다.」

"어디서 감히 주제도 모르고 협박을 할까……."

싸늘해진 말투에 움찔한 수호신이 등에 매단 화살 통에서 깃을 잡았다. 여차하면 바로 쏘아 버리려는 셈이다.

"너희들 따위 죽이려면 진작 죽였어. 마지막으로 말한다. 비켜."

「……마리아 님이 오실 겁니다.」

"셋 센다. 셋."

「곧 오실 거라고요……. 그러니까 잠시만 기다려 주십시오…….」

"둘."

「영 왕자님!」

"하나."

저번처럼 수박 깨지는 소리와 함께 수호신이 기절하자마자 성당 꼭대기의 종이 울리기 시작했다. 저 종은 하늘의 신이 나타날 때만 울린다. 참나, 두 번은 안 봐준다 이건가.

굳게 닫힌 본당의 문이 활짝 열렸다. 거기서 나오는 사람이 꽤 많았다. 유다를 제외한 예수의 제자와 마리아였다. 안대영은 기꺼이 허리를 숙였다.

"오랜만에 뵙습니다."

"넌 소란 떠는 게 취미야? 그리고 왜 올 때마다 남의 아기들을 기절시켜?"

낮은 목소리가 보자마자 타박해 못 들은 척한 안대영이 제 어깨보다 키가 작은 마리아에게서 한 걸음 물러났다.

마리아는 그때그때마다 현신하는 대상의 생김새가 달랐다. 저번엔 뮤지컬에서 튀어나온 듯한 차림의 배우 같았는데 이번엔 징 박힌 재킷과 멋들어지는 워커를 신고 있었다. 현신의 기준을 알 수가 없었다. 그러나 마리아를 보디가드처럼 보필하고 선 이들은 언제나 차림새가 같았다. 막 성경에서 튀어나온 듯한 차림.

"타이밍이 좋았네요."

"어제 당화동 성당은 왜 갔어?"

"그곳에 계신 엘리사벳의 목소리를 이 나라에서 가장 빨리 들어 주시지 않습니까. 연통 좀 넣어 달라고요. 뭐, 빠르게 닿긴 했네요."

"너 때문에 바티칸에서 날아왔어. 피곤해 죽겠네. 할 말은 뭐야?"

"전 오붓하게 이야기하고 싶으니 저것들 좀 치워 주시죠."

졸지에 '저것들'이 된 제자들이 대번에 인상을 팍 구겼다. 그러나 마리아는 산뜻하게 손가락 스냅을 튕겼다.

"가서 시몬이 구마 의식한 부마자 확인하고 보고 올려."

"예. 마리아 님."

우르르 사라져 흙바람이 일었다. 콜록거리는 마리아에게 품 안의 손수건을 건넨 안대영이 흙바람을 등지고 섰다.

"만나자고 한 이유는? 시간 얼마 없으니까 어서 얘기해."

"예전에 저한테 빚진 거 기억나시죠."

"기억나지."

오래전. 하늘까지 퍼진 이무기의 소문을 듣고 호시탐탐 탐내던 사탄이 감히 저승에 침입했던 때가 있었다. 이계의 존재인데다 저승에서는 악귀로 통하는 사탄이기에 주저 없이 죽여 버리려던 영 왕자에게 하늘의 부탁이 들려왔다. 살려서 보내 달라고. 그렇다면 네가 필요할 때 도움을 주겠노라고.

무턱대고 살려 달라 하였으면 즉시 목을 베었을 것인데 조건이 따라붙어 살려 보내 주었다. 다시 떠올려도 자애로운 분이로군. 그딴 걸 살리려 하게.

"하나는 빚진 거 갚으시고, 다른 하나는 제가 부탁드릴 게 있습니다."

"두 가지나 돼?"

"정확히는 하나죠. 빚 갚으셔야 하니까."

"일단 채무 관계부터 정리하자. 뭔데?"

"베드로를 죽일 겁니다. 마리아 님은 그 새끼를 죽인 절 용서하시면 빚 갚은 게 되십니다."

"……."

마리아가 무표정으로 내뱉은 안대영을 바라보았다.

"어째서."

"이유가 필요합니까."

비릿한 목소리였다. 그것이 굉장히 뒤틀려 있다고 생각하며, 마리아가 다시 말했다.

"내가 널 용서해야 하는 타당한 이유가 아니면 불가능해."

"거슬려서."

"……거슬려서?"

"예. 거슬려서 지금이라도 당장 죽이고 싶은데 참고 있지 않습니까. 존나 기특하게도."

그 말에 살기가 덕지덕지 묻어나 미간을 찌푸린 마리아가 팔짱을 척 꼈다. 안대영은 세상에서 단 두 명에게만 존댓말을 한다. 하나는 저였고, 다른 하나는 제 아비인 염라대왕이었다. 차릴 수 있는 예의는 열심히 차리고 있다는 뜻이다. 그러니 예쁘게 봐주어야 한다.

"부탁도 같이 말해 봐."

"부탁은 나중에 말씀드리겠습니다. 저야말로 시간이 없네요."

끊길 줄 모르고 울리는 핸드폰을 들어 보인다. 마리아도 익히 알고 있는 선일 행정사 사무소의 10번 핸드폰이었다.

"영아."

"예."

"나는 아마 널 용서할 수 없을 거야. 나를 설득하지 못했으니까."

"상관없습니다."

보닛을 돌아 운전석 문을 열려던 안대영이 차를 똑똑 두드렸다.

"마리아 님."

안대영의 손수건으로 코와 입을 막은 마리아가 돌아보았다. 베드로를 포함한 제자들이 이리로 오고 있었다. 안대영의 시선은 정확히 수단을 정갈히 입은 베드로에게 향해 있다.

"전 저승의 몸이더라도 즐거운 성탄절이 되길 누구보다 바랍니다."

"나 역시 그래. 망아지 같은 아이들이 설치지만 않는다면 축복의 날이 되겠지."

"그러니까 웬만하면 빚 갚는 쪽으로 생각하세요. 엘리사벳 통해 다시 연락드리겠습니다."

베드로의 침전한 눈길이 안대영에게 닿았다. 그러나 안대영은 무감각하게 흘깃 보기만 할 뿐, 이내 차를 몰고 사라졌다. 제게 볼일이 있는 것이 아니었다. 안대영은 베드로 신부가 아닌 마리아를 만나려 이곳까지 왔다가 사라졌다.

덥석 목부터 졸릴 줄 알았는데. 창문 너머로 마주친 안대영에게서 무럭무럭 피어오르는 살기를 분명히 확인했는데 말이다.

"시몬."

"마리아 님."

성호를 긋는 베드로 신부의 앞에 당도한 마리아가 자애로운 표정으로 손을 뻗어 그의 머리를 쓰다듬어 주었다. 대단히 신성하여 절로 무릎을 꿇게 되는 손길이었다.

* * *

출근하자마자 민 교수에게 불려간 정은규가 단정한 자세로 섰다. 민 교수는 정은규가 인턴 시절일 때부터 끈질기게 러브콜을 보내 기어이 신경외과 최연소 교수 타이틀까지 쥐게 만든 착한 원흉이었다.

물론 다른 과는 알아보지도 말고 나만 믿으라는 사탕발림에 넘어가 신경외과를 선택한 것은 아니었다. 사람의 여러 장기 가운데서도 가장 핵심이 되는 뇌와 각종 신경을 공부하려면 평생을 바쳐도 부족할 테니, 엉뚱한 곳에 시간 빼앗길 일은 영원히 없겠구나 싶어서였다. 그 '엉뚱한 곳'에는 연애도 포함되었다.

정은규는 공부벌레였다. 잡다한 스트레스가 얹어지기 전까지는 공부와 일이 인생의 전부라고 해도 손색없었다. 그런 그가 오늘 아침 안대영의 불쾌한 연애를 수락하고 말았다. 정은규에게는 엄청난 일이었다.

"피곤하냐?"

"아니요. 컨디션 괜찮습니다. 오히려 이런 일로 자리 비워서 죄송합니다."

"너 레지던트 때 거의 안 쉬었잖냐. 그때 떠올라서 휴가 며칠 준 거다. 나도 인마 네 걱정 많이 했어."

따지고 보면 휴가도 아닌데. 그러나 정은규는 토 달지 않고 고개를 주억거렸다.

"저한테 하실 말씀 있으십니까."

"VIP 병동에 삼진 그룹 최 회장 잡은 거 알지?"

"아. 들었습니다."

그 건이라면 담당 교수로 김현수가 배정된 것으로 안다. 급하게 실려와서 코드 레드까지 올라갔었다고.

"수술 준비 중일 텐데 네가 해."

"저 외래 있습니다."

"바꿔, 현수랑."

말도 안 되는 이야길 한다. 이미 김현수는 수술실 안에 있을 텐데. 가끔 민 교수가 이럴 때마다 왜 이러나 싶다가도 소위 말하는 '짬'이 부족한지라 나오는 대로 뱉을 수가 없었다.

"Left Frontal lobe에 CVA면 현수 선배 혼자서도 충분합니다. 굳이 제가 안 들어가도 되는 것 아시잖습니까."

"그럼 퍼스트라도 들어가."

"왜 이러시는 겁니까……. 난감합니다, 교수님."

"삼진에서 뇌혈관 센터에 투자 엄청 때린 건 알고 있냐? 나 다음에 센터장으로 누굴 앉힐 것 같아. 점수 딸 기회야."

그러니까 밀어 주기로 널 찍었다는 의미와 통상하는 이야기였다. 그러면 더욱 들어가서는 안 된다. 어떤 핑계를 대고 들어가도 김현수에게 못할 짓이었다.

"못 들은 거로 하겠습니다."

"어째 넌 애가 욕심이 없어?"

무테 안경 속 날카로운 시선이 꽂혔다. 정은규는 눈을 내리깔았다.

"드라마 주인공 같은 의사가 되고 싶냐?"

"아니요. 교수님께서 말씀하시는 바는 충분히 알겠지만 그렇게 살기 싫습니다. 드라마 킹은 더더욱 관심 없고요. 나가 보겠습니다."

"은규야. 이 멍청한 자식아."

쯧쯧 혀를 차는 민 교수에게 허리를 깊게 숙여 보인 정은규의 구둣발이 교수실을 나섰다. 고즈넉한 복도를 걷는 발걸음마다 민 교수의 잔상이 묻어났다.

정의로운 사람에 속하진 않았다. 정은규는 충분히 때 탔고 실리를 추구할 줄 알았다. 다만 도의적인 부분을 지켰을 뿐이지.

"어흥."

왜 안 보이나 했는데 잠자코 기다렸나 보다. 귀 바로 옆에서 나지막이 속삭이기에 돌아보자 싱글벙글한 초량이 있었다. 반려견이었다면 기다려서 착하다고 머리를 쓰다듬어 주었을지도 모른다.

"초량 씨는 안 대표님에게 얼마 받고 일합니까."

"으음? 으으으음? 나? 나 얼마 받았더라? 우리 회계 담당 깨비가 있는데 개가 알걸요? 난 잘 몰라~"

"그러다 만족하지 못할 액수라면요."

"어허이. 안 대표 그렇게 짠 사람 아니에요. 이번이 두 번째 부탁이자

의뢰인데, 첫 번째로 일했을 때 평생 먹고 살아도 안 굶을 만큼 줬습니다요."

"첫 번째도 있었습니까."

"예이. 장기 프로젝트였지. 애 하나 지키려고 쌩쇼했던 적 있는데."

"……애요? 아기?"

"응~ 요만했는데 엄마가 무당이었거든요. 나 아니면 애가 죽을지도 모른다잖아? 휴머니즘이라곤 찾아볼 수도 없는 왕자 놈이 부탁하는데 신기해서 하겠다고 했지 뭐람. 노동 착취 끝판왕인지도 모르고. 퉤퉤."

"그때도 그럼 돈을 받았나요?"

"돈도 받았고…… 집터도 받았지…… 참, 자유도 받고……."

그때가 떠오르는 듯 아련하게 좁아졌던 초량의 미간이 도로 펴진다.

"하는 일에 비해 받은 거 많네! 그때에 비하면 지금은 소풍이나 다름없지요~"

돈도 받고, 집터도 받고, 자유도 받았다라……. 정은규가 곱씹으며 통유리 밖을 살폈다. 온종일 내린다고 예보한 비는 기칠 기색이 없었다.

"근데 교수님. 내가 재밌는 말을 주워들었어요?"

"예?"

"글쎄…… 안 대표가 연애를 한다지 뭐야!"

손에 음료 안 들고 있길 잘했다. 뭘 들고 있었어도 엎었을 테였다. 말한 적 없는데 어떻게 알고 있지. 정은규는 집요하게 따라붙는 초량의 시선을 피하다 못해 몸도 비켜섰다.

"내가 내 신부 하랬지 누가 그런 놈과 연애를 하라고 했어. 교수님이 아깝다고 퇴근할 때까지 팔만대장경처럼 좔좔 읊어 줄까요?"

"초량 씨가 끼어들 문제는 아닙니다."

딱딱하게 나간 말투에 초량이 유들유들함으로 중무장해 받아쳤다.

"오호라. 연애를 문제라고 표현하다니. 좋아서 사귀는 거 아니죠?"

"하아······."

어김없이 피곤해졌다. 대화를 갈무리해 버리고 싶어 정은규는 본 적도 없는 로맨스 소설의 구절을 떠올렸다. 대강 이렇게 대답하면 소설 속 대사와 비슷하지 않을까 싶어서.

"좋아서 사귀기로 했습니다. 좋아하지 않는데 연애를 왜 합니까. 안대영 씨가 먼저 고백했고 제가 아침에 받아들였어요."

대본을 읽듯이 뱉은 대사에 초량은 의미심장하게 입을 찢어 웃었다.

"교수님 거ㅡ짓말쟁이."

뭐, 마음대로 생각하라지. 그래서 소문의 근원지는 어디란 말인가.

* * *

"푸헥!"

김석호가 질겅질겅 씹던 껌이 발사되어 차민혁의 코를 맞고 떨어졌다. 아이 더러운 새끼. 차민혁이 짜증을 내며 떨어진 껌을 주워 김석호의 입에 다시 처넣었다.

"여어언애?!"

"그래. 한다잖아, 연애. 난 왕자님이 도통 뭔 생각인지 모르겠다."

책사로서의 능력을 발휘해야 한다. 이놈의 왕자님이 이무기로 추정되는 인간에게 왜 연애하자고 꼬셨을까. 12월 안에 죽는다는 것을 빤히 알고 있는데. 디데이가 크리스마스라면 딸랑 열흘짜리 연애다. 그 짓을 굳이 왜?

"옛날이랑 똑같잖아······."

도리천에서 이무기를 꼬실 때도 그랬다. 대뜸 연애하자고. 그런데 순진무구했던 이무기는 연애도, 사랑도 뭣도 몰랐기에 영 왕자의 속을 바짝바짝 태웠었다. 말의 뜻을 알아듣지 못했던 것은 물론이요, 감정 표출까지 영 서툴렀다. 덕분에 영 왕자는 그 시절 미친 기분파로 살았었다. (절대) 의도하지 않은 이무기의 밀고 당기기에 돌아 버린 미친놈이 된 것이었다.

이승으로 내쫓기지 않았다면 '영천왕'으로서 다스릴 11번째 지옥은 '불의 지옥'으로 불렸을 테였다. 이무기를 만날 때면 영 왕자가 요만큼의 죄도 넘어가지 않고 망자를 싸그리 불태워 버렸기 때문이었다. 미친놈이었지. 영천왕이 아니라 미칠 광(狂)자를 써서 광천왕이 되었어야 한다고 염라가 수도 없이 이야기했었다.

이런 기점으로 보아 안대영은 이미 정은규를 이무기와 동일시하고 있는 것이다. 맞다면…… 아직 각성하기 전이니까 전처럼 미친놈으로 살진 않겠지. 사실은 이쪽이 희망 사항에 가깝다. 천 년 넘게 안대영을 보필해 온 김석호와 차민혁은 그 시절만 떠올리면 머리가 저릿저릿한 스트레스가 몰아쳤다.

하여간 양반은 못 되실 분이다. 입 싼 저승사자들이 병원에서 보고 들은 걸 죄다 일러바치고도 남았을 시간이니 명부의 왕들도 소식을 접했을 것이다. 벌써부터 후환이 두려웠다. 왠지 땅 밑이 쿵쿵 흔들리는 것도 같았다.

중문이 벌컥 열린다. 온통 젖은 안대영이 신경질적으로 구두를 벗어 던졌다. 차민혁과 김석호는 짠 것처럼 입을 딱 닫고 평소대로 돌아갔다.

"엇. 비 오는데 우산 안 가져가셨어요?"

성당에서 반경 1km가 멀어지자마자 기습적으로 비가 내렸다. 저주 내린 땅이라고 티라도 내는지 베드로의 성당은 바람만 탈 뿐, 비와 눈의 영향은 크게 받지 않았다. 오는 내내 차에 있었으니 괜찮았지만, 주차하고 사무실로 걷는 그 짧은 순간 몽땅 젖어 버렸다. 폭우였다.

"10번 핸드폰도 꺼. 귀찮아."

"이열. 그럼 저희 휴가인가요?"

차민혁이 기대에 차서 묻자 안대영이 젖은 셔츠를 벗어 내팽개치며 얼굴의 물기를 손바닥으로 닦아 냈다. 탄탄한 가슴과 균형 잡힌 근육이 물기로 도드라졌다.

"넌 바로 병원 가서 초량이 감시해."

"……네?"

뚱딴지같은 말이라 되묻는 말도 혀가 반 토막 잘려 나갔다.

"정 교수 모르게 움직여."

"제가요?"

"그럼 석호 보낼까?"

김석호가 재빨리 일하는 척을 했다. 씨발 배신자 새끼. 차민혁이 으르렁대다가 파라솔만 한 우산을 들고 사무실을 나섰다. 중문이 닫히자 김석호가 아래도 탈의 중인 안대영의 뒤태를 바라보았다. 달라붙은 바지가 잘 안 벗겨지는지 드러난 옆얼굴에 짜증이 덕지덕지 묻었다.

"교수님이랑 연애하신다면서요, 대표님."

"소문났어?"

"쫘악. 쫙쫙 났는데요."

"잘됐네."

"이게 과연…… 잘된 일일까요? 그리고 제가 아는 연애의 뜻이 대표님이 하는 연애와도 같을까요?"

"석호야."

"예에."

"말이 많다."

"많을 수밖에요…….."

"내가 잠깐 없어도 삼키려는 것들이 깔렸어. 나랑 연애한다고 소문났으니 적어도 그런 것들은 떨어질 테지."

몸에 실오라기 하나 없이 전라가 된 안대영이 수납장에서 예쁘게 돌돌 말린 수건을 꺼내 어깨에 걸쳤다.

"그러다가."

"뭐."

"그러다가 전처럼 푹 빠지시면 어떡하시게요."

이무기한테도 첫눈에 반했던 거잖아요. 목숨 부지할 줄은 알아서 저 말은 덧붙이지 않았다. 순간 서늘한 눈길이 직격으로 꽂혀 김석호는 얌전히 의자를 바로 했다.

"실언했습니다. 죄송해요."

"레스토랑 예약해. 오늘 저녁 일곱 시로."

"알겠습니다. 호텔 라운지면 될까요? 서이동에 뷰 좋은 곳 아는데."

"알아서 하고 잘하는 데로 골라. 입이 짧더군. 뭐 그딴 것까지 그대로야."

아기 새 챙기려 드는 어미 새도 아니고……. 방에 딸린 욕실로 걸어가는 안대영의 물 묻은 발자국을 발견한 김석호가 널어놓은 걸레를 들었다.

……그런데 잠깐만.

첫사랑을 잃고 떠돌아 상처만 남았던 진심이 도로 제자리를 찾으면 어떡하지.

그러면 어떡하지. 제가 오랜 시간 봐 온 영 왕자는 그러고도 남는다. 어쩌면 단 한순간도 잊은 적이 없을지도 모르겠다. 이승에 갓 내쫓긴 그는 밤낮이 없었다.

감쪽같이 사라진 이무기로 인해 저승이 발칵 뒤집히고, 무사들에게 끌려간 안대영은 곧바로 재판에 회부되었다. 시왕이 한자리에 모인 자리에서 업경을 앞에 두고 그의 죄를 낱낱이 파헤쳤다.

지켜보는 입장에서 불경하고 수치스럽고 안쓰러웠다. 제 군주가 그런 하대를 받는 자체가 모욕적이었다. 첫사랑의 달콤함은 한없이 쓴맛으로 각인되었다. 기억의 일부분이 삭제당한 채 잠든 영 왕자를 두고 매일 설전이 벌어졌다.

'영 왕자도 공범입니다. 단순한 운우지락이 아니란 말입니다.'

'이무기가 도망을 쳐 숨었다고요? 영 왕자의 소행이 아니라고 장담하십니까?'

'말씀을 해 보세요, 염라!'

김석호는 그때 염라의 표정을 잊지 못한다. 마치 죽은 사람처럼 새하얗게 질려 잠들어 꿈속에서도 괴로워하고 있을 제 아들을 내려다보던 표정. 끝내는 본인의 명령으로 이승에 추방령을 내리던 안면 근육하나하나까지.

그건 분명한 체념과 포기였다. 제 아들이 무슨 짓을 벌였는지 알고 있었던 것이다.

김석호의 입술에서 탄식이 흘러나갔다.

"안 되는데……."

물소리가 멎었다. 아무렇지 않은 척 걸레를 쥐고 자리에 돌아온 김석호가 이윽고 열린 욕실 문을 보지 않고 말문을 열었다.

"여기 추천 메뉴는 안심 스테이크. 셰프가 홍콩 미슐랭 쓰리 스타 출신이래요."

시원한 바디 워시 향기를 풀풀 풍기며 냉장고에서 판 초콜릿을 꺼낸 안대영이 대답했다.

"좋네."

'제가 지킵니다.'

그때나 현재나 간결하고 깔끔한 대답이었다.

* * *

가운을 벗고 퇴근 준비 중이었던 정은규의 곁에 초량이 바싹 붙었다. 정은규는 짐짓 엄한 표정을 지으며 백팩 끈을 집어 한쪽 어깨에 멨다.

"진료실은 출입 금지입니다."

"야박해. 야박하다."

"야박한 게 아니라 당연하잖아요. 초량 씨는 아픈 데가 없고, 저한테 예약한 환자도 아니며, 근무자는 더더욱 아닌데 왜 들어옵니까."

"나는 교수님 보디가드니까 자격이 있소. 그것도 매우 있소."

때아닌 사극 말투로 장난을 건다. 말 길게 해 봐야 꼬리만 잡힐 거, 정은규는 무시하고 앞서 나갔다. 바로 옆 3번 진료실을 노크하는 손짓에 초량의 시선도 그의 손에 닿았다. 얼굴처럼 손가락도 얄쌍하고 예쁠 줄 알았는데, 정은규의 손은 의외로 마디가 거칠었다.

"선배. 퇴근 안 해요?"

논문을 들여다보고 있던 김현수가 정은규와 그 뒤의 초량에게 향한다.

"잉? 나도 곧 해야지. 넌 선약 있냐?"

"아니요, 없어요. 오늘 차를 안 가지고 와서 선배 퇴근하면 얻어 탈까 했는데."

"교수님! 나도 차 있어요! 나 차 여덟 대나 있어!"

속된 말로 쌩 까 버리는 정은규와 훤칠하니 잘생긴 의문의 남자를 번갈아보던 김현수가 너털웃음을 터뜨렸다.

"저 분이 차가 여덟 대나 있다는데? 골라잡고 타면 되지 않나?"

"……난 선배 차 타고 가고 싶어."

"에헤이! 우리 사이에 의리가 있고 지조가 있지! 다른 남자 차를 타려고 하면 쑵니까요!"

훈장님처럼 엄하게 꾸짖으려 드는 초량을 팔꿈치로 밀어낸 정은규가 '진짜 이럴 겁니까.'라고 일갈하자 '이럴 건데용?'이라는 대답이 즉각 들렸다. 우리 사이에 어떤 의리와 지조가 있냔 말이다. 보디가드 해 달라고 자신이 직접 의뢰라도 했으면 모르겠다.

제멋대로 병원에 죽치고 있으면서 이상한 소문까지 만들어 낸 장본인이 뻔뻔하게 나오자 좀처럼 발끈할 일 없는 정은규도 뿔이 바락 났다.

"초량 씨 차 안 탑니다. 그리고 바짝 붙지 마세요. 내일부터 오지도 말고요."

"하지 말라면 더 하는 게 인지상정이요."

"나 화내면 무서워요. 화낼 거예요."

"어이쿠~ 벌써 무서워서 쉬야 지릴 판인데~ 큰일이구먼."

발톱 세운 고양이 같구먼. 나지막이 덧붙이는 말에 현기증이 핑 일었다. 사람을 고양이에 비유하는 건 어디서 배운 못된 버릇이야.

"저기, 님들. 사랑싸움은 주차장에서 마저 하시는 게 어떠실지?"

김현수가 속세에 찌든 표정으로 대꾸하자 화살이 그에게 돌아갔다.

"말 함부로 하지 마요!"

"아니었나? 알콩달콩 깨가 쏟아지기에 사랑싸움인 줄 알았지. 아우, 문이나 닫아. 보던 거 마저 보게."

씩씩거린 정은규는 진료실 문을 쾅 닫고 돌아서자마자 삐딱하게 선 안대영과 마주해야만 했다. 엎친 데 덮친 격이다. 뭐가 마음에 안 드는지 느릿하게 움직이는 눈알에 욕이 묻어 있었다. 눈치도 더럽게 없는 왕자 놈이라는 초량의 혼잣말이 정은규에게도 들렸다. 정은규의 입장에서는 둘 다 도긴개긴이다.

"가죠. 초량이 너도 퇴근해."

"둘이 데이트라도 하려는 거야? 그럼 나도 껴 줘."

"끼어들지 마. 교수님 화내면 무섭다고 하는데 왜 자꾸 끼어들어서 열 오르게 해."

어디서부터 엿듣고 놀리는 거야. 수치심으로 귓바퀴가 빨갛게 물든 정은규가 안대영을 노려보았다. 안대영은 정은규와 눈이 마주치자 오른쪽 눈썹만 슬쩍 들어 보였다.

"가자고. 늦었어. 예약 일곱 시야."

"예약이라뇨."

"으흐흐흐."

초량이 음흉하게 웃으며 정은규의 어깨에 팔을 걸쳤다. 더럽게 무거운 팔이다. 낑낑거리며 벗어나려 해도 돌덩이를 얹은 듯 무거워 키가 줄어드는 느낌이다.

"안 대표가 인간사 흉내에 맛이 들렸구나, 맛이 들렸어."

"팔 잘리고 싶어?"

그러나 안대영은 무심하게 받아치며 정은규의 어깨를 두른 팔을 턱짓할 뿐이다. 초량은 괜히 10초가량 뻐기다가 입술을 쭉 내밀며 팔을 내렸다.

"내일 봐요, 교수님. 내일은 나랑 저녁 먹어 줘야 해요. 저놈이 사 주는 것보다 훠얼씬 맛있는……."

"싫습니다."

"왜애애."

"저는 초량 씨 말고 안 대표님이랑 연애하니까요."

시무룩해진 초량과 반대로 안대영은 웃을 듯 말 듯한 표정으로 정은규를 바라보았다. 눈동자에 이채가 돌고 있다. 안에 담긴 의미는 흥미였다.

"가요. 뭔지는 모르겠지만, 늦었다면서요."

"교수님…… 이런 식으로 꼬시면 곤란해."

"꼬시는 거 아닙니다."

"한 마디만 더 했으면 자지 섰을 거야. 하마터면 여기서 옷 벗길 뻔했잖아."

한숨 멎을 날이 없다. 토라져서 가는 초량의 뒤태마다 삐침이 가득했지만, 그런 데 신경 쓸 겨를이 없었다. 정은규는 저보다 큰 안대영을 올려다보았다.

이 남자가 저와 비슷한 점이라면 표정이 얼마 없다는 거였다. 무표정을 디폴트 삼아 공기도 얼릴 듯 차갑거나 비틀린 채 실소를 내뱉는 표정……. 여태 본 건 그게 다였다. 그러면서 하는 말은 늘 저 모양이다.

"어떻게 그런 얼굴로……."

"음?"

"그런 얼굴에서 그딴 말이 나옵니까……. 진짜 신기해."

작은 물음표를 띄운 듯한 눈동자를 내버려두고 정은규가 그의 옷깃을 스쳐지나갔다.

"나도 놀라워."

"뭐가 말입니까."

"교수님이 그런 말도 할 줄 알아서. 잘하면 날 가지고 놀겠는데."

"꼬시는 거 아니라고 했습니다."

"연애하는 김에 호칭이나 바꿀까?"

"뭐로요. 미리 말하는데 자기, 여보, 그런 건 사절입니다."

그리고 정은규는 안대영의 새로운 표정을 보았다. 매섭게만 보였던 눈매가 부드럽게 휘어져 웃음을 만들어 내었다. 그래서 주춤했다.

당황스럽다. 눈꺼풀이 연신 깜빡거렸다. 양 입가가 올라간 채 환하게 웃는 안대영이 낯설어서.

"은규야."

……차라리 자기나 여보가 나았을 수도 있겠다.

"그냥 이름으로 불러 주고 싶었어. 갑시다."

안대영에게 손을 붙들린 채 긴 복도를 걷는 내내, 정은규는 잡힌 손만 내려다보았다. 안대영의 손이 워낙 큰 탓에 정은규의 손은 봉오리 맺힌 꽃잎처럼 감싸져 있었다. 그리고 지나치게 따뜻했다.

* * *

서이동의 고층 호텔에 차가 멈추자 발레파킹 직원이 후다닥 달려와 조수석 문을 열어 주었다. 문을 열어 줬으니까 내리긴 해야겠는데……. 키를 맡긴 안대영이 조수석에서 안전벨트를 푼 정은규에게 손을 내밀었다.

"내리시죠, 은규 씨."

"거북하니까 하던 대로 하세요. 그리고 섹스 하려고 온 겁니까?"

"까졌어."

"아니면 여길 왜 와요."

"우리 은규 아다 맞아? 되게 까졌다."

"이름 좀 그만 불러요. 그리고 안 대표님 몇 살인데 남의 이름을 아무렇지 않게 부릅니까."

"이승 단위로 33년을 보냈으니 동갑이겠네. 그럼 이름 불러도 되는 거지?"

이러면 반박할 수가 없다. 억울함이 차올랐다.

"밥 먹으러 온 겁니다, 밥. 명색이 첫 데이트잖아. 방 잡고 싶으면 말하고."

밥. 그게 뭐 대단한 거라고 호텔까지 와서 사람을 들었다 놓는지 정은규에겐 도통 이해 불가의 영역이었다. 그리고 까진 게 아니라, 저 남자가 하도 자지 타령하고 자자고 하니까 연관이 그리로 쏠린 것뿐이다.

"드라마 좋아해?"

크리스마스라고 부담스럽지 않은 선에서 꾸민 통유리 엘리베이터가 라운지를 향해 올라갔다.

"좋아하진 않고 많이 봤습니다."

도무지 자라지 않는 사회성을 드라마로 깨우치려고 공부처럼 봤었다. 그러나 정은규의 취향에 맞는 드라마는 여태까지 단 한 편도 없었다. 더럽게 유치한 사랑 얘기가 대부분인데다 픽션이라서 그런지 실제와 다른 과대 표현이 상당히 많았다.

그리고 당연시하게 메디컬 드라마는 걸렀다. 다른 건 잘 참고 본대도 도저히 메디컬 드라마는 국적 불문하고 볼 게 못 됐다.

"그럼 주인공들이 보통 이런 엘리베이터에서 뭐 하는지도 봤겠네."

"키스를 하던데요."

"키스 해 봤어?"

"예."

"……예라고?"

"예. 본과 1학년 때 MT 가서요."

술이 바짝 올라 왕 게임 했을 때 2번과 3번 키스하라는 명령이 떨어졌었다. 2번은 양아치로 유명한 선배였고, 3번은 정은규의 옆자리에 앉은 여자 동기였다.

울 것처럼 표정이 일그러진 동기를 보다가 무슨 생각에선지 등 뒤로 손을 뻗어 몰래 번호를 바꾼 정은규가 손을 들자 휘파람과 고성이 마구 섞여 방이 터질 듯하였다. 희희낙락한 분위기가 좆같았다. 동기가 과복의 끝을 잡았지만, 정은규는 동요하지 않고 일어났다.

딱히 그 애를 향한 동정도 흑기사도 뭣도 아니었다. 단지 이딴 게임 자체가 꼴 보기 싫어서 그런 것뿐이었다. 그게 다였다.

위압적으로 다가온 선배가 정은규의 뺨을 움켜잡고 대번에 입술을 갖다 박자 야유와 환호가 동시에 쏟아졌다. 첫 키스는 충돌이었다. 이가 얼얼할 만큼 강압적이었고, 술과 안주가 범벅인 맛이 났고, 더러웠다.

"누구랑."

"말하기 싫습니다."

"좋은 기억은 아니었나 본데."

"좆같았습니다."

안대영은 더는 캐묻지 않았다. 눈치가 빠르다는 말로 복수하려다 똑같은 인간 되지 말자 싶어 유리벽에 기댔다. 엘리베이터는 막 9층을 지나고 있었다. 라운지는 48층이다.

시야가 가려진다. 안대영이 만들어 낸 그늘이었다. 얼굴과 얼굴 사이가 무척 가깝다. 정은규는 눈을 치켜떴다.

"웃기지."

"뭐가요."

"순간 찾아내서 죽이고 싶어졌어."

첫 키스의 대상을 말하는 것일 테다. 지금은 뭐 하고 사는지도 모르는 사람을 왜. 어이가 없어 실소가 터졌다.

"잊었어요. 눈 코 입이 어떻게 달렸는지도 기억 안 납니다."

"그렇다면 그 새끼 평생 너한테 감사하는 마음으로 살아야겠어. 그중에 하나라도 기억하고 있다면 곱겐 못 죽었을 텐데."

"질투합니까."

"그래. 질투하니까 눈이나 감아."

감으라고 해서 감았다. 네가 뭐 어쩔 건데 싶은 의구심도 약간 있었다. 당신, 연애 놀음에 심취한 것 아니냐고. 그러나 보드라운 입술이 살며시 제 입술을 꾸욱 누르자 정은규는 무심코 안전 바를 꽉 잡아 버렸다.

입술 주름 하나하나까지 모조리 느껴졌다. 좆같았던 키스와는 시작부터 달랐다.

아랫입술을 물어 당기는 앞니의 감촉이 간지러워 슬쩍 입을 벌리자 직전보다 달큼한 숨이 몰려들어 왔다. 단단한 팔이 허리를 감싸고 밀착하자 섬유 재질이 사락 스치는 소리가 대단히 외설적으로 들렸다. 안전 바를 꽉 잡은 손등에 핏줄이 섰다.

'이름이 뭐야?'

'……그런 건 없습니다. 줄곧 이무기라고 불렸으니까요.'

정은규의 눈이 슬그머니 뜨였다. 층계를 오르면서 시시각각 변하는 풍경이 뿌옇다. 안대영의 혀는 착실하게 그의 입안을 배회했다. 이게 진짜 키스라는 것을 차근차근 알려 주듯이.

잠시 떨어진 입술에서 뽀옥, 하는 소리가 멎기도 전에 재차 맞물렸다. 입천장이 미치게 간지러웠다. 손가락을 넣어 벅벅 긁고 싶을 지경이라 정은규는 저도 모르게 안대영에게 손을 뻗어 등을 쥐어짰다. 팽팽하게 당겨진 코트가 땀 배인 손바닥에 잡혀 구겨졌다.

"……어때. 이것도 좋같아?"

축축한 음성이다. 매우 낮고 위험해 정은규는 코트 쥔 손을 바들바들 떨었다. 그리고 겨우 대답했다.

"입천장이 간지러워요……."

촉, 촉, 질척이게 닿았다가 떨어지던 버드 키스가 도로 진득해졌다. 숨을 앗아 갈 것처럼 틈 없이 밀착한 입술 안으로 부끄러움을 모르는 혀가 설왕설래한다.

안대영의 혀는 돌기가 바짝 일어 까칠까칠하다가도 아랫부분은 맨질맨질했다. 정은규는 숨을 허덕이면서도 그 느낌을 놓치기 싫어 꽉 안았다. 침이 넘칠까 꿀꺽 삼키자 안대영의 웃음소리가 입술 새로 새어나갔다.

그의 입술은 달았다. 그대로 녹아내려도 이상할 것 없었다. 까끌하고 말랑한 젤리와 미지근한 타액. 다리가 후들거릴 만큼 부드럽고 젠틀했다. 첫 키스의 악몽과 전혀 달랐다. 어느 부분 하나 겹치는 것이 없었다.

"그때 키스했던 기억 지워."

으르렁거리는 안대영을 혼곤한 눈으로 올려다본다. 침으로 촉촉해진 입술이 확대되어 보였다. 정은규는 살포시 눈을 감고 미끄덩한 입술을 다시 맞추었다.

48층에 다다른 엘리베이터 문이 열리자 안대영은 닫힘 버튼을 꽉 눌렀다. 엘리베이터를 기다리는 사람이 아무도 없어 다행이었다.

직전보다 키스가 거세졌다. 안대영은 정은규를 삼키려 들었다. 혀가 쭉쭉 빨리는 기분이 피부 위를 슬쩍슬쩍 긁는 것만 같아 결국은 작은 신음이 터졌다.

'나 말고 네 알몸을 본 자가 또 있으면 말해. 눈알을 뽑아 버릴 거다.'

'없습니다. 영 님과 마주치기 전엔 계속 못의 바닥에 숨어 있었습니다.'

'못의 밑? 설마 저 연못?'

'예. 제 어미가 저를 필사적으로 숨겼습니다. 형제 모두 죽임당했고 저를 숨긴 어머니 역시요.'

'나를 만나기 전까지 얼마나 혼자 있었어.'

'셀 수 없는 날들이었습니다.'

'외로웠겠네. 내가 조금 더 일찍 왔어야 했는데.'

'⋯⋯자책하지 마세요. 영 님이 그러시니까 가슴이 따끔거립니다.'

"하아⋯⋯. 숨⋯⋯ 막혀요⋯⋯."

더는 안 되겠다 싶어 밀어내자 안대영은 의외로 산뜻하게 물러났다. 정은규의 흐트러진 옷매무새를 바로잡아 주고 침 범벅인 입술을 손수건으로 조심스레 닦아 내었다. 머리가 어질어질하다. 떼어 낼 때 휘청이는 몸을 얼른 받아 낸 안대영이 귓가에 속삭였다.

"방금 한 게 정 교수 첫 키스야. 잊지 마."

잊으려야 잊을 수 있을 리가.

"⋯⋯봤어요."

"뭘."

"뭐 본 거 있냐고⋯⋯ 물었잖아요⋯⋯. 봤어요⋯⋯."

분명히 대표님과 나였어요. 둥그런 눈이 그리 말하고 있었다. 안대영이 열림 버튼을 눌러 정은규를 에스코트하며 입술을 달싹였다.

"은규야."

"예."

"은규야⋯⋯."

그리 부르는 제 이름이 흡사 아름다운 시의 한 구절처럼 들렸다면 착각일까. 정은규는 안대영의 두 번째 부름엔 대답하지 않았다. 혼란스럽다.

제3장

치마폭을 갈무리해 붙잡고 산을 오르는 연화의 발밑에서 낙엽이 부스러졌다. 갈색으로 물든 산속에서 떨어진 나뭇가지를 줍고 힘겹게 몸을 일으키는 연화의 배가 아래로 무겁게 동그랬다.

찬바람이 불 때 즈음 만삭에 접어들 테고 그러면 제대로 운신하지 못하게 될 것이다. 그러니 몸이 덜 무거울 때 장작거리를 모아 두어야 했다. 다행인 점은 가을이다 보니 나뭇가지가 건조해 굳이 장작을 패지 않아도 되었다. 선선한 바람 속에 상쾌함이 묻어 콧속에 새어 들어왔다.

연화는 무거운 몸을 이끌며 쓸 만한 나뭇가지를 주웠다. 어느새 한 팔에 마른 나뭇가지가 가득이었다.

어젯밤 뒤늦은 태몽을 꾸었다. 다른 산모들보다 훨씬 늦은 태몽이었기에 반신반의하였지만, 보름달만큼 커다란 몸집의 뱀이 여의주를 물고 승천하려는 장면을 보자마자 연화는 꿈인 것을 알면서 땀이 차는 손을 뒤로 숨겼다.

의문이라면…… 승천은 용이 하지 않았던가. 그러나 찬란한 보름달과 하늘을 향해 용솟음치는 뱀의 승천이 아름다워 넋을 놓고 있었더란다. 그 광경이 경건하여 다른 말이 나오지 않았다.

그런데 그때였다. 하늘 문을 열려던 뱀이 거꾸로 머리부터 떨어지기 시작한 것이었다.

놀란 연화가 억 소리도 못 내고 굳어 있자 못에 처박힐 뻔하였던 뱀은 어느새 용의 모습이 되어 연화의 눈앞에 서 있었다. 그녀의 키를 족히 오십 배는 넘길 거대한 크기였다.

그것이 무척 신성해 말을 잃은 연화에게 용이 허리를 숙였다. 그 앞의 연화는 한 입 거리도 안 되었다. 홀린 듯이 바라보는 연화의 앞에 둔중한 소음을 내며 착지한 용에게서 목소리가 흘러나갔다. 공기의 울림이었다.

나를 지켜 주세요.

연화가 두 팔을 뻗어 용의 얼굴을 힘껏 안았다. 이상하게 전혀 무섭지 않았다. 용이 된 뱀의 체온은 사람보다 훨씬 뜨겁고 만지는 것만으로도 살갗이 타는 듯했지만, 그것이 두렵지 않아 연화는 계속 용을 끌어안고 있었다.

이윽고 용이 신기루처럼 사라지자 연화는 부른 배를 내려다보았다. 그것에서 확신했다. 뒤늦은 태몽이라고. 임신한 채로 이 산속에 들어온 것은 신의 부름이 있었기 때문이었다.

연화는 여타 무당들과 다르게 꿈에서 방울과 부채를 줍지 않았다. 다만 귀신이 자주 보이던 와중에 부름이 들렸다.

「나는 이 산의 주인이 되고자 하는 신이다. 흐음, 아니지. 이 산보다 나의 존재가 훨씬 크다.」

동굴처럼 낮고 위엄 있는 목소리였다.

「또한 네 아이를 지킬 수 있는 자는 나뿐이다. 살고 싶거들랑 날이 밝자마자 이리로 와야 한다.」

홀린 듯이 짐을 싸서 무광산 산자락에 도착했을 때 연화의 주위를 파란 불이 감쌌다. 동동 떠 있는 파란 불은 크기는 작았으나 무척 시끄러운 탓에 무의식적으로 귀를 틀어막자 산이 쩌렁쩌렁 울릴 만큼의 호통이 이어졌다.

「시끄럽게 굴지 마라!」

그러자 소음들이 뚝 멎었다. 연화는 파란 불이 안내하는 대로 발걸음을 옮겼다. 가파른 산속이었지만, 걷기 좋게 길을 다져 놓아 큰 무리는 없었다.

「아직 내림굿을 받지 않았구나. 잘했다. 너를 꼬드겼던 것들은 흔한 잡귀였으니.」

임신해서 미루었던 것인데 칭찬받을 줄 몰랐다.

연화의 눈앞에 작은 집이 드러났다. 외관은 허름했으나 안은 생각 외로 꽤 괜찮았다. 얼지 않은 수도에서 물이 콸콸 잘 나왔다. 아궁이에 불이 타올랐고 집안은 따뜻하게 데워져 있었다. 연화가 조심스레 신을 벗었다. 방은 두 개였다. 하나는 여태 보았던 평범한 신당이었고, 하나는 이부자리가 정갈하게 펴진 일반 방이었다.

「너는 다른 무당과 다르다. 하지만 나는 그것들의 신보다 강하다. 감히 나에게 대적할 수 없지.」

그것은 연화도 짐작하던 바였다.

'내림굿 받을 준비를 하면 되겠습니까.'

이곳에 와서 처음으로 입을 열자 껄껄 웃는 음성이 들렸다.

「원래 너는 아이를 낳자마자 죽을 목숨이었다. 저승의 갸륵한 온정으로 삶이 조금 늘어났을 뿐. 그런 몸에 내가 들어가면 버틸 수 있을 것 같으니. 받다 죽는다.」

'그럼 어찌할까요.'

「받을 필요 없다. 나는 둔갑의 능력이 뛰어나 너의 근처 어디라도 있을 테니 걱정하지도 말고 배 속의 태아에게나 집중해라. 태몽은 꾸었느냐?

그 애가 무언가 요구하지 않았어?」

연화가 조금만 외향적인 성격이었다면 원래 이렇게 신은 말이 많은 가 의구심을 가졌을지도 모를 일이었다.

'태몽은 아직입니다.'

「흠……. 그렇구나. 태몽이 상당히 늦은 편이지.」

'……예.'

「그럴 만한 사정이 있었다. 그것이 내가 너를 이곳으로 부른 이유이 기도 하고. 차차 이야기해 줄 테니 쉬어라. 고단할 텐데.」

연화는 마당의 파란 불을 보았다. 세어 보니 쉰 개가 족히 넘었다.

'당신은…… 신이 맞습니까.'

와글와글 떠들려다 말고 합죽이가 된다. 시끄러운 대화는 저들에게서 발현됐다는 것이 확인되었다.

「신이지.」

상당히 믿음직스러운 대답이었다. 연화는 진위 여부를 따지기 전에 일 단 눈을 감았다. 여기까지 오느라 고단한 것은 사실이었기 때문이었다.

"……."

회상을 끝마친 연화가 천천히 하산하기 시작했다. 나뭇가지의 양이 꽤 많다. 이 정도라면 사흘은 거뜬하다. 지게를 하나 준비해 달라고 할 까. 부탁을 드린다면 지게 대신 알아서 장작을 산더미처럼 가져다 놓을 분이었다.

제가 모시는 신은 꽤 다정해서 시시때때로 괜찮냐고 말을 걸거나 필 요한 것이 있으면 어떻게든 구해다 주었다. 신내림을 받지 않은 무당은 병이 들거나 주위 사람이 죽는다는데 연화는 그런 일이 일절 없었다. 오히려 지나치게 평화로웠다.

어떻게 알고 찾아온 손님의 점괘를 봐 줄 때는 촛불로 변한 신이 목 소리를 들려주었다. 촛불의 색이 꼭 도깨비불처럼 파랬다. 돌이켜 보면 처음 무광산에 올 때 길을 인도해 주던 불도 이러하였다.

그러나 연화는 의구심을 품지 않았다. 하던 대로 새벽마다 기도를 드리려 옥수물을 떠 왔고, 하루 몇 명의 손님을 받았으며 남은 시간엔 태교에 전념했다. 정은규를 낳은 뒤 계곡에서 염라를 마주치기 전까지 변함없는 일과였다.

그러다가 염라를 마주쳤을 때 연화는 본능적으로 깨달았다. 아, 저승의 은혜로 늘려 놓았다던 나의 명줄이 조만간 끊기겠다고.

* * *

정은규는 부지런히 움직이는 안대영을 멍하니 바라보는 중이었다. 금요일은 수술만 있기 때문에 다음 주에나 수술방에 들어가는 정은규는 실질적인 오프나 다름없다. 민 교수의 배려로 오늘부터 주말까지 푹 쉴 수 있게 되었다.

그런데 저 남자는 왜 아침부터 분주한 거야, 또 어딜 가기에.

"어디 가십니까?"

안대영이 넥타이를 셔츠 칼라에 두르고 피식 웃었다. 칼라는 단정하게 접혔다.

"사귀는 사이에 필수적으로 하는 거. 데이트. 잠 깼으면 씻어."

잠시 할 말을 잃었다.

"……데이트요."

겨우 더듬더듬 내뱉은 말에 넥타이 매듭을 지어 당겨 목에 맞게 채운 안대영이 아직도 멍한 정은규에게 다가가 고개를 내렸다.

"싫어?"

"예."

즉답이었다. 안대영의 고개가 삐뚜름 틀어졌다.

"싫어도 가야 해."

"무력행사하는 연애 별롭니다."

"무력이라니. 잘 보면 정 교수도 없는 말 잘 지어 낸다니까. 아니면 반어법인가?"

"어디 갈 건데요."

"사무실."

기가 막혔다. 사람 떠보는 걸로는 선수 타이틀 달아도 되겠다. 정은 규가 헛웃음을 터트리자 안대영도 같이 웃었다.

"……그걸 데이트라고."

"사무실 가기 전에 들르고 싶은 곳 있으면 얘기해요. 시간은 널널해."

"그럼 집에 좀 다녀오고 싶습니다. 옷도 가져와야 하고…… 아, 그냥 제집으로 돌아가면 안 됩니까."

"안 돼."

"왜요."

"나 없으면 위험해."

말에 어폐가 있다. 안대영을 만나기 전과 만난 이후는 삶의 질이 달라졌다. 안대영이 없어도 살 만했다. 매정하게 말하자면 그렇다. 물론 그 '살 만하다'의 전제 조건에는 마킹이라 쓰고 성추행이라 읽는 행위와 하나도 안 고마운 보디가드가 붙어서겠지만.

"옷은 사 주면 되고."

"씻겠습니다."

옷 사 준다는 말은 무참히 씹었다. 이 이상 빚 늘리기는 사양이었다.

안대영은 자신을 지나쳐 비척비척 욕실로 걸어가는 정은규의 뒷모습을 흘끔 본다.

왜 몰랐지. 마른 뼈 모양마저 똑같은데.

침대에 걸터앉았다가 이대로라면 욕실에 들어가 벗은 몸을 탐할 것만 같아 담배를 문 채 베란다로 나갔다. 손끝에서 불꽃이 일어 담배 끝을 빨갛게 태웠다.

「왕자님.」

밖에 저승사자 둘이 있었다. 안대영은 입술로 뽁, 소리를 내며 연기를 내뱉어 내었다. 도넛 형태의 연기가 허공에 뽈뽈 올라갔다.

「왕자님. 이러다 큰일 나십니다.」

「이미 마리아 님 만나셨다는 것도 대왕님 귀에 다 들어갔어요. 어쩌시려고 그래요.」

「대왕님 진노하셨다구요.」

"어쩌라고."

그러자 표정 없는 저승사자들이 당황해 확 다가와 난간을 붙잡았다. 안대영은 창문을 열지 않았다. 창문에 찰싹 붙은 저승사자 둘이 연신 입을 뻐끔거렸다.

「대왕님이 곧 이승에 올라오실 거예요. 저저, 저 인간부터 얼른 내보내시고, 돌아오실 분이 인간과의 연애가 웬 말입니까아…….」

「저희는 왕자님 편입니다. 아시죠? 그러니까 여기까지 왔지 않습니까!」

알고 있다. 냄새를 맡고 호시탐탐 정은규를 노리는 잡귀들부터 시작해 굵직한 쌍놈들까지 달려들려는 것을. 그리고 연애 사실이야…… 들키지 않을 리가 없잖는가.

안대영의 일거수일투족은 김석호에 의해 명부에 보고된다. 걔는 그 일을 하려고 목숨 붙은 채 함께 이승에 쫓겨났다. 당연히 김석호야 안대영의 출중한 신하이자 왼팔이니 정작 보고 올려야 할 사실은 쏙 빼놓은 채 뭘 먹었고, 뭘 샀고, 이딴 쓸데없는 거나 올렸을 테다.

그러니까 저승사자들도 뒷북치며 건방지게 여기까지 찾아온 거겠지. 이럴 줄 몰랐단 말인가. 그렇다면 우습다.

안대영은 저승에서 재판을 받다 강제로 잠들기 전까지도 시뻘건 피

눈물이 흐르는 와중에 악을 질러 댔다. 내가 다시 돌아오는 날엔 너희 모두를 그 자리에서 끌어내 목을 잘라 버리겠다고. 염라를 포함한 열 명의 저승왕을 하나씩 가리키며 이를 악물었었다. 오죽하면 미친놈이 날뛰는 꼴을 보다 못해 재웠겠는가.

뭐가 되었든 우스운 일이다. 이들은 내가 벌일 반란이 무서운 것이다. 그럼 애초 그러지 말았어야지.

"너희가 내 편이라고."

「암요. 소인들은 당연지사 왕자님 편이지요.」

「왕자님 그러니까……. 아이고, 돌겠네.」

철컥, 욕실 문이 열렸다. 안대영은 두 대째의 담배를 반쯤 피우다 돌아봤다. 머리에 수건을 얹은 정은규가 문턱을 밟고 나와 쪼그린 채 욕실 슬리퍼를 세로로 세워 두고 있었다. 저승사자들의 입도 함지박만 하게 벌어졌다.

「설마설마했는데 동침하셨습니까?!」

「이를 어쩌면 좋으냐…….」

「왕자님. 정말 큰일이 벌어지길 원하십니까. 저희는 이곳에 목숨 걸고 왔습니다, 설득하다가 왕자님께 죽임당해도 어쩔 수 없다는 생각으로 왔는데.」

코웃음조차 터지지 않을 아침이었다. 창문을 연 안대영은 겁도 없이 방충망을 통과해 얼굴을 불쑥 들이민 사자의 갓에 담배를 지졌다.

「끼약!」

화들짝 놀란 저승사자가 도로 멀어져 구멍 난 갓을 쥐었다. 온통 울상이었다. 다른 한 명은 얼음처럼 굳어 공손히 두 손을 앞으로 모아 물러났다.

"다시 내 눈앞에 나타나면 눈깔을 지질 거야. 그 다음엔 아가리를 썰고 목젖에 구멍을 내 줄까. 아…… 이것도 저것도 귀찮으니 대가리를 잘라 버리는 편이 낫겠군."

무심한 표정과 달리 무척 상냥한 경고였다. 오지랖 한마디에 목이 뎅강 잘려 나갈지 몰라 황급히 예를 갖춘 사자들의 도포자락이 멀리 휘날렸다.

"혼잣말이 특기예요? 초량 씨도 그러던데."

정은규가 젖은 머리를 뒤로 넘기며 묻는다. 하긴, 온갖 귀신이 보여도 저승사자가 보일 리 없으니. 저승사자는 쉽게 말해 명부의 직원으로 시왕과 접촉하지 않으면 볼 수 없다.

안대영은 간단하게 화제를 돌렸다.

"입술에 물기 맺혔어."

"아."

손등으로 훔치려다가 붙잡혔다. 정은규가 눈을 치떴다. 안대영의 엄지가 사뿐히 물기를 훔쳐내었다.

키스하려는 걸까. 전날 엘리베이터의 키스가 불현듯 떠올랐다.

다가오는 안대영에게서 묘한 향이 났다. 금세 날아간 담배 냄새와 스킨 냄새, 그리고 몇 번을 맡아도 좋은 체향이 순서대로 정은규를 사로잡는다. 잡힌 손이 움찔 떨렸다.

"안 잡아먹어."

볼을 살짝 누르고 떨어진 입술의 촉감에 정은규는 말없이 안대영을 올려다보기만 했다.

"거짓말."

고저 없는 말에 안대영이 입매를 끌어올렸다. 불퉁하거나 불신 가득한 목소리면 놀려 볼까 했는데…… 역시 캐릭터 참 무심하다니까.

"그래. 거짓말이야."

그러면서 반대쪽 볼에도 키스하고 떨어졌다. 잡았던 손목은 몇 번 매만지다가 놓아주었다.

"머리 말려 줄까요."

정은규가 흉한 소릴 들었다는 듯 인상을 팍 찡그렸다.

"저도 머리 말릴 손 있습니다."

"철벽 칠 사이 아니잖아, 우리."

"이런 건 치고 싶어요."

"다른 건 괜찮고?"

"그때 되면 그것도 철벽 치고 싶어지겠죠. 금방 준비할 테니까 기다리세요."

분부대로 하겠다며 소파에 앉은 안대영이 또다시 담배를 물고 불을 붙이려다 징징 울리는 정은규의 핸드폰을 집어 들었다. 'NS 김현수 선배'로 걸려온 전화였다. 받아 줄까 말까 고민할 가치도 없어 간단히 전원을 꺼 버렸다. 곧바로 담뱃불이 붙었다.

눈송이가 하나둘 떨어졌다. 전방 유리에 붙은 입자가 엄지손톱만 하다. 우중충한 하늘을 보고 막연히 눈 내릴 날씨라고 예상했지만…….이런 날은 징크스처럼 응급실이 바쁘다.

콜이 올 만도 한데 핸드폰이 잠잠해 코트 주머니 속을 뒤져본 정은규가 낭패에 물들어 운전 중인 안대영을 쳐다봤다.

"핸드폰을 안 가져왔는데 다시 차 돌릴 수 있습니까."

"내 주머니에 있어."

"주세요."

왜 네가 갖고 있느냐는 물음조차 없다. 안대영이 기어 위에 올렸던 오른손을 쫙 펴 보였다.

"나오기 전에 내가 해 준 거 그대로 하면."

뭘 해 줬다는 거야. 기억을 더듬어보다 양 볼에 한 번씩 닿았던 입술이 떠올라 정은규가 손을 그러잡으려는 안대영의 오른손을 밀어냈다.

"장난치지 말고 내놔요. 콜 왔을 수도 있어요."

"거긴 너 없으면 안 돌아가나 보지?"

"잘 돌아갑니다. 저 없다고 안 돌아가면 그게 병원이겠습니까."

"그럼 필요 없네."

"그래도 콜이 오면 바로 가 봐야 하는데……. 줘요, 어서."

"봐줄게. 운전 중이니까 여기에만 해."

오른뺨을 톡톡 두드린다. 이런 게 보통의 연애라면 두 번은 절대 하기 싫었다.

정은규가 안전벨트를 붙잡은 채 얼굴을 내밀어 오른뺨에 입술을 가져다 대자, 정작 닿은 것은 뺨이 아닌 안대영의 입술이었다. 찰나에 고개를 돌려 졸지에 입술끼리 쪼-오-옥 민망한 소음을 내며 붙었다 떨어졌다. 정색한 정은규가 피실피실 웃는 안대영을 노려보았다.

"어디서 개수작입니까."

"개수작 아닌데……. 우회전하려고 그쪽으로 고개 돌린 거야. 이 타이밍에 뽀뽀한 사람이 오히려 개수작 부린 거지."

"말을 말죠. 핸드폰 어디 있어요."

"주머니에 있다고 했잖아."

턱 짓으로 재킷 주머니를 가리켜 손을 쑥 집어넣었더니 부러 짧은 신음을 내뱉는다. 왜 저래.

"과감한 터치 금지. 설 뻔했어."

무시하자. 정은규는 꺼진 핸드폰의 전원을 켜며 경고했다.

"앞으로 제 핸드폰에 손대지 마십시오."

"귀엽게 부탁해 봐."

"내 건데 부탁을 왜 합니까."

"우리 은규는 선 긋는 게 취미야?"

"몰랐는데 취미였나 보네요."

부재중은 김현수에게 한 통 있었다. 이럴 줄 알았다. 용건이 무엇이든 쉬는 날 오는 전화는 받아야 한다. 철칙 아닌 철칙이었다.

통화 연결음이 얼마 지나지 않아 김현수가 전화를 받았다.

-야, 정 따까리. 전화 왜 꺼 뒀냐.

"배터리가 없었어요. 병원이에요?"

뻔뻔하게 거짓말하는 정은규를 흘깃 본 안대영이 실소를 내뱉었다. 거짓말의 'ㄱ'도 모르는 줄 알았더니.

-아니. 너 오늘 쉬면 골프나 치러 가자고.

"밖에 눈 오는데 웬 골프……."

일순 맥이 빠져 꼿꼿이 세운 등에 힘을 풀었다. 와이퍼가 전방 유리에 쌓이기 시작하는 눈을 닦아 내었다.

-골프장이 실외만 있냐? 스크린 골프장 가면 되지.

"혼자 열심히 치세요. 골프 안 친다고 백 번은 말했잖아."

-아, 소개시켜 줄 사람이 있다고~ 얌마. 형님이 하시는 말씀을 잘 들으면 자다가도 떡이 나와요.

"자다가 떡 먹을 일 없어요. 끊을게요."

"들어 봐. 소개시켜 준다잖아."

밖으로 새는 대화를 들은 안대영이 심드렁하게 대꾸한다. 수화기 너머의 김현수도 용케 타인의 목소리를 알아들은 듯 말에 물음표를 달았다.

-엥? 너 혼자 있는 거 아니었냐?

"……예. 그러니까 끊는다고요."

-누군데. 누구야, 누구야. 내가 모르는 따까리의 친구가 누구야. 그 눈 크고 입도 큰 남자? 동굴 목소리? 흠, 근데 그 남자보다는 목소리가 안 무거운데.

"끊어요."

-야! 은규야!

하도 절박하게 불러 퉁명스럽게 왜요, 하고 묻자 따뜻함이 장착된 훈훈한 대사가 줄을 이었다. 공익 광고에나 나올 법한 대사였다.

-눈 오는데 운전 조심하고. 까까 사 준다고 아무나 따라가지 말고.

"나 애 아닙니다."

-월율에 퇴근하고 술 먹자.

"까까 사 준다고 아무나 따라가지 말라면서요. 진짜 끊습니다."

통화는 거기서 끝이었다. 끊기 바로 전 폭소를 터트리는 김현수의 웃음이 메아리처럼 들리는 듯했다.

"꼬시려면 나만 꼬셔."

"어딜 봐서 꼬시는 건데, 이게……."

그러나 안대영은 퍽 마음에 들지 않는지 미묘하게 짜증이 묻은 표정이었다.

"김현수라고 했나. 어떤 사람입니까? 되게 친해 보이는데."

"적어도 안대영 씨가 질투할 만한 인물은 아닙니다."

"별론데."

"뭐가 별로예요."

"다."

사귄 지 한 달이나 되었으면 답 없는 질투에 이해하는 시늉이라도 하겠다.

"내 이름 불러 봐."

"안대영."

"딱딱하게 말고."

"대영 씨."

"조금 더 부드럽게."

"저승……에서도 이름이 안대영이었습니까?"

제법 화제도 잘 돌릴 줄 알고. 쪼잔하게 물고 늘어지려는 건 아니었지만, 그래도 멋없는 호구조사에 응해줄 의향은 있었다.

"외자. 영. 빛날 영(煐)자 써서."

"안대영은 임의로 만든 이름인 거군요."

"뭐 그렇지. 여기 오자마자 제일 먼저 받은 명함에서 땄어."

"명함이요?"

"나이트 명함. 길 헤매다가 주기에 받았는데 잘해 줄 테니 놀러오라더군."

"……."

"농담이야."

진담인 것 같지만 거기까지 캐묻지 않기로 했다. 그 이상은 습득 영역을 넘은 지나친 정보였다.

"그럼 원래 이름으로 불러야 하는 것 아닙니까……. 그 이름으로 훨씬 오래 살았을 거잖아요."

"그러고 싶으면 그러든가."

"만약 제가 죽게 된다면 일주일밖에 시간이 없는 거나 마찬가지니까 대표님이 정하세요."

"정은규 씨. 지금 네가 뱉은 말을 개수작이라고 하는 겁니다. 사람 못 믿고 떠보는 거, 그게 개수작이라고."

이상하다. 김현수가 부르는 이름과 기분이 달랐다. 이름에도 무게가 있다면 안대영이 부르는 쪽의 추가 단박에 기울었다.

신호 받고 정차한 차 위로 나풀나풀 눈송이가 떨어졌지만 와이퍼가 금세 닦아 냈다.

"한 번만 더 개소리하면 뽀뽀하다가 숨도 못 쉬게 만들어 줄 거야."

"……."

"그리고 뭐라고 불러도 상관없는데 대표님 소리는 하지 마. 거리감 생겨서 별로입니다."

불편한 침묵이 이어졌다. 그러나 거슬리는 침묵은 아니었다. 정은규는 손 안에서 핸드폰을 굴리다가 완전한 진심을 내보였다.

"……사실 전 대영 씨 아직 완전히 못 믿습니다."

"그래?"

안대영이 제 입가를 매만졌다. 길쭉길쭉하고 고운 손이다. 저 손만 보면 맨 처음 그와 마주쳤던 로비가 자동으로 떠올랐다.

"……예."

"재밌는 거 알려 줄까요."

[무광산 가는 길]의 갈색 표지판이 모습을 드러냈다. 이곳은 이미 눈이 많이 와 옅게 쌓였다. 속도를 늦춘 안대영이 핸들을 바투 잡았다.

"넌 날 단 한 순간도 믿은 적 없었어. 아마 앞으로도 그러겠죠? 그러니까 그냥 나한테 계속 지는 척해. 굳이 믿으려 들지 말고."

가슴에 칼이 꽂힌 듯 찌릿했다. 그건 정은규도 그간 느끼지 못했던 고통의 감각이었다.

* * *

"이 성당만 눈이 오지 않는 게 신기해요. 그러고 보니 비도 안 왔죠?"

고해소 칸막이 너머로 들린 껄렁껄렁한 음성에 베드로 신부가 십자가 묵주를 어루만지며 웃었다. 변성기가 막 지난 청소년의 목소리였다.

"축복 받은 곳이니까."

"축복 맞긴 해요? 여기에만 갇혀 있는데 축복은 얼어 죽을."

"내 죄는 주께서 용서해 주셨다."

남자도 껄껄 웃었다. 화통한 웃음이었으나 비웃음이 짙게 깔려 있었다.

"이미 새로운 죄를 짓고 있는데 또다시 용서 받을 셈이에요? 신부님도 참 염치없으시다."

"자. 안부는 그 정도면 됐고 형제님의 죄를 고하소서."

차분히 눈을 감고 성호를 그은 베드로 신부에게 전과 달리 음산한 목소리가 전해졌다.

"······나를 불러 낸 이유가 무엇이냐."

베드로 신부의 눈꺼풀이 천천히 뜨였다.

"네가 이무기를 빼돌려 영 왕자에게 보낸 것 또한 알고 있다."

발목에 서늘한 촉감이 일어 내려다보니 팔뚝만 한 뱀이 천천히 기어 오르고 있었다. 베드로 신부의 안경에 어두운 비늘이 기름처럼 번들거리게 보였다.

"네가 아니었더라면 나는 그때 이무기를 삼켜 새로운 세상을 열었을 테지. 절호의 기회를 방해한 것으로 부족한가?"

"내가 아니었다면 당신은 죽었을 것입니다."

"나는 죽지 않는다."

"죽습니다."

"나는 이백 번 죽었다 깨어났다."

"그것은 마리아 님의 은혜이기 때문이었지요. 허나 영천왕은 다릅니다."

"그래서 감히 네가 나를 이기려 드느냐."

으르렁 목울대를 긁는다. 뱀은 종아리를 지나 허벅지에 똬리를 틀고 혓바닥을 낼름거렸다. 온순한 몸짓이었다. 베드로 신부의 검지가 살그머니 뱀의 대가리를 쓰다듬었다.

"이기려 든 적 없습니다. 단지 강할 뿐이죠. 나는 언제고 당신을 먹어 치울 준비가 되었습니다. 그러니 당신도 나를 섣불리 건들지 못하죠. 흐음······. 선악과를 먹은 뱀이 별겁니까. 저승에서는 악귀 그 이상 그 이하 취급도 받지 못합니다."

콰앙—! 남자가 탁을 주먹으로 내리치자 뱀이 아가리를 벌리며 하악질을 했다. 뱀 대가리가 뻣뻣하게 섰다. 쉬이. 흥분한 뱀을 달랜 베드로 신부가 십자가 묵주를 내려놓았다.

"시킨 일이나 제대로 하십시오. 그래야 소멸당하지 않고 곧 열릴 새로운 세상에서 잘 버틸 것 아닙니까."

다정한 목소리에 삼엄한 위압이 깔려 있었다. 남자는 한동안 말이 없었다. 시익, 시익. 뱀의 숨 같은 날카로운 음성만 맴돌 뿐이었다. 베드로 신부는 여유롭게 기다렸다.

시간이 얼마나 흘렀을까. 껄렁껄렁한 청소년의 톤이 되돌아왔다.

"아무래도 영 왕자가 눈치를 챈 것 같아요. 도깨비가 붙었고 그 도깨비를 감시하는 자가 붙었어요. 차민혁 같은데."

"대영이답구나. 아무도 안 믿는 것을 보아하니."

"도깨비는 아직 제 정체를 모르는 낌새였고요."

"숨길 수 있을 때까지 숨겨. 이무기가 기억 완전히 찾을 때까지 잘 살피고."

"요즘 들어 경계심이 심해졌는데 어떻게 꼬셔 내야 할지 고민이네요. 그보다 앞서, 제게도 힘을 나누어 주시겠다고 약속한 건 잊지 않으셨죠? 이 몸속에 숨어 쌔가 빠지게 저승 놈들을 피하고 있단 말입니다."

"잘 해 봐. 넌 옛날부터 혓바닥 하나는 잘 썼지 않아."

"아이참. 언제 적 말씀을."

곤란해하며 뒷목을 긁적이던 남자가 드드득 울린 진동에 의자를 뒤로 밀고 일어났다. 칸막이 너머로 통화가 들렸다. 또 다른 목소리가 흘러나왔다. 40대 남성의 중저음이자 몸 주인 본래의 목소리였다. 적당히 퉁명스럽고, 적당히 가벼운 목소리. 앞서 들렸던 두 가지의 목소리는 자취도 없이 사라져 있었다.

"어, 그래, 어어. 갈게. 엑스레이랑 CT 먼저 찍어. 보호자는 어디래. 나? 나 여기, 잠깐만. ……여기가 어디지?"

-네? 교수님 그걸 저한테 물어보시면……. 교수님 어디 가신 거예요?

뱀이 손목을 휘감으며 애교를 부린다. 베드로 신부는 다정한 눈길과 반대로 뱀의 목을 두 손가락으로 조였다. 숨이 막힌 뱀이 고통에 몸부림치다 축 늘어졌다. 형체가 서서히 사라진다.

칸막이 너머에서 들리는 질문에 베드로 신부가 나긋한 목소리로 대신 답했다.

"성당의 고해소입니다. 형제님께서 고해성사를 하러 오신 곳이지요."

"……제가 성당을요? 별일이네."

-네? 성당이시라고요?

"아니야, 됐어. 금방 간다."

별꼴이네, 내가 이런 델 다 오게. 어떻게 왔는지 기억이 나지 않는다. 칸막이 너머에 있을 신부에게 묻고 싶었으나 이상한 사람 취급받을까 싶어 의뭉스러운 시선을 갈무리했다.

"저 콜이 와 가지고. 끝났으면 나가 보겠습니다."

"그리하십시오. 주님께서 죄를 사하여 주셨으니 더는 걱정하지 않으셔도 됩니다. 아멘."

"아, 예……."

남자가 끝까지 고개를 갸웃거리면서 나갈 때, 베드로 신부의 손은 성호를 긋고 있었다.

성당 밖은 여전히 찬바람이 쌩쌩 불었다. 고해소를 나와 얼어 버린 정원을 거닐던 베드로 신부가 미사보를 쓴 엄마와 아이를 보고 친절하게 웃었다.

"아저씨. 이거 드세요."

아이가 내민 것은 막대 사탕이다. 허리를 굽혀 아이와 키를 맞춘 베드로 신부가 미소를 매달았다.

"고맙다. 잘 먹을게."

그들을 지켜보는 성모상은 언제나 인자한 얼굴이었다.

* * *

여덟 번째 지옥의 왕인 평등왕의 책사에게 미리 연락받고 내려온 김석호가 두툼한 팔뚝을 교차해 팔짱을 꼈다. 매서운 겨울의 추위에도 끄떡없이 서 있던 그의 눈에 멀리서부터 관광버스의 형체가 보였다.

울퉁불퉁한 아스팔트 덩어리를 튀며 달려온 커다란 바퀴가 끼익, 김석호의 앞에 멈췄다. 집채만 한 차체에 비해 부드러운 정차였다. 문이 열리자 운전사가 흰 장갑을 낀 채 김석호를 쳐다보았다. 눈구멍이 해골처럼 비었다.

"총 45인. 제8 지옥 3게이트 앞으로 갑니다."

간혹 삼도천을 오가는 유람선에 문제가 생기면 무광산 입구를 통해 망자를 이송하곤 했다. 뒷주머니에 꽂아 두었던 리스트를 꺼낸 김석호가 버스에 올라타 자리를 빼곡하게 채운 망자를 둘러보았다. 옷차림도 그렇고 여행 가이드 같은 모양새였다.

"자자~ 저를 보세요. 잠깐 검문이 있겠습니다. 여기 오시기 전에 사자들 통해 들으셨을 거예요. 여러분은 삼도천을 건너는 유람선이 고장이 나서 부득이하게 오늘은 무광산을 통해 직접 명부로 가시게 됩니다. 산이라고 해서 등산하는 건 아니니 걱정하지 마시구요. 오히려 배 멀미가 없어 편하실 거예요."

"노잣돈 받은 거는 우짠대요."

앞자리의 할머니가 가슴 속에서 오만 원 권을 다발로 꺼냈다. 장례식 때 태운 노잣돈이었다.

"가지고 계시다가 게이트 문지기에게 드리면 되세요. 자아, 가나다순으로 명단 부를 테니 대답해 주시면 됩니다. 김순예 씨."

"여기 있슈."

방금 질문한 할머니가 손을 번쩍 들었다. 김석호가 웃으며 다음을 호명했다. 호명할 때마다 곳곳에서 손이 들렸다. 리스트에 적힌 이름과 얼굴을 대조하며 호명한 김석호는 종이를 곱게 접어 도로 뒷주머니에 꽂았다.

가는 데 순서 없다고…… 나이 대는 유소년부터 노인까지 다양했다.

영아를 비롯한 만 12세 이하의 아이들은 사전에 교육 받은 담당 사자들이 직접 인도하므로 제외한다고 쳐도.

이들이 어쩌다 죽어 이 버스에 탑승했는지 궁금하지 않다. 죽는 덴 가타부타 많은 이유가 붙지만, 망자가 되면 그런 건 필요 없어진다. 단지 죽느냐 사느냐의 존재만 갈렸다.

이들은 죽었기에 죽은 자가 가는 길에 올라섰을 뿐이다. 쓸데없는 친절과 동정을 베푸는 건 아마추어도 하지 않는 짓이었다.

"즐거운 여행 되시길 바랍니다. 저는 이만."

정말 가이드라도 될 셈인가. 알고 보면 꽤 천직일지도. 근육질의 덩치가 내려 문짝을 두 번 탁탁 치자 버스가 빠르게 출발해 안개와 눈이 섞인 아스팔트를 달렸다. 무광산에 도착하면 차민혁이 이딴 소일거리는 왜 시키고 지랄이냐며 짜증을 내고 게이트를 열어 줄 것이었다.

날씨가 지랄맞다. 어제는 폭우가 내리다 오늘은 함박눈이 온다. 한겨울에 이런 기후 변화라니. 사례가 없었던 건 아니었지만, 확실히 앞으로 있을 일에 대한 전조 증상이라고 하면 유난일 것도 없었다.

김석호는 담담한 척 하늘을 올려다보았다. 쓰레기 같은 눈이라고 생각하면서. 이 눈이 쌓이면 언제 치운단 말인가. 차라리 비가 낫다.

두 번째 버스가 도착하기 전 안대영의 차가 앞서 멈췄다. 조수석에서 내린 정은규가 곧장 머리 위로 쏟아지는 눈송이에 손으로 챙을 만들어 가리다 김석호에게 묵례를 했다. 친절한 석호 씨도 싱긋 미소 지으며 마주 인사한다.

"교수님. 잘 지내셨어요? 혈색이 좋아지셨어요."

"감사합니다. 누구 덕분에요."

"내 덕분이지."

예예, 그러시겠지요. 눈짓으로만 대꾸한 김석호가 구둣발 밑으로 그려진 버스 바퀴 자국을 쳐다보는 안대영의 곁에 다가섰다.

"버스 누가 보냈어."

익히 알고 묻는다. 김석호가 대답했다.

"이차남이요. 유람선 하부 나사 교체 작업을 해야 한다고 오늘 게이트 좀 열어 달라고 하더라고요."

"몇 대."

"일곱 대요. 한 대 갔습니다."

"나머지는 지황산으로 보내."

"……예? 왜요?"

"척하면 알아들어야지. 짬이 몇 년인데 이유를 물어."

아. 어느새 건물 아래에서 눈을 피하고 있는 정은규를 무심코 바라본 김석호가 머리를 긁적였다.

"일단 연락은 하겠습니다. 그런데 지황산에 당장 배치할 인력이 없을 텐데……. 엇? 대표님, 이미 버스 들어오는데요."

그도 그럴 것이 전조등을 켠 버스가 들어오고 있었다. 안대영은 혀를 차며 무덤덤하게 버스를 쳐다보는 중인 정은규를 돌아본다. 이런 날씨에 등산이 가능한가 싶은 순진한 눈길이 버스를 따라 움직인다.

"제가 할게요. 대표님은 들어가세요, 눈 많이 오는데."

"정은규."

난데없는 부름에 정은규가 날카로운 시선을 보낸다. 호칭 없이 풀 네임을 부른 건 처음이었다. 안대영이 코트를 벗어 던졌다. 얼결에 받아 낸 코트를 품에 가득 안은 정은규가 이건 왜 주나 싶어 단정한 눈썹을 움찔거린다. 안대영은 손목의 커프스를 만지작거리다 차에서 못 피운 담뱃갑을 꺼냈다.

"거기서 덜덜 떨지 말고 먼저 올라가 있어."

"대영 씨는요."

……대영 씨? 김석호가 대번에 해괴한 표정으로 둘을 번갈아 보았다.

"교수님과 사이가 많이 발전하셨는데요."

소곤거리자 안대영이 누군가에게 전화를 걸다 말고 담배 연기를 뱉어 냈다. 버스는 문을 열었다.

-이게 누구시오. 영 왕자님이 아니시오. 어인 일이오.

초량이다. 사극 말투에 중독이 되었는지 걸핏하면 저 지랄이었다.

"지금 명부 좀 내려갔다 와."

-잉? 명부는 왜.

"유람선 멀쩡한지 보고 오라고."

-유람선이라면 나도 이야기 들었는데? 오늘 하루 수리해야 한다고 했다. 뭔 일이라도 일어난 거야? 영 왕자 의심병이 하루 이틀 아닌 건 아는데~ 이번 건 과해~

올라타려는 김석호를 제지한 안대영이 담배를 잇새에 깨문 채 운전사를 노려본다. 직전 버스의 흰 장갑을 낀 운전사와 다르게 검은 장갑을 끼고 있다.

"10분 준다."

-에라이 미친놈! 뒤로 넘겨져도 코가 깨질 놈! 육시럴 왕자 놈아!

대꾸 없이 전화를 끊고 반사적으로 뒤를 쳐다봤다. 정은규는 서 있던 자리에 없었다.

안대영이 담배를 내던지고 팔을 넓게 벌렸다. 지휘를 하는 듯 유려한 선을 그리며 움직인 오른팔을 앞으로 뻗자 손에서 불길이 치솟았다. 이번에야말로 김석호가 기겁해 입을 떡 벌렸다. 버스가 안대영의 불길로 인해 활활 타올랐다.

"왕자님! 미쳤어요?!"

퍼엉! 터지는 소리와 함께 단번에 버스를 휘감은 불길이 새파랗게 타올랐다. 도깨비불보다 한참 진하고 끈적끈적한 액체로 만들어진 듯 농도가 짙은 불길이었다.

그러자 귀가 찢어질 듯한 귀기가 악에 받쳐 지면을 울렸다. 창에 다닥다닥 손바닥 자국이 찍힌다. 그 수가 워낙 많아 일반인이 보았다면 뒤로 넘어갈 만큼 끔찍했다.

저건 악귀다. 명부까지 갈 필요도 없는 악귀. 간다 하여도 엄연히 소유자가 있는 무광산에 올 수 있는 레벨이 아니었다. 이런 악귀만 골라 한 버스에 보낸 건 다분히 악의적이라는 뜻이 된다. 운전사가 검은 장갑을 낀 것도 그 뜻과 상통했다.

첫 버스는 보통의 망자였다. 그리고 무광산 게이트를 이용할 경우는 늘 보통의 망자만 이송했다. 그래서 김석호도 의심 갖지 않았겠지.

차체가 녹는다. 펑, 펑 전기 튀듯 터지던 소음도 차차 멎었다. 오로지 악뿐인 귀기만 씨근덕거리며 메아리처럼 울렸다.

핸드폰이 울렸다. 안대영은 발신자를 확인하지 않고 받았다. 시선은 여전히 참상에 닿아 있다.

"어."

ㅡ유람선 멀쩡하다는데? 멀쩡하다 못해 여긴 아주 대기 줄이 이승까지 서 있을 지경이다. 뭐냐, 나도 고장 났다고 들었다만. 수리 일정조차 안 잡았단다.

장난을 지운 진지한 초량의 목소리에 김석호의 낯빛이 저승사자처럼 새하얗게 질렸다.

"……이차남이 거짓말을 한 걸까요? 아니면 평등왕님이 일부러."

"글쎄."

"대표님."

초조해하는 김석호와 달리 안대영은 여유롭게 새 담배를 꼬나물었다. 김석호는 제가 모시는 상사의 멱살 짤짤이라도 하고 싶은 마음이다. 지금 한가롭게 담배 피울 때가 아니라는 건 당신만 모르고 있다고. 잘하면 전부 좋되게 생겼는데 담배 연기가 목구멍으로 넘어 가냐고.

"어제는 폭우. 오늘은 폭설. 내일은 메마른 하늘에 천둥번개라도 치려나."

"……."

"재밌네. 다 죽여 버리고 싶게."

안대영을 잠식한 여유로움이 점차 살기로 뒤바뀌었다. 김석호는 제 주인을 잠시 평화주의자로 오해한 것에 대한 사죄를 마음속으로 드렸다.

"세 번째 버스는 어떻게 할까요."

"올 리가 있나."

반쯤 탄 버스를 가리킨 안대영이 손가락 스냅을 쳤다. 굉음과 함께 녹아내리던 버스가 폭파했다. 저도 모르게 흠칫한 김석호가 쪽도 못 쓴 근육 덩어리 팔을 고쳐 안았다. 영 왕자가 무자비한 미친놈이라는 걸 잠시나마 잊고 있었다.

네놈은 이무기를 내놓아야 되돌아올 수 있을 것이다.

새파란 불길 속 오로지 안대영만이 들은 메시지였다. 타닥타닥 타는 잔불에 반쯤 태운 담배를 튕겨 던졌다.

* * *

그리고 안대영은 중문 앞 계단에 웅크린 채 귀를 틀어막은 정은규를 마주하게 된다. 소리는 감출 수 없다. 전부 들었겠지. 발발 떨었다면 놀랐느냐고 다정하게 안아 주었을 텐데 신경질적인 방어에 가까워 그저 가만히 내려다보고 있었다. 고양이 같다.

언젠가 보았던 고양이도 털을 바짝 세운 채 저를 경계했는데, 정은규가 꼭 그렇다. 손을 내밀었다가도 그런 적 없다는 듯 등한시하는 것이.

"데이트 코스론 별로지. 그래도 안 보고 숨은 건 잘했어. 보여 주고 싶은 꼴은 아니었거든."

머리 위에서 떨어진 음성에 정은규가 빠끔 고개를 들었다.

"뭐였습니까. 잘못 들은 건 아니었나 보네요."

"대충 은규 씨가 상상할 수 있는 범주 안."

"호칭은 하나로 하세요. 교수님이라고 했다가, 은규라고 했다가, 씨를 붙였다가, 꼴리는 대로 교수님에서 님도 떼고, 너라고 하질 않나. 원래 그럽니까?"

"여보 자기는 싫다며."

"싫죠."

"그래서 내 마음대로 부르는데 왜. 난 전부 애칭이에요."

"차라리 반말을 하세요. 반존대보다 그 편이 듣기 나아요."

"그럴까? 그건 꼴리네."

허락받으려는 의사도 없었으면서. 제게 뻗어진 안대영의 손을 물끄러미 보던 정은규가 마른세수를 했다. 이 손을 잡아야 할까. 잡을 수밖에 없는 걸까.

"미안해."

정은규의 얇은 눈꺼풀이 위로 떠진다. 저 입에서 나온 말이 보통 사람이 던지는 사과의 의미란 말인가.

"데이트라고 데려와 놓고 놀라게 했잖아."

"……사과도 할 줄 아는 분이셨네요."

더 뻗대지 않고 손을 잡았다. 매번 느꼈지만 손이 크고 예뻤다. 따뜻한 온기마저 갖고 있었다.

"나는 널 지키고 싶거든."

"……."

"그러려면 내 감정에 먼저 솔직해져야 한다고 생각했어."

"그런 말로 어떻게 날 지켜요. 살면서 숱하게 들어온 말인데."

"여태 당신을 스쳐지나간 사람과 나는 다르지."

올라간 계단 세 칸을 내려오려던 정은규가 허리를 휘감는 반동에 풀썩 안대영의 품에 쓰러졌다.

"오면서 했던 말 취소해도 되겠어?"

"무슨……."

'넌 날 단 한 순간도 믿은 적 없었어. 아마 앞으로도 그러겠죠? 그러니까 그냥 나한테 계속 지는 척해. 굳이 믿으려 들지 말고.'

"날 믿어 줘. 네가 그랬으면 좋겠어."

요동치는 눈동자 속에 진한 색의 중문이 담겼다.

"그게 내 솔직한 마음이야."

어깨와 가슴 사이에 안대영의 목소리가 새겨진 듯했다. 귓속에서 심장박동이 들렸다.

"우리는……."

이상하게 목구멍이 턱 막혔다. 정은규는 아랫입술을 짓씹다 말을 이었다.

"우리는 대체 뭐예요."

허리를 감은 팔에 힘이 들어간다. 그러나 소유를 주장하는 힘이 싫지 않았다.

"만나선 안 됐을 사이……. 하지만 결국 만나게 됐을 사이이기도 하지."

안대영이 턱을 들어 가만히 정은규의 목선에 입을 맞추었다.

"다른 말론 필연이라고 그러더군."

안대영의 수마에 빠져 버릴 것만 같았다. 정은규는 맥없이 안겨 있다가 필름 영화처럼 어룽어룽 보이는 영상에 눈을 감고 그의 머리를 안았다.

'영 님을 떠올리면 여기가 못의 밑에 있을 때처럼 꽉 조입니다. 가끔은 쿵쾅쿵쾅 뛰기도 하고 밖으로 튀어나갈 것처럼 날뜁니다. 이건 뭡니까. 숨이 차서 내뱉어 보아도 소용이 없어요. 병입니까? 저는 죽게 되나요?'

"나와 대영 씨가 보여요. 당신이 내 몸에 손을 대면 항상 보였어요."

혼란스러워하는 기색과 달리 차분한 말투가 흘러나가 다행이라고 여긴다. 안대영은 대답 없이 정은규의 등허리를 쓸어 주었다. 아기를 달래듯, 제법 다정한 온기를 담아서. 이 남자는 이상한 것투성이다.

'어디 보자. 병이라면 내가 낫게 해 줄 수도 있겠는데.'

'또입니다. 또 여기가 아픕니다. 세차게 뛰어요. 낫게 해 주시는 거라면 영 님이 제 가슴을 갈라 심장을 꺼내 가시는 겁니까?'

'아. 귀여워 미치겠네. 이리 와 봐.'

……만약 이런 게 사랑이라면. 이런 가슴 울림이 사랑이었다면.

두 번은 하고 싶지 않았다.

＊ ＊ ＊

제비꽃이 아름답게 그려진 찻잔에 호박색 차가 쪼르륵 담긴다. 백발을 깔끔히 넘겨 고정한 헤어스타일 아래 단아한 눈매가 자리 잡고 있다.

"머리 새로 했어? 뭔가 바뀌었는데."

"가르마만 바꿨는데 어때. 어울려?"

잔을 입술에 가져다 댄 마리아가 문자 쿠키와 포크를 가져와 내려놓으며 대답한다. 이는 마리아의 친척이자 성녀 엘리사벳이다. 마리아가 유일하게 이야기를 터놓을 수 있는 상대이기도 하다.

"예뻐."

"만족스러운 대답이야. 영 왕자는 잘 만났고?"

"만나긴 했지. 누가 약을 바짝 올리는 모양이야, 완전 끓기 전 온도던데. 흐음, 이건 무슨 차야?"

"우롱차. 흔해."

"그래? 난 사실 맛 잘 구별 못 하겠더라."

소파에 깊숙이 몸을 파묻은 마리아가 이마를 턱 덮는다.

"피곤해 죽겠어. 크리스마스가 코앞이니 여기 갔다가 저기 갔다가 날 아다니기 바빠."

"어쩐지 좀 마른 것 같더니. 우리 성당도 분주한데 넌 바티칸에서 오 가느라 두 배로 정신없겠어."

"말도 마. 거기다 이놈의 무저갱이 난리니, 원. 남의 잔치에 쉿물이라 도 엎을까 봐 신경까지 곤두서 있어. 영이 나한테 선전포고까지 하고 갔거든."

"그랬어? 내게 찾아왔을 때는 제법 예의 차렸었는데."

엘리사벳이 기억을 더듬어 본다. 한겨울과 똑 닮은 싸늘함으로 중무 장하고 나타나 마리아에게 연락을 넣어 달라고 했었던 얼굴. 늘 알고 있는 안대영이었다.

"시몬을 죽이겠대."

"……음?"

"이유를 물었더니 거슬려서 그렇다고 하더라. 내가 걔한테 빚진 거 있었다는 것 알지."

"오래전 무저갱에서 있었던 일?"

"응. 그걸 빌미로 잡았어. 뒤끝도 길지. 아니 말이 되냐고, 여기 말로 등가교환도 안 되는 일이잖아. 에효. 그런데 정작 문제는…… 영이 그 때 무저갱으로 찾아가 이무기를 잡아먹으려던 게 시몬이 아니라는 사실 을 아는 것 같아."

"흠……. 선악과를 먹은 뱀이었지? 인간의 몸에 기생하며 살고 있다 고 들었는데."

"이무기 곁에 있어. 여기 이름으로는 김…… 뭐더라. 까먹었네."

마리아는 끊었던 담배가 떠오르는지 검지와 중지를 모아 턱을 괴었다.

"게다가 별개로 부탁도 따로 하겠다더군. 하여간 뻔뻔해."

"결국 들어주게 될 거잖니. 무슨 부탁을 할지도 알 거고."

"내가 예상한 것과 언니의 예상이 같아?"

"맞춰 볼까. 오늘 선일 행정사 사무소에서 팩스를 하나 보냈어."

"선일 뭐라고? 그게 뭔데."

"표면적인 인간 안대영이 대표로 있는 회사."

"……진짜 가지가지 하네."

엘리사벳이 일어나 캐비닛에서 황색 파일 철을 들고 왔다. 제목이 쓰여 있지 않은 파일을 앞에 밀어 주니 의아하게 받아든 마리아가 열자마자 잇새로 욕설을 뱉어내었다.

이건 저승에서 용의 승천 동의를 구할 때 하늘로 올려 보내는 공문이었다. 공문은 항상 두 장으로 양쪽의 필경사가 작성한 한자본과 영어였다. 마리아는 어느 쪽도 상관없이 잘 읽었다. 그리고 어차피 공문의 핵심이야 가운데 선 아래였으므로 시간 버릴 필요 없이 눈길을 내렸다.

[昇天 對象 : 螭龍
日子 : 25/12/202*]

안대영의 부탁이라는 게 바로 이것이었다. 승천 대상은 이무기. 일자는 이번 달 25일. 찾아온다더니 왕자님께서는 무척 바쁘신 모양이다. 딸랑 성의 없는 팩스나 보내게. 망할 놈.

"대체 어쩌려는 거야?"

크게 놀랄 일도 아니었지만, 어쩔 수 없이 이를 악물게 된다. 안대영의 입장에서 생각해 보자면 이게 최선이긴 하다. 승천은 하늘의 일이고 저승은 개입할 수 없다.

막말로 마리아가 이 공문을 박박 찢어 꺼지라며 한마디만 하면 이무기는 하늘의 히읗도 구경하지 못한 채 이승을 전전긍긍하다가 뱀에게 잡아먹히든, 무저갱으로 끌려가든, 아니면 다른 경우든 죽게 될 것이다.

그 사정까지 마리아가 봐줄 이유가 없었다.

하지만 마리아 역시 알고 있다. 이 이무기 때문에 영 왕자의 삶이 엉망진창으로 변해 버렸다는 것을. 저승에서의 재판은 하늘까지 유명한 이야기라 모르는 천인도 없다.

그런데 겨우 찾은 이무기를 또다시 빼앗긴다면.

아마 그 애는 제 사지를 찢어서라도 모두를 죽이고자 할 테다. 그러면 1년에 하루뿐인 성대한 잔치가 피범벅이 되어 버린다. 그 꼴은 나선 안 됐다.

이건 부탁을 빙자한 협박이 아닌가. 참으로 괘씸한 놈이다.

"마리아가 정이 너무 많아."

엘리사벳이 차를 홀짝였다. 마리아도 마찬가지였다.

"정이 많은 게 아니야…… 불가항력이지. 해 줄 수밖에 없어. 이 여우 같은 놈."

"너는 이 부탁을 빌미로 영 왕자에게 무얼 받아 낼 거니."

"흐음. 이 세계에 그런 속담이 있더군. 달면 삼키고 쓰면 뱉으라고. 나는 그걸 반대로 이용하려고 해."

찻잔을 내려놓은 엘리사벳이 손깍지를 껴 무릎 위에 다소곳이 올려 두었다. 마리아가 관자놀이를 꽉꽉 누르다 가볍게 스냅을 친다.

"차라리 김 뭐시기를 죽여 달라고 하면 어떻게든 빌미를 만들어 거뒀을 거야. 대신 살생을 한 죄로 내 목구멍은 쓰리겠지. 하지만 이 이무기는 나에게 너무 달아. 부탁이라고 하니 삼키긴 할 건데 다시 토해 내야 하지 않겠어? 안 그러면 체해."

"그러니까 네 말은 누이 좋고 매부 좋고?"

"그딴 말은 몰라. 차나 한 잔 더 마셔야겠어. 그리고 저 공문은 치워 줘. 쳐다만 봐도 머리 깨지겠네."

으으, 치를 떤 마리아가 반쯤 식은 차를 벌컥벌컥 들이켰다. 공문 파일 철은 엘리사벳의 캐비닛에 도로 얌전히 들어갔다.

"하나 궁금한 건…… 이 공문이 유효하려면 저승왕의 동의를 절반 이상 구해야 하는데……."

톡, 톡, 톡. 미약한 스냅이 세 번 울렸다. 자문에 앞선 자답은 금세 도출되었다.

"하긴, 대영이 걔가 그럴 자신도 없이 나에게 보냈겠어."

물론 말이 쉽다. 말'만' 쉽다. 정말이지 끊은 담배가 마구 말렸다.

* * *

정은규는 소파에 가만히 앉아 안대영이 하는 짓을 멀거니 구경하는 중이다. 정확히 말하자면 앉으라니까 앉아 있었는데 혼자 분주하게 뭘 만들고 있다.

얼핏 보기엔 위스키와 리큐르 같은데 저건 뭐지. 얼음을 넣은 쉐이커를 빙글빙글 돌리다 잔에 쏟자 파란색의 액체가 부어졌다.

"이게 뭡니까."

두 잔 중의 하나가 제 앞에 놓이자 정은규가 매우 의심스럽게 묻는다. 안대영이 정은규의 옆에 앉아 다리를 꼬았다.

"칵테일."

"칵테일이요?"

"설마 안 마셔 봤어?"

"마셔 봤습니다."

"누구랑."

"현수 선배랑요."

"그 새끼 안 끼는 데가 없네. 뭐 마셨는데."

"이름은 잘 기억 안 납니다. 색은 이것처럼 파랬어요."

해가 지자마자 김석호와 차민혁을 내쫓은 채 단둘이 사무실에 남아 데이트라는 걸 즐기고 있다면…… 이건 분위기가 있는 코스일까. 연애 상대와 데이트를 해 본 적이 없었던 터라 딱히 감상평을 늘어놓을 수가 없었다.

"이 칵테일은 이름이 있습니까."

"없어."

"없어요?"

"손 가는 대로 만들었어. 맛 좆도 구릴지도 몰라. 그래도 그냥 마셔. 어지간하면 먹을 만하니까."

"맛없는 건 싫습니다."

"아무렴 네가 만든 볶음밥처럼 맛없을까."

"볶음밥 할 줄 압니다."

흔치 않은 단호한 말투였다. 눈에 총기까지 박혀 있다. 안대영은 부지불식 웃음이 터져 주먹까지 쥐고 억울해하는 정은규를 가만히 들여다보았다.

"할 줄 아는데 그따위로 만들었어?"

말본새와 달리 목소리는 다정하게 흘러나가 정은규는 주먹에 쥔 힘을 풀어 버렸다.

"잘한다고는 한 적 없는데요."

"뭘 믿고 그렇게 뻔뻔해."

"제가 아무리 뻔뻔해도 대영 씨보다는 아닐 겁니다."

"나는 뻔뻔한 게 아니라 매력 있는 거야."

"토해도 됩니까?"

"사절. 짠이나 하자고."

칵테일의 색이 출렁이는 푸른 파도 같다. 금가루를 뿌린 듯 반짝반짝하진 않았지만, 그 출렁임이 마음을 싱숭생숭하게 만드는 힘은 있었다.

조심스레 잔을 부딪친 정은규가 고개를 돌려 칵테일을 홀짝였다. 맛이 좆도 구리진 않고…… 오히려 꽤 먹을 만했다. 시큼달달한 맛 뒤에 해일처럼 밀려오는 쓴맛이 목구멍을 덮혔다. 제법 도수가 높나 보다.

"고개 돌리고 마시는 건 누가 알려 줬어. 그것도 그 씹새끼?"

"그 선배 이름 있어요. 씹새끼 아니고요."

"거리 두라고 하면 둘래?"

"선배를?"

"어. 이름 있는 씹새끼 걔."

"제가 왜 그래야 합니까."

"마음에 안 든다니까요."

"그렇다면 기각이구요."

"매정하네."

"연애를 해 보지 않아서 모르지만…… 월권입니다. 이런 단어도 연애에 빗댈 수 있다면 말이죠."

"하하. 나랑 연애하는 기분이 들긴 해?"

술자리를 마련해 속마음을 간파하고 싶었던 걸까. 그러나 아쉽게도 정은규는 주량이 무척 셌다. 회식에서 단 한 번도 취한 전적이 없었으니까. 술고래 김현수도 제 앞에서 매번 뻗었다. 그러니 취중진담을 기대한다면 버려야 한다. 저보다 술이 세다면 말이 바뀌겠지만.

"듭니다."

말 돌릴 화젯거리는 아니라 생각했다. 있는 그대로 대답하자 안대영이 피식하며 담뱃갑을 끌어왔다.

"연애 놀음 아니고?"

"……그럴 수도 있겠죠. 그러는 대영 씨도 비슷한 상황이잖아요."

"아닌데. 난 은규 진심으로 좋아해. 옛날엔 너한테 죽고 못 살았어."

치이익, 담배 끝에 새빨간 불이 붙는다. 정은규는 저도 모르게 검지를 들어 본다. 아직 불씨가 꺼지지 않은 손가락을 한 채 안대영이 정은규를 곁눈질한다.

"뭐해. 나 따라해?"

"신기해서요."

"가만히 있어 봐."

뭘 하나 싶었던 순간 입술이 헤 벌어졌다. 안대영의 손가락에 있던 불씨가 정은규의 손가락으로 옮겨 간 것이었다.

불이 붙었음에도 전혀 뜨겁지 않다. 이전에 보았던 도깨비불보다 작았지만 또렷한 '불씨'의 형태였다. 겉불꽃과 속불꽃이 공존해 일렁이자 꽤 예뻤다. 예쁘다고 해도 되나. 그렇지만 정말 예쁜데.

"이러다 손가락 타는 거 아닙니까?"

"안 타."

"왜 안 뜨거워요?"

"누군가를 해치려는 불이 아니니까."

검지를 세운 채 어정쩡한 포즈로 있는 정은규를 보며 칵테일을 반 이상 비운 안대영이 연기를 내뱉었다.

"끄고 싶으면 생일 초 불 듯이 후 불어."

"향초에 올려 두고 싶어요. 그래도 됩니까."

"그렇게까지 마음에 들어?"

"예뻐요."

말간 눈동자 속에 불씨가 들어 있다. 항상 불씨가 심어진 제 눈과는 전혀 다른 눈이다. 안대영은 그만 그 눈에 사로잡히듯 지그시 쳐다보았다. 말버릇은 딱딱해도 그 안에 말랑한 감정이나 순수함은 내버리지 않고 그대로였다.

"전부터 궁금했는데 어째서 불을 쓸 줄 알아요?"

"한꺼번에 물어봐. 궁금한 거 많잖아."

"저랑 대영 씨는 예전에 만난 적이 있습니까? 왜 날 잊었느냐고 했었잖아요. 본인이 능구렁이 같다는 거 알아요? 하는 짓 보면 천 년은 묵은 능구렁이 같아."

"혹시 취했어?"

"술 셉니다. 저한테 성희롱 했던 이유는 뭐고요. 궁금한 거 엄청 많은데 일단 이 정도만 묻죠."

"그거 한 방에 해결하는 방법 있는데."

안대영은 벌써 잔이 깨끗해졌다. 칵테일은 천천히 마시는 거라고 배웠는데. 정은규는 삼분의 일만 비워진 잔과 취한 기색 없는 안대영을 번갈아 보았다.

"말씀하세요. 한 방에 해결하면 편하겠네요."

"난 그쪽과 접촉하면 과거가 보여. 보통은 눈만 봐도 보이는데 그쪽은 안 보여서 좀 만졌어. 너와 내가 보인다고 했지? 내가 만져서 그래."

"고의적이었던 겁니까."

"반반."

적어도 거짓말은 하지 않아서 화가 나진 않았다. 괘씸함 한 스푼 적립.

"근데 지금은 아니야."

"알아듣게 말씀하세요."

"그깟 과거 더 안 봐도 된다고. 이미 나는 전부 깨달았으니까. 그딴 빌미로 너 안 만지겠다는 소리야."

"'만진다'의 의미는 섹스로 받아들이면 됩니까."

"그렇지."

"그럼……."

목이 메여 정은규도 칵테일을 콸콸 들이부었다. 연거푸 꼴깍 넘기자 손가락에 있던 불씨가 목구멍으로 옮겨 간 듯했다. 안대영은 정은규의 손가락을 가만히 감쌌다. 불씨가 있던 적도 없었다는 듯이 사라졌다. 알코올로 타들어 가는 통증에 목을 부여잡은 정은규가 인상을 팍 찡그렸다.

"그럼 전 그 섹스 해야겠습니다."

살면서 겪어 본 유혹 중에 가장 무드 없는 유혹이었다. 안대영이 못 참고 코웃음 쳤다.

"그렇게 나랑 자고 싶어? 언젠 절대 안 잔다며."

"대영 씨 혼자만 알면 뭐 해요. 나는 단편적인 부분이 떠오를 때마다 오히려 머리가 아픈데. 섹스하면 모조리 기억하게 됩니까? 장담할 수 있어요?"

"거래하자는 말로 들려."

"연애 자체가 거래인데 숨길 필요 있습니까."

"아, 씨발. 존나 매정하네, 진짜. 근데 그딴 매정함에 꼴리는 나도 답 없어."

손목을 끌어와 입 맞추는 안대영의 감촉에 눈을 감기도 전이었다. 입술이 금방 떨어졌다. 입술 전체를 덮는 뽀뽀에 불과한 입맞춤이었다. 정은규는 어쩐지 아쉬워져서 촉촉함이 잠시 머무른 입술을 손등으로 닦아 냈다.

"이러면 기분이 어때. 불쾌해?"

"뭐 하자는 겁니까."

"뭐 하긴. 가르쳐 주잖아."

네가 이런 것들 전부 거래라고 못 느끼게, 내가 가르쳐 주는 거잖아. 살며시 다가와 속삭이는 입술이 살짝살짝 스쳤다. 정은규는 입천장이 간지러워져 억눌린 숨을 뱉어 내었다.

"……안 나쁩니다. 실은 하나도 안 불쾌해요."

"그 다음은."

"……그러니까 키스해요. ……또 입천장 간지러워."

뒷머리를 조심스럽게 감싸는 손이 있다. 틈이 좁혀진다. 말려 올라간 속눈썹이 눈 밑에 닿아 간지럽다고 느끼는 것과 입술이 맞물리는 촉감이 동시에 찾아왔다.

정은규는 못 참고 안대영의 어깨를 에둘러 안았다. 안대영이 가진 불이 입천장을 달구어 위까지 쑤욱 내려가는 기분이었다.

* * *

안대영은 침대 끝에 걸터앉아 잠든 정은규를 내려다본다. 창백하리만큼 청색의 밤이 드리워진 얼굴은 이 계절과 끔찍하게 잘 어울렸다. 뱀의 피부처럼 차가워 보였다. 그러나 온기를 띠고 있다. 그것은 살아 있다는 증거였다.

기다란 손가락이 솜털 위를 간질이듯 콧대부터 인중까지 천천히 내려갔다. 그럼에도 정은규는 죽은 듯 잠들어 있다. 칵테일 원 샷이 불러온 취기가 잠재운 것이었다.

술 세다며. 안대영은 속엣 말을 굳이 입 밖으로 꺼내지 않았다. 그랬다가 유리처럼 잠든 정은규가 당장에라도 일어나 특유의 무표정으로 톡톡 쏘아 댈 것만 같아서. 개인적으로 상당히 귀여워하는 부분이었지만, 지금은 사양이었다.

실은 술만 탄 것은 아니었다. 미량의 수면제를 넣었다. 하고많은 장소 중에 굳이 첫 데이트랍시고 사무실로 데려온 것은 반달이 뜬 오늘 밤을 위해서였다.

중요한 미팅이 잡혔다. 이 방의 문을 열면 일찍이 찾아온 손님이 소파에 앉아 있을 테지. 물론 그도 이 방 안의 둘을 알고 있을 것이다.

키스했던 입술은 보기 좋게 부풀었다. 제 입술로 덮었을 때 딱 한 입 거리다. 적당한 쿠션감과 두께와 촉촉함을 담고 있다. 선악과를 처먹은 뱀은 따로 있고, 심지어 존나게 죽고 살기를 반복해 왔는데 어째서 자신이 그 뱀 새끼가 된 심정인지 모르겠다.

자꾸 닿고 싶잖아. 맛보고 싶고 먹고 싶은데.

그래서 문제라는 거지. 너는 나에게 항상 그랬다.

참 예쁘다. 무릇 예쁜 것에 흔들리지 않을 사내가 어디 있겠는가. 그러니 네가 이무기로 살았을 때도 그냥 두지 못했겠지.

하지만 알아줬으면 해, 난 너 아니면 사람이든 뭐든 관심 없어.

단편적으로 지워진 기억의 핵심은 얼굴이었다. 염라는 심보가 고약하다. 핵심과 얼굴만 쏙 지워 버렸다. 나머지는 지지부진하게 풀어놓았듯이 재판 중이었던 터라 알지 못한다.

기억을 잃은 것과 모르는 것은 다르다. 이제부터 그 퍼즐을 맞춰야 하고. 그것이 안대영이 며칠 안에 해결해야 할 숙제였다.

저 입술을 마구 물어뜯다가 삼켜 버리고 싶다. 그것이 본능이다. 그러나 안대영은 참아 냈다.

날 엿 먹이고 떠난 예쁜 개새끼를 다시 만난다면 바로 죽여 버리려고 했었다. 분노와 증오였다. 그러나 그것은 함정이다. 잃어버린 나의 기억은 조작되었다.

그때가 아마 재판이 끝남과 동시에 잠에서 깨어난 직후였을 것이다. 누가 뇌에 흰 페인트를 쏟아부은 듯 지워진 기분이 우선으로 들었다. 몸을 일으킬 때 근육이 뭉텅해진 듯 힘이 제대로 들어가지 않았다.

정신을 차리자마자 재판장에 다시 끌려가 도리천의 보름달만 한 업경을 마주해야 했다. 들이 밀어진 업경에는 명부와 이승의 결계를 넘는 이무기가 있었다. 그 과정에 돌아보거나 멈칫하는 기세는 없었다. 이무기는 마치 쫓기는 것처럼 필사적으로 도망치고 있었다.

이상함을 느낀다. 목 안이 따끔거렸다. 이건 뭐지. 이런 장면을 본 적이 있었나. 낯선데 낯설지 않았다. 그런데 그 뒷모습 하나를 보는 순간 화르륵 타오른 열기가 몸을 잠식했다. 화염에 둘러싸여도 체온이 급격하게 내려가는 기분이었다. 그런 기분은 느낀 적이 없었다.

'잊었으니 친절하게 설명해 주랴? 네가 죽고 못 살던 그 이무기가 누구 뒤통수를 치고 도망갔는지 말이야!'

'꼬리 자르고 도망치는 꼴을 보니 역시 천한 신분답구나. 저런 게 뭐가 좋다고 홀딱 빠진 건지, 나 원 참.'

나불거리는 주둥이를 베고 살육을 저지르고 싶어졌다. 시끄러우니까 입 닥쳐. 그 한마디에 변성왕과 태산왕은 겁을 집어먹은 듯 의자 손잡이를 움켜쥐며 움찔 떨었다.

'어, 어쨌든! 이, 이무기가, 도망, 도망친 것은 맞잖느냐!'

'영 왕자. 네가 당한 거다.'

'그리 애정을 주면 뭐 하나, 배신당할 것을.'

염라와 평등왕을 제외한 시왕이 한마디씩 보태었다. 오해할 수밖에 없는 그림이다. 열이 끓었다. 확실하지 않은 대상에 대한 분노 풀이가 우선적으로 차올랐다.

도망가는 뜀박질을 한참이나 쳐다본 후에 고개를 들자 눈과 코에서 피가 뚝뚝 떨어지고 있었다. 기를 다스릴 수 없을 만큼 분노하여 벌어진 자해의 참상이었다. 괴물 같은 모습에 놀란 시왕이 헐레벌떡 의자 뒤로 숨었다.

내가 모르는 무언가 있다. 나 말고 모두가 숨기는 게 있다고. 그리고 그것은 저 도망치는 사내에 의한 것이겠지. 얼굴이라도 한번 보았다면 뇌 속의 장막이 걷어질 텐데, 끝끝내 사라질 때까지 이무기는 얼굴을 보여 주지 않았다.

'저 개새긴 뭡니까. 뭔데 나한테 이런 감정을 들게 해요.'

염라가 앉아 있는 책상에 검을 세게 내리꽂았다. 잡히는 대로 죽이고 싶은 마음이 가득한데 겨우 짓누른 감정이었다. 여기저기서 숨 들이켜는 소리가 들렸다. 피하지 않고 앉아 있던 염라에게 묻자, 그는 악귀도 도망갈 꼴을 보며 피곤한 목소리를 내었다.

'뭐겠느냐. 네가 이승에 쫓겨난 후 다시 돌아올 수 있는 열쇠다.'

설명할 수 없는 분노가 꺼져 버린 업경 속에게도 향했다. 와장창 깨져 버린 유리 조각이 우수수 떨어졌다. 업경을 깰 때 타격을 크게 받은 검날이 끼기기긱— 기괴하게 울며 붉게 타올랐다.

정확한 사실을 잡아 내기 위해 기꺼이 체스판 위의 말이 되기로 작정했다. 조작된 오해와 분노를 굳이 누르려 들지 않고 모조리 받아들였다. 어차피 나를 이렇게 만든 주인공과 성공적인 재회를 한다면 제대로 정립될 이야기다.

그리고 그것을 빠른 시일 내에 깨달아서, 안대영은 천만다행이라고 여긴다.

이성은 결코 감정을 이길 수 없다. 내 감정이 잘못될 리 없잖아.

머리는 잘못되었어도 감정까지 덮어씌울 수는 없다. 그리고 내 기억을 지운 씨발 새끼도 그 정도 함정에 빠질 거라는 믿음 따윈 없었을 것이다.

연막이다. 멍청하게 놀아났다면 정은규는 제 손에 죽어 버렸을 테다. 그것이야말로 날 두 번 죽이는 결론이 아닌가.

사랑이 남아 있지 않았더라면 이 가느다란 목을 움켜쥐어 분질러 버렸을 텐데……. 빌어먹게도 현재진행형이었다니.

너는 날 폭군으로 만들고, 사랑에 단단히 빠진 바보로 만들고, 앞뒤 분간 못 하는 얼뜨기로 만들었다. 나는 거기에 놀아나 미친놈처럼 날뛸 수밖에 없었다.

"좋은 꿈 꿔."

폭신한 입술에 가만히 립 키스를 남겼다. 정은규의 미간이 슬며시 움직였다. 조심스럽게 일어난 안대영은 잠에서 깨려는지 정은규의 바르르 떨리는 속눈썹을 보며 미소 지었다.

"깼어도 자는 척해. 봐서 좋을 것 없어."

잠결에 몽롱하게 떠진 눈꺼풀에도 입 맞췄다. 정은규는 거부할 수 없는 주문에 사로잡힌 듯 안대영의 입술이 묻은 눈꺼풀을 도로 닫았다. 뿌연 시야에 등을 보인 채 문을 조용히 닫고 나가는 안대영이 있었다.

······꿈인가.

몇 번 뒤척이던 정은규가 색색거리는 숨소리를 내뱉을 즈음, 안대영
은 아까부터 와서 기다리고 있는 손님의 맞은편에 앉았다. 허리까지 긴
머리카락을 반 묶음 해 화려한 비녀로 쪽을 진 여자였다. 그의 뒤로 갓
을 쓴 무표정한 사자들이 여섯이었다.

안대영이 다리를 꼬며 담뱃갑을 꺼냈다. 여자는 조명 따위에 그림자
가 지지 않는 몸이다. 달빛이 가려져 있음에도 그를 가로막는 빛 따윈
없었다. 뒤로 손을 내밀자 사자 중 하나인 책사 이차남이 품속에서 비
녀만큼 화려한 담뱃대를 꺼내 건네 드렸다.

그는 여덟 번째 지옥의 왕인 평등왕이다.

"용케 문을 안 열고 기다리셨군."

안대영은 여전히 말이 짧다. 그가 완벽한 존댓말을 구사하는 자는 염
라와 마리아뿐이다. 평등왕이 뭉근한 연기를 내뱉었다.

"새벽의 연인을 방해하면 쓰나."

"자기 목숨은 잘 지킨다니까."

"그래, 이무기는 완전한 자각을 이루었니."

"그것보다 앞서 변명할 기회부터 드리죠. 버스 누가 보냈어."

"설마 우리라고 의심하고 묻는 게야?"

"석호가 그러던데. 저 새끼라고."

담배를 끼운 손가락으로 삿대질하자 이차남이 펄쩍 뛰었다. 그리고
대단히 억울하다는 듯 소파 가죽을 꽉 움켜쥐었다.

"오해십니다. 인트라넷 로그인한 적도 없습니다! 저는 업무가 쌓여
종일 그것들 처리하는 데에 하루를 다 썼습니다요!"

"그렇다는데?"

평등왕이 샐쭉한 표정으로 덧붙이자 안대영이 필터를 잘근잘근 씹었다.

"믿으라고 지껄였냐."

건방이 하늘을 뚫는 멘트였으나 여기서 안대영을 해칠 수 있는 자는 아무도 없었다. 차민혁이 부재했음에도 불구하고.

"여덟 번째 지옥의 명예를 걸고 말하는데 우리는 아니다."

"그딴 같잖은 명예 따윈 걸어 봤자야. 걸려면 제대로 된 걸 걸어."

사자들이 동시에 욱한 표정을 짓는다. 태연한 자는 평등왕 하나다.

"도깨비 놈에게 물어라. 그놈처럼 쏘다니는 놈도 없지 않나."

"입에 초량이 올리는 걸 보니 인제야 좀 억울해지시나 본데?"

"실컷 알아내고 뜻대로 하든가 말든가 알아서 하렴. 이런 이야기로 낭비할 시간이 없다."

"너희는 꺼져 있어."

인제 사자들의 얼굴은 붉으락푸르락 변했다. 평등왕이 살포시 담뱃대 든 손을 물리자 미심쩍은 시선을 던진 사자들이 점점 형체를 없애 지웠다. 단둘이 남았다.

안대영은 굳게 닫힌 방을 흘긋 보았다. 이 이야기를 위해 평등왕을 불러 낸 것이었다. 애초 여의주를 삼킨 이무기를 도리천 못에서 꺼내 준 갸륵한 자가 아니던가.

"염라가 환생한 이무기를 찾아 낸 곳이 어디야."

"너는 네 아비에게도 말버릇이 참……."

"시간 없다고 한 건 내가 아닌 그쪽이지."

담뱃대에서 입술을 뗀 평등왕이 후우, 연기를 내뱉어 냈다.

"바보로구나. 지척에 두고도 모르다니. 아니면 알고 있으면서 확답을 원해 물은 게냐. 내 감은 후자라고 말하는데."

송곳니로 필터를 꽉 짓누른 안대영의 눈초리가 매서워진다.

"도깨비에게 이 산을 준 자가 너 아니냐. 이 산을 네가 괜히 줬겠어?"

"……."

"연어처럼 돌아와 이곳에 둥지를 틔운 주제에 내게 뭘 묻는 것이야."

기다랗게 매달린 담뱃재가 테이블 유리 위로 툭 떨어졌다. 그것은 뱀의 허물처럼 바스라졌다.

"아무렇게나 버려졌던 이 산을 도깨비에게 주면서 이름도 네가 지었지 않아. 빛이 없는 산이라 하여 무광산(無光山)이라고."

"……."

"네 아비를 모르니. 불에서 태어난 너를 여태 키워 내친 자야. 수수께끼 푸는 데는 도사다."

"내가 이 산에 이무기를 숨겼다라……."

기억이 지워질 만도 하다. 나 같아도 지워 버린다. 그러나 평등왕의 말대로 안대영은 기억을 잃었음에도 이곳에 둥지를 틀었다. 회귀본능이었을까.

"이무기를 승천시킬 거야."

"쿨, 켈록! 켈록! 컥, 뭐?"

새된 기침을 내뱉은 평등왕에게 안대영은 생각에 잠겼던 얼굴을 싹 없애고 원래의 포커 페이스로 되돌아왔다.

"이미 마리아 님께는 공문을 보냈고 동의가 필요해."

"너 어쩌려고 그러니!"

"어쩌려는 건 앞으로 당신이 해야 할 일이고. 절반의 동의가 필요하다는 건 익히 알 거야. 그리고 난 명부에 갈 수 없는 인간의 몸이지."

"너!"

"나, 너. 둘은 됐네. 자. 염치 불고하지만, 나머진 네가 날 도와야겠어."

뻔뻔해도 정도가 있지……. 염치 운운하는 인간 주제에 명령조였다. 울컥하여 벌떡 일어날 뻔했던 평등왕이 겨우 체통을 지켜 큰 숨을 연신 내쉬었다. 이건 거래다. 냉정하게 다루어야 할 문제다.

"그래서 내가 동의를 얻어 오면 넌 나에게 무얼 줄 것인데."

침착해진 평등왕이 묻자 안대영이 오른쪽 입매를 올렸다.

"들으면 못 무른다."

"그럴 정도면 어련히 구미가 당기는 것이겠지?"

"아무렴."

치이익, 안대영의 담배가 재떨이에 거꾸로 처박혔다.

"열한 번째 지옥을 너에게 주지."

쨍그랑! 평등왕은 그만 담뱃대를 놓치고 말았다. 더없이 커진 눈이 고요하게 새 담배를 피우는 안대영에게 닿는다. 충동적인 발언도, 단순한 일탈도, 어설픈 블러핑도 아니었다.

"나는 명부로 안 돌아간다."

그저 무덤덤한 쐐기였다. 반달같이 생긴 손톱에 달빛이 물들었다.

* * *

차민혁은 출근하자마자 보인 광경에 터벅터벅 들어오다 말고 인중을 갉작갉작 긁어 대었다. 테이블 위가 개판이었다.

양주 네 병이 텅텅 빈 채 누워 있고 재떨이는 담배꽁초로 수북했다. 게다가 셔츠 단추를 두어 개 푼 안대영이 소파에 구겨져 잠들어 있었다. 심지어 담배를 피우다 잠들었는지 대리석 바닥에 반이 타들어 간 채 숨 멎은 담배가 얌전히 누워 있다.

⋯⋯정 교수와 싸웠나. 단순한 차민혁의 두뇌가 그리로 뻗어 나갔다. 안대영은 정 교수를 만나면서부터 흡연량이 기하급수적으로 늘었다. 골초다, 골초.

일단 이걸 먼저 치워야 할지, 아니면 제가 모시는 상사부터 깨워야 할지. 곤란해하며 인중만 갉작이던 차민혁의 귀에 미약한 소음이 들렸다. 닫혔던 방문이 열린 것이다. 그곳에서 나오는 건 까치집 지은 머리를 한 정은규다.

"……."

"……."

멋쩍은 시선이 교차한다. 차민혁이 먼저 가볍게 인사했다.

"안녕하세요, 교수님."

"……예. 안녕하세요. 주말인데 출근하셨네요."

"전 쉬는 날이 없거든요, 위대하신 대표님 덕분에."

"사표를 추천하고 싶은데……."

"저도 마음 같아선 오천 번 냈습니다. 근데 저희 대표님 왜 이러고 잠들었는지 아세요?"

그제야 정은규도 벼락 맞은 꼴의 테이블과 구겨진 채 잠든 안대영을 발견했다. 분명히 칵테일 한 잔씩 마시고 키스를 하다가 잠든 것 같은데 왜 저 꼴이란 말인가.

머리를 쑤시는 이 두통이 숙취인지, 단순히 아침이라 그런지 구분이 안 가 관자놀이를 누르던 정은규가 입술을 반쯤 벌렸다.

'그럼 전 그 섹스 해야겠습니다.'

……아 설마. 내가 기절하다시피 잠드는 바람에 섹스 못 해서 저런 짓을 벌인 건가.

좀처럼 당황할 일 없는 정은규가 돌덩이처럼 굳어 있자 차민혁은 쓰레기통을 끌어와 치우다 말고 허리를 폈다. 잠깐 정은규의 존재를 잊었다고 대놓고 말할 순 없었다.

"교수님. 아침 드셔야죠."

"……아, 예. 제가 차릴게요."

"여기 인덕션이나 화구는 없어요. 제가 배달 시키겠습니다. 술 드신 것 같은데 적당히 해장할 메뉴로 고를게요."

"예, ……예."

중문 밖에서 콧노래를 부르는 소리가 들린다. 김석호겠지. 세 가지의 도어 록이 빛의 속도로 열리고 이어폰을 꽂은 김석호가 들어섰다.

"좋은 아…… 엥?!"

"야. 너 그대로 나가서 밥 사 와."

"뭐, 뭐라?"

"해장 메뉴로 너까지 5인분. 빨리. 빨리빨리. 대표님 깨면 배고프다고 지랄할라."

"지랄은 네가 하잖아!"

"그럼 내가 갔다 올 테니까 네가 여기 치워."

"다녀온다. 교수님 안녕하세요. 좋은 아침입니다."

한 박자 늦은 인사임에도 정은규는 꾸벅 고개 숙일 뿐이다. 열린 지 얼마 되지 않은 중문이 쾅 닫혔다.

"김 팀장님이 배달원입니까?"

"핫핫. 훌륭한 배달원이지 않습니까. 라이더가 따로 없으니 쉬고 계시면 금방 올 겁니다."

"도와드릴게요."

"그렇다면 사양하지 않고…… 여기 병만 좀 구분해서 버려 주십쇼. 나머진 제가 하겠습니다. 걸레 빨아 올게요."

이게 웬 뒤치다꺼리란 말인가. 안대영은 반성해야 한다. 치우느라 큰소리가 나자 안대영의 눈꺼풀도 위로 떠졌다. 하필 정은규가 쪼그려 앉아 병을 구분할 때였다.

"……뭐 해."

꽉 잠긴 목소리에 정은규는 담담히 병을 버리며 대답했다.

"대영 씨가 추태 부린 거 대신 치우는 중입니다."

"……추태?"

스르륵 몸을 일으켜 자느라 구겨진 셔츠와 반쯤 치운 테이블을 번갈아 본다. 그러다가 인상을 팍 찡그렸다.

"씨발, 대가리 깨지겠네……."

"많이 드셨으니까요. 일어나셨으면 치우시죠."

"은규야."

"왜 부릅니까."

"섹스하자면서 왜 먼저 뻗어. 술 세다며."

맞았구나. 그것 때문에 열 받아서 술을 퍼부었던 거였어. 정은규의 눈동자가 그리 말하고 있었다. 안대영은 그 속내를 들여다본 듯 웃다가 머리가 울려 소파에 등을 기댔다.

평등왕을 돌려보낸 후 속이 꽉 막힌 것만 같아 양주를 병째 들이켰다. 안주는 담배뿐이었다. 뒤집어질 만도 하네.

"주사 맞고 싶으면 얘기해요. 근처에 병원이 있으면 받아 오겠습니다."

"무슨 주사."

"주로 큰 수술 받은 환자들에게 놓는 진통제의 종류인데 숙취에도 효과가 좋아요."

"어디서 약을 팔아."

"약이 아니고 주삽니다. 저도 과음한 다음 날 죽을 것 같으면 맞고요."

"됐어."

비척비척 일어난 안대영이 생수의 마개를 따서 벌컥벌컥 들이켰다. 차민혁은 걸레를 빨러 옆 동네까지 갔는지 모습을 드러내지 않고. 그렇다면 타이밍이 적절한가.

"미안해요."

"뭐가."

생수병이 몇 모금 만에 아작이 났다. 연달아 새것을 꺼낸 안대영이 병 주둥이를 막 입에 가져다 대려던 차였다.

"……칵테일은 앞으로 안 마시겠습니다. 훅 갈 줄 몰랐어요."

"뭐?"

"섹스 못 해서 미안하다고요. 이따 약속 없으면 맨정신으로 하죠."

손아귀 안에서 쾌직 구겨지는 생수병에 의해 물이 분수처럼 솟아 안대영의 손을 적시고 바닥으로 뚝뚝 흘렀다. 때마침 걸레를 들고 온 차민혁이 일어나셨냐며 반색하고 물어 손사래만 쳤다.

"하, 사람 놀라게 만드는 재주가 있어."

"딱히요. 그리고 물 흘린 건 직접 닦으십시오."

"그럴 거야. 민혁아, 걸레 내놔."

"에? 에 왜 이러실까? 대표님? 어라, 정말요?"

"내놓으라고. 너 나가서 술 깨는 약 좀 사 와."

"그건 우리 김 라이더에게 전하도록 하지요."

실실 웃으며 김석호에게 전화를 거는 차민혁을 등진 정은규가 은밀히 속삭였다.

"주사가 효과 훨씬 좋아요."

"근처에 병원 없어."

제법 매몰찬 대답이었다.

"……그렇군요."

안 그런 척하면서 시무룩해진 정은규가 손에 쥔 쓰레기봉투를 빼앗아 가는 안대영에 의해 종잇장처럼 휘청였다.

"석호 올 때까지 좀 누워 있어. 이런 건 하지 말고."

"대영 씨."

"왜."

망설이다가 다가와 눈을 찌를 만큼 자란 앞머리를 슬쩍 쓸어 준다. 안대영은 본능적으로 저 동그란 뒤통수를 붙잡아 입을 맞출 뻔해 이를 악물었다.

"여기…… 팔 베고 잔 자국 났습니다."

그리고 산뜻하게 멀어지는 것이었다. 하. 헛웃음이 절로 흘러나갔다. 저게 날 갖고 노네.

두 번째로 안대영의 옷을 빌려 입었다. 저번에 입어 본 고로 작아 보이는 셔츠를 꺼냈다. 그럼에도 품이 낙낙한 편이다. 그때 입었던 것보다 한 치수가 큰가. 갸우뚱하면서 맨 아래 단추를 꿰었다. 그새 살이 빠질 리는 없고.

눈대중으로 바지를 고르던 정은규는 전에 없던 의문을 떠올렸다.

안대영은 물론이고 김석호와 차민혁은 저보다 덩치가 훨씬 컸다. 이 셔츠가 맞을 리 없다는 소리다. 그렇다면 이곳에 수많은 사람들이 다녀간다는 뜻이 되나. 그럼 안 대표는 나와 같은 케이스도 이미 여러 번 겪어 본 걸까.

그 사람들에게도 내게 했던 것처럼 플러팅을 빙자한 성희롱을 일삼았을까? 첫 만남에 남의 가슴을 꼬집은 걸 보면 가능성이 아주 없진 않았다.

별론데. 버클을 채우고 지퍼를 올린 정은규가 셔츠 밑단을 바지 속에 정리해 넣고 갈고리 모양의 문고리를 잡았다. 움직임 한 번이면 이 문이 열린다. 그러나 정은규의 손은 미동 없었다.

별로라니.

저 사람과 내가 뭐라고.

"······아닌데."

앞의 생각을 지우개로 벅벅 지운다. 더는 아무것도 아닌 관계가 아니었다. 정은규는 상황 파악이 빨랐다. 안대영은 우리의 관계를 필연이라고 정의했다. 불완전한 퍼즐처럼 얼기설기 엮인 과거가 묶여 있다. 가볍게 여기다가 억겁의 무게에 짓눌려 버릴 수 있었다.

관계에 무게가 실린 만큼 사사로운 부분까지 신경 써서는 안 됐다.

그러면 언 땅에 헤딩하는 것과 똑같다. 이유가 있겠지. 사이즈별로 옷을 구비해 놓은 이유 따위야 내 알 바 아니다. 그리 여기자 문고리가 쉽게 움직였다.

"평등왕이 직접 행차하셨다고요?"

놀람이 묻어난 목소리가 제일 먼저 들렸다. 김석호였다.

"죽어도 자기들이 한 짓 아니라더라. 초량이에게 확인해 보라고 하던데."

"와. 그럼 누구 짓이라는 거죠. 대표님이 워낙 적이 많······앗."

"왜. 계속 말해 봐."

"실언했습니다."

양 손바닥을 착 모은 김석호가 싹싹 비는 시늉을 하자 안대영은 심드렁하게 문을 등진 채 기다리고 있는 정은규를 쳐다봤다. 대화에 끼자니 애매해서 멀뚱히 서 있던 참이었다.

"데이트 복장이 그거야? 그건 출근 복장이잖아."

김석호는 몇 번을 들어도 적응 안 된다는 듯 귓바퀴를 벅벅 긁었다. 데이트라니. 팔자가 무지개 색깔 수준이면서 데이트란다. 더 듣고 있다 간 닭살이 돋다 못해 닭이 되겠다. 핸드폰을 챙겨 부리나케 나가는 김석호를 돌아본 정은규가 입술을 달싹였다.

"······돌아가는 것 아니었습니까?"

"시간 많아."

"어디 가게요."

"음. 날씨 좋으니까 산책이나 할까 싶은데. 자연 데이트."

"밖에 보세요. 한겨울입니다."

"교수님도 봐. 한겨울 날씨인지."

눈보라가 휘몰아치던 날씨가 온 데 간 데 없다. 그야말로 근래는 변덕이 죽 끓듯 끓는 날씨가 이어졌다. 정은규가 창문을 살짝 열었다. 바람이 차지만 살이 에일 것처럼 추운 바람은 아니었다.

"아, 미안."

무엇에 대한 사과인가. 고개를 그리 돌리자 안대영이 꼬았던 다리를 풀고 일어났다.

"습관적으로 교수님이라고 했네."

"사과 안 해도 됩니다."

"이미 했잖아. 그런 김에 미리 하나 더 사과할 게 있는데."

"안 해도 된다니까요."

됐다는 사람 말은 들은 척도 안 하더니…….

"산에 가야 할 일이 생겼어. 웬만하면 자기랑 같이. 아, 나도 모르게 자기라고 했네. 또 사과할 일이 생겨 버렸잖아."

자기고 나발이고 세상에서 제일 싫기로 세 손가락 안에 드는 말을 했다. 대번에 표정이 일그러진 정은규가 노골적으로 싫은 기색을 내었지만, 안대영은 꿈쩍하지 않았다. 그러더니 한 마디를 덧붙였다.

"걷기 싫으면 업어 주고."

라고 말이다. 정은규는 헛웃음조차 짓지 못했다.

"등산이 싫어서가 아닙니다. 산에는 안 좋은 기억밖에 없어요."

"뭐, 이해해. 강제적으로 굴 생각도 없어."

"그럼 혼자 다녀오십시오."

"왜 가려고 하는지 안 물어 봐?"

"궁금하다고 하면 말해 줄 겁니까."

"응."

휘말리기 싫다. 하지만 휘말릴 수밖에 없다.

"……말해 봐요. 분명히 말하지만 안 갑니다."

"알아서 해, 그건. 전에 내가 말했었지. 이무기를 아무도 모르는 곳에 꽁꽁 숨겼다고."

"그리고 제가 그동안 본 걸 잊어버리지 말라고도 했었죠."

"왜 그렇게 말했을 것 같아."

볼에 우물이 패도록 웃는다. 실은, 정은규는 대답을 알고 있다. 모든 정황이 한 곳을 가리켰다. 안대영이 그토록 지키고 싶어 했던 첫사랑이 나라는 걸. 알량한 자존심으로 입을 다무는 게 아니다. 이건 정은규에게 있어 판도라의 상자다. 입 밖으로 내는 순간 무너질지도 몰랐다.

"이 산에 마지막으로 남은 무당이 있었어. 임신한 채로 신의 부름을 받고 터를 잡아 아이를 낳은 후 살해당했지. 아, 놀라지 마. 지금은 하늘에서 호의호식하며 잘 지내고 있으니까. 원래대로라면 삼도천 유람선 줄을 섰어야 하는데 마리아가 친히 내려와서 데려갔거든."

"……!"

더없이 커진 눈 속에 놀람과 혼란이 공존하여 요동쳤다. 이야기의 대상이 명확하다. 정은규는 가슴이 두근두근 뛰었다. 설렘보다 공포에 가까운 두근거림이다.

"왜 마리아가 데려갔을까. 친애하는 마리아 님이 한가한 분도 아닌데 굳이."

테이프가 재빠르게 되감기된다. 감아지는 속도가 워낙에 빠르다. 속도를 잴 수 없다. 정은규의 눈앞에 끔찍했던 어린 시절이 생생하게 펼쳐졌다. 손에 들린 칼. 바다처럼 드넓었던 피 웅덩이. 역한 냄새. 잔상처럼 남은 뱀 떼의 환영.

「네가 죽였어.」

「네가 죽인 거야.」

「꺄하하― 자는 척은 그만해. 우리 목소리가 들리잖아, 네가 죽였다고.」

「네 손에 칼이 들려 있었지.」

「네가 네 어미를 죽인 거야.」

「가엾구나⋯⋯. 가엾어라⋯⋯.」

줄곧 나를 괴롭히던 음성과 라디오를 타고 흘러나오던 캐럴. 베드로 신부가 준 성수를 맞고 죽어 버린 뱀. 안대영이 말했던 선악과. 파들파들 몸이 떨린다.

"네가 죽이지 않았어."

눈알이 시큰거린다. 볼을 타고 눈물이 툭툭 떨어졌다. 우는 줄도 몰랐다. 정은규는 지독한 무표정으로 눈물을 떨어트렸다. 아. 나 왜 이러지.

"엄마를 죽인 범인이 정말로 내가 아닙니까?"

"그래."

안대영은 반대로 일그러진 얼굴을 했다. 그것은 고통과도 같아 보였다. 그가 어째서 얼굴 위로 고통을 그려내는지 정은규는 알 길이 없었다. 무심코 마른세수를 하려다 물기가 묻어난 손바닥을 내려다보기만 하였다.

"내가 죽이지 않았다고요."

"그래. 안 죽였어."

거짓말이 아닐 것이다. 안대영은 없는 말을 지어 낼 정도로 악한 사람이 아니다. 설사 그것이 거짓말이라면, 송곳에 찔린 것처럼 고통을 그린 채 날 볼 수 없을 것이다.

"산이 증거니까 같이 가자고 한 거야. 근데 우는 거 보니까 못 데려가겠다."

"아⋯⋯."

가슴 속에 둔중한 추를 매달아 놓은 죄책감의 끈이 끊어진다. 나는 내 어미를 죽이지 않았다. 간신히 지탱하고 있던 무표정이 무너진다. 사정없이 일그러지는 얼굴의 근육이 모조리 울었다. 끅, 끄윽 못난 설움이 터졌다.

실은 한겨울의 칼바람보다 마음이 훨씬 추웠다. 신경질적으로 반응하며 예민하게 촉각을 곤두세웠지만, 알맹이는 두렵고 무서웠다. 매일 절벽의 끝에 있는 기분이었다.

이런 나를 아무도 이해해 주지도, 이해하려 들지도 않았다. 당장이라도 내 등을 밀어 떨어트리려는 검은 손만 가득했다.

"얘기 듣는데 화가 존나 나더라고. 반드시 찾아내서 죽여 줄게. 너 이렇게 울린 새끼부터 전부 다."

정은규는 태어나 처음으로 안도를 찾는다. 겪어 보지 못했던 안도는 단내 나는 품 안에 있었다. 그의 옷깃이 축축이 젖는다. 그 어느 때보다 따뜻한 품 안에서 목 놓아 울던 정은규의 온몸에서 힘이 쭉 빠졌다. 그런 그의 허리를 잡아 주는 단단한 팔이 있었다.

꼭 언젠가 이와 비슷한 일을 겪은 기시감이 들었다. 이런 온기와, 이런 다정함과, 안겨 있어도 사무치게 그리운 감정은……

'……영 님. 보고 싶었습니다.'

줄곧 안대영뿐이었다.

* * *

새벽의 못다 한 이야기로 잠시 되돌아간다. 평등왕과 헤어지기 전, 그러니까 안대영이 양주를 동내기 전이다. 열한 번째 지옥을 주겠다는 파격적인 제안에 평등왕이 떨어트린 담뱃대를 주워들었다. 안대영의 담배 끝이 숨죽여 타들어 갔다.

'연화라고 했었지. 네가 무광산으로 부른 그 무당이.'

이름은 무엇이 됐든 중요하지 않았다. 본론은 이제부터가 진짜였다.

'무당이 낳은 아이가 여섯 살이었다. 자신은 몸에서 신이 빠져나갔으므로 곧 죽을 목숨이니 아이를 살려 달라며 매일같이 쉬지 않고 기도를

올리더군. 어찌나 애절한지 그 부탁을 아니 들어줄 수가 없었다.'

　무당이 여기서 실수한 점이라면 신을 정해 두지 않고 마구잡이로 기도했다는 것이었다. 대상을 정하지 않은 기도는 방대하게 퍼진다. 하늘과 저승을 가리지 않고 신의 위치라면 들리기 마련이었다. 절박함에 그것을 잊고 있었던 것이라면 서사가 조금 더 애절해졌다.

　'너도 알다시피 이무기의 어미를 도리천의 못에서 꺼내 준 것은 나였다.'

　'그래서 네가 살려 주기라도 했어?'

　'몰라서 묻는 게야? 무당의 몸에 숨죽이고 있던 이무기는 보름달이 뜨던 밤에 꼬마와 완전한 결합을 했다. 너도 그것을 노리고 무당을 영매로 삼은 것일 텐데. 그래서 멋대로 정해진 수명도 늘려 놓았잖느냐. 배은망덕한 놈. 그걸 알았을 때는 재워 버려서 추궁도 못 하고.'

　'……그 결합이 천 년째의 밤이었나.'

　'맞아. 염라가 조금만 늦게 찾아갔더라면 이무기는 현장에서 생포되었겠지. 차라리 순수해서 다행이지 않으냐. 약아빠졌다면 그때 그 이무기는 겁 없이 승천을 시도하다가 죽었을 것이다.'

　안대영은 첫 만남의 정은규를 떠올렸다. 이마에 12월이 쓰여 있을 뿐 전생조차 안 보이던 인간. 달리 말하면 연화는 환생한 적이 없는 최초의 인간을 잉태한 것이었다.

　이무기와의 완전한 결합을 이루기 전까지 정은규는 깨끗한 몸이었다. 이무기와 결합을 이루지 않았더라면 자라서 무당이 될 팔자였다. 내통하기 좋은 몸. 주인이 없는 몸. 그래서 온갖 잡귀들이 그 몸을 탐내어 집어삼키고자 하였다.

　퍼즐 한 조각이 맞춰진다. 초량을 모자(母子)의 곁에 두고 지키도록 한 까닭이 여기에 있었다. 정은규라는 이름의 아이는 이무기여야 한다. 어떻게 보면 좆같은 숙명이었다. 염라가 나타나지 않았더라도 천 년째의 밤에 이무기는 본능적으로 무당의 몸에서 나와 빈 몸인 아이와 결합하고자 들었을 것이다. 그래야만 비로소 하나가 될 테니까.

오히려 제 자식을 살려 달라고 마구 빌던 무당의 기도에서부터 일이 그릇된 것이었다. 지옥 놈이고 하늘 놈이고 그 간절한 기도를 죄다 들었을 것 아닌가. 그러니 파리 새끼가 꼬였겠지.

기억을 잃었던 제가 했던 행동이 하나둘 떠올랐다. 머리가 지끈지끈 아렸다. 빛을 이름으로 삼은 제가 빛이 없는 산에 이무기를 꽁꽁 숨겼던 지난날이.

'무당을 죽인 건 어떤 새끼야.'

이무기는 천 년을 죽지 않고 버텼다. 알고 있는 것과 다르게 승천은 천 년에 한 번이 아니었다. 천 년째의 밤이 지나면 다음의 보름달을 기다리면 된다. 그러나 정은규와 결합을 이룬 이무기는 다시금 숨어 버렸다. 인간의 몸인 정은규와 완전한 결합을 하였으니 염라와 시왕에게 들키지 않으려 자연스럽게 숨죽였다는 쪽의 가설이 신빙성 있었다.

이무기는 형제와 어미가 몰살당하고 홀로 남았다. 그런데 또다시 제 눈앞에서 그동안 저를 신으로 모신 무당이 죽는 모습을 똑똑히 보았으니 두려움과 무서움이 배로 찼을 것이었다. 그 충격으로 나조차 잊어버린 건 아닐까.

여섯 살 이후 베드로의 손에서 키워져 귀신과 뱀을 본 적 없다는 정은규가 어느 날부터 파도처럼 그것들을 맞이했다. 안대영도 정은규와 직접 맞닥뜨리기 전엔 그가 이무기라는 것을 모르고 있었다. 찾지 못했고, 그도 나를 잊었으니까.

그런 그가 서른셋의 생일을 보름 앞두었던 날⋯⋯. 여섯 살 때로 돌아간 듯 안 보이고 안 들리던 것들에게 괴롭힘을 당했다. 그러다가 나를 만났다.

베드로 그 개새끼가 성수까지 쥐여 주면서 돌보던 정은규를 안대영에게 일부러 보낸 데는 분명한 뜻이 있을 테였다. 라디오에서 흘러나오던 캐럴이 이에 뒷받침하는 근거다.

정은규의 생일이자, 크리스마스이자, 12월 25일에는 보름달이 뜬다. 몰랐더라도 피신이라는 허울 좋은 단어를 붙이면 꽤 그럴싸해진다. 승천에 대해 알고 있으니 가능한 일이다. 아마 팔 한쪽을 내주는 심정으로 정은규를 보냈으리라.

그 새끼가 직접 기억을 자각시키려면 못할 것도 없지. 하지만 내게 보내면 이무기가 자각하는 속도는 더욱 빨라진다. 참으로 똑똑한 씨발 새끼 아닌가.

시몬 베드로. 최후의 만찬이 끝난 뒤 예수를 위해 목숨을 바치겠다고 맹세했으나, 예수는 내일 아침 닭이 울기 전에 베드로가 자신을 세 번 부인하리라고 말한다. 그의 말대로 체포되어 끌려가는 예수를 세 번 부인한 베드로는 통곡하며 반성했다고 한다. 여기까지는 마태복음에서 전해지는 말씀이다.

유다는 자살이라도 했지. 옹호하려는 발언은 아니었다. 단지 죽는 순간까지 알량하게 후회하는 척, 회개 없이 자살한 유다와 예수를 세 번 부인하고 통곡하며 반성했다는 베드로 둘 중 가운데 음침함으로 따지자면 후자가 단연코 뛰어났다.

그러니까 마리아도 성당을 빙자한 허울 좋은 감옥에 그 새낄 가둬 놓다시피 했을 테고, 뭐, 본인 말론 깊은 자숙으로 시작해 정착한 것이라지만. 좆까라지. 안대영에겐 유다나 베드로나 끼리끼리였다. 뒈진 새끼와 안 뒈진 새끼. 구분은 그것이 끝이다.

'하나 있잖아. 마리아의 골칫덩이. 이백 번을 죽었다 환생했다던데. 재주도 좋지.'

성스러운 크리스마스의 밤은 피로 얼룩지리라.

'그 자애로운 마리아가 죽은 무당을 데려가면서 명부에 사죄를 하더

군. 물의를 일으켜 죄송하다고.'

평등왕의 담뱃대에서 치이익, 불이 꺼졌다. 반대로 안대영의 눈 속에
는 불꽃이 일렁였다.

'열한 번째 지옥은 말만으로도 됐다. 이 이야기를 들어 버린 이
상…… 네가 그걸 내게 넘길 때가 아니지 않느냐. 시간은 정해져 있
으니.'

붉은 오라가 넘실넘실 피어올랐다. 분노였다.

*　*　*

-띵동~ 오늘의 러브 레터가 도착했어요. 7574님의 러브 레터입니
다. 얼마 전 5년을 만난 남자친구에게 프러포즈를 받았어요. 결혼은 제
게 막연한 일이라고 여겨왔는데…… 프러포즈하며 손을 덜덜 떠는 남
자친구를 보니 어느새 저도 울고 있더라고요. 5년을 만나면서 그렇게
긴장하고 떠는 남자친구는 처음이었어요. 가슴이 터질 듯 뛴다는 게 이
런 건지 저도 처음 느껴 봤고요.

달달하기만 한 사연과 다르게 드넓은 고속도로는 스산하다. 그러고
보니 이곳에서 귀신을 마주쳤었다. 오래된 일이 아닌데 정은규는 그때
와 많이 달라졌다. 룸 미러에 비치는 뒤차가 사람이 운전하는 것이 아
니라는 점을 알았다. 저 차가 그때처럼 가드레일을 들이박는다고 하여
도 무시할 수 있는 일종의 스킬이 생겼다.

이 세상엔 정은규가 아는 것보다 훨씬 많은 인외 존재와 공존했다.
그것을 받아들이니 과학적 근거로 살아온 것들이 부질없어졌다.

-솔직히 5년이면 오래 만났잖아요. 사랑보다는 정이라고 생각했는
데…… 아니더라고요. 저는 제 생각 이상으로 남자친구를 사랑하고 있
었어요.

안대영은 말없이 운전만 했다. 꿀이 넘쳐흐르는 라디오 사연 따위 관심조차 없는 모양새였다. 바로 전 멋쩍은 상황이 있어서였을까. 정은규도 안대영의 눈을 잘 못 맞추었다. 저 사람 앞에서 오열하고 났더니 뒤늦게 민망함과 수치스러움이 몰려왔기 때문이었다. 무엇보다 겸연쩍었다. 살면서 그리 울어 본 적은 손에 꼽혔다. ……아니지, 아예 없었나.

"라디오 안 듣는 거면 꺼도 됩니까."

적막이 싫진 않았지만, 어색한 건 싫었다. 때마침 밖에서 콰앙―! 하고 굉음이 들려왔으나 둘 중 누구도 미러를 쳐다보지 않았다. 안대영은 차창에 팔꿈치를 기댄 채 핸들을 잡고 있다. 그 상태로 생각에 잠겨 있다가 막 깨어난 듯한 말투를 내었다.

"마음대로."

정은규가 검지를 뻗어 라디오를 껐다. 사연만큼이나 설탕범벅인 신청곡이 후렴구에 도달하다가 뚝 끊겼다.

"아까 운 건 잊어 주세요."

"왜. 부끄러워서?"

"예."

드디어 안대영이 정은규의 옆태를 쳐다본다. 부끄럽냐는 물음에 즉답할 줄 몰랐나 보다.

"그게 왜 부끄러워."

"부끄럽죠. 나이 서른 넘어서 눈물 콧물 다 흘리고 울었는데."

"우는 데 나이가 무슨 상관이야. 울고 싶으면 그냥 우는 거지."

"그렇게 말해 주니 고맙습니다."

"고마워할 건 없고."

잘 달리던 도중에 휴게소로 빠진다. 화장실이 가고 싶어서 들른 줄 알았는데 안전벨트를 푼 안대영이 잠깐 기다리라며 차 문을 벌컥 열고 나갔다. 정은규는 창밖의 기다란 다리가 휘적휘적 넓은 보폭으로 건는 모습을 물끄러미 바라보았다. 화장실 방향이 아니다.

뭐 하는데?

대뜸 프랜차이즈 카페로 들어가기에 커피라도 사는가 싶었다. 그러나 정은규는 잠시 후 기함하게 된다. 한쪽 손은 예상대로 음료가 든 캐리어였지만 다른 손이 문제였다. 로고 찍힌 봉투가 터질 듯 빵빵하게 차 있었다.

뚜벅뚜벅 걸어온 안대영이 운전석이 아닌 조수석 앞에 선다. 정은규가 차창을 내려 캐리어를 받아들었다. 휘핑이 산처럼 쌓인 아이스 초코와 뚜껑에 '2샷'이 써진 라테다.

운전석에 앉은 안대영이 이번엔 문제의 봉투를 정은규에게 안겼다. 인형처럼 끌어안게 된 정은규가 안을 살피자 쿠키부터 빵까지 온갖 달 다구리들이 빼곡했다.

"……카페를 털었습니까?"

"어디서 들었는데 단 거 먹으면 기분 좋아진다더라."

"전 단 거 안 좋아합니다."

"그럼 버려. 누구 주든지."

그래도 생각해서 사다 줬는데 버리는 건 좀……. 스트로를 물고 쭉쭉 들이켜 반 이상을 마신 안대영이 홀더에 컵을 꽂았다. 휘핑은 산처럼 쌓인 모양 그대로 하강한 채였다.

"하나만 먹을게요."

"사 온 사람 성의는 챙길 줄 아네. 그 정도 사회성은 있어서 다행이야."

바람처럼 가벼운 말이었다. 그래서 대꾸하지 않았다. 뿔 모양의 알록 달록한 작은 쿠키가 여러 개 들어 있는 봉지를 꺼내 입 안에 넣자마자 단맛이 혀를 훅 감쌌다. 파작, 하고 부서질 때는 두 배의 단맛이 휘몰아쳐 라테 컵을 꾹 쥐었다. 정은규는 특히 인공적인 단맛에 취약했다.

"드실래요?"

열려 있는 봉지째 건네자 다시 고속도로에 진입한 안대영이 입술을 벌렸다. 정은규는 벌린 입술에 쿠키를 넣어 주다가 손가락이 꽉 깨물려 움찔 떨었다.

"뭐 하시는 겁니까."

"뭐 하긴, 쿠키 받아먹었는데. 아…… 존나 다네."

발끈하면 과민 반응하는 꼴이 된다. 봉지를 꼼꼼히 갈무리해 도로 집어넣은 정은규가 바스락거리며 봉투를 끌어안았다. 붉어진 귓바퀴를 숨기려는 알량한 의도이기도 했다.

"그거 밑에 내려놔. 뭘 그렇게 안고 있어. 곰돌이 인형 안은 애처럼."

"……아."

"놀리는 재미가 있다니까."

원래의 안대영으로 되돌아왔다. 가볍고, 틱틱 쏘아 대는 말투까지. 불편하지 않은 적막이 라테 향기와 함께 흘렀다. 각자의 상념에 찼지만, 그럴듯한 내용은 없었다.

그냥 멍했다. 일이 돌아가는 꼴을 자세히 알고 철저하게 계획을 세워야 하는데 당장 쉬고 싶었다.

그러나 세상은 내 뜻대로 돌아가지 않는 법이다. 정은규는 부리나케 울리는 핸드폰을 꺼냈다. 치프다. 이 전화 한 통으로 주말은 끝났다.

-교수님 쉬시는데 죄송해요. 혹시 멀리 계세요? 오셔야 할 것 같아서 전화 드렸어요.

"말해."

-열 살 남아구요. 집에서 놀다가 침대에서 머리부터 떨어졌다고 하는데 OS 강 교수님 먼저 오셔서 보고 계세요. 그런데 CT상으로 Ischemic stroke가 보입니다. 열 살인데요…….

듣고 있던 정은규가 무심코 안대영을 보자 그는 무척이나 실망스럽

다는 듯 혀를 끌끌 찼다. 일부러 저러는 거다. 다음에 나올 말을 알고
있었기에.

"병원으로 가야 합니다."

"은규야. 나 오늘 밤 기대 많이 했어. 먼저 섹스 하자고 한 건 넌데
이러기야?"

"좀 더 밟을 수 있겠습니까."

"가능하다면."

"자지 빨아 드릴게요."

"콜."

차체가 이륙할 것처럼 쏜살같이 달렸다. 제한 속도를 가뿐히 넘겨 버
린 탓에 먹이를 찾은 감시 카메라가 반짝 눈을 빛냈다.

완전히 정차하기도 전에 뛰쳐나간 정은규의 코트 자락이 마구 휘날
렸다. 마른 몸이 응급실 안으로 자취를 감출 때까지 지켜보고 있던 안
대영은 핸들을 주차장에 들렸다가 캠퍼스 수준으로 넓은 병원 뒤편을
올랐다.

앙상한 나무가 일정한 간격으로 심어져 있다. 이건 벚나무다. 봄이
되면 아름다운 꽃잎이 휘날리는 길. 그 길을 지나치자 쉼터로 마련된
공간이 드러났다. 이곳도 벚나무가 심어져 있었고 제법 큰 나무가 밑동
이 뎅강 잘려 의자처럼 자리를 지켰다.

잘린 지 얼마 안 되었는지 썩지 않고 결이 살아 있다. 나이테가 여러
겹이다. 쯧, 어떤 놈 짓인지는 몰라도 이 정도 나무를 베었으면 죽어서
고운 꼴은 못 볼 거다.

가운 차림의 여자들이 춥다, 춥다 하며 안대영을 스쳐지나갔다. 그는
그저 우뚝 서서 밑동만 남은 나무를 응시했다.

「저승의 영 왕자님이 아니십니까?」

때아닌 부름에 고개를 들자 자그마한 날개가 달린 수호신들이 예복을 갖춰 입고 있었다. 그 수가 무려 아홉이다. 안대영은 인사 없이 그들을 찬찬히 살피다 물었다.

"왜 왔어."

이승의 사람이 망자가 되면 특이한 케이스를 제외하고 저승사자들이 영혼을 거둬 간다. 어느 성당의 신부가 죽기라도 했나.

「저희는 마리아 님의 명령을 받았습니다. 이무기를 보호하라고 하셨습니다.」

"마리아 님이?"

「예.」

이무기의 승천을 받아들이겠다는 말이군. 평등왕이 벌써 절반의 동의를 구하진 않았을 텐데. 흡연 구역을 제외한 병원 전체가 금연이라 아쉬울 따름이다.

「마리아 님께서 혹시나 영 왕자님을 뵙게 된다면 전하시라는 말씀이 있었습니다.」

"개소리야, 아니면 들을 만한 얘기야."

「……예?」

당황한 수호신이 한기가 뚝뚝 떨어지는 안대영을 보곤 다시 예를 갖추었다.

「저, 전자는 아닙니다.」

"말해 봐."

「네가 아는 것은 나도 익히 알고 있다. 그러나 걱정하지 마라. 나는 이번만큼은 자비를 베풀지 않을 거야, 라고 하셨습니다.」

"그게 다야?"

「혹시라도 뱀이 이무기를 공격하려 든다면 생포가 아닌 즉각 사살하라고도 하셨습니다.」

"싱겁다 자기들아. 그딴 말은 나도 해. 할 말 끝났으면 가."

「……예. 그럼 다음에 뵙겠습니다.」

하늘에서 이 자식 싸가지 좀 보라며 버럭하는 마리아의 외침이 들리는 듯하였으나, 안대영은 귓속을 한번 헤집고 말 뿐이다.

물론 걸러 들을 말은 아니었다.

마리아가 자애롭다는 말은 비꼼이 아니다. 그녀만큼 평화를 추구하는 신도 없다. 관용적이었고 아량이 무척 넓었다. 단 하나 용서하지 못한 자가 예수를 능멸한 유다뿐일 정도로. 그 증거로 베드로는 환생했지만, 유다는 어느 곳에도 존재하지 않았다.

속된 말로 표현할까? 봐줄 만큼 봐준 거지. 나와 다르게 인내심 하나는 기가 막히게 긴 분이 살생을 허락했다면 말이다.

안대영이 기억을 되찾아 가고 있음을 공문으로 알았을 분이다. 정은규의 곁에 붙어 기회를 호시탐탐 노리는 뱀 새끼가 그동안 이백 번을 환생했든 말든 안대영의 알 바가 아니었다.

그건 마리아도 같은 생각일 것이다. 그동안 환생을 거듭하면서 이렇다 할 사고를 크게 친 적이 없었으니까. 그러나 직전의 환생에서 무당을 죽이고 그 아들에게 누명을 씌운 문제는 결코 가벼운 사항이 될 수 없었다.

신의 우두머리들은 서로 고개를 숙이지 않는다. 공생 관계이나 얕잡아 보일 필요는 없기 때문이었다. 그런 마리아가 죽은 무당을 제 책임이라고 거둬 가면서 명부에 사죄를 하였다.

열 받았겠지. 안 받고 배겨. 나 같으면 찢어 죽였다. 자애도 한계가 있는 법이다. 근데, 거기까지 내가 이해해 줄 생각은 없고.

안대영은 나이테가 많은 나무의 까끌까끌한 표면을 쓸어내렸다. 나무의 정기가 손바닥에 다닥다닥 들러붙었다. 이것은 원한이다. 봄이 되면 꽃을 피우고, 여름이면 푸른 잎사귀를 매달고, 가을이면 아름다움을 뽐

내었을 나무가 밑동만 남은 채 울었다.

안대영은 그런 나무를 몇 번이고 쓸며 달래 주었다. 그가 할 수 있는 관용의 한계는 마리아와 다르게 이 정도의 선이었다.

허리를 편 안대영이 손아귀 안에서 웅웅 울리는 핸드폰을 내려다보았다. 저장 명은 온점 하나.

-어디세요.

정은규다.

"내 번호 저장했어?"

-예.

"뭐라고 저장했는데."

-안대영 대표요. 수술 들어가야 할 것 같아서 전화 드렸습니다. 끝나자마자 집으로 갈게요.

"섭섭해. 연애하는 사이에 저장명이 너무 딱딱하잖아. 수술은 얼마나 걸려."

-열 시간 정도요. 빨리 끝날 겁니다.

"넌 열 시간이 빨라야? 열 시간 지나면 내일인 건 알고?"

-수술 시간으로 따지면 빠른 편에 속합니다……

답지 않게 말끝을 웅얼거린다.

"은규야."

-예.

"나오면 전화 해."

-병원에 차 있습니다. 타고 가면 돼요.

이런 식의 밀당은 익숙하다. 아니, 밀당이 아니다. 원래 이랬다. 그래서 사람 화통 터지게 만들었지.

"전화 해 줘."

구걸조로 들린다면 환영이었다. 안대영도 융통성이라곤 코빼기도 없는 도리천의 이무기와 로맨스 영화를 한 편 찍으면서 이런 화법에 대처할 줄 아는 방법을 터득했다.

-……알겠어요. 저장명도 바꾸겠습니다.

"하트 같은 거 붙여도 돼."

-그건 싫어요. 수술방 올라가야 해서 끊습니다.

끊긴 전화가 아쉬웠다. 잊고 지낸 감정이 해일처럼 밀려들어왔다. 안대영은 잠잠해진 나무의 밑동을 응시하다 한숨을 쉬었다. 니코틴이 절실했다.

* * *

치킨 봉지를 든 채 걷는 김현수의 귀에 핸드폰이 착 달라붙었다. 터벅터벅 걷는 걸음걸이마다 선뜩한 겨울이 달라붙었다. 가로등이 내리쬐는 주황빛 길바닥은 한기만 가득할 뿐 낭만이랄 것이 없다. 헤이고. 김현수의 입에서 연기가 내뿜어졌다.

"선 됐다니까. 난 혼자 살 팔자야. 너도 알잖냐, 내 팔자에 결혼 없다는 거. 올해도 뭐냐, 용하다는 무당 찾아갔더니 꿈도 꾸지 말라고, 나때문에 부정 탔다고 복채도 도로 주더라. 내가 기가 너무 세대. 염병할, 기가 세긴 뭐가 세. 기가 세서 꼬박꼬박 당직 나가고 민 교수한테 납작엎드려 사냐."

투덜투덜 신세 한탄을 하면서 담배를 문다. 라이터가 아무리 딸깍거려도 불꽃이 솟질 않는다. 에이, 씨발. 라이터까지 지랄이네. 필터를 질경질경 씹다가 손으로 바람을 가린 채 겨우 불을 붙였다. 텅 빈 골목 안에 움직이는 물체라곤 김현수와 그가 피우는 담배 연기가 유일하다. 드럽게 춥네. 겨울 존나 싫다. 입버릇처럼 중얼거리며 재를 툭 턴다.

"야. 됐다, 됐어. 나 마흔 넘었다. 이 자식이, 연예인하고 비교를 하면 쓰냐? 네 말대로 걔들은 연예인이잖아."

-형, 그래서 진짜 선 안 봐요?

"안 한다니…… 잠깐."

통화 중인 상대에게 말한 것이 아니었다. 문득 모골이 송연해진 김현수는 직직 끌던 슬리퍼를 멈추었다.

저 말고 이 골목에 한 명이 더 있다. 지나가는 행인이라고 여기기엔 감이 남달랐다.

-네? 형, 뭐라고요?

"내가 나중에 전화할게."

통화를 종료한 핸드폰을 패딩 주머니에 넣으며 서서히 뒷걸음질 쳤다. 멀지 않은 곳에 키가 큰 남자가 길의 정중앙에 서 있었다. 가로등이 끝나는 부분이라 구둣발과 정장 바지의 절반만 빛이 들었다.

김현수의 머릿속에 사이렌이 울렸다. 본능이 위험을 감지했다. 치킨 봉지가 바닥에 툭 떨어졌다. 남자가 한 걸음 앞으로 다가서자 김현수는 두 걸음 물러났다. 가로등에 얼굴의 절반이 비쳤다. 덩치와 반대로 고운 생김새다. 그러나 생김새에 담긴 온도가 한없이 낮았다. 그림자가 져 드러난 반쪽 얼굴이 서늘하고 축축한 온기를 띠었다.

"안녕?"

얼어 버린 김현수의 앞에 모습을 드러낸 남자는 안대영이다. 김현수는 물고 있던 담배를 퉤 뱉으며 양손을 주먹 쥐었다.

"누, 누, 누, 누, 누구, 누구세요?! 저 아세요?!"

"알지. 김현수. 77년생 뱀띠. 세연 병원 신경외과 교수. 진료실은 3번이라고 했었나……."

"누, 누구십니까!"

"인사를 몇백 년 만에 했더니 기분이 좆같아지네. 아."

주황빛 아래 완전한 모습을 드러낸다. 뒷걸음질 치던 김현수가 스텝이 꼬여 털썩 엉덩방아를 찧어도 안대영은 웃지 않고 느긋하게 다가왔다.

"쉬이……. 지금은 안 죽일 거니까 가만히 있어."

"제, 제, 제가, 제가 무슨 잘, 잘못이라도 했습니까?! 왜, 왜 이, 왜 이러세요!"

김현수의 눈앞에 그늘이 진다. 한쪽 무릎을 굽힌 채 안대영이 허리를 깊게 숙이고 바라보는 탓이었다. 한껏 확대된 동공이 안대영에게 잡아먹힐 것처럼 열렸다.

안대영은 상대를 옭아매었다. 무력을 행사하거나 폭력을 쓰지는 않았다. 오히려 그게 더욱 무서웠다. 당장에라도 저 남자가 자신의 목을 조르고 혓바닥을 잘라 가기라도 할 것 같았다. 김현수는 숨을 참다가 안대영의 손가락이 앞머리를 튕겨내듯이 걷어내자 두려움을 참지 못하고 눈을 질끈 감아 버렸다.

이마에 아무것도 없다. 베드로조차 '12월'이라고 쓰여 있는 숫자가 이 이마엔 없었다.

그렇다면 볼일은 거기서 종료였다. 김현수의 앞머리를 만진 손가락이 불결한 것처럼 스냅을 몇 번 친 안대영이 몸을 일으켰다.

"주제에 대가리는 쓸 줄 알아서."

팔다리가 잘린 선악과의 뱀처럼 몸뚱이를 뒤로, 뒤로 끌며 아우성치는 김현수를 내려다보며 비웃는다. 무서운 줄은 아는지 단단히 숨어 나올 기미가 안 보였다.

"끝까지 잘 숨어 있어. 난 맛있는 건 원래 마지막에 먹거든. 그래야 맛있잖아."

그러더니 안대영은 지갑을 꺼내 노란 지폐 몇 장을 성의 없이 뿌렸다.

"깽값 해."

널브러진 치킨 봉지를 가볍게 걷어차더니 멀어진다.

안대영의 자취가 사라졌을 때야 후들거리는 몸을 추켜 일으킨 김현수가 줄줄 흐르는 땀을 훔쳐내었다. 심장이 몸 밖을 뚫고 나올 듯 거세게 뛰었다. 비단 두려움과 무서움으로 점철된 두근거림만은 아니었다.

시이익— 김현수의 입술 사이 끝이 갈라진 푸른 혀가 비죽 튀어나오고 새까만 동공이 점차 세로로 좁혀졌다.

* * *

병원 로비 앞에 멀뚱히 서 있는 정은규의 앞에 차가 섰다. 안대영이겠지. 이곳에 데려다줄 때는 세단이었는데 저건 스포츠카다. 차체가 낮아 조수석에 앉으니 땅과 밀착한 느낌이다. 새벽 1시 12분. 수술 경과를 보느라 말했던 시각보다 늦었다.

"안 피곤해요?"

이런 성격이 아닌데……. 그냥 물어봤다. 안대영은 대답 대신 피식 웃고 핸들을 돌렸다. 세단과 달리 엔진이 웅웅 울렸다.

"늦어서 미안합니다."

"그래서 빨리 달릴 용으로 이 차 끌고 왔잖아. 나보단 그쪽이 훨씬 피곤할 텐데."

"예, 좀."

"자 둬."

"너무 피곤하면 오히려 못 잡니다."

"정은규 교수님. 본인이 상당히 예민한 타입인 거 압니까. 그쪽은 스스로 되게 건조한 줄 알죠."

존댓말로 말하니 의외로 파급력이 상당하다. 상당히 예민한 타입? 평생 재고조차 해 보지 않은 부분이다.

"동의할 수 없습니다."

"고집도 엄청 세고."

"그건…… 어느 정도 동의합니다만."

"그렇게 솔직하면서 자기 자신을 몰라."

오른손을 뻗어 정은규의 동그란 뒤통수를 아기 어르듯이 살며시 만진다.

"은규는 머리가 작아서 뒤통수도 한 줌이네."

"말도 안 되는 소리 하지 마세요. 그냥 대영 씨 손이 큰 겁니다."

"나는 그 말에 반만 동의."

"……아. 잊고 있었는데 저장명 바꾸라고 했었죠."

고개를 숙이는 바람에 갈 곳 잃은 안대영의 손이 뒷목을 덮었다. 차디찬 뒷목을 데우는 따뜻한 손바닥. 정은규는 입술을 당겨 물었다. 손바닥이 뒷목을 적당한 악력으로 주물렀기 때문이다. 노곤한 몸이 녹는다. 아, 갑자기 졸음 몰려와.

그러나 정은규는 눈에 힘을 주고 키패드를 터치했다. '안대영 대표'가 여섯 번의 터치 끝에 지워지고 공란이 되었다.

뭐라고 해야 하나.

찰나의 고민은 금세 귀결되었다. '대영 씨.' 정은규는 만족스럽게 고개를 들었다. 그 바람에 안대영의 손이 뒷목에서 벗어나 귓바퀴와 귓불을 어루만지고 있었다는 것을 뒤늦게 깨달았다.

"바꿨습니다. 대영 씨로."

"하트 안 붙였어?"

"예."

"단호함으로 따지면 자기가 염라도 이기겠다."

"모르는 분이니 굳이 비교당할 이유 없겠네요. 어쨌든 전 바꿨습니다. 대영 씨는 얼마나 대단한 이름으로 절 저장하셨는데요."

핸드폰을 툭 던지기에 받았다. 비밀번호도 안 걸린 핸드폰. 개인정보를 막 보여 줘도 상관이 없나 보다. 같은 기종이었기에 제 핸드폰처럼 연락처에 들어갔다. 선일 행정사 사무소의 업무 핸드폰은 10대나 되면서, 안대영은 연락처가 상당히 심플하였다.

"……."

정정한다. 심플이라고도 할 수 없었다. '김석호'와 '차민혁' 사이에 '우리 은규'만이 전부였으니까.

"……우리 은규요?"

"그전엔 온점 하나였어."

"계속 온점으로 두지 그러세요."

"이름이 착 붙어서 그렇겐 못 두겠더라고."

"정은규로 바꿔도 됩니까?"

"성 붙여서 부르는 거 좋아해? 그럼 그렇게 하든지."

새벽은 위험하다. 목석처럼 딱딱한 대화가 멜랑꼴리하게 변하기로는 새벽만큼 위험한 때가 없다. 정은규는 안대영의 핸드폰을 꾹 쥐고 있다가 도로 돌려주었다.

"됐습니다. 제가 잠시 선을 넘었어요."

"선 긋는 수준도 안 되니까 걱정 마."

히터 때문에 온몸이 노글노글하다. 눈이 시려 몇 번 감았다가 뜨자 '자라니까.'라고 안대영이 무심히 말을 걸었다. 왜 자꾸 재우려고 해, 안 잘 건데.

말씨름하기 싫어서 아예 밖을 쳐다봤다. 시시각각 바뀌는 바깥은 곧 눈에 익은 환경으로 바뀐다. 익숙하다. 여기는 안대영의 집이 아니었다. 19일의 새벽. 12일에 처음으로 선일 행정사 사무소에 발을 들였으니 일주일 만에 집으로 돌아왔다.

"여기서 자요?"

제집임에도 남의 집에 온 것처럼 묻자 안대영이 시동 버튼을 끄며 웃었다.

"내 집에 가고 싶어?"

"아닙니다. 올라가시죠. 청소 안 해서 먼지 많이 쌓였을 텐데……."

안대영은 진심으로 궁금해졌다. 이 집으로 온 이유야 몇 가지 있었다. 하나, 늦은 시간이니 직장인 정은규가 출근하려면 병원에서 가까운 곳이 좋을 것이다. 그리고 둘, 단순한 잠만 잘 건 아니잖아? 이동 거리로 시간 뺏기 싫었다.

그런데 이 인간은 먼지 타령이나 하고 있으니. 눈치가 빠른 듯 없다. 아니면 이런 건 눈치의 범주에 들지도 않거나.

두 사람은 엘리베이터에 갇혔다. 새벽이라 귀가 열려 시시각각의 공간음이 귓속을 타고 흐른다. 안대영은 벽에 기대 멀거니 숫자가 바뀌는 전광판을 올려다보는 정은규의 옆선부터 어깨를 샅샅이 훑었다.

"뚫어지겠습니다."

시선을 느낀 정은규가 무던히 받아쳤다. 안대영은 목에 딱 맞게 조인 넥타이를 끌렀다. 때마침 엘리베이터가 문을 열었다. 지옥문이로군.

한 층에 두 집이 있다. 정은규는 오른쪽으로 꺾어 도어 록에 손을 올리려 했으나 안대영이 빨랐다. 뒤에서 틈 없이 껴안은 채 손을 뻗어 비밀번호를 하나씩 누른다. 그것만 하면 괜찮았다. 다른 손은 허리를 휘감고 입술로 귓불을 감질나게 물었다 놓길 반복하며 속삭였다.

"잊지 않았지. 자지 빨아 준다는 말."

"……예."

실감이 났다. 안대영은 정말로 저와 섹스 하기 위한 텐션을 취하고 있었다. 씹히는 귓불에서 열이 확 올라 뇌를 잠식해 버린 듯 생각이 텅 비었다.

삑, 삑. 굳은 정은규를 놀리려는 의도인지 안대영의 손가락은 한없이 느리다. 혼자만 여유가 넘쳤다.

삑, 삑. 두 자리 남았다. 정은규는 허리를 감은 손이 천천히 내려가 바지춤을 슬며시 움켜 쥘 듯, 말 듯 애타게 굴자 마른침이 꿀꺽 넘어갔다.

'나 되게 잘해. 한번 자면 또 하자고 매달리게 될 걸.'

"……한번 자면, 또 하자고 매달리게 될 거라고 했죠. 장담할 수 있어?"

안대영의 검지가 2를 누르려다 말고 지익 내려간다. 그 손길이 더럽게 선정적이다. 말꼬리를 자른 물음 덕분인지 안대영은 기가 차 웃음을 터트린다. 실상 흥분이 잔뜩 묻은 웃음에 가까웠다. 반말에 꼴리긴 처음이네. 그렇게 말을 흘려 넣었다.

"장담하죠, 교수님."

문이 열리자마자 쾅 닫혔다. 격양된 숨을 고르기도 전에 입술이 잡아먹혀 턱이 치켜 들렸다. 첫 키스와는 밀도 자체가 다른 깊은 키스다. 인중으로 흩뿌려지는 숨이 헐떡거렸다. 박자를 놓친 숨 덕분에 가슴까지 재빠르게 뛰어 정은규는 견디지 못하고 안대영을 밀어냈다.

사정 봐주지 않고 몰아붙인 탓에 붉게 물든 얼굴 위로 현관 센서가 내리쬐었다. 정은규는 죽을 것처럼 숨을 토해 내었다. 안대영은 정은규가 평온한 호흡을 되찾을 동안 넥타이를 잡아 뜯듯이 빼서 던졌다.

"자기. 비누 냄새 나. 샤워하고 왔어?"

"……병원 샤워실에서요. 비누 아니고 바디 클렌저 썼습니다."

"뭐가 됐든 잘했어. 나도 씻고 왔으니 바로 해도 되지. 나 좀 급하거든."

대답할 겨를이 없었다. 정은규의 손목을 바투 움켜쥐고 침실로 들어간 안대영이 침대로 밀어 눕히며 재킷을 거칠게 벗었다. 셔츠가 달라붙은 탄탄한 상박이 달빛에 고스란히 비쳤다. 안대영은 정열을 담은 눈길로 정은규를 내려다보며 셔츠 단추를 툭, 툭 풀었다.

"봐. 귀신 새끼 한 마리도 없어. 우리 섹스 하는 거 구경할 뱀 새끼도 없고."

그딴 게 보일 리 없잖아. 발기한 좆이 바지를 뚫고 나올 듯한데. 무엇보다 당신이 날 눈으로 묶고 있으면서. 정은규의 목울대가 연신 위아래로 움직였다. 제 위에 올라탄 안대영이 산처럼 커다랗고 위협적으로 보였다. 그래서 다급하게 팔을 붙잡았다.

"무서워?"

"조금요. 그러니까 다정하게……."

"응?"

"다정하게…… 해 줘."

"하, 진짜 돌겠네."

이를 악문 채 잇새로 숨을 내뱉은 안대영의 가슴팍이 크게 부풀었다 꺼졌다. 몸 곳곳이 잘 짜인 근육이 박혀 있다. UR만 아니라 전 과가 탐구 욕심을 불태울 몸이다.

"알았어. 하다가 정 안 되겠으면 밀어내."

"……그러진 않을 겁니다."

"그런 태도가, 씨발……. 항상 돌게 만들었다는 거 모르지, 너는."

빛이 사라졌다. 왼쪽 팔꿈치를 머리 옆에 받친 안대영의 늘씬한 거구가 정은규를 위해 기꺼이 낮은 위치로 바뀐다. 혀로 윗입술을 덧그리다 정은규가 본능적으로 입안을 열자 입술 안쪽의 점막을 훑고 아랫입술을 초옥 빨아들였다.

놀라지 않게 오른손은 정은규의 단추를 하나하나 천천히 풀었다. 숨이 막혀 토할 것처럼 기침했었던 정은규도 이번만큼은 혀끝의 감각을 받아들이며 안대영을 끌어안았다.

사라락, 사락, 옷가지가 스치는 야릇한 소음. 섹스의 시작을 알리는 신호.

"잠깐, 등 살짝 들어 줘."

입술을 겹친 채 속삭여 등에 힘을 주자 팔은 언제 뺀 것인지 입고 있었던 셔츠가 스르륵 빠져나갔다. 둘 다 반라가 되었다. 외출로 돌려놓은 보일러 덕분에 춥진 않았다. 다만 살갗에 소름이 오소소 돋아 안대영의 손아귀에 오돌토돌한 감촉이 휘감겼다.

손이 지나는 부분마다 후끈한 열이 몰렸다. 정은규는 안대영의 살 내음과 터치에 머릿속이 혼곤하다. 마킹을 할 때는 이러지 않았다. 그저 불쾌하고, 생리적인 감각뿐이었다. 그러나 지금은 다르다. 감정도 성적으로 흥분한다.

감각의 축제에 가둬진 정은규가 저도 모르게 안대영의 혀를 씹어 퍼뜩 놀라 움찔했다. 안대영은 씹힌 혀로 제 아랫입술을 훑더니 씩 웃었다.

"놀랐어?"

"……예."

눈앞에 영상이 어룽거렸다. 몸이 접촉을 받아들이자 섹스의 목적이었던 과거가 다시 재생되었다. 정은규는 미간을 찌푸렸다 펴길 반복한다. 드드드, 오래된 필름 영화가 돌아간다.

반달의 밤. 소쿠리 가득 담긴 과일. 나는 그것을 안대영에게 내밀었다. 왜인지 모르겠지만, 이걸 답례로 줄 수 있어서 자랑스러운 마음으로. 그러나 그의 표정은 사나워졌다. 별로인가?

'그동안 이딴 거나 먹고 살았다고?'

'과일 싫어하십니까? 생긴 건 이래도 맛이 꽤 좋습니다. 저는 두 개만 먹어도 충분하니 영 님 드십시오.'

'넌 대체.'

"은규야."

이름이 불리자 멍한 눈이 안대영에게 닿는다. 그의 눈 속에 불꽃이 피었다.

"당신이랑 내가…… 물가에 나란히 앉아 있어요. 내가 과일 같은 걸 가져왔는데……."

"기억난 건 지워지지 않아. 그러니까 나한테만 집중해."

"……응."

귀가 한입에 삼켜진 정은규가 시트를 그러모아 움켜쥐었다. 다분히 외설적이고, 자극적이지만, 밀어낼 수 없었다. 그러기 싫었다.

육체적으로 낯선 쾌감은 정은규가 살아온 30년하고도 몇 년간 없던 것이었다. 어떻게 보면 몸으로 느끼는 여러 부분 중 가장 낯선 부류의 자극에 해당하였다.

인간으로서 가진 기본 욕구 중 부등호의 맨 끝이 성욕이었기에 삽입하고 싶다는 충동을 느껴 본 적이 없었다. 물론 삽입 당하는 위치는 상상조차 해 본 적이 없었고. 간단한 자위면 인스턴트 같은 성욕이 푸시시 식곤 했다.

타인의 손이, 그것도 뜨거운 손이 몸을 어루만지고 지나갈 때마다 정은규는 목이 바짝바짝 타들어 가는 듯했다. 촘촘한 주름으로 이루어진 입술이 도장을 찍을 땐 잔 근육이 바들바들 떨렸다. 할 수 있는 인내라고는 시트를 움켜쥐는 것밖에 없었다.

하……. 죽겠다는 기분이 이런 건가. 차라리 빨리 박고 싸라고 할 걸, 괜히 다정하게 해 달라고 그랬나 봐.

안대영은 정은규를 녹여 버리려는 심산이 분명하다. 그렇지 않고서야 한 군데도 빼놓지 않고 키스하겠다는 일념처럼 입술을 가져다 댈 리 없지 않은가. 목에 핏대까지 서서 쾌감을 견디던 정은규가 결국 참다못해 상체를 일으켜 배꼽 주위를 잘근잘근 깨무는 안대영의 어깨를 쥐었다. 어깨를 짚은 손이 축축하게 젖었다.

헝클어진 머리 그대로 고개를 든 안대영이 상기된 정은규의 뺨을 보며 배꼽 위부터 갈라진 가슴팍까지 혀를 쓸어 올렸다. 혀가 지나온 길이 아찔해 이러다 욕이라도 나갈 것 같았다.

"왜."

"자리 바꿔요. 제가 하겠습니다."

"벌써 빨아 주게?"

"예."

아무리 생각해도 그게 낫겠다. 헤드에 등을 기댄 안대영이 울혈 자국을 매단 정은규의 가슴을 손가락으로 덧그렸다. 부어오른 유두가 색이 짙어 잘 익은 앵두처럼 탐스럽다. 정은규는 안대영의 손가락을 잡아 내리며 일어났다.

공부만 한 샌님치고 몸이 꽤 봐 줄 만했다. 안대영처럼 촘촘히 박힌 근육은 아니더라도 손에 감기는 촉감이 의외로 입체적이었다. 정은규의 작달막한 머리통이 비장함을 담고 있다. 까끌까끌한 천을 뚫고 나오려는 자지가 흉포해서였다. 이걸 빨아야 한다.

안대영은 어디 한번 해 보라는 듯 베개를 가져와 붕 뜬 허리 틈에 넣었다. 자리 잡기 편하게 한쪽 무릎도 세웠다. 정은규는 그 틈에 웅크려 버클을 따고 지퍼를 내린다. 선단에서 흐른 액이 속옷을 흠뻑 적신 채였다.

"……이 정도면 싼 것 아닙니까?"

"그럴지도?"

상황에 걸맞지 않은 청량한 대답이었다. 긴장하지 말자. 긴장하지 말자. 나도 달려 있다. 저번에도 봤잖아. 심호흡과 함께 속옷을 내리자마자 퉁, 하고 튀어나온 자지가 꿈틀거렸다.

정은규는 실험체를 대하듯이 안대영의 좆을 잡고 몇 번 흔들었다. 관찰에 의한 수직 운동이다. 곧고 제대로 모양이 갖춰진 좆 끝이 반질반질하다. 정은규의 엄지가 액을 닦아 내자 안대영이 짧게 숨을 내쉬었다.

"열심히 해 볼 테니까 허락 없이 목구멍에 처박지 마세요."

"한 마디만 더 하면 처박고 싶어질지도 모르겠어."

뜸들일 시간은 한참 지났다는 뜻이었다. 결심을 끝낸 정은규가 입을 크게 벌려 선단을 머금었다. 안대영의 미간이 잔뜩 구겨진다. 입안의 점막이 자지에 죄다 달라붙었다. 조루가 아님을 감사하게 여긴다. 넣자마자 싸는 건 자존심 문제였으니까.

예상한 대로 정은규는 서툴렀다. 서투름에 흥분하는 가학적인 성향은 없었으나, 5-6㎝만 겨우 머금고 빨아 대는데 머리채로 자꾸만 손이 뻗어 나가려 들었다. 처박고 싶다. 끝까지 박아 넣고 싶었다. 그러나 뒷목에 빳빳이 힘이 들어갈 만큼 긴장해 있는 초보에게 그랬다간 트라우마로 남아 버릴 수도 있다.

다른 사람이면 이딴 고민은 하지도 않는다. 정은규가 안대영에게 절제의 의미가 될 줄은 꿈에도 몰랐다. 그래서 안대영은 스스로가 퍽 우습다. 미친놈 맞긴 하네, 이걸 참게. 이딴 요령 없는 펠라티오 따위를 참아 주고 있으니.

와중에 배운 적도 없으면서 입술로 조일 줄은 알았다.

"은규야."

정은규가 눈을 치켜떴다. 존나게 야하네. 무심코 입 밖으로 꺼낼 뻔했다.

"많은 거 안 바랄 테니까 여기까지만 넣어 봐."

제 목젖 위를 선처럼 긋자 망설이던 정은규가 상체를 좀 더 둥글게 말아 일으켜 고개를 내렸다. 목구멍을 단번에 뚫고 지나는 자지의 두께와 감촉에 헛구역질이 일어나 본능적으로 콱 조이자 안대영이 단발의 욕설을 내뱉었다.

숨이 막혔다. 용을 써 목구멍을 열어 보려고 해도 쉽지 않았다. 원래 이래요? 눈앞이 흐려지고 현기증이 핑 일었다.

꿀꺽, 꿀꺽 좆물을 삼키면서도 머리를 움직일 때마다 안대영은 실험대에 오르는 기분이었다.

"……정은규."

쇳소리와 음험함이 섞인 부름이었다. 슬쩍 허리를 움직이자 컥, 하고 정은규의 기도가 확 열렸다가 다시 닫혔다. 어느새 눈물이 줄줄 흐른다. 그러면서도 안대영이 하는 대로 연거푸 고개를 흔들었다. 추웁, 춥, 추웁, 둘뿐인 방 안에 외설의 피치가 올라간다.

"흐으, 흐……. 더 못 하겠, 어……."

코를 킁 들이켠 정은규가 기침을 터트리며 자지를 뱉자 침과 좆물이 섞여 턱 가로 질질 흘렀다. 흉통이 가쁘게 들썩였다. 안대영은 입에 닿지도 못한 아랫부분을 손으로 추어올리다 팔뚝으로 눈물을 훔치는 정은규를 끌어와 도로 눕혔다.

"참 잘했어요."

평생 이딴 칭찬은 받아 본 적 없다. 정은규가 목구멍이 뚫려 거친 쇳소리를 내었다.

"……빈말 재수 없어."

"진심이야. 그리고 지금 목소리 존나 섹시해. 하마터면 쌀 뻔했잖아."

그쪽 거 빨다가 이렇게 됐는데. 억울함에 받아친 정은규는 저도 모르는 새 드러나 버린 사타구니를 보고 싶지 않아 문 쪽으로 고개를 돌렸다.

"다음에 할 때는 잘 가르쳐 줄게."

웃음을 섞으며 말하는 안대영이 얄미웠다. 다음이 있기나 한가. 웬만하면 없었으면 좋겠다.

당신과 접촉하다 보면 롤러코스터를 쉬지 않고 타는 것 같아서 내가 나를 잃어버려. 유두를 더 빨아 줬으면 좋겠고, 키스하면서 내 입술을 깨물어 줬으면 좋겠어. 당신의 뜨거운 손이 내 몸을 자꾸 만졌으면 좋겠어.

혹시 나는 이렇게 될까 봐 당신과의 섹스를 한사코 거부했던 걸까. 이렇게 될까 봐 성희롱과 성추행이라며 밀어 낸 거야?

그럼 내가 너무…….

"……읏!"

"다른 생각 하지 마."

불시에 깨물린 쇄골이 아파 원망이 우선으로 튀어 나갔다.

"다른 생각 안 했습니다."

"그럼 뭐였는데."

보란 듯이 유두를 휘감아 입술 끝으로 쪽 빨며 묻는다. 정은규의 성기도 물을 질질 흘린다. 안대영은 대답할 때까지 유두를 괴롭힐 작정인가 보다. 반대쪽 유두는 두 손가락에 갇혀 제멋대로 조물딱 주물러지고 있었다. 아, 유두가 뜯겨 나갈 것 같다…….

"만져 줬으면 좋겠다고……."

"음?"

"하아……. 자지 만져 줘요……. 만지면 쌀 것 같아…….."

비로소 깨달았다. 이래서였다. 허리 아래를 안대영의 사타구니에 마구 비비며 애원하게 될 것이 두려워서 당신을 부정했던 것이었다고.

성적 쾌락에 무너진 정은규는 어쩔 줄 모르고 안대영에게 매달렸다. 안대영도 여유를 잃는다. 영원히 다시 미소 짓지 않을 것처럼 딱딱한 무표정으로 변한다. 그러나 정염이 덕지덕지 묻어 금세 발화할 뜨거움까지 배었다.

정은규의 좆을 흔드는 팔뚝에 힘줄이 투둑 돋았다. 거친 움직임이었다. 처음 페팅 때와 달리 정은규의 입술에서 연신 탄성과 신음이 교차해 터졌다. 좋다, 좋아서, 정말 좋아서, 정신을 못 차리겠다.

"아윽……! 아, 조금만, 조금만 더……!"

절정이 오고 있다. 백지였던 정은규의 성욕에 안대영이라는 먹이 함부로 그어졌다. 흰색의 종이가 새까맣게 물든다. 고상한 난치기 따위와는 거리가 아주 멀었다. 먹을 통째로 부어 버린 듯 까맣고 음란한 욕구였다.

정은규의 동공이 최대한으로 커졌다. 몸이 굳는다. 일말의 통제도 할 수 없는 정신에 폭죽이 펑펑 터졌다. 심장이 쾅 들렸다가 확 떨어져 대어처럼 펄떡거렸다. 사정은 환희였다. 동시에 애써 뒤로 멀리하던 목적도 필름 영사기를 터트리며 파삭 깨져 버렸다.

아…….

탈력감에 색색거리며 눈가를 덮고 있던 정은규가 있는 힘을 쥐어 짜냈다. 안대영이 막 키스하려고 거리를 좁혀 콧대가 은근한 온기를 담고 맞댄 순간이었다. 정은규의 입술이 열렸다.

"……영 님."

정은규가 사출한 정액 범벅이 된 손을 제 좆 위로 문지르며 입술을 겹치려던 안대영이 멈칫한다. 정은규는 뿌연 시야로 안대영을 바라보다 눈을 감았다. 그가 재차 입술을 맞추었기 때문이다. 촉촉 붙었다 떨어지길 반복하는 달콤한 립 키스였다.

"그래, 우리 은규. 나의 이무기."

사정했음에도 눈물이 퐁퐁 흐른다. 다만 쾌락에 의한 생리적인 배출과 거리가 멀었다. 이것은 그리움이 깃든 심장의 주문이다.

"해 줘요."

정은규가 울면서 매달렸다.

"여기서 그만두지 마요. 넣어 줘."

"돌겠네, 씨발⋯⋯."

귀두가 닿은 구멍이 움찔움찔 어서 들어오라 성화였다. 이를 악문 안대영의 턱이 경련한다. 키스하면서 아래로 뻗은 손가락을 구멍에 밀어넣자 입 안과 비교가 안 되는 조임이 다닥다닥 들러붙었다. 다급해진다. 안대영은 스스로의 인내심에 경의를 표하고 싶어졌다. 실낱같던 인내심의 끈이 정은규로 인해 길어진다.

"여유가 없어서. 미안해."

손가락을 빼내자 뽁, 하고 공기가 들어차며 막혔다. 구멍이 완전히 닫히기 전 정은규의 정액으로 범벅된 자지가 천천히 몸을 갈랐다. 전에 없던 경험이라 안대영의 어깨를 쥔 손에 힘이 퍼부어졌다. 더럽게 아팠다.

"아, 아파. 흐으, 아파요. 흐읏!"

"아⋯⋯. 하아, 안에 싸면⋯⋯ 좀, 괜찮아질 거야⋯⋯."

"흐으⋯⋯ 아프, 으읍⋯⋯."

온몸에서 땀이 비처럼 솟았다. 미끈미끈한 육체가 너 나 할 것 없이 흔들리기 시작한다. 탱글탱글한 정은규의 엉덩이를 양손으로 붙든 안대영이 밀어 넣었던 자지를 빼서 다시금 박자 정은규가 고개를 젖힌 채 허덕거렸다.

990년 넘게 못에 숨어 있었을 이무기의 피부는 지나치게 뜨거웠다. 그러나 물기를 머금은 축축함과 서늘함이 함께 배어나 상쇄시키고자 하였다. 흐르는 땀이 그 증거였다. 철퍽, 철퍽, 안대영은 도리천의 못에 물보라를 일으키듯 점차 속도를 높였다.

보글보글 만들어지기 시작한 물보라가 정은규에게 고스란히 전해졌다. 그것은 곧 커다란 파도로 돌아오기 마련이었다.

"영 님⋯⋯. 영 니임⋯⋯."

사락거리던 시트도 급박함을 따라 삭삭 틈 없는 소음을 만들어 내었다. 배 속 안까지 뚫린 것이 아닐까. 성난 자지가 들락날락할 때마다 몸속에 불이 붙는 듯하였다.

"웃, 으웃, 하으, 윽!"

"아프지……웃, 미안……해."

"……안쪽이, 하아……. 이상해요."

당신의 불이 나에게 옮겨졌나 봐. 내 몸 안에도 열이 끓어.

모양 좋은 귀두가 내벽을 퍽퍽 쑤실 때마다 그에게 먹혀들어 갔다. 땀이 눈에 들어가 따가워 찡긋거리자 닦아 주는 손등에 다정함이 뚝뚝 묻어났다. 그래서 정은규는 저도 모르게 웃었다. 비록 웃자마자 쿡 찔러 오는 통에 신음이 새어나갔어도.

안대영의 허리가 세차게 움직일수록 아팠던 감각이 사라졌다. 그가 사정을 시작했는지 드나들 때 찔꺽, 찔꺽 정액이 구멍에서 새어 나왔다.

내벽에 쏟아진 정액이 위까지 타고 올라가면 어쩌지. 정은규는 말도 안 되는 상상과 함께 미끌미끌한 안대영의 등을 끌어안았다. 그러다 제가 떠올리고도 어처구니가 없어 피식거렸다. 정액이 위까지 타고 올라가다니. 이래서야 어디 가서 의사라고 말도 못 하겠네.

울컥울컥 정액이 쏟아지고 있는데도 움직이면서 숨을 고르던 안대영이 정은규의 입술에 다가가자 혀가 먼저 반겼다. 위아래 할 것 없이 물이 넘쳐났지만, 어쩐지 불로 지져 화상 자국이 남은 듯한 키스와 섹스였다. 비록 몸에는 화상 자국 대신 깨물리고 핥은 흔적이 발갛게 물들어 있었어도 말이다.

"난 아마."

안대영은 느긋하게 후희를 이어 가려는 듯 정은규의 복근을 손바닥 전체로 매만졌다. 자지는 아직도 구멍을 드나들었다. 그러나 잔물결처럼 유영하는 덕에 고통은 없었다.

정은규도 고른 숨을 흘려보냈다. 여기서 속도를 높인다면 불씨가 화르륵 타오를 테였다. 그들은 그 경계선에 있었다.

"널 사랑했겠지."

정은규는 그늘이 드리운 안대영의 얼굴에 홀린 듯 손을 가져갔다. 추읍, 안대영이 손바닥 깊숙이 입 맞췄다.

"그걸로 끝이 아니었나 봐."

달빛을 머금은 드넓은 등이 정은규에게로 가라앉는다. 시야에 그림자가 드리운 천장이 찼다.

"사랑하고 있어……. 내가 너를. 그래, 그게 맞아."

그 등이 미약하게 경련했다. 사랑을 깨달은 자가 드러내는 최대한의 서글픔이었다. 정은규가 할 수 있는 것이라곤 힘 빠진 팔을 들어 그를 안는 것뿐이었다.

* * *

멀리서 북이 울렸다. 둥, 두둥 울리는 북 소리에 이무기의 귀가 쫑긋섰다. 풍물패의 합주가 아니라 북만 단독으로 치는 소리였다.

그때 이무기는 잔가지로 엮어 만든 소쿠리에 과실을 따고 있던 중이었다. 이 과일은 영 왕자를 위한 소정의 선물이다.

이따위 것이나 먹고 살았냐며 짜증을 더럭 내는 예민한 망나니에게줄 만한 선물은 아니었지만……. 도리천에 갇혀 사는 이무기에게 이보다 귀한 것이 있을 리 없었다. 그는 제 눈에 예뻐 보이는 과실만 골라조심스럽게 따서 소쿠리에 담았다.

이승의 석류처럼 붉은색에 크기는 주먹만 해서 맛도 새콤달콤하고좋았다. 두 개만 먹어도 포만감이 오래 지속되어 허기짐이 느껴지지 않는 신기한 과실이었다.

'분명히 주위에 있을 것이다. 샅샅이 뒤져 찾아라.'

두리번거리던 이무기가 쑥쑥 자란 나무 뒤에 소쿠리를 숨겼다. 부디 누군가 자신을 발견하지 못하길 빌었다. 자박자박, 재빠른 발걸음이 둘레가 널찍한 나무 위로 안착하자마자 능숙하게 올라갔다. 꽤 높은 가지에 올라선 이무기가 두 손을 합쳐도 훨씬 큰 이파리에 몸을 숨긴 채 일사불란하게 수색하는 군사들을 지켜보았다.

그들은 늘 누굴 찾는지 이따금 북을 울리며 도리천을 이 잡듯 뒤집다가 떠났다. 익숙하다. 형제와 어머니가 몰살당한 이후 줄곧 일어나는 일이었으니까. 다만 본능적으로 몸을 숨겼을 뿐이었다.

'이런 염병. 또 못 찾은 게냐?! 뱀 새끼 주제에 어디 그리 잘 숨어 있는지!'

화를 버럭 내며 쿵쾅거리는 자는 변성왕이다. 이무기는 저 자가 무서웠다. 눈매가 부리부리하고 이도 날카로워 자칫하면 물려 죽을 것만 같아서였다. 그리고 저리도 화가 많았다. 군사들이 변성왕의 눈치를 보느라 쭈뼛거리기 바빴다.

'쓸모없는 놈들. 이따위 것들이 명부의 정예 군사라니. 하늘이 비웃을 일이다.'

'대왕님. 아직 나무가 남았습니다.'

신선처럼 생긴 자가 변성왕에게 고하자 그가 고개를 바락 쳐들었다. 이무기는 흠칫하여 몸을 더욱 숨겼다. 소쿠리를 들키면 안 될 텐데. 초조한 마음 때문인지 발끝에 힘이 들어간다. 삭— 하고 이파리가 흔들렸다.

휘익, 부리부리한 눈이 이쪽을 향했다. 힉, 하고 숨을 들이켠 이무기가 제 입을 틀어막은 채 굳었다. 영 왕자를 만날 때처럼 심장이 저릴 듯 빠르게 뛰었지만, 감정은 알 수 없는 두근거림과 달리 두려움과 무서움에 잡아먹힌 채였다.

어떡하지. 어떡해. 들키면 나는 죽게 되는 건가. 그럴 순 없어. 내 어미가 나를 못의 바닥에 숨긴 날, 반드시 살아야 한다고 했었다. 나마저 죽으면 어머니의 희생은 물거품이 되어 버린다.

'저 나무를 뒤져 봐라. 원숭이 한 마리가 숨어 있는 것 같으니.'

입가를 비튼 변성왕의 명령으로 군사 몇이 이무기가 숨어 있는 나무로 근접해 왔다. 점차 가깝다. 나무를 타고 올라오면 꼼짝없이 죽게 될지 모른다. 무섭다. 입 밖에 심장이 튀어 나갈 것만 같다. 입을 틀어막은 손이 간헐적으로 떨렸다.

도망가야 한다. 저들보다 빠르다고 자부할 순 없지만, 그래도 도망이라도 쳐야 했다. 이무기가 마른침을 꼴깍 삼켰다. 나무와 나무의 사이가 가까우니까 잡히기 직전에 저것들을 육로 삼아 뛰어야겠다고. 그때였다.

'야. 뭐 하냐, 너네?'

소란이 일시에 멎었다. 이무기도 익히 알고 있는 목소리였다. ⋯⋯영님. 입술을 벙긋거리기만 한 이무기가 이마에 송글송글 고인 땀을 훔쳐냈다. 목소리를 듣자마자 살았다는 안도가 들었다.

'내 땅에서 뭐 하냐고 묻잖아, 씨발 새끼들아.'

심심찮으면 현신해서 뭍에 올라간다던 왕자는 이무기가 생판 들어보지도 못한 언어를 구사했다. 군사들은 인제 변성왕이 아닌 영 왕자의 눈치를 살폈다. 그는 이상하게 왕자임에도 권력으로 따지자면 왕의 위에 있는 듯이 굴었다.

'네가 시켰어?'

반말은 상상조차 할 수 없는 일일진대 껄렁껄렁한 태도까지. 아무것도 모르는 이무기의 눈에도 서열이 바뀌었다.

'나는 마땅히 대왕으로서의 할 일을 했을 뿐인데?'

그럼에도 변성왕은 기죽지 않고 받아쳤다. 하하하. 목젖이 드러날 만큼 시원하게 웃어젖힌 영 왕자가 돌연 정색하며 허리춤에 차고 있던 검

붉은 검집에서 검을 꺼냈다. 군사들이 소스라치게 놀라 뒷걸음질 쳤다.

'대왕으로서의 할 일이라……. 너 따위가?'

'그, 그 검으로 무얼 하려는 게야! 이 미친놈이!'

불길한 낌새를 느끼기엔 타이밍이 늦었다. 날카로운 파열음과 함께 검이 한번 변성왕을 스치자 잘 달려 있던 목이 뎅강 잘려 머리가 바닥에 굴렀다. 툭, 데구르르……. 두 바퀴 굴러간 머리가 못으로 떨어지기 전 아슬아슬하게 멈추었다.

아이고, 세상에나……. 여기저기서 놀람이 깃든 탄식이 쏟아졌다.

'미친놈이라니. 쌍놈이 못 하는 말이 없어.'

이무기는 놀라다 못해 나무에서 떨어질 뻔하였다. 잘린 목의 단면이 피 한 방울 없이 깨끗했다. 질겁한 군사들이 일제히 무릎을 꿇자 영 왕자의 검도 검집에 도로 들어갔다. 변성왕의 잘린 머리가 바닥에서 왕왕 떠들어 대었다.

'네 이놈! 염라에게 전부 고해 가만히 두지 않을 테다! 네놈도 똑같이 머리를 잘라 버릴 것이야!'

'아…… 시끄러워.'

공처럼 퍽, 걷어찬 머리가 데굴데굴 굴러 못에 풍덩 빠졌다. 머리 무게가 꽤 되다 보니 수박을 빠트린 것처럼 물보라가 크게 일었다. 머리를 잃은 육신이 허우적거리며 어서 못 쪽으로 달려가라고 난동을 부렸다. 입이야 머리에 달려 있으니 목소리가 들릴 리 없고…….

이쪽은 영 왕자의 기가 워낙 살벌해 군사들은 이도 저도 못한 채 발만 동동 굴렀다. 이를 어쩌나, 이를 어쩌나. 그들의 표정을 대강 읽자면 그러하였다.

영 왕자는 시간을 가늠하듯이 군사들을 여유롭게 훑으며 긴장을 바짝 조였다. 목 잘린 변성왕이 비틀거린다. 이, 이대로라면 대왕님이 위험한데.

시간이 얼마나 흘렀을까. 안절부절못하는 군사들을 둘러본 영 왕자의 도톰한 입술이 호선을 그렸다.

'가서 안 꺼내고 뭐 해. 진짜 뒤지길 바라면 계속 그러고 있든지.'

제가 잘라 버렸으면서 태평하기론 지나가는 행인처럼 굴었다. 휘파람까지 부는 통에 우물쭈물하던 군사 몇이 일어나 달려가자 우르르 못에 뛰어들었다. 풍덩, 풍덩 연거푸 빠져드는 통에 물고기들이 놀라 수면 위로 팔딱 뛰어올랐다.

영 왕자는 그것들을 보며 낄낄 웃다가 방향 감각을 잃은 변성왕의 육신을 발로 걷어찼다. 꼴사납게 넘어진 몸이 원통하다는 듯 땅을 마구 내리쳤다.

미친놈 맞는데. 미친놈이 따로 없다. 당신은 미친놈이다. 저런 미친놈에게 과실을 선물해 주겠다며 예쁜 것으로만 땄다니. 질겁한 이무기가 몸을 둥그렇게 말았다. 못에 숨어 있을 때 취했던 동작이었다. 이러고 있으면 물살을 쉬이 타지 않았다.

'내려와.'

밑에서 영 왕자의 부름이 들렸다. 숨어 있다는 사실을 진작 알고 있었던 것이었다.

'쟤네 너 쳐다볼 새 없어. 내려와도 돼.'

망설이던 이무기가 나무에 올라갔을 때와 달리 느릿느릿 내려갔다. 그냥 뛰어내렸도 되는데 직전의 광경이 워낙에 충격적이어서 몸이 뻣뻣해졌다. 영 왕자는 이무기가 꼼질꼼질 내려올 동안 채근하지 않고 기다려 주었다.

드디어 마주했다. 이무기가 빤히 쳐다보자 영 왕자가 눈을 찌를 듯 긴 앞머리를 쓸어 넘겼다. 그러고 보니 이곳에 드나드는 자들은 머리카락이 허리까지 긴데, 영 왕자는 숨이 꼴깍 넘어갈 만큼 무서웠던 첫 만남 이후 긴 머리카락을 썩둑 자르고 나타났다. 여러모로 미친놈이 맞았군.

'왜? 나 잘생겼어?'

'……제 목도 자르실 겁니까?'

'어느 미친놈이 네 목을 자른다든.'

'방금 영 님이 자른 건 목이 아니라 팔이라도 되는 것처럼 말씀하시는군요.'

'저 새낀 잘릴 만했잖아. 그나저나 이건 왜 또 땄어? 배고프면 다른 거 가져다줄게. 먹지 마, 저딴 거. 몸 썩어.'

뿐만 아니라 숨겨 둔 소쿠리까지 일찍이 간파했었구나. 저번엔 '이딴 거'라더니 오늘은 '저딴 거'란다. 이무기는 몹시 멋쩍어져 뒷목을 갉작갉작 긁었다.

'……영 님께 드릴 선물이었습니다.'

'그랬어? 어쩐지 예쁘더라. 맛있겠네.'

……뭐지? 태세 전환이 왜 이렇게 빨라.

'산책이나 할까. 이곳보다 달이 훨씬 예쁘게 비치는 곳을 찾았어. 너도 좋아할 거야.'

과일을 아그작 깨물면서 앞서가다가 뒤따라오는 걸음걸이가 없자 뒤를 돌아본다. 알쏭달쏭함이 잔뜩 묻어 있는 이무기의 표정이 영 왕자에게 고스란히 전해졌다.

당신 왜 이러는 거야. 굳이 축약하자면, 그런 표정.

'차, 찾았습니다!'

멀찍이서 쫄딱 젖은 군사가 변성왕의 머리를 번쩍 들어 올렸다. 넘어져 있던 변성왕의 육체가 머리를 향해 후다닥 달려갔다. 허수아비 같은 모양새였다. 잘린 머리에 달린 부릅뜬 눈알이 이무기의 뒤통수를 뚫어 버릴 듯 노려본다.

그에 영 왕자가 검지와 중지를 펼쳐 제 눈에 가져다 댔다가 정면으로 뻗었다. 정확히 변성왕을 가리킨 손짓이었다. 경고였다. 푸르게 변한 그의 머리가 요동치며 군사의 손에서 벗어나 땅으로 툭 떨어졌다. 시간이 꽤 흘렀음에도 용케 숨이 붙어 있었다.

돌아보려는 이무기의 손을 영 왕자가 그러잡아 당겼다. 속수무책으로 그에게 끌려갔다. 다디단 체향과 과실향이 섞여 훅 끼쳤다.

'널 아무도 찾지 못하는 곳에 숨길 거야.'

'……'

'오직 나만 널 지킬 수 있다는 걸 잊지 마.'

'어떻게 지켜 주시려고요.'

'그건 내가 알아서 할 테니 넌 날 믿으면 돼.'

'믿지 못합니다.'

도리천의 못에서 아주 오랫동안 숨어 있었을 때 항상 제 주위를 둘러싼 물고기들이 말했었다. 여기서 널 지켜 줄 자는 아무도 없어. 그 누구도 믿지 마.

그들의 목소리가 들린 것은 여의주를 삼키기 전 뱀이었던 어머니의 영향이라고 보았다. 그러나 이무기는 의심보다 있는 그대로를 받아들일 수밖에 없었다. 살아남기 위한 발버둥의 일종이었다.

하지만…….

'그럼 믿으려고 노력해. 쉽지 않아도 말이야.'

이 자에겐 자꾸만 기대고 싶어졌다. 잇자국이 난 과일을 내밀기에 작게 베어 물었다. 머리 위에서 만족을 담은 웃음이 내리꽂혔다.

"……!"

꿈에서 깨어난 정은규의 몸을 덮고 있던 이불이 후룩 떨어졌다. 눈자위를 누르니 지나친 피곤함으로 딱딱하다.

다시 기억난 것은 지워지지 않는다고 했었지.

꿈은 안대영과 섹스 하면서 보았던 과거 중 한 장면이었다. 아무렇게

나 흩어졌던 조각들이 짜 맞춰지기 시작했다. 옆자리의 안대영은 죽은 듯이 잠들어 있었다.

한 침대에서 육체적인 관계를 맺은 후 함께 잠들었다. 그것만으로도 정은규에게는 기록적인 일이라고 할 수 있었다.

겨울의 밤은 길다. 그 밤이 지나고 동이 터 창밖이 푸르렀다. 잠든 안대영에게 새벽이 내리 앉았다. 정은규는 그 얼굴을 한동안 바라보았다.

나는 뭐였습니까……, 당신에게. 없으면 찾게 되고, 기대고 싶어지잖아.

그러나 잠시 함구한다. 털어놓게 되면 과거와 현재를 웃도는 혼란스러움이 일치해 겨우 숨겼던 감정이 드러날까 싶어서였다. 정은규는 스스로를 감추는 데 도가 텄다. 아마도 과거에서 비롯된 습관이 아닐까 여긴다. 확실하지 않은 것은 싫다.

그런데 점점 이 사람 앞에서 그것들이 허물어진다.

머리 아파……. 멀리했던 두통약이 떠올랐다.

* * *

다시금 깨어났을 때는 해가 중천이었다. 정은규는 습관처럼 한동안 앉아 있었다. 멍하다. 도중에 한번 깨어서인지 물먹은 솜처럼 몸이 무겁다. 콕콕 찌르는 편두통이 고막까지 내려와 쑤셨다.

"잘 잤어?"

안대영이 내미는 컵을 받아들었다. 어디서 찾아 신었는지 털이 보송보송한 겨울용 실내화를 신은 채다. 내가 저런 걸 샀었나…….

의구심은 금세 잠잠해졌다. 한 달 전인가 마트에서 충동적으로 집어 온 1+1 상품이었다. 다른 실내화도 어딘가에 있을 텐데. 위치를 떠올리며 마신 물은 정수였다.

"몸은 어때."

쑤시고, 결리고, 움직이기만 해도 비명을 질렀다. 근육의 짜임새가 잔뜩 엇나간 듯했다. 두통약을 먹을 게 아니라 근이완제가 필요하다. 출근하자마자 약을 먹든, 주사를 맞든 나무토막 같아진 몸부터 추슬러야 정상적인 근무가 가능하겠군.

겉으로 보기에 정은규는 담담했다. 예상했던 바였다.

"아픕니다."

"자제한다고 했는데 일어날 순 있겠어?"

"예."

섹스 했다고 움직이지도 못할 약골은 아니다. 그럼에도 안대영은 정은규를 부축해 무게 중심이 제게 닿도록 자세를 취했다.

"이러지 않아도 됩니다. 저 환자 아니에요."

"첫날밤을 함께 보낸 사이치고 너무 건조한 반응 아니야?"

"건조한 게 아니라…… 밑에 흐를 것 같아서 그래요. 놔 주세요."

"……아. 그것도 빼 준다고 뺐는데 아직 남았나."

"세 번 쌌잖습니까……. 한 번에 빠질 리가요. 정말 괜찮으니까 놔요. 마음은 고맙게 생각합니다."

그걸 카운팅하고 있었다니. 혼잣말로 중얼거려 봤자 다 들었다. 정은규는 저린 다리를 절뚝이며 욕실로 걸었다. 안대영은 엉금엉금 걷는 정은규를 여차하면 안아 줄 기세로 유심히 살피며 말했다.

"정은규 교수님. 간밤에 엄청나게 섹시하던데. 그런 야한 말도 할 줄 아는 사람이었어?"

"잠자리 평가하는 시간인가요? 그러는 대영 씨는 상당히 많이 해 본 사람처럼 능숙하던걸요."

"음. 뭐가 됐든 내 의지는 아니었고."

"부정은 안 하는군요."

"부정하면 거짓말이 되니까."

상관없다. 어디서 신이 나게 좆질을 하고 다녔든 간에 전부 과거의 일이니까. 겨우 변기에 앉자마자 참고 있었던 정액이 요의처럼 주르륵 몸 밖으로 흘러나가 소름이 돋았다.

수치심은 없으나 민망함과 부끄러움이 짙게 깔려 있었다. 그래서 저를 심각하게 지켜보는 안대영에게 꺼지라고 골백번은 말하고 싶었지만, 저 눈이 워낙에 걱정을 담고 있어서 쉬이 뱉지 못했다. 정은규도 본인의 벽이 안대영의 앞에서 무너졌다는 것을 모르고 있다.

"변명할 기회를 주겠어?"

"아, 씨ㅂ…… 해 보세요."

탈이 난 것처럼 배가 쿡쿡 쑤셔 욕설이 튀어 나갈 뻔했다. 정자가 상당히 건강한 모양이다. 어디까지 타고 올라갔기에 배가 이리 아파.

"너 괜찮은 것 맞아?"

"거의 나왔어요. 나머지도 알아서 나오게 두면 되니까…… 변명은 뭐라고 할 건데요."

"일단 내 목 안아 봐."

성큼성큼 욕실 안으로 들어온 안대영이 허리를 굽히자 정은규는 사양할 것 없이 목에 팔을 둘렀다. 몸이 번쩍 들린다.

언제 받아두었는지 욕조는 따뜻한 물이 넘실넘실 차 있었다. 조심스럽게 정은규를 욕조 안에 내려놓은 안대영이 넘치는 물에 옷이 젖거나 말거나 수건을 돌돌 말아 뒷목에 받쳐 주었다. 조금 뜨겁다 싶은 온도에 긴장이 풀렸는지 굳었던 몸이 노글노글해졌다.

수건을 베고 반쯤 욕조 안에서 눕다시피 한 정은규가 안대영을 올려다보았다. 걱정을 담뿍 담은 눈이 거북하지 않았다. 그와 섹스 했던 지난밤이 없었다면, 왜 이러느냐고 정색하며 밀어냈겠지만.

"오래전에…… 네가 태어나기도 전이지."

안대영은 이제 현재와 과거를 구분해 말하지 않았다.

"나는 화염 속에서 태어났어. 내가 태어난 지옥은 폐허로 발길조차 없던 곳인데 어느 날부터 화산이 끓고 땅이 숨을 쉬기 시작했다고 하더군."

이러한 이야기도 더는 재미있는 드라마처럼 받아들일 수 없었다. 이것은 우리가 공존한 세계에서 일어난 실화니까.

"인간의 모습으로 태어나진 않았어. 뭐, 이건 시왕도 마찬가지고. 그러니까 나를 낳은 건 인위적인 출산이 아니었던 거지. 자. 여기까지가 개념이야. 나머지는 변명의 당위성을 증명하기 위한 자료 화면으로 대체."

조물조물 뭉친 어깨를 풀어 주던 손을 앞으로 뻗자 불꽃이 치솟았다. 화재 경보 울리면 어떡하려고……! 그러나 그럴 일은 없었다. 공중에 뜬 불꽃이 곧 거울처럼 네모나게 변했기 때문이었다. 울렁거리는 불의 거울 속을 들여다보는 정은규의 시선이 또렷해졌다.

활기를 되찾은 열한 번째 지옥을 유영하는 용 한 마리가 있다. 여기저기서 피어오른 불꽃과 펄펄 끓는 활화산을 개의치 않고 활보하며 굉음 같은 울음을 내었다.

화면 너머에서도 용의 포효가 전해지는 듯 위압감에 몸이 오들오들 떨렸다. 그 몸 위로 다정한 안대영의 손길이 쏟아졌다. 따뜻한 물을 끼얹어 주고, 팔을 물 깊숙이 넣어 허리와 엉덩이를 악력 좋게 주물러 주었다.

그런 용을 숨죽여 보는 뱀 한 마리가 있다. 아나콘다보다 훨씬 큰 뱀이 돌과 돌의 틈새에 숨어 혀를 날름거린다. 뱀의 배가 터질 듯 부풀어 있었다. 뱃가죽을 뚫을 것처럼 비치는 색이 포효하는 용처럼 붉었다. 그것은 구(球)의 모양이었다. 숨쉬기 어려울 만큼 부른 배 탓에 소화가 될 때까지 움직이지 못하고 숨었던 것이었다.

정은규는 문득 용을 다시 살폈다. 지옥의 하늘을 뒤덮어도 무리가 없을 크기의 용은 아무것도 물고 있지 않았다. 정은규가 여태 봐 온 신화적인 용의 그림은 늘 입에 상징처럼 여의주를 물고 있었다. 그것이 디폴트인데 저 용에게는 여의주가 없었다. 뱀의 배도 다시 보았다. 분명히 배 속에 있음에도 찬란히 빛났다. 여의주를 삼킨 것이었다.

정보의 습득을 마친 머리가 바쁘게 정리를 시작한다. 저 뱀은 전생에서 나의 어미였을 것이다. 여의주를 먹은 뱀이 이무기가 되었는데 그 여의주의 주인이…….

"알고 있어. 쟤가 몰래 처먹은 거. 적어도 나한텐 필요가 없었으니까 내버려뒀을 뿐이야. 처먹고 나서 운이 좋으면 살고, 아니면 뒤질 테니까."

안대영이었다니. 정은규가 안대영의 손목을 붙들었다.

"그런데 막상 잃어버리고 나서야 알았지. 아, 그딴 게 뭐라고 없으니까 음양 조화가 맞춰지질 않아서 죽겠더군. 성가시게."

겁먹지 마, 변명하고 있는 거야. 그런 의미를 담아 붙들린 정은규의 손을 떼어내 깍지를 껴서 잡는다.

"좆질은 나름 살기 위한 방편이었어. 자기야, 나 그렇게 안 문란해."

"변명이 화려합니다."

"그래서 증명도 같이 뿌렸잖아. 용서해 줘."

구백구십 년이 넘게 못 안에서 살았다가 처음으로 빠져나왔던 날에 영 왕자를 만났다. 첫 만남에 검을 겨누었던 자다. 그러나 이 자는 저를 수도 없이 구해 주고, 현재를 만들어 냈다.

"하나 물어보고 싶은 게 생겼어요."

"마음껏."

"대영 씨는 우리가 필연이라고 했죠. 그건 계획된 겁니까, 아니면 우연으로부터 비롯된 겁니까."

"기억력 나쁜 의사 양반. 어젯밤에 내가 한 말 까먹었어?"

한번 자자고 성의 없이 플러팅했던 그날에 붙였던 수식어다. 그러나 그때와 의미가 달랐다.

"나는 널 사랑했고, 사랑하고 있어. 더 솔직하게 말할까? 난 다른 건 몰라도 진심은 계산할 줄 몰라. 그게 다야."

"⋯⋯."

"그거면 됐잖아."

입술이 이마를 짓누르듯 키스한다. 츄웁, 입술 떼는 소리에 정은규는 반사적으로 입술을 벌렸다. 심장이 재빠르게 뛰었다. 그 위로 안대영의 손바닥이 얹어진다.

"나 때문에 여기가 아프다며 낫게 해 주는 방법으로 심장을 꺼내갈 것이냐 물었었지."

축축한 피부가 손아귀에 엉겼다. 그러다 움켜쥔다. 살집 있는 가슴이 안대영의 손에 감겼다.

"상황이 꽤 재밌게 됐어. 너뿐만 아니라 나도 지워졌던 기억이 되돌아왔거든."

입꼬리를 당겨 웃는 안대영의 얼굴을 끌어당긴 정은규가 먼저 입술을 겹쳤다. 뭐에 홀린 듯한 입맞춤이었다. 축축이 젖은 손이 얼굴에 달라붙어도 개의치 않은 안대영의 팔이 욕조 뒤를 단단하게 받쳤다.

제4장

미친놈, 돌아 버린 놈, 제정신 아닌 놈. 영 왕자가 없는 곳에서 주로 등장하는 단어였다.

무대포를 넘어 제멋대로 행동파인 영 왕자를 일컬어 칭할 수 있는 또렷한 호칭이 없었기에 별명이 그만큼 많았다. 물론 모두 뜻은 비슷하였으나 이 중에 하나라도 영 왕자의 귀에 들어간다면 발설한 자는 주둥이부터 잘려 나갈 것이었기에 난다 긴다 하는 무사조차 그의 앞에서는 입을 조개처럼 다물었다.

명부에서는 일반 병사를 '군사'라 칭하고 무예가 출중한 자를 따로 차출해 '무사'라고 불렀다. 그리고 차민혁이 이에 속했다.

책사인 김석호는 우락부락한 몸집과 달리 무예는 영 젬병이었다. 다룰 줄 아는 검이라곤 요리용 과도와 식칼이 전부였으며, 오로지 책사임을 상징하는 부채만 흔들고 다녔다.

용의 비늘을 자개처럼 조각해 장식한 부채는 책사들 사이에서 자존심으로 통했다. 모시는 주군께서 너는 나의 신하임을 증명한다며 직접 하사한 물건이기에 더더욱 그러하였다.

김석호의 부채는 그중에서도 여간 화려한 것이 아니라 시선을 끌기 일쑤였다. 이승으로 내쫓길 때 명부에 두고 온 터라 당장 보여 줄 수 없어 아쉬울 따름이다.

여름마다 판촉으로 나눠 준 싸구려 부채를 펄럭거리며 내 부채가 과연 잘 있을는지 툴툴대는 것이 그가 더위를 이겨 내는 방식 중 하나였다.

차민혁의 검 또한 마찬가지였다. 여의주를 물고 있는 용이 휘감은 검이라니. 아무리 능력 좋은 무사라도 감히 검에 용을 두르진 못하였다. 이 역시 영 왕자가 하사하였기에 둘을 두고 이런저런 잡소리가 붙는 것이 당연했다.

'영 왕자는 역시 미친놈이었다.'부터 시작해 배경을 믿고 거들먹거리는 꼴이 봐주기 싫다는 시샘까지 붙었다. 정작 그들은 사고만 치고 다니는 주군 덕분에 몸이 열 개라도 부족한 상황이었거늘.

"아니, 그게요. 대왕님······."

두 신하들이 보기에 영 왕자는 딱히 개망나니까지는 아니었다. 붙은 별명 자체에 어폐가 있었다. 영 왕자는 정확히 이무기에게만 미쳤다. 그리고 상상 이상으로 철두철미한 성격이었다. 인내심이 짧아서 탈이지 이성적이란 뜻이었다.

이무기 일과 관련해 재판에 회부되기 전 시왕이 무슨 짓을 할지 모른다며 그간의 일을 문서화까지 시킨 대단한 자인데. 평등왕은 그걸 어떻게 알고 내놓으라며 연통을 넣었을까.

"왕자님 허락 없이는 못 보내 드립니다."

─너 많이 컸구나. 차남이도 아니고 내가 직접 연통을 넣었는데 이딴 식으로 나와?

"이차남이 아니라 삼차남이 와도 못 보여 드립니다요."

-넌 내가 어느 쪽으로 보이니. 영천왕을 배신할 상으로 보이느냐.

"그게 아니라……. 하……."

김석호가 푹 꺼진 볼을 매만지자 차민혁이 키득키득 웃었다. 김석호의 고통은 차민혁의 행복이었다.

"저희도 몰라요……."

-뭐라?

"왕자님만 아세요. 저희도 그것들 어디 있는지 모릅니다. 그리고 아시겠지만, 뭍에 오시면서 일부 기억이 지워지셨잖아요. 물건의 행방도 거기에 포함된 것 같습니다. 예전에 넌지시 말씀드린 적이 있었는데 아무 말씀 없으셨습니다."

-복사본은.

"원본만 존재합니다. 왕자님 성격 아시잖아요. 애초 저희에게 보여 주신 적도 없습니다."

-그 혀에 거짓이 하나라도 묻어 있다면 너는 명부에 멀쩡히 못 돌아올 줄 알아라.

"예?! 저는 무슨 죕니까?!"

"쫄따구인 죄."

옆에서 툭 뱉는 차민혁의 말에 김석호의 윗입술이 까뒤집어진다. '죽는다.'라고 일갈해 봤자 무기를 버리고 싸워도 김석호는 차민혁을 이기지 못한다.

"그런데 대왕님. 실례가 안 된다면 그건 왜 찾으시는지 여쭈어 봐도 될까요."

보고를 올려야 한다. 안대영과 명부 양쪽 모두에게. 그러니 이 연통은 밀회가 아니었다. 평등왕도 알면서 묻는 것이었다.

-명부에 돌아오면 영은 재판에 다시 서야 한다.

"……그렇겠지요."

-결백을 증명하고 영천왕으로서 재기하려면 작은 것 하나라도 남겨서는 안 되지 않겠느냐.

김석호는 생각의 지우개를 가져와 앞전 문장을 쓱싹쓱싹 지우고 다시 썼다. 보고를 올려야 한다. 안대영에게. 이 연통은 밀회다.

"대왕님을 의심하는 것은 아니오나 일전에 왕자님이 이무기의 승천과 관련해 도움을 요청한 것으로 알고 있습니다."

정확히 말하자면 도움을 요청한 것이 아니라 열한 번째 지옥을 건 협상이었다. 그리고 협상은 결렬되었다.

-그 결과는 영이 알고 있을 것인데?

"예?"

-내가 동의를 구하기 이전에 마리아가 이미 승인하였어. 염라와 뭍에서 회담을 나누고 결정한 일이다. 못 들었니?

그랬구나. ……아니, 잠깐만. 엄청난 말을 들어 버린 것 같은데.

입을 떡 벌린 김석호와 차민혁의 시선이 마주쳤다.

"예에?! 염라께서 뭍에요?! 설마 지금도 계십니까?!"

-뭍에 올라간 지가 한참이다, 아둔한 것들아. 알아들었으면 입 닥치고 어서 그것들이나 찾게 도와라.

차민혁이 벌떡 일어나 뛰듯이 중문을 걷어차고 나갔다. 나둥그러진 의자를 바로 세운 김석호가 발을 동동 구르다 책상 모서리를 펴억 치고 아야야, 우는 소릴 냈다.

-이번에 돌아오지 못하면 네가 놓고 간 부채는 살을 가닥가닥 찢어 5지옥 6게이트 문지기에게 넘기마. 그놈은 책사도 아니면서 네 부채를 호시탐탐 노렸다지?

"아, 대왕님! 너무하십니다!"

김석호의 새된 외침에 밖에서 삐로로 울던 새가 푸드덕 날아갔다.

* * *

'주여. 형제가 내게 죄를 범하면 몇 번이나 용서하면 되겠습니까. 일곱 번까지면 되겠습니까.'

'일곱 번뿐 아니라 일곱 번을 일흔 번까지라도 하거라.'

예수가 제자들에게 내가 누구냐 묻자 베드로는 살아 계신 하느님의 아들이시라 대답하였다. 그러자 예수가 너는 바위를 뜻하는 베드로 (Petros)라며 칭하시고, 그 바위 위에 교회를 세울 터이니 마귀의 세력도 그것을 이기지 못할 것이라 말씀하셨다.

시몬 베드로. 갈릴리 해변에서 형제 안드레아와 바다에 그물을 던지는 모습을 보시던 예수가 '내가 너희를 사람 낚는 어부로 만들겠다'고 하시니 그물을 버려두고 예수를 따라 그의 제자가 되었다.

예수의 열두 제자들 가운데 그는 초기 제자로 중심에 서 있었다고 성경에 전해져 내려오고 있다. 그러나 예수가 고난과 부활을 예고했을 때 반박함으로서 사탄이라 칭해진다. 그리고 그는 거기서 끝나지 않고 예수를 세 번 부정하였다.

탁. 베드로가 읽고 있던 성경책을 덮었다. 주로 읽는 구절은 아니었다. 감히 주의 앞에 적나라하게 드러난 민낯이 죄스러워서였다. 손때가 잔뜩 타 빛이 바랜 성경책에서 경건함까지 묻어났다.

자리에서 일어난 베드로 신부가 뒷짐을 진 채 창을 반쯤 뒤덮은 스테인드글라스 아래로 쏟아지는 아침 햇살을 맞았다. 20일의 월요일이다.

······5일이 남았구나. 4일이 될 수도 있겠군.

예수를 세 번 부정하고 통곡하며 반성했던 날로부터 며칠 후. 마리아는 무릎 꿇은 베드로의 머리에 손을 얹었다.

'시몬······. 너는 용서받을 수 없는 죄를 지었어.'

'죽음으로서 죄를 사하면 되겠습니까.'

'죽어도 죽은 것이 아니리라.'

신자의 육신은 언젠가 휴거하기 마련이다. 베드로는 그것만을 기다렸다. 그러나 쉽지 않았다. 억겁의 세월을 거쳐도 그는 용서받을 수 없었다. 환생의 굴레가 이어져도 결과가 같았다. 몇 번을 죽고 태어날 때마다 인종은 달랐지만, 종착지는 늘 이 성당이었다.

어째서. 주께서 깨달음을 원하시는 거라면, 나는 아직도 늦은 모양인가. 이것이 용서와는 별개의 문제라면.

베드로 신부는 그때부터 악귀에게 잡아먹힌 부마자를 구하기 시작했다. 일천 명을 구하다 보면 죄를 사해 주시겠지. 하지만 별다른 결과는 없었다. 그만 지치고 말았다.

그러다 베드로 신부는 신의 부름을 받게 된다. 다만 신은 신인데, 예수가 아니었다. 그는 무저갱에서 망나니로 소문이 난 열한 번째 지옥의 주인이자 어리석게도 여의주를 뱀에게 먹힌 반편이였다. 그러나 그 기운이 성당을 압도해 터가 불탈 것처럼 자글자글 열이 끓어올랐다.

'어떤 개새끼가 면상 좀 제대로 보러 왔더니 그냥 못 죽어서 빌빌거리는 거지였잖아?'

초면에 자기소개는커녕 독설을 넘어 폭언을 퍼붓던 이였다. 베드로 신부가 반박할 의지조차 없어 허허 웃자 성당이 영 마음에 안 든다는 듯 혀를 찬 영 왕자가 제 뒤에서 무장한 채 경계하는 수호신들을 돌아보았다. 그리고 대놓고 코웃음을 쳤다. 어디서 이딴 것들이 간지럽게 구는지 어처구니가 없는 코웃음이었다.

'얼마 전 꼭 너처럼 생긴 껍데기가 간도 크게 명부에 왔었지. 목을 베려는데 위에 계신 분이 선처를 구하더군.'

'난 네가 무슨 말을 하는지 모르겠다.'

베드로 신부도 무서울 것이 없었다. 똑같이 반말로 받아치자 영 왕자가 뒤를 돌았다.

'자기들. 여기서 내가 너희를 몰살시켜도 저기 하느님은 나 못 잡아 가거든. 그러니까 좋은 말로 할 때 저리 가 있었으면 하는데.'

'말 대롭니다. 괜찮으니 가 있으셔도 됩니다.'

우물쭈물하던 수호신들이 경계를 늦추는 듯하다가 기강을 다져 가슴을 더욱 펼쳤다. 영 왕자는 웃는 법이 쉬이 없는 무뢰한이었다.

'셋 셀 동안 안 가면 불낸다. 셋. 둘.'

하나를 말하는 입술과 동시에 맨 앞줄의 수호신 다섯이 순식간에 재가 되어 바닥에 가라앉았다. 그때부터 동요가 일어났다. 타닥타닥 남은 불씨를 밟은 영 왕자가 허리를 굽혀 그들을 한 명씩 인자하게 쳐다보았다.

'가라고 했잖아. 응? 착하게 말했는데 왜 안 들어서 이 꼴을 내게 해.'

제어가 안 되는 미친놈이로구나. 마침내 첫인상이 정해졌다.

게다가 전적으로 책임을 전가하는 말투라 자칫하면 그대로 넘어갈지도 모르는 일이었다. 보통내기가 아니다. 수호신들이 주춤주춤 뒤로 물러나 대화가 들리지 않을 거리까지 멀어졌다. 영 왕자는 그제야 몸을 돌렸다. 그의 눈 속에 불씨가 넘실거렸다.

'안하무인을 넘어선 무저갱의 손님은 내게 찾아온 이유나 말해 보시게. 목적이 없으면 먼 곳까지 오지도 않았을 테니.'

'흠……'

'그렇게 보아도 뚫릴 얼굴이 아니다. 곧 손님이 올 시간이니 어서 용건이나 알려 다오.'

'넌 선악과를 먹지 않았나 보군. 그 뱀 새끼는 어째 사과를 하나만 처먹은 간땡이가 아니던데.'

'아담과 하와가 선악과를 먹음으로서 인류가 만들어졌으니 어쩌면 먹었다고도 할 수 있겠지. 나는 내가 지은 죄를 용서받기 위하여 가둬진 죄인일 뿐이야.'

'여긴 명부가 함부로 손을 뻗을 수 없는 곳이지. 이승에 있으나 하늘

의 영역이며, 죄를 지은 영험한 신부가 용서를 받기 위해 제 몸 썩혀 가며 희생하는 신성한 감옥이니까.'

그러면서 베드로 신부의 신체 곳곳에 눈도장을 찍는다. 수단 속 부마자들의 악귀가 남겨 놓은 각종 얼룩과 상처를 빗대어 말한 것이었다.

'죽고 싶어도 못 죽는 기분은 어때?'

그가 악귀처럼 미소 지었다. 그러나 악귀가 아니었다. 이는 신이다. 여의주를 잃은 반편이가 낼 수 있는 기운치고 어마어마했다. 무저갱의 시왕을 만나 본 적은 당연히 없다. 만날 일도 없었다는 쪽이 옳다.

하지만 베드로 신부는 확신할 수 있었다. 만약에 시왕을 만난다 하여도 이 자보다 강하진 않으리라. 그것은 직감이었다. 못 해서 안 하는 게 아닌 자다. 당장 이승까지 먹어치울 살기가 등등한 신.

영 왕자는 베드로 신부가 애써 멀리하고 있었던 달콤한 사과였다. 저 빛깔 좋은 사과의 과육을 가르면 꿀이 떨어질 테였다.

"신부님. 저희도 슬슬 등을 걸까요?"

보조 사제가 창고 열쇠를 흔들어 보였다. 베드로 신부는 뒷짐을 풀고 보조 사제에게 다가가 열쇠를 손가락으로 톡 쳤다.

"그래. 축제의 날이니 예쁜 것으로만 골라 매달아 보자꾸나."

"아이들은 쿠키 반죽에 한창입니다."

"허허허. 녀석들, 벌써 만들면 어떻게 보관하려고."

"연습이라고 하던데요."

성당 뜰 안쪽에는 보육원이 있다. 부모로부터 버려진 아이들을 데려와 보살피는 일은 줄곧 베드로 신부가 담당하고 있다. 정은규도 사리 분별이 가능해질 나이까지 보육원에서 자랐고 검정고시 합격과 동시에 독립했다. 전부 용서를 얻기 위한 노력의 산물 중 하나였다.

[좁은 문으로 들어가라 멸망으로 인도하는 문은 크고 그 길이 넓어

그리로 들어가는 자가 많고

"생명으로 인도하는 문은 좁고 길이 협착하여 찾는 이가 적음이니라
(마 7:13-14)……."

데엥, 데엥……. 꼭대기의 종이 울렸다. 신성하신 분께서 오시려나
보다. 베드로 신부는 경건하게 성호를 그었다.

* * *

병원 앞에 서서 깜빡이를 켠 안대영이 기어를 바꾸자 안전벨트 캡을
누른 정은규가 백팩을 챙겼다. 아……. 몸이 안 쑤시는 데가 없네. 주사
를 맞는 편이 낫겠다.

"먼저 올라갑니다."

"이따 데리러 올게."

"미리 오지 마시고. 퇴근 한 시간 전에 전화 드리겠습니다."

"은규야. 삐쳤어?"

그런데 예상하지 못한 질문이 날아온다. 정은규는 내리려다 말고 멈
칫했다. 안대영의 차 뒤에 멈춘 병원 셔틀버스에서 환자와 직원들이 줄
줄이 내렸다.

저 버스는 근처의 지하철역과 병원을 오가는 5호 셔틀버스로 운행 간격
이 15분이었다. 그만큼 이용하는 사람들이 많았다. 그 말인즉슨, 이곳에
차를 오래 대놓고 있을수록 민폐였다. 특히 월요일 아침이라면 더욱.

"……삐치다뇨?"

영문을 알 수 없어 되묻자 안대영이 손깍지를 껴 왔다. 의뭉스럽게
깍지 낀 손을 내려다본 정은규가 고개를 갸웃거렸다.

"나 걸레 아니야."

⋯⋯아. 변명인지 지랄인지 나누었던 이야기를 하나 보다.

"저는 대영 씨에게 걸레라고 한 적은 없는데요."

"삐쳤잖아. 오는 내내 말 한마디 없이 이러고 있었으면서."

입술을 모아 쭈욱 내민다. 그럴 리 없다고 딱 잘라 말하려다가 꿀 먹은 벙어리가 되었다. 삐친 건 아니지만, 은연중에 신경 쓰고 있었으니까.

하지만 그게 아랫도리를 함부로 놀린 안대영으로부터 실망이 발현된 것은 아니었다. 전생의 어미가 여의주를 삼켰음에도 가만히 두었다는 것에 의문을 가졌을 뿐이지. 정은규라면 당장에 뱀의 몸을 갈라 버렸을 것이다.

"지나간 일이잖습니까. 대영 씨가 누구에게 좆질⋯⋯ 아무튼 그걸 했든, 지난 일까지 들먹이고 싶지 않아요."

"아, 이래서야 편하게 둘러대지도 못하겠네."

"거짓말했어요?"

"아니. 사실의 일부분이었지, 거짓말은 안 해. 나도 쪽팔린 건 있다고."

"쪽팔린다는 감정도 아시는 분입니까? 미처 몰랐네요. 일단 알았으니까 나머진 퇴근하고 얘기해요, 뒤에 차 많습니다. 전화할게요."

후다닥 내린 정은규가 문짝을 닫기 전이었다. 욕설을 중얼거린 안대영이 빠르게 내뱉었다.

"내쫓긴 다음엔 널 찾느라 그랬어. 전생 안 보이는 새끼들 셋에게만 그랬다고. 끝까지 가지도 않았고 손대자마자 아닌 거 알고 그만뒀어. 그리고 너 만난 이후로 그런 적 없으니까 삐치지 마."

씨발, 쪽팔려. 굵은 입꼬리부터 턱 선을 타고 올라가자 붉게 달아오른 귓바퀴가 보였다. 뜻을 받아들일 동안 내가 무슨 말을 들은 건가 싶어 문짝을 쥔 채 굳어 있던 정은규가 허, 하고 웃자 안대영이 핸들을 터트릴 듯 쥐었다.

"문 닫아."

……그러지 뭐. 닫자마자 차가 쌩하니 출발했다. 흡사 도주처럼 보였다. 아까가 변명이었다면, 이건 해명이었다. 뭐야. 왜 쪽팔려 하지? 귀여운데.

그러나 생각과 동시에 정은규는 제 뺨을 내리쳤다. 귀엽다니. 할 생각과 하지 말아야 할 생각이 있지.

"왜 고귀한 뺨은 내려친대요?"

스윽 내밀어지는 긴 팔의 끝에 테이크아웃 커피가 들려 있었다. 초량이다. 하도 자연스럽게 나타나서 이 병원 직원인 줄 알았다. 정은규가 곧장 커피를 받아들지 않자 초량이 촐싹거리며 몸을 흔들거렸다.

"내가 저번에 교수님 커피 뺏어 먹었잖아요. 이건 보답! 독 안 탔소!"

"아, 네. 그럼 잘 마실게요."

"얼굴이 홍옥처럼 빨갛네? 으응? 뭐지~ 뭐야~ 우리 교수님이 왜 이럴까?"

"늦었어요. 올라갑시다."

"에이, 늦긴 뭘 늦어. 교수님은 일밖에 몰라서 탈이라니까."

뚜벅뚜벅, 가뜩이나 사람으로 붐비는 로비에 대형 트리까지 있으니 어수선하다. 처음 봤을 때보다 메모지도 많이 달렸다.

초량은 콧노래를 부르며 정은규의 곁을 따르다 트리 앞에서 멈췄다. 메모를 남기려는 건가. 늦었다는 건 둘러댐에 지나치지 않았기에 기다려 줄 수 있었는데, 초량은 정은규의 예상과 전혀 다른 말을 꺼냈다.

"하여간 인간들은 잔인해. 이만한 나무를 베어도 천벌 받을 마당에 주렁주렁 뭘 달기까지 하다니. 나무한테 못할 짓이야. 쯧."

장신인데다 동굴 저음인 목소리가 혀까지 차자 메모를 남기던 환자의 가족이 흠칫해 반대쪽으로 재빨리 돌아간다. 전구의 불은 여전히 밝다.

밝다, 라……. 안대영도 원래 이름이 빛날 영이라고 했었지. 빛이 난다, 라. 어쩌다 그런 이름이 붙었을까. 첫사랑의 이름을 지어 주지 못한 채 헤어져 한으로 남았다는 사람의 이름은 누가 붙여 주었으려나.

"초량 씨는…… 대영 씨를 얼마나 알아요?"

"나요? 나는 모르는 것 빼고 다 알지! 뭐가 궁금해졌어요? 말해 줄까? 근데 그러면 내 신부 되어야 하는데에."

"하나도 안 궁금합니다."

"차가워라. 완전 겨울이로구먼. 흥, 내가 사 준 커피까지 마셔 놓고는."

"아직 입도 안 댔어요. 그리고 이건 내 거 빼앗아 먹은 값이라면서요."

"농담입니다요, 농담."

가벼이 대꾸하는 초량의 눈에 하늘의 천사들이 들어왔다. 소원이 담긴 쪽지를 떼어 상자에 담는 손길이 바쁘다.

쟤들도 시즌이 시즌인 만큼 온 나라 병원을 쏘다니며 간절한 염원이 담긴 메시지들을 수거해 가는 것이다. 그러면 저들의 상관이 충분히 검토한 후 가능성이 있는 자들의 소원만 추려 결재를 올렸다. 필체만 봐도 쓴 사람의 간절함이 묻어났으니 못 고를 이유는 없었다.

이토록 하늘은 아량이 넓었다. 그러하니 피도 눈물도 없는 저승과 중립의 선에서 공존이 되는 것이겠지.

"어이. 정 따끼리. 왔으면 올라가지 뭐 하고 섰냐? 설마 또 나 잘생겼다고 하는 쪽지라도 찾아?"

김현수가 정은규의 어깨에 팔을 걸치자마자 정은규가 억 소리를 내며 숨을 들이켰다. 일시적으로 온몸에 통각이 느껴진 탓이었다.

눈이 휘둥그레진 김현수가 손을 든 채 물러나자 초량이 킁킁대며 냄새를 맡았다. 어디선가 비린내가 난다. 생선 비린내와는 다른데…….

"너, 어디 아퍼?"

"운……동을 좀 했더니……. 선배, 출근하자마자 수술 있지 않아요?"

"있지."

월요일 아침부터 수술하기 싫다고 징징거리는 타입이면서 오늘은 어째 잔뜩 들떠 보였다. 오늘의 운세가 괜찮은가. 미신 신봉자인 김현수이기에 들뜬 기분의 가능성은 그쪽이 높았다.

"좆같은 월요일이야. 월요일은 매번 좆같아. 월요일에 회식이 있으면 세상 좆같을 수가 없지. 쓰리 콤보여."

"예?"

"어쩌냐, 정 교수야. 오늘 NS 전체 회식이란다. 재단 부회장님 오신다는 카더라가 있어. 수술만 빼고 당직까지 집합이라네. 아이고, 나는 하필 오늘 수술이 두 개지 뭐냐."

회식은 좋지도 싫지도 않다. 월요일이면 '아, 왜 월요일부터……'라는 전제 조건이 붙긴 했지만. 퇴근 한 시간 전에 연락하겠다고 했는데 미리 해야겠네. 아직도 쪽팔려하고 있을 수 있으니 점심 먹고 전화해야겠다.

초량은 저쪽에서 또 혼잣말을 하고 있다. 볼 때마다 대화의 상대를 알 수 없으니 끼어들 틈이 없다. 놔두면 알아서 쫓아올 테니까 정은규는 김현수와 대화를 나누며 커피를 마셨다. 익숙한 쓴맛의 라테였다.

"내참, 오늘 운세에 빨간색을 기피하라대?"

"그 빨간색 수술실에서 실컷 보겠네."

"그래도 회식보단 낫다."

"왜 이렇게 회식을 싫어해요."

"넌 좋냐? 가만 보면 네가 사회성이 없다가도 있단 말이야."

"밥이나 한 끼 먹는 건데, 뭘."

엘리베이터가 열렸다. 초량은 여전히 혼잣말을 하고 있다. 저 정도면 보안 팀이 안 나서는 것도 용한 일이다.

"아, 맞다. 나 오늘 너랑 술 먹기로 했지 않냐?!"

"수술 두 개라며. 다음으로 미뤄요."

"두 번째 거는 카테터만 삽입하면 돼서 세 시간이면 끝나는데. 야, 열

시 전에 파하면 콜해라. 너 내가 주말에 있었던 일 들으면 놀라 자빠질 거다.”

“봐서.”

아슬아슬하게 닫히려는 엘리베이터의 열림 버튼을 누른 정은규가 ‘초량 씨, 안 타요?’라고 외치자 대화를 멈춘 초량이 부리부리한 시선을 이쪽에 던졌다. 정은규와는 미묘하게 어긋난 것으로 보아……

흘끔 김현수를 쳐다본 정은규가 갸웃하자 초량은 아무 일 없었다는 듯 한쪽 눈을 찡끗 감았다 떴다. 그러더니 이번엔 뽀뽀하는 시늉을 내는 것이 아닌가. 정은규가 곧장 닫힘 버튼을 눌러 버렸다.

* * *

구둣발 밑으로 젖었다가 말라비틀어진 소나무 잎이 자근자근 밟혔다. 김석호와 차민혁 없이 단독으로 산행 중인 안대영의 어깨에 슈트와 어울리지 않는 배낭이 들렸다.

이것들은 터를 잡아 준 은혜도 모르고 뇌물 없이 길을 열지 않았다. 배낭 속에서 출렁거리는 도토리묵의 무게가 상당하였지만, 그의 표정은 무심하기 짝이 없었다. 원래대로라면 어제 정은규와 함께 올랐어야 할 산길이었다. 대낮임에도 산은 어두운 편이었다.

바스락, 바스락 밟히는 낙엽 길을 얼마나 올랐을까. 안대영의 앞에 파란 불이 속속들이 솟아났다. 도깨비들이다. 안대영은 그들과 거리를 둔 채 어깨에 메고 있던 배낭을 던지고 앞서나갔다. 파란 불빛이 웅성 웅성 소리를 키웠다.

「혼자 온 건가?」

「쭉정이 같던 놈들은 어디에 두고?」

「저놈은 묵에 독을 탔을지도 모른다!」

「에헤이! 먹지 마라! 경계해야 해!」

아, 시끄러워……. 확 죽여 버릴까. 미간이 있는 대로 찌푸려졌다.

「잠깐 멈춰 서라!」

멈출 리 없었다. 무시하고 걷자 외발의 도깨비가 경중경중 뛰어 안대영의 앞을 가로막았다. 배낭을 뒤적거리던 다른 도깨비들도 경계 서린 눈빛이 되었다.

「초량은 이곳에 없다!」

"알아."

「그런데 왜 왔느냐!」

"내가 너 따위에게 대답해야 할 의무가 있었나."

「그, 그건……!」

"꺼져."

눈치를 살살 살피던 도깨비가 위아래를 훑는 안대영에게서 우물쭈물 비켜난다. 왼손에 들고 있는 검집이 두려워서는 결코 아니었다. 정말이다.

공중제비를 돌자 도로 파란 불빛으로 되돌아간 도깨비가 묵의 포장지를 벗긴 다른 도깨비들을 보고 멋쩍은 듯 퉁퉁거렸다. 와글와글한 수다 속 은밀한 목소리가 퍼졌다.

「초량이 말하기를, 네가 혼자 오면 데려다주라는 곳이 있었다.」

안대영이 파리 쫓듯 손사래 쳤다.

"알고 있으니까 묵이나 처먹어."

「으윽……. 말본새 하고는! 그것 말고도 전해 줘야 할 것도 있단 말이다!」

"뭘 전해 줘."

효험이 있었는지 우뚝 멈춘 안대영에게 주춤하던 불빛이 종종 다가왔다. 때마침 괴성 같은 고라니의 울음이 울려 퍼졌다. 그 바람에 놀란 아기 도깨비가 찡얼거리며 운다. 고라니가 그 찡찡거림에 식겁해서 도망갈 지경이다. 덕분에 데시벨이 커졌다.

이성의 끈이 잘릴락 말락 간당간당한 안대영이 걸음에 속도를 붙이자 아주 깊은 곳에 숨겨진 도깨비의 요새가 금방 드러났다. 잘 해 먹고 사네.

「신당을 기점으로 우리의 요새는 결계와도 같지. 초량이 데려다주라고 한 곳은 저 안쪽이다.」

다듬어진 길이 아닌 수풀이 우성한 곳을 가리킨다. 안대영은 주저 없이 그쪽으로 향한다. 키만큼 자란 수풀을 걷어내며 걷다 발이 진흙에 푹 빠져 구두의 광택이 한순간에 흙발로 변해 버렸다.

이런 씨발. 불쑥 튀어나온 욕설에 잠자코 따라오던 불빛이 휙 멀어졌다. 초량도 그렇고 도깨비들은 안대영의 쌍욕을 무서워했다. 저 얼굴에 욕까지 하면 무서워하지 않을 존재가 어디 있겠는가.

저놈의 욕쟁이, 욕하다 벼락 맞고 죽어라. 속으로만 저주를 퍼붓던 도깨비는 갑자기 돌아본 안대영 때문에 자지러질 듯이 놀라 버렸다. 저, 저주한 거 들었나?!

"여기서부터는 나만 간다. 따라오지 마."

히끅, 히끅. 딸꾹질 할 때마다 불빛도 덩달아 흔들렸다.

"분명히 말했어. 따라오지 말라고."

평소와 같은 어조였으나 일갈처럼 들렸다. 무시해서는 안 되는 경고였다.

우두커니 서서 딸꾹질만 하는 도깨비를 두고 우거진 수풀을 걷어내는 안대영의 손등에 식물이 할퀴고 간 생채기가 생겼다. 까칠까칠한 대가 있다 싶었더니. 발도 더러워지고, 손등은 상처가 나고. 여간 짜증나는 것이 아니다.

무광산은 이름값을 톡톡히 했다. 한밤중처럼 빛이 없어 산짐승의 기운이 가깝게 느껴졌다. 귀신의 집이 따로 없다. 정 교수 데려왔으면 기절했겠는데.

10분쯤 안으로 파고들었을까. 귓가에 쏴아아, 물이 흘렀다. 유속이 미약하게 느껴지는 것으로 보아 얼어 버린 계곡일 가능성이 높았다. 더러워진 구둣발이 저벅, 저벅, 젖은 땅을 마구잡이로 밟아 발자국을 내었다. 사아악— 날카로운 바람이 그의 머리칼을 헝클였다.

조짐이 좋지 않다. 태풍이 고여 있는 곳이다. 계곡과 가까워질수록 새된 비명과 거친 파열음과 귀가 찢어질 것처럼 고통스러운 죽음의 잔재가 스멀스멀 몰려와 안대영은 잡은 수풀을 찢어발겼다.

타닥, 탁.

타다닥.

타다다닥—!

작은 발이 재빠르게 달렸다. 안대영의 눈동자에 불씨가 솟았다. 수풀에 베여 버린 손바닥은 피가 옅게 고여 멍울지기 시작했다. 그 손을 주먹 쥐었다. 손 전체가 축축해졌다.

눈길이다. 소복하게 쌓인 눈길 위에 다급한 발자국이 도장처럼 찍혀 있었다. 안대영을 기준으로 왼쪽은 계곡이었고, 오른쪽은 허름한 집과 기도터가 있었다. 사이의 거리는 그리 멀지 않았다.

'엄마! 엄마아!'

어린 정은규였다. 뛰다가 철푸덕 넘어진 몸이 발딱 일어나 재차 달렸다. 손바닥에 고인 피가 방울져 눈 위로 툭, 떨어진다. 새하얀 눈길 위로 안대영의 핏방울이 점점이 찍혀 간다.

계곡 앞 피를 토하고 쓰러진 무당이 있다. 정은규는 어쩔 줄 모르고 주위를 두리번거리다 아등바등 무당을 일으켰다. 그 조그만 몸이 필사적이었다. 무당의 옷은 물론이고 꽃신마저 그녀가 토한 피로 새빨갛게 물들었다.

정은규는 어미의 피가 묻거나 말거나 낑낑대며 힘겹게 몸을 옮겼다. 걷는 내내 수도 없이 무릎을 눈 위로 쿵 찍길 반복한다. 안대영은 억겁의 시간처럼 느껴질 어린아이의 걸음에 시선을 못 박는다.

가슴이 울렁거렸다. 입안이 사막처럼 마르는 기분이었다.

수없이 고꾸라져도 벌떡 일어나 젖 먹던 힘까지 쥐어 짜내는 어린아이에게 태어나서 처음으로 자괴감이 들어 무심코 걸음을 옮겨 보았지만, 안대영이 할 수 있는 일은 당장 없었다.

아직은 안 된다. 아직은. 과거에 함부로 끼어들었다가 현재까지 모조리 엉켜 버리면 손 쓸 수가 없어진다.

정은규는 이를 악문 채 거동하고 있음에도 울지 못했다. 엄마가 죽을까 봐 무서워서 두려움에게 잡아먹힌 것이었다. 저를 보며 입맛을 다시는 악귀들을 둘러볼 새도 없이 집까지 다다라 대문을 넘어간다. 끽, 끼익, 녹슨 대문이 삐걱거린다.

안대영은 그제야 흙이 말라붙은 구둣발을 결계 너머로 내딛었다.

계곡은 살얼음판이었고 눈 위의 자국이 세 개가 된다. 어린 정은규가 달린 발자국, 그 어린애가 제 어미를 끌고 지나간 자국, 그리고 안대영의 구둣발.

안대영은 계곡 앞에 한쪽 무릎을 꿇고 앉아 무당이 떨어트리고 간 도자병을 집어 들었다. 옥수물을 담는 병이다. 그것에 익숙한 기운이 묻었다. 염라가 피우는 연초의 그을음과 그 앞에서 무너졌을 무당의 본능이었다.

「자식새끼 키워 봐야 아무짝에도 쓸모없다는 말이 인간 사이에서나 해당하는 건 아니었군.」

계곡을 뒤덮은 살얼음에 파지직 금이 가 부서졌다. 물살이 급작스럽게 빨라져 얼음 덩어리들이 순식간에 떠내려갔다. 언젠가는 영 왕자가 이곳에 찾아올 줄 알고 남긴 염라의 메시지였다.

「나는 네가 혜안을 가졌으리라 믿었다.」

안대영은 꼼짝하지 않았다.

「네가 고작 뱀 따위에게 여의주를 내어주고 내게 찾아왔을 때 너를 자식으로 거둔 이유를 정녕 모르겠느냐.」

폐허가 된 열한 번째 지옥에 화산이 끓고 땅이 숨을 쉬었을 때 명부는 매일이 전쟁이었다. 이는 새로운 세상을 예고하는 불길한 서막이었다. 막아야 하지만, 막을 방도가 없었다. 저들의 목을 베고 새로운 군주가 새 세상의 지평을 열 것이라며 지천이 요동쳤다.

염라를 제외한 시왕들이 살 떨리는 곡소리를 내었으나 마침내 용암이 끓어 넘쳤다. 영이 태어나는 날 명부의 하늘은 시꺼먼 연기와 재로 뒤덮였다. 시왕에게는 세계를 무너뜨릴 재앙의 씨앗이 싹을 틔운 것이나 다름없는 일이었다.

「너는 그대로 두면 천하를 무너뜨릴 놈이었다.」

"그렇습니까."

「그런데 이런 멍청한 꼴을 보아하니, 차라리 천하가 무너지는 것이 나았겠구나.」

여의주? 그딴 건 없어도 되었다. 없어도 제 목을 벨 수 있는 자는 한 명이 아닌, 한 톨도 없다. 심지어 뱀을 보낸 것도 시왕의 짓이었으니 본보기로 먹게 두었을 뿐이다. 너희가 그래봤자 내 발밑이다.

원인 제공을 하였으니 미치광이가 되어 명부를 들쑤시고 다녔다. 그러자 아무도 영을 건들지 않았다. 왕자는 호칭으로서라도 안도하려는 시왕의 광대 짓이다. 대가리에 똥만 찬 새끼들 같으니.

「이무기를 연모라도 하는 것이냐. 그렇다면 네 꼴이야말로 참 우습다.」

사부작, 사부작 눈 위로 작은 발자국이 수놓아졌다. 저 멀리서 귀곡성이 메아리처럼 울려 퍼졌다.

'아저씨는 누구세요?'

뒤이어 여린 음성이 들렸다. 작은 몸집보다 더욱 작은 목소리였다.

'그건 우리 엄마 거예요. 저 주세요.'

고사리손이 안대영의 어깨를 톡톡 두드린다. ……젠장. 안대영은 욕을 씹어 삼켰다. 꿇었던 무릎을 펴고 일어나자 어린 정은규의 고개도 뒤로 한껏 젖혀졌다.

땀이 식어 달라붙은 머리칼. 순진한 눈망울. 우울이라곤 티끌도 없는 얼굴.

"아가."

'네?'

나지막이 부른 말에 대답하며 유순한 눈을 깜빡거린다. 빈 몸이다. 이무기와 결합하기 전이었다. 뽀얀 이마에 숫자가 없었다. 이 어린애에게 내가 무슨 짓을 한 건지. 젠장. 제기랄. 나 없는 세상을 버텼던 넌 이렇게 예뻤나.

안대영이 손을 내민다. 상처투성인 손에 도자병이 들려 있다. 아이는 도자병을 가져가는 대신 피딱지가 앉은 손바닥과 빗금처럼 그어진 생채기를 가만히 들여다보았다.

'……다쳤어요.'

안대영은 대답하지 않았다. 다만 비교적 멀쩡한 왼손에 도자병을 옮겨 다시 내밀었다. 등 뒤로 숨기는 오른손을 유심히 쳐다보던 정은규가 꾸벅 인사하며 병을 받아들었다.

'고맙……습니다…….'

타다다닥 달려가는 뒤태를 끌어안고 싶었다. 끌어안고, 미안하다고 속삭여 주고 싶었다.

안대영은 눈이 녹기 시작한 땅에 남은 제 발자국을 거칠게 문대 지웠다. 이렇게라도 해야 정은규에게 있어 안대영과 마주친 기억의 편린이 오래 가지 않을 것이었다. 어느새 감쪽같이 사라진 눈길 대신 버석하게 마른 땅 위, 그는 홀로 서 있었다.

혼자였다.

그것이 사무치게 속을 달구었다.

* * *

"……어……?!"

정은규가 몸을 파드득 떨었다. 눈 깜짝할 새에 과거가 지나갔다. 한 순간에 일어난 일이라 필요 이상으로 놀라 버렸다.

"교수님 왜 그러세요?"

3년차 레지던트가 부지런히 타이핑하다 말고 코 밑을 긁적인다. 수요일에 있을 수술로 회의를 하고 있었다. 아. 아, 그래. 회의 중이었지.

"……아, 아니야. 나 잠시 전화 좀 하고 올게."

"괜찮으세요? 오늘 되게 피곤해 보이시더니."

"잠깐 쉬자. 10분만."

가운 자락이 휘날린다. 의국을 나가 복도에서 안대영을 버릇처럼 검색하던 정은규가 주소록에 들어가 '대영 씨'를 눌렀다. 통화 기록에 들어가자마자 있을 텐데 그것을 떠올릴 수조차 없었다.

고객이 전화를 받을 수 없어 소리샘으로…….

당신을 봤어요. 엄마가 피를 토했던 날에, 당신이 있었어. 내가 잘못 본 거라면 어서 말해 줘요. 어째서 당신이 내 기억 속에 있는 거야.

연거푸 걸어 본 전화는 반복된 안내 멘트만 도돌이표가 되어 돌아왔다. 안대영이 정은규의 전화를 안 받을 리 없다. 이건 받지 못하는 곳에 있다는 뜻이다.

'산에 가야 할 일이 생겼어. 웬만하면 자기랑 같이. 아, 나도 모르게 자기라고 했네. 또 사과할 일이 생겨 버렸잖아.'

이럴 줄 알았으면 동행할 것을 그랬다. 과거를 보았다는 사실에 앞서 걱정이 됐다. 안대영이 홀로 무엇을 보고 있는지 그의 걱정에 발밑이 뜨끈해졌다.

당신의 손이 많이 아파 보였어……. 치료를 빨리 하지 않으면 흉터가 생길지도 모른다. 그러니까 나는 당신이 걱정돼. 왜 이럴 때 내 옆에 있지 않고 혼자 멀리 떨어져 있어.

"거기서 뭐 하고 섰어?"

지나가던 민 교수가 정은규의 어깨를 잡았다 놓았다.

"아. 교수님."

"애인한테 회식한다고 통화 중이었어?"

"그건 아닙니다만……."

"아닌 척하기는. 이따 회식 때 보자고."

"예."

민 교수의 옆에 낯선 이가 있다. 정은규는 묵례하고 돌아서 안대영에게 전화를 걸었다. 벌써 일곱 번의 부재중 통화가 쌓였다. 전화를 받을 수 없어……. 멘트는 한결같았다.

"저 친구가 정은규 교수?"

"하하. 예. 병원 통틀어 최연소 교수인데다 저희 뇌혈관 센터의 자랑이죠. 인사는 이따가 정식으로 시켜 드리겠습니다."

"그래요. 똘똘하게 생겼네."

정은규의 머리부터 발끝까지 훑어본 남자가 민 교수의 안내를 받아 자리를 떴다. 나이답지 않게 기골이 장대하고 선이 곧아 날카로운 인상이었다.

* * *

강신무의 팔자인 이들은 몸주가 들어서기 전까지는 '빈 몸'이다. 신이 자유롭게 내통할 수 있는 빈 몸에 몸주가 들어와 내림굿을 받게 되면 비로소 강신무로서의 삶을 살았다.

내림굿은 몸주가 될 신을 받아들이는 예비 무당의 의식으로, 하늘과 저승에게 신을 품은 몸임을 알리는 증명으로도 통하였다. 무당이 내림 굿을 받게 되면 저승의 필경사가 보고서를 상세히 작성하여 올렸고, 이는 평등왕을 거쳐 염라에게 전해졌다.

그러나 안타깝게도 신인 척하는 잡귀에게 속아 내림굿을 받은 무당은 저승에서도 손 쓸 도리가 없었다. 본인의 선택으로 일어난 일이었기 때문이었다.

이런 경우 평등왕 선에서 보고서가 찢겨 버려졌으며, 강신무의 몸을 탐한 잡귀가 인간사에 영향을 끼치게 되면 선일 행정사 사무소 대표와 직원들이 쓰레기 처리를 담당하였다. 주로 이런 사고를 치는 잡귀는 개 중에서도 악랄하기 짝이 없는 악귀였다.

임신한 연화는 내림굿을 받지 않았다. 받아서는 안 되었다. 그녀는 잠시 이무기를 보호하고 있는 몸이었으니까. 이무기의 주인은 반드시 배 속의 아이가 되어야만 했다.

무엇보다 연화가 제 몸 속에 숨은 이무기를 신으로 받아들이려 내림 굿을 받으면 절차가 필요 없이 염라에게 직통으로 보고가 될 것이었다. 언젠가 들통 나는 날이 오더라도 최대한 기일을 늦추어야 했다. 그것이 저승의 영 왕자가 이무기를 되찾기 전 초량에게 남긴 지시였다.

'무슨 수를 써서라도 내림굿을 막고 아이를 보호해.'

무광산을 볼모로 잡아 협박했던 터라 초량은 귀를 후비적거리며 명 령을 받들었다. 그리고 연화는 초량을 신으로 삼아 껍데기만 강신무로 살다가 무사히 출산하였다.

정은규는 빈 몸으로 태어났지만, 사실상 빈 몸이 아니었다. 엄연히 이무기의 환생이었다. 만약 이무기와 결합하지 못했더라면 무당의 팔자로 살 수밖에 없었던 빈 몸. 그러나 이무기의 환생인 만큼 내림굿을 받을 필요조차 없었다. 정은규가 이무기이고, 이무기가 곧 정은규였다.

단지 안대영에 의해 저승의 추적을 피하고 연화의 몸속에 숨어 그 결합의 시간을 늦추었을 뿐이다. 이승의 시간으로 길어야 몇 년이면 이무기의 생애가 천 년을 도래해 연화의 몸에서 빠져나올 것이다. 그날이 미룰 수 있는 시간의 마지노선이었다.

"⋯⋯."

잡초가 무성한 기도터 앞에 도달한 안대영이 돌탑 아래를 구두코로 툭툭 찼다. 견고하게 쌓아 무너질 일이 없는 돌탑이다.

기억의 조각들이 아귀가 맞아떨어지면서 처음 정은규를 만났을 때도 이해가 되었다.

이마에 숫자는 보였지만, 전생이 안 보였던 정은규. 재판을 받고 기억이 지워진 상태가 아니었더라면 살아 줘서 대견하다고 안아 주었을 수도 있었을 텐데. 그게 아쉽지.

툭툭 돌탑을 걷어차던 구두코에 힘이 들어간다. 돌에 앞코를 갖다 박을 때마다 악센트가 커졌다. 툭! 툭! 퍼억─! 끝내는 신경질이 나서 있는 힘껏 걷어찼더니, 구두에 말라붙은 흙이 후두둑 떨어지며 절대 무너지지 않을 것 같았던 돌탑이 와르르 무너졌다. 흙먼지가 부르르 일어 연기처럼 후욱 퍼졌다.

돌탑에서 터로 남아 버린 곳에 편지 봉투 하나가 썩지도 않고 흙먼지를 뒤집어쓴 채 놓여 있었다. 초량이 전해 줘야 한다는 물건일 것이다. 안대영은 무심코 뒤를 돌아본다.

눈이 쌓였을 때의 광경과 달리 들풀이 점령해 버린 폐가가 있다. 저 집에서 빈 몸이 된 연화는 죽음을 맞이하고, 그 누명을 이무기와 완전히 결합한 정은규가 뒤집어썼다. 그리고 나를 잊었다.

「왔다, 왔어. 드디어.」

편지 봉투를 줍느라 숙인 허리 뒤로 아주 가냘픈 목소리가 들렸다. 숨소리만 들어도 안다. 악귀다. 흙을 탈탈 털어 낸 편지 봉투를 담배처럼 손가락 사이에 낀 안대영이 뒤돌자 그 수가 다섯이었다. 전부 어린 아이의 형태를 띠고 있는 악귀들이었다. 살아 있을 때 암매장을 당한 것처럼 엉망진창인 꼴이었다.

「기다렸어요. 우리를 살려 주세요.」

안대영이 여자애의 해진 빨간 구두를 쳐다보았다. 그리고 물었다.

"언제부터 여기 있었는데."

「모르겠어요. 아주 많은 시간이 지났어요.」

"그럼 저 집에 살던 애 알아?"

폐가를 가리키자 여자애가 부리나케 끄덕거렸다.

「은규요. 알아요. 친구 하고 싶었어요. 우리 모두가요. 말을 걸어도 대답이 없어서 애를 태웠어요.」

여자애가 말하자 나머지 넷도 그때가 떠오르는지 주억거리며 동조했다. 안대영은 담배를 물고 라이터를 딸깍거렸다.

"친구? 그 꼴을 하고 친구라."

대놓고 비웃자 눈치를 살핀 여자애가 살금살금 뒤로 물러났다.

"이리 와."

「주, 죽이실 거잖아요.」

가련하게 떠는 모습이 애처로워 뭣 모르는 인간이라면 당장 낚여도 이상하지 않았다. 그러나 상대는 안대영이다.

"내가 가?"

성큼 한 걸음 내딛자 소스라친 귀곡성이 꺄악 귀를 뚫을 것처럼 울렸다. 시끄럽다.

「탐냈던 건 맞아요!」

뒤에 있던 남자애가 소리쳤다. 다리 한쪽이 몽땅 썩은 아이였다.

「우리를 죽인 인간에게 보, 복수하고 싶었어요! 시, 시도도 해 봤었는데 그때마다 무당이 데려가거나 도깨비에게 혼이 나서 성공하지 모, 못했어요.」

「정말이에요!」

「지켜보기만 했어요! 정말요! 무당이 쓰러졌다는 것도 저희가 은규에게 알려 줬어요!」

저 주둥이들이 은규라고 말할 때마다 태워 버리고 싶은 마음이 굴뚝같았다. 그러나 이 악귀들은 유일한 목격자다. 죽일 때 죽이더라도 정보는 캐내야 한다.

「……무당이 쓰러지기 전에 무서운 아저씨를 만났어요.」

여자애가 용기 내어 입을 열었다. 안대영의 매서운 눈이 그리 향한다. 무서운 아저씨? 설마 염라를 지칭하는 건가. 호칭이 애들답다.

「너무너무 무서워서 저희는 숨어 있었어요. 그 아저씨 때문에 무당이 쓰러졌어요.」

"그 다음은."

「지, 집에 들어갔는데…… 결계가 심해서 저희는 가까이 못 가요. 혹시 그 아저씨가 은규를 데려갈까 봐 밖에서만 쳐다보고 있었는데…….」

인내심에 한계가 온다. 담배가 속절없이 타들어 갔다. 초인적인 인내심을 발휘해 참는 것도 모르고, 이것들은 쭈뼛쭈뼛 질질 흘리기만 한다. 참다못한 안대영이 담배를 내던졌다.

「금방 집에서 나오더니 '곧 무당의 몸이 비게 되겠구나.'라고 했어요.」

「그리고 나서 보름달이 엄청 크게 뜬 날이 있었는데 은규가 나오더니 은규랑 이렇게 딱 섰어요.」

「다른 은규도 은규랑 똑같이 생겼는데…… 얼굴에 까만 비늘 같은 게 막 붙어 있었어요.」

제 얼굴의 반을 더듬다가 '여기도요.' 하며 팔을 드러내 보인다. 은규가 나오더니…… 은규랑 이렇게 딱 서? 그리고 보름달? 정황상 결합의 날임이 틀림없었다. 보름달이 뜨는 날이면 비늘이 드러나는 민낯이 싫다며 나무 뒤나 못 속에 숨어 있었으니까.

「그런데 은규 한 명이 없어졌지?」

「맞아. 똑같은 은규 두 명이었는데 한 명이 됐어요.」

「그 이후로 은규한테 아예 다가갈 수가 없었어요.」

그랬겠지. 비로소 한 몸이 되었을 테니.

「그리고 며칠 후에 뱀이 엄청나게 많이 왔는데.」

「산에서 사는 뱀보다 훨씬 컸어요.」

"뱀?"

「네. 우리는 은규 집 안까지 들어갈 수 없는데, 그 뱀들은 막 들어갔어요.」

우물쭈물하면서도 팔을 이만큼 벌려 뱀의 크기를 설명하고자 한다. 안대영은 새로 문 담배 필터를 질겅질겅 씹었다. 필터에 잇자국이 마구 새겨진다.

「안에서 비명이 들렸는데 무당이었어요.」

「뱀이 무당을 잡아먹었어요. 그중에서 제일 큰 뱀이에요. 또렷하게 기억나요.」

「맞아요. 아가리를 이렇게 크게 벌려서 삼키는 것까지 저희가 밖에서 봤어요.」

염라가 말한 '곧 무당은 빈 몸이 되겠구나.'가 이것을 의미하는 것이었다. 빈 몸이 된 무당에게 들어가 정은규를 삼키려 한 것이었다. 어미의 간절한 기도가 새어 나가 듣고 찾아온 것이겠지.

"무당을 잡아먹은 뱀이 은규를 죽이려 들었어?"

「그랬는데 은규가 기절했어요……. 그리고…….」

"그리고."

「무당이…… 자기 배를 자기가 찔렀어요.」

잇자국으로 아직 난 필터가 땅바닥에 내팽개쳐졌다. 가루가 된다. 자살이다. 마리아가 하늘에서 직접 내려와 무당을 데려간 건 자기희생에 대한 부름이 있어서였다. 그때 제대로 알았겠지. 뱀 새끼가 이무기를 낳은 몸에 들어가 어떤 짓을 벌였는지.

「다시 일어난 은규가 떨어진 칼을 주워들었어요. 너무 무서워서, 은규인데 은규 같지 않아서…… 눈이 텅 비어 있었어요. 너무 무서워요. 떠올리는 지금도요. 눈이 마주쳤을 때 도망갔어요. 은규를 본 건 그게 마지막이에요.」

「정말이에요. 거짓말 아니에요.」

「다 말씀드렸으니까 주, 죽이지 마세요. 살려 주세요.」

새된 욕설이 튀어 나갔다. 움츠러드는 악귀들 따위야 안대영이 알 바 아니었다. 검을 뽑아들자 기운만으로도 위협이 되는지 악귀들이 귀가 째질 것처럼 높은 악을 내질렀다. 베기도 전에 몸부림치며 소멸해 버린 악귀가 셋이다.

「살려 주세요……. 살려 주…… 끼약!」

「끄아아악!」

검날이 성의 없이 악귀를 베었다. 발로 밟지 않고 검을 써서 소멸시킨 것만으로도 대가는 충분히 치른 셈이었다.

이토록 쉽다. 안대영에게는 정은규를 제외한 전부가 쉬웠다.

손아귀 안의 편지 봉투가 형체를 알아볼 수 없게 구겨지고 짓이겨졌다. 정은규를 만나야 한다. 만나자마자 품에 가득 안아 버릴 것이다. 안고, 토닥여 주고, 내가 늦어서 미안하다고 용서를 구할 것이다.

나의 원죄. 나의 구원자. 나의 첫사랑.

반드시 내가 지키고 말 것이라고.

회식은 항상 병원 근처 음식점에서 해결한다. 직업이 직업인지라 응급이 뜰 경우 곧장 들어가야 해서 멀리 가지 못한다. 개중에서도 고급스러운 한우 전문점의 룸을 통째로 빌려 착석하는 교수들마다 알쏭달쏭한 표정을 짓고 있었다.

아무리 교수급이라도 회식 때 한우는 잘 안 먹인다. 기껏해야 삼겹살이었는데 한우라니. 유니폼을 갖춰 입은 서버가 줄 맞춰 반찬을 내려놓고 숯을 들여왔다. 척 봐도 좋은 숯이다.

"이야……. 숯 때깔만 봐도 존나 비싸겠는데? 뭔 일이지?"

5번 진료실의 이 교수가 팔짱을 꼈다. 이 교수는 의심이 많다. 옆에 앉은 4번 진료실 박 교수가 반찬을 지분거리며 대꾸했다.

"야. 우리 단체로 내일 잘리나 보다. 이왕 이렇게 된 거 곳간이나 털자고. 현수 새끼 한우인 거 알면 배 아파서 어떡하냐."

정은규는 찬물 대신 나온 보리차로 목이나 축였다. 식욕이 감돌긴 하는데 생리적인 배고픔에 의한 것이지 메뉴 때문은 아니었다. 재킷을 벗어 의자에 걸고 손목시계를 들춰보았다. 여덟 시는 안 된 시각이다.

"은규야. 김 교수한테 전화라도 해 봐. 카테터라며. 얼추 끝났을 건데? 마무리 주고 오라 하지."

모든 과의 교수들을 합쳐 나이로는 정은규가 막내였다. 연차로 따지면 막내까지는 아니나, 나이대가 워낙 들쑥날쑥해 한참 어린 정은규는 연차와 관계없이 암묵적인 막내로 통했다.

그래 봐야 쓸데없는 서열질에 가담하는 성격은 아니라 무례함의 도가 지나치면 경고하는 선에서 그치는 수준이었다. 그까짓 경고? 라고 여길 수도 있겠지만, 정은규가 살가운 편은 결코 아닌지라 충분히 알아먹고 조심하니 다행이었다. 여태 만만하게 살아 온 적은 없었다.

"안 받네요."

소리샘으로 넘어가는 핸드폰을 내려놓자 교수들이 혀를 쯧쯧 찼다.

"먹을 복도 지지리 없는 놈."

"아, 요새 뇌경색 환자가 왜 이렇게 많아?"

"진정한 겨울이 왔다는 증거지."

"참, 너 논문은 어떻게 되어 가냐."

"씨바, 손도 못 댔다. 바빠서 토해 요새."

의사도 회식 때가 아니면 단체로 모일 일이 잘 없으니 수다가 이럴 때 터진다. 그 가운데 정은규는 서버가 구워 주는 고기만 물끄러미 쳐다봤다. 딱히 저 수다에 끼고 싶지 않았다. 김현수가 있었더라면 자꾸 말을 걸어 귀찮게 했을 테지만.

"은규는 어째 말이 없냐. 배고파? 선생님, 얼렁 구워 주세요. 우리 은규가 얼마나 배가 고프면 말 한마디 없이 고기만 쳐다보네."

박 교수가 꼽을 준다. 저보다 나이도 짬도 많아 정은규는 '아니에요. 생각 좀 하느라.'라며 대강 받아쳤다. 우리 은규. 안대영의 핸드폰 속에 저장된 내 이름. 그가 뱉는 '우리 은규'와 박 교수의 '우리 은규'는 파장의 크기가 크게 차이 났다.

서버는 정은규가 정말로 배가 고파 말이 없다고 생각했는지 잘 구운 고기 몇 점을 정은규의 접시에 먼저 주었다. 이러지 않으셔도 되는데……. 성의가 있으니 먼저 먹어야겠다. 하나도 고맙지 않은 표정으로 고기를 우물거리는 정은규를 신경 쓴 이는 없었다.

"다 모였나?"

민 교수가 문을 열고 들어오자 교수들이 맵시를 가다듬으며 자리에서 일어나 묵례한다. 거기엔 정은규도 포함이었다. 보리차로 입 안을 헹구며 일어난 정은규가 손을 앞으로 모았다.

그런데 혼자가 아니다. 민 교수가 과하다 싶게 에스코트하며 '모셔온'

남자는 아까 본 사람이었다.

"이 분은 우리 세연 병원 뇌혈관 센터를 건립할 때 큰 도움을 주신 분이자 삼진 그룹 이재형 부회장님. 인사 드려, 다들."

"안녕하십니까."

한우를 먹게 만들어 준 주인공이었군. 화려한 경력에 교수들이 각을 잡고 낯빛을 바꾸었다. 개중에 무신경한 사람은 정은규뿐이다.

일일이 악수하며 격려차 어깨를 두드려 준 부회장이 정은규에게도 손을 뻗었다. 가볍게 맞잡으며 눈을 내리깔았다. 김현수가 이르기를, 피라미드 꼭대기로 갈수록 눈이 아닌 인중에 시선을 두어야 한다고 했다. 그러지 않으면 찍힌다고.

"정 교수는 아까 지나가다가 봤죠?"

"예. 인사가 늦었습니다. 정은규라고 합니다."

"목소리가 좋네. 환자들이 꽤 선호하는 목소리를 가지고 있군요."

"역시 부회장님 눈썰미는 정확하십니다. 정 교수를 찾는 환자들이 줄을 섰죠."

이쪽에 시선이 파바박 꽂힌다. 그 시선이 시기와 질투를 내포하고 있다. 골치 아프게 왜 이래? 정은규는 겉치레 없이 무표정으로 일관했다. 손이나 놓아주었으면 좋겠다.

「교수님! 그 손 당장 뿌리쳐요. 어서.」

어디서 들린 말이야. 목소리의 근원지를 찾아 눈을 데구룩 굴리던 정은규는 유독 파랗게 타고 있는 숯을 내려다보았다. 빨갛게 이글이글거리는 다른 테이블의 숯과 달리 이 숯은 불이 새파랬다.

「나요. 초량이. 일단 손부터 놓으라니까는?!」

도깨비는 사물로 둔갑도 할 수 있나. 시키는 대로 예의 없이 잡힌 손을 뿌리칠 수는 없는 터라 최대한 정중히 놓았다. 민 교수가 이런 멍청이를 다 보았나, 라며 눈으로 욕하는 듯했다.

"죄송합니다. 손에 땀이 차서."

"인사는 여기까지 하고. 자, 앉읍시다."

그런데 왜 상석을 두고 내 앞과 옆을 차지하느냐 말이다. 졸지에 한 칸씩 옆으로 옮기게 된 교수들이 정은규를 마뜩잖게 살피며 끼어들 기회를 호시탐탐 누렸다. 정작 정은규는 숯불로 둔갑한 초량이 신기해서 구경만 했다. 만지면 뜨거울까?

"정 교수. 목요일부터 스케줄이 어떻게 되지?"

"복귀한 지 얼마 안 된 터라 응급 아닌 이상 외래 밖에 없을 겁니다."

"그럼 재단에서 매년 열리는 세미나가 있는데 참석해 줄 수 있겠습니까? 내로라하는 신경외과 명의들이 참석해 견문을 넓히기도 좋은 자린데."

"어이쿠. 당연히 참석하고말고요. 그렇지, 정 교수?"

질문은 정은규에게 했는데 민 교수가 대답한다. 잠자코 타오르는 초량을 쳐다보느라 대화를 듣지 못했다. 웬일로 안 따라온다고 했지.

「알겠다고 하세요. 아니야, 아니야. 고개만 두 번 끄덕끄덕.」

이거 어째 좆되라고 놀리는 것 같은데.

"예."

피이이. 불길이 확 치솟다 가라앉았다. 고기가 코로 넘어가는지 입으로 넘어가는지……. 이쪽에 온 신경을 쏟고 있던 박 교수가 서버를 호출했다.

"저기, 여기 불 좀 봐 주세요! 불이 미쳤나!"

소란이 일든 말든, 부회장이 술병을 들어 정은규의 빈 잔을 까딱 가리켰다. 양주도 아니고 꽤 화려한 술병이다. 이런 술도 있나. 다른 테이블은 소주와 맥주였고, 심지어 민 교수도 소주잔이다. 부회장과 정은규만 약술이었다.

뭐 하는 짓이지 싶었으나 정은규는 예의 차려 술잔을 받고 부회장의 잔도 채웠다.

"이렇게 만난 것도 인연인데, 한잔하지."

줄곧 눈을 내리깔았던 정은규가 얇은 눈꺼풀을 들어 올려 드디어 부회장과 눈을 맞추었다. ……음? 경호원이 따로 있었나. 부회장의 뒤에 정복을 갖춰 입은 사내가 다섯이었다. 하나같이 허여멀건한 피부에 검을 차고 있었다.

잠깐만. ……검?

때마침 시시시식— 창을 뚫고 날선 바람이 불었다. 낌새가 이상해 뒤를 돌아보았으나 창문은 굳게 닫혀 약간의 틈도 없었다.

"방해꾼이 있어서 말이야. 도깨비 놈이 귀엽기도 하지."

정은규에게만 들렸다. 어조가 완전히 달라졌다. 심드렁하고 귀찮아하는 중저음이었다. 초량이 숨어 있었을 화로는 원래의 붉은 색으로 타올랐다. 타 버린 고기에서 아지랑이처럼 연기가 피어오르다 일시 정지 버튼을 누른 양 멈추었다.

그것을 인식하자마자 화르륵 타오르던 숯불의 움직임 또한 멈췄다. 작위적으로 웃음을 만들던 교수들의 행동 역시다. 정지 화면이다.

똑, 딱, 똑, 딱. 인테리어로 걸어 놓은 고풍스러운 벽시계의 바늘이 거꾸로 돌아간다.

똑딱, 똑딱. 똑, 딱. 시계 초침이 거꾸로 움직이는 초마다 정은규의 동공에 수많은 영상이 앞다투어 지나간다.

"내가 누군지 알아보겠느냐."

'이번엔 부디 잘 숨어 보거라. 다시 질질 끌려와 업경을 보는 수치는 겪기 싫을 것 아니냐. 원한다면 잔뜩 아량을 베풀어 바로 소멸시켜 줄 수도 있다.'

영상의 끝은 '나'를 숨겨 주었던 내 어미와 염라의 재회다. 인간의 몸으로 겪은 적은 없지만, 서랍 속 깊숙이 넣어 두었던 비밀 편지처럼 뇌의 한 공간에 자리를 비집고 들어왔다.

'나'는 이 남자를 만난 적이 있다. 안대영과 필연이라면, 이 남자와는 악연이겠지. '나'를 이승에 숨긴 영 왕자를 재판에 넘기고 기억을 지운 자. 이승의 어미에게 숨어 있던 '나'를 기어이 찾아내었던 염라.

파도처럼 밀려온 기억의 재회를 차곡차곡 정리하는 정은규의 미간이 찌푸렸다 펴지길 반복한다.

"알 것 같습니다. 저를 싫어하는 분이시죠."

느릿느릿 흘러나온 대답과 눈동자에 다양한 이채가 시시각각 변하는 것을 지켜보던 염라가 곰방대를 뻑뻑 피웠다. 풍기는 연초 향이 상당히 썼다.

"때깔이 못 먹고 죽은 귀신 꼴은 아니로군."

"죄송하지만 제 머릿속에 혼동이 일어나는 바람에 어수선한 대답이 나가더라도 넘어가 주십시오."

천연덕스럽게 받아치는 척했다. 왈칵 겁이 났다. 하지만 질 생각은 없었다. 정은규에게는 안대영이 있다. 힘없던 이무기를 끝까지 지켰던 영 왕자 말이다.

"뱀 새끼 혓바닥은 좀처럼 변하질 않는구먼. 하긴 천한 본성이 어디 가겠나."

"그때와 똑같은 대답과 질문을 드릴까요. 뱀이 아니라 이무기입니다. 그리고 왜 오셨습니까."

"왜긴. 아들 하나 잘못 둬서 염병천병을 늘어놓고 있잖느냐."

잔을 쭉 들이켠다. 똑, 딱, 똑, 딱, 초침은 계속 반대로 일정하게 넘어간다.

"병원에서 나가라."

"세미나는 허울 좋은 핑계였군요."

"허면, 내가 널 도우리라 여겼느냐? 그거야말로 도리천이 무너질 소리로다."

"다시 묻겠습니다. 왜 절 찾아오셨습니까."

"영이 이런 걸 마리아에게 보냈다."

손가락 까딱 한번에 사자가 넙죽 서류를 바쳤다. 불판 위로 던져진 서류에 기름이 배었다. 정은규는 개의치 않고 서류를 가져와 훑었다. 종이 한 장이 내포하는 의미가 거대하다. 한자로 되어 있는 승천 공문이었다.

"건방진 놈. 참고 봐주었더니 기어오르는 데 끝이 없어."

"……."

'근데 교수님을 죽게 놔두면 두 번째 후회로 남을 것 같단 말이야. 그러니까 살고 싶다고 해요, 살려 줄게.'

그리 말하던 안대영이 떠올랐다. 이것은 정은규를 살리려는 그의 선택이었다.

"당장 네 몸을 찢어발겨 도리천에 흩뿌리고 싶은 것을 가까스로 참는 중이다. 네놈을 거열(車裂)하여 영에게 내던져 버릴까도 했었다. 끌고 가서 업경 앞에 세우느니 훨씬 효과적인 방편이지 않느냐."

"……."

"올라가. 그리고 다시는 영을 만나려 들지 마. 이건 네게 주는 처음이자 마지막 기회다."

정은규는 문득 출근 준비하면서 틀어 놓았었던 아침 드라마가 떠올랐다. 거기선 내 아들과 만나지 말라며 돈 봉투를 내던지던데. 차라리 돈이라면 웃기라도 했으려나.

"……저는 물이 고여 있는 넓은 곳을 싫어합니다. 기억이 나기 전에는 도무지 이해할 수 없었죠. 수영장부터 시작해 바다든 강이든…… 발만 담가도 숨이 막히는 기분이었거든요. 여태까지 단순히 공포증으로만 여겼습니다만…… 지금 당신과 이야기하면서 깨달았어요. 그렇게 오래 물속에 숨어 있었으니 트라우마로 남아 버린 거였다고."

눈을 치켜뜬 염라의 입술에서 연기가 아스라이 내뿜어졌다.

"천 년 가까이 못에 숨어 있었을 때……, 더는 이대론 못 살겠어서 당신들에게 빌려고 했습니다. 당장 죽게 되더라도 말입니다. 그리고 죽을 용기를 내어 수면 위로 떠오른 나를 구한 이는 영이었어요. 적나라하게 말해, 대영 씨가 아니었더라면 이렇게 살지도 못 했겠죠."

그랬으면 평행선이었을까. 안대영은 나 때문에 쫓겨나서 개고생하지 않아도 되었나. 당신은 나를 왜 이렇게 사랑했어. 왜 나를 흔들어 놓았어. 구해 주지 말지, 잘해 주지 말지, 죽게 두지.

"생야일편부운기(生也一片浮雲起)이요, 사야일편부운멸(死也一片浮雲滅)이라. 인간이 지어 낸 말이다. 흠, 그럴싸해."

삶이란 한 조각 뜬구름이 일어남이요, 죽음이란 한 조각 뜬구름이 스러지는 것이라.

"불온한 뱀 새끼와 재회한 기념으로 하나 알려 주마. 영이 네놈과 운우지락을 나누며 정신 빠진 얼뜨기가 되기 전 내게 찾아왔었다. 조용히 지낼 테니 양자로 받아들여 달라는 것이었지. 대신에 나의 능력을 나누어 달라고 하였다."

"……."

"그놈이 인간의 수명과 전생을 볼 수 있는 능력이 누구의 것이라고 보느냐. 내 것이다."

'난 사람이 언제 죽는지 압니다. 이마에 쓰여 있거든. 마치 글씨가 불에 타는 것처럼 진하게.'

이무기는 여의주를 먹은 뱀에게서 태어났다. 그것이 태생의 씨앗이었다. 열한 번째 지옥의 주인이 되었을 영천왕은 그로 인해 왕이 아닌 왕자의 신세가 되었다.

그러나 정은규는 단언한다. 그는 뒤엎고자 하면, 충분히 명부를 쑥대밭으로 만들고 반란을 일으킬 자였다. 할 수 있음에도 구태여 그러지 않았다. 그의 뫼비우스의 띠에 정은규가 공존했기 때문이었다.

염라의 양자가 되어 그의 능력을 나누어 받고, 필연적으로 이무기를 만났으며 아무도 찾지 못할 이승에 이무기를 숨겼다. 기억의 일부분이 지워진 채 내쫓겼으나 종국엔 가진 능력을 발휘해 기어이 나와 재회했다. 그리고 불완전한 용인 이무기를 승천시킴으로서 살려 주려 한다.

거꾸로 돌아가던 시계 초침이 박살 나 심장에 날아와 박혔다. 기분이 그렇다는 것이다.

아, 결국은 사랑이었다고.

인정과 동시에 쓴웃음이 지어졌다. 사랑, 그게 뭐라고. 이런 감정이 사랑이라면 절대 하고 싶지 않았다. 두 번째 사랑은 영원히 없을 줄로만 알았다.

그때 내 가슴을 갈라 심장을 꺼내지 않은 영을 원망하느냐고? 아니. 언제는 내가 내 마음대로 살아진 적이 있었어? 적어도 내게 있어 순리가 가져다주는 의미란 예견된 죽음뿐이었다. 안대영은 그것을 깨 주고자 한 것이었다.

정은규가 이 순간 가장 걱정되는 건, 여태 연락이 닿지 않는 안대영 하나다.

"나는 나의 구원자가 하자는 대로 합니다. 당신이 아니라. 만족하실 대답이 되었는지 모르겠습니다."

염라는 아둔한 꼴이 불쾌하다며 입을 찢어 웃었다. 그가 웃을 때마다 건물이 통째로 흔들렸다. 정은규는 육식동물 앞에 놓인 초식동물처럼 움츠러들지 않았다. 올곧은 눈빛으로 염라를 바라보았다. 더는 그의 협박이 무섭지 않아서였다.

"못 본 새 더 건방져져서 역시 갈기갈기 찢어 버렸어야 하나 싶구나. 실컷 용 써 보도록 해라. 일편단심을 지키려면 용쓰는 것으로는 부족하겠지만 말이다."

일시 정지되었던 현실이 돌아온다. 부서진 줄 알았던 벽시계도 초침이 제대로 돌아간다. 염라가 앉아 있던 의자는 텅 비었다. 사라졌다.

민 교수가 아무 일 없었다는 듯 '부회장님은 일이 있으셔서 먼저 돌아가셨으니 먹어, 먹어.'라고 부추겼다. 정은규는 염라가 준 잔을 치우고 맥주잔에 소주를 콸콸 따라 단숨에 들이켰다. 뒤늦게 몸에 긴장성 경련이 일었다.

「고생했어요, 교수님. 염라가 만만치 않지? 에휴, 빌어먹을 노인네 같으니. 우리 예쁜 교수님 핏기 없는 것 좀 봐. 곧 안 대표가 올 거요.」

화로에 돌아온 초량이 잘했다는 듯 퍼엉— 커다란 화력을 만들어 냈다. 저쪽 불은 대체 왜 그러는 거냐며 교수들이 떠들거나 말거나 알코올 섞인 숨을 내쉬던 정은규가 답답한 가슴을 퍽퍽 내리쳤다. 은규야. 그리 불러 주는 안대영이 고팠다.

* * *

-아무래도 대왕님이 정 교수를 만난 모양입니다.

"초량이는."

-같이 있었고요. 대왕님이 염력을 쓴 탓에 움직이지 못했던 것 같습니다. 그나저나 대표님……. 제 감이 말하네요? 저희 좆됐다고?

"개소린 집어치우고 나 금방 도착하니까 은규 근처에 있어."

-도깨비가 눈알 부라리고 보초 서는 중이라 걱정 안 하셔도 되십니다.

피우던 담배가 바닥이 남은 커피 컵 안에 빠져 치지직 식었다. 염라와 정은규의 재회는 예상한 바였다. 내가 있는 곳에서 접선할 리가 없지 않은가. 신호를 무시하고 달려 과속 카메라가 깜빡거렸다. 어차피 이미 집에 던져 놓은 벌금 딱지가 수두룩이었다.

-저 탄원서 미리 쓰겠슴다.

"민혁아."

-예에에.

대강 아가리 닥치라는 욕이 날아오겠지. 수화기 너머의 차민혁은 어차피 먹을 욕이니 마음의 준비나 하고 있었다. 그러나 안대영은 차민혁의 예상을 빗나간 말을 꺼냈다.

"정 교수 뭐 하고 있어."

-엥? 아. 교수님이요? 편의점 의자에 앉아 있는데요. 보자……. 맥주 세 캔째 아작 내고 계시네요. 도깨비는 페트병 나발 불고요. 둘이 딱히 나누는 대화는 없습니다.

톨게이트를 지난 차가 시내로 빠졌다. 안대영은 큰길이 막힌다고 판단하자 거침없이 상가 밀집지역으로 들어가 굽이굽이 이어진 길을 날쌔게 달렸다. 빠앙! 빵! 여기저기에서 클랙슨이 이어달리기처럼 터졌다. 깜빡이도 켜지 않고 끼어드는데다, 칼치기는 물론이고 곡예에 가까운 운전 실력을 선보임에도 사고가 안 난 게 용했다.

다시 큰길로 접어든 안대영이 횡단보도 앞에서야 브레이크를 밟았다. 우회전을 하면 세연 병원이다. 거의 다 왔다. 목줄 쥔 견주와 강아지가 퐁당퐁당 길을 건너가길 기다리며 핸들을 붙잡고 있다가 보행자가 없자 액셀을 밟았다. 이 근처 어디였을 건데.

한 손으로 핸들을 틀며 속도를 낮춘 안대영은 기와집같이 으리으리한 한우 전문점 옆 편의점 외부 테이블에 앉아 있는 초량과 정은규를 발견했다.

차가 테이블을 들이박을 듯한 거리에서 멈추자 초량의 눈썹 산이 잠시 꿈틀거리며 빈 페트병 주둥이를 붙잡았다. 정은규도 흠칫했으나 운전석에서 내린 안대영이 문을 쾅 닫자 긴장을 풀고 올려다보았다. 안대영을 올려다보는 그의 눈가가 취기로 발갰다.

"어이쿠. 드디어 왔구먼."

"넌 가."

초량을 보지도 않고 턱 짓으로 명령한다. 정은규는 인사치레도 없이 코를 들이켰다. 초량이 주섬주섬 안고 있던 페트병을 분리수거함에 버린 후 긴 팔을 붕붕 흔들었다.

"교수님! 나 가요! 내일 만나!"

희미한 미소와 함께 옅게 고개만 주억거릴 뿐이다. 안대영은 비어 버린 초량의 의자를 끌고 와 정은규의 곁에 놓고 착석했다. 맥주 세 캔이라더니 그새 한 캔이 늘었다.

"은규야."

킁. 정은규는 또다시 코를 들이켠다. 추운 날 외부에 오래 앉아 있었더니 체온이 떨어져 감기가 간을 보는 모양이다.

"안 취했습니다."

"어. 그래 보이네."

"취한 사람 보듯이 하는데요."

"내가?"

"예."

"너 하나도 안 취한 것 같은데. 내가 틀렸나."

숨 쉴 때마다 알코올 향이 진동을 하는데 안대영은 정은규의 편을 들어준다. 정은규는 낮아진 체온과 달리 뜨거운 한숨을 쉬었다.

"대영 씨가 보고 싶었습니다. 낮부터 계속."

이러고도 안 취했다고. 숙취 해소제를 사 올까 싶은 마음을 접는다. 주정이라기엔 사랑스러웠다. 표정은 나른하게 풀어져서 솔직함의 방패를 무장 해제시킨 정은규라니.

늘어져 있던 정은규가 백팩 앞주머니를 열어 비닐 팩을 꺼냈다. A4 용지 반절 크기의 폴리백이다. 딱딱한 플라스틱 의자가 안락한 소파라도 되는 듯 편하게 기대 앉아 있던 안대영은 정은규가 뭐 하나 싶어 꼰 다리를 팔랑거리며 지켜보았다. 오기 전 에너지 드링크를 두 캔이나 마셨더니 각성제라도 된 양 피곤해 죽겠는 몸과 달리 정신은 멀쩡하다.

"손 줘요."

말 잘 듣는 개처럼 정은규의 손바닥 위에 제 손을 턱 올려두었다. 정은규는 취했으면서 상처투성이인 안대영의 손을 꼼꼼히 훑는 것으로 모자라 밝기가 어둡다고 생각했는지 핸드폰 플래시까지 켜서 들여다보았다.

그런 그의 옆얼굴을 지그시 내려다보던 안대영은 집중한 정은규의 턱 밑을 간지럽히고 싶어 손가락을 살짝 구부려 보았다. 팔을 조금만 들면 강아지 예뻐해 주듯이 턱 밑을 조물조물 만져 주기가 가능한데…….

"장난치면 혼납니다."

라네. 아쉽게. 정 교수는 역시 고양잇과. 시답잖은 결론을 내린 안대영이 손가락에 들인 힘을 빼며 물었다.

"손 다친 건 어떻게 알았어."

"다친 게 보였습니다. 회의하는데 갑자기 저 어렸을 때가 보이더라고요. 거기 대영 씨가 있었고 손이 피범벅이었습니다. 혹시 몰라 챙겨 왔는데…… 나야말로 묻고 싶네요. 뭐였습니까, 그건? 오른손도 줘요."

비닐 팩 안에 알코올 솜, 니들을 포함한 봉합사, 소분한 몇 가지 연고, 거즈, 테이프 등 종류도 알차게 들었다. 저것만 챙겨 전장에 투입되어도 살아남겠다 싶다.

"은규야. 대화 가능한 상태야?"

"여태까지 대화했고 대영 씨 손도 보고 있죠."

"산에 갔다 왔어. 그리고 거기서 어린 너를 봤고. 이해하기 쉽게 말하면 과거와 현재가 충돌했다고 생각하면 돼."

"……예상은 했습니다. 오른손은 다섯 바늘 정도 꿰매야 할 것 같아요."

"이제 뭘 말해도 안 놀라네?"

"눈치껏 행동하는 거죠. 갑자기 보였을 때는 정말 놀라서 대영 씨한테 전화를 계속 걸었는데 안 받더라고요. 그래서 산에 갔구나, 짐작만 했습니다."

"예쁘더라."

"뭐가요."

"어릴 때 은규."

무표정했던 정은규의 얼굴에 웃음이 배었다가 사라졌다. 짧은 찰나였다. 수작질이었다면 무시해 버렸을 텐데 담백한 칭찬이라 귓바퀴가 분홍빛으로 물들었다. 이제야 퍼마신 술이 올라온다.

"그랬습니까."

"어."

"나 예쁘다고 말해 주는 사람 중에 불쾌하지 않은 경우는 대영 씨가 처음이네요. 국소 마취 할까요?"

"예쁘다고 해 줘서 마취 유무도 물어봐 주는 거야?"

"그렇다고 해 두죠."

"은규야. 너 귓바퀴 색이 젖꼭지 색이랑 똑같아."

"입 좀……. 지금은 소독만 하고 집에 가서 처치할게요. 외부다 보니 위생 문제도 있고…… 제가 술을 마셔서 완벽하게 꿰맬 자신이 없어요."

"안 해도 돼."

"그대로 두면 감염됩니다. 흉 지는 건 물론이고 상처 더 커져요."

"그런 거 신경 안 써. 소독만 해 줘."

나는 신경 쓰여. 알코올 솜을 두 개 뜯어 하나는 제 손을 소독하고, 다른 하나로 안대영의 손을 소독해도 따가운 기색 없이 잘 참는다. 따가워하면 후후 불어 주려고 했는데.

"만났지."

염라를 지칭하는 것이다. 정은규는 상처 부위에 임시로 거즈를 붙여 놓고 남은 캔맥주를 들이켰다.

"예."

"우리 은규 놀랐겠네."

받아들이기 힘든 말도 있었고…… 무섭기도 했고. 별의별 감정이 들었어요. 당신이 나를 위해 희생한다는 느낌도 지울 수 없었죠. 그까짓 사랑이 뭐라고 그랬습니까. 이상하게 따져들고 싶었다. 정은규의 속에도 작은 불씨가 틔워진 것이었다.

하지만 모진 말을 하기보다, 있는 그대로를 드러내 보이기로 한다.

"대영 씨가 보고 싶었습니다. 걱정했어요."

안대영의 얼굴에 미세한 환희가 들어찬다. 환희는 무표정을 웃음으로 바꾼다. 눈이 휘어지고, 입술 끝이 보기 좋게 올라갔다. 메말랐던 입가에도 우물이 팼다.

"제가 살려면 승천을 꼭 해야 하는 거죠. 그래서 대영 씨도 고군분투하는 거고."

"내 노력을 알아봐 주려고 묻는 거야, 아니면 그게 최선이냐고 따지려는 거야."

"둘 다 비슷합니다. 대영 씨……. 나는 매일 아주 많은 정보들이 머릿속을 강타하고 있어요. 소용돌이의 가운데에 서 있는 것 같습니다. 그런데 결론이 엉뚱한 쪽으로 나더라고요. 인생의 대부분을 수동적으로 살아왔었지만, 이제 그러기 싫어졌어요. 난 당신에게 마음이 갑니다. 아니, 이미 다 줬을 수도 있는데 애꿎은 객기만 남아 지지부진 끄는 것일수도 있죠. 까놓고 말하면 내가 이런 말을 대영 씨에게 해도 되는 건지 망설여집니다만……."

우리는 헤어지게 됩니까. 문장은 옹알거림으로 끝맺음 난다. 헤어지기 싫다. 핵심은 그것이다. 거기까지는 낯간지러워서 꺼내지 못했다. 고주망태가 되었어도 꺼내지 못했겠지.

말을 많이 해서 목이 말라 마른침을 모아 삼켰다. 안대영은 그런 정은규가 신기하면서도 기특해 차가운 손등을 제 손바닥으로 덮어 주었다.

"있잖아. 난 '끝내 쟤네들은 잘 먹고 잘 살았습니다.'로 마침표 찍는 엔딩을 원해. 꽉 막힌 해피 엔딩이 아니라면 자지 빠져라 널 찾아 댔을 이유가 있었겠어?"

안대영에게 있어 정은규는 해피 엔딩의 주인공이다. 신데렐라 스토리 따위는 싫어한다. 안대영이 해피 엔딩에 집착하는 건 둘 중 누구도 그것을 겪어 보지 못했기 때문이었다.

필연적으로 얽혀 버린 우리의 관계가 배드 엔딩이라면…… 난 억울해서 죽지도 못할 것 같아. 은규 너는 어때.

"안 헤어져. 내가 그렇게 만들어."

간결한 확답이었다. 정은규는 각종 매체 속에서 다루어지던 악당을 떠올린다. 처음엔 안대영이 그런 종류의 악당인 줄로만 알았다. 싸가지 없는 말투며 사람을 하대하는 듯한 제스처까지 선의를 위해 싸우는 주인공보다 악당에 어울렸으니까. 그러나 정은규의 인생에 있어 안대영은 악당이 아니었다.

"날도 추운데 일어날까. 나 지금 기분 되게 좋아. 자기야, 집에 가서 섹스 할래?"

"저랑 한 섹스가 좋았습니까?"

"죽여줬지."

"다행이네요. 근데 오늘은 콘돔 써요. 없는 것 같으니 사 오겠습니다."

몸을 일으킴과 동시에 손이 잡혀 안대영에게 안겼다. 거즈를 붙여 까슬까슬한 손바닥이 팔을 타고 올라와 뒷목을 어루만지고 뒤통수를 쓰다

듣었다. 코와 입이 안대영에게 파묻힌 채 눈만 드러난 정은규가 그의 목덜미에 눈꺼풀을 묻었다. 저를 안은 안대영의 맥박이 빨리 뛰고 있다.

"늦어서 미안해."

끔뻑, 끔뻑. 정은규의 속눈썹이 목을 간지럽힌다. 다정하고도 뼈가 깊은 사과에 잠이 쏟아진다.

"기다리게 만들어서 미안하고."

이것은 안대영의 속죄다. 그리고 다시는 그러지 않겠다는 반성이다. 왜 그가 이래야 하는지 정은규는 도통 알 수 없었다. 나는 당신에게 끌려간 게 아냐. 나 역시 내 선택에 의해 당신과 함께하는 거야. 그러니까 미안해하지 말았으면 해.

"……그래도 콘돔은 써요."

픽 웃는 안대영의 몸에서 진동을 얻는다. 추위에 빠져나갔던 체온이 다시금 오른다.

"알았어. 쓸게."

덜 여문 사랑의 감정이 뜨뜻하게 달아오르는 타이밍이 있다. 진심을 주고받으며 신뢰를 쌓는 선에서 국한하지 않고 네가 아니면 안 되겠다는 맹목적인 신념이 차오르는 순간. 조그마한 의심조차 몽땅 깨져 버려 오롯이 둘로 묶여 버리는 타이밍.

정은규는 힘을 풀고 안대영에게 온전히 몸을 기대었다. 차가운 바람이 끼어들 틈새도 없이 넓고 따뜻한 품이었다.

"은규야. 안는 건 좋은데 밑엔 왜 비벼. 서라고 고사 지내?"

"가랑이 사이에 다리 넣은 건 그쪽입니다."

"내가 언제."

"됐어요. 콘돔 사 올게요. 뭐 먹을래요?"

"아니."

산통이 깨져 멋쩍게 물러난 정은규의 코트가 편의점 안으로 쏙 들어

가자 안대영은 품에서 담뱃갑을 꺼내 휘휘 흔들었다. 몇 대 안 남았네.

제가 쓸 콘돔이니 담배 살 겸 함께 계산하려고 카운터에서 기다리고 있으니 정은규는 네모반듯한 콘돔 박스를 각각 다른 종류로 세 개나 들고 왔다. 안대영의 시선이 콘돔 세 박스를 내려놓는 정은규의 손가락에 닿았다. 저걸 다 쓰자는 건가.

"나는 환영이긴 한데……, 자기 나 감당 가능해?"

"사이즈 안 맞을 수도 있잖습니까. 되게 크던데. 계산해요."

뒤이어 수박맛 하드도 하나 올린다. 아르바이트생이 바코드를 찍자 하드만 가져가 껍질을 벗겨 와작 깨물면서 나간다.

입김을 폴폴 흘리며 하드를 씹어 먹는 정은규의 뒤태를 흘긋 본 안대영이 제가 피우는 담배를 가리켰다. 두 갑 줘요. 카드를 내미는 안대영은 실실 웃고 있었다. 이렇게까지 머저리처럼 실실 웃긴 오랜만이었다.

밖에 나가 정은규의 어깨를 감싸 안았더니 반절 남은 하드의 끝부분을 내민다.

"초록색이 맛있는 부분이에요."

안대영은 거리낄 것 없이 베어 물고 우물거렸다. 색소 가득한 하드가 달았다.

＊ ＊ ＊

"먼저 씻고 나오겠습니다."

집에 오자마자 전투태세를 갖추려는 것처럼 다부지게 백팩을 내려놓는 정은규의 머리꼭지를 안대영이 내려다본다. 시선의 길이 그어진다면 대각선일 구도다.

왜 저렇게 비장한 건데? 꼭 중요한 사투를 앞둔 장군같이. 드러난 목선을 깨물고 싶어 하는 사람 마음은 모르고 뻣뻣하게 군다. 긴장과는 결이 달랐다. 처음도 아니잖아, 우리.

방 안에 들어가 옷가지를 정리하고 나온 정은규는 자주 입는 잠옷 차림에 속옷을 들고 있었다. 정은규가 옷을 갈아입을 동안에도 현관에 우두커니 서 있었던 안대영이 그제야 느릿느릿 구두를 벗었다.

"금방 씻을 겁니다. 조금만 기다리세요."

"전쟁 나가?"

"예?"

"아니면 오늘이 혹시 이 세상에서 하는 마지막 섹스야?"

"⋯⋯예?"

"뭐가 그렇게 비장해. 숨넘어가겠네. 여유 있게 씻어요."

매듭진 넥타이를 끌어내려 손에 둘둘 감은 안대영이 소파에 털썩 몸을 묻은 채 눈자위를 꾹꾹 눌렀다. 지친 기색이 역력한데 그 피곤함이 정은규에게는 성적 매력으로 비쳐 문제였다.

왜 넥타이를 감은 손으로 저렇게 눈을 누르는 거야. 일부러 그러는 것이라면 이런 분야에 소질이 있다고밖에 할 수 없잖아.

"같이 씻을까요."

안대영이 픽 웃는다.

"꼬신다, 또."

"논리적인 이야기인데요. 같이 씻으면 따로 씻는 것보다 시간이 절약되잖습니까."

"논리를 지나가던 개한테 줬나. 정말 시간 절약되는지 해 볼래? 난 자신 없는데."

당연히 정은규도 나오는 대로 아무렇게나 지껄인 개소리다. 세 살 먹은 애도 아니고, 섹스를 앞둔 채 같이 씻자는 말이 어떤 의미를 내포하고 있는지 잘 알고 있다. 그냥, 내 눈에 당신이 섹시해서 그래. 그것도 상당히 위험한 쪽으로.

"오늘도 다정하게 해 줄 겁니까."

"원한다면."

"원래 섹스 스타일은 어떤데요."

"왜 궁금할까 그런 게."

알아서 좋을 것 하나 없는데. 그리 덧붙인 안대영이 주머니에서 핸드폰을 꺼내 던졌다. 깨지든 말든 상관없다는 행동이었다. 그러나 정은규는 그 질문으로 인해 돌이킬 수 없는 강을 건넜다는 사실을 깨달았다.

다가온 안대영이 정은규를 정면으로 껴안으며 양손을 뒤로 포박한다. 손목에 실크 재질이 섬뜩한 기분과 반대로 부드럽게 감겼다. 안대영의 목과 손에 얽혀 있던 넥타이였다. 정은규는 반사적으로 침을 꼴깍 삼켰다.

팽팽하게 당겨진 넥타이가 양 손목을 압박해 왔다. 손목을 한 바퀴 둘러 힘주어 잡아당기는 일련의 행동을 안대영은 시각이 아니라 촉각에 따라 하고 있었다. 그럼에도 피가 안 통해 손목이 저릿했다. 정은규는 안대영의 품 안에서 넥타이로 손목이 묶인 채 그의 어깨에 코를 박았다. 바람 냄새가 묻어났다.

"나 이런 거 좋아해. 묶어 놓고 잔뜩 괴롭혀서 울리는 거. 근데 그러면 정 교수 무서워할 거잖아."

무덤덤하게 드러내는 것치고 음험하기 짝이 없는 성적 취향이다. 강압적이었다면 이 어깨를 물어뜯어 버렸을 것이다.

"……제 취향 아닌 건 확실하네요."

"그럴 줄 알았어."

강단 있게 묶을 때와는 달리 스르륵 풀린 넥타이가 바닥에 떨어졌다. 도톰하게 솟은 목 빗근을 잘근잘근 깨물고 할짝거리던 안대영이 귓불 아래를 빨아들였다. 정은규의 고개가 반대 방향으로 젖혀진다.

"……씻고요."

밀어내는 대로 밀려난 안대영이 숨을 깊게 내쉬었다가 갑갑한지 셔츠 단추를 풀어 냈다. 욕실 문이 굳게 닫혔다.

"존나 감질나게 하네……. 진짜."

거추장스럽게 자란 머리를 쓸어 넘겼다. 시험에 드는 기분이었다. 당장 저 문을 열고 들어갈 것이냐, 아니면 참아 낼 것이냐. 베란다에 나가 담배 한 대를 천천히 피운 안대영이 셔츠를 벗어 소파에 던졌다.

저벅, 저벅, 저벅. 마른 발이 바닥을 쓸듯이 걷는다. 검지부터 약지가 문고리를 토도독 건반처럼 쳤다. 물줄기가 한참 쏟아져야 할 네모진 공간이 고요하다. 그립감이 좋은 문고리가 손아귀에 감겼다. 문 하나를 두고 그 너머의 연인에게 숨결이 쏟아진다.

"……."

달칵. 안대영의 손이 힘없이 떨어진다. 문을 연 것은 너머의 정은규였다. 문고리를 쥔 채 말갛게 올려다보는 정은규의 귓바퀴가 붉었다.

"취했나 봅니다. 혼자 못 씻겠어요."

유혹이라면 잘못 부렸다. 이성의 실마리가 뚝뚝 끊겨 간다. 안대영은 고개를 젖혀 천장을 쳐다봤다. 그 바람에 굵고 긴 목이 육감적으로 드러난다.

"아. 확 꼴리는데."

고개를 내리며 그리 말한다. 웃고 있었다. 발바닥이 욕실 타일 위로 침범했다. 문은 열린 적도 없었던 것처럼 조용하게 닫혔다.

"이런 개수작은 어디서 배웠어?"

정은규는 사나운 맹수에게 목이 물려 서서히 숨통이 끊기는 가젤처럼 바르작거렸다.

"배웠다면…… 대영 씨겠죠. 나는 당신하고만 섹스 했으니까……."

"하여튼 한 마디도 안 져."

잇자국 난 목덜미를 타고 올라온 입술이 정은규의 턱 끝을 사뿐히 찍고 입꼬리에 안착했다. 그리고 속삭인다.

"은규야…… 키스해 줘."

정은규의 두 팔이 안대영의 목을 두르며 입술이 틈 없이 맞물렸다. 동시에 몸이 붕 떠 등이 차가운 타일에 닿았다. 등허리에서 훅 떨어진 온도는 도로 올라가 훨씬 뜨거워졌다.

곧추선 좆이 안대영의 복근에 비벼졌다. 안대영이 들어오기 전부터 발기해 물을 흘렸다. 그것을 그가 모를 리 없었다. 좆에서 흘리는 물과 입 안에서 범람해 흐른 침의 양이 비등비등하다.

정은규가 침범벅인 입술을 떼고 하닥거리며 안대영의 허리에 감긴 다리 한쪽을 풀었다. 힘들어서 자세를 오래 유지하기가 어려웠다. 안대영이 끌어안은 허리를 당겼다. 타일을 밟고 섰던 정은규의 발바닥이 안대영의 발등 위로 올라갔다.

"으읍……."

머리가 어질어질하다. 연이어 쏟아지는 키스가 사고 회로의 스위치를 꺼 버린 듯했다. 휘청거리는 정은규를 단단히 받친 안대영이 잘게 떨리는 입술을 추웁, 빨고 떨어졌다.

"다치면 안 돼. 나 잡아."

말갛게 젖은 귀두를 만지면서 귓속에 혀를 비집어 넣기 전 하는 말이다. 온몸의 열이 성기에 몰려 구멍 안쪽까지 간질거렸다.

정은규는 안대영의 손아귀 안에 좆이 잡힌 채 허리 아래를 힘주어 움직였다. 그 손에 추삽질을 할 때마다 엉덩이에 근육이 잡혔다 풀어지길 반복한다.

안대영은 혀끝으로 정은규의 아랫입술과 윗입술 안쪽을 맛있는 아이스크림이라도 되는 양 핥아 대다가, 갈증 어린 정은규가 혀를 내밀었을 때야 키스를 해 주었다.

맥시멈을 향해 피치가 고조되었다. 탄력 좋은 엉덩이도 움찔 굳었다.

뜨겁게 부푼 입술에서 스타카토처럼 거친 숨이 터졌다.

정은규는 안대영이 기둥이라도 되는 듯 그를 껴안은 채 절정을 향해 허리 아래를 내맡겼다. 악력 좋은 손아귀가 자지를 움켜쥔 채 쥐어짜내듯 확 당겼을 때 정은규는 짐승처럼 몸을 부르르 떨고 말았다. 절정이었다.

"아, 하아, 하아……."

몸 전체가 울림통이 되었나 보다. 심장박동이 지나치게 크게 들렸다. 뇌까지 펄떡거리는 오르가즘이 마른 배 밑으로 타고 내려가 안대영의 발등을 밟고 있었다는 것도 그제야 깨달았다. 정은규가 흥분에 물든 붉은 눈자위를 들어 올리자 안대영은 힘없는 그의 손을 이끌어 제 좆 위에 두었다.

"딸 쳐 준 값 하셔야지."

스윽, 슥. 정은규는 문득 만지고 있는 좆이 시한폭탄 같다고 생각했다. 성난 좆이 몸을 가르고 들어왔을 때 우선적으로는 고통이 쏟아졌었다.

들어오는 것이 신기하진 않았는데, 내벽을 꽉 채워 움직일 때는 공기가 밀려들어와 배 속에 폭탄이 심어졌을지도 모른다는 상상을 했다. 섹스 하다가 복상사하는 경우는 있다지만, 자지가 내장 안을 꽉 채워서 배가 터지는 경우는 선례에 없었다. 조금 있으면 그 경험을 또 겪게 될 것이다.

시한폭탄. 안대영은 자지뿐만 아니라 존재 자체가 정은규에게 시한폭탄이다.

천장에 달린 레인 샤워기에서 미지근한 물줄기가 쏟아져 몸을 적셨다. 둥그런 어깨 끝을 깨물어 대는 안대영의 좆이 물기와 마찰해 더욱 야해 보였다.

"내쫓겨서는…… 세 명이라고 했지."

"응?"

"정말로 날 만나기 전에 그 셋과 끝까지 안 갔어?"

저도 모르게 손에 힘이 들어가자 안대영이 낮은 신음을 내었다. 즐거운 듯 내리깐 눈을 정은규의 입술에 두면서.

"계속 질투해 줘."

"이거…… 그 사람들 여기에 안 넣었냐고 묻잖아요."

좆 끝을 제 구멍에 비비며 묻는다. 밀착한 몸을 끌어안고 여기저기 키스 세례를 퍼붓던 안대영이 성기를 붙잡은 정은규의 손을 놓고 슬쩍 진입을 시도한다. 귀두의 절반이 구멍 안으로 빨려 들어갔다.

"안 넣었어."

맛만 봤을 뿐인데 끝까지 밀어 넣고 싶어졌다. 천박하게 박으며 울리고 싶다. 감질나서 돌아 버리겠다.

"……그럼 넣어요."

"콘돔 쓰라며."

물기로 축축해진 정은규의 가슴을 움켜쥐고 솟아오른 유두를 손톱으로 긁었다. 다른 덴 말랐으면서 가슴은 만지기 좋게 살집이 있다. 안대영의 좆 끝이 구멍 주위를 문지르자 정은규는 성급하게 바디 클렌저를 이 몸 저 몸 할 것 없이 죽 짜서 비볐다. 그게 흥분을 고조시킨다는 것도 모르고.

"5분 안에 샤워 끝내고 나가요."

안대영은 대답 대신 샤워기 수압을 올렸다. 폭포처럼 쏟아지는 물줄기가 거품을 씻어 내렸다. 그럴 동안에도 부푼 입술이 수도 없이 맞물렸다 떨어졌다.

정은규는 푹신한 침대에 누워 세 가지의 콘돔 중 하나를 뜯어 자지에 씌우는 안대영을 응시한다. 이딴 걸 하게 될 줄은 꿈에도 몰랐다는 표정으로 씌우다 말고 인상을 쓴다.

"작아."

반도 못 씌운 콘돔을 빼서 버린다. 다음 콘돔 박스를 뜯어 비닐을 찢는 안대영을 보고 있던 정은규가 팔꿈치를 디뎌 몸을 반쯤 일으켰다.

"저거랑 같은 사이즈 아닙니까."

"몰라. 씌워 보고."

척 봐도 작았다. 아나나 다를까 콘돔 끼다가 자지 잘리겠다면서 내던진 안대영이 새 박스를 집어 들었다.

"하나 남았네. 이것도 안 맞으면 섹스 못 하는 거야?"

"아마도."

"아마도는 무슨 아마도야. 사람 존나 꼴리게 만들어 놓고. 씨발 새끼들이 자지가 죄다 크다 만 애새낀가, 콘돔을 이따위로 쳐 만들어. 섹스도 마음대로 못 하게."

짜증이 점점 차오르는 모양이다. 퍽 터트린 콘돔 박스에서 튕겨져 나온 내용물 중 하나를 집어 든 안대영이 기가 막힌다는 듯 은색 비닐을 앞뒤로 살펴보았다.

"섹스 못 해서 뒤진 귀신을 뭐라고 부르는지 알아?"

"……뭐라고 부르는데."

"색귀. 누구 덕분에 나 곧 그거 되겠어."

이로 비닐을 찢어 꺼낸 콘돔을 씌우다 만 안대영이 나지막이 욕설을 내뱉었다. 그것마저 작았다. 할 일 못하고 내던져진 콘돔이 세 개가 되었다. 안대영은 무릎걸음으로 일어나 침대 밑으로 내려갔다.

"텄네."

그의 몸 주위에 붉은 오라가 넘실거렸다. 짜증을 넘어선 것이었다. 발치에 걸리는 콘돔을 걷어찬다. 엎드린 정은규가 시트를 그러잡았다.

"이리 와요."

미간에 내천자를 심은 안대영이 뒤돌아본다.

"오라니까. 나 거기까지 갈 힘없어."

"그냥 넣어도 되는 거야?"

"넣어요. 대신에 사정은 몸 밖에 하고. 배 아픈 것보다 밖으로 흐르는 기분이 더 싫어서 콘돔 끼라고 한 겁니다."

"노력은 할게."

골똘한 척 고민하는 모양새로 있다가 와서 정은규에게 몸을 겹친다. 잠시나마 식은 몸을 달아오르게 하려고 새로운 애무가 이어졌다. 이미 정은규의 몸에 안대영이 깨문 자국이 만연하다. 손만 대어도 열꽃이 피었다.

그의 불꽃이 나에게 옮겨온 것은 아닐까. 아니면 자신은 안대영과 섹스 하기 위해 태어났다든지.

넓혀 놓은 구멍에 삽입하기 전 안대영의 사타구니가 코앞에 다가왔다. 정은규가 반사적으로 혀를 내밀어 귀두를 쪽 빨자 그르렁거리는 숨소리가 이어 터졌다.

"핥기만 해. 입 안에 넣지 말고."

콘돔이 아니라 윤활제를 샀어야 한다. 그의 눈이 그리 말하고 있었다. 정은규는 안대영의 사타구니에 고개를 파묻은 채 열심히 혀를 써서 자지를 적셨다. 혀를 대어 침으로 적실 때마다 꿈틀거리는 좆에 구멍도 움찔움찔거린다.

됐어, 그만. 침 범벅이 된 자지가 불뚝 솟아 있다. 욕실에서부터 그랬다. 이제껏 참은 게 용하다 싶을 때 좆이 구멍을 넓히며 천천히 들어오기 시작했다. 정은규는 숨이 턱 막히는 기분에 힘을 빼려 이를 악다물었다. 허벅지가 파들파들 떨린다.

아……. 제길……. 진입할수록 정신이 흐트러진다. 좆이 길을 낼 때마다 촉촉하고 쫀득쫀득한 내벽이 달라붙어 여기가 극락인가 헷갈렸다.

"읏!"

끝까지 들어가 사타구니끼리 닿았다. 안대영이 얼굴을 가린 정은규의 팔을 치우고 이마에 입술을 꾹욱 눌렀다. 움직일게. 콧대를 타고 내려온 입술이 인중을 지나 윗입술을 감자 달콤한 꿀이 그의 혀를 맞이한다. 위아래로 질척하게 얽힌 몸에서 땀이 배어나온다.

"흐으, 안에, 안에…… 아윽!"

키스하다 말고 정은규가 턱 막힌 숨을 토해 냈다. 전립선을 비비고 지나간 좆이 여기저기를 쑤실 때마다 발가락이 곱아들어 갔다. 어느새 머리칼도 땀에 흠뻑 젖었다.

"영 님…… 나, 읏! 안에…… 하아……."

내가 이런 너를 두고 누구랑 섹스를 해. 기억이 지워진 채로도 내 본능은 너를 찾고 있었어. 전부 말하면 도망갈까 봐 참는 것뿐이야. 나 하고 싶은 대로 했다가 네가 못 버티면 나는 그만 죽어 버리고 말 테니 참는 것뿐이라고.

예쁘다. 너는 내가 봐 온 이 세상 모든 것을 통틀어도 제일 예쁘다.

감성적인 인간이 못 된다. 이것은 인간이 아닐 때도 그랬다. 영 왕자는 자비라는 것을 모르는 부류였다. 언제나 이성적이었으며 감정에 휘둘렸던 적이 없다.

그게 오로지 너 한 명으로 깨지고 있는데, 난 이제 어떡하면 되는 거야. 말해 봐.

찰박, 찰박, 박을 때마다 물기가 배어나 보니 뒤로만 간 정은규의 좆에서 물이 질질 흐르고 있었다. 여러 가지로 돌게 만드는 데 일가견 있는 인간이다. 등허리에 팔을 감아 일으켜 몸 위로 앉히자 깊게 들어와 '흐읏!' 하고 놀란다.

얼굴이 눈물과 땀으로 얼룩져 다정하게 닦아 주었다. 자세에 적응될 때까지 움직이지 않고 기다려 주니 정은규가 훌쩍이며 시린 눈을 재차 닦았다.

"섹스 할 때마다 울면 어떡해."

예쁘잖아. 더 울리고 싶게.

"당신이…… 자꾸 쑤시니까……."

"당신?"

"영 님이…… 웃."

"하아……. 네가 영 님이라고 부르면 돌겠다고……."

엉덩이를 바투 쥐고 아래서 쳐올리자 우는 소리가 뒷목에 습하게 달라붙었다. 정은규는 미끄러지는 몸을 갈급히 껴안았다. 몸 어딘가 나사가 빠진 것이 틀림없다. 그러지 않고서야 이런 답 없는 쾌락이 쏟아질리 없다. 그를 잠식한 것은 안대영이라는 이름의 붉은 파도였다.

"아프, 아웃, 아, 깊어, 누워서…… 하고 싶어."

분부대로 눕혀 주고 빠르게 쳐올렸다. 안대영도 절정에 가까워지고 있었다. 조여진 단전과 배 근육이 성이 나 모양대로 깊게 패였다. 힘줄과 핏줄마다 조급함이 솟는 기분이었다.

절정에 이르기 전 일부러 일찍 몸 밖으로 빠져나온 안대영이 우둘투둘한 기둥을 재빨리 흔들었다. 정은규는 가파른 가슴을 하면서도 새빨갛게 물든 귀두를 매만져 사정을 도왔다. 안대영의 악문 잇새로 거친숨이 터진다.

"아, 씨……."

흉통이 들썩이며 정액을 사출하는 동안 정은규는 턱에 튄 좆물을 닦아 내며 안대영의 허벅지 부근에 멋대로 올라간 다리를 치웠다. 밖에다 싸라고 한 건 본인인데 양이 많아 한 폭의 수채화처럼 온몸에 정액범벅이 되었다.

"있어 봐, 닦아 줄게."

잔 떨림을 갈무리하지도 못했으면서 일어나는 안대영의 팔을 붙잡았다. 자지가 사정하고도 꺼떡거렸다.

"이대로 안고 있어요. 내가 잠들면…… 그때 닦아 주든지 하고……."

금세라도 까무룩 잠에 빠질 것처럼 기어들어가는 목소리였다. 정은규를 안아 든 안대영이 비어 있던 옆 침대에 조심스럽게 내려놓고 저도 그 옆에 누웠다. 머리 밑에 팔을 넣어 주자 정은규가 편안하게 눈을 감았다. 그의 몸 위에 싸 버린 정액을 펴 바르며 후희를 즐기던 안대영이 정은규의 볼에 가벼운 립 키스를 남겼다.

좁은 침대에 단둘이 밀착해 누웠다. 나쁘지 않은 기분이었다. 격렬한 정사 직후치곤 안온한 밤이었다.

안대영은 한참이나 잠든 정은규를 바라본다. 몸을 쉬이 일으키기 어려웠다. 그저 쏟아진 머리칼을 귀 뒤로 넘겨 줄 뿐이었다.

조금만…… 조금만 이대로 있을게, 조금만…….

* * *

어두컴컴한 새벽. 트레이닝복 차림의 남자가 한강 둔치를 달리고 있다. 자주 조깅하는지 발뒤꿈치에 딱 맞는 러닝화 바닥은 스크래치가 나 있었다. 해가 뜨기 전임에도 운동하는 사람이 꽤 많았다. 수도 없이 맞은편에서 달려오는 사람들과 지나쳤다. 싸늘하기 짝이 없는 새벽의 공기에도 땀이 비 오듯 흘렀다.

남자는 머리가 아플 때 초코를 섭취했고, 생각의 정리가 필요하면 조깅을 했다. 인간이 아닐 때는 몰랐던 '폐가 터질 것 같은 느낌'을 받다 보면 희한하게 열이 오르는 몸과 반대로 이성이 냉정해졌다.

다리 위는 이른 시각임에도 차가 많았다. 출퇴근부터 시작해 각자의 사연이 있겠지. 인간은 두 종류로 나뉜다. 게으름을 피우거나, 부지런하거나. 인정하기 싫지만 본인은 후자에 속했다.

후우, 후우. 호흡을 조절해 가며 달리는 남자의 곁에 찌르릉 자전거 벨이 울리며 다가왔다. 해도 안 뜬 새벽에 선글라스를 낀 덩치 큰 남자였다. 쉬지 않고 달리던 남자가 속도를 줄여 이윽고 평이한 걸음걸이로 바꾸었다. 앞머리를 쓸어 넘기자 땀이 후두둑 떨어졌다.

"인간 행세는 있는 대로 다 내고 있구먼."

껄껄 웃으며 선글라스를 머리 위로 얹자 훤칠하게 잘생긴 외모가 드러났다. 눈동자가 푸르렀다.

"서신 찾아갔다면서. 열어 봤는가?"

"아직."

품 안에서 생수병을 내밀었더니 힐끔 쳐다보고 무시한다. 남의 성의를 거절하는 데 일말의 싸가지도 없었다.

"독 같은 거 안 탔다! 독은 너나 타지! 나는 착해서 그런 짓 안 해!"

찌릉, 찌릉, 찌르릉. 일부러 벨을 마구 울린다. 앞서 달려오던 사람들이 둘을 힐끔 쳐다보고 지나쳤다.

"어우. 냄새. 도대체 얼마나 따먹은 거야?! 교수님은 대체 이런 놈 어디가 좋다고!"

"시끄러워."

"영 왕자는 골백번 죽어도 싸가지 하난 똑같겠구나. 에잇, 퉤."

저렇게나 수다스러운데 처음이라 배로 시끄러웠다. 저 자전거를 걸어차 버릴까 바퀴 두 쪽을 번갈아 보니 눈치를 본 도깨비가 히이잉, 볼륨을 낮추었다.

"설마 혼자 두고 온 거냐?"

"그 집에 나 말고 아무도 못 들어가."

"너는 기본 매~너가 안 되어 있어. 역사를 세운 다음 날 옆이 비어 있으면 얼마나 상심이 큰 줄도 모르고. 이런 놈한테 금쪽같은 교수님을 넘겼지 내가. 아이고, 억울해라."

오지랖도 저 정도면 무광산을 유광산으로 바꾸고도 남겠다. 벤치에 앉은 안대영이 흐르는 물결 위로 드리우는 붉은 해의 그늘을 무던히 바라보았다.

낮과 밤은 끊임없이 이어진다. 그것이 세상의 섭리다.

태양이 비추는 새로운 날이 되자 미약하게 남아 있던 귀기가 사라진다. 이것 역시 섭리에 의한 일이다. 머리를 불쑥불쑥 내밀었던 물귀신들도 꼬르륵 잠수해 버렸다.

벤치 뒤에 자전거를 세워 두고 안대영과 적당한 거리를 둔 채 떨어져 앉은 초량이 손깍지를 껴 상체를 숙였다.

"서신을 보면 알겠지만, 축약한 내용은 이렇다. 무당이 순산한 뒤 얼마 지나지 않아 시왕이 우리를 끌고 갔다. 왕자 따위의 명령을 하달받고 멋대로 명부를 떠나 있었다는 죄였지. 내 평생 그리 많은 명부의 군사들은 그때 처음 보았어."

땀으로 축축했던 머리칼이 말라 갔다. 안대영은 불 붙이지 않은 담배를 느슨히 물고 있었다.

"그런데 이상했던 건…… 고초가 없었다는 거다. 끌고 갔으면 업경을 보이고 문초하기 마련인데 말이야. 그저 제5 지옥에 가둬 두기만 했었다."

"시간을 번 거지."

"그래. 그런데 갇혀 있을 때 무당의 기도 소리가 들렸어. 그 뒤는 너도 기억했을 테고."

초량은 정은규가 태어나고 얼마 되지 않아 명부로 끌려갔다. 서로 기억하지 못하는 것이 당연하다. 정은규는 초량을 본 적이 없고, 초량은 정은규가 자라기 전에 끌려갔으니.

그리고 안대영은 정은규가 태어난 후 기억이 지워진 채 뭍으로 내쫓겼다. 그대로 서른세 해를 만나지 못하고 평행세계에서 빙글빙글 돌다가 베드로 신부에 의해 재회했다.

베드로 신부가 정은규를 누구에게서 도맡게 되었느냐 묻는다면 답은 쉽게 나온다. 마리아였다. 베드로는 죄를 지었으나 몇 번의 윤회를 거쳐 참회하는 자다. 닳고 닳은 탓에 멍청한 판단과는 거리가 멀었다.

사탄이 무당을 죽였고 마리아는 사죄하며 그 영을 거두어 갔다. 그런 무당의 자식을 맡겼는데 베드로가 섣불리 해코지할 수 있을 리가. 그녀도 알고서 베드로를 부른 것일 테다. 정은규는 베드로 신부에게 있어 목숨의 담보였다.

뱀. 캐럴. 27년 만에 정은규를 괴롭히던 것들.

안대영도 처음엔 베드로의 농간이리라 짐작했었다. 정은규의 집에 갔을 때 정황상 오해하기 좋았으니까. 그러나 아니었다. 함정은 곳곳에 파여 누군가 구덩이에 빠지기만을 기다리고 있었다.

여기서 안대영이 걸리는 건 하나다. 정은규가 베드로를 너무 믿었다. 입장 바꿔 생각해 보면 그럴 수밖에 없지. 그럼 이걸 이용해 트릭을 짜 놓을 자는 누구인가.

"그놈들이 왜 그랬을까 곰곰이 생각해 보았지. 그런데 내 짧은 머리로는 하나밖에 답이 안 나오는 거야. 교수님과 네가 만나길 기다렸던 거다. 너 없이는 아무기도 영원히 자각하지 못할 테니까."

그래서 기억도 애매하게 지워 버렸던 거라고. 초량은 그리 의심하고 있었다. 안대영도 짐작하던 바였다.

"왜 빙 둘러서 이제야 일을 진행시키는지도 추리해 봤는데."

안대영이 담뱃불을 붙이자 초량은 품에서 전자 담배를 꺼냈다. 가지가지 한다. 스위치를 꾹 누르고 가열될 때까지 기다리는 꼴을 보며 안대영은 코웃음을 쳤다. 누가 누구더러 인간 행세를 낸다는 건지.

"교수님 옆 진료실 쓰는 놈에게서 비린내가 나. 맡아 본 적이 있다.

예전에 명부에 쳐들어 왔던 그 윗동네 악귀 놈. 깔짝깔짝거리는 게 영~
별로야."

김현수를 일컫는 말이었다. 그 새끼는 영매다. 정은규와 비슷한 케이
스지만, 태어날 때부터 무당으로 살다 죽을 팔자였다. 내림굿을 받았다
면 이마에 숫자가 드러났을 것이었다. 그러나 그의 이마는 깨끗했다. 뻔
하지. 팔자를 부정하다가 악귀에게 몸을 빌려 주고 이용당하는 중일 테
였다.

"그놈이 어떻게 명부를 왔을까……. 나조차도 자유 협약 이후 왕래했
거늘."

"뱀 타령 하더니 정작 뱀 새긴 따로 있었군."

몇 모금 피우지 못한 담배는 꽁초가 되어 버려졌다. 안대영은 주머니
에서 핸드폰을 꺼냈다. 정은규로부터 부재중 전화는 없었다. 내가 없어
도 어디 갔으리라 여기고 할 일 할 사람이다. 그래도 출근길은 책임져
야 하니 늦지 않게 돌아가야 한다.

-예~ 대표님~ 무슨 일이세요.

차민혁은 전화를 걸자마자 받았다.

"오늘부로 초량이 감시 끝내."

"저, 저! 뭐가 어째!"

벌떡 일어난 초량이 삿대질하며 분개해도 표정 없이 걸어 나간다. 초
량이 황급히 자전거를 끌며 뒤쫓았다.

-저 그러면 놀아도 됩니까?

"사무실 정리하고 석호한테 귀환서 받아 오라고 해. 짐 뺄 거야."

-예이…… 예?

"24일 안에 해결하자. 우리 바쁘다."

수화기 너머 월월 짖는 차민혁의 대답은 듣지도 않고 끊어 버린다.
초량은 머리에 얹어 두었던 선글라스가 코끝에 아슬아슬하게 매달려 있

었다. 안대영의 걸음이 어찌나 빠른지 자전거를 끌다 못해 올라타 겨우 따라잡았다.

"넌 가서 이사나 준비해."

"뭐, 뭐?!"

"무광산은 불태울 거다. 필요 없잖아, 이제."

"그럼 어디로 가란 말이야! 그보다 너, 나를 의심하고 감시를 붙인 것도 모자라 이사를 이제야 말해 주렷다?! 내가 먼저 말 안 꺼냈으면 산과 같이 불태울 심산이었냐!"

"아. 들켰네."

벼락 맞은 상대는 아무렴 상관없다는 심드렁한 말투였다. 초량은 길길이 날뛰었다.

"이 싸가지 없는 왕자 새끼! 내가 이런 새낄 믿고 도왔지!"

"지황산으로 가. 새로 터를 꾸릴 필요 없이 쾌적할 거다."

"산에 있는 들짐승들은 어떻게 하고!"

"아, 씨발. 짜증나게 순진을 떨어. 걔들이 정말 들짐승 같아?"

모두 만들어진 거라고. 그 산은 명부로 가는 게이트 중 하나였고, 멍청한 새끼들이 속아 넘어갈 어두운 등잔으로 쓸 도구일 뿐이었다고.

싸늘하게 꽂히는 시선에 초량은 입을 함지박만 하게 벌리고 있다가 떠듬떠듬 저주를 퍼부었다. 저, 저저, 저 피도 눈물도 없는, 저 빌어먹을 왕자 새끼, 저저……!

그러나 안대영은 손톱만큼 작아 보이게 멀어져 버린 후였다.

* * *

'아이고, 은규야. 어디 갔나 했더니 거기서 뭐 하는 거야?'

성당 뜰에 핀 노란 꽃을 쪼그려 앉아 바라보던 정은규가 그림자를 만들어 낸 바지 자락을 올려다봤다. 어느새 다가왔는지 뒷짐 진 베드로 신부가 있었다.

성당에 온 지도 벌써 4년이 지나 열 살이었지만, 정은규는 여전히 학교를 다니지 않았다. 이곳에는 또래의 아이들이 몇몇 있었는데 모두 저처럼 부모가 없는 친구들이었다. 하지만 어울리진 못했다. 산에서 귀신들을 겪은 탓인지 좀처럼 친해질 수가 없었기 때문이었다.

다가가면 숫기 없이 피해 버려 정은규는 아이들에게도 데면데면한 존재가 되었다. 언제나 혼자 있는 애. 따돌림 시킨다는 오해를 받을까 신부들이 올 때만 잠깐 달가운 척하는 것이 전부여도 정은규는 개의치 않아했다. 긴 말을 섞는 사람은 베드로 신부 한 명이면 되었으니까.

'꽃이 예뻐요.'

'금계국이라고 하는 꽃인데 번식력이 워낙에 강해 한 송이가 피면 불처럼 번지기 마련이란다. 작년엔 보이지 않더니 이중 하나가 시작해 저기까지 피었구나. 허허.'

'산에서도 본 적 있었는데 이름을 몰랐어요. 금계국…… 어려운 이름이에요.'

'외우려고 애쓰지 마라. 수학 공부만 해도 머리 아프지 않아?'

'별로요. 수학 재미있어요.'

학습이 느렸다 뿐이지, 공부 머리가 열리자 정은규는 스펀지처럼 지식을 흡수해 갔다. 열 살짜리 아이가 중학교 2학년 수준의 수학 문제를 거리낌 없이 풀었으니 말이다.

공부하다 보면 머릿속 톱니바퀴들이 쉬지 않고 돌아가는 느낌이 들어 즐거웠다. 문제집과 연필, 지우개만 있으면 하루가 꼬박 지나갔다. 이젠 유일한 취미가 공부였다. 산에서는 구구단은커녕 말도 제대로 할 줄 몰랐었는데.

'여기서 계속 살면 저도 신부님이 되는 거예요?'

신부님이 입고 있는 수단이 멋있었다. 어른이 되면 나도 신부님처럼 저 옷을 입고 멋있게 미사를 드리게 될까?

'그거는 은규 네 자유지. 그런데 나는 추천하고 싶지 않은걸?'

'왜요?'

'은규는 미사 드릴 때마다 꾸벅꾸벅 졸았잖니. 어이고, 안토니오. 공을 이쪽에 차면 어떡하냐. 다칠라.'

정은규는 그만 뚱한 표정이 되어 버린다. 사실이라 아니라고 우길 수 없었다.

식사 전 올리는 기도야 옹알거리며 따라하면 그만인데, 어린이 미사를 들어가면 5분도 안 되어 졸음이 밀려왔다. 꾸벅꾸벅 졸다가 기어코 잠들어 버렸다. 속상하다. 자고 싶어서 잔다기보다 눈이 말을 안 들었다. 억울해.

'재는 안토니오고, 재는 요한이고, 재는 프란시스코인데 저는 왜 은규예요?'

또 다른 불만이었다. 아이들은 세례명으로 불렸는데 정은규만 '은규'였다. 베드로 신부가 삐쳐서 입술이 댓 발 나온 정은규의 등허리를 토닥여 주었다.

'은규 이름이 어때서. 예쁘고 좋구먼.'

'저도 세례명이 갖고 싶어요.'

'이놈. 몇 년째 교리 과정을 떼지 못했으면서 욕심만 많아 가지고. 매일 머리를 콩 박고 자면서 세례명은 갖고 싶으냐.'

'피이.'

'은규야. 종교와 믿음은 강요하는 게 아니란다. 또한 의무도 아니지. 그러니 너는 너대로 살면 되는 거다. 친구들이 세례명으로 불린다고 해서 질투하지 않아도 돼. 잘 살펴보면, 친구들이 갖지 못한 은규만의 장점이 분명히 있을 게다. 일단 수학부터 은규가 제일 잘하지.'

'……그건 그래요.'

불퉁한 입술이 쏙 들어간다. 베드로 신부는 말랑한 볼을 꼬집어 준다.

'서두를 필요 없어. 조금 더 자라면 은규도 미사 시간과 교리 공부 할 때 좋지 않겠지. 그러다 보면 멋있는 세례명도 받을 수 있지 않겠어?'

'맞아요. 저 이제 안 잘 거예요.'

'제에발 좀 그래 봐라. 내 소원이야.'

껄껄 웃은 베드로 신부가 '들어가자, 꽃가루 때문에 코가 간지럽다.' 라며 정은규를 일으켰다. 고사리손이 두터운 손을 붙잡았다.

정은규의 발걸음에 맞추어 느긋하게 걷는 베드로 신부의 수단 소매가 손등을 간지럽혔다. 힐끔, 정은규가 그곳을 바라본다. 착시 현상처럼 멍 같은 것들이 생겼다가 없어지길 반복하고 있었다. 멍이 아닌가? 물고기에게 붙어 있던 비늘같이 생긴 것 같기도 하고.

갸우뚱, 갸우뚱 오뚝이처럼 고개를 갸웃거리던 정은규가 잡은 손을 흔들었다.

'신부님, 손이 이상해요.'

'응? 왜.'

'막 파란 게 있다가 없어져요.'

베드로 신부는 부러 소매를 끌어내렸다. 그리고 아무 일 없었다는 듯 휘파람을 불었다.

'신부님 아파요?'

'나중에 크면 말해 주마. 아직은 은규가 이해하기 어려운 이야기야.'

'몇 밤 자면 되는데요? 열 밤이요?'

'흐음……. 열 밤으론 안 되겠는데. 백 밤으로 하자.'

'백 밤을 어떻게 자요!'

'왜 못 자? 실컷 잘 자면서. 너처럼 잘 자는 어린이도 없다.'

'씨이.'

도로 삐친 정은규가 베드로 신부의 손을 놓고 후다닥 달려가나 싶더니, 예쁘게 핀 들꽃을 지나치지 못하고 다시 쪼그려 앉는다.

그새 소매를 걷어 본 베드로 신부는 오래 전 이곳을 들렀다 간 저 아이의 주인을 떠올렸다. 영이라고 하였지. 살기등등한 무저갱의 신이.

「신부님. 모든 원한은 사소한 복수심으로부터 시작해. 발에 걷어차이는 돌멩이만 한 복수심이 눈 깜짝할 새에 바위만큼 커지는 거지. 그러면 꼭 겁이 없어져서 위선을 떨어. 위선이라도 떨어야 본인에게 합리화를 시킬 테니까. 그걸 하늘이 모를까. 나도 아는데.」

그것은 그간 베드로 신부가 용서받기 위한 행동을 적나라하게 비난하는 내용이었다. 그는 베드로의 모든 행동을 위선이라고 했다.

「……이 역시 주께서 듣고 계실 것이다.」

「들으라고 해. 그래 봤자 네가 할 수 있는 게 뭔데. 처박혀서 십자가 흔드는 것밖에 더 돼?」

과연 두려움 따윈 찾아볼 수 없었다. 베드로 신부의 손등과 목덜미에 울긋불긋한 생채기가 돋아났다.

「축복 하나 내려 줄까.」

'여기도 금계국이 있어요!'

해사하게 웃는 아이의 얼굴에 그늘이란 없었다.

「진실로 죽고 싶으면, 내가 널 죽이고 싶게 만들어.」

위험한 자였다. 그러나 언젠가 저 아이를 주인에게 돌려주어야 한다. 버틸 수 있을까.

여리고 작은 아이지만, 내포하고 있는 강단은 제법 크리라. 정은규는 세례명을 줄 수 없는 아이다. 하늘도 무저갱도 그것을 허락하지 않았다.

'보자. 민들레도 있네.'

'민들레도 좋아해요. 그래도 꽃을 꺾는 건 싫고요.'

베드로 신부는 잊지 못하는 그날의 기억을 접었다. 이 여린 아이가 겪을 시련이 다만 악으로부터 구해지길 기도했다. 제게서 비롯되는 악이든, 타인의 악이든.

* * *

좁은 침대를 나누어 썼던 자리가 식었다. 정은규는 침대의 빈틈을 더듬어 보았다. 좁디좁은 침대에서 온몸을 맞대고 팔까지 내주었던 안대영의 온기는 사라진 지 오래된 듯했다.

간밤에 마시멜로처럼 녹았던 몸이 꿈이었는지 잠시 의심해 보았으나 울긋불긋한 자국이 도장처럼 남아 있어 빠르게 현실을 깨우쳤다. 어디 나갔나 보다.

깨끗한 정신으로 홀딱 벗은 채 눈을 마주치는 아침보다야 덜 겸연쩍긴 했지만…… 빈 집에 홀로 남은 건 쓸쓸해서 곧장 이불을 걷어내고 일어났다.

그러다가 정은규는 나체로 서서 기함하고 말았다. 빈 집에 홀로 남은 게 쓸쓸해? 그런 적 한 번도 없었잖아. 이런 생각을 했다는 자체만으로도 가벼운 소름이 돋아 팔을 쓱쓱 문지르며 욕실에 들어갔다.

몸 밖에 사정해 배앓이는 없었다. 정액이 몸 밖으로 흐르는 불쾌한 감각도 없어 근육통만 아니라면 살 만했다. 이 맛에 섹스를 끊지 못하는 건가, 엉뚱한 상상을 하며 몸 구석구석을 씻던 정은규가 조소를 터트렸다. 드디어 미쳤구나, 내가.

샤워 볼이 부어오른 유두를 스쳐 통증이 반짝 스쳐 지나갔다.

안대영은 변태가 맞을 거다. 아니, 변태다. 자기한테도 달려 있는 유두에 집착하는 이유가 뭐란 말인가. 얼마나 빨아 댔는지 셔츠를 입으면 티가 날 만큼 부었다. 입술이나 유두나……. 오늘은 니트를 입고 출근해야겠다.

그나저나 정말 어디 간 거야. 찾는 나는 뭐고.

신출귀몰한 사람이니 자리를 비워도 이상할 것 없었으나 연락이라도 한 통 줬으면 좋았을 텐데. 물이 뚝뚝 흐르는 몸을 수건으로 닦아 낸다. 허벅지 안쪽을 닦을 땐 미미한 통증이 있었다.

그래도 한 번만 박아서 통증이라도 느껴지는 것이었다. 세 번 했을 적엔 항문에서 아무 느낌이 안 났으니까. 그땐 정말 진지하게 대장 항문 외과의 층수를 떠올렸었다고 창피해서 말 못 한다.

거울 앞에 서서 셔츠 단추를 채우던 정은규의 손이 삐끗한다. 니트를 입겠다고 해 놓고 무심코 셔츠를 집은 것보다, 어디다 던져두었는지 잊은 핸드폰이 울리지 않을까 곤두세운 신경이 어이없었다.

도로 셔츠를 벗고 도톰한 니트를 꺼내었다가, 입술 자국으로 난리가 난 목 때문에 얌전히 폴라 티를 집어 머리 구멍을 꿰었다. 계절이 겨울이라 고맙긴 처음이었다.

안대영은 정은규가 머리를 말리는 도중에야 나타났다. 드라이기 소음에 도어 록 비밀번호 누르는 소리가 묻혀 뒤늦게야 알았다. 정은규는 부스스한 머리칼을 대강 뒤로 넘기며 트레이닝복 차림의 안대영을 살폈다. 땀이 촉촉하게 배어 있는 모습이다.

"좀 늦었네."

"어디 갔다 옵니까. ……조깅했어요?"

"응."

새삼…… 체력 하난 대단하네. 박는 입장에서도 근육통이 아예 없긴 힘든데. 순수한 감탄이었다.

"식탁에 라테 있으니까 마시고 있어, 빨리 씻을게."

"……습니다."

"뭐?"

"눈 떴는데 없어서…… 연락 기다렸다고요. 못 들은 걸로 하세요."

"다 들었는데 뭘 못 들은 거로 해."

"그냥 어디 갔겠지 했습니다. 그게 끝이에요."

지나치려는데 손목이 잡혔다. 옷감 위로 까끌까끌한 거즈가 붙은 손바닥이 감겼다. 정은규는 그제야 처치 못한 안대영의 손바닥이 떠올라 황급히 다른 손을 들어 떼어냈다.

"이걸 아직도 붙이고 있어요?"

"기다렸어?"

"그거 물어볼 때 아니야."

"내 연락 기다렸냐고."

"실컷 떡 쳐 놓고 튀었나 싶어 기다렸습니다. 됐어요?"

거즈를 살살 뜯어낸 정은규는 상상했던 것보다 훨씬 멀쩡한 손바닥을 골똘히 내려다보았다. 보통이라면 상처가 곪거나 덧났을 손바닥에 피딱지가 앉아 아물고 있었다. 꿰매지도 않고 소독만 했는데. 잡은 손을 획획 뒤집어 보아도 결과는 변하지 않았다. 파인 살점의 흔적을 찾아볼 수 없었다.

"말했잖아. 아무것도 안 해도 된다니까."

"진짜…… 내가 봐 온 환자들하고는 많이 다르네요."

"알아먹은 것 같아 보이니 말꼬리 잡아도 되지. 실컷 못 쳤어."

"……."

"자고 있어서 금방 돌아올 생각으로 나갔던 거야. 그게 실수가 될 줄은 몰랐어. 다음부터는 나갈 때 연락할게."

"……."

"근데 너 나한테 많이 말랑해졌다."

"속 울렁거립니다, 그런 말."

"그럼 나 씻는 새에 토하든가."

부러 게워내는 시늉을 해 보이곤 팔을 가로질러 티셔츠를 벗으면서 나간다. 잘록한 허리부터 드넓게 퍼진 어깨까지 능선이 유려하다.

쾌감을 이기지 못해 저 등을 얼마나 많이 쥐어뜯었는가. 손톱을 짧게 깎는 바람에 붉은 빗금을 긋는 덴 실패로 그쳤다. 만약 저 등에 불규칙한 빗금이라도 그어져 있었다면, 정은규는 수치심에 할복했을지도 모른다.

코트와 백팩을 챙겨 식탁에 앉아 안대영이 나오길 기다렸다. 라테는 늘 마시던 맛에서 크게 다르지 않았다. 카페마다 원재료에 차이점이 있겠으나 뭉뚱그리면 대부분 거기서 거기인 맛이었다.

빈속에 들이붓는 라테가 언제부터 익숙해졌더라. 인턴 때였나⋯⋯. 줄기차게 포장해 오는 김밥이 쳐다보기도 싫어서 저걸 먹느니 액체로 배를 불리자는 무식한 생각으로 마시기 시작했던 것 같다.

그리고 씹어 삼키는 것보다 마시는 쪽이 시간 아끼기에도 좋았다. 레지던트 때까지 숨 돌릴 새 없이 불려 다니는 게 일이었기 때문이었다. 피통을 채우는 포션 같았던 거지. 아메리카노는 열량이 부족해 우유가 들어간 라테를 골랐었나? 아마도 맞을 거다. 처음엔 우유 특유의 고소한 맛이 느끼해서 투 샷을 추가했더니 그럭저럭 마실 만해졌다.

그 뒤로부터 정은규는 피곤할 때가 아니면 항상 라테를 고집해 왔다. 너 그러다가 식도부터 위까지 전부 뒤집어진다는 호들갑에 못 이겨 한 내시경 결과도 염증 없이 깨끗해 쓸데없이 말 많은 오지라퍼들도 없어졌다.

이처럼 사람은 적응의 동물이다. 낯선 것들은 언젠가 익숙해지기 마련이다. 사람이라고 크게 다르지 않으리라.

그렇다면 안대영은 나에게 익숙함일까. 하루하루가 롤러코스터를 타는 것처럼 사건 사고가 끊기질 않았지만, 고작 만난 지 열흘이 넘었다. 오늘은 21일의 화요일이다.

그간 정은규에게 있어 바뀐 인식이라면 숫자는 숫자일 뿐이라는 관념이었다. 고작 만난 지 열흘이 넘었다고? 시간 단위로 환산하면 무려 240시간이고 분으로는 14,400분 이상이다. 그러니 부질없는 계산법이었다.

길면 길고 짧다면 짧은 시간 동안 무수히 많은 것들이 변했다. 일단 저 자를 대하는 나의 태도부터 바뀌었다.

없으면 보고 싶고, 소식이 없으면 걱정됐다. 얼굴을 떠올리면 부정맥 증상처럼 심장이 두근거렸다. 육체적인 관계도 벌써 두 번을 채웠지 않은가.

세간에선 이런 걸 사랑이라고 부른다고 했다. 줄기차게 봤던 드라마에서도, 영화에서도, 하다못해 의국에 쌓인 만화책에서도 나열한 증상을 상사병으로 시작해 사랑으로 귀결되노라 끝맺었다. 그리고 그들은 마침내 행복하게 잘 살았습니다. 안대영이 원하는 결말로 크레딧이 올라가고 책장이 덮였다.

그런데 내가 한가하게 사랑 타령을 할 때인가. 냉철한 이성이 저울의 추를 기울였다. 현실적으로 안대영의 막강한 보호를 받고 있지만 최소한의 방어는 할 줄 알아야 한다고. 일어나지 않은 위험한 일이 도사리고 있을 것이다. 로맨스에 눈이 멀어 아둔해져서는 안 된다.

그렇지만.

그렇지만…….

살고 싶다. 안대영이 나를 지켜 주는 것과는 별개의 심정이다. 나는 죽기 싫다. 나도 한 번쯤은 행복하다는 감정을 느껴 보고 싶어. 기쁜 마음을 주체하지 못하고 활짝 웃어 보고도 싶어. 여태 그런 적이 없었어.

나를 헌신적으로 사랑한다고 외치는 당신과 불완전한 관계로 끝내고 싶지 않아. 하고 싶은 것들 천지야. 내가 하지 못할 이유도 없잖아. 나에게도 오늘과 내일을 무탈하게 보낼 자격이 있는 거잖아…….

왈칵 설움이 차올랐다. 정은규의 인생에 있어 최초로 저울이 감정 쪽에 기울어진 순간이었다. 커피 컵을 쥐고 있었던 손이 무릎 위로 떨어졌다.

"정은규."

심상치 않은 정은규의 상태에 안대영이 머리 물기를 털던 수건을 내팽개치고 성큼성큼 걸어왔다. 발뒤꿈치가 바닥을 찍을 때마다 쿵쿵 울렸다. 정은규는 젖은 눈동자를 굳이 숨기려 들지 않았다. 진솔함은 그의 무기이자 방패였다.

"내가 뭘 하면 됩니까."

"……."

"알려 줘요. 나는 아직도 잘 모릅니다. 하지만 알아 가고자 해요. 너무 늦었어요? 늦었다면 지금부터라도 빠르게 알아 갈게요. 내가 뭘 하면……."

당신이 원하는 우리의 해피 엔딩이 될 수 있어. 나도 그걸 원해.

"울지 마."

꼭 눈물을 흘려야 우는 것이 아니다. 정은규는 있는 힘을 다해 울고 있었다. 안대영은 가만히 그의 머리칼을 보듬었다. 무릎을 꿇고 두 눈을 지그시 맞추었다.

"지금은 네가 울지 않았으면 좋겠어."

"……."

"네가 울면 내가 흔들려. 섣부르게 행동하고 싶어져."

메마른 얼굴을 닦아 준 손에 묻어나는 물기가 없다. 그러나 안대영은 정은규가 오열이라도 하는 것처럼 계속 다정하게 얼굴을 쓰다듬었다.

"대영 씨를 사랑하는 건가 생각 중이었습니다."

"결론은?"

"말하면 울 것 같은데요."

"아, 씨…… 앞에 말 전부 취소할게. 말해 봐."

"싫습니다."

안대영의 손을 밀어낸 정은규가 고개를 흔들며 일어났다. 뺨을 꼬집다가, 주욱 늘리더니 톡톡 내려치기도 한다. 정신을 다잡으려는 행동이었으므로 모른 척해 준 안대영이 걱정스러운 시선을 겨우 갈무리하며 농담조를 던졌다.

"정 교수는 무드를 몰라. 옷만 입고 올게."

"영 님."

뒤돌아선 안대영의 발걸음이 멈췄다.

'연애요? 그건 뭡니까?'

'너랑 내가 눈꼴 시리게 지지고 볶는 거.'

'지지고…… 볶아요? 눈꼴이 시리게……? 통 알 수 없는 말씀만 하십니다.'

섹스 할 때 보았던 과거의 조각이다. 어리둥절한 이무기의 앞에 선영 왕자의 두루마기가 달빛을 머금어 아름답게 너울거렸다. 물결처럼 푸른색이었다.

'너, 저 과일 보면서 내 생각해, 안 해.'

'합니다. 예쁜 것만 드리고 싶어요.'

'보름달이 뜰 때마다 숨어 있으면서도 내가 떠올랐어, 안 떠올랐어.'

'떠올랐습니다.'

'내가 네 몸 만질 때 좋았어, 싫었어.'

'……좋았습니다. 또 물으실 겁니까?'

'내가 없으면 보고 싶어?'

'……예.'

'그게 연애야. 우리가 여태 하던 것들. 앞으로도 나랑만 하자고.'

그때 내가 뭐라고 했더라. 말보다는 고개를 주억거리며 등 뒤에 숨겼던 꽃다발을 내밀었었다. 못의 주변에 피는 이름 모를 꽃은 참 예뻤는데, 생기 넘치는 꽃의 목을 따고 싶진 않아서 땅에 떨어진 것을 정성스럽게 다듬어 엮은 것이었다.

줄기를 다듬느라 손에 풀물이 들어 씻으려던 차 들이닥친 영 왕자 덕분에 손끝이 꼬질꼬질했다. 그러나 그는 내밀어진 엉성한 꽃다발을 받으며 저 달빛처럼 환하게 웃었다.

'너보단 덜 예쁘다.'

얌전하던 심장이 두방망이질 쳤다. 현재의 정은규도 심장이 터져 나갈 듯 뛰었다.

"사랑합니다."

안대영은 절망한다. 몸속의 장기가 모조리 파괴된다면 이런 느낌일까. 충격을 넘어선 희열이 몰아닥쳤다. 그의 등이 꿈틀거리다 거칠게 들썩였다.

"사랑해요. 당장 말하지 않으면 후회할 것 같았습니다."

정은규는 늘 그랬듯이 담백하고 담담하게 고백했다. 허나 진심의 농도가 짙은 고백이었다. 안대영의 눈 속에 정은규가 가득 들어찬다. 열망과 갈망이 활화산처럼 끓어올랐다.

* * *

삼도천에 노를 저어 어기야 가자꾸나
저곳에 나의 황천이 있느니
살아생전 업보인들 이 물살에 흘려보내리다
그리하여 이승의 한恨도 삼도천에 묻으리오
어기야 가자꾸나―
삼도천을 횡단하는 유람선에서 반복적으로 틀어 놓은 장송곡의 일부

였다. 들을 때마다 영 취향이 아니라 웬만하면 헤엄쳐 가곤 했었는데, 어쩐 일인지 초량은 정복을 깔끔하게 차려입은 채 허리를 꼿꼿이 펴고 앉아 있었다.

유람선 승무원인 김 사자가 지나가다 말고 초량을 발견하고서 '오잉?' 시선을 던졌다. 저 도깨비 놈이 저렇게 얌전한 놈이 아닌데.

제8 지옥 3게이트 입구 앞에 정박한 유람선에서 망자들이 일제히 내렸다. 손에는 노잣돈이 쥐여져 있었는데, 만약 피치 못할 사정으로 노잣돈을 받지 못했다면 각 게이트 입구 옆 곳간이라 불리는 창구에서 대출할 수 있었다.

곳간에서 노잣돈을 대출하면 원금 상환 및 이자를 갚는 대신 빌린 금액을 시간 단위로 계산하여 저승에서의 체류 기간이 길어졌다.

주로 각 지옥을 청소하는 방식으로 상환하였으며, 이승 돈 5만 원 기준 저승에서는 50시간 남짓을 체류해야만 했다. 저승판 사금융이라 해도 무방했다. 그런데도 곳간 앞에 기다랗게 늘어선 줄이 끝도 없었다.

게슴츠레 눈을 뜨고 줄의 행렬을 바라보는 초량에게 김 사자가 다가왔다.

"오늘따라 무연고자 사망이 많아."

초량은 턱 가를 긁적거리다 혀를 찼다.

"됐고 너 잘 만났다. 내 평등왕을 좀 만나야겠는데."

"미친 도깨비 놈이 영 왕자와 어울리더니 드디어 겁을 상실했구나. 예가 어디라고 반말을 찍찍 갈기며 호칭도 홀랑 날려버리느냐."

"아이~ 꼰대 비켜. 네가 안 만나게 해 준다면 직접 쳐들어갈 수밖에. 그리고 너 말이야. 내가 영 왕자와 어울린다니? 말은 바로 해야지?! 영 왕자가 나와 어울린 거다!"

"미미미미친놈. 그거나 그거나!"

"어허이! 그거나 그거나라니! 이 괘씸한 놈 주리를 틀겠다!"

짧은 손톱을 바짝 세우고 달려드는 초량을 피해 김 사자가 삼도천 안을 첨벙첨벙 뛰어다녔다. 무척이나 꼴사나워 배를 잡고 낄낄 웃은 초량이 짐짓 엄하게 통을 놓았다.

"너 그리고 영 왕자라니? 그거야말로 예의를 밥 말아먹은 호칭 아니냐. 영이 명부로 돌아오면 재판 패스와 동시에 영천왕이 될 텐데 밉보였다고 죄다 꼰질러 버릴 테다."

"여의주도 없는데 무슨 왕이 된단 말이야!"

"왜 못 되냐? 못 될 이유는 뭐고? 이무기 때문에 왕싸가지가 솜사탕이 되어 칠렐레팔렐레 놀아났을 뿐이지, 왕이 되려 했으면 진작 했다. 세력이 뒤집힌 지 오래란다, 멍충아."

"뭐라? 이무기가 있어? 어디에."

"너는 귓구녕부터 뚫어야겠구나. 아니면 새 친구를 사귀든가 해라. 어째 소식통이 이리도 느리냐. 나 아니면 놀아 줄 사람도 없지. 쯧쯧."

"허구한 날 유람선 안에만 있어 봐라! 갖가지 망자 소식은 알아도 다른 게 귀에 들어오냐!"

"아 됐다. 8게이트 좀 열어 달라고 해 봐. 너와 나의 의리가 제법 돈독하니 이 정도는 해 줄 수 있겠지, 친구?"

"친구는 얼어 죽을! 꺼져라!"

버럭버럭 소리치는 탓에 망자들이 이쪽을 보며 수군거렸다. 커다란 키만큼이나 발도 큼직큼직한 초량이 걸을 때마다 땅이 푹푹 파였다. 검은 땅에 발자국이 쾅쾅 남겨졌다.

망자를 들여보내고 노잣돈 뭉치를 세어 보던 문지기가 눈알을 데구룩 굴리며 초량을 살벌하게 노려보았다. 눈알이 인간의 주먹만 하게 컸다.

그러나 초량은 함부로 손대선 안 되었다. 시왕부터가 저 건방진 도깨비를 가만히 두지 않는가. 초량은 겉모습처럼 키만 멀대같이 큰 허허실실한 자가 아니었다. 저래 보여도 도깨비의 왕이다. 엄연히 저승과 후천

적으로 분리된 세력이니 존중해야 한다는 명령이 있었으므로 마뜩잖아
도 눈감아야 했다.

"어라? 넌 초량이가 아니냐?"

김 사자 고놈, 툴툴거리긴 해도 의리 하난 끝내주는군. 초량이 어리
둥절해하는 이차남을 보고 샐쭉 웃었다. 그리고 가슴을 쫙 폈다.

"평등왕을 만나러 왔다."

골똘한 표정으로 갸웃거리던 이차남이 곧이어 의문형에 가깝게 대답
했다.

"안 계시는데?"

"잉?"

"안 계신다니까?"

"에엥?! 왜?"

"그걸 물으면 어쩌자는 거냐? 원래도 바쁘신 분인데. 아니, 됐고
용건은 무엇인데? 전달은 해 주마. 단, 답은 느릴 수 있다는 점 기억
하고."

부채를 팔랑거리며 고고하게 턱을 치켜든다. 저것은 모시는 상관에
대한 자부심이다. 김석호의 부채가 워낙 화려해 시선 몰수에 최적화되
었으나, 이래 보면 이차남의 부채도 수수한 아름다움이 있었다. 꼭 평등
왕의 고운 심성과도 닮았지.

그리 총명하고 고운 심성을 가진 왕의 신하는 왜 저 모양인가. 일 잘
하는 척은 하면서 실상 더럽게 못 하는 4년차 직장인같이 말이다.

"영 왕자가 이사를 명령했다. 그것도 당장."

이차남에게 어리던 고고함이 곧바로 사라졌다.

"어디로?!"

초량은 털 한 가닥 없는 깨끗한 인중에 기다란 콧수염을 기른 양 손
끝을 허공에 비볐다.

"어디겠냐? 지황산이지. 그럼 그 빌어먹을 싸가지가 무광산은 어쩌려는 걸까."

"대체 또 무슨 일을 꾸미고 있는 건데!"

"궁금하면 하루 빨리라도 가서 네 왕에게 전달해라. 이 위대하신 초량 님께서 대단히 기다리고 계신다고도 전하고. 내가 한 말 전부 기억할 수 있겠냐, 이 새대가리야?"

에이씨. 실컷 말로 갈구면 뭐 하나. 맥이 빠지는 건 초량 쪽이다. 정식으로 이주 허락을 받으려 정복까지 갖춰 입고 유람선을 탔는데 산 주인이 자리를 비울 게 뭔가.

헛걸음하게 만들어 불만이 차올랐으나 목적이 자리를 비웠다니 어쩔 수 없는 노릇이었다. 저놈이 평등왕에게 내가 들렀다고 전할 테니 성의 표시만 한 것으로 만족할 수밖에.

"잠깐 서 봐."

이차남이 돌아가려는 초량을 말로 붙잡는다. 그 말에 의구심이 잔뜩 묻어 있어 초량도 순순히 뒤돌았다.

"가만히 생각해 보니 지황산은 대왕님의 권한이 아닌데?"

그러더니 재빨리 품 안에서 조그만 업경을 꺼내 길게 늘여 그 안으로 손을 쑤욱 집어넣었다. 초량의 눈썹이 짝짝이로 휘어졌다. 뭔가를 찾는 듯 심각하게 굴던 이차남이 손을 도로 쑤욱 뺀다. 손에 서류 한 장이 들려 있었다.

임야 매매 계약서. 매도인 란에는 평등왕이 이승에서 쓰는 이름이 적혀 있었으며 매수인에 안대영, 주소는 무광리의 선일 행정사 사무소가 칸 안에 딱 맞는 길이로 적혔다. 말본새처럼 시원시원한 필기체였다.

금액이야 허울 좋은 눈 가리기 아웅일 테고, 진짜는 계약 조건과 매매 계약서를 작성한 날짜다. 초량은 인주 자국이 곳곳에 묻은 계약서를 부리나케 눈으로 훑어 내려갔다.

[하나, 매도인은 매수인이 원할 때 적절한 도움을 준다.

둘, 제1의 조항에 의거해 매수인은 매도인에게 그 어떤 이유가 된다 하여도 생명의 위협을 가하지 않는다.

셋, 둘 중 하나라도 어그러질 시 계약은 무효가 되며 산은 버려진다.

계약일자 202*년 12월 18일.]

"……왕자 새끼 이거 진짜 사이코 아니냐?"

절로 나올 만한 반응이었으므로 이차남은 못 들은 척했다. 사실 이차남도 초량의 말에 백 프로 동의했기 때문이었다.

무광산으로 부른 날 돌아가려는 평등왕을 붙잡고 대뜸 지황산을 넘기라고 했었으니. 저게 진짜 미쳤나 싶어 죽음을 무릅쓰고 따져보려 했었으나 평등왕이 제재한 탓에 파들파들 떨며 참아 냈다.

더욱 화가 나는 건, 안대영은 그런 이차남을 삿대질도 아닌 턱짓으로 증인 삼았다는 것이었다. 예의라고는 코빼기도 찾아볼 수 없는 무뢰한! 그런 다음엔 어른끼리 이야기하겠다며 내쫓아 뒷말을 듣지 못했다. 어디 저런 살인귀가 또 있을꼬.

지황산이 어떤 산이냐. 그 산은 평등왕의 손때가 안 묻은 곳이 없다. 빛도 안 들고 음침하기 짝이 없는 가짜 존재 무광산과는 질이 다른 곳이다. 지황산에서 뛰노는 산짐승과 숲은 '살아 있는' 생명이란 말이다.

이차남의 눈에는 계약서 자체가 삥 뜯기는 현장에 불과하였다. 산을 주는 대신 생명의 위협을 가하지 않겠다니, 저 자가 대왕님의 목숨을 틀어쥘 일이 어디 있겠는가. 악귀도 저렇게 잔혹하게 굴진 않겠다.

서러움까지 북받쳐 중문을 손톱으로 박박 긁고 싶었으나, 그 문을 열고 유유히 나오는 평등왕을 보자마자 이차남은 부채를 펴 속상함이 묻은 얼굴의 반을 가렸다.

'차남아. 얼굴 펴라. 거래로 따지면 내가 훨씬 이득 봤으니 울상일 것 없어.'

'대왕님……'

'얼굴 펴래도. 돌아가자, 곧 게이트 닫힐 시각이지 않니.'

그런데 거기서 끝나지 않고 양주병 목을 살벌하게 붙든 채 뒤따라 나온 안대영이 엔딩 멘트를 이렇게 쳤더란다. '야. 석호 부채 잘 가지고 있어.'라고.

심약한 이차남은 회상으로도 괴로운지 초량의 팔뚝을 끌어안았다.

"대왕님이 얼마나 심혈을 기울여 가꾼 산인데 인제 도깨비 놈들까지 이사를 간다니……."

엄청난 언행 불일치였다. 초량이 이차남의 뺨에 모기라도 앉은 듯 혐오스럽게 밀어냈다.

"놔, 이 비실비실한 여치 놈아. 가서 김석호가 싼 똥이나 주워 먹어라. 김석호는 일이라도 잘하지."

삼도천을 들어내 버릴 듯 철퍽철퍽 입수한 초량이 가슴까지 물이 차자 헤엄치는 자세로 바꾸었다. 애써 갖춰 입은 정복이 쫄딱 젖어 버렸다. 멀지 않은 곳에서 유람선이 빠아앙— 경적을 내었다. 초량은 빵빵거리는 게 듣기 싫어서 숨을 흡 들이켜 잠영해 인어처럼 헤엄쳤다.

우라질 놈이 어쩐지 순순히 지황산으로 이사를 보내 준다고 했다. 뒤통수를 치면 저를 무광산과 함께 태워 죽이려는 심산이 진심이었던 것이었다. 잔인한 새끼. 목숨 부지를 시켜 줘도 욕이 나오다니.

그러나 초량은 딸린 식솔이 떠올라 깊숙이 잠수할 뿐이었다. 일이 모조리 끝나면 이놈의 왕자 새끼 이마에 시퍼런 멍 하나는 기어코 새겨 주리라는 다짐을 하면서.

* * *

동거하면서 작은 방에 들어간 적이 없었다. 항상 굳게 닫혀 있어 열면 안 되는 느낌을 받기도 했고 짐을 안방에 풀어 굳이 들어갈 이유가 없었다. 프라이버시라고 생각해 지킨 부분도 있다. 안대영도 같이 있을 때 작은 방에 들어간 적이 없었으니까.

옷과 잡동사니로 가득하다는데 온통 집주인의 물건일 테니 관심을 끈 쪽이 맞았다. 그 안을 오늘 보게 될 줄이야. 정은규는 문지방 밖에 선 채 훤히 열린 작은 방 안에서 뭔가를 찾고 있는 안대영의 뒤태를 멀거니 바라보았다.

정리가 대단히 깔끔했다. 방을 반으로 나눈 듯 한쪽은 색깔별, 종류별로 구분해 걸어 놓은 옷가지가 가득했고, 반대쪽은 목재 선반이 설치되어 있었다. 선반 위에 놓여 있는 물건들이 심상치 않아 곁눈질로만 살폈다.

애들이 잘 가지고 노는 슬라임처럼 생긴 미끌이부터 투박한 검집과 유리병 안에서 꿈틀거리는 의미 불명의 생물체, 진짜인지 아닌지조차 모르겠는 권총까지. 말 그대로 잡동사니였다. 가만히 보면 안대영은 절대 없는 말을 지어내지 않았다.

"저건 진짠가요?"

권총을 가리키자 서랍을 콱콱 여닫던 안대영이 무심히 대답했다.

"비비탄 총이야."

"그렇군요."

"믿어?"

돌아보며 웃는다. 비비탄 총이라며. 고개를 갸웃거리자 표정에서 웃음을 거두어 간다. 그러나 말에 웃음기가 묻어났다.

"사람 말고 귀신 쏘는 총. 근데 내구성이 별로라 장난감이라고 보면 돼. 왜, 베드로가 자기한테 줬던 성수처럼."

베드로. 잠시나마 저만치 밀어내었던 이름. 찰나에 마음이 무거워졌다. 정은규는 애써 잔상을 지워냈다.

"비교 대상이 옳진 않네요."

"뭐. 그거나 이거나 죽이려고 만든 건 똑같지. 찾았다."

안대영이 들고 온 건 손바닥 크기의 단도였다. 손이 워낙 커서 안대영의 손에는 중지 두 마디까지 닿는 크기였다. 정은규는 흡사 고급스러운 만년필처럼 생긴 단도를 받아들었다.

검집을 열자 시이익— 한기가 손을 휘감았다가 단도 속으로 들어갔다. 드라이아이스에 손을 가까이 가져다 대면 이런 서늘함이 났었다. 손에 쥐어 보니 메스와 비슷비슷해 착 감겼다.

"호신용. 좆같이 구는 새끼 아무나 찔러."

"사람을 함부로 찌르면 전과자가 되는 세상에서 살고 있습니다만."

"말을 좀 걸러 들어 은규야. 척하면 척 몰라?"

"……나름 농담한 건데."

"응?"

"아닙니다. 더 지체하면 늦겠어요, 가죠."

왜 저렇게 빨리 나가. 왼손에 시계를 찬 안대영이 양손을 주머니에 꽂은 채 뒤따랐다. 지하주차장에 내려와 안대영과 애매한 거리를 두고 앞서가던 정은규가 문득 멈추고 뒤돌아봤다.

"대영 씨 차로 갑니까?"

"네 차."

그러면서 손을 내민다. 운전하려는 건가. 정은규가 키를 넘겨주려고 했다.

"아니, 키 말고 손."

손을 왜? 의아함을 담고 바라보았다. 놀리려는 의도를 담고 있거나 능글맞은 시선은 아니었다. 그래서 선뜻 내밀었다. 달라고 하니까 이유가 있었겠지 싶어서. 그리고 정은규의 손은 꽃잎같이 안대영에게 감싸졌다. 뜨뜻한 온기가 손바닥부터 손목까지 천천히 달아올랐다. 입김이 뿜어져 나오는 한겨울의 지하주차장에서 벌어진 로맨스였다. 간지럽게.

"염라를 만나서 그동안 안 보이던 게 보일 거야."

뚜벅, 뚜벅, 뚜벅. 두 사람분의 구둣발이 공허한 시멘트 바닥 위를 밟았다. 정은규는 맞잡은 손에 시선을 고정시켰다. 안대영의 손등 상처는 옅은 흔적만 남았다.

"대부분 저승사자일 건데 걔들이 말이 존나 많아. 듣다가 짜증 나면 그걸로 찔러 버려. 내가 책임질게."

"예."

"찌를 수 있겠어?"

"아마도 아니요."

"착해 빠져 가지고."

착해서 좋을 게 하나도 없다고. 선하고 성실하게 살아가는 사람 등쳐 먹는 건 위아래의 공통된 지랄이라며, 안대영은 신랄하게 비난했다. 조수석 문을 열어 주고 정은규가 올라타자 허리를 깊게 숙인 안대영이 입꼬리 끝을 매끄럽게 올렸다.

"그래서 네 옆에 내가 있나 봐."

나는 하나도 안 착하거든. 정은규는 차에 타느라 놓은 안대영의 손을 다른 손으로 잡았다. 온기를 오랫동안 보관하고 싶었다.

"우리가 잘 맞는다는 뜻으로 알아듣겠습니다."

안대영이 만족스러운 표정으로 조수석 문을 닫고 보닛을 돌아 운전석에 탔다. 차가 살아 있는 사람의 생사를 가르는 지옥을 향해 출발했다. 한때는 집처럼 살다시피 했던 세연 병원이었다.

"전화할게."

손으로 수화기 모양을 만들어 귀 가까이에서 흔들어 보인다. 정은규는 끄덕거리다 말고 아차 싶었는지 안전벨트를 걸어 내며 대답했다.

"못 받을 수도 있습니다. 진료 중이거나, 갑자기 응급 들어가거나 하면요."

"그럼 점심이나 같이 할까."

전화를 못 받을 수 있다는데 점심 제안을 한다. 정은규에게는 동문서답이었다.

"초량 씨와 동석도 괜찮다면 그렇게 하시죠."

"걔 오늘 안 와. 와도 늦거나."

"어디 가셨습니까?"

"꽁지 빠지게 돌아다닐 일이 생겼거든. 한 시 전까지 올게. 그리고 그거 위험할 때 진짜 쓰라고 준 거야. 폼만 잡으라고 준 거 아니고."

백팩에 얌전히 잠든 단도를 빗대며 말해 앞주머니 지퍼를 열었다. 누가 본다 하여도 만년필이라고 속아 넘어갈 것이었다.

"뭐 하면 되냐며. 그중에 하나라고 생각해. 내가 잠시라도 자리 비웠을 때 각종 병신들이 달려들면 찔러 버릴 담은 있어야지."

차창을 끝까지 내리자 바깥 소음이 밀려 들어왔다. 안대영의 옆선은 유달리 이 계절의 맹추위가 잔뜩 묻어 정면보다 싸늘한 인상이었다. 그러나 살을 에는 추위라 할지라도 정은규의 앞에서 속절없이 녹아 버렸다.

"할 수 있습니다."

"정은규 교수. 정말로 할 수 있습니까."

수련회 조교 같은 말투였다. 놀리는 거다. 정은규는 안대영을 새치름히 노려보고 자동으로 걸린 록을 풀었다.

"오늘 식당에 제육볶음 나옵니다."

화제가 엉뚱한 곳으로 튄다. 생뚱맞은 답변에 무심코 담배를 물려던 안대영이 손을 멈칫했다. 제육볶음? 근데 그게 뭐. 애매하게 멈칫한 손이 이내 스냅을 딱딱 쳤다. 본인만 아는 화법을 쓰는 걸 보니 개떡같이 말해도 찰떡같이 알아래라는 뜻으로 들린다.

필터를 깨물고 질겅거리자 허연 담뱃대가 위아래로 움직였다. 딱, 딱. 중지와 엄지가 부딪쳐 내는 스냅이 경쾌하다.

"유추할 만한 상황이 약 세 가지 정도 떠올라. 이중에 답이 있으려나 모르겠네."

"퀴즈 좋아하세요?"

"전혀. 별것도 아닌 것에 대가리 굴리는 시간 아까워. 그래서 그게 나오는데 뭘 어쩌라는 거야. 표정은 맛 존나 없다고 써 붙여 놓고."

습관적으로 불을 붙이려다 정은규의 차임을 자각한 안대영이 물었던 담배를 창밖으로 던졌다. 아, 내 차 끌고 올걸. 입술은 가만히 있는데 얼굴에 혼잣말이 드러났다. 정은규는 사사로운 대화에도 성의껏 구는 안대영을 위해 두루뭉술한 답변을 내놓았다.

"그냥 그렇다고요. 저 음식 안 가립니다."

"다른 거 먹잔 말이잖아. 알았어. 사 올게."

그런 뜻은 아니었는데. 나는 그럭저럭 먹지만, 당신에겐 맛이 없을 테니 웬만하면 카페테리아에서 해결하자며 돌려 말한 것뿐이다. 덧붙이게 되면 말꼬리 잡는 격이 될까 싶어 그만두었다. 안대영이 차 안에서 짧게 손을 흔들어 보이고 핸들을 붙잡았다.

횡하니 떠난 제 차의 넘버가 안 보일 때까지 우두커니 서 있던 정은규는 심호흡을 길게 들이마셨다. 든 자리는 몰라도 난 자리는 안다더니, 이때쯤 옆에서 귀 아프게 떠드는 동굴 저음이 없으니 허전했다. 그새 초량에게 적응이 된 모양이었다. 이 사실을 초량이 알게 되면 1부터 10까지 호들갑을 떨 것이기에 정은규는 함구하는 쪽을 택했다.

서 있는 정은규를 수많은 사람들이 스쳐지나갔다. 발걸음과 대화가 들리고, 지나칠 때 각자의 향기가 나고, 형체가 또렷한 이들이 '사람'의 기준이다. 이들은 살아 있다. 살아 있기에 가능한 움직임이다.

비록 아무개의 머리에 달라붙어 호두까기 인형처럼 아가리를 딱딱 부딪치는 귀신과 휠체어의 바퀴에 머리카락이 아무렇게나 끼어 질질 끌려가며 끼릭끼릭 웃는 흉한 몰골의 귀신 등 갖가지가 섞여 있었지만. 우선적으로 그들에게 느껴지는 것은 온기였다.

'산 사람은 살아야지.'

어머니는 줄곧 말씀하셨다. 산 사람은 살아야 한다고. 운명을 거스를 순 없으니 주어진 삶 안에서 후회 없이 살아야 저런 악귀가 되지 않는다고 하였다. 그렇다면 저들은 후회로 점철된 악귀들일까. 코트 안으로 자리를 옮긴 단도를 꾸욱 쥐어 보았다.

나부터 나를 지켜야 한다. 저런 것들에게 절대로 먹히지 않겠다.

다시금 심호흡을 이었다. 가슴이 크게 부풀었다가 꺼지길 몇 번, 정은규는 결심한 듯 자동문 안으로 들어섰다. 아침이라 활기찬 병원 로비에 캐럴이 은은히 퍼지고 있었다. 원래 크리스마스가 가까워지면 트리 앞에 앰프를 가져다두고 캐럴을 틀었던 터라 생경진 않은데 현재로선 별로 듣고 싶지 않았다.

트리 가까이 다가갈수록 소리는 커졌다. 환자복을 걷어 입은 어린이 몇이 저 위의 별을 가지고 싶다며 폴짝폴짝 뛰었다.

고요한 밤 거룩한 밤 어둠에 묻힌 밤…….

개중 한 아이가 울상을 지었다. 격렬한 움직임으로 피가 역류한 탓에 빨간색이 보인다는 이유였다. 보호자가 혼내려 들기에 말린 정은규가 사원증을 내밀어 보였다.

"제가 봐 드릴게요."

성인에 비해 약한 혈관이라 쉽게 다칠 수 있어 별것 아닌 상황이었어도 나선 것이었다. 외부인이 끼어들자 불쾌한 내색을 보였던 보호자는 신원 확인 후 표정을 바꾸고 한 걸음 물러났다.

한쪽 무릎을 꿇은 정은규가 아이의 손등에 붙은 테이프를 조심스레 뜯어 니들의 상태를 확인하고 다시금 붙여 주었다. 문제는 없었다. 오래 입원해 있었는지 팔 곳곳에 라인을 잡았던 흔적 위로 노란 멍이 남아 있었다.

"조금만 조심히 놀자. 아프진 않지?"

"녜에."

"거봐. 엄마가 그만 뛰라고 했지. 의사 선생님이 이놈 하시잖아."

"히잉."

이놈은 안 했는데. 꾸중을 들은 아이가 풀죽은 채 휠체어에 풀썩 앉는다. 환자라서 함부로 사탕을 줄 수도 없고. 정은규는 멋쩍어하며 휠체어를 그대로 보냈다. 그때도 캐럴 한 곡은 끝나지 않고 울렸다.

「어머머머. 이 꼴이 뭐야, 이게. 지 팔자가 억겁인데 인간을 도와줄 새도 있어? 천하태평이구먼.」

「이자가 그 소문의 이무기지? 그치?」

일어서려던 정은규는 순간 등 뒤에 한기가 서려 멈칫했다. 태어나서 이런 목소리는 들어 본 적이 없었다. 촉새 같은 말투와 귀가 째질 듯 톤이 높은 목소리. 저음인 초량과는 극과 극이었다.

신발 끈을 묶는 척하며 주머니 속 단도를 쥐었다. 그런 정은규의 앞을 가로막는 작은 신발 하나가 있었다. 뒤섞여서 같이 놀던 어린이 중 한 명이었다.

「아저씨는 키가 크니까 저 별도 딸 수 있어요?」

생글생글한 미소와 달리 바닥이 신발을 투과해 몸이 반투명으로 비쳤다. 귀신이다. 정은규는 대답 없이 고개를 들었다. 퀭하긴 했으나 선한 눈망울이었다.

귀신이 말을 걸어 온 것은 상당히 오랜만이었다. 아니, 이 아이가 수도 없이 말을 걸어 대었던 사람 중에 나만 유일하게 알아듣고 있는 것일지도.

「어? 아저씨 뒤에 이상한 아저씨들이 있어요.」

「어마맛. 얘 너는 죽은 지도 얼마 안 된 애가 왜 여기 있어? 너 담당 사자가 누구니!」

「저한테 뭐라고 말을 걸어요. 아저씨도 들려요?」

「그 자에게 말 걸지 마라! 이리 온! 담당자가 누군데 일처리를 이렇게 해?! 불호령 떨어지려고 작정을 했구먼!」

「싫어요. 안 갈 거예요. 아저씨들 싫어요.」

대화가 어지럽게 얽혀 양 귀를 좀먹어 갔다. 더는 버틸 재간이 없어 몸을 일으켜 뒤를 돌아보았다. 한눈에 봐도 알겠다. 차림새가 온통 까맣고 희기만 한 이들. 안대영이 말했던 저승사자다. 정은규가 저벅저벅 다가가자 사자들은 반대로 흉측한 것을 보았다는 듯 뒷걸음질 쳤다.

왕이 나셨도다…… 왕이 나셨도다…….

한 곡의 캐럴은 그렇게 마무리되었다. 저승사자의 눈엔 마치 정은규를 왕으로 세우기 위한 전주곡처럼 들렸다.

이놈의 이무기는 저희들 존재를 파악하자마자 후다닥 도망갈 줄 알았더니 오히려 포위망을 좁혀 온다. 이무기가 미쳐 버렸구나. 괜히 영 왕자와 놀아난 파렴치한이 아니야.

오들오들 떨던 저승사자들은 알 수 없는 두려움이 정은규의 손에 잡힌 단도에서 뿜어져 나오는 것을 깨닫고 멀찍이 떨어졌다.

저건 영 왕자의 검이다. 정확히 원래의 검에서 조각을 떼어 내 새로 연마해 낸 단도. 그 결과 그의 검은 그동안 받은 데미지 복구 등 겸사겸사해서 오랫동안 수리에 들어가야 했다. 최근에 도깨비가 찾아갔다더니…….

"뭐라고 떠들어도 상관은 없는데 일하는 건 방해하지 말아 주세요."

어지간한 대왕도 찔러 죽일 수 있는 무시무시한 흉기를 들고서 정중하게 부탁하는 꼴이라니 기가 막힐 따름이었다. 저 단도 하나로 자신의 가치가 얼마나 올라갔는지 모르는 아둔한 이무기가 아닐 수 없다. 쟤, 쟤, 쟤가 뭐래?!

감히 영 왕자의 검 앞에서 떠들 재간이 없는 저승사자들은 꽁지를 빼고 달아났다. 덕분에 이무기가 영 왕자의 검을 가진 사실이 두 시간도 안 되어 병원 내 근무 중이던 사자들에게 모두 전파되었다.

당연히 정은규는 이 사실을 몰랐다. 사자들이 멀찍이서 수군거리기만 할 뿐, 정은규의 근처에는 오지도 않았기 때문이었다.

* * *

잎사귀가 살랑살랑 흔들리고 잔물결이 유영하는 고요한 밤. 이무기는 무릎을 끌어모으고 앉은 채 찬란히 빛나는 달을 무던히 바라보고 있었다.

달이 싫었다. 특히 보름달이라면 치가 떨렸다. 잘 감추고 있던 민낯을 고스란히 드러내 보였기 때문이었다.

그러나 이무기는 영 왕자로 인해 싫어하던 달을 그럭저럭 잘 볼 수 있게 되었다.

영 왕자는 특유의 말투가 있다. 나른한 듯 말하지만, 겉에 칼날을 고스란히 드러내어 상대를 옥죌 줄 알았다. 영 왕자의 한 마디로도 목이 잘린 것처럼 덜덜 떠는 자들이 많았으니 말이다. 그는 그 자체가 무기이다.

관계의 깊이가 옅었을 때를 떠올려 본다. 날카롭기 짝이 없어 오한까지 드는 말투와 무시무시한 검 앞에서 지고 싶지 않아 톡톡 쏘아붙이던 때. 다시 해 보라고 하면 뒤로 물러날 것이었다. 살고자 하는 발악에 겁을 상실했었지.

'영 님은 달이 예쁘다고 하셨는데, 나는 잘 모르겠다.'

어느 순간부터 영 왕자는 이무기의 앞에서 다른 이인 양 굴었다. 거의 매일 보다시피 하였으므로 이무기는 무엇이 영 왕자를 변하게 만들었는지 깨닫지 못했다. 다만 저 보름달에 화가 녹아버린 듯 전부 사라지고 다정함만 남아 한동안은 쭈뼛쭈뼛 굴었다.

사실 이무기는 발악일 뿐이었지 원래 앙칼지게 따져드는 성격이 아니거니와, 한 마디도 지지 않겠다며 덤벼들었던 건 전부 도리천에 숨어서 배운 말투를 응용하여 구사한 것뿐이었다. 그래서 영 왕자가 진심을 내보였을 때 아무것도 모르는 순수함으로 대치할 수밖에 없었다.

이런 점을 모조리 이실직고 하던 밤에, 영 왕자는 목젖이 드러나도록 크게 웃더니 보름달이 떠 있는 밖으로 이무기의 손을 붙잡아 이끌었다.

저딴 게 뭐가 무서워 여태 숨어 있느냐면서 용기를 북돋아 주었고, 보름달과 정면으로 맞서 비늘이 드러났을 때는 못 본 척하며 쓰다듬어 주곤 했다. 그 조그만 배려가 보름달 앞에서 습관처럼 숨었던 자신을 바꾸어 놓았다.

더는 달이 싫지 않았다.

오늘의 달은 영 왕자가 가져다주었던 꿀떡처럼 동그라미가 반 접힌 모양새로 커다랬다. 반달은 동그라미가 될 때까지 기다리며 누구에게나 빛을 밝혀 주었다.

달은 말이 없다. 단지 손톱에서 쟁반으로 서서히 변하였다. 수면에 비쳐 지그재그로 뻗친 모양이 하늘의 선명함과는 달랐다. 어쩌면 울렁거리는 수면에 비친 달이 진면모일지도 몰랐다. 흐트러지고 흔들리는 위태로움. 이를테면 변화를 위한 감내 같은 것.

그저 그런 달그림자에 의미를 담는 버릇은 최근에 들였다. 달이 시왕이나 군사들처럼 저를 위협하지 않아서 상념이 깊어졌기 때문이었다. 그동안은 몰랐는데 온건하게 평화로웠다. 그래서 그저 바라보고만 있었다.

'안 자고 뭐 해.'

곁에 털썩 앉는 이는 영 왕자였다.

이무기는 못 밖으로 탈출한 이후 깊은 잠을 자 본 적이 없었다. 처음엔 불안에 잡아먹혔다. 자는 사이 사지가 잘릴지도 모를 일이었기에 잠이 오다가도 눈이 말똥말똥 떠졌다. 다음은 외로움이었다. 이무기는 스스로를 지킬 방패도, 공격성도 없었다. 이야기를 나눌 대상조차 부재했다.

이렇다 보니 시간이 지날수록 불안과 외로움에 적응이 되어 쉬이 잠들기가 어려웠다. 그래서 가지가 튼튼한 나무 위에서 달님이 사라질 때까지 쪽잠을 붙이는 것이 그의 수면 패턴이었다. 하여 이 시각에 잠들리 없었다.

'그러는 영 님은 주무시지 않고 왜 오셨습니까.'

'너 생각나서.'

달에게서 영 왕자의 곧은 옆선으로 시선이 옮겨진다. 그는 달이 아닌 태양을 닮았다. 작열하는 태양 앞에 무릎 꿇은 자들은 사지가 갈가리 찢겨 나갔다. 그들의 악취는 온건히 태양에게 묻었다. 이무기도 알았다. 태양의 자비가 유일하게 쏟아지는 방향이 저라는 사실을.

'영 님에게서 피 냄새가 납니다.'

'뱀이 아니라 개 아니야? 나 세 번 씻고 왔어. 그런데도 냄새가 난다고?'

'예.'

사실을 가감 없이 말했을 뿐인데 말없이 몸을 일으킨 영 왕자가 저벽

저벅 앞을 향해 걸었다. 바로 앞은 못이다. 어딜 가시려는 겁니까. 이무기가 채 묻기도 전에 영 왕자는 탈의하지 않고 못에 풍덩 몸을 빠트렸다. 동시에 이무기도 벌떡 일어났다.

'영 님!'

기겁하여 소리치자 뽀글뽀글 거품만 일던 수면에 커다란 물보라가 일었다. 온통 젖은 영 왕자가 유려한 선을 그리며 물속에서 솟았다. 달빛은 탄탄한 몸을 여과 없이 드러내 주었다.

그렇게 물고기처럼 헤엄치다가 수면 위로 솟아오르길 몇 번, 그는 마치 온몸이 물로 잠식되기를 기다리는 것처럼 보였다. 도로 걸어 나오는 모습이 물귀신과 견주어도 이길 듯했다. 지나오는 자리마다 물이 후두둑 흘러 긴 길을 만들어 냈다.

아무렇지도 않게 다시금 이무기의 옆에 앉은 영 왕자는 품에서 담뱃대를 꺼내더니 쫄딱 젖은 꼴을 보고 낮게 욕을 내뱉었다.

'냄새 나?'

그러더니 다시 묻는 것이었다. 이무기는 설핏 냄새를 맡았다.

'물비린내 납니다.'

'피 냄새보단 낫겠네.'

'그건 그렇지만 다 젖으셨잖습니까.'

'벗지 뭐.'

처덕처덕 벗어 낸 옷을 던져 두기에 이무기가 그 옷의 물기를 꼭 짜 나무에 걸어 두었다. 머리 물기를 털어 내는 전라의 영 왕자에게도 달빛이 쏟아졌다. 이무기는 입고 있던 두루마기를 벗어 영 왕자에게 건넸다.

'왜. 너 내 몸 좋아하잖아. 이 틈에 실컷 봐.'

'이걸로 물기라도 닦으세요. 날이 쌀쌀합니다.'

'바람 한 점 안 부는데 핑계 대지 말고.'

'그럼…… 조금만 구경할게요.'

아예 몸을 틀어 빤히 쳐다본다. 영 왕자는 코웃음 쳤다. 방심하면 습격을 해 오니 당최 말로 이길 수가 없었다. 이무기의 말간 눈이 젖은 머리칼부터 물기가 곳곳에 남아 있는 널따란 어깨와 가슴, 단단한 허리선에 차례대로 닿자 잠재우고 있던 성기가 힘을 받고 꿈틀거렸다. 만지지도 않았는데 금세 모양 잡혀 기립한 성기에도 눈길이 간다.

성적인 접촉은 영 왕자와 처음 했었다. 이 자가 간지러운 말을 하며 몸을 어루만지면 아랫배에 힘이 들어가면서 허벅지 안쪽이 잘게 떨렸다. 그러면 배설의 용도로만 쓰이던 부분이 하늘 높은 줄 모르고 서서 묽은 액을 흘려 대었다.

신기하여 몇 번 만지자 몸이 타오르는 통증과 함께 뿌연 액체가 발사되었는데, 나중에 가서는 통증이 아니라 쾌감임을 알게 되었다. 이를 알려 준 자도 역시 영 왕자였다. 제 몸 구석구석 이 자의 손과 입이 지나쳐 갔지만 더럽다는 느낌은 없었다. 당연하게 받아들였다는 쪽이 옳았다.

'여기가 일어서고 있어요.'

'네가 만져 주면 다 서겠는데. 도와줄래?'

가끔 이렇게 은근한 말투를 구사하며 현혹해 오면 이무기로서는 당혹스럽기 그지없었다. 평소 툭툭 뱉어 내는 말과 달리 미끌미끌하고 질척함이 담긴 목소리에 자신도 마찬가지로 아랫배가 아릿해졌기 때문이다.

'저는 구경만 하겠다고 했습니다.'

'그럼 계속 구경해. 난 너 보면서 뺄 테니까.'

'영 님께는 제가 꿀떡입니까?'

'응?'

무미건조하게 성기를 곧추세우면서 되묻기에 이무기는 액으로 반질

거리는 귀두와 핏줄 선 손등 따위를 집요하게 쳐다보았다.

'맛있는 거는 전부 제게 주셨잖아요. 반대로 제가 영 님께 그것들과 같으냐고 묻는 겁니다.'

말뜻을 헤아리던 영 왕자의 입에서 웃음이 바락 터졌다. 궁금해서 묻는 질문에 은근한 질투가 배어 있었다. 질투라는 걸 알기나 할까.

'비유할 게 없어서 그딴 걸 갖다 붙여. 처먹다 뒤질 만큼 줘도 너랑은 안 바꿔.'

'그렇군요.'

'이거 봐. 네가 보기만 해도 섰는데. 만져 줄 마음 안 생겨? 혼자 싸면 외로울 것 같아. 그것도 아주 많이.'

외롭다. 이 세 글자는 이무기에게 해로운 단어였다.

이무기는 얌전히 무릎을 꿇은 채 하늘 모르고 곧추선 영 왕자의 자지를 손에 쥐었다. 아. 짧막한 감탄이 입술을 비집고 흘러나갔다. 이무기의 귓바퀴가 새빨갛게 달아올랐다. 영이 탁한 신음을 내면 다리가 배배 꼬이고 발가락이 곱아들었다.

'제가 이렇게 만지면 영 님도 좋으세요?'

'하…… 그걸 말이라고. 입으로 빨아 주면, 웃, 더 좋을걸.'

하지만 자신 없었다. 머금기만 해도 근육이 꽉 잡히는 배와 허벅지를 모르는 것이 아니었지만, 입에 담기도 버거운 크기인데다 뿜어져 나오는 액에서 연못의 맛이 났다. 되레 익숙한 맛이 나서 못 속에 잠수하는 기분이 들어 사정할 때까지 빨아 본 적이 없었다. 노력에 비해 형편없는 솜씨라 진실로 좋아해 주는지 의문이었다.

자지를 있는 힘껏 흔들며 망설이던 이무기의 몸이 번쩍 들렸다. 착지는 영 왕자의 허벅지 위였다. 곧장 달라붙는 입술에서도 물맛이 나다가 단맛이 파고들었다. 입천장에 지느러미가 달렸을까. 빠끔거리며 간지럽게 달싹이면 가슴속마저 벅벅 긁고 싶어졌다.

대신 자위해 주느라 손바닥도 덩달아 열이 올랐다. 쫙 펼쳐 본 손바
닥은 영 왕자의 오라처럼 붉은색이었다. 맛 좋은 과실도 꼭 이런 빛깔
을 띠었다.

신기해서 들여다보았던 손바닥 아래 자지는 홀로 꺼떡이며 정액을
분출하고 있었다. 잔잔한 수면과 그 위에 내려앉은 달빛만큼이나 고요
한 사정이다.

달아오른 손바닥을 내려 정액을 쏘는 좆을 어루만지자 이마와 볼에
뜨거운 숨이 흩뿌려졌다. 손바닥이 진득진득하고 따뜻한 액체로 축축해
졌다. 입술이 빨렸다가 초옥, 하고 떨어진다. 오늘따라 생경하게 느껴지
는 감촉들이었다.

이 자를 모두가 두려워한다. 눈만 마주쳐도 벌벌 떨게 만드는 잔혹함
과 강인함을 가진 자가 제게는 한없이 낮은 모습을 보이고 아껴 주었다.

'저를 왜 좋아하세요.'

입술이 떨어진 사이에 물어보았다. 재려는 의도는 없었다. 단지 궁금
할 뿐이었다. 나는 가진 것도 없고, 언제 죽을지 모르는 목숨인데 당신
은 왜 나를 아낍니까. 목선과 푹 파인 쇄골을 찬찬히 훑은 영 왕자가 눈
을 들어올렸다.

'예뻐서.'

이무기의 미간이 미묘하게 모아졌다가 펴진다.

'도저히 알아듣기 힘든 말만 하십니다. 제 어디가 예쁘다는 겁니까.'

'첫눈에 반했다고 하면 뻔하고 별론가.'

그런 분이 검을 들이미셨습니까. 씨알도 안 먹힐 말이다. 가로로 길
어져 삐죽 노려보는 시선이 되자 영 왕자가 귀여워서 못 참겠다는 듯
살 없는 볼을 깨물었다.

'아픕니다.'

'끼리끼리라는 말이 있어. 비슷비슷한 것들끼리 붙어먹는다는 말인데

그게 너랑 나라고 생각해.'

비슷비슷하다? 당신과 나는 하나부터 열까지 모조리 반대의 성향인데 이럴 때도 성립될 수 있을까. 알쏭달쏭한 물음표 몇 개가 머리 위에 떠오른다.

고민하느라 바지가 엉덩이에 반쯤 걸쳐지고 영 왕자의 손이 안으로 들어가는 것도 모르고 있었다. 엉덩이 사이 구멍에 축축한 손가락이 닿자 머리 위 물음표가 싹 가셨다. 영 왕자의 어깨를 꽈악 틀어쥔 이무기의 동공이 잘게 떨렸다.

'내가 이러면 무서워?'

'조금요.'

'조금 무섭고. 다음은, 싫어?'

'……싫진 않습니다.'

그러고 보니 몸이 꿰뚫린 경험도 영 왕자에 의해 처음을 맛보았다. 영 왕자가 아니었더라면 운우지락의 이응도 모른 채 살았을 것이었다.

구멍을 만지작거리던 손가락 한 마디가 안으로 진입하자 저도 모르게 목을 꼭 끌어안았다. 좋지만 아프고, 좋았지만 조금 무섭고, 좋았지만 두려웠다. 그 마음을 이해한다는 듯 맞닿은 가슴이 들썩이며 웃었다. 육감적인 입술이 목선에 가만히 입 맞추었다.

'안 할게.'

'해도 됩니다.'

'덜덜 떨면서 뭘 하라는 거야. 안 해.'

인간의 말을 할 줄 알게 되었을 때 이무기는 우선적으로 군사들의 말투를 습득해 따라했다. 받들겠습니다. 모시겠습니다. 알겠습니다. 그리하면 되겠습니까. 이처럼 대부분 '다나까'로 끝이 나는 명령 복종형의 말투가 입에 배어 군사들처럼 딱딱하게 언어를 구사해 냈다. 나무에 숨은 채 저들이 나누는 대화에 혼잣말로 대답하며 문장을 학습했다.

도리천은 무수히 많은 이들이 산책을 나오는 곳이었다. 군사는 물론 시왕도 있었고, 사자도 있었다. 특히 사자들은 군사들과 달리 간지러운 말투를 썼는데, '다나까'와 달리 문장이 툭 잘리는 반말은 물론 '~요'로 끝맺음하기도 했다.

그렇게 한글 떼는 이승의 어린아이처럼 연신 곱씹으며 연습한 보람은 영 왕자에게 모조리 쏟아지는 중이었다. '다나까'와 '요'를 왔다 갔다 하는 이상한 말투였으나 공부의 흔적이었으므로 부끄럽지 않았다.

영 왕자는 그들보다 한층 고차원적으로 알아듣기 힘든 말을 했다. 나중에 가서는 그것들이 이승에서나 쓰는 말이라는 것을 알고 혼자 있을 때 글씨를 꼬물꼬물 써 가며 외웠다. 이승에 사는 이들은 무엇이기에 영 님이 그리도 좋아해서 오가는 것일까. 망자를 본 적이 없으니 궁금증만 날로 늘었다.

'사랑해.'

사랑. 이무기는 또다시 단어를 곱씹었다. 영 왕자가 두어 번 말해 준 적이 있었다.

사랑이라. 물고기의 능선처럼 생긴 곡선을 하나 그리고 바로 옆에 반대로 뒤집은 곡선을 붙이면 희한한 모양의 그림이 완성되었다. 그것이 사랑의 표식이라고 하였다. 과실의 대가리를 따온 듯 동그란 것 두 개에서 비좁게 이어지다 꼬챙이가 되어 버리는 신기한 모양. 그것을 아주 많이 그려 놓고 골똘히 공부했다.

사랑은 무슨 뜻이지. 이 모양은 무엇을 의미하고.

그래도 딱 한 가지는 알 수 있었다. 저 말을 할 때, 영 왕자는 세상에 나만 있으면 된다는 표정을 지었다. 살인귀라 불리는 그가 유일하게 풀어지는 순간이었다. 그러하면 심장이 물고기처럼 펄쩍펄쩍 뛰었다.

'연모한다는 뜻입니까?'

답이 맞았으면 좋겠다. 똘망똘망하게 내려다보는 이무기의 코끝을 깨문영 왕자가 비스듬히 입술을 겹치며 속삭였다. 몹시 비밀스러운 속삭임이었다.

'정답.'

이무기는 그만 그에게 직접 심장을 꺼내 보여 줄 뻔해서, 덜컹거리는 마음을 애써 꾸욱 참고 물기가 마른 몸에 안겼다.

* * *

당화동 성당 앞에 멈춘 정은규의 차에서 내린 이는 안대영이다. 마중 나온 엘리사벳이 성호를 그으며 안대영을 맞이했다. 깔끔히 넘긴 백발은 잔머리 하나 삐친 곳이 없었다.

"일찍 도착했군요."

안대영은 인사 없이 엘리사벳을 지나쳤다. 그 모습이 익숙한 엘리사벳은 묵묵히 안대영의 뒤를 따랐다. 몇 번 만난 적 있었지만, 단 한 번도 먼저 인사를 건넨 적이 없는 자였다. 오히려 인사를 받는 것이 어색할 것이다.

안대영은 뚜벅뚜벅 걷다 말고 연못 앞에서 멈췄다. 비단 잉어 몇 마리가 유유히 돌아다니고 있었다. 색색의 등허리가 수면 위에 언뜻 드러났다. 몇 걸음 뒤에서 멈춘 엘리사벳이 침착하게 입술을 열었다.

"이 성당은 마리아가 휴식을 취하려고 오는 유일한 곳입니다."

펄떡거리는 잉어를 흥미 없이 바라보던 안대영이 고개를 틀었다. 지리멸렬한 무심이 담긴 눈이었다.

"그래서."

"부디 성당의 어느 곳도 훼손하지 않길 바랍니다."

"그쪽은 내가 뭐로 보입니까."

"글쎄요. 현재는 선일 행정사 사무소 안대영 대표?"

미소 없이 대답하는 엘리사벳과 달리 안대영은 피실피실 웃었다.

"말대로라면 한낱 인간이지 않습니까. 인간이 신의 영역에서 뭘 할 수 있으려나. 혹시 내가 화를 못 참고 때려 부수기라도 한다면 손해 배상 청구해요."

말투는 농담조였지만 내포한 의미는 진담이었다. 엘리사벳은 침착하게 받아쳤다.

"왜 성당에서 염라와의 회동을 원한다고 말한 거죠?"

연못에서 시선을 거둔 안대영이 차가운 시선을 엘리사벳에게 던졌다. 비틀린 입가에 조소가 간당간당하게 매달렸다가 뚝 떨어졌다.

"몰랐는데 내가 패륜에 소질이 있나 보더라고. 나를 억제할 곳이 안타깝게도 이곳뿐이지 뭡니까. 그래도 아직 사리 분별은 할 줄 알거든."

엘리사벳은 마른침을 삼켰다. 덤덤한 목소리로 패륜을 운운하는 안대영에게 소름이 끼쳤다.

"장소가 장소인 만큼 조용히 이야기만 나눌 겁니다. 사례는 섭섭지 않게 한 것으로 아니까 그만 따져요. 내가 나올 때까지 본당 문 열지 말고. 뭐, 정 불안하면 미카엘의 부대라도 쫙 깔아 놓든가."

'아무 일도 일어나지 않을 거야, 걱정하지 마.'

바티칸에 있을 마리아의 목소리가 내면에서 들렸다. 엘리사벳은 그 목소리를 믿음 삼아 키의 몇 배가 되는 문을 종잇장처럼 닫아 버리는 안대영의 등을 끝까지 쳐다보았다.

"참."

가면에 가려진 듯 그림자 진 얼굴이 문득 새로 살짝 드러났다.

"마리아 님께 안부 전해 주시고."

엘리사벳이 대답 대신 묵례하며 멀어졌다. 문이 완전히 닫혔다.

베드로의 성당보다 작은 본당이었다. 비슷비슷하게 생겨 특이할 것은 없었다. 향초 냄새가 은은하게 퍼졌다.

안대영은 카펫이 깔린 바닥을 느긋하게 걷다가 왼쪽 일곱 번째 줄에 놓인 의자에 사뿐히 앉았다. 오른쪽 일곱 번째 줄에는 염라가 앉아 곰방대를 피우고 있었다. 그들의 사이에는 적색 카펫이, 정면엔 십자가가 있었다. 참으로 아이러니한 풍경이었다.

"너는 중죄를 지었다는 것부터 알아라. 감히 이딴 곳에 날 불러냈단 말이지."

염라의 입술에서 고슬고슬한 연기가 피어올랐다. 피 한 방울 안 섞인 부자임에도 생김새가 유전자를 타고난 듯 똑 닮았다. 정면의 십자가를 응시하고 있던 안대영이 고개만 돌렸다.

"어쩔 겁니까. 여기가 아니면 검을 들이밀고 싶어질 텐데요. 목숨 부지라도 시켜 드리려고 노력한 제 모습이 안 보이십니까."

"하하하하. 네가 진정 돌았구나."

"그러게 정은규는 왜 만나서 날 화나게 만들어요."

아버지와 아들의 대화로 보기엔 심히 어폐가 있었다. 염라는 팔꿈치를 기댔다.

"살려 줬다고 절을 해도 모자랄 판에 적반하장으로 군단 말이냐. 네가 입을 열 때마다 죄가 쌓이고 있다는 것을 기억해라."

"승천을 허락한 이유부터 들어 보죠. 마리아 님을 만났다고 들었습니다."

이들의 대화는 모조리 마리아가 듣고 있다. 그런고로 그녀는 이 대화의 보증인이 된다. 설마 안대영이 심심해서 당화동 성당까지 왔을까. 언제 어디서든 증거와 증빙이 남아야 한다. 이 점은 염라 역시 알고 있었다.

"시끄러운 건 딱 질색이야."

"그런 분이 날 내쫓을 때는 이무기를 생포해 오라 명령했습니까."

"내가 기억을 지워서 쫓아내었어도 너는 이무기를 죽이지 못할 것 아니냐. 그 같잖은 연모 따위가 막고 있을 게 분명하니 말이다."

"헛소리 듣자고 여기까지 온 거 아닙니다. 나 바빠요."

부러 시계를 들춰 시각을 확인한 안대영이 고즈넉한 본당을 훑어보았다. 십자가 뒤의 커튼이 바람에 살포시 흔들린다. 창문은 닫혀 있다.

"여의주 없는 반편이가 그리도 신경 쓰였다면 애당초 기억을 지우지 말았어야죠. 게다가 지우는 것에서 끝나지 않고 조작까지 시켰잖습니까. 이무기를 생포해 오라는 의미도 나를 영천왕으로 되돌리기 위함을 모르지 않습니다. 다 아는 내용을 쓸데없이 꺼낸 이유가 뭡니까."

염라에게 이무기는 소모품에 불과하다. 제 아들의 유일한 결핍을 채워 완전해지기 위한 도구. 영 왕자는 이무기가 곁에 있어야 합법적인 왕의 호칭을 얻는다. 지금으로선 여의주 노릇은 이무기만 할 수 있기 때문이었다.

그런데 그 열쇠가 될 이무기를 승천시키겠다고 허락했다. 염라는 기분 따라 말을 바꾸는 신이 아니었다. 분명한 이유가 있을 것이다.

"그깟 뱀 새끼를 죽일 줄 몰라서 안 죽이겠느냐. 네가 이무기 앞이라면 사사로운 감정에 휘말려 앞뒤 가릴 줄 모르고 나대지만 않았어도 기억은 남겨 뒀을 것이다."

"아하……. 자식에 대한 사랑이 대단한데요. 혹시 효도까지 원합니까?"

"퍽이나. 네놈이 그동안 망아지처럼 뛰어다닌 일이 한두 번이냐. 그런 건 바라지도 않는다."

"명부에 돌아간다면 시왕의 목을 잘라 삼도천 앞에 매달 겁니다. 제일 먼저 변성왕을, 그 다음은 태산왕. 다음은 제비뽑기라도 할까요. 특별히 염라는 그간의 정을 생각해 맨 마지막으로 두죠."

콰앙! 분노를 이기지 못한 염라가 의자를 내려치자 단숨에 반절이 나우당탕 넘어져 먼지가 일었다. 안대영은 눈 하나 깜빡하지 않았다. 오히려 휘파람을 불었다. 정은규의 집에서 흘러나오던 캐럴이었다.

"그쯤 까불어라."

"질문 다시 드려요? 왜 승천을 허락했냐고 물었습니다. 아시다시피 나는 인내심이 짧아요. 검을 들고 오지 않은 것을 후회하게 만들지 마세요. 슬슬 짜증 나려고 하니까."

붉은 오라끼리 공중에서 부딪친다. 어느 쪽도 크기를 줄이지 않았다. 살벌한 기 싸움이었다. 십자가 커튼 뒤에서 대기하고 있던 무사들이 몸을 드러냈다.

뭐가 쫄려서 무사를 저기다 숨겨. 혈혈단신인 나 하나 처리하지 못해서 끌고 왔느냐 조롱하고 싶었다. 이어진 말이 아니었다면 조롱하다 못해 희롱까지 했을 것이었다.

"이무기는 죽는다."

염라는 앞을 내다볼 줄 안다. 장난기를 거둔 안대영의 서늘한 시선이 드디어 염라에게 닿았다. 오라가 활활 타올랐다.

"말씀 드렸을 텐데요. 걘 내가 지킨다고."

"그게 네 마음대로 된다고 누가 그러든."

염라가 고갯짓하자 같이 숨어 있던 사자가 튀어나와 공손히 상소를 올렸다. 두루마리를 펼쳤다. 그곳엔 12월 25일 자 망자 리스트가 줄줄이 적혀 있었다. 개중 붉게 타오르는 이름 하나.

154번 망자 정은규. 사인은 자살(刺殺).

"지켜? 네가?"

조소 짓는 염라를 향한 분노가 잘게 쪼개져 혈관 속을 타고 다녔다. 두루마리가 형편없이 바닥을 굴렀다.

"네가 아무리 날고 기어도 죽을 놈은 죽는 것이 이 바닥의 순리다. 생포의 기회는 끝났어. 승천을 허락하지 않은 상태에서 죽어 명부로 오게 되면 시끄러워질 테지. 어차피 죽을 팔자라면 되도록 골이 덜 아픈 쪽이 낫지 않겠느냐. 넌 이무기를 살리고자 승천을 택했겠지만, 난 그

반대였다. 뱀 새끼가 죽지 않는다면 승천은 어림도 없었어."

"……."

"불가항력이야. 내가 그것을 가만히 보고만 있으랴."

명부에서 자살은 두 가지 뜻으로 나뉜다. 하나, 스스로 목숨을 끊는다(自殺). 둘, 칼에 찔려 죽임당하다(刺殺). 정은규의 사인은 후자다. 그의 이마에 문신처럼 새겨진 12월이 결국엔 죽음으로 완성된다는 것이었다.

생각에 잠긴 안대영은 눈을 깜빡거리지도 못했다. 차츰 초점을 잃어가는 동공에 십자가와 무사들이 뿌옇게 흐렸다.

승천을 허락하지 않은 상태에서 죽어 명부로 오게 되면 시끄러워진다……. 뭐, 맞는 말이다. 삼도천 입구에서부터 갖은 것들이 아가리를 벌리고 달려들 테지. 염라가 이무기를 생포해 오라 명령한 것은 이처럼 귀찮은 소란을 겪기 싫어서다.

그리고 타당한 자기희생이 아닌 이상 인간의 육신은 죽으면 삼도천을 건너 각 지옥의 게이트에 입성하게 되어 있다. 이승에서의 기억을 완전히 잃은 채 삼차사와 저승왕의 판가름에 의해 환생과 소멸이 결정되는 과정이었다. 살아생전 얼마나 대단한 인물이었든 간에 게이트를 통과하면 다 똑같은 망자일 뿐이다. 이 같은 과정을 겪지 않으려 염라는 승천에 동의했다고 말한다.

무슨 뜻인지는 안다. 앞서 언급했듯이 정은규는 제게 있어 유일한 여의주다. 반편이 취급에서 탈출해 영천왕의 타이틀을 가지려면 염라 입장에서는 좋으나 싫으나 정은규가 살아 있어야 한다. 그리고 그 방법이 현재로서는 승천밖에 없다고 판단해 동의했다, 까지가 정리.

근데 난 왜. 구구절절 늘어놓는 저 말이 개소리처럼 느껴질까. 늙은 구렁이처럼 악취가 나잖아.

"하하."

파안대소한 안대영이 머리를 쓸어 넘겼다. 결 좋은 생머리가 쓸어 넘긴 방향대로 나풀거리며 흐트러졌다.

인간이 죽든 말든 언제부터 신경을 썼다고. 그리고 정은규가 설사 죽는다 해도 개한테는 내가 있다. 절차 따위 무시하면 그만이야. 그보다 앞서 나는 수도 없이 정은규를 지키겠다고 말했어. 난 뱉은 말은 무조건 지켜. 당신도 알잖아? 그런데 정은규가 죽는다고.

처음으로 돌아가 염라는 망자 명단에 정은규가 없었더라면 결코 승천을 허락하지 않았을 것이었다고 한다. 여기서부터 궤변이다.

"불가항력이라고 하셨습니까."

초점이 돌아왔다. 허리를 꼿꼿이 펴고 앉아 있던 안대영이 소리 없이 일어났다.

"혹시 정은규가 내 손에 죽어요?"

내가 걔를 죽여요? 그래서 그딴 개소리를 줄줄 늘어놓았습니까? 만약 그리 된다면 체면 중요하게 생각하는 노인네 커리어에 금이 쩍 가긴 하겠네.

진실로 '시끄러워지는 것이 싫다'의 의미는 이무기를 죽인 제 아들에게 쏟아질 무수히 많은 언성에서부터 일어날 소란이었다. '저 미친놈이 기어이 이무기까지 죽였다.'로 퍼질 소문들. 끝내는 내가 저승을 쑥대밭으로 만들고 칼부림 내는 것이 두려운 것이리라.

그래서 입막음용으로 승천을 택했겠지. 살리려는 나의 선택과 달리 미친 개새끼에게 놓을 진정제로 사용하고자 한 것이다. 실소가 터졌다.

염라는 긍정도 부정도 하지 않았다. 하지만 그 애매모호한 태도에서 답을 읽어 냈다. 좆까라지. 절대 그렇게는 안 돼.

"진작 알려 줬으면 참 좋았을 텐데요. 여러모로 엄청난 부정(父情)이군요."

모두를 등지고 걷는 널따란 등이 발화한다. 분노를 주체하지 못한 오라가 불붙은 것이었다. 그를 둘러싼 불길이 사나웠다. 무사들조차 걸음을 뗄 수 없었다. 저렇게 화가 난 영 왕자는 재판 때 이후 처음이다. 건드려서는 안 된다.

"위험한 일 꾸미려 들지 마라."

"뭐 하나 착각하는 것 같아서. 난 걔한테 빠질 때 여의주고 나발이고 신경 안 썼습니다. 예뻐서 빠진 거지. 그건 지금도 똑같아요. 누구랑 다르게 겉치장엔 관심 없거든."

그때 염라의 눈앞에 짧은 영상이 클립처럼 튀었다. 제 아들이 심장에 검을 꽂는다. 심장을 관통하고 몸 밖으로 빠져나온 검 끝에 핏방울이 맺혀 뚝뚝 흘렀다. 털썩 무릎 꿇은 영 왕자의 모든 구멍에서 피가 쏟아졌다. 울컥울컥 쏟아진 피는 웅덩이를 만들어 염라의 신발까지 흘러 적셨다. 영 왕자가 피범벅인 채로 웃는다. 웃고, 웃다가……

거기까지 보이자마자 벌떡 일어난 염라가 진노해 외쳤다. 거센 진노에 성당 벽이 지진 난 것처럼 흔들렸다.

"네 이놈! 진정 돌아 버렸느냐!"

지키지 못한다면 같이 죽는다. 그게 제 아들이 하는 미친 운우지락의 결말이었다. 지독하다고밖에 볼 수 없는 순정이었다. 숨이 거칠어진 염라와 달리 발화한 오라를 하고도, 안대영은 여유로운 표정으로 양손을 공중에 띄웠다. 흡사 광신도 같은 모습이었다.

"존경하는 마리아 님. 듣고 계시면 새기세요. 정은규가 죽는다면, 내 몸도 죽어요. 그 다음은 상상하신 그대로가 되겠죠. 나는 다― 죽일 거예요. 다―. 위아래 구분하지 않고, 한 새끼도 빠짐없이."

장난스럽게 성호를 그어 보이며 이리 말하는 것이었다. 고요한 신성모독이었다.

"성부와 성자와 성령의 이름으로 아멘."

도로 정색한 채 뚜벅뚜벅 멀어진다. 본당 문 너머 초조해하는 엘리사벳의 기운이 느껴졌다. 이런. 깽값 많이 물어 주게 생겼는데. 낄낄 웃은 안대영이 뒤를 돌아 의자를 모조리 부순 염라에게 나지막이 말했다.

"약속 시간이 다가와서 먼저 갑니다. 모쪼록 그 좆같은 결말은 다시 만들어 보세요. 다음엔 정말로 패륜을 저지를 수도 있잖아요. 내가 부디 안 그랬으면 좋겠거든요."

문이 닫히자마자 바들바들 떨리던 성당의 벽이 무너지기 시작한다. 대왕님ㅡ! 이러시면 안 됩니다ㅡ! 사자와 무사가 우르르 달려들었으나 염라의 근처에도 가지 못하고 추풍낙엽처럼 나가떨어졌다. 안에서 난동이 일어나거나 말거나 문을 굳게 닫은 안대영은 안색이 파리해진 엘리사벳에게 무례해 보였다.

"안에 계신 분께 손해 배상 걸어요. 완벽하게 복원해 놓을 겁니다."

그대로 지나치려는 안대영을 엘리사벳이 말로 붙잡았다.

"오늘의 일을 마리아가 용서할 것 같습니까?"

"용서?"

진작 눈깔이 돌아버린 안대영에게는 쓸모없는 협박이었다.

"일곱 번을 넘어 일흔 번까지 용서하는 것이 하늘의 뜻 아니었나."

그는 미소 지어 보였다. 건드리지 말라는 듯이. 안대영은 폭탄 같았다. 누군들 건드리면 당장 터져 버릴 폭탄. 결국 먼저 고개를 돌린 쪽은 엘리사벳이었다.

* * *

"뭐라고요?!"

전화를 받은 김석호가 하마처럼 입을 쩍 벌렸다.

"저희 왕자님이 어딜 가서 깽판 쳤다고요?! 제발! 제발 거짓말이라고 해 주세요!"

명부에서 곧장 선일 행정사 사무소로 들이닥친 초량이 제집처럼 씻고 나와 물기를 탈탈 털다 말고 눈을 휘둥그레 떴다. 왕자님. 깽판. 제발 거짓말. 초량이 주워들은 단어였다. 충분히 흥미로운 단어들 아닌가.

테이블 위에는 짜장면과 탕수육이 식어 가고 있었다. 초량은 일단 불어터진 짜장면을 후루룩 들이마셨다. 흠. 식감이 짜장 묻힌 떡 같군.

"미쳤어. 진짜 미쳤어. 아, 이를 어떡하면 좋냐고요. 예? 예에에?! 아 세상에……."

김석호는 거의 정신 줄을 놓은 듯 두터운 손을 이마에 얹은 채 의자를 뱅글뱅글 돌렸다. 저러다 어지럼증이 돈다며 주접을 싸려고. 초량은 끌끌 웃으며 단무지를 아작아작 씹었다.

"귀환서는 요청해 놓은 상탭니다. 아니요, 별 문제없으면 저희는 명부로 귀환할 거예요. 왕자님이 24일 안에 사무실 정리까지 원하셨거든요. 예. 팩스 나와요."

잉크가 실시간으로 마르는 뜨끈한 종이를 가져온 김석호가 핸드폰을 어깨 사이에 꼈다.

팩스는 총 세 장이었다. 개중에 두 장은 파손 수리비가 적힌 견적서를 비롯한 손해 배상 청구서였다. 0이 몇 개야……. 억 단위에 달하는 수리비에 또다시 입이 벌어졌다.

고상한 척은 있는 대로 해 대던 하늘 놈들의 실상이 깡패 저리가라였다. 이런 도둑놈들. 스테인드글라스 한 장 값이 대리석 두 장 값은 너끈히 나갔다. 말도 안 돼. 동네 철물점을 가도 이런 값은 나올 수가 없다.

"너무하신 것 아닙니까? 따지고 보면 깽판은 저희 왕자님이 쳤어도 때려 부순 건 대왕님이신데요!"

그러나 하늘의 회계 담당 수호신은 안 들리는 척할 뿐이다. 너 그렇게 안 봤는데. 부득부득 이를 가는 김석호를 지켜보며 짜장면과 탕수육을 모조리 해치운 초량이 꺼억 트림하고 긴 팔을 소파에 걸쳤다. 다른 손에는 가열한 전자 담배가 들렸다.

역시 짜장면을 먹은 후엔 담배를 꼭 피워 줘야 한다니까. 남의 속도 모르고 이쪽은 바캉스라도 온 듯 한가했다.

"일시불 완납 같은 소리하네. 우린 이 돈 죽어도 못 줘요. 제5 지옥 책사에게 서류 그대로 넘길 테니 그쪽이랑 합의 보세요. 우리 왕자님이 얼마나 철두철미하신 분인데 얼렁뚱땅 이런 도둑놈 같은 견적서를 들이밀어요? 세 번 양보해서 깽판은 쳐도 기물 파손은 안 하실 분이라고요. 아, 거 본당에 CCTV 달려 있을 것 아닙니까!"

"그만 싸워라. 그만. 그런다고 네가 하는 노고를 왕자 놈이 알아주긴 하냐?"

"너는 입 닥치고 단무지나 씹어!"

"다 씹었는데? 대강 전화 끊고 앉아 봐. 내 너하고 얘기할 것도 있어서 왔다니까. 네 눈에 내가 한가해 보이냐? 우리 프리티한 교수님도 못 보고 지금 널 기다리고 앉았잖아!"

왕자 놈이 수하 하나는 잘 뒀다. 비교 대상이 멀리 갈 것도 없다. 방금 만난 이차남이었더라면 평등왕에게 징징거리러 떠났을 것인데. 저놈이 싸움꾼의 몸을 하고도 물컹물컹해서 그렇지 말 하난 잘한다니까.

풀 씹는 양처럼 담배 필터를 으적거리던 초량은 김석호가 씩씩거리며 맞은편에 앉자마자 본론을 꺼냈다.

"너. 찾고 있는 서류 있지?"

"서류라니."

분노가 가시지 않는지 김석호는 큰 숨을 들썩이며 내쉬었다. 온몸이 근육질인 초량이 무광산 산등성이 같은 어깨를 천천히 돌렸다.

"영 왕자가 명부에 있을 때 남긴 것들 말이다."

"그걸 네가 어떻게 알아."

"어떻게 알긴. 내가 가지고 있었으니까 알지."

"뭐?"

"나는 참 영 왕자가 괘씸해. 기본적으로 그 놈은 상대에 대한 신뢰가 없어. 의심만 한 가득에 멋대로 시험하질 않나. 당사자 모르게 감시를 붙이질 않나. 그러면서 시키는 건 오질라게 많아. 제대로 욕도 할 수 없는 게, 그러면서 그에 대한 대가는 늘 넘치게 준단 말이야. 기브 앤 테이크가 확실해서 인간도 아닌 놈이 인간미를 챙기려고 들어."

대부분 뒷담화였다. 김석호는 걸러듣는 재주가 탁월해 모조리 한 귀로 흘렸다. 안대영이 김석호의 목을 베지 않고 여태 책사로 두는 이유 중 하나였다.

"너는 물론이고 차민혁도 몰랐을걸? 영 왕자가 이승으로 내쫓기기 전에 애를 하나 부탁하면서 나에게 서류를 맡겼지. 그리고 기억을 잃은 동안의 기록을 남겨 두라고 시켰어. 애가 아닌 우리 도깨비들의 기록을 말이야. 그놈 성질로 보아 대가에 대한 값을 철저히 받으려는 셈이었겠지. 그것까지는 괜찮았어."

수염 한 톨 없는 놈이 허공에 턱수염이 있는 것처럼 쓰다듬는다. 김석호는 갈증이 나서 서비스로 온 콜라 캔을 뜯어 벌컥벌컥 마셨다.

"그런데 말이다. 왕자 놈이 거기서도 나를 시험했지 뭐냐."

"무슨 말이야?"

"내가 안 열어 봤겠냐고, 그 서류를. 심리상 그게 가능하리라고 보냐? 에헤이. 또 괘씸해지네, 썩을 놈."

"뭐가 있었는데. 초조하게 만들지 말고 빨리 말해."

"아무것도 없더만. 백지였다, 백지."

김석호의 손아귀에서 캔이 콱 찌그러졌다.

"그러니까 왕자님이 백지를 서류라고 뻥 치고 너한테 맡겼다 이 말이야?"

그럴 리가. 한국말은 끝까지 들어야 한다.

나풀거리는 종이 한 장을 들고 이놈이 나를 농락할 셈인가, 라는 생각에 빤히 눈싸움 하고 있었더니 종이 끝이 조금씩 타들어 가는 형상을 띠며 글자를 만들어 냈다. 암호문이었다.

본능적으로 이 이상 더 보면 장래에 불이익이 있으리라 느껴져 잽싸게 봉인해 두었다. 그리고 그것들은 아주 오랜 시간이 지난 후 일명 '도깨비 일지'와 함께 원주인에게 무사히 돌려주었다. 여기서 초량이 가진 의문은 '왜 신뢰 가득한 두 직원이 아닌 나였을까.'였고.

그동안 궁금해도 꾹 참았는데 드디어 답을 얻을 수 있는 기회에 도달했다. 인생은 타이밍이다.

"떡밥은 여기까지. 다음은 내가 너한테 궁금한 건데. 너, 영 왕자가 죽으라면 죽을 수 있겠냐."

김석호는 뭐 그딴 걸 질문이라고 하냐며 쉽게 받아쳤다.

"모시는 분이 명령한다면 당연한 거지. 그리고 어차피 두 번 죽나, 세 번 죽나 똑같잖아."

"아예 소멸이 된다면."

"별수 있나……. 왜 그래야 하느냐고 따지기야 하겠다만, 결국 이해할 수 없는 그분의 뜻을 이해하려 노력하다가 죽겠지. 그건 차민혁도 이하동문이야."

초량은 잠시 뇌 속에 얼음이 퍼부어진 얼얼함이 들었다. 김석호는 신하로서의 맹목적인 믿음이 대단했다. 그 새끼 망나니짓을 보고도 이런 믿음이 나온다고? 그와 동시에 영 왕자가 도깨비의 자유 협약을 앞장서서 도와준 이유가 뒷받침으로 따라왔다.

"아하. 그래서였구먼."

재수는 더럽게 없지만, 영 왕자는 울타리 범위 안의 자들은 끔찍이 지킨다. 대표적으로 이무기가 그랬고, 다음이 한 가족처럼 내쫓긴 김석호와 차민혁이었다. 제 수족에게 저로 인한 약점을 남기고 싶지 않앉던 것이었다.

예상 불가능한 미래는 얼마든지 널려 있다. 그것들은 온전히 내쫓긴 자들이 겪을 몫이다. 영 왕자에게는 '보험'이 필요했다. 그렇다면 이들과 최대한 엮이지 않되 밀접한 관계를 유지할 개체가 필요하다.

개체의 조건은 소속된 곳 없이 독립적이며 자유를 지킬 만한 힘이 있어야 하고, 남에게 휘둘리지 않을 뚝심 또한 요구사항이었다.

즉, 영 왕자에게 있어 이 모든 조건을 충족시키는 개체는 도깨비, 그중에서도 대왕인 초량 본인이었다.

쉽게 말해 안대영은 초량을 여태 동업 파트너로 삼아 온 것이었다. 초량이 배신하지 않고 착수한 일을 해내리라 약속했기에 이들의 자유를 책임지고, 집터를 내어주며 어마어마한 돈을 보상으로 주었다.

이렇게 정리하니 그 계산적인 행동들에 감탄이라도 할 지경이었다. 지황산도 이와 같은 맥락으로 평등왕에게서 빼앗은 것일 테지. 안전 또한 보장해 주겠다는 명목으로.

네가 내 뒤통수를 갈기지 않으면 그에 상응하는 보상은 차고 넘치게 주겠다.

저승의 영 왕자이자 안대영 대표의 깔끔한 일처리 방식이었다. 솔직히 말하면 뭐 이딴 새끼가 다 있나 싶다. 살짝 좋은 쪽으로. 영 왕자가 무슨 짓을 저지르고 다니든 간에 초량에게는 나쁜 놈도 착한 놈도 아니었다.

"말 그만 돌리고. 그래서 그 백지는 뭐였는데?"

"왕자 놈에게 직접 물어봐라. 그리고 귀환서라고 했지? 그거 잘 봐야 할 거다, 내 예감에 한 명 이름은 빠져 있을 것 같으니."

"너……. 불길한 소리 하지 마. 내가 너보다 힘이 없어서 안 때리는 거지 못 때리는 거 아니야."

뭐라고 하거나 말거나. 궁금증이 해결된 초량은 귀를 후비적거리며 김석호를 무시했다. 그리고 홀로 남았을 정은규 교수가 떠올라 허벅다리를 퍽 내리쳤다.

이럴 때가 아니었다. 이사는 다른 도깨비들이 잘하고 있을 테니 저는 제 할 일을 하러 돌아가야 할 때였다. 비린내가 나던 미심쩍은 놈도 감시해야 하고, 수다쟁이 저승사자들의 입막음도 해야 하고. 일복 터졌구먼.

전화기를 붙든 김석호가 심각해하거나 말거나 초량은 안대영의 옷 중 가장 고가의 브랜드 셔츠를 걸쳤다. 야, 그거 왕자님이 아끼는 거야. 한마디 덧붙이려던 김석호가 '대표님 전데요.' 하고 누가 들을까 싶어 수화기를 가렸다. 이 역시 초량에게는 그러거나 말거나였다.

* * *

"왜."

-대표님. 통화 가능하세요?

김석호가 전화를 걸었을 때 안대영은 주유하고 있던 참이었다. 크리스마스까지 얼마 남지 않았으나 그 안에 혼자 타고 다닐 일이 있을까 싶어 차에 제 냄새를 묻히는 중이었다.

이러면 도로가의 귀신들도 냄새를 맡고 몸을 사린다. 다른 누구도 아닌 영 왕자가 타고 있는 차였으니까. 냄새로 둔갑을 시켰으니 정은규가 운전석에 앉아도 문제되지 않는다. 한마디로 도로에서 억울하게 뒤질 일은 없단 뜻이었다.

정은규의 차는 조금만 밟아도 골골거리기 일쑤에 묵직한 꼴을 했으면서 연비가 개똥이었다. 얼마나 밟았다고 앵꼬 불이 들어와. 내 차 중에 하나를 주든가, 새로 사 주든가 해야지. 이딴 똥차는 끌고 다닐 게 못 됐다.

아니면 정 교수가 차 뽑기를 잘못했다든가. 운도 더럽게 없는 개 인생에 로또라곤 나뿐이니 아예 틀린 말도 아닐 거다. 휘발유 냄새가 코를 찌른다.

-사무실 안 오실 거죠?

"안 가. 점심 약속 있어."

-교수님이랑요?

"어. 왜."

-아니에요…….

김석호가 쉬는 한숨이 주유소 미터기 가격과 맞먹었다.

그런데 주유소의 컨디션이 심상찮았다. 끽끽거리며 흔들리는 간판과 낡고 부식된 외관은 둘째치더라도 주유기의 연식이 상당히 오래되어 보였다.

그러고 보니 언제부터 이곳에 주유소가 있었지? 나가는 길을 표시한 페인트 자국도 군데군데 흐릿하게 남았다. 손님이 드나든 흔적을 찾아볼 수 없었다.

"한숨 그만 쉬어. 그런다고 땅 안 꺼져."

-혹시, 혹시나, 혹시를 거듭해 여쭙는 건데 당화동 성당에서 요만큼이라도 뭐 부순 거 없으시죠?

"물어볼 걸 물어봐."

-그죠. 그럴 리 없죠. 아니 근데 걔네는 왜 저희한테 손해 배상을 청구했는지 이해할 수가 없어요.

"넘겨. 네가 알아서 했을 얘기는 굳이 할 필요 없잖아. 뱉을 말이나 빨리 뱉고 끊어."

지폐를 꺼내느라 핸드폰을 어깨 사이에 낀 채 지갑을 꺼낸 안대영이 사이드미러에 비치는 주유원을 쳐다봤다. 파란색 잠바를 입은 주유원은 신장이 2m가 넘는 초량보다 컸고 덩치는 그의 두 배였다. 모자를 깊게 눌러 써 생김새를 알아볼 수 없었다. 그러나 휘발유 냄새에 가려진 악취는 안대영에게 매우 익숙한 종류였다.

이승의 별의별 곳에 널린 게 악귀라지만 이 새끼는 낌새가 달랐다. 시간이 오래 지나 갈 때까지 간 악귀는 검은 덩어리로 남는다. 스스로에게 잡아먹혀 형체 없이 타르 덩어리처럼 변해 회생의 기회조차 얻지 못했다. 그들과는 다른 놈이다.

안대영은 차창을 끝까지 내려 손가락 사이에 낀 지폐를 내밀었다. 말한마디 없는 무뚝뚝한 주유원이 돈을 받아 가려는 찰나였다. 거세게 손목을 휘어잡아 끌어당기자 불시에 이끌린 몸이 앞으로 훅 끼쳤다. 푹 썩은 시체에게서나 날 법한 악취가 풍겼다.

─전에 한번 말씀드렸었는데 대표님이 명부에서 남겼던 증거들이요.

"자기야. 모자 좀 벗어 볼까?"

─저요? 저 모자 안 쓰고 있는데요?

핸드폰이 조수석에 포물선을 그리며 떨어졌다. 상황을 눈치챈 김석호가 얼른 전화를 끊었다. 지폐를 집고 있는 검지와 중지가 모자챙을 툭 치자 기름진 머리와 누런 눈깔이 드러났다. 그러나 공격적인 성향은 없었다.

"떠들어 봐."

이것도 저것도 아니라면 사탄의 메신저 역할이라도 하려는 건가. 전이라면 귀찮아서 죽이지도 않았겠지만, 현재의 안대영은 기꺼이 개소리를 맞이할 의향이 있었다.

"야. 시간 가잖아."

드디어 입술을 달싹인다. 나무늘보가 울고 갈 느릿느릿함이었다. 썩은 이가 드러났다.

「새로운 세계가 눈앞에 당도하였으니 너희는 곧 파멸을 맞이하리라. 우리의 새 구주가 오시노라.」

「……우리의 새 구주가 오시노라.」

「악은 더 큰 악을 만들고 세상은 끝내 악으로 잠들 것이리라…….」

흉한 꼴을 해서 뱉어 내는 문장은 라틴어와 히브리어를 오가는 조잡스러운 언어였다. 목소리 또한 여러 갈래로 안대영도 익히 알고 있는 패턴이었다.

"기껏 기다려 줬더니. 그래서 너희의 그 대단하신 왕은 누굴까."

차에서 내린 안대영이 주유 건을 빼들고 모처럼 발휘한 인내심으로 물었다. 주유원은 이가 죄 썩어 뽑히는 바람에 듬성듬성 빈 공간을 하고서도 또렷이 발음했다. 이 몸속에 휘발유가 가득 담겨 기름을 토해 내며 죽는다 해도 후회 없을 목소리로.

대답을 들은 안대영이 웃는 얼굴로 주유원의 아가리에 주유 건을 깊숙이 꽂았다. 씨발 누가 보면 대단한 새끼라도 데려온 줄 알겠네. 버튼 한 번에 주유가 시작되자 꿀꺽꿀꺽 목울음이 나더니 금세 입 밖으로 눈알처럼 노란 기름이 역류해 쏟아졌다. 그럼에도 반항은 일절 없었다.

어차피 껍데기뿐인 존재다. 이 안에 미처 캐치하지 못한 알맹이가 숨어 있었더라면 다량의 기름을 억지로 먹이는 동안 살려 달라며 튀어나왔을 것이었다. 그러나 잠잠하다. 자신이 자동차라도 되는 양 꿀꺽꿀꺽 우악스럽게 마시고 뱉어 내기만 하였다.

기분 더럽기로 세 손가락 안에 드는 날이다. 화풀이 상대 삼아 팔과 다리를 네 등분 내어 짓이겨 버릴까? 그것도 아니면 이대로 기름에 절여 하늘과 저승에 선물이라고 보내 버릴까. 어느 한쪽만 선물하면 불공평하잖아. 열 받아서 못 참겠다.

주유원의 몸속으로 더욱 주유 건을 우겨 넣던 안대영이 돌연 손을 떼고 바짓단을 탈탈 털어냈다. 이 이상은 구두에 기름이 묻어 처리하기 곤란해진다. 주유비로 꺼냈던 지폐를 그 몸 위에 던졌다. 기름 값이었다.

새로운 세계를 다스릴 왕.

이들이 원하는 세상을 열려면 그에 상응하는 먹잇감이자 매개체인 정은규가 필요하다. 매개체가 정은규인 이유는 이무기인 그가 내가 가진 여의주의 기운을 받아서였다. 하찮은 뱀이 여의주를 삼킨 후 이무기가 되었다. 구미가 당기지 않으랴.

이 세상에 날 이길 자는 아무도 없고, 유일하게 나의 힘에 영향을 받은 인간은 정은규 하나다. 감히 나를 삼킬 욕심은 엄두조차 내지 못하니 차선책으로 정은규를 탐내는 것이다. 이들의 논리대로 이무기를 먹어치운 왕이 새로운 세상을 연다면 마침내 나에게 대적하려 들겠지.

끝이 오고 있다. 세포마다 살아 있는 감각이 아우성쳤다.

정은규의 차가 도로로 빠져나오자마자 경쾌한 손가락 스냅과 대비되는 굉음이 주유소 전체를 잡아먹고 활활 타올랐다. 안대영은 어느덧 웃음을 지운 채였다. 정은규에게 1시까지 가겠다고 했는데 벌써 12시 반이었다.

* * *

"보시면 이 사진이 저번에 오셔서 찍은 거고, 이건 오늘 찍은 사진이에요. 기껏 살려 놓은 혈관이 다시 좁아졌죠. 운동이나 식사 습관은 잘 지키고 계세요?"

"뭐 나름……."

"음주나 흡연은요. 계속 하시고? 입원하셨을 때도 담배 피우러 나가셨다면서요."

환자가 어물쩍 시선을 피하고 보호자는 이마를 짚었다. 그것으로 대답은 충분하다.

정은규는 학교 선생님처럼 환자를 혼내려고 든 적이 없다. 의사는 수술 후 회복 사항에 대해 권고하고 검사 결과에 대해 왈가왈부하면 그만이다. 그러나 때때로 직접 경고해야 하는 환자가 있었다.

그래도 이 환자는 운이 좋은 케이스에 해당한다. 갑작스러운 뇌질환은 수술이 성공적이어도 대부분 크고 작은 장애가 따라붙는다. 본인의 운이 얼마나 좋은지 모르는 건가. 게다가 함께 들어온 보호자의 표정에 수심이 가득하면 건강한 사람도 병들기 마련이어서 독한 말이 곧잘 나가곤 하였다.

김현수는 이런 정은규에게 그 오지랖 좀 버리라고 입에 닳도록 말했었다. 그러나 쉽게 고쳐지지 않았다.

"한 번에 끊기 힘드시면 센터의 도움을 받는 것도 나쁘지 않습니다. 말씀드렸다시피 수술은 급한 불을 끈 것뿐이에요. 재발 위험이 상당히 높습니다. 언제 죽을지 몰라요."

"아, 알겠어요. 줄이면 되잖아요."

"네가 말만 하지 실행에 옮긴 적이나 있어? 선생님, 이 인간 알코올이랑 니코틴 중독이에요. 마음 같아서는 정신 병원에 확 쑤셔 박고 싶은데, 진짜로!"

간호사가 인중을 늘이며 정은규의 눈치를 살폈다. 우리 교수님 진료실에서 다툼 일면 되게 싫어하는데.

그런데 정작 정은규는 환자와 보호자가 아닌 애매한 곳을 쳐다보고 있었다. 시선의 길을 따라 보았는데 문 옆 구석이다. 간호사의 머리 위에 물음표가 떠올랐다. 거기에 뭐라도 있나.

"……당분간 경과를 세세히 봐야 할 것 같으니 저랑 자주 뵙죠. 시간은 예약하시면서 잡아드릴 겁니다."

겨우 눈길을 돌려 말한 정은규는 간호사가 이들을 데리고 나가자 자리에서 일어났다. 아침에 봤던 꼬맹이 귀신이 구석에서 달라붙어 울먹거리고 있었다.

「아저씨. 저 엄마를 잃어버렸어요.」

단도에 손이 절로 갔다. 매정해져야 한다. 마음이 쓰여도 어쨌든 귀신이다.

「까맣고 하얀 아저씨들이 자꾸 저를 데려가려고 해요. 싫어요. 저는 엄마랑 있고 싶어요. 엄마를 찾아 주세요.」

닭똥 같은 눈물이 뚝뚝뚝 떨어졌다.

정은규는 어린 시절 산에서 보았던 귀신들을 떠올렸다. 그 애들도, 나도 꼭 이 애만 했었다. 그 귀신들도 아직 산에 남아 있을까. 남아서 누군가를 계속 찾고 다닐까.

……아니다. 마음 약해지지 말자. 그러나 해를 끼치고 싶지도 않았다.

정은규는 마른침을 삼키며 귀신을 지나쳤다. 아니, 지나치려고 했다. 주머니에서 울리는 핸드폰만 아니었더라면 말이다.

베드로 신부.

핸드폰과 귀신을 번갈아 보았다. 안대영을 만난 이후 베드로 신부와는 절연하다시피 했었다. 받아서 뭐라고 해야 할지 엄두가 나지 않았다. 되도록 최대한 미루고 싶었던 숙제 중 하나. 씁쓸하다.

따지고 보면 구원의 명목으로 안대영에게 보내 준 은인은 베드로 신부였다. 어디서든 희망과 절망의 상극은 존재해 왔다. 사막에 오아시스가 있고 숲에 늪이 있는 것처럼. 귀신에게서 등 돌린 정은규가 전면 유리창을 보고 섰다. 훌쩍이던 귀신의 눈이 데구룩 정은규의 뒤태로 굴러갔다.

"……예, 신부님."

-너, 잘 사는 거냐?

입술을 그러모았다. 어제 통화한 사이처럼 베드로 신부는 변함없이 정은규를 대했다. 가슴이 따끔거렸다.

"예. 전 그럭저럭 지냅니다. 신부님도 별일 없으신 거죠."

-별일이 왜 없겠어. 크리스마스가 코앞이라 엄청 바쁘지. 너랑 통 연락이 안 돼서 걱정했다.

"전화하실 때마다 응급이었습니다."

거짓말이다. 양심의 가책이 아예 없다고는 말 못 한다.

-요샌 잠은 잘 자고?

"……예."

-불행 중 다행이구먼. 대영이 놈이 괴롭히진 않던. 그놈 싸가지가 영 적응이 안 되지?

"처음에만 그랬어요. 지금은 잘해 주십니다. 그것도 꽤."

이건 사실이다. 지극정성으로 안대영의 보살핌을 받고 있고, 겪어 본 적 없었던 사랑도 받고 있었으니까. 아. 후자는 쌍방인가.

-은규야.

"말씀하세요."

엄마. 엄마가 보고 싶어요. 통화 중인 정은규에게 중얼거리던 귀신의 곁에 실 같은 뱀 한 마리가 스르륵 기었다. 호기심 어린 시선이 기다랗 게 빠져나왔다가 들어가는 뱀의 혓바닥으로 향한다. 고사리손이 너울너 울 흔들려 뱀의 피부를 어루만졌다. 실뱀이었던 크기가 점차 부푼다. 그 러나 정은규는 통화에 몰두해 발견하지 못했다.

-원망할 대상을 찾아. 너도 살면서 누군가를 탓하고 원망해 봐라. 그러면 지금보다 살 만해질 거다.

"무슨 말씀을 하시려는 겁니까."

-가는 덴 순서 없어. 그래도 제정신일 때 너랑 통화를 하니 그나마 마음이 좀 놓이는구먼.

"신부님."

-대영이를 믿고 따라. 걔라면 널 어떻게든 살릴 놈이야.

"신부님!"

답답함에 고함치자 베드로 신부는 타들어 가는 정은규의 속도 모르고 껄껄 웃기만 하였다.

-귀 따가워라. 이놈이 왜 화를 내? 하여튼 잘 지내는 모양이니 그걸로 됐다. 혹시라도 날 찾아올 생각이 들거든 꾹 참아. 때로는 참는 게 도움이 되는 경우가 있어.

꼭 유언 같았다. 이런 쪽으로 뻗는 암담한 생각이 잘못됐다고 믿고 싶다. 하지만 뉘앙스가 마지막을 앞둔 사람 같아서 핸드폰 쥔 손에 땀이 찼다. 이 말을 하려고 그토록 전화를 걸었던 거냐고 따질 새도 없었다.

"저한테 못다 한 이야기 있으시죠. 차마 제 앞에서 하지 못했던 말이요."

-너한테? 흐으음. 많지. 일단 너 어릴 때 교리 시간에 졸던 것부터 말하자면 끝이 없어. 날밤을 새도 모자라다 자식아.

"말장난하자는 거 아닙니다."

그때였다. 천장 위 에어컨이 날개를 펴고 찬바람을 쏟아 내었다. 아무도 틀지 않은 에어컨이었다. 등줄기가 서늘해지다 못해 싸늘하다. 정은규는 목석이 되어 창문에 비친 괴이한 덩어리를 노려보았다.

「저드을밖에— 한바—암 중에 야앙드—을이 찾던 목—자들……」

아침에 들었던 캐럴이 테이프가 늘어진 듯한 속도로 느릿느릿 들렸다. 아이러니하게도 여리여리한 아이의 목소리였다. 땀이 처덕처덕 났다. 가운 안이 식은땀으로 푹 젖어 갔다. 씨발.

-은규야. 은규야? 은규야! 내 말 들리는 거냐! 은규야!

"……신부님."

땀방울이 목선을 타고 흐르는 것도 모를 만큼 긴장한 상황에서 목소리만은 침착하게 나왔다. 정은규는 주머니 속 단도의 케이스를 벗겨 내고 손잡이를 붙들었다. 그 바람에 손가락이 베였는지 날카로운 통증이 느껴지며 가운 주머니 아래가 피로 물들었다.

"아니라고 말해 주세요. 난 정말 아니라고 믿고 싶고, 그동안 부인해 왔으니까."

이 짓이 당신이 벌인 짓이라 해도 아니라고 말해요. 제발.

그와 동시에 덩어리가 악을 내지르며 정은규에게 달려들었다. 아이의 얼굴과 뱀 대가리가 마구잡이로 뒤섞여 끔찍한 몰골이었다. 그런 주제에 웃고 있었다. 정은규의 핸드폰이 날아가고, 단도를 쥔 손도 허공을 갈랐다.

성부와 성자와 성령의 이름으로 아멘
주님, 사탄의 악함이 깃들기 전에 지켜 주시고
은총과 자비를 베푸소서
전지전능하신 주 하느님의 은혜가 닿으니
구원의 거룩함이 쏟아지시리라

내던져 액정이 깨진 핸드폰에서 베드로 신부의 기도 소리가 음울하게 울려 퍼졌다. 어린 시절 잠들기 전 정은규도 손을 모으고 옹알거렸던 기도였다.

푸욱―! 칼날이 단단한 두개골을 깨고 깊숙이 파고들었다. 환자를 살리기 위한 수술 요법으로 개두술을 할 때와 정반대의 행동이었다. 내가 살기 위해 누군가의 머리통에 칼을 꽂는 행위가 소름 끼치는 감각으로 부서져 피범벅인 손이 저렸다.

정은규의 얼굴에도 피가 팍 튀었다. 새파란 잉크처럼 진득진득한 피였다.

악에서 구해 주소서.

굳게 닫힌 진료실 창문이 와장창 부서져 파편이 아무렇게나 튀었다. 에어컨 바람에 맞서 매서운 겨울바람이 가운을 휘감았다. 비. 비가 내린다. 바람을 타고 들이친 세찬 비가 피와 섞여 살갗을 적셨다. 녹는다. 녹아 사라진다.

끄아아악ㅡ! 울부짖는 괴물에게서 엄마를 찾으며 울던 아이와 뱀이 번갈아 희끗희끗하게 나타났다 사라지길 반복했다. 희게 질린 정은규는 피가 줄줄 흐르는 손과 괴롭게 몸부림치는 귀신을 번갈아 보다가 단도를 툭 떨어트렸다.

······*아멘.*

통화는 거기서 끊겼다. 괴발개발 갈라져 깨진 액정에 통화 종료 창이 떴다가 사라졌다. 부서진 창문 아래 훤히 드러난 도시는 온통 삐죽빼죽했다. 저것들조차 벼린 날처럼 보였다.

「늦어서 죄송합니다. 몸은 괜찮으십니까.」

「이 다음은 저희가 책임지겠습니다.」

텅 빈 눈이 그들을 향했다. 등에 날개가 달린 자들. 처음 보는 종류였다. 정은규의 눈이 까무룩 넘어갔다. 겨울바람과 에어컨 바람이 그들과 함께 대치하고 있었다.

제5장 上

1인실에 누워 있는 정은규는 시체처럼 질려 숨소리만 겨우 뱉어 냈다. 의식은 돌아오지 않았다. 안대영은 꼼짝도 않은 채 정은규를 내려다보기만 하였다.

집합한 사자들이 불안하게 눈알을 굴렸다. 차라리 화를 내면 넙죽 엎드려 용서라도 빌어 볼 텐데 입을 다물고 있는 편이 비교할 수 없이 무서웠다.

벌벌 떨며 대기하고 있던 사자들은 다섯 번째 지옥에 소속된 이들이었다. 만 12세 이하의 아이들과 영아인 망자를 인도하는 자들. 이번 일은 그들이 1차적으로 망자를 때에 맞춰 인도하지 못해 벌어진 참사였다.

영 왕자가 우리를 죽일지도 몰라. 대왕님을 모셔 와서 어떻게든 변호를 부탁해야 하지 않을까. 저들끼리 시선을 주고받으며 대안을 짤 동안에도 안대영은 시체 꼴인 정은규를 내려다볼 뿐이었다.

그들의 뒤에는 뒤늦게 나타난 하늘의 수호신들이 차분히 차례를 기다리고 있었다.

「저어— 왕자님.」

용기를 낸 사자가 한 걸음 앞으로 나섰다. 안대영의 눈이 천천히 사자를 향해 떠졌다. 이크. 큰일이다.

「죄송합니다.」

목숨 걸고 할 말은 그것뿐이다. 뚜벅, 뚜벅. 쥐죽은 듯 조용한 병실에 단 두 걸음이 공간음을 차지했다. 안대영은 사자의 앞에 서서 고개를 삐딱하게 꺾었다.

"죄송?"

감히 존엄한 용안을 들여다볼 수가 없어 눈을 질끈 감자, 곧 뺨이 떨어져 나갈 듯 강한 충격이 일었다. 평생 느껴 본 적 없는 고통이었다.

짜악—!

"일을."

짜악—!

"이렇게 하면 쓰나."

솥뚜껑 같은 손이 사자의 뺨을 거세게 내리쳤다. 한 대 맞을 때마다 몸이 휘청해 꼴사납게 엎어질 만한 악력이었다. 철푸덕 엎어진 사자들이 맞은 뺨을 부여잡고 오뚝이처럼 일어났다. 짜악—! 살점이 짓이겨지는 아픔이 연달아 터졌다. 이럴 거면 죽는 게 나았겠다 싶다.

쌀가루 반죽 같은 얼굴들이 호빵처럼 부풀어 너덜거렸다. 의안 한쪽이 빠져 데구루루 굴러간 사자도 있었다. 어느새 그들의 얼굴은 눈물과 피로 범벅이었다. 그렇게 때렸음에도 안대영은 숨찬 기색조차 없다. 오히려 그 뒤에 눈이 홉떠진 수호신들에게 시선을 옮겼다.

"일찍도 나타났더라고."

「죄송합니다.」

"마리아 얼굴에 먹칠을 하네, 자기들이?"

「죄송하다는 말씀밖에 드릴 수 없습니다. 죄송합니다.」

「조속히 원인을 알아내겠습니다.」

떠드는 주둥이하고는. 그냥 저 아가리를 찢어 버리고 싶은 충동을 겨우 참았다. 속에서 불이 끓었다.

"나가."

사자들에게 눈짓하자 머뭇거릴 새 없이 우르르 도망치듯 나가 버린다. 다섯 번째 지옥이라면 염라의 소관이다. 처맞고 나타나 징징거려도 염라가 해 줄 수 있는 일은 없을 것이다. 어쩔 건데.

본인이 저지른 값에 비하면 싸구려 복수였다. 차라리 죽음이 낫겠다고 여기는 고통이 있다. 수치스러움을 느끼게 해 줄 방법은 널리고 널렸다. 몰라서 안 하는 게 아니다.

노크 없이 들어온 간호사가 정은규의 혈압을 재고 빨려 들어가는 수액을 체크했다. 안대영이 있거나 말거나 개의치 않는 행동이었다. 미묘한 긴장감이 공기에 맴돌았다.

"왜. 우리 애기들 뺨도 때리지?"

체크를 끝낸 간호사가 뒤돌아 안대영과 정면으로 맞섰다. 눈동자가 호박색이다. 마리아다. 안대영은 입매를 비죽 올렸다.

"그럴까요. 허락만 해 주신다면야 얼마든지 때릴 수 있는데."

"늦게 온 놈이 누군데 애먼 곳에 화풀이야."

"제가 늦었나요? 그런 거라면 아예 자리를 비우지 말걸 그랬죠. 제가 마리아 님의 정예 군단을 너무 믿었나 봅니다. 실수했어요."

눈치 보던 수호신이 침대 밑에 정은규의 깨진 핸드폰과 단도를 조심스럽게 내려놓았다. 마리아는 산산조각이 난 핸드폰을 보며 인상을 찡그리다가 얼어붙은 수호신들에게 손사래 쳤다.

"가서 일해."

꽁지 빠지게 도망가던 사자들과 달리 양쪽에 예를 갖춘 수호신들마저 나가자 마리아는 침대에 걸터앉았다.

"염라가 엘리사벳의 성당을 엉망진창으로 만들었다는 건 들었어. 걔는 성질이 왜 그렇게 생겨 먹었니?"

"잘 알고 계시면서 손배는 왜 저한테 거십니까."

"이승식대로 처리한 건데? 이승에서 부모의 잘못은 자식에게 대물림되잖아. 그리고 너도 잘한 것 하나 없어. 괜히 까칠하게 굴지 마."

"한가하세요? 이딴 쓸데없는 말이나 하러 오실 분은 아니실 텐데."

"너. 어떻게 할 거야."

예상한 질문이었다. 성당에서 있었던 일을 낱낱이 보고 받자마자 나타난 것으로 보아 마리아도 이 일에 무척 신경 쓰고 있음이 티가 났다.

"때로는 협박으로 둔갑한 언사가 더 무서운 법이 있습니다. 혓바닥이라는 게 사실은 잘 벼린 검보다 무서운 무기가 될 수 있죠."

똑, 똑, 일정한 간격으로 떨어지던 수액이 방울지려다 말고 대롱대롱 매달린 채 움직임을 멈췄다. 고개를 들자 마리아는 간호사가 아닌 원래 신의 모습으로 돌아와 있었다.

안대영은 밖으로 삐죽 튀어나온 정은규의 흰 양말을 보고 말린 이불을 제대로 펴서 덮어 주었다. 안색이 점차 돌아와 새근새근 잠든 정은규는 깊은 꿈을 꾸는지 고른 숨을 색색 내쉬었다.

"오래전 베드로에게 찾아갔던 적이 있습니다. 아시겠지만 그 새끼 몸뚱어리는 이미 잔뜩 썩었어요. 제 눈에도 그 속에 뭉친 악귀가 셀 수 없이 많았으니까요. 어느새 악귀의 내통자가 되어 버린 것이었죠. 그렇게까지 하면서 용서받고 싶었던 겁니다. 나라면 주저 없이 소멸을 택했을 건데요."

그래서 동정하냐고? 아니. 전혀. 삿된 동정심 따위는 단 한 번도 가져 본 적 없다. 안대영이 감정을 드러내는 건 한 명에게만 국한되는 이야기였다.

창밖에 세찬 소나기가 쏟아졌다. 기상 예보에 없던 소나기였다. 창이 적셔지고 있다. 빗소리가 한 맺힌 울음처럼 쏴아아 맴돌았다.

"왜 베드로를 죽이려 하냐고 물어보셨죠."

"넌 거슬려서라고 대답했었고."

"거슬린 것 맞습니다. 고급스러운 표현으로는 눈엣가시였고. 그래서 직접 찾아가지 않았습니까. 멍청하진 않아서 금세 알아듣더군요."

더 큰 악이 되어라. 베드로 신부의 목숨 줄을 틀어쥔 안대영의 조건이었다.

Petros······.

주유원이 가리킨 그들의 제물은 베드로 신부였다. 변절자. 새로운 세상의 왕. 악마. 또 다른 이름의 사탄. 그들이 베드로에게 힘을 실어주며 요구한 검은 혀.

"그 새낀 어차피 죽어요. 행하는 전부가 완벽한 죽음을 위한 짓거리라는 거 모르실 분이 아닌데. 아니면 그게 안타까워서 싸고돕니까?"

완성, 결합, 한 몸. 비슷비슷한 뜻을 내포한 단어들. 이무기에게만 국한된 사항이 아니다. 베드로는 구마 의식이라는 후천적인 요소로 눈이 뜨인 케이스였다.

인간의 육체를 탐해 세력을 키우려는 욕심은 악귀의 전형적인 특징 중 하나다. 사냥꾼을 피해 어둠 속에서 은밀히 움직여 왔던 악의 기운을 활동적으로 뒤바꾼 것은 베드로의 구마 의식이었다.

그러나 쉽게 탐할 수 없었다. 막무가내로 덤벼들기엔 베드로의 신앙심이 원체 강하였다. 반쯤 잡아먹힌 육신임에도 원체 믿음이 신실하여 파고들 틈이 없었다. 시시각각 비늘이 돋는 피부를 하여도 신이 기도를 들어주지 않았던가.

그게 용서의 한계임을 알아서 필요악의 조건을 수락했노라고. 이래도 죽나, 저래도 죽나 매한가지라면 사사로운 악귀들에게 잡아먹히느니 선봉장에 나서 명예로운 죽음이 나았다.

"……."

침묵이 이어졌다. 안대영이 테이프가 덕지덕지 붙은 정은규의 손등을 검지로 간질이듯이 긁었다. 인위적인 테이프의 촉감이 지문 끝을 스쳤다.

아이러니하게도 이때 마리아는 안대영에게서 최초의 나약함을 발견했다. 사막에 홀로 떨어뜨려도 기어이 살아남을 놈이 사랑에 발목을 묶여 안절부절못하고 있었다. 그것이 보였다.

나지막함으로 포장된 목소리는 오아시스는커녕 모래알로 흩어져 바람이 되어 버릴 듯 가볍고 쓸쓸했다. ……영이 저런 감정을 느낄 줄도 알았던가.

흐트러짐 없이 꼿꼿하게 괴로워하던 안대영은 이내 그것들을 싹 없애고 품 안에서 서신을 꺼내 건넸다. 시선을 맞추는 눈에 직전의 나약함은 찾아볼 수 없었다. 마리아는 있는 힘껏 쥐었다가 편 자국이 가득한 서신을 받아들고 폈다. 검은 점조차 없이 구겨지기만 한 백지였다.

작은 불씨가 종이를 좀먹어 가기 시작했다. 연기와 재는 없었다. 마리아는 타들어 간 불씨의 길이 서서히 글자를 완성해 갈 무렵 미간을 있는 대로 찌푸렸다.

"……너."

익히 보았던 승천 공문이었다. 사실 승천 공문은 하늘과 저승 사이 오가는 공문 중에서 빈도수가 가장 적은 축에 속하였다. 천 년에 한 번 있을까 말까 한 승천 공문이 올해만 벌써 두 번째다. 그러나 승천 대상의 이름이 이무기와는 다르게 한 글자였다. 煐.

정은규의 입술에서 잠꼬대와 비슷한 옹알거림이 가느다랗게 새어 나왔다. 귀를 가져다 대어 보니 글자가 만들어지다가 뭉개지는 잠투정에 가까웠다. 마리아가 없었다면 그만 일어나라며 키스를 해 주었을 텐데 아쉽다. 빗소리가 고막을 눅진눅진 적셨다.

"나는 이거 못 받아 줘. 동의 유무를 떠나 내가 널 받아 주게 되면 섭리를 거스르는 꼴이 돼. 너는 엄연히 네가 다스릴 지옥이 있지 않니."

"설마 받아 달라고 드렸겠어요. 필요할 때 써먹으세요. 제가 직접 드렸다는 것 하나로도 잘 먹힐 겁니다."

참기 힘드네. 혼잣말을 뱉은 안대영이 정은규의 앞머리를 슬쩍 걷어 내고 이마에 입술을 조심히 가져다 대었다. 마리아는 입술 대신 종이 든 손으로 제 이마를 턱 짚었다.

"뭘 원하기에 내게 또 이러는 거야. 나 진짜 너희 부자 때문에 탈모 오겠어."

"원하는 거라뇨. 오히려 성탄절을 지켜드리기 위한 최선의 노력을 하고 있는데 몰라주시니 섭섭하네요."

이무기의 승천 건은 부탁이었겠지만 이번엔 친절함을 빙자한 협박이었다.

마리아는 염라와의 회동을 떠올렸다. 네 아들이니 네가 알아서 해. 냅다 공문을 던졌더니 염라는 가늘게 눈을 뜨고 생각에 잠기다 대답했었다.

'받아 줘라. 이무기는 팔자대로 죽어. 목숨 붙은 채 승천할 팔자까지는 못 된다.'

엘리사벳의 성당이 뒤집어졌으니 영도 그 사실을 전해 들었으리라. 그러면서 제 이름이 적힌 공문을 내밀었다. 다른 누구도 아닌 하늘의 마리아에게. 종이 한 장으로 협박이 먹힐 만한 위치의 대상은 마리아와 동일 선상에 있다.

다섯 번째 지옥의 대왕. 천하를 무너트릴 폭군을 양자 삼아 저승을 가까스로 지킨 자. 염라. 거둬들인 폭군은 도리어 제 아비에게 칼을 겨누려 하고 있었다. 구겨진 종이 한 장의 위력이 컸다.

"이건 언제부터 가지고 있었어."

"기억이 지워지기 전이었죠. 그것 말고도 많습니다. 어떤 새끼가 음모를 꾸미고, 좆같은 짓을 벌였는지 상세히 남겨 놓았어요. 제가 정말 맨몸으로 쫓겨났겠습니까."

너스레 떠는 입매가 비틀렸다.

"사탄은 영이 네가 사탄 같다."

마리아에게 있어 최악의 욕이었다.

"별 말씀을요."

물론 온 신경이 정은규에게 쏠린 안대영에게는 조금의 타격도 없었다. 멈췄던 수액이 다시금 점점이 떨어졌다. 폭풍우처럼 몰아치던 소나기도 언제였냐는 듯 해가 고개를 들었다. 간호사의 모습으로 되돌아온 마리아가 혈압기와 주사기가 든 철제 케이스를 옆구리에 꼈다.

"하나는 알아라. 이건 내가 널 마지막으로 용서하는 거야. 더는 없어."

"하하하. 예."

"그리고 아이는 깨우지 마. 모처럼 좋은 꿈을 꾸고 있으니."

"훈수 두지 마세요. 제건 제가 알아서 해요."

저 싸가지 없는 놈. 저런 놈 뭐가 예쁘다고. 돌아서 나가는 마리아에게 깊숙이 허리 굽혀 인사한 안대영이 슈트 재킷을 벗어 던지고 넥타이를 거칠게 잡아 뺐다. 숨기고 있던 초조함이 그제야 드러났다.

네게 물들어 버린 사랑이라는 감정을 이용이라도 했다면 이렇게 속 터지지도 않았을 거라고. 스스로가 개좆같았다. 자괴감 섞인 눈길이 정은규에게서 천장으로, 창밖까지 내던져졌다.

***

'신부님. 저 1등 했어요.'

'어이구야! 거기서 보낸 게 이거냐? 트로피가 엄청나게 큰데!'

'제 거예요. 여기에 제 이름 있어요.'

'그러게 말이다. 정은규 세 글자 딱 쓰여 있네. 기특하다.'

전국 수학 경시대회 초등부 1위 정은규. 큼지막한 트로피에 은박으로 각인된 상패는 정은규가 처음으로 성과를 이룬 업적이었다. 문제가 너무 쉬웠다고 재잘재잘 떠들며 해사하게 웃는 정은규의 손을 그러잡은 베드로 신부도 느슨히 미소 지었다.

'중등부에 내보냈어도 충분히 1등 했겠는걸.'

'열네 살이 되면 중등부 대회도 나갈래요.'

'오냐. 신부님이 힘써서 내보내 주마. 열일곱에는 고등부도 나가 보자.'

'진짜요?'

'진짜지, 이놈아.'

'우와! 너무 좋아요!'

독실한 카톨릭 신자로 거듭나는 보육원 아이들과 달리 정은규는 나 홀로 깍두기 신세였다. 그는 점점 아이들과 도태되어 다른 길을 온전히 걷고 있었다. 이대로라면 성년이 되어 독립할 사람은 정은규 하나다.

1위 상금은 정은규의 명의로 만든 통장에 고스란히 저축되었다. 소액이었지만 착착 쌓인 금액이 의외로 꽤 되었다. 서울 월세 방 보증금 정도는 채울 수 있을 만큼 모았으니 보육원에서 나간 후 거리를 전전긍긍할 일은 없을 것이다.

또한 베드로 신부가 월마다 일정 금액을 정은규의 통장에 저금해 주고 있었으므로 풍족하게는 아니더라도 사람 구실하면서 살 순 있을 거다. 잘했다고 칭찬해 주는 베드로 신부 앞에서 티끌 하나 없이 웃으며 좋아하는 정은규의 체구가 참 작았다.

번쩍―! 섬광이 일었다. 장면이 바뀐다. 베드로 신부와 견주어도 키가 비슷하게 훌쩍 큰 정은규가 등 뒤에 숨겼던 트로피를 내밀었다. 저 이번에도 1등 했어요. 베드로 신부는 휠체어에 앉아 폐병 환자처럼 수도 없이 기침을 토했다.

열일곱이 된 정은규는 저를 키워 준 은인이 평범한 신부가 아닌 악을 잡는 구마 사제임을 알게 되었다. 어릴 때 보았던 신부님의 울긋불긋하던 피부, 알 수 없던 멍 자국, 비늘이 돋았다가 사라지는 형태 등등은 구마 의식을 하고 남은 후유증이었다.

지금처럼 내장을 쏟을 듯한 기침도 마찬가지였다. 이를 통틀어 악귀가 할퀴고 간 흔적이라고 하셨다. 약도 없으니 마음만 졸이게 되었다.

'신부님. 괜찮으세요?'

어린이일 때와 달리 일찍이 변성기가 지난 목소리는 차분하고 낮았다. 세월을 견디면서 몸이 커지고 생각이 자라자 성숙함이 뻗어져 나갔다. 트로피를 땅바닥에 내려놓은 정은규가 수전증처럼 떨리는 베드로 신부의 손등을 덮었다.

'따뜻한 물을 가져올까요?'

'쿨럭! 돼, 됐, 쿨럭! 됐다. 들어가자, 쿨럭, 하이고 춥다, 푸엣취!'

며칠을 고생하면 휠체어가 필요 없어졌다. 자연스럽게 낫는 병이었다. 무엇을 위해 본인의 몸을 썩혀 가며 구해 주시는 걸까. 휠체어를 밀며 베드로 신부의 정수리를 내려다보는 정은규의 입술에서 소리 없는 한숨이 퍼졌다.

'오래 사셔야 해요.'

'푸흐흐, 쿨럭! 내가 너 때문에라도, 쿨럭, 오래 살아야, 쿨럭!'

'말씀 안 하셔도 됩니다. 힘드시잖아요.'

베드로 신부를 침실에 모셔다 드리고 머그컵을 꽉 채운 따뜻한 물도 협탁에 두었다. 쉬세요. 커튼을 쳐 해를 가린 정은규는 밖으로 돌아와 내팽개쳐 두었던 트로피를 옆구리에 꼈다.

더는 감흥 없었다. 1위 같은 경쟁의 꼭대기들 말이다. 단지 칭찬과 관심이 고팠다. 열일곱이면 사춘기이려나. 베드로 신부가 구해다 준 교과서를 독학한 토대로, 남자는 빠르면 11세부터 2차 성징이 진행되며 이르면 사춘기도 같이 온다고 했었다.

그게 아직 현재 진행형이었나 싶어졌다. 기분이 하루에도 몇 번을 오르락내리락한다.

이를 터놓고 말할 의지의 대상이 베드로 신부였으면 참 좋을 텐데, 안타깝게도 주제가 성적인 부분이 대다수라 쉽게 못 꺼낼 이야기였다. 자연스러운 과정임에는 분명한데 왜 민망한지 모르겠다.

방 안에 트로피를 아무 데나 두고 샤워한 정은규가 침대에 벌러덩 드러누웠다. 똑바로 누우면 싱글 침대 끝에 발목이 걸렸다. 어려서는 이 침대의 반절도 차지하지 못하는 작은 몸이었다. 시간 참 빠르다. 어느새 이만큼 컸다.

얼마 전 재 보았을 때 175.3㎝이었으니 머지않아 180㎝를 채울 수 있을 것이다. 데면데면한 보육원 아이들 중에서도 정은규의 신장이 가장 컸다.

공부만 한 놈이 언제 이리 컸냐. 베드로 신부가 등허리를 두드려 줄 때마다 드러난 팔뚝이 곰팡이처럼 얼룩덜룩했다.

신부님…… 괜찮으신 거 맞을까. 에이, 모르겠어 나도.

이렇게 고민만 하는 것도 예의가 아니라 도리질 치며 침대를 팡팡 내리쳤다. 잠이나 자야겠다. 대 자로 뻗어 눈을 감은 정은규의 코와 입에서 잔잔한 숨이 흩어졌다.

나 보고 싶었어?

아. 또다. 몸이 커지면서 사타구니가 가려워질 때가 종종 있었다. 그러면 성기가 발딱 일어나 있었는데, 만지고 훑지 않으면 뻐근해서 견딜 수 없었다.

그러기 전에 항상 들렸던 목소리. 다정이 덕지덕지 묻어 꼭 애인에게 안부를 건네는 듯한 남자. 형체 없는 귀신일까 의심해 보았으나 소용없었다. 물리적인 흥분 해결이 급선무였기 때문이었다.

허리를 꿈틀거리다 곧추선 자지를 무아지경으로 흔들며 성욕을 해결하고 나면, 핏핏 쏘아진 희뿌연 액체가 몸과 침대에 제멋대로 흩뿌려져 벽에 걸린 십자가와 겹쳐 보였다. 그러면 몹시 부끄럽고 더러워진 것만 같아 한참을 웅크리고 있었더란다.

괜찮아.

위태로운 사춘기를 위로해 주던 목소리. 베드로 신부도, 친하지 않은 아이들도, 인사만 나누는 신부들조차 잘 해 주지 않았던 말. 괜찮아. 그 말을 들으면 죄의식에서 벗어나 웅크렸던 몸을 펼 수 있었다.

백 번의 칭찬보다 괜찮다는 한마디가 정은규에게는 간절했던 때가 있었다.

"······아."

천장이 핑글핑글 돌았다. 몇 시지. 몽롱한 정신에서 깨어나려는지 머리가 지끈거린다. 무심코 팔을 들었다가 손등에 붙은 테이프에서 연결된 수액까지 훑어본 정은규는 가까스로 몸을 일으켰다. 밖은 아직 환했다.

기절했었지. 대영 씨가 준 단도로 귀신을 찔렀다. 진료실 창이 산산조각 나 깨지고 곱슬곱슬한 머리칼을 가진 남자들을 발견한 것까지 떠올랐다. 아. 이렇게 누워 있을 때가 아닌데. 신발을 찾아 다리를 내리려던 때였다.

"가만히 있어. 아직 움직이지 말고."

1인실에 마련된 소파에 앉아 있던 안대영이 보고 있던 성경책을 성의 없이 내던졌다. 정갈한 슈트 차림을 고수하던 그는 잔뜩 흐트러진 모습이었다. 몇 걸음 만에 다가와 허리를 살짝 굽히고 손을 뻗는다. 정은규는 이마를 덮는 따뜻하고 커다란 손에 눈꺼풀을 내리감았다.

"괜찮아?"

안대영의 손 안에서 깜빡, 깜빡 눈을 감았다 떠 본다. 이 목소리를 들어 본 적 있었다.

"……괜찮습니다. 그보다 어떻게 된 거예요."

가운 속에 상비하고 다니는 알코올 스왑을 꺼내 지익 찢었다. 몸속에 빨려 들어가던 수액은 비타민이다. 더 맞을 필요가 없어 손등의 테이프를 뜯어 바늘을 빼고 지혈하는 동안에도 안대영은 말이 없었다.

"어린이 귀신이었어요. 엄마를 찾고 있었고, 제가 통화하느라 미처 보지 못한 새 일어난 일입니다. 형체는 끔찍했지만 뱀이었고 캐럴을 불렀어요. 무작정 달려드는데 찌르지 않을 수……."

"은규야."

"그 애는 죽었나요?"

망자임을 알고 있음에도 물었다. 저 때문에 그 애는 죽었습니까. 묻는 말에 죄책감이 서려 있었다. 안대영은 작게 도리질 쳤다.

"담당이 거둬갔어. 늦긴 했지만 깨끗한 망자라 문제없을 거야."

"다행입니다."

"은규야."

"예."

안대영의 눈동자 속에 짧게 요동치는 자신이 있었다.

"내가 없을 때 또 이런 일이 일어나면 화를 내. 어디에 있었냐고, 왜 날 지키지 않았냐고. 너는 씨발, 하는 게 뭐냐고."

"……."

"실컷 원망해. 다 내 탓으로 돌려. 막상 너 누워 있는 거 보니까 씨발 진짜 돌아버릴 것 같았어. 이런 좆같은 기분도 처음이었고."

눈 뜰 걸 알고 있는데 아주 약간의 확률로 인해 이대로 영영 눈감아 버릴까 두려웠다며, 사나운 말씨에 걱정을 고스란히 묻혔다.

'원망할 대상을 찾아. 너도 살면서 누군가를 탓하고 원망해 봐라. 그 러면 지금보다 살 만해질 거다.'

정은규는 잔잔한 분노에 잡아먹힌 안대영의 머리칼을 정리해 주었다. 가느다랗고 숱이 많은 머리칼이 손가락 사이를 부드럽게 유영하며 빠져 나갔다.

"화내고 원망하기보다는."

"……."

"잘했다고 칭찬해 주는 편이 취향입니다."

"……."

"……전 그렇다고요. 그러니까 자책하지 마세요. 마음 아픕니다. 대 영 씨 탓 아니에요."

이를 악문 턱이 떨렸다. 세게 쥔 주먹도 손등에 핏줄이 다다닥 섰다. 안대영은 한참이나 스스로에게 치민 분노를 식혔다. 고개를 든 눈가가 발갰다.

정은규는 기꺼이 팔을 벌려 안대영을 감싸 안는다. 뜨끈한 체온이 피 부 곳곳에 배었다. 안대영이 도톰한 입술을 가운에 짓눌렀다.

"잘했어."

어깨에 물기가 축축한 울림이 일었다. 정은규는 모른 척 대답했다.

"예."

"잘했어, 우리 은규."

"……예."

"배고프지. 점심도 못 먹고 기절해 있었는데."

수액과 비타민을 맞아 허기짐은 없었다. 그러나 정은규는 고개를 주억거리며 안대영의 어깨에 이마를 대었다.

"저를 좀 더 안아 주셨으면 합니다."

개판이 났을 진료실도, 밀려 있을 외래도 깜깜무소식으로 남겨 두었다. 지금은 그저 으스러질 듯이 안아 오는 품에서 위로 받고 싶었다. 괜찮아. 다 괜찮다고.

* * *

산을 깎아 시멘트를 깔고 하늘까지 닿을 것처럼 높은 타워를 우뚝 세운 곳은 관람객의 지갑을 뜯어내기에 안성맞춤이었다. 명소라고 불리는 타워 전망대에 가려고 비싼 케이블카 비용을 덥석덥석 지불하는 인간들의 줄이 하염없이 길었다.

차민혁은 기다란 줄을 지나쳐 산책로의 팻말이 꽂힌 방향으로 꺾었다. 시멘트 바닥 위는 자전거 도로랍시고 우레탄을 깔아 구둣발 밑이 푹신푹신했다.

하여간 인간들은 돈에 돌았다니까. 함부로 자연을 훼손한 죄는 전부 업보로 쌓여 죽어서 심판 받는다. 그걸 모르니까 이런 짓을 벌이는 거겠지만.

산책로를 10여 분간 걸었을까, 허름한 단층 건물이 드러났다. 타워의 관리소로 쓰이는 곳이었다. 학생 없이 오래 방치된 분교와 분위기가 흡사했으나 안에 들어가면 동사무소처럼 각 과가 나뉘어 행정 민원 처리를 담당했다.

그리고 이곳은 타워에 관한 일뿐만 아니라 유일하게 이승에서 저승의 서류가 발급 가능한 곳이었다. 주로 인트라넷에서 무분별하게 조회가 불가능한 서류를 발급해 주었으며 심사를 거쳐야 하기에 꽤 까다롭게 굴었다.

차민혁의 목적인 귀환서 역시 행정 심사를 거쳐야 발급이 가능해서 이 추운 날 여기까지 당도한 것이었다. 추운 거로 따지면 북산이 무광산보다 압도적이었다. 이 날씨에 저 치들은 케이블카를 타야겠냐고.

"안녕하세요. 무슨 일로 오셨습니까?"

아르바이트 중인 도깨비가 [친절♥사랑♥반갑습니다♥북산 타워]라고 쓰인 리본을 두른 채 차민혁을 맞았다. 차민혁은 콧방귀를 뀌었다. 이 새끼가 다 알면서 모른 척이야.

"계수복 있나?"

계수복은 관리소의 소장이다. 매우 까칠한 성격으로, 공과 사를 엄격히 구분하여 자그마치 백 년이 넘도록 소장 자리를 지키고 있었다.

"계십니다. 계 소장님께 안내해 드리겠습니다."

"어디 있는지 아니까 님은 신경 쓰지 마시고 계속 친절과 사랑이나 챙기세요."

동구 밖에다 내놓아도 안대영의 호위무사라고 유추할 말본새였다. 도깨비는 크윽 욱해서 주먹을 쥐었으나 차민혁이 멀뚱히 쳐다보자 금세 낯빛을 바꾸어 헤실헤실 웃었다. 개겨 봤자 좋은 꼴 못 보는 상대여서 대충 깨갱하고 만 것이었다.

차민혁은 소장실 앞에서 백스텝하며 문을 똑똑 두드렸다. 들어오세요. 짧은 목소리만으로도 시베리아 한복판에 있는 것처럼 냉기가 흩날린다. 괜히 주위를 한번 살피고 소장실 안으로 들어갔다.

타워보다 계수복의 책상 위 서류들의 층수가 더 높아 보인다. 목덜미에서 칼각으로 잘린 단발에 동그란 안경을 낀 계수복의 조그만 머리통이 서류 사이에서 불쑥 솟았다.

"귀환서는 기각입니다."

눈 마주치자마자 퇴짜 맞았다. 얘는 사람을 봤으면 서로 안부부터 주고반아야지. 차민혁은 발끈해서 소리쳤다.

"왜요!"

그러는 차민혁도 예의를 개나 주긴 마찬가지였다. 피차 예의 차릴 사이가 아니긴 했다.

"염라대왕께서 반대하셨습니다. 즉결 사항이라 저희도 발급 못 해 드립니다."

계수복이 믹스 커피를 호로록 마시면서 서류를 들췄다. 일거리가 넘쳐나는 탓에 안대영이면 모를까 고작 차민혁 따위에게 할애할 시간이 없었다.

"수복아. 이러면 나 서운하다?"

"공과 사를 구분하시죠. 차민혁 장군. 사석도 아니고 그 반말은 뭐죠? 어디서 배워먹은 말버릇이세요?"

"계수복 소장님. 이러기 있냐고요. 아 존나."

"그러게."

"뭐가 그러게야? ……요."

차민혁을 응시하는 계수복의 안경이 빛 반사를 받아 번뜩였다.

"그러게 누가 영 왕자에게 충성하라고 했어요? 사지에 몸 담근 건 김 책사와 차 장군 아닙니까."

상당히 의미심장한 발언이다. 차민혁은 얼굴을 뒤덮었던 억울함을 싹 씻겨 내었다.

"그건 선 넘은 발언인데. 아무리 나라도 충분히 오해할 만한 발언인 거 알지?"

"야. 차민혁."

계수복이 안경을 벗어 내려놓았다. 안경을 쓸 때보다 훨씬 차가운 인상이었다.

"너랑 천오백 년을 넘게 알았고 명부에서도 함께 훈련했던 정이 있어서 말해 주는 거야. 멀쩡히 명부로 돌아오고 싶으면 영 왕자부터 말려."

그리고 차민혁에게 날아간 것은 서류 한 장이었다. 귀환서. 쓰인 이름은 차민혁과 김석호 둘이었다. 영의 이름이 박힌 귀환서는 존재하지 않았다.

"기각이라면서."

예리한 감각이 세포를 쿡쿡 찔렀다. 뭔가 잘못되어 가고 있다.

"방금 말했잖아. 함께한 천오백 년의 정이 있어서라고. 염라께 부탁드려 너희 둘이라도 받았으니 그리 알고 돌아가세요."

이런 와중에 계수복은 불이 날까 말까한 집에 기름을 드럼통으로 들이부었다. 윗입술을 뒤집어 깐 차민혁이 발을 쾅 굴렀다.

"빡치네? 솔직히 왕자님이 잘못한 게 뭐가 있나. 성질머리 좆같은 거야 하늘이고 명부고 모르는 새끼가 있냐고. 그것 말고 뭘 잘못했는데 배척을 해. 그렇게 생겨먹은 게 죄야? 적어도 염라께서는 그러지 마셨어야지. 자기 아들을 이승에 내쫓아서 오만 개고생을 시키질 않나, 겨우 이무기랑 재회해서 잘 살아 보려는데 이런 파렴치한 짓을 하질 않나."

누구라도 엿들어서 일러바치면 참수형이 내려질 폭언이었음에도 차민혁은 브레이크가 고장 나 나오는 대로 뱉어 내었다. 염라는 둘째 치고 안대영이 들었으면 기가 막혀 웃다가 무사 명단에서 제명을 시켜 버릴지도 몰랐다. 그가 열변을 토할 동안 계수복은 바닥이 드러난 종이컵을 착착 모아 분리수거함에 버렸다.

"야. 너도 그러는 거 아니야. 우리 왕자님이 그 없는 싸가지에도 너 장군 때려치우고 나서 이딴 곳에 처박히니까 화환 제일 큰 거 보내고 돈도 존나 보냈는데 말을 씨부랄 그따위로 하냐. 어? 은혜를 이딴 식으로 갚아."

그동안의 설움이 물꼬가 터져 래퍼가 따로 없었다. 옆에 김석호가 있었으면 눈치 빠르게 차민혁의 뒷덜미를 쥐고 퇴장했겠지만, 불행히도 지금은 혈혈단신이었다. 계수복은 차민혁의 폭풍 같은 랩을 한 귀로 흘리며 다음 서류를 들추었다.

"그 대단한 영 왕자가 하늘의 마리아 님께 승천 공문을 전달했더라. 자기 이름 딱 적어서."

승천이라니. 열한 번째 지옥이며 영천왕의 타이틀까지 모조리 버리고 하늘로 올라가겠다고? 다른 이도 아니고 제 주군이? 말도 안 되는 개소리다. 사이를 와해시키려는 목적이라면 이해의 씨앗이라도 심을 만한 걸 들이밀어야지.

"뭐가 어째?"

하도 얼토당토 없어서 되물었다. 계수복이 흘러내린 머리칼을 귀 뒤로 넘겼다.

"합리적인 의심을 해 볼 수 있지. 예를 들어 영 왕자가 이미 오래 전부터 너희를 버리려고 생각했었던 거라던가."

"……너 방금 건 진짜 실수야. 못 들은 셈 칠 테니까 어디 가서 절대 나불거리지 마."

이간질과 핍박은 귀에 딱지가 앉도록 당해 봤고 사실은 개중에 하나도 없었다. 이건 죽이 되든, 밥이 되든 안대영을 찾아가 따져볼 문제였다. 그래도 우다다 뱉고 나니까 속은 조금 시원하다.

세 번 접은 귀환서를 품에 넣으려던 때, 희끄무레한 종이봉투 하나가 날아와 발치에 떨어졌다. 저게 씨, 병 주고 약 주고. 차민혁의 콧구멍에서 불이 활활 터져 나올 듯했다.

"간다. 존나게 만수무강이나 하세요."

"차 장군."

"왜 불러요."

"성의에 대한 감사 인사는 하늘에 갖다 팔아먹었나요?"

"만수무강 하라고 했음 됐지 뭘 더 바래? 그것도 존나게 하라는데."

소장실 문을 쾅 닫고 나가 버리는 차민혁의 뒤태가 잔뜩 토라져 있었다. 만년필 촉을 서류 위로 콕콕 짓찧던 계수복이 고개를 내저으며 다시 서류에 코를 박았다.

"또 오세요."

씩씩거리며 나온 차민혁에게 도깨비가 공손히 인사한다. '안 올 건데.' 잔뜩 비아냥거리며 나가는 차민혁이 얄미워 도깨비는 남몰래 윗입술을 뒤집어 깠다. 면접 때 계수복으로부터 친절을 잃는 즉시 잘릴 줄 알라는 엄명이 있었다. 그래서 이렇게밖에 욕할 수밖에 없음에 탄복할 따름이었다.

* * *

늦은 점심부터 해결하자는 안대영을 만류하고 빠른 걸음으로 4층에 당도한 정은규는 당혹스러움을 감추지 못했다. 예상한 광경은 뒤집어진 2진료실과 웅성웅성 모여 있는 사람들이었는데 잠깐 화장실에 다녀오기라도 한 것처럼 변한 것이 없었다.

"교수님 어디 갔다 오셨어요. 연락도 통 안 되시고."

"응급 있었어요?"

"그건 아닌데 외래 딜레이가 길어져서요."

"아 미안. 미안합니다."

진료실 문을 잡은 손 위로 안대영이 손을 겹쳤다. 정은규의 손등이 커다란 손바닥에 뒤덮였다.

"뭘 머뭇거려. 안에 귀신 없어."

"제가 기절한 사이에 수리를 한 겁니까?"

그러면 문 밖까지 접착제 냄새가 진동했어야 하는데. 차마 열지 못하고 머뭇거릴 때 안대영이 다른 손으로 정은규의 어깨를 감싸며 문을 열어젖혔다.

"손 참 많이 가."

"……그대로네요."

"그대로일 수밖에. 사람이 깬 거 아니니까."

잠시나마 가졌던 의문점이 한마디로 귀결된다. 하아. 정은규는 많이 자란 머리칼 속에 손을 넣어 두피를 꾹꾹 지압했다. 단단한 머리뼈를 감싼 피부에 자극을 주자 뒷목으로 피곤이 밀려 내려갔다. 손끝이 얼얼해진다.

한때는 두통약을 물 없이 씹어도 쓴 맛을 못 느꼈다. 씹으면 안 되는 알약이었음에도 어금니가 까드득까드득 씹었던 것이었다. 사람이 정신적으로 피폐해지는 정도가 선을 넘으면 제어해 주는 신경도 고장이 난다. '쓰다'고 뇌가 신호를 보내도 혀가 받아들이질 못하는 것이다. 직설적인 표현으로는 '돈다'고 말하기도 한다.

정은규는 안대영을 만나기 전까지 고장 상태였다. 회생 불가능의 상태까지 안 가서 망정이지 하마터면 송장으로 만날 뻔했다. 바늘을 꽂았던 손등에 작은 멍이 들었다. 없던 일이 아니었다. 눈 뜨고 꿈꾼 것도 아니었고.

현실적으로 생각하자. 비현실을 겪었더라도 본분을 지켜 현실적으로 파악해야 한다.

고뇌로 일그러지는 정은규를 안대영이 팔짱 낀 채 지켜본다. 정은규를 완벽히 파악했다고 생각했는데 아직도 보는 사람으로 하여금 신기하게 여길 행동을 하곤 했다.

"언제까지 쥐어뜯으려고."

"웬만하면 두통약 안 먹으려고 마사지 한 겁니다. 앞에 잠시만 앉아 계실래요? 밀린 외래만 처리하고 가요. 금방 끝날 겁니다."

"마사지? 난 머리 뜯어내려는 줄 알았어."

안대영은 정은규가 제멋대로 헤집어 까치집이 진 머리칼을 공들여 정리해 주는 척하더니 탈탈 털어 흩트렸다. 앞머리가 눈썹을 덮어 가는 중이다.

"머리 많이 자랐네. 정 교수 나 가지고 야한 생각 많이 하나 봐."

"안 한다고 하면 거짓말이죠. 그래도 상당한 비율을 차지하지는 않습니다."

"꼴리라고 하는 소리지."

"긴 이야기는 퇴근 후에 나누기로 해요."

"기대돼. 이왕이면 몸으로 이야기하자고."

새벽에 수술 잡혀서 그건 안 되겠는데요. 무심코 던지려던 말은 병원 지하로 쑤욱 빠져나가버린 뒤였다. 정은규는 제 성격에 헛웃음이 날 지경이었다. 삶과 죽음의 경계에 서 있으면서 고작 하는 생각이라곤 내일 새벽 수술이라니. 나도 참 나다 싶어서.

* * *

"아고고. 나 죽네."

과 특성상 응급 수술이 많은 데다 정은규와 바꿔치기한 휴일도 대부분 수술방에서 지냈던 김현수는 툭 치면 쓰러져 잠들어 버릴 만큼 체력이 바닥까지 떨어져 있었다.

이런 날은 식도에 소주병을 꽂고 콸콸 들이켠 후 기절했다가 일어나야 하는데. 스크린 골프장이나 들러 스트레스라도 풀까.

쩝쩝 입맛을 다시며 엘리베이터에 올라타 곧장 닫힘 버튼을 연달아 누르던 때였다. 틈새를 남겼던 문이 도로 열렸다. 그곳엔 서류 가방을 든 민 교수가 있었다. 김현수는 어깨를 바로 펴고 '안녕하십니까, 교수님.' 깍듯하게 인사하며 벽 쪽으로 붙었다.

엘리베이터가 지하주차장을 향해 하강하기 시작했다.

"퇴근 하나?"

어색한 기운이 맴도는 가운데 민 교수가 물꼬를 틀었다. 김현수가 과장스럽게 주먹을 불끈 쥐어 들어올렸다. 힘차고 당당한 젊은 국회의원의 스냅 샷 같은 모습이었다.

"오늘도 세연을 위해 열심히 일하고 퇴근합니다. 교수님 시간 되시면 소주나 한잔하심이 어떠세요. 저 회식도 못 갔잖습니까. 한우였다고 들었는데 와, 어떻게 저만 딱 빼고!"

"네가 먹을 복이 그뿐인 거지."

"그게 뭐라고 상당히 아쉬워서요. 언제 회식에 한우가 또 등장하겠습니까."

김현수의 너스레에 민 교수는 미소조차 짓지 않았다. 점멸하는 숫자를 응시하다가 싱글벙글 웃는 상인 김현수를 물끄러미 쳐다보기만 하였다. 그러다 툭 묻는 것이었다.

"야. 현수야. 너 그날 못 온 거 맞냐? 안 온 거 아니고?"

동그랗게 떠졌던 김현수의 눈이 곧 가늘어졌다. 찰나의 긴장이 네모진 공간을 재빠르게 훑고 지나갔다. 어색하게 굳어 있던 안면 근육이 이내 씰룩씰룩 작위적으로 움직였다.

"예에? 안 오다니요. 저도 카테터 하나 때문에 그렇게 고전해 본 건 레지던트 이후로 처음이었단 말입니다."

"그래? 그럼 말고. 새끼가 쫄기는. 네 몫은 은규가 실컷 먹었다."

숨통을 꽉 조였던 긴장감에 비해 깃털 같은 대꾸였다. 김현수는 마른침을 꿀꺽 삼켰다.

엘리베이터 안에 산소가 부족한가, 민 교수와 대화하면서 호흡이 거칠어졌다. 숨이 턱턱 막히는 기분이다. 어서 이 공간을 탈출해 뒤도 안 보고 도망가고 싶은 마음에 눈꺼풀이 빠르게 감겼다 뜨이길 반복한다.

여유로운 민 교수와 달리 김현수는 누가 봐도 초조해하고 있었다. 드러난 목덜미에 얼룩덜룩한 무늬가 드러났다가 사라지고, 눈동자가 세로로 좁아졌다 동그랗게 변하길 반복하고 있었으나 본인은 모르는 채였다.

지옥 같은 엘리베이터가 드디어 지하주차장에 도달했다. 김현수는 문이 열리자마자 튀어가려다 뒷덜미가 붙잡혀 바동거렸다.

"얌마. 소주 한잔하자며."

"아. 제가 갑자기 현기증이 나서 다음에, 다음에요. 교수님."

김현수가 흘린 식은땀이 셔츠 깃을 짙게 물들였다. 산뜻하게 손을 떼어 낸 민 교수가 김현수의 등을 툭툭 쳐 주다가 돌연 우악스럽게 붙들었다.

"잠깐만."

김현수는 뒷덜미가 잡힌 채 그악스러운 눈빛으로 돌아보았다. 민 교수는 빙글 미소 짓고 있었다.

"한 놈인 줄 알았더니, 한 놈이 더 숨어 있었구나. 들키지 않고 잘도 숨어 있었어."

김현수의 눈동자가 더없이 확대되었다. 눈알을 모조리 잡아먹을 만큼 커다래서 괴기스러운 장면이다. 민 교수가 얼굴을 가까이 가져다대자 빨려 들어가기라도 할 듯 경기를 일으키던 김현수가 얼마 안 가 움직임을 뚝 멈추었다. 몸통이 나무토막처럼 굳었다.

「살려 주세요! 살려 주시면 전부 다 말할게요! 살려 주⋯⋯!」

어느덧 민 교수의 손에는 악귀가 목이 졸린 채 바동거리고 있었다. 악귀는 시커먼 형상과 달리 변성기가 갓 지난 아이의 흉내를 내었다.

저 몸속에 숨어 있었던 악귀는 하나가 아닌 둘이었다. 드나들기 쉬운 몸인 만큼 숨어 있기도 용이했을 것이다.

"쯧쯧."

봐줄 것 없이 형상을 잡은 손아귀에 힘을 세게 주었다. 그 바람에 겹쳐 빙의했었던 악귀는 소리도 지르지 못하고 연기가 되어 파스스 흩어졌다. 민 교수는 아무 일 없었다는 듯 손을 털어냈다. 그들을 에두른 배경 또한 마찬가지였다.

밀랍으로 만들어진 듯 눈 깜빡임 하나 없던 김현수가 갑자기 부스러지는 시멘트 조각처럼 후두둑 몸을 털었다. 민 교수는 직전의 상황이 없었던 것처럼 잡았던 뒷덜미를 툭툭 잘 펴주었다.

"싱거운 놈. 그래, 가 봐라."

"내, 내일 뵙겠습니다."

잰걸음으로 주차 구역까지 다다라 급하게 시동을 걸어 출발하는 김현수의 차가 꽁지 빠지게 달아난다. 끼익, 끽 바퀴에 긁힌 노면이 메아리가 되어 고막을 쑤셨다.

스키드 마크가 남겨진 주차장 바닥을 내려다보던 민 교수가 입술을 달싹였다.

"한 놈이 더 들어 있었어. 큼직하게 짜여진 판이야. 자칫하면 골치 아프겠는데."

혼잣말이 아니었다. 뚜벅, 뚜벅. 바로 옆 B-1 기둥에 기대 팔짱을 끼고 있었던 안대영이 모습을 드러냈다. 민 교수와 안대영은 접점이 없다. 하지만 민 교수는 안대영이 오래 알고 지낸 친구인 양 줄줄이 말을 늘어놓았다.

"이중 빙의였음을 알고 있었니? 방패로 삼았더군."

"그러든가 말든가."

"안타깝구나. 세습무의 핏줄이 대대손손 이어졌거늘 외면하고 있으니 악귀의 눈에 얼마나 맛 좋은 먹잇감이겠어."

세습무는 강신무와 달리 조상 대대로 무당의 신분이나 끼를 이어받은 무당을 일컫는다. 이는 안대영도 예상했었다. 판단에 따르면 그다지 중요한 사항까지는 아니라 무시한 것뿐이다.

안대영이 원하는 바는 저 몸에 몇 마리의 악귀가 숨어 있느냐가 아니었다. 개중 제일 맛 좋은 개새끼가 빠져나가 베드로와 결합하는 것 하나다. 그거면 된다. 저 새끼가 강신무든 세습무든 알 게 뭔가.

"처리한 악귀는 나와 마주하여 억지로 꺼내졌던 것이지 자의식으로 드러날 수는 없는 몸이다. 나머지 악귀가 빠져나가면 저 인간도 제구실을 못 하고 살게 될 게야."

"그딴 거 안 궁금해. 나대 봐야 꽁지 빠져라 그 새끼한테 가는 것밖에 더 돼."

피도 눈물도 없는 매몰참이었다. 그리고 안대영은 무언가 대단히 마음에 안 든다는 듯이 자꾸 민 교수를 아래위로 훑었다. 그러다 툭 뱉었다.

"야. 그 면상 존나 역겹게 생겼으니까 떠들 거면 너로 돌아와."

길가의 벌레도 저렇게는 안 쳐다보겠다. 혀를 끌끌 찬 민 교수가 난데없이 픽 쓰러졌다. 형체가 둘에서 셋이 되었다. 안대영, 쓰러진 민 교수, 그리고 평등왕이었다.

"그래도 이 자를 미워하지는 말거라. 덕분에 이무기가 번듯한 자리까지 올라올 수 있었음을 알지 않느냐. 이 자가 아니었더라면 교수직은 꿈도 꾸지 못했을 것인데."

민 교수를 향한 평등왕의 변호는 가뿐히 무시한다. 시계를 들춰본 안대영이 정신을 잃은 민 교수의 앞에 쪼그려 앉아 뺨을 툭툭 쳤다. 분명히 살려 주려는 의도였을 텐데 길가에서 돈 뜯어내는 양아치처럼 보여서 문제였다. 손길에 악의는 없다. 오히려 안대영치고 다정한 손길이라

지켜보는 평등왕은 해괴한 표정을 지었다.

"아저씨. 여기서 자면 입 돌아가."

"으우…… 으…….

"야. 입 돌아간다고."

툭툭 치던 소리가 찰싹으로 바뀌자 표정이 해괴함에서 경악으로 바뀐 평등왕이 안대영을 밀어냈다.

"그러다 애꿎은 사람 죽는다."

호통 치며 작은 호리병을 꺼내 입술에 가져다 대 주었더니 무의식적으로 멀건 액체를 꼴깍꼴깍 삼킨다. 빙의로 인해 뒤집어진 오장육부를 잠재우는 약이었다. 약효가 돌자 민 교수가 어물거리며 힘겹게 눈을 떴다.

"여기가 어딥니까…….

정신 차렸으면 빨리 꺼지기나 할 것이지 말이 많다. 정은규의 퇴근과 맞물리면 상당히 귀찮아진다. 멱살을 붙잡아 던져 버릴까 고민하는 새 비틀비틀 일어난 민 교수가 안대영을 지나쳐 용케 제 차를 찾아 운전석에 올라탔다. 그러자마자 곤한 잠에 빠졌다.

한숨 자고 일어나면 기억은 깨끗하게 지워져 있을 것이다. 마음씨 고운 평등왕이 민 교수의 차 주변에 결계를 세우고 돌아왔다.

"정말로 승천하려고 하니. 부디 그럴 생각으로 마리아에게 공문을 전달했다곤 하지 마라."

앞뒤 없이 목적만 짤막하게 묻는다. 안대영이 메마른 입술에 담배를 끼웠다. 곧 정은규가 내려올 것이므로 불 붙이지 않고 필터만 질겅질겅 씹는다.

"지긋지긋한 것들 꼴 보기 싫어서 올라간다는데 나오는 말이 존나게 많네. 재미없게."

"거짓이었구나."

대번에 확답한다. 비스듬히 고개를 꺾은 안대영이 잇자국이 만연한 필터를 손가락 사이로 옮겼다.

"아리야."

아리는 평등왕의 본명이다. 여덟 번째 지옥의 대왕으로 즉위하고 나서 한 번도 불린 적 없었다. 그 이름을 안대영은 꽤나 다정하게 불렀다.

"목숨 부지하기가 힘들지. 하필 나랑 엮여서 말이야. 내가 명부로 돌아가면 다시 재판에 서게 될까 걱정이 이만저만 아닌 걸 알아. 나를 돕기 위해 석호에게 서류도 달라고 했다면서. 참 착하지."

몹시 달콤한 속삭임이었다. 그러나 평등왕은 그 속에 숨겨진 비아냥조를 기민하게 알아챘다.

"난 두 번은 안 당해. 그러니까 오지랖은 그쯤 부리세요. 기껏 내어준 지황산이 날아가기라도 하면 네가 너무 슬퍼지잖아. 응?"

"……필요한 게 무어냐."

그깟 계약 따위 기분 따라 깨면 그만이다. 상냥함으로 포장된 살벌한 경고였다. 주차장 형광등이 지지직거리더니 끝에서부터 탕, 탕, 탕, 탕 순서대로 꺼져 삽시간에 암흑을 만들어 냈다. 쥐 죽은 밤이 찾아왔다. 어둠에 잡아먹힌 안대영의 입술이 느릿느릿 열렸다.

"25일 자정이 되면 이승의 게이트를 모두 닫아. 한 곳도 빠짐없이."

그날만큼은 처음부터 끝까지 정은규만을 위한 하루가 되어야 한다. 누구도 그날을 방해한다면 전부 죽여 없애리라.

대답 없는 공허가 밀려 들어왔다.

지하 1층입니다. 썰렁한 어둠뿐인 주차장에 무미건조한 안내 음성이 서슬 퍼렇게 들렸다. 탕, 탕, 탕. 형광등이 꺼질 때와 반대 순서로 불을 환히 밝혔다. 단계적으로 밝아져 환해진 주차장 안에 평등왕은 없었다.

안대영은 몸을 빙글 돌려 막 엘리베이터에서 내린 정은규에게 다가

갔다. 정은규의 손에 휘핑이 잔뜩 쌓인 아이스 초코가 들려 있었다.

"잠깐 응급실에 들르느라…… 오래 기다렸습니까."

"아니. 이건 내 거야?"

"예. 문 닫기 전에 샀어요."

"잘 마실게. 자기 라테는."

"저는 별로 안 땡겨서. 시간이 늦긴 했지만 뭐라도 먹으러 가요. 제가 사겠습니다."

잇자국이 만연한 담배가 하찮게 버려졌다. 대신 안대영의 손에는 아이스 초코와 정은규의 손이 붙들려 있었다.

"오늘따라 많이 달다."

"진하게 마시잖아요. 파우더 추가했는데 못 마실 정돕니까?"

"맛있다는 뜻이었어. 맛볼래?"

"아니요."

정은규는 원래도 밍숭맹숭한 맛이 없었지만, 이런 데서 유독 단호하기 짝이 없게 굴었다. 잡은 손을 끌어당겨 부드럽게 입술을 덮었다 떼어 냈다. 정은규는 불시에 입술이 잡아먹혀 파드득 진저리를 쳤다. 초코의 단맛 때문이었다.

"아. 너무 달아."

"키스 아니고 뽀뽀였는데도 달아?"

"대영 씨 탓이 아니라 이런 단맛엔 많이 예민해요."

"키스하고 싶어."

"전 싫습니다."

"사랑한다면서 키스도 안 해 줘. 정 교수 원래 그렇게 칼이야?"

"이따가 해 드릴게요. 새벽에 수술이 있어서 섹스는 못 하지만 다른 건 가능합니다."

"다른 건 뭔데."

정 교수 놀리기에 재미 붙인 안대영이 말꼬리를 붙잡고 늘어졌다. 정은규가 차에 걸린 록을 풀고 운전석에 올라타려다 심각함이 들어차 대답했다.

"자지 빠는 거? 그걸 뭐라고 부르죠. 펠라티오? 오럴? 구강 성교? 정확한 명칭이 뭡니까."

제아무리 뻔뻔한 철면피인 안대영이라도 정은규의 직설 화법에는 이길 재간이 없었다. 네가 말한 거 전부 같은 말이라며 선생님 놀이하는 것도 웃겼다.

"은규야. 너 진짜."

"예?"

내가 너한테 눈 돌아간 이유가 수천수만 가지나 된다고. 그걸 일일이 설명할 시간이 우리에게 넉넉했으면 참 좋았을걸.

안대영은 이어 말하기보다 한쪽 눈을 찡긋 윙크하며 조수석 의자 거리를 뒤로 밀었다. 반대로 정은규는 운전석과 대시보드의 거리를 조절하며 사이드 미러 각도를 확인했다. 안대영이 자기 차처럼 끌고 다닌 탓이었다.

"허벅지에도 못 하게 할 거야?"

"그 분야 전문가가 아니라서 말로만 들으면 모르겠습니다. 아무튼 넣는 건 안 돼요. 출발할게요."

금세 동이 난 아이스 초코를 홀더에 넣은 안대영이 혀를 입천장에 붙였다 떼며 딱 소리를 내었다. 기나긴 하루의 끝이 밤으로 점철되었다. 차체는 도로의 어둠에 깊숙이 빨려 들어갔다.

* * *

투명한 잔에 소주가 꼴꼴 채워진다.

이곳은 정은규의 집 근처에 있는 간이 포장마차였다. 주황색 휘장이 에두르고 있는 내부는 손으로 써서 붙인 메뉴 몇 가지가 외부의 바람에 간혹 펄럭거렸다.

파란색 플라스틱 테이블 위에는 생수 한 병, 숟가락 두 개가 꽂힌 어묵 국물과 소주잔 두 개, 방금 첫 잔을 따른 소주병이 휑하니 놓여 있었다. 안대영은 정은규가 따라서 내민 소주잔을 내려다보다 턱을 괴었다.

분위기 좋은 바나 술집은 검색 몇 번으로도 찾아낼 수 있었다. 설령 찾지 못하더라도 김석호에게 알아보라 시키면 그만이었다. 그러나 시간이나 아낄 겸 집 근처에서 먹자는 정은규의 말 한마디에 일언반구 없이 따랐다. 설마 그곳이 길가의 포장마차일 줄은 몰랐지만.

"여기가 오고 싶었어?"

"오고 싶었다기보단 혼자 몇 번 온 적 있습니다."

"혼자?"

"예. 집에서 가깝잖아요. 대리 부를 필요 없이 걸어가면 그만이고…… 안주 맛도 썩 나쁘지 않았어요."

그중에서도 가장 큰 장점은 사장이 혼자 온 손님에게 말을 걸지 않는다는 점이었다.

어느덧 자정이 넘었다. 담뱃갑 모서리를 테이블에 톡톡 내려치다가 갑째로 검지와 중지 사이에 낀 안대영이 소주병을 들었다. 정은규가 빈 잔을 내민다.

"마셔도 되겠어? 새벽에 수술이라며."

"안 먹어도 받아 두기만 하라더군요. 그게 사회생활이라고 배웠습니다."

"별 좆같은 걸 가르쳐. 안 먹을 술을 왜 채워 놔? 변태 새끼들."

소주병을 내려놓고 생수를 따라 준다. 보기엔 채워진 두 잔의 색이 투명하여 같았다. 정은규는 잔잔한 작은 수면을 응시했다.

"베드로 신부님께 전화가 왔었어요."

안대영이 꽉 찬 잔을 정은규의 잔에 부딪쳤다. 소주가 넘실거렸던 잔은 채운 적 없는 원래대로 돌아간다. 정은규는 물임에도 고개를 돌리고 마셨다.

그에 안대영이 인상을 구긴 것은 불 보듯 뻔한 일이었다. 하여간 유교 사상인지 지랄인지가 애 하나 망쳐 놓았다고 구시렁거리면서.

"뭐라고 하셨는지 안 물어보십니까."

"내가 알아야 되는 거면 말하고."

그게 아니라면 우리 둘의 이야기에만 집중했으면 좋겠어. 말 속에 선명한 질투를 띠고 있었다.

"원망할 대상을 찾으라고 하셨습니다. 살면서 누군가를 탓하고 원망해 보라고. ……유언처럼 느껴졌어요. 그래서 자꾸 머릿속에 맴돕니다."

"맴돌 게 뭐가 있어? 너한테 자기소개 한 거잖아. 그 새끼 실컷 원망해."

포장마차 사장이 오돌뼈와 우동을 내려놓고 뒤뚱거리며 돌아갔다. 다리 한쪽이 불편한 듯했다. 사장은 주문이 끊긴 후에야 라디에이터를 다리 쪽에 놓고 쬐었다. 포장마차의 구석은 가스난로가 뿜어 내는 열로 인해 아지랑이가 피어올랐다.

"사연 없는 사람은 없어요. 베드로 신부님도 분명히 이유가 있어 그리 말씀하셨을 겁니다."

"아. 내 앞에서 그 새끼 감싸려면 잘 구분해서 감싸. 도는 거 한순간이야."

"매정한 건 내가 아니라 대영 씨 같습니다."

"그걸 이제야 알았어? 난 너 아니면 관심 없어. 그래서 너도 나만 봤으면 좋겠고. 지금 이 대화도 존나 마음에 안 드는데 참잖아. 네가 말하고 있으니까."

사나운 불길을 가진 자가 속을 꾹꾹 누르고 있다. 애정이 본성을 이겨 먹는다. 그러나 상대가 버겁지 않도록 조절하는 건 능력이었다. 정은규는 새삼 앞에 앉아 눈을 마주치는 남자가 저를 얼마나 생각해 주고 있는지 피부로 와닿았다.

"그러다 제가 대영 씨를 이용이라도 하면 어떡하려고 그러십니까."

떠내려가는 듯한 질문이었다. 질문을 던지고도 그럴 수 없으리라는 것을 스스로 알았다.

"어떡하긴. 당해 주겠지."

그러나 들려온 대답은 보기에 없었다. 우동 면발이 젓가락에서 스르르 빠져나가 도로 퐁당 빠졌다. 끔뻑, 끔뻑. 감았다 뜨는 눈꺼풀의 무게가 마음보다는 한참 가볍다. 속눈썹이 바르르 떨렸다.

"당해 주겠다고요?"

"네가 말하는 건데 개떡 같은 소릴 해도 당해 줘야지."

"고쳐 말할게요. 의미 없이 물은 겁니다. 그럴 일 없어요."

당황해서 속사포처럼 해명했다. 의도치 않게 지독한 사랑을 확인한 기분이었다.

"알아. 연애하는 새끼 등쳐먹을 깜냥 따위 없는 거."

웃으면서 그릇을 모조리 제 앞으로 밀어주는 안대영의 손등에 흔적만 남은 흉터가 서너 개 있었다. 팔뚝에도, 등에도 자세히 봐야 보이는 흉터들이 숨어 있다. 관심이 없을 때는 몰랐다. 심지어 첫 섹스를 하던 날에도 알아채지 못했던 흉터였다. 그만큼 오랜 시간이 지났을 상해의 흔적들이었다.

"다시 돌아가서 하던 얘기 해. 베드로가 뭐."

정은규는 오돌뼈를 지분거리다 젓가락을 고쳐 쥐었다.

"신부님이 구마 사제라는 건 열다섯에 알았어요. 이상 증세는 훨씬 어렸을 때도 보이긴 했습니다. 피부가 계속 바뀌었거든요. 멍든 것처럼 색이 변하거나, 비늘 같은 형상을 띄거나. 보육원 아이들 중 유일하게 저만 알고 있는 사실이었습니다."

열다섯 정은규가 키워 준 이의 정체를 깨달을 동안, 안대영은 사무실 직원들과 함께 전국 방방곡곡을 누비며 닥치는 대로 악귀를 사냥하고 의뢰를 받아 해결했었다.

먹고 살기 위한 방패라기보다 분풀이에 가까웠다. 애매하게 지워져 답답한 기억과 알 수 없는 분노감. 단 한 명을 향한 조작된 살의 욕구. 감정에 휘둘리지 않으려 활개치고 다닌 덕분에 명부가 일이 너무 많아 졌다며 징징거리는 메일까지 보냈었다.

재회할 때까지 서로 다른 삶을 살아왔다. 엄연히 따지자면 극과 극 이었다. 안대영이 정은규의 이야기를 들어 주는 것은 타인에 대한 이 해를 위한 것이 아니었다. 제가 곁에 없었던 나날을 알지 못하기 때 문이다.

그딴 걸 내가 왜 이해해야 해. 그 새끼는 죽이다 못해 부관참시를 시 켜도 부족하다. 이런 화를 굳이 드러내지 않는 것만으로도 충분히 정은 규를 배려하는 셈이다.

그러나 이 과정에서 정은규의 어떤 타협과 수긍도 바라지 않는다. 나 에겐 씨발 새끼이지만, 쟤한테는 정반대의 의미일 테니까. 대립된 의견 으로 상처 주기 싫다.

앞선 상황은 싹 지우기로 했다. 지지부진하게 굴어 봤자 도움될 건 하나도 없다. 안대영은 해피 엔딩만이 유일한 명목이다.

"미사에 참여하지 않은 건 그보다 훨씬 이전이에요. 들어오지 말라고 하더군요. 다른 아이들이 미사에 참석할 때 저는 검정고시를 준비하고 있었습니다. 세례명도 없었어요. 나만 은규라고 불렸는데 되게 서럽더군요. 그들 주변을 겉도는 느낌이었어요. 지금 생각해 보면 겉돌 수밖에 없었겠지만."

이무기를 다시 만나도 그 시절과 똑같이 날 사랑하게 될까 의심했던 적이 있다. 스스로에 대한 불신을 앞선 걱정이었다. 희미한 기억의 실마리를 놓지 못한 채 이무기로 추정되는 인간을 시험해 보면서도, 사실은 그들이 이무기가 아니길 바랐다. 남겨진 것은 증오와, 분노와, 나조차도 용납이 안 되는 사랑의 감정이었기 때문이었다.

네가 그때만큼 날 사랑하지 않으면 어쩌지. 그럼 넌 나라는 속박에서 드디어 벗어나게 되는 건가. 미안하지만 그건 안 되겠는데. 네가 날 떠나는 건 생각조차 해 본 적 없어.

내 손으로 널 죽인다고? 네가 나에게 죽임을 당한다고.

결코 그런 일이 일어나서는 안 된다. 내가 그리 만들 것이다. 그리고 나의 어둠을 네가 눈치채지 못길 바란다.

마신 건 술이 아닌 물인데 씁쓰름함이 감돌았다. 안대영이 담배를 빼 물자 사장이 재떨이 대용의 종이컵과 새 소주를 가져다주었다.

"성당에서 나온 후 한 번도 행복한 생일을 겪은 적이 없어요. 자려고 눈을 감으면 뱀이 미친 듯이 나와서 날 잡아먹으려 들었죠. 스물 두셋까지는 너무 무서워서 엉엉 울었어요. 도움의 손길을 뻗을 데라곤 신부님뿐이었고…… 전화를 걸면 늘 성경을 읽어 주셨죠. 그럼 신기하게 잘 잤어요. 악몽을 계속 꾸지도 않았고."

나지막이 흐르는 말을 안주 삼아 소주를 마시고 담배를 피운다. 굴곡진 소주 뚜껑 꼬다리가 바닥을 기는 뱀처럼 보였다.

"오늘 그 일이 있었을 때 신부님과 전화하고 있었습니다. 기도문을 읊어 주실 때 긴박한 상황이었음에도 그간의 인생이 파노라마처럼 스쳐 지나가더군요. 보통은 그런 상황이 되면 내가 죽나 싶잖아요. 근데 나는 그 생각부터 들더라고요."

"어떤 생각."

"그럴 리 없다. 신부님이 그럴 리 없다. 나를 위험하게 만들 리 없다."

"……."

"전형적인 현실 부정이죠."

악에서 구해 주소서. 성당에서 나오기 전까지 줄기차게 하였던 기도가 그토록 음울하게 들린 적이 없었다. 필터로 걸러지는 통화음에서도 낯선 느낌이 맘에 걸렸다.

그래. 낯설었다. 그동안 알아 온 신부님과 거리가 먼 낯섦이었다. 이 모든 것들을 기분 탓으로 여겨야 하는가.

"이 주제로 대화했을 때 기억나? 그 더럽게 맛없던 볶음밥 먹었던 날. 그때 교수님은 베드로를 맹신해서 내 말을 무시하다시피 했었는데."

"……그랬었죠. 기억납니다."

"입장의 차이는 분명히 있어. 그럴 수밖에 없고. 베드로는 한 명이지만 우린 전혀 다른 사람을 보는 것처럼 이야기하고 있지. 하지만 관점이 달라. 나 같은 경우는 오랜 시간이 지나도록 널 숨기다가 내게 보낸 것부터 시작점으로 짚었어."

"계속 말씀해 주세요."

"베드로는 너를 산에서 데려오기 전부터 악귀에게 야금야금 잡아먹히고 있었어. 하늘 말로 사탄이라고 불리는 새끼들. 지금까지 사람 모양을 유지하는 건 그 빌어먹을 신앙심 덕분이고. 그게 아니었더라면 너는 이무기임을 자각하기 전에 잡아먹혔을지도 몰라. 나를 만나기도 전에."

"……."

"인간은 제 쪽으로 유리해진다면 반드시 변하기 마련이야. 저울질한다고. 한 쪽엔 너, 다른 쪽엔 몸 바쳐 얻은 권력이 있어. 근데 양쪽이 모두 구미가 당기네? 그러면 욕심으로 인해 저울을 부수게 돼."

베드로 신부에게 정은규는 마지막 먹잇감이다. 신앙심이 회의감으로 뒤덮여 변질되기 전까지의 카운트다운이 정은규인 셈이었다. 그의 내면이 치열하게 싸워 대었을 것이었다. '잡아먹어라'와 '그러면 안 된다'로 나뉘어 전쟁을 불사르니 베드로도 한계에 도달하였으리라.

그래 봤자 인간인데 자제력이 길어야 얼마나 길겠는가. 더 큰 악이 되려는 선택이 그를 악의 결정체로 점점 좀먹어 갔다.

먼 옛날, 영 왕자가 베드로를 찾아가 선악과를 던진 것은 후자에 힘을 싣기 위함이었다. 베드로는 정은규를 안대영에게 보내며 썩은 손으로 죽음을 위한 동아줄을 붙잡았다.

"그 새끼, 나한테는 위선자 그 이상도 이하도 아니야."

그럼에도 여태 살려 둔 건 정은규를 먹어치울 기회가 몇 번이나 있었을 텐데 사지 멀쩡하게 두었다는 보상일 뿐이다.

오늘만 해도 봐. 네가 그 꼴로 당하고 있는데 기도를 했다고? 내가 나섬으로써 만천하에 위선자임이 드러났을 텐데 그 기도를 누가 들어줄까. 저울을 부수어 변질된 신앙심이 악을 부추기는 꼴만 되었겠지.

그러나 뒷말은 덧붙이지 못했다. 깔끔히 정리된 '위선자' 한 마디가 정은규에게 충격보다는 서글픔으로 묻어 버린 탓이었다.

젠장. 씨발. 믿지 못해 날뛰는 것보다 이런 반응이 더욱 미치게 만든다. 안대영은 뒤늦게 욕설을 곱씹어 삼켰다. 조금씩 흘렸더라면 아픔이 덜했을까.

"은규야. 내가 이따위로 말해서 서운해?"

"서운하지는 않아요. 다만……."

정은규는 한동안 말을 잇지 않았다. 눈에 눈물이 그득 찼으나 무심한 성격으로 보아 울려는 것도 모르고 있을 거다. 어미를 살해한 범인이 제가 아님을 알았음에도 이러지 않았는가.

품속의 손수건을 꺼낼까 말까 찰나에 수십 번을 고민하던 안대영은 저 눈물이 어서 마르길 바라며 술을 삼켰다.

"대영 씨가 그때 말했었죠. 선악과를 먹은 뱀부터 시작해서 집에 있었던 고물 라디오까지. 수법이 너무 뻔하다고."

다행히도 정은규의 눈물은 오래가지 않아 말랐다. 촉촉함이 남은 눈동자가 말갛게 뜨였다. 어떤 결연함까지 비추었다. 안아 주고 싶다. 사랑한다고 속삭이며 입 맞추고 싶다.

"그 건에 대해서 제삼자의 가능성을 떠올려 보긴 했었습니다."

"유력한 용의자는."

"모르겠습니다."

"이런 말이 있어. 범인을 찾을 때 가장 가까이 있는 사람부터 의심해 보라고. 내가 그럴 일은 없으니 나 빼고 잘 떠올려 봐. 우리 은규 친구 없잖아."

뒷말은 농담을 가장한 사실이었다. 치지직— 담뱃불이 종이컵을 자작하게 채운 물에 빠져 죽어 버렸다. 목이 쩍쩍 갈라지는 느낌에 연달아 새 담배를 물었다. 연인의 눈에 비친 물기가 뱃속을 칼로 쑤시는 것보다 아팠다.

가슴을 크게 부풀었다 꺼트리며 필사적으로 안정을 되찾는 안대영과 달리 정은규는 침잠한 추리에 빠졌다.

초량은 안대영이 보내었으니 제외하고, OS 강 교수는 가끔 커피 한 잔하는 사이이니 패스. 그럼 둘이 남는다. 민 교수와 김현수. 새삼 인맥의 폭이 좁아도 너무 좁았다.

"두 분입니다. 민 교수님과 현수 선배."

안대영이 널브러진 소주 뚜껑 두 개를 가져와 나란히 눕혔다.

"결승전이네."

물기 고인 뚜껑 안이 우물처럼 깊을 리도 없는데 심각하게 들여다봤다. 민 교수. 이 자리까지 올라오게 만들어 준 원흉. 텃세를 받을 때마다 감싸 주는 것은 물론이고 뇌혈관 센터 차기 센터장 자리까지 정은규에게 밀어주려고 한다. 가끔 술 한잔하자는 권유를 받으면 새삼스러운 안부로 시작해 일 얘기로 끝맺는 스타일. 말 그대로 상사.

반대로 김현수. 나이는 열 살가량 많지만 짬으론 1년 선배. 레지던트 때부터 병원에서 가장 가까워 허울 없는 사이로 불린다. 미신 신봉자로 오늘의 운세에 따라 하루의 기분을 결정한다. 정은규가 사회성을 기르도록 도와주고 이 병원 내에서 일적으로 의지할 수 있는 유일한 사람이다.

그리고 안대영이 별로라며 혹평했었지. 뭐가 별로냐고 묻자 '다'라고 대답했었고.

여태 안대영이 노골적으로 싫은 기색을 내었던 사람은 둘이다. 하나, 베드로 신부. 둘, 김현수.

"알아챘어?"

"……현수 선배입니까."

나란히 누워 있던 소주 뚜껑 하나가 쓰레기통으로 떨어졌다. 이것이 야말로 속에 대못이 박히는 긍정이었다.

"네 마음 이용해서 가지고 논 것들이야. 넌 이기적으로 산다는 게 뭔지 모르지. 그러니까 내 앞에서 그딴 얼굴이나 하고 있는 거고."

안대영은 셀 수 없이 잔을 채우고 비우다 담배를 꼬나물었다. 취기는 전혀 없었다.

"울지 마. 눈물 아까워."

하지만 말과 달리 스스로를 향한 자책이 고스란히 드러났다. 정은규도 잔을 비웠다.

* * *

다섯 번째 지옥에는 사시사철 부귀화가 흐드러지게 피었다. 이승과 달리 핏빛처럼 새빨간 꽃이 다발처럼 피어 멀리서 보면 피바다를 연상시켰으나 향기만은 감탄이 절로 배었다. 염라가 각별히 여기는 꽃밭이기에 탐스러움과 싱그러움을 잃는 일이 없었다.

사자들 없이 꽃밭을 거니는 염라의 손에는 종잇장 하나가 들려 있었다. 동의 받지 않은 영 왕자의 승천 공문이었다.

마리아를 통해 보낸 한 장의 종이는 좋게 말해 무대포고 사실상 협박이었다. 명부를 떠나겠다는 의미일 리가 없다. 승천을 작정하고 보낸 것이 아니리라. 차라리 투정이었으면 좋았겠지만 전면전의 선전포고 방향으로 보는 게 옳았다.

그러나 영 왕자는 분노 조절을 타고 난 놈이다. 계략을 꾸민 시왕으로 인해 여의주를 뱀에게 먹혔을 때, 그는 알고 있었음에도 숨죽였다가 모두가 잠든 사이 살육의 밤을 일으켰다. 이때 계략에 가담하였던 아홉 번째 지옥의 대왕이 능지처참당하여 삼도천에 뿌려져 큰 파동이 일기도 했었다.

영 왕자는 적군과 아군 구별 없이 베고, 또 베었다. 끊임없이 울려 퍼지는 괴성과 아비규환이 된 명부의 땅이 부귀화의 색처럼 시뻘겋게 물들었다. 그들을 꿋꿋하게 베어 낸 영 왕자의 몰골은 피와 알 수 없는 액체로 범벅되어 끔찍했다.

그 꼴이 얼마나 참혹한지 제 수하들도 다리를 덜덜 떨 지경이었다. 그러나 깡다구는 있어서 풀린 다리를 하고도 영 왕자에게 그만해 주십사 넙죽 엎드려 말렸기에 달이 지도록 피 튀겼던 밤이 가까스로 멈추었다. 때문에 형벌은 내리지 않았다.

다만 그들의 주군은 대왕의 호칭을 빼앗기고 왕자 신세가 되었다. 왕자로 좌천된 후 염라가 방문하였던 열한 번째 지옥은 곡소리 대신 불평불만이 터져 나왔다.

'염라께서도 저희 왕자님이 죄를 지었다고 생각하시는 겁니까. 모함입니다. 용이시기에 여의주의 의미는 더욱 잘 아시리라 믿습니다. 저희가 당했다고밖에 드릴 말씀이 없습니다. 부디 영 왕자님의 대왕 복귀에 힘을 써 주십시오.'

고개를 조아리는 책사에 비해 무사는 단단히 삐쳤는지 감히 염라 앞에서도 목이 뻣뻣했다. 게다가 건방지게 짝 다리를 짚은 채였다.

'영은 어디 갔느냐.'

'그것이…….'

'그것이?'

'주무십니다.'

머뭇거리는 책사와 달리 무사가 퉁명스럽게 받아쳤다. 여태 공손하던 책사가 퍽, 하고 무사의 옆구리에 주먹을 꽂았다.

'이씨! 왜 때려! 자는 걸 잔다고 하지 그럼 뭐라고 해!'

'대왕님께 예의를 갖추지 못해!'

'너나 실컷 갖춰! 이 사달이 난 게 누구 때문인데! 대왕님도 대왕님 탓이 아예 없다고 하실 수 있습니까?!'

별안간 무사의 몸이 공중에 붕 떠올라 버둥거렸다. 목이 졸려 달아오른 얼굴이 터질 듯 붉었다.

'겁을 상실해도 유분수가 있지, 뉘 앞에서 건방을 떠느냐.'

'켁, 켁! 케헥!'

'대, 대왕님! 용서해 주시옵소서!'

안색이 새파래진 책사가 안절부절못하다 냉큼 엎드렸다. 염라는 흥미 없는 눈길로 납작 엎드린 책사와 숨이 넘어갈 듯한 무사를 번갈아보다가 손에 힘을 주었다. 커헉! 무사의 혀가 안으로 돌돌 말렸다.

여기서 손의 각도를 조금만 비틀면 즉사한다. 어디, 이 건방진 놈 목이나 딸까. 그때였다.

'손 놓으십시오.'

하품을 쩍 하면서 나온 건 태평한 영 왕자였다. 등을 덮은 머리카락이 도리천에 널리고 널린 새 둥지처럼 마구 뻗쳐 산발이었다. 진실로 자다 나온 꼴이었기에 염라는 제 손에서 꺼져 가는 건방진 생명을 내던졌다. 모래바람을 일으키며 데굴데굴 구르던 무사가 죽을 것처럼 기침을 토해 내었다.

'시끄러워서 잠을 못 자겠네. 왜 이렇게 소란을 떨어? 석호 너도 일어나.'

명부를 뒤집어 놓은 지 얼마나 되었다고 태평하기 짝이 없었다. 눈치를 살핀 책사가 후딱 일어나 무사를 짐짝처럼 들고 멀찍이 사라졌다.

'네 무사는 뵈는 게 없는 모양이구나.'

'그래도 내 말은 잘 듣습니다.'

'식음을 전폐하는 꼴은 바라지도 않았다만 내 걸음을 헛수고로 만들 줄은 몰랐군.'

'걱정되어 찾아오신 거라면 됐습니다. 아비 흉내도 내실 필요 없고. 조용히 살겠다고 했잖습니까.'

아비규환의 소란이 잠잠해지기도 전에 찾아와 양자로 받아 달라던 뻔뻔함은 본성인 듯했다. 어찌하여 능력을 나누어 달라며 허리를 굽혔을까.

'네 여의주를 삼킨 뱀이 알을 낳았고 도합 열 마리의 이무기가 태어났다.'

'많이도 낳았군요. 설마 전부 제 새끼가 되는 꼴입니까?'

'너로 인해 잉태한 것이 아닌데 어찌 네 새끼가 되겠느냐. 뱀 새끼 주제에 승천이 가당키나 하겠나. 쥐도 새도 모르게 죽을 목숨들이다.'

'처박아 둔 곳이나 말씀하십시오. 시왕이 가만히 뒀을 리 없을 테니.'

생긴 꼴이나 보게. 대수롭지 않게 덧붙이기에 '도리천' 세 글자를 말한 것부터가 이 지지부진한 운명의 시작이었다.

'가 볼 테냐.'

'나중에요. 졸립니다.'

능력을 나누어 달라고 할 때까지만 해도 알지 못하였다. 설마 먼 훗날 이승에서 이무기를 찾아내기 위해 쓰리라고 짐작이나 할 수 있었겠는가. 몇 수를 내다 본 것인지 계산하기도 귀찮았다. 그까짓 열애가 무엇이라고 배은망덕하게 협박을 하는지 괘씸하기 짝이 없다.

'영이 내게 이렇게까지 한다는 건 얄팍한 술수가 아니야. 간절하기 때문이겠지. 이무기를 두 번 잃고 싶지 않은 거야. 하고 많은 방법 중에 왜 하필 승천을 시키려고 하겠어. 무저갱에 데려가게 되면 시기가 어느 때라도 반드시 위험에 처해질 테니까. 그 애는 사이가 찢어져서라도 이무기를 지키고 싶은 거야. 나는 그 순정과 순수를 높게 생각해. 너도 부디 이 한 장에 담긴 의미를 모른 척하지는 마.'

마리아는 거룩한 신이어서 하늘의 주인을 욕되게 하는 자가 아닌 이상 공평한 선의를 베풀었다. 염라만 해도 영 왕자가 이딴 걸 마리아에게 주면서 무어라 했을지 훤히 보이는데, 그는 이용을 선택하는 대신 설득하려 들었다.

순수 같은 소리하고 있다. 순수에 얼음을 푸대 자루로 갖다 들이부었나 보지. 영 왕자와 삼자대면을 했다면 전혀 다른 의견이 나왔을 수도 있었다. 그것을 차단하고 나섰다는 것은 이놈이 하늘에 밉보인 구석은 없다는 말로 통용된다.

혹은 영 왕자가 천하를 무너트리려 들까 걱정하고 있다거나.

사부작, 사부작. 염라의 뒤에서 쓰디쓴 연초의 향기와 부귀화의 향이 어우러졌다. 비단 옷을 폴랑폴랑 흩날리며 담뱃대를 물고 나타난 이는 평등왕이다.

"뭍에 다녀왔느냐."

"예. 영을 만났지요. 25일이 되면 이승의 게이트를 모두 닫아 달라는 부탁을 하더군요."

정확히 부탁보다는 명령이었다. 염라도 곰방대를 꺼내 뻐끔뻐끔 피웠다.

"그 정도 지랄은 놀랍지도 않다."

불순한 행동의 범주를 굉장히 넓게 잡은 듯했다. 때문에 평등왕은 한마디 덧붙이려다 고개를 내저었다. 아무래도 저보다는 염라가 제 자식을 잘 알겠지 싶어서.

"김석호와 차민혁의 귀환서를 허락하셨다 들었습니다."

"그래. 잘 찾아갔다고 하더군."

"영의 귀환서는 어찌하여 허락하지 않으셨는지요."

"오라고 멍석을 깔아 주면 올 놈이더냐. 친우인 네가 잘 알고 있을 텐데."

아, 틀렸군. 직전의 말을 취소한다. 염라는 영을 잘 알면서도 몰랐다. 인간이나 신이나 자식을 보는 어버이의 시선은 거기서 거기였다.

"음. 염라께서는 하나뿐인 자식의 속을 잘 읽지 못하시는 듯합니다."

"시비 걸러 온 거라면 때가 좋지 않으니 추후에 다시 와라."

"……저는."

염라가 눈을 치켜뜨며 연기를 내뱉었다. 사락, 흔들린 부귀화의 향기가 한층 짙어졌다.

"두렵습니다. 영이 그때처럼 미칠까 봐서요."

거짓 하나 없는 진심이었다. 시작도 하지 않은 게임에서 평등왕은 승산의 확률이 아닌 목숨의 연장을 택했다. 그의 눈에 회귀로 인한 두려움이 서렸다. 혀를 찬 염라가 향긋한 꽃내음을 맡으며 느긋하게 거닐었다.

"사서 걱정하는 버릇이 늘었구나."

"영이 이무기를 생포해 온다면 죽이실 생각이셨습니까."

"그럴 리가 있느냐. 이무기가 있어야 영천왕이 될 수 있는 것을 너도 알 텐데."

"승천을 허락하셨으니 모순이군요. 이무기가 죽는다면 영은 가만히 있지 않을 겁니다. 그래서 영의 귀환서를 허락하지 않으셨습니까."

평등왕은 미래를 내다보지 못한다. 그럼에도 앞으로 벌어질 상황을 눈치 빠르게 알아차렸다. 네 앞에서는 숨기지도 못하겠다. 염라가 껄껄 웃었다.

"그놈에게 귀환서 따위가 애당초 필요하리라 보았느냐. 문이나 활짝 열어 놔라. 머리통 없이 수족만 기어올 것이니."

모든 것은 운명이 좌지우지 할 일이다. 또한 운명을 거스르는 자는 벌을 피하지 못할 것이고. 평등왕의 한숨이 삼도천까지 퍼질 듯하였다.

"대왕님! 대왕니이임!"

저 멀리서부터 책사가 헐레벌떡 뛰어왔다. 점잖은 자라고 소문이 자자한 염라의 책사가 이리도 수선을 피우는 경우는 극히 드물었다. 무릎을 꿇은 채 상소를 넙죽 건네는 손이 덜덜 떨렸다.

"25일 자 망자 명단에 변동이 있습니다."

"호들갑은 왜 떨고 지랄이냐."

"지, 직접 보셔야 합니다……."

죽고 사는 문제는 의외로 끈질긴 사투를 벌였기에 리스트에 이슈가 꽤 있었다. 하늘 놈들은 알아서 데려가니 예외로 두고, 아직 생이 남아 있음에도 돌연사 예정인 망자가 있다면 적절히 수정과 변동을 일삼았다.

또는 시왕의 은혜로 명을 늘이는 경우도 있었는데 이에 연화가 해당하였다. 물론 이 경우 시왕이 아닌 영 왕자의 독단적인 행동이었으므로 연화가 하늘이 아닌 저승에 왔다면 곧장 소멸하였을 것이었다.

염라는 마뜩잖은 표정으로 두루마리를 풀어내었다. 붉게 빛나야 할 이름에 새로운 표식이 생겼다.

25/12/202* : (154) 鄭隱奎 / 33歲 / 刺殺 *制外*

154번 망자 정은규의 이름 위에 취소선이 그어져 있었다. 망자에서 제외함을 알리는 선이다.

죽음을 예고당한 자가 망자의 길을 탈피한다. 제멋대로 무당의 삶을 늘여 놓았던 영 왕자가 이번엔 그 아들의 죽음마저 손을 대었다.

그때 살랑살랑 흔들리던 부귀화의 목이 일제히 푹 꺾였다. 불꽃이 지글지글 타는 눈동자 안에 산을 오르는 자와 그 아래 진을 치고 있는 도깨비, 폐허가 된 집터에 선명히 떠오른 보름달이 살살이 스쳐 지나갔다.

이상한 것은 폐허가 점점 그 형태를 벗고 생기를 불러 모았다는 점이다. 그곳에 염라의 허리춤에나 올 법한 키 작은 이무기와 현재의 이무기가 서로를 바라보고 섰다. 도리천의 달처럼 샛노란 빛깔의 보름달 아래였다.

거기까지 본 염라가 처참히 구겨진 상소를 갈가리 찢었다. 저를 향한 화가 아님에도 책사가 철픽 엎드렸다.

"기어코 이놈이 하지 말아야 할 짓을 벌이려 드는 게야!"

"대, 대왕님! 죽여 주시옵소서!"

예정된 이무기의 죽음이 없던 것이 된다……. 평등왕의 입술에서 나온 담배 연기가 부귀화에 내려앉기 전 아스라이 스러졌다.

"흐으음. 전 먼저 돌아 가 보겠습니다."

게이트를 닫으라는 뜻이 이것이었나. 미친놈, 미친놈 하다가 이런 미친놈은 난생처음이었다. 평등왕이 여덟 번째 지옥의 게이트에 들어서며 너털웃음을 터트렸다.

* * *

몸을 감싸 주었던 온기가 사라져 눈을 뜨자 옆자리가 텅 비어 있었다. 또 어딜 나간 건가. 인간이 아니라 잠을 자지 않아도 버틸 수 있는 건지, 체력적으로 대단하다고밖에 나오는 말이 없다.

몇 시지……. 몸은 무거워도 정신이 또렷해진 터라 씻으러 나온 정은 규는 불도 안 켠 거실 소파에 앉아 있는 반라의 안대영을 발견했다.

왼쪽 눈에 단안경을 낀 채 빈 종이를 들여다보고 있던 안대영이 귀신 처럼 서 있는 정은규에게 고개를 들었다. 유리알이 한쪽 눈에 고정되어 그 옆으로 기다란 체인이 늘어져 있는 단안경이었다.

"더 자. 왜 벌써 일어났어. 아직 네 시밖에 안 됐는데."

"눈에 그건 뭡니까. 깜짝 놀랐어요."

"구식 업경. 아, 오래 끼고 있었더니 눈 존나 아프네."

"들고 보면 되잖아요."

"그럼 할아버지 돋보기 같잖아. 원래 이런 건 개폼 잡으려고 끼는 거야."

새벽 네 시에 영양가 없이 주고받는 대화였다. 정은규는 하품하며 안 대영의 옆에 앉아 던져 둔 단안경을 가져와 눈에 대었다 떼길 반복했다.

"누구 겁니까."

"누구 거겠어. 이딴 게."

"……초량 씨?"

"아니. 내 건데."

"뭐야."

간단히 바람 빠지는 웃음만 짓고 말았다. 이걸 끼고 빈 종이를 들여 다보면 뭐가 보이나 보다. 특별할 것 없는 종이에 뭐라고 쓰여 있을까.

"봐도 됩니까?"

"그거 초량이가 나한테 보낸 러브레터인데. 보고 싶으면 봐."

"러브레터요? 설마 만났다는 세 명 중에 하나가……."

"야. 자기야."

"그냥 해 본 말입니다."

"사람 취향을 뭐로 보고."

초량이 안대영에게 준 편지라면 심심한 내용은 아닐 테니 섣불리 건들지 말아야겠다는 쪽으로 실렸다. 정은규는 잠시 눈을 감고 있다가 뜬 안대영을 걱정스럽게 살폈다. 여차하면 수액 처치라도 해 줄 기세였다.

"잠이 안 옵니까. 아니면 불면증 증세입니까."

"교수님, 사실 나 잠 되게 많아요. 잠귀가 밝아 오래 못 자서 그렇지. 뭐, 그래도 뒤질 지경은 아니야. 살 만해."

"……저 때문이라면 미안합니다."

이제 안대영의 앞에서 고맙다는 말도, 미안하다는 말도 잘 할 수 있게 되었다.

"뭐가 너 때문이야. 내 사리사욕 채우고 있는 건데."

"절 살리려고 고생하잖습니까."

"하나는 알고 둘은 모르는 의사 양반. 네가 살아야 나도 사는 거예요. 공동체라는 말 몰라요?"

마음이 간지럽다. 안대영의 손이 허벅지에서 간질거리다 정은규의 손을 가닥가닥 얽어 맞잡았다.

"빡친 건 풀렸어?"

"빡치다뇨? ……아. 포차에서 나눴던 대화를 말하는 겁니까. 그거라면 화 안 났습니다. 말하는 과정에 거짓말이 없었으면 그걸로 됐어요."

"정말로 화 안 났어?"

"대영 씨에게는요. 하지만 신부님과 현수 선배에게는 직접 확인해 보고자 합니다."

"내가 안 된다고 반대하면."

"……어쩔 수 없죠."

"포기가 빠른데? 몸으로 꼬셔 봐. 넘어가 줄지도 모르잖아."

"자기 전에 빨아 줬잖아요. 그거로는 안 됩니까."

고민하는 척 딴청 피우다가 정은규를 번쩍 안아 허벅지 위에 앉혔다.

"오직 믿음으로 구하고 조금도 의심하지 말라. 의심하는 자는 마치 바람에 밀려 요동하는 바다 물결 같으니(야1:6)."

신성함과 억만년 떨어져 있는 시니컬한 음성이었다. 버석한 입술이 서로 쪽쪽 잘도 들러붙었다.

"뒤지면 지옥 가겠다. 성경 읊으면서 뽀뽀했으니까 주님 기만한 죄로."

"고향이잖아요."

"그러게? 갑자기 존나 짜증 나네."

지나간 대화는 그만 끌고 오자고. 에둘러 표현하는 안대영을 모른 체하기엔 그가 지나치게 피곤해 보였다. 체중을 실어 앉아 있는 것도 민폐 같아 꾸물꾸물 옆으로 내려왔더니 곧장 불만 섞인 시선이 따라 붙는다.

"왜 내려가."

"대영 씨 고민이 많아 보여요."

"갑자기 웬 고민 얘기야. 관심법 쓸 줄 알아?"

"그게 뭡니까."

"옛날에 유명했던 사극이라는데 안 봤어? 은규 드라마 광이잖아."

실상 안대영도 보지 않았던 드라마였다. 이 드라마의 광팬은 차민혁이었다. 방영일이 되면 눈 한쪽을 가린 채 본방 사수해야 한다며 퇴근시켜 달라고 발광을 떨어 대어 잊어버리지도 않았다.

"사극은 거의 안 봤습니다. 그 시대에 살아갈 것도 아니니까 볼 이유가 없었어요. 하지만 귀로 들어 줄 줄은 압니다. 뭐라도 괜찮으니까 말해 줘요."

농담조에 파묻힌 진실을 어디까지 이야기해도 될까. 안대영은 표정을 지운다.

너를 악귀의 미끼로 쓰려고 해. 그 과정에서 미안한 건, 그 미끼를 산으로 유인해야 한다는 거고. 대가리 존나 굴려 봤는데 내 손으로 너를 죽이지 않고 올려 보내는 유일한 방법이 그것밖에 없어. 조각조각 굴러 다니는 무거운 마음들이 속을 맴돌다 진심의 벽에 가 부딪쳤다.

"염라를 만났거든. 왜 우리 은규 괴롭혔냐고 혼내 주다가 어퍼컷 한 방 맞았어."

"무슨······. 설마 그분이 대영 씨에게도 협박했습니까."

"'도'?"

"저한테 승천이 처음이자 마지막으로 주는 기회라고 했었거든요. 올라가서 다신 당신을 만나려 들지 말라고."

"—이 씨발 새끼가."

냅다 튀어 나가려는 허리를 서둘러 안았다. 순간적으로 치밀어 오른 화가 등 근육에 덕지덕지 드러났다. 가슴에 닿은 피부가 뜨끈뜨끈하다.

"고자질하려고 말한 게 아닙니다. 비슷한 이야기일까 봐 말한 거지. 화내지 말아요."

"넌 그걸 듣고 가만히 있었어?!"

"······아니요. 나의 구원자가 하자는 대로 하겠다고 했습니다. 구원자가 누구인지도 말할까요."

"말해 줘."

답을 알면서도 일부러 대꾸하였다.

"제가 안고 있는 당신이요."

마법이라도 부린 줄 알았다. 화르륵 불탔던 화가 잿더미에 처박혀 먼지를 일으켰다. 들썩이던 등에도 안정이 되찾아 왔다. 안대영은 고개를 내려 배 위에 포개진 정은규의 손을 풀어내고 뒤돌아 제대로 껴안았다. 으스러질 만큼 세게 껴안아 발끝이 살짝 들렸다.

안대영은 쉽사리 말을 잇지 못하고 숨만 크게 내쉬었다. 넓은 흉통이 오르락내리락하며 머뭇거림을 그려 냈다. 내 가슴을 칼날로 저며 속살이 벌겋게 드러나 내장을 쏟아내도 지금처럼 답답하진 않을 거다.

"나는 이런 적이 없었어. 초조하고, 답답하고, 나약해지는 감정 따위…… 그딴 걸 내가 왜 느껴야 하는지도 모르고 살았다고. 근데 그것들이 한꺼번에 날 덮치더라."

"……."

"내가 날 조각내. 사실 넌 이런 새끼였다고 자꾸 날 도려내서 돌 것 같아. 씨발 좆같은 청승이나 떨고 있을 때가 아닌데."

연인에게 나약함을 선사하고 싶지 않다. 나약함은 안대영과 가장 거리가 먼 단어였다. 하지만 울대를 치고 올라온 죄책감이 그를 짓눌렀다. 의심조차 해 보지 않는 순정이 내게 닿을지 몰랐다.

그러나 내가 이기적으로 굴어야 네가 행복하다면, 백 번이고 천 번이고 개좆만도 못한 짓거리를 실컷 저지를 수 있다. 그게 내가 네게 퍼붓는 애정의 방식이다. 무섭다면 도망가.

……아니, 가지 마. 어디서도 나를 기다려 줘. 난 두 번은 너 안 잃어.

"대영 씨가 그랬었죠. 우는 데 나이가 무슨 상관이냐고. 울고 싶으면 그냥 우는 거라고."

정은규의 목소리가 아득하게 심장을 파고들었다.

"혹시 울고 싶은 거라면 대영 씨도 그냥 울어요. 추하게 울어도 모른 척하고 대영 씨가 좋아하는 초코 사 줄게요."

선한 눈망울 앞에 고해하고 무릎 꿇으면 넌 나의 구원자가 되어 내 죄를 기꺼이 사해 줄까.

"내가 애야? 운다고 초코 사 주게."

"애들만 초코 먹습니까. 편견이에요."

"안 울어."

안타깝게도 눈물이 비집고 나오는 일은 없었다. 마음의 장마가 시작한 듯 눅눅하고 축축해졌다. 우는 것도 속으로밖에 못 하는 병신이 나 일 줄이야. 그동안 모르고 살았다.

"낌새는 눈치챘습니다. 그 말을 들을 때 내가 죽나 싶었거든요. 끌고 갈 것처럼 굴다가 대번에 올라가라고 하니까 의심 가잖아. 사실 나 눈치 빨라요. 없는 척하는 거지."

눈치 없다고 말했던 걸 회자시킨다. 이 와중에 웃음이 터졌다. 그때만 해도 우리의 사이는 인스턴트 같았다. 한번 자자고 내뱉었던 순간을 되돌 리고 싶다. 첫 만남 때부터 알았다면 아까운 시간을 죽이지 않았을 텐데.

과정보다 결과였다. 안대영의 지론은 생각보다 단순해서, 완벽한 결 말이라면 과정 따위는 아무렴 상관없었다.

"생일 선물 받고 싶은 거 생겼는데 먼저 말해도 됩니까."

선수를 친 쪽은 정은규였다.

"뭔데."

"해피 엔딩이요."

서서히 안대영의 눈이 휘어졌다. 해피 엔딩이라는 한마디로 짧게 내 리던 마음의 빗줄기가 소강상태에 접어들었다. 그는 청승의 우산을 내 던지고 물기로 찰박한 나약함과 머뭇거림의 위를 밟았다. 길잡이가 바 로 세워졌다. 생일 선물 한번 더럽게 감격적인 거 골랐네.

"그러니까 말해요. 어떻게 하면 되는지. 난 괜찮으니까."

너는 온전히 나를 믿고 있다. 그래. 나는 그거 하나면 되었다. 사랑스 러워 견딜 수 없었다.

쪽 소리 나게 입술을 빨았다가 떼자마자 정은규가 재차 붙어 혀를 비 집어 넣었다. 키스 몇 번 했다고 리드하려고 들어 소파에 반쯤 눕혔다. 그대로 따라붙는 손이 안대영의 뒷목과 어깨를 황급히 감쌌다. 쪽, 쪽. 정은규는 입술도, 혀도, 침도 죄다 달다. 몸은 더할 나위 없고.

"이번에야말로 산에 가야 하는데. 은규야, 괜찮겠어?"

촉촉한 입술에 연거푸 쪼듯이 키스하다 코끝을 깨물었더니 미간이 살포시 모아졌다가 펴진다.

"예. 설사 괜찮지 않더라도 대영 씨랑 있으니까 할 수 있습니다."

사랑이라는 건 두려움도 맹목적인 믿음에 가려지게 만드는 것이라. 그로 하여금 미진한 고통조차 시들게 만드는 미약이다.

"……이른 시간이긴 한데. 손님 불러도 돼?"

"누군데요."

안대영은 정은규의 이마를 내려다보는 채로 어딘가에 전화를 걸었다. 이마에 낙인처럼 새겨졌던 숫자가 점점 없어지고 있었다. 확실한 행선지를 결정짓고 단계를 세우면서 운명이 뒤바뀌고 있다는 뜻이 된다. 결심과 동시에 서서히 시간이 뒤틀리기 시작한다. 그 증거로 유리창을 깨트릴 듯 강한 바람이 불었다.

-너는 잠도 없냐, 이 상도덕 없는 왕자 놈아?!

익숙한 목소리가 기계를 뚫고 왕왕 퍼졌다. 초량이다. 정은규는 몸을 일으키려 하였으나 안대영의 힘에 짓눌려 눈을 빠끔빠끔 떴다 감았다. 그는 전에 없이 심각한 표정으로 앞머리가 이마를 가리려 들면 조심스럽게 넘겨 주었다. 그러다 시선을 조금 내려 눈을 마주쳐 오는 것이다.

"지금 나 있는 데로 와."

-뭐?! 주소는!

"알아서 찾아."

용건만 간단히 말하고 끊긴 핸드폰이 단안경과 종이 옆으로 굴렀다. 정은규는 쑥 벗겨져 떨어진 잠옷과 안대영을 번갈아 보았다. 방금 오라고 했으면서 옷을 벗기다니…… 상당한 언행 불일치였다.

"초량 씨?"

"인정하기 싫은데 나 없을 때 정 교수 보디가드로는 제격이잖아."

"아…… 그럼 씻고 오겠, 읍."

"하던 거 마저 하고 씻어도 안 늦어."

마침내 정은규의 이마에 있던 12월이 사라졌다. 숫자 없이 깨끗한 이마 위로 안대영이 도톰한 입술을 확인 도장처럼 꾸욱 눌러 찍었다.

"산에 올라가면 현재와 과거를 충돌시킬 거야."

아니. 이미 시작됐어. 네 이름이 적힌 망자 명단도 바뀌었겠지.

"걱정돼요."

"새벽에 있을 수술만 걱정해. 교수님은 자기 몫 충분히 하고 있어."

"그건 걱정이 안 되는데. 제가 걱정하는 건 대영 씹니다."

"알아. 나도 그냥 해 본 소리야. 우리 워커 홀릭 정 교수는 똑같이 출근해서 똑같이 퇴근하면 돼. 그게 오늘 할 일이야. 할 수 있지."

"……예."

"내 걱정은 하지 말고. 키스나 해 줘."

힘주어 끌어당긴 거구가 곧장 쓰러져 겹쳐졌다. 짐승처럼 혀를 섞는 동안 침이 흐르든 말든 개의치 않고 입술을 빨고 또 빨았다.

부디 이 키스가 서로에게 애달프고 애틋하게 다가오지 않길 바랄 뿐이었다.

* * *

초량은 안대영의 말을 듣는 내내 줄곧 '심각함'을 대문짝만하게 써 붙인 채 턱 끝을 긁작였다. 새벽 댓바람부터 귀한 몸을 주소도 모르는 집에 불러내더니 둘 다 입술은 얼마나 비볐는지 팅팅 부어 있고, 그 꼴로 명부에서 역적 취급하는 짓을 당당히 벌이겠단다.

"이사 다 했냐? 산 비었지."

"비었지. 흠."

남의 집에 빈손으로 올 수 없어서 24시 편의점에 들러 휴지와 세제, 음료 박스까지 사 들고 와 현관에 쌓아 두었다. "교수님 집인 줄 알았으면 어~엄청 비싼 과일 바구니를 사 왔지!" 하루 못 봤을 뿐인데 반가워서 신났을 때로 돌아가고 싶었다. 불과 10분 전의 일이었다.

정은규는 출근 준비를 위해 욕실 안에 틀어박혔다. 초량은 갈증이 나서 에너지 드링크를 벌컥벌컥 들이켰다.

"위험해."

"어쩔 거야."

"위험하다고. 이 미친 왕자 놈아. 교수님이 아니라 네 놈이 조—온나 위험해진다고."

"안 죽어."

"서신을 보고도 그딴 말이 나와? 김석호가 알면 뒤집어질 거다."

"너 석호랑 섹스라도 했어? 석호를 왜 이렇게 챙겨."

"뭐라고 이 망할 자식아?! 어디 그런 못생긴 근육 덩어리를 이 위대한 도깨비 대왕에게 갖다 붙이느냐! 이 육시럴 왕자 새끼야! 그리고 따먹을 거면 널 따먹지 힘은 쥐뿔도 없는 고고고 고놈을 왜 따먹어 내가! 맛없어! 싫다!"

"지랄하는 거 보니까 섹스는 안 했네. 걔 도깨비 따위한테 못 주니까 넘볼 생각 집어치워."

개떡 같은 왕자 놈이 호시탐탐 김 책사 스카웃하려는 건 어떻게 알고…… 씩씩거린 초량이 방치되어 있던 단안경을 가져와 눈에 꼈다. 눈꺼풀 근육에 단단히 고정시킨 단안경이 제법 잘 어울렸다.

"히야. 이건 골동품이 아니냐. 네 그 화려한 업경은 어디다 두고 이런 걸 가져왔어. 알이 작아서 서신도 한참 들여다봤겠는데."

"쫓겨나는 마당에 그걸 어떻게 가져와. 대가리가 있으면 생각이라는 걸 하고 떠들어."

"흥. 재수 없어. 그래서 날 동이 트기도 전에 부른 연유는 뭐냐. 교수님 나오기 전에 빨랑빨랑 말해 봐라."

"너, 인간 꼴로도 둔갑할 수 있지."

"데미지는 두 배긴 해도 가능하기야 하지? 오래전에 한번 하고 안 했던 터라 장담은 못 한다."

"수술하고 나면 뱀 새끼가 어떻게든 은규를 먹으려 들 거야. 병원에서 나오는 날이라 시간이 없거든."

"……뭐 설마 교수님으로 둔갑해서 뱀을 내가 먹으라는 소리냐? 너 나 그렇게 싫어해?"

"아니. 잡아 둬."

"잡아 두라니."

"확인하고 싶어 해. 교수가 뱀이 맞는지."

"허어. 교수님이 네 말을 그리도 못 믿더냐."

안대영의 손 안에서 라이터가 불씨를 탁탁 틔웠다 꺼지길 반복했다.

"믿고 말고는 중요하지 않아. 넌 따지지 말고 시키는 일이나 해. 어차피 그 새끼, 너한테 잡히면 좆 된 거 알고 내뺄 거니까 시간만 벌어 놔."

"우라질 놈. 따지는 게 아니라 궁금한 거다!"

캔을 콰직 구긴 초량이 다음 캔도 따서 들이켰다. 그것을 보는 안대영의 눈초리가 매서워진다. 그만 처먹어. 눈이 그리 욕해도 초량은 못 본 척하며 슬그머니 세 번째 캔을 쥐었다.

"있잖느냐."

"왜."

"네 계획이 성공한다고 하면, 너는 어떡할 거냐. 스스로 명부에 갈 테냐? 가면 넌 또 기억이 지워질 것인데. 난 소멸의 가능성까지도 본다."

"이게 씨발 재수 없는 소리만 골라서 쳐하고 있어. 사는 거 재미없게 만들어 줘?"

쌍욕에 흠칫하였지만, 도깨비 대왕의 본새가 있지 기 죽으면 안 된다. 초량의 콧구멍이 벌름거렸다.

"나는 이해할 수가 없다고! 교수님 존나 예쁘지. 교수님 존나 사랑스럽지. 교수님 존나 귀엽지. 그래도 목숨까지 걸고 승천시키려는 왕자 놈네 속을 모르겠다고. 차라리 너한테 껌뻑 죽는 염라에게 간청한다면 여차저차 될 것을, 왜 어려운 길을 선택하느냐 말이야."

"죽어."

"뭐?! 나 죽으라고! 이런 이!"

"너 말고. 이렇게 안 하면 정은규가 내 손에 죽는다고."

정은규에게는 차마 목구멍까지도 차오르지 않던 필사적인 두려움이 초량의 앞에서 문안 인사보다 가볍게 터졌다. 대단히 충격 받은 초량은 깡 소리를 내며 캔을 놓쳤다. 부리부리한 눈이 더없이 크게 뜨이고, 입술이 반쯤 헤벌레 벌어졌다.

"모든 일이 끝나면 내가 찾아갈 때까지 은규 보호해. 기간이 얼마나 됐든 간에. 내가 줄 수 있는 건 다 내어줄 테니까."

"너, 너……."

"이게 내가 너한테 마지막으로 맡기는 일이야. 실수 저지르지 마. 그리고 음료수 흘린 거 닦아, 씨발아."

연타로 충격 먹고 소파에 쓰러진 초량이 어버버하며 안대영을 향해 손가락질했다. 대강의 행동 지문은 이러하였다. 저 미친놈이, 미친놈 단계를 넘어서 사랑 하나 때문에 전부 내다 버릴 지경까지 왔다고.

행위 예술가처럼 삿대질하며 팔을 흔들던 초량이 욕실 문이 열리자마자 언제 그랬냐는 듯 정자세로 앉았다. 안대영은 그 모습에는 관심도 없는지 반라였던 몸 위에 셔츠를 걸쳤다.

"은규야. 미안한데 출근은 재랑 둘이 해. 난 먼저 사무실에 가 봐야 할 것 같아."

"아. 아직 여섯 시 안 됐는데 벌써……. 아침은요."

올려다보는 눈에 아쉬움이 그득하다. 생전 챙긴 적 없는 아침 식사까지 들이밀었으니.

셔츠 단추를 채우던 안대영도 같은 부분에서 의아함을 느꼈는지 눈가를 좁혔다. 아, 헤어지기 싫다는 뜻인가. 에둘러 표현한 정은규가 기특한 나머지 초량이 보거나 말거나 촉촉한 입술에 뽀뽀하고 떨어졌다.

"가면서 먹든가 해야지. 자기, 이거로 먹고 싶은 거 다 사 먹어."

지갑을 꺼내 뽀득뽀득한 손바닥에 올려 주고 머리에 쓴 수건을 벗겨 낸다. 젖은 머리칼이 축 가라앉아 있다.

"저 돈 있습니다. 대영 씨만큼은 아니더라도 많이 법니다."

"너 돈 있는 거 몰라서 줬겠어? 이따 만나. 이번엔 늦지 않게 갈게."

저것들이 염병천병을 떨며 이 위대하신 몸을 관람객으로 전락시키다니! 정수리에 뿔이 불뚝 솟은 초량이 콧방귀를 뿡 뀌었다.

정은규는 선물 꾸러미가 가로막은 현관을 보며 센스도 존나 없다고 욕설을 지껄이는 안대영을 물끄러미 바라보았다. 주황빛 센서 등이 그의 머리를 내리쬐었다.

"이따 봐요."

"응."

씨익 웃더니 볼을 한번 쓸어 주고 미련 없이 나간다. 정은규는 우두커니 서서 센서 등이 꺼질 때까지 안대영이 빠져나간 흔적을 눈으로 더듬었다.

"염병할 놈."

초량은 종이 쪼가리에 불과해진 서신으로 바닥에 흘린 음료 세 방울을 벅벅 닦아 내었다. 어차피 전부 보았을 테니 두 번 쓰일 일이 없다.

"교수님! 머리 말려 줄까요?"

"……제가 말리겠습니다. 죄송하지만 조금만 기다려 주세요. 금방 준비할게요."

"응응! 천천히 해요! 나 운전 되게 잘해서 날아갈 수 있어~"

안대영을 대할 때와 180도 다른 태도인 초량이 구겨진 캔을 모아 봉지에 넣으며 룰루랄라 콧노래를 불렀다. 실은 밝은 척이라도 하지 않으면 마지막 임무의 무게가 지나치게 무거워 견딜 수가 없을 것만 같아서였다.

* * *

초량의 콧노래가 새벽의 공기를 뚫는다. 자연스럽게 지하주차장으로 가려던 정은규는 1층에서 내린 초량을 따라 나가 라인 앞 입구에 주차되어 있는 현란한 컬러의 슈퍼카를 보자마자 자리에 못 박힌 듯 섰다. 제 차 끌고 가겠다는 말이 입 안까지 차올랐다.

저 차를 끌고 나가면 도로는 물론이고 출퇴근하다 발견한 병원 사람들 입에 오르락내리락 할 게 분명하다. 언제부터 그런 걸 신경 썼느냐고 자문자답해도…… 이건 너무 튀잖아. 형광 노랑이라니. 조수석 문을 손수 열어 주려는 초량을 막은 정은규가 하나마나인 제안을 걸었다.

"제 차로 가시는 건 어때요."

"왜! 교수님. 내 차 마음에 안 들어요?"

"그런 뜻은 아니에요. 멋집니다."

"오우, 땡큐. 이 차 이름은 노랑이인데~ 내가 가진 차 여덟 대 중에 가장 잘생겼고, 예쁘고, 엔진 탄탄하니 잘 빠졌고, 밟아도 티가 안 나는……."

"거기까지요. 그냥 타겠습니다."

말 길게 해 봤자 득이 없었다. 체념하고 올라탄 정은규는 차체가 바닥에 붙을 듯 푹 가라앉아 엉덩이를 떼었다가 도로 착석했다. 락 음악과 어울릴 것 같은 차 안에 의외로 잔잔한 클래식이 감돌고 있었다.

벨트에 캡을 채우자마자 레지던트에게 전화를 걸었다. 운전석에 올라탄 초량이 눈치껏 볼륨을 줄였다.

-네, 교수님. 출발하셨어요?

"30분 안에 도착. 환자 컨디션은."

-괜찮으세요. 인덕션 되면 다시 전화 드리겠습니다.

"그래."

초량은 해가 뜨기도 전인데 선글라스를 꼈다. 심지어 앞 유리 선팅도 진하게 되어 있었다. 턱, 조수석 헤드를 쥐고 뒤를 보면서 핸들을 돌려 후진하더니 의기양양해 들썩거린다.

"멋있죠. 후진 잘하는 도깨비."

"예."

"아, 영혼 대박 없어."

그새 안대영의 사나운 운전에 길들여져 이런 건 잘한다는 축에도 못 꼈다. 그리고 저런 폼 잔뜩 잡은 후진이야 정은규도 전문이었다. 그런고 로 아무 감흥 없었기에 간단히 화제를 바꾸었다.

"몇 가지 궁금한 게 있는데 물어봐도 됩니까."

"그럼요~ 단둘이 있을 때 다 물어보시옵소서. 교수님이 원하면 내 몸에 점이 몇 개 있는지도 세어 보고 알려 줄 수 있지."

"아니. 그런 건 안 궁금합니다."

"그러면 뭐가 궁금하실까? 나 막 두근두근한 거 알아요?"

"초량 씨가 대영 씨에게 준 러브레터의 내용이 궁금해요."

"……러브레터?"

별 해괴한 소릴 듣겠다는 듯 얼굴 근육을 파삭 일그러뜨린다.

"에엥? 내가 그 파렴치한에게 러브레터를 쓸 일이 없는데? 교수님한 테 쓰면 모를까."

진실로 러브레터는 개소리였나 보다.

"그……. 대영 씨가 단안경 끼고 들여다보던 것 말입니다."

"아아. 서신. 그게 무슨 러브레터야? 미친놈, 죽을 때가 됐나 개소리를 막 하네. 그거 뭐냐면……. 흐음. 어디까지 거슬러 올라가야 하나. 전에 내가 교수님한테 애 하나 지키려고 쌩쇼했다고 말했었죠."

"예."

"그 기록에 대한 건데. 당시 영 왕자가 재판 중이었던 터라 자리를 비운 대신 남겼던 조각들이죠. 어흠, 뭐랄까……. 고놈에게 믿음과 신뢰와 결백을 주장하는 내용이라고 하면 되나. 우리가 애를 지키다 명부 놈들한테 단체로 끌려가서 감금을 당했거든요. 그래서 사실 까놓고 말하면 지키다 말았지. 에휴. 죄책감이 되었는지 가끔씩 꿈에도 막 나와."

알아들을 수 없었다. 하지만 이상하게 겪었던 일처럼 머릿속에 정리가 되고 있었다.

"그럼에도 불구하고 영 왕자는 우리에게 보상을 해 주었고, 나는 왕자 놈이 싫다, 싫다 하면서도 도와주는 걸 보면 그때를 업보 삼고 있나 봐요. 솔직히 말하면 언제고 왕자 놈 손에 죽을 줄 알았거든. 그런데 오히려 재물을 주었잖아."

"애 엄마가 무당이라고 했죠. 무당의 이름을 기억합니까?"

"음. 잠깐만요. 떠올려 보고."

어울리지 않게 '엘가'의 '사랑의 인사'가 흘러나왔다. 허밍으로 따라 부르던 초량이 핸들을 가볍게 내리쳤다.

"생각났다. 연화였지. 연화. 맞아."

엄마가 모신다는 신이 이 자였구나. 전방 유리에 빗방울이 투두둑 떨어졌다.

알아채지 못하는 게 당연하다. 정은규가 두 발로 뛰어다니고 한글을 깨우쳤을 때 초량은 명부에 구금되어 있었을 테니.

하지만 의문은 든다. 내가 이무기인 것을 충분히 알고 있었을 텐데 그동안 입 무겁게 군 이유는 무엇인가. 이것은 탐정 놀이나 취조가 아니다. 그러니 압박해서는 안 된다. 정은규는 담백한 질문을 꺼냈다.

"제가 먼저 묻지 않았다면 끝까지 모른 척해 주실 생각이셨습니까."

"으으음. 아마도?"

"어째서요."

"별 탈 없이 이만큼 큰 것도 대견하지. 묻지도 않았는데 사서 과거의 괴로움을 안겨 주는 건 너무하잖아."

"제가 이무기인 것을 언제부터 알고 계셨습니까."

와이퍼가 소리 없이 움직여 빗물을 훔쳐내었다. 초량은 한손 운전을 하며 다른 손으로 입가를 만지작거렸다.

"확신은 염라와 회동하였을 때? 의심이야 했었죠. 왜냐하면 영 왕자가 인간에게 집착할 리가 없거든. 갑자기 연애를 한다잖아? 그놈이 뭍에 쫓겨난 후 인간 몇몇에게 집적대기야 했었지만, 그건 이무기를 찾기 위한 절차에 불과했었고. 미련이라곤 눈곱만큼도 없는 놈이 태도를 바꾸었는데 의심을 하지 않을 수가 있어야지."

그것도 부족해 목을 매다시피 하지 않는가. 결국엔 찾아내었구나 싶었다고.

"말하면서 깨달은 건데 왜 나를 다시 교수님 옆에 보디가드라고 두었는지 알겠구먼. 옛날처럼 같은 실수를 반복하지 말라는 거요. 그 자식이 기회를 재차 주는 건 처음이야. 물론 나 또한 그때와 같이 시왕에게 끌려갈 생각도 없고."

그렇다면 영 왕자가 이무기를 되찾고 확신한 시점은 정확히 언제인가.

제한 속도 80이 걸려 있는 감시 카메라 구간에서 속도를 낮춘 초량이 다시 부아앙 액셀을 밟는다. 안대영은 저딴 거 좆까라며 내달리던데. 이런 데서 차이점이 보인다. 정은규는 왔다 갔다 하며 빗물을 지워 내는 와이퍼 사이로 보인 병원 건물에 옷매무새를 가다듬었다.

"이건 내가 남의 성생활이 궁금해서가 결코 아니라, 왕자 놈이 교수님 몸에 손댄 게 대강 언제쯤인지 알려 줄 수 있어요?"

"대영 씨 집에 처음 갔던 날 마킹을 했었습니다."

"마킹?! 처음 갔던 날에?!"

"예. 귀신이 들러붙지 않게요."

"미친 또라이 아냐. 성희롱으로 고소를 했어야지!"

"솔직히 그러고 싶었었는데……."

당시만 해도 이렇게 깊은 사이일 줄은 몰랐지.

"그럼 그 놈은 그때부터 교수님이 이무기라고 눈치 깐 거네. 하여간 재빠르기는."

"그랬을까요."

"그러고도 남지. 그 자식은 용의 탈을 쓴 능구렁이인데. 확실한 증거가 나올 때까지 두고 봤다에 내 손모가지를 걸어요."

"손모가지까지 걸 일입니까."

"상상 이상으로 계략을 펼칠 줄 아는 놈이라. 그놈이 진짜 무서운 이유가 그거거든요. 으흠, 거의 다 왔습니다요. 그나저나 비가 엄청나게 오네. 날씨가 염병이야."

장마철도 아니고 겨울비가 이리 쏟아질 일이냐며 초량이 투덜거렸다.

정은규는 여태 나누었던 대화를 차곡차곡 정리했다. 정리라고 맺었을 뿐이지, 말하는 쪽쪽 의혹 하나 없이 받아들이고 있었다. 제 몸에 손을 대었던 안대영이 먼저 알아챘을 과거는 얼마나 시렸을지 감이 안 왔다. 불쾌하기만 했었던 성희롱의 정체 역시.

"어쨌거나 저쨌거나. 이 몸은 보디가드의 본분을 할 터이니 교수님은 걱정하지 말고 수술 잘 끝내면 됩니다요. 나도 교수님 편이야."

"예."

"그리고 이건 사감 섞어서 한마디만 해도 될랑가요. 알아채자마자 계속 하고 싶었던 말인데."

"하세요."

3분 정도 여유가 있었다. 정은규는 벨트만 푼 채 초량을 응시했다. 초량의 눈 속 파란 불이 일렁였다. 안대영보다 커다란 손이 슥, 슥, 성적인 의도 없이 정은규의 뒤통수를 다정하게 어루만졌다. 늘 출렁거리고 촐싹거리던 초량이 어른처럼 커다래 보였다. 그래서 뿌리치지 못했다.

"아이야. 예쁘게 잘 컸구나. 죽지 않아 다행이다. 네가 죽었으면 나역시 괴로웠을 게야. 그때 끝까지 지켜 주지 못해서 미안했다."

⋯⋯아. 이런 말일 줄은 몰랐어. 짧은 순간 코끝이 매워지고 눈매에 열기가 훅 치솟았다. 그러 문 입술이 미약하게 떨렸다. 예기치 않게 파고든 감정이 감각 신경을 때린 것이 분명하다. 정은규는 눈물이 흘러넘치기 전에 어서 닦아 냈다.

눈물이 헤퍼졌다. 이러면 안 된다. 불시에 감정의 솜사탕이 녹아 버렸다. 정은규가 울먹거리는 탓에 초량은 몹시 당황하여 줄곧 잡고 있던 핸들에서 손을 뗐다. 우, 울리려고 말한 건 아닌데! 안절부절못하며 휴지를 찾다 소매를 당겨 닦아 주려 들자 예의 바르게 거절한 정은규가 코를 킁 들이켰다.

"괜찮습니다. 갑자기 감정적으로 변해 죄송합니다."

"잉?! 죄송하다니! 내가 울린 건데 오히려 사과해야 하는 건 나지. 그래도 내가 울렸다고 말하면 안 돼요. 진짜진짜 저~얼대로 안 돼. 왕자 놈이 날 죽이려 들 거야."

"안 울었습니다."

"아이쿠. 교수님도 자라 온 환경이 이따위라 무심해진 거지 사실은 여리다니까."

그러게요. 그런가 봅니다. 내가 나를 겹겹이 방패로 둘러 놓았나 봅니다. 그것들이 하나씩 무너지고 있어서 너울을 타나 봐요.

"……고맙습니다."

"뭐가 또 고마워! 괜찮습니다, 죄송합니다, 고맙습니다, 삼연타로 나왔네. 헤이고. 이런 말 들으려고 한 소리는 아니었는데. 자자. 그럼 각자의 영역으로 출발이나 할까요? 교수님은 환자 살리러, 나는 교수님 지키러."

때마침 레지던트에게 전화가 걸려 왔다. 벨소리가 현실을 자각시켜 줘 대단히 창피해진 정은규가 꾸벅 묵례하고 도망치다시피 내렸다.

"어. 지금 가."

뚜벅뚜벅 걷는 구둣발이 불을 밝히는 트리와 불 꺼진 원무과를 지나쳐 엘리베이터 앞에 섰다.

마지막이 될 수도 있는 수술이다. 다시는 이 병원에 돌아오지 못할 수도 있다. 그러나 두려움은 없었다.

문틈이 거리를 좁히며 이음새가 맞닿았다. 수술실은 6층. 정은규는 마른세수를 하며 시시각각 층수가 바뀔 때마다 통유리로 비치는 병원 전경을 무던히 지켜보았다. 코트 주머니 속에 안대영이 준 단도가 여전히 담겨 있었다.

나는 하나도 무섭지 않다고 주문을 걸면서.

* * *

김석호가 구석에 처박혀 한동안 쓸 일이 없었던 화이트보드를 질질 끌고 왔다. 효율적인 악귀 소탕 계획을 세울 때만 등장하던 화이트보드였다. 마커가 제대로 나오는지 테스트하는 김석호의 뒤태에 비장함이 서렸다.

일찍이 식사를 마친 안대영은 판 초콜릿을 부수어 하나씩 녹여 먹고 있었다. 그러면서 전투적으로 초밥을 해치우는 차민혁을 꼴사납게 바라보았다. 여기나 저기나 못 먹어서 뒤진 귀신이 붙었는지, 아니면 스트레스를 먹는 행위로 푸는 것인지 구분할 수 없었다.

"맛있냐?"

"살기 위해 먹는 거죠. 대표님은 안 드세요?"

"너 다 처먹으세요."

손톱처럼 작은 락교가 시왕의 머리라도 되는 양 아그작 씹어 삼킨 차민혁이 코로 웃었다. 어흥, 맛있다.

"대표님."

"왜."

"이번 일 끝나면 다시 왕자님이라고 불러도 되는 겁니까? 아, 저는 왜케 대표님이라는 소리가 입에 잘 안 붙는지 모르겠어요."

"좋대로 해."

"좋대로요? 이야, 짱짱하게 불러 드리겠습니다."

사무실에 오는 동안 한차례 비가 내리더니 동이 트자 해가 쨍쨍해 찬 바람만 강하게 불었다. 근래 변덕이 죽 끓는 날씨가 수상하다. 여태까지는 하늘의 주관이라 여겨 신경 쓰지 않았는데 한번 수상하다고 인식하고 나니 몹시 거슬렸다.

대표적인 겨울 날씨로 꼽히는 것은 눈과 바람이다. 그러나 이번 겨울, 특히 정은규가 이무기임을 자각한 이후부터는 유독 비가 잦았다. 대부분 산발적으로 퍼붓다가 소강하는 소나기에 가까웠으나, 최근 빈도수가 심각하게 늘어난 점이 돌부리처럼 걸리는 문제였다.

눈이 내리거나, 맑다는 기상청의 예보와는 완전히 갈리는 날씨였다. 과학적으로 도출한 결과와는 거리가 먼 이야기라는 뜻이다. 그렇다면 이 비는 어디서부터 발현된 것인가.

"하늘 놈 중에 비 다루는 새끼가 누구였더라."

"바 뭔데…… . 바퀴벌레 알 같은 이름이었는데요."

"바알입니다. 정확히 풍요의 신으로 등록되었었는데 농사를 주관하였고 비 또한 관여하여 여러 분야로 묶어서 불렸어요. 다만…… 현재는 하늘의 악마 리스트에 등록되었을 겁니다. 섹스 숭배로 인해 신의 자격을 박탈당했다고 들었거든요. 아마 소멸하지 않았을까요?"

김석호는 책사답게 백과사전이었다. 초콜릿의 단맛이 무디게 느껴질 때쯤 안대영은 물티슈를 뽑아 손을 꼼꼼히 닦았다.

"그럼 제멋대로 내리는 비가 그 새끼 짓은 아니라는 소리네."

"그렇죠. 아주 오래전이라면 모를까요."

신의 행위가 아니라면 이 비는 의심해 보아야 한다. 바알인지 나부랭인지 뒤졌으면 그만이다. 이 비를 의식했을 때부터 차근차근히 되짚어 보았다.

'내가 이 땅에 내쫓겼을 때도 비가 존나게 왔는데.'

12월 16일. 잊었던 과거를 되돌리려는 시동을 걸었을 때. 우리의 관계가 본격적으로 얽힌 시작점. 온종일 비가 내리던 날이었다.

확실히 기억하는 건 베드로의 성당에서 마리아를 만난 이후 기습적인 폭우가 쏟아져 쫄딱 젖은 채 사무실에 돌아왔다는 사실이었다. 하지만 이때는 비 예보가 있었다. 폭우가 쏟아질 가능성 또한 충분하므로 넘긴다.

예보 없이 의뭉스러운 비가 산발적으로 쏟아진 시점은 정은규가 악귀에게 습격을 받은 이후부터다. 만약 이 비가 정은규와 관련되었다면 승천의 날짜가 가까워질수록 하늘에서 '준비'를 하고 있다는 뜻이 된다.

이무기는 승천하면 용이 된다. 그리고 용은 신으로 추앙받는다. 태초부터 용으로 태어나 고유 능력을 가진 시왕과 달리 후천적으로 용이 될 이무기는 누군가에게 능력을 부여받을 수밖에 없다. 이무기의 승천은 하늘에서도 면밀히 주시하고 있는 예외적인 사건이다. 비와 정은규가 엮이지 않을 가능성이 아예 없는 이야긴 아니었다.

심증을 토대로 결론 내 보자면 꽤 낭만적인 이야기가 완성된다. 설마 마리아가 정은규에게 비를 주려는 건가. 가설이 맞아떨어진다면 웃지 않을 수 없겠다. 불을 잠재울 수 있는 비라니. 속이 너무 투명하잖아.

"씨발, 참나……."

"네?"

"신경 쓰지 말고 계속 해."

끽. 끽. 김석호가 뭘 그리 신중하게 적나 싶었는데 마인드맵이다. 가운데 대문짝만하게 쓰인 '대표님'을 필두로 가지치기가 여러 군데 뻗어져 있었다. 마커로 글씨를 쓸 때마다 고정 안 된 화이트보드가 휘청거려 아예 한쪽 모서리를 잡은 채 마저 써내려 간다.

안대영은 관자놀이를 짓누르며 화이트보드를 쳐다보았다. 최근 숙면을 취하지 못한 탓에 컨디션이 엉망진창으로 무너져 그냥 쳐다봐도 노려보는 것처럼 보였다. 정은규의 앞에서는 날카로움을 감추고자 하였지만, 이곳엔 그가 없으므로 까칠한 성격을 그대로 드러냈다.

"야. 밤새도록 쓸 거야? 시간이 남아 도나?"

씨발, 저 끽끽거리는 마커 소리와 화이트보드가 좀 닥쳤으면 싶었다. 김석호는 안대영의 가시 돋친 질문을 익숙하게 넘겼다.

"아닙니다, 다 됐습니다. 왼쪽은 저희 쪽, 오른쪽은 대표님을 음해하려는 몹쓸 세력이에요. 그리고 이곳 중립은 교수님과 마리아 님이죠."

왼쪽에 김석호, 차민혁, 평등왕, 초량이 있다면 오른쪽에는 변성왕, 태산왕, 베드로 신부, 김현수, etc가 적혀 있었다. 차민혁이 나무젓가락을 화살촉처럼 화이트보드에 겨누었다.

"etc로 퉁 치냐? 일일이 나열하라고."

"원체 많아야지. 그래서 뭉뚱그려 etc라고 적은 거거든?"

"대표님 보십쇼. 저 새끼 제대로 파악도 못하고 있어요."

"시끄러워."

"넵."

깔끔히 입에 지퍼를 채운다. 꼴좋다. 김석호는 의기양양하여 유명한 인터넷 강사처럼 뚜껑 덮은 마커를 '교수님' 위에 턱 얹었다.

"중요한 것은 이것이 초반의 형태라는 겁니다. 현재는 많이 바뀌었죠."

지우개가 삑삑거리며 '교수님'과 '마리아'를 지웠다. 김석호는 파란색 마커를 들어 왼쪽에 가지를 뻗었다. 이름 두 개가 그곳으로 옮겨갔다. 지워진 중립에는 '염라대왕'이 쓰였다.

"저는 염라께서 대표님께 칼을 겨누었다고 생각하지 않아요."

"야. 그건 아니지. 적으로 등진 게 아니면 뭍으로 쫓겨날 때 기억을 지우다 못해 조작까지 시키겠어? 그러지만 않았어도 최소 우리가 이 짓은 안 하고 있을걸."

"그거는……."

"그거는 뭐."

마지막은 성질 돋친 안대영의 물음이었다. 김석호는 다리를 꼰 채 담배를 피우는 제 주군에게 작은 한숨을 내보였다.

"저희는 워낙 오래 대표님 곁에 있었기 때문에 대표님만의 화법에도 적응되었고, 숨만 쉬셔도 무슨 의미인지 대강은 때려 맞춥니다. 그러나 염라께서는 아니었을 거예요. 이무기에게 흠뻑 빠져 정사도 내팽개쳤던 걸 한심하게 생각하셨겠죠."

그러더니 잠시 쉬었다가 말을 이었다.

"그리고 보는 눈도 있잖습니까. 대표님 재판 받으실 때 시왕의 반응을 떠올려 보세요. 호의적인 분은 한 분도 안 계셨습니다. 만약 염라께서 분노의 감정을 덮지 않았다면 시왕이 뭍에 나와 이무기를 쥐 잡듯 찾아 죽이려 들었을 거예요. 나름 실드 쳐 주신 거라고 봅니다. 사견이 섞였지만, 곱씹어 볼수록 저는 이쪽으로 힘이 실려요."

"대표님. 듣자듣자 하니 저 새끼 반역자 같은데 모가지 자를까요?"

"시끄럽다고 새끼야."

"송구하옵니다."

김석호의 2연승이었다. 차민혁이 주먹을 불끈 쥔다. 꽁초가 된 담배를 짓이겨 끈 안대영이 머리를 쓸어 넘겼다.

토독. 토도독. 팔걸이를 두드리던 손끝이 클래식의 절정 구간처럼 빠르게 움직이다가 뚝 멈췄다. 새 담배를 물고 불꽃을 피워 붙인 안대영이 소파에 몸을 파묻은 채 연기를 내뱉어 냈다.

"원래 내 계획은 베드로를 죽인 후 그 성당에서 승천시키는 거였어."

"베스트긴 합니다. 신부의 성당은 저주받았다곤 하나 마리아 님의 관할이니까요."

"그런데 그 계획을 짰더니 망자 리스트에 정은규가 있더군. 그것도 내게 죽임을 당하는 것으로."

"그렇다면…… 교수님이 신부님의 죽음에 앞서 가로막지 않았을까 추론해 봅니다."

"그랬겠지."

그런 일이 벌어졌다면 안대영은 미련 없이 자살했을 것이었다. 극단적인 선택이야말로 정신을 무너뜨리는 데 더없이 효과적이었으니까.

"의견을 비추어 볼 때 염라께서는 대표님을 해하려는 마음이 없으십니다. 적어도 제가 보기는요."

"그래?"

"옙."

염라를 방어하는 김석호의 태도야 충분히 그럴 수 있다고 본다. 하려는 말의 핵심도 알겠고.

"근데 난 어쩌라고 싶은데."

"……네?"

"정 교수 못 찾고 뺑뺑이 돈 지난 세월이 아까워 뒤지겠어. 걔 혼자 그 힘든 일을 겪게 만든 것 자체가 존나 열이 받는데 내가 참고 이해까지 해야 할 이유가 뭐야."

"……."

"나한테 가장 소중한 걸, 그 새끼들이 이런 것보다 하찮은 취급을 했다고. 석호야. 내 말 알아듣겠어?"

그렇게 말하면서 초콜릿 포장지를 구겨 내던진다.

김석호는 결국 이렇게 된 상황에 탄복하고 말았다. 지독하다. 저리도 지독한 사랑이 있을까. 어찌하여 주군의 세상은 이무기를 중심으로 돌고 있는 것인가. 감정의 골이 너무 깊다. 김석호가 끼어들 틈이 없었다. '염라대왕' 위를 두드리던 마커가 받침대에 떨어졌다.

"그럼 마리아 님을 통해 염라께 전달된 승천 공문은 저희가 어떤 의미로 받아들이면 될깝쇼."

때마침 차민혁이 빈 그릇을 차곡차곡 쌓아 분리수거 하고 돌아와 물었다. 저도 담배 한 대 피우겠습니다. 안대영이 손을 휘젓자 차민혁은 뜯지 않은 빨간 담뱃갑을 꺼내 손바닥에 착착 내리쳤다.

"계수복이 염라께 저희 둘 몫의 귀환서를 부탁해 받아 내긴 했습니다만. 그걸 주면서 대표님의 승천 얘기를 꺼내던데요."

차민혁의 질문에는 뼈가 있다. 그와 달리 안대영은 바람 빠지는 웃음을 짓는 게 다였다. 저 단순한 놈이 얼마나 혼자 대가리 빠지게 굴려 대었을지 빤히 보였다.

"입들이 되게 싸네."

"딱 계수복 선까지만 아는 것 같았어요. 이간질하려는 말투도 아니었고요."

안대영도 아는 이름이다. 계수복. 명부에서 난다 긴다 하는 무사 중 차민혁과 더불어 최상위에 기록되었던 인재다. 원래 차민혁과 함께 열한 번째 지옥의 소속이 될 무사였다. 그러나 시왕의 모함을 받고 더러워서 안 해먹는다며 자리를 내놓은 뒤 미련 없이 이승으로 떴다.

그리고 그 모함의 발현은 시왕이 열 마리의 이무기를 죽이라 명하였으나 계수복이 거절하면서 일어났었다. 정확히 잊지 않았다.

현재 계수복이 소장으로 있는 북산 타워는 산속의 굴이면서 명부로 직결되는 게이트 중 하나다. 악귀가 자유자재로 드나들어 골머리를 앓던 차 계수복이 소장으로 발령된 후 무분별한 출입이 원천 봉쇄되었다.

계수복이 등장하면서 귀신 나온다는 소리가 없어지자 버려뒀던 산 주인이 나타나 높은 탑을 세워 일확천금을 노렸지만, 오래 가지 못하였다. 북산 또한 지황산처럼 살아 있는 산이었기에 훼손당한 자연이 귀곡성을 내뿜었기 때문이었다. 여기에는 탑을 쌓으며 사고사 당한 인부들의 원한도 포함되었다.

다시금 산에 귀신이 들렸다는 소문이 나자 악재를 견디다 못한 산 주인은 계수복에게 부지를 헐값에 넘겼다. 이때부터 계수복은 타워의 소장이 되었고 지금까지 이어졌다. 얼기설기 세운 탑이 타워의 모양새로 뒤바뀐 것도 이때였다.

명부의 소유물이 아닌 이승의 게이트가 세 군데 있다. 무광산, 지황산, 북산. 이중 유일하게 북산만 계수복의 소유였다. 그리고 그가 북산의 주인이 되도록 금전적으로 도와 준 이는 안대영이다.

나갈 때 쥐어 준 돈이며 재물이 한 트럭을 넘었으니 환산하면 산을 세 군데는 사고도 남았을 것이다. 계수복도 성격상 빚지고는 못 사는지라 반대당한 귀환서를 둘의 몫이라도 발급해 주었을 거고.

그렇다면 안대영이 계수복을 왜 도와 주었느냐. 따라붙는 이유는 간단하다. 일종의 투자였다. 가는 게 있으면 오는 게 있기 마련이다. 계수복은 투자 상대로 훌륭했다. 명확하게 사리분별을 판단할 줄 알고 머리를 영민하게 썼다.

김석호가 화이트보드에 '계수복'의 이름을 써 넣었다. 왼쪽인 아군 자리였다. 계수복과 단둘이 이야기했던 차민혁은 눈살을 찌푸리며 뭐라고 한마디 하려다가 쓥, 하며 담배를 피웠다. 제가 보기에 계수복은 아군이 아닌 중립이었기 때문이었다.

"그냥 줬어?"

영 왕자는 눈치가 대단히 빠르다. 그 앞에선 요만큼도 숨기지도 못했다. 매서운 눈빛에 두 손 두 발을 다 든 차민혁이 이실직고하였다.

"예, 뭐. 대표님이 우리를 오래전부터 버리려 했을 수도 있다고 하던데요. 못 들은 셈 치기로 했는데 걍 뱉어 버렸슴. 악의는 없었으니까 제 친구 수복이 죽이시면 안 돼요."

"재밌네."

"재미 하나도 없는데요. 정말 승천하시게요? 저랑 김 책사 버리고, 열한 번째 지옥 버리고, 영천왕 타이틀도 버리시게요?"

"그럼 너 가질래? 줄게."

"예?! 뭔 소리세요?! 진심으로 하시는 말이십니까?!"

"왜, 민혁아. 자신 없어?"

"아, 왜 이러십니까요!"

차민혁의 동공이 요란하게 흔들렸다. 김석호도 쩌저적 굳은 것은 마찬가지다. 가벼운 패악질을 부렸더니 무너진 컨디션이 좀 올라가는 느낌이다. 홀로 여유로운 안대영이 꼰 다리를 까딱거렸다.

"손님 오시네. 손님 맞을 준비나 해."

"……손님이라니요. 한창 중요한 이야기 중이었는데."

대꾸하면서도 화이트보드를 뒤로 넘겨 구석으로 질질질 끌고 간 김석호가 깔끔히 정리된 사무실을 둘러보고 중문을 열어 두었다. 얼마 되지 않아 타박, 타박, 단화를 신은 작은 발이 선일 행정사 사무소 사무실에 입성했다.

"안녕하십니까."

다름 아닌, 황색 서류 봉투를 든 계수복이었다.

"저희가 사무실을 곧 빼는 터라 드릴 만한 게 이것밖에 없네요."

루이보스 티를 우려 가져온 김석호가 머그컵을 계수복의 앞에 내려
놓았다. 김이 모락모락 나는 차의 향기를 맡은 계수복이 은은한 미소를
지었다.

"좋습니다. 감사합니다."

"살 만한가 본데. 여길 찾아오게."

"예. 영 왕자님은 잘 지내신 듯합니다."

왕자라고 하면 쌍욕 먹는데. 차민혁이 눈으로 고자질하려 했으나 그
동안의 의리가 있어서 입을 다물었다. 계수복이 들고 온 황색 서류 봉
투를 안대영에게 내밀었다.

"반차를 낸 터라 금방 돌아 가 봐야 해서 빠르게 브리핑하겠습니다.
이건 혹시나 도움이 될까 싶어 출력한 자료들입니다. 저는 이승에서 오
래 있었던 터라 부득이하게 명부 때 사건 파일은 가지고 있지 않습니다
만, 변성왕과 태산왕이 이승에서 진흙탕 짓을 좀 많이 부렸더군요. 불법
으로 벌인 부동산 투기 관련 서류를 비롯해 공천에도 손댄 흔적이 있어
추려 와 봤습니다. 현신해서 왔을 때 항상 국회의원의 모습이었습니다.
차차 들여다보시면 아시겠지만, 이승의 정사에도 관심이 지대하다고 볼
수 있고요."

도덕적이지 못한 행위를 꼬집자면 한도 끝도 없다. 한 장씩 들여다본
서류를 김석호에게 넘긴 안대영이 입 벌린 담뱃갑을 닫아 품 안에 넣었다.

"두 시간 안에 검토해."

"옙."

"넌 고작 이거 주러 여기까지 왔어?"

되돌아간 질문은 계수복을 향한 것이었다. 도와줘도 지랄이셔. 김석

호는 본심이 밖으로 튀어나갈까 서류를 챙겨 자리로 돌아갔다. 계수복은 차 맛이 취향인지 몇 번 홀짝이다가 머그컵을 내려놓았다.

"이승에서 크리스마스는 공휴일입니다. 다른 말로 빨간 날이라고 하지요. 하지만 저는 백 년이 넘도록 크리스마스에 쉬어 본 적이 없습니다."

가늘게 떠진 눈이 계수복의 위아래를 훑었다. 차민혁은 얘가 왜 이런 얘길 꺼내는지 의중을 몰라 손목을 꽉꽉 주무르며 안대영과 계수복을 번갈아 보았다.

"올해 처음으로 쉬어 볼까 합니다. 타워 관리 사무소가 최초로 문을 닫는 기록적인 날이 되겠군요."

"말이 길어. 그래서 어쩌겠다고."

안대영의 질문에 가벼운 비웃음이 깃들어 있었다.

"쪽수가 절대적으로 부족하단 건 자각하고 계십니까? 영 왕자님의 비즈니스 파트너인 도깨비는 강하죠. 그러나 아기 도깨비까지 합해 봐야 고작 쉰일곱입니다. 그것으로 되리라고 보신다면 오산이십니다."

"그쯤 건방지게 굴어. 도움 따위 필요 없으니까 내 앞에서 수작 부릴 거면 저거 들고 꺼져."

김석호가 검토 중인 서류를 가리키는 것으로 부족해 어절마다 경고가 달라붙었다. 그 차가운 말투에도 계수복은 울컥하는 기색 없이 초연했다.

"건방지게 들렸다면 죄송합니다. 그런 뜻으로 드린 말씀이 아니거니와 감히 '돕겠다'는 의미 또한 아닙니다. 솔직하게 말씀드리자면 개인적인 복수도 할 겸 스트레스나 풀까 싶습니다. 그러니 껴 주시겠어요?"

"복수를 누구한테 하려고?"

차민혁이 대화에 끼어들었다. 머그컵 속 차는 반절이 줄어 있었다.

"제 발로 이승에 나오게 만든 이들. 죄 없는 이무기들을 죽이라 명령하고, 그나마 남은 한 명조차 죽이려 악귀에게 게이트를 열어 준 자. 증거는 서류에 동봉해 두었습니다. 차마 무광산과 지황산은 건들지 못하겠는지 북산을 통해 출입했더군요. 이쯤이면 설명이 되겠습니까."

북산은 내 소유니 나는 엄연히 단죄할 자격이 있노라고 계수복은 말하고 있었다. 시왕도 아닌 (전)무사 주제에 당돌한 태도였다.

안대영이 계수복의 처지가 본인과 비슷하다 한들 동질감을 느낄 리 없었다. 그럴 성격도 아니었고. 만약 여기서 계수복이 도와줄 테니 무엇이든 내놓으라고 거래를 요구했더라면 주저 없이 목을 베었을 자가 안대영이다. 지금 차민혁이 계수복의 옆에서 떨어지지 않는 것도 극단적인 상황이 일어난다면 말리려는 의도였을 것이다.

"어차피 왕자님도 끝장 보시려는 것 아니에요? 승천 공문까지 올리셨으면서 무얼 더 고민하세요. 저라면 그냥 오케이합니다. 쪽수 후달리는 것도 사실이긴 해요. 왕, 아니 대표님과 저 둘만 있어도 여차저차 된다는 건 알지만, 원래 쪽수는 많으면 많을수록……."

"민혁아."

"……주제넘었다면 송구합니다."

"오늘 밤 석호랑 명부로 가."

"네?!"

"예에?! 저희만요?!"

부리나케 서류를 검토하던 김석호도 새된 외침을 내었다.

"그 새끼들이 좆같이 굴면 내 이름 팔아. 그리고 넌 내가 연락할 때까지 기다리고 있어."

눈을 내리깐 채 경례하는 계수복과 달리 두 수하들은 안절부절못하고 강아지들처럼 줄줄이 따라붙었다. 안대영은 그들을 귀찮아하며 털어냈다. 똥오줌 못 가리는 놈들도 아니고 어련히 뜻을 알아들었으면서 짜증나게 매달려.

쪽수? 쪽수가 모자라? 웃기지도 않은 말이다. 나한테 그딴 건 의미 없어. 뭐, 쟤들 논리대로라면 달라질 수야 있겠지. 안대영은 나름의 제

안들을 우스갯소리로 넘겼다. 그가 중요하게 여기는 건 '염라가 이 상황을 이미 내다 봤을 테니 수하들을 먼저 명부에 보내도 구금당할 일이 없을 것'이라는 사실 하나였다.

"저는 대표님의 호위 무사입니다. 잊으신 것 아니죠? 반드시 돌아오셔야 합니다. 제가 게이트 입구에서 지키고 있을 거예요."

"김 팀장이나 지켜. 넌 이거 잘 굴리고."

제 머리를 톡톡 치며 새기라는 듯 주머니 속에서 USB를 꺼내 던진다. 넙죽 받은 김석호가 이 작은 몸집 안에 들어 있을 다이너마이트를 떠올리자 마른침을 삼켰다.

따로 덧붙이지 않아도 눈치챘다. 영 왕자가 이승에 내쫓기기 전 문서화시킨 파일의 원본이다. 혹은 더한 것이 들어 있거나. 가슴이 두근두근 뛴다.

"어떻게 기억하셨어요? 저번에 여쭤어 볼 때 말씀 없으셔서 못 찾으신 줄 알았어요."

"그게 중요해?"

"그, 그건 아니지만……."

"됐잖아 그럼. 내려가서 귀찮게 하는 새끼 있으면 주저 없이 처리해."

"옙."

"석호는 검토 끝나면 전화하고. 저건 갖다 버려."

구석의 화이트보드를 턱짓한다. 저딴 부질없는 짓 할 바에 잠이나 쳐 자라는 따뜻한 위로가 한 스푼 담긴 욕이나 다름없었다. 김석호는 괜히 에헴 기침하며 자리로 돌아갔다.

명부로 돌아가지 않겠다던 영 왕자가 고향 행을 선택했다. 금의환향과는 억만 년 떨어진 선택이다. 그러나 저는 그저 주군을 믿고 따를 뿐이다. 두근두근한 마음을 진정시키고 서류를 다시금 들여다보는 김석호의 이마에 별개의 긴장감으로 땀방울이 송글송글 매달렸다.

"저는 먼저 돌아가 보겠습니다. 마침 버스 시간이 얼마 안 남았네요.

차는 잘 마셨습니다."

"운전 아직도 못 해?! 넌 왜 운전만 못 하냐? 어떻게 여기까지 버스 타고 올 생각을 해. 그보다 무광 터미널이 남아 있긴 하냐?"

서슬 퍼런 계수복의 시선이 닿자 말을 다다다 쏘아 대던 차민혁이 깨갱하며 물러났다. 다시 시선을 돌린 계수복은 안대영의 앞에서 정중히 허리를 굽혔다.

"따로 드릴 말씀이 있는데 시간 좀 내어 주실 수 있으시겠습니까. 5분 안 걸립니다."

"왜. 민혁이 앞에서 나 깠던 거 사과하기 쪽팔려?"

"⋯⋯예."

"따라 나와."

슬리퍼를 고쳐 신은 김석호가 후다닥 나와 '조심히 돌아가세요.' 하고 꾸벅 인사했다.

계수복은 열린 중문에 몸을 기댄 채 기다리는 안대영을 지나쳐 계단을 조심조심 내려갔다. 저리도 체구가 작은데 검을 쥐면 180도 돌변해 첨예한 검술을 펼칠 줄 아는 이였다.

안대영은 계수복이 계단을 마저 내려가 현관문을 열고 나간 모습까지 확인한 후에야 고개를 들어 제 수족을 훑었다. 김석호에게 파일에 대해 할 말이 있었지만 어차피 직접 보면 알게 될 테니 나중에 말하든가 하고.

"나 서울 바로 간다."

"알겠습니다."

"석호 넌 케이크 하나 예약해 놔."

"⋯⋯예?"

갑자기 케이크라니. 벙쪘던 김석호가 멀리 나가려는 정신을 얼른 끌어왔다.

"아. 크리스마스가 교수님 생일이셨죠, 참. 하하하. 초코 케이크면 될까요?"

"아니. 최대한 안 달고 모양 예쁜 거로."

"그러면 치즈 쪽인데 치즈는 모양이 한정적이라…… 일단 알겠습니다."

둘이 허리를 숙여 보이자 중문이 쾅 닫혔다. 서서히 숙인 허리를 편 차민혁과 김석호가 서로를 쳐다보더니 피시시 한숨을 쉬었다.

"미친, 케이크라니. 이 와중에 생일은 챙겨 주시겠다고? 저세상 로맨스 나셨네, 나셨어."

"됐고. 우리도 죽지 말자, 차 장군아."

"멍청한 근육 덩어리가 나를 뭐로 보고."

"내가 멍청한 근육 덩어리면, 넌 멍청한 무사 덩어리고."

"아, 근데 이게 지 목숨 책임져 줄 위인한테 시비를 털어."

머리 아프다, 머리 아파. 뭐부터 정리해야 하냐. 휑한 사무실을 멀거니 응시하던 김석호가 긴장으로 저려 오는 허벅지를 콩콩 두드렸다. 케이크부터 찾아야겠네……

* * *

수술복으로 환복하고 팔뚝까지 꼼꼼히 씻은 정은규가 브러시를 꺼내어 다시 처음부터 싹싹 문질러 닦았다. 거품범벅이었다가 흐르는 물로 깨끗해진 팔뚝에 다시금 소독액이 칠해졌다. 첫 수술은 손 위생을 다른 때보다 오래 신경 쓴다. 열심히 손을 씻는 동안 발뒤꿈치가 반쯤 고무 슬리퍼 밖에 걸쳐져 있었다.

"안녕하십니까, 교수님."

이름 모를 레지던트가 핸드폰을 두드리다 꾸벅 인사하고 지나갔다.

보지도 않고 응, 답해 줬다. 어차피 습관적인 인사일 뿐이다. 수술실은 새벽임에도 북적북적하다.

물기가 뚝뚝 흐르는 팔을 높게 세우고 발로 스위치를 눌러 입장한 정은규가 수건을 받았다. 익숙한 손놀림으로 물기를 제거할 동안 기다리고 있던 간호사가 가운을 입혀 주었다. 정은규는 환자의 바이탈을 흘끔 살폈다. 마취가 걱정된다던 환자는 평온하게 잠들어 있었다.

장갑을 한쪽씩 착용하고 간호사의 도움을 받아 수술복 끈을 묶는 동안 수술실 구석에 적당히 구겨져 있는 인영 하나가 눈에 띄었다. 훤칠하니 키가 몹시 큰 남자였다.

"누구."

준비를 끝마치고 자리에 서서 묻자 치프가 대수롭지 않게 대답했다.

"인턴이래요."

눈 코 뜰 새 없이 바쁜 인턴인데 참관할 새가 있나. 그것도 신경외과 수술을. 아예 없는 경우는 아니라지만 드라마처럼 흔하게 일어나는 일도 아니었다.

"제가 NS로 오라고 한차례 꼬셔 봤는데 말을 안 해요. 어느 집 인턴인지 버릇이 대박 없습니다."

이번엔 속닥거림이었다. 정은규는 치프의 말을 한 귀로 흘리며 머리 대신 절개할 눈썹을 내려다보았다. 저 인턴이 신경외과를 선택한다면 좋긴 하지.

그러나 불문율의 법칙이라도 있는지 신경외과는 들어와도 100일 당직 도중에 도망가는 경우가 태반이었다. 정은규야 이 길밖에 없어 쪽잠을 자며 독하게 버텨 내었어도 모든 사람이 저 같으랴. 괜히 외과 3대장에 뽑히는 과가 아니다…… 는 잠깐.

뭔가 이상한데.

타임아웃을 확인하고 집도에 들어가기 직전 정은규가 인턴을 다시금 살폈다. 마스크가 감추어 주지 못한 저 눈이 익숙했다.

안대영과 달리 푸른 기운이 도는 눈은 익히 알고 있는 것이었다. 수술복과 마스크를 쓰면 매일 보아도 헷갈리는 생김새의 유형이 있는 터라 낯선 이인 줄 알았는데 구면이었다. 저 인턴인 척하는 뻔뻔한 인간은 사람도 아니었거니와 초량이었다.

아니, 병원 내에 얼굴 다 팔린 것 아니었나. 어떻게 들어왔지. 의문을 가져 봐야 부질없긴 하지만 신기한 건 신기한 거라.

"교수님의 집도라니. 너무 기대됩니다요."

'내가 뭘 들은 거야?' 수술실 안 의료진들의 제각기 머리 위에 물음표가 뿅 떠올랐나. '쟤가 지금 뭐라고 한 거지.' 다들 본인의 귀를 의심하며 의문의 꼭짓점을 바라보았으나 입도 벙긋한 적 없다는 듯 도깨비 인턴은 공손히 서서 눈웃음을 치고 있었다. 정은규는 픽 터지는 웃음을 마스크 안으로 삼켰다.

"시작합니다."

손을 내밀자 메스가 얹어졌다. 초량이 보초를 서는 덕분에 수술실 안은 귀신 한 마리도 얼씬거리지 않았다. 구석에 쪼그려 앉아 네가 어미를 죽였다며 이간질하고 수술을 방해했던 이물질이 없는 것만으로도 천국 같았다.

수술 부위에 날카로운 메스가 닿으면서 살갗이 열렸다. 이때가 항상 써전으로서 사명감에 가득 차는 순간이었다.

수술 실력은 나이와 비례하지 않았다. 정은규도 그들과 똑같은 과정을 밟은 의사다. 그러나 무척 어린 나이에 '최연소 정교수' 타이틀을 달았다는 이유 하나만으로 교수와 환자 할 것 없이 괄시와 무시를 당했었다.

배경이 없는 것으로 만족하지 못하였는지 없는 말도 꽤 돌았던 것으로 안다. 처음은 환자들도 핏덩어리 같은 정은규를 믿지 못해 담당 교수를 바꿔 달라 요청했던 경우도 있었으니까. 그동안 레지던트 취급을 받은 것도 여러 번이었다. 그 모든 수난을 정은규는 꿋꿋하게 버텼다. 실력으로 증명하면 되는 일이었다.

막내 교수다 보니 이리 뛰고 저리 뛰고 개고생하며 수술 스펙을 쌓자 어느덧 여론의 태세가 바뀌었다. 그러자 병원에서도 정은규를 앞세워 마케팅을 펼쳤다. 자명한 원로 교수보다 정은규 교수에게 수술 받고 싶어 하는 환자들의 예약 대기가 몇 달 단위로 길어지기까지 딱 반년이 걸렸다.

무시와 인정은 한 끗 차이다.

어려 보이는 인상이 싫어 매번 머리를 짧게 잘라 넘겼으며 사실은 사람들에게 살갑게 대하고 싶었지만 일부러 선을 그었다. 이는 최소한의 방어 기제였다.

그런 내가 마지막이 될지도 모르는 수술을 시작했다.

전부 소중한 기억이고 경험이다. 잃고 싶지 않다. 내 모든 것에서 조금도 물러서기 싫다. 그것은 사회적 경력을 넘어 사랑까지도 해당한다.

'어라.'

초량이 마스크 안에 감춰진 코를 씰룩였다. 비 냄새와 더불어 비린내가 났다. ……또? 미간을 좁힌 채 정은규를 보았을 때, 그는 수술에 열중해 현미경을 바라보며 손을 움직이고 있었다. 어느덧 수술을 시작한 지 세 시간이나 지났다. 한 자세로 오래 있던 도깨비 인턴의 발걸음이 수술실 밖으로 향했다. 바람처럼 가볍고 빠른 발걸음이었다.

"비 참 드럽게 오네."

인스턴트커피를 마시며 창밖을 내다보던 김현수가 주룩주룩 내리는 비가 지겹다며 넌덜머리를 쳤다.

"이게 여름이야 겨울이야. 춥지나 말든가."

최근 급격히 체온이 낮아졌다. 평균을 웃도는 체온보다 2-3도가 낮아 불편하다고 입지 않았던 내복까지 챙겨 입은 터였다. 가만히 앉아 있어도 몸이 떨린다. 으으 추워.

의자에 털썩 앉아 빙글 돌려 CT 사진이 띄워진 창을 내렸다. 컴퓨터 배경화면은 미켈란젤로의 〈최후의 심판〉이었다. 커피를 홀짝이며 물끄러미 모니터의 어느 한 곳을 응시하던 김현수가 종이컵 윗부분을 덧그리듯 만졌다.

끝내주는 광경이다. 정중앙에서 빛을 밝히고 있는 예수와 성모의 곁에 구원 받기 위해 모여 있는 기회주의자 쓰레기들. 그 아래 십자가에 매달려 볼품없는 모습의 또 다른 예수 곁으로 악마가 죄인을 처단하고 있었다.

이 세상은 악마로 인해 돌아간다. 하늘의 환희와 구원 따위는 없다. 오로지 새로운 힘에 의해 열릴 세상만이 진정한 구원의 의미이다. 말라 비틀어진 육신 따위에 집착하면 뭐 해. 십자가에 못 박혀 평생 그러고 살라지.

우리의 새로운 세상. 새로운 신.

이무기를 잡아먹어야 한다. 무저갱의 혼이 묻어 있는 이무기를 먹어 치워라. 그리하여 우리가 세상을 지배하고 새로운 왕을 추대해 지평을 열 것이다.

"……!"

김현수가 파드득 놀라 의자를 뒤로 밀어 모니터와 멀찍이 떨어졌다. 알 수 없는 이유로 심장이 쿵쿵 거세게 뛰었다. 쿵. 쿵. 쿵. 심장에 제세동기가 달리지도 않았는데 무섭도록 뛰었다.

최근 이런 경우가 잦았다. 가만히 있다가도 홀린 것처럼 불결한 생각이 들곤 하였다. 부정맥의 증상을 의심했었으나 정신적 착란에 가능성을 두어 방치해 둔 상태였다.

목이 꽉 조여 갈증이 마구 일었다. 덜덜덜 떨리는 손이 종이컵을 쥐었다가 입에 가져다 대기도 전에 떨어트려 가운이 황색 액체로 폭삭 젖어 버렸다.

이, 이게 무슨. 또, 또 왜……. 왜 이런 생각을……!

엉망진창 더럽혀진 가운 위의 손이 사시나무처럼 떨렸다. 김현수는 살면서 손을 떨어 본 적이 없었다. 고로 수전증이 있을 리 없다.

손등 위로 울긋불긋 물들던 피부는 이윽고 새까맣게 죽은 듯 뼈가 드러났다. 김현수가 더듬거리며 제 얼굴을 만져 보았다. 인간의 피부라고 할 수 없는 미끌미끌한 비늘이 만져진다. 두려움에 가득 찬 눈빛이 길을 잃고 방황하다가 모니터 옆 동그란 거울을 겨우 쳐다보았다.

"으아악!"

새까만 뱀이었다. 큼지막한 노란 눈알이 정확히 거울을 응시하고 있었다.

우당탕 넘어진 김현수가 비틀거리며 일어나 책상 위를 어지럽게 쓸어 넘어트렸다. 뒤로 넘어간 거울이 와장창 소리를 내며 산산조각이 났다.

누구세요. 당신은 누구신데 저를 괴롭히세요.

쏟아지지 못한 말이 몸속을 이리저리 유영했다. 깨진 거울 위를 구둣발이 비틀비틀 밟았다.

차악ㅡ! 열어젖힌 진료실 문 밖으로 뱀이 스멀스멀 기어 나왔다. 두 팔다리가 멀쩡히 붙어 있는 뱀이었다. 눈동자가 텅 빈 채 정처 없이 걷는 김현수를 모두가 기이하게 흘깃거렸다.

앞을 내다보는 김현수의 시야가 온통 흑백이었다. 그는 그저 혀를 내밀어 날름거리며 열이 감지되는 곳으로 정처 없이 걸었다.

어디 있니. 어디 있니, 나의 이무기야. 어서 내게 탐스러운 육체를 보여 다오.

콧노래가 흐른다. 캐럴이다.

사냥감을 쫓는 맹수가 진료실마다 문을 벌컥벌컥 열어젖혔다. 그 안에 있던 사람들이 '저 새끼 왜 저래?' 하고 눈으로 물어도 대답 없이 발걸음을 옮겼다.

"어? 교수님 어디 가세요! 외래 보셔야죠, 으악! 교수님!"

길을 가로막는 간호사를 밀어트리고 무언가에 취한 사람처럼 허우적거리며 대상을 찾는다. 가까워지고 있다. 그리 멀지 않았구나. 어서 오렴. 어디에 숨어 있니.

기쁘다 구주 오셨네 만백성 맞으라.

음산한 캐럴이 입술 새로 흘렀다. 히히힉. 끼히힉. 기괴하게 웃는 김현수의 혀가 비죽 튀어나갔다. 멀지 않은 곳에서 달콤한 과실의 향기가 풍긴다. 저기에 있다. 온기. 김현수의 레이더에 감지된 자는 정은규였다.

……이무기다! 이무기야!

김현수의 눈이 크게 떠지었다. 사태를 모르는 듯, 눈앞의 먹잇감은 초원에서 풀이라도 뜯는 것처럼 여유롭다. 관망할 시간이 없다. 저것은 오늘이면 손아귀에서 벗어나 버린다. 그전에 먹어치워 새로운 세상의 왕관을 마련해야 한다.

툭, 하고 정은규가 쥐고 있던 펜라이트가 바닥에 떨어져 데굴데굴 굴렀다. 그것을 줍기 위해 허리를 굽힌다. 적기라면 이때다.

다 찬양하여라 다 찬양하여라.

"김 교수님! 교수님 어디 가세요?!"

김현수는 말리는 팔을 허우적거리며 밀어냈다. 목표물을 찾은 발이 재빠르게 움직였다. 시시식―! 떨어트린 펜라이트를 쥔 채 뒤를 돌아본 정은규가 무서운 속도로 다가오는 김현수를 발견하고 못 박힌 듯 멈췄다.

선배…….

뻐끔거리는 입 모양이 가까운 거리였음에도 아득하게 보였다. 정은규는 막 녹기 시작한 얼음이 된 듯 주춤주춤 뒤로 물러나 비상계단으로 도망쳤다. 그 뒤를 김현수가 바짝 쫓았다.

놓칠 수 없어. 너를 삼킬 테다. 너를 삼켜 왕이 되고자 하오니 내게 먹혀야만 한다.

타다다닥. 타다다다닥. 타다닥.

정은규가 날쌔게 계단을 오르자 김현수도 그 뒤를 바짝 따라 성큼성큼 두세 칸씩 겅중겅중 뛰어올랐다. 급하게 뛰어오르고 있음에도 둘 다 호흡이 거칠어질 새가 없었다. 쫓고 쫓겼다. 체력의 한계를 한참이나 벗어난 추격전이었다.

콰앙—!

정은규가 문을 걷어차다시피 뛰쳐나간 곳은 비가 끊임없이 내리는 옥상이다. 검은 구둣발이 찰박찰박 물위를 적셨다. 내리는 비를 쫄딱 맞은 김현수는 싱글벙글 웃으며 캐럴을 이어 불렀다.

"—은혜와 진리 되신 주 다 주관하시니 만국백성 구주 앞에 다 경배하여라."

오라. 내가 너의 육신을 집어삼키리라.

순식간에 부풀린 덩치를 못 이기고 셔츠 단추가 후두둑 떨어졌다. 팔과 다리가 잘린다. 머리 껍질이 벗겨지고 비늘이 반짝이는 뱀의 대가리가 드러났다.

허물을 벗은 큼직한 뱀이 턱 운동을 하듯 아가리를 쩌억 벌렸다 닫기를 반복하며 등을 돌리고 있는 정은규에게 스윽— 기어갔다. 사냥감을 눈앞에 둔 포식자의 형형함과 여유로움이 묻어나는 움직임이었다.

「이 순간을 얼마나 기다렸는지 아느냐— 너를 목도하기 위해 수도 없이 노래를 부르고 형제를 꼬드겼다. 긴 시간이었지.」

그런데 등 돌린 정은규에게서 키득키득 웃음이 들렸다. 비를 파고든 낮은 웃음이었다. 키득키득 웃다가, 끌끌 낮게 끄는 웃음이 곧 몸 전체를 잡아먹은 듯했다.

"선배애."

조금 전과 같은 부름이었으나 전혀 다른 기운이다. 뱀이 움찔하여 허리를 꼿꼿이 세워 공격 태세를 갖추었다. 평범한 체격인 정은규의 몸이 대번에 부풀면서 입고 있던 가운이 찢겨 나갔다. 그 바람에 뱀이 하악질하며 무시무시한 독니를 드러냈다.

"찾았다. 비린내. 아, 난 역시 개코라니까."

뒤를 돈 자는 정은규가 아닌, 현신을 벗어 버려 괴물 같은 모습의 도깨비였다. 외발이 나무통만큼 두껍다. 흉악하기 짝이 없어 어린 아이가 본다면 엉엉 울며 도망갈 모양새였다.

뱀이 안광을 번뜩 빛내었다.

「이런…… 내가 속았구나.」

「속을 것이 뭐가 있느냐. 이 몸에게 걸렸으니 천운이지, 왕자 놈이었더라면 너는 찍소리도 못 하고 죽는다.」

「너는 영 왕자에게 무엇을 원하느냐. 나와 함께한다면 목숨은 물론 세상까지 나누어 줄 수 있다.」

「에이. 싫다. 넌 냄새가 나.」

「나는 이백 번을 죽었다가 살아난 몸이다. 너는 나를 결코 죽일 수 없느니라.」

「어허이. 나는 한 번도 죽지 않았지. 그런 것으로 따지면 너보단 내가 낫다고 본다.」

방망이를 붕붕 휘두르며 뱀을 향해 경중경중 뛰어오는 거구가 익살스러운 표정을 지었다. 인간일 때와 몸집이 두 배가량 차이 나는 도깨비가 주먹만 한 눈알을 데구룩 굴려 뱀을 차근차근 훑었다.

'그냥 내가 잡아 죽이면 안 되나. 그럼 공을 빼앗아 가는 꼴이 되나?

흠. 아니다, 영 왕자 놈이 잡아두기만 하랬지. 그래도 탐이 나긴 하는데.'

막 그런 고민을 하고 있을 때였다.

"─선배!"

뱀과 도깨비의 시선이 일제히 옥상 문을 벌컥 열어젖힌 주인공에게 닿았다. 수술복을 제대로 벗지도 못한 진짜 정은규가 헐떡거리며 서 있었다. 어라라. 빨리도 오셨네.

초량은 캬악─! 독니를 내보이며 냅다 달려들려는 뱀의 목덜미를 굵은 팔뚝으로 옥죄었다. 한껏 부푼 근육에 목 졸린 뱀이 캐핵, 캑! 죽는 소리를 내었다. 초량의 팔뚝 위로 독이 뚝뚝 떨어졌다. 보고 있던 정은규가 단도를 쥔 채 한 걸음 나서자 초량이 소리쳤다.

「교수님! 오지 마요!」

공명이 울리는 외침에 주춤한 정은규의 발걸음이 굳는다. 그가 서 있는 곳은 폭우의 한가운데였다.

「키킥, 킥, 끼힉! 새로운 세상이 우리를 기다리고 있도다, 끼히힉…….」

초량의 팔 안에서 비틀거리는 뱀의 눈알이 튀어나올 듯 탄력적이었다.

「기쁘다 구주 오셨네! 끼히힉, 새로운 신을, 끽, 경배하노라!」

끽, 끼긱. 옥죄는 팔의 힘이 더욱더 거세졌다. 험악하게 돋아난 근육의 선이 위협적이었다. 저 팔 안이라면 누구도 살아남을 수 없을 것이다. 그만큼 엄청난 악력이었다. 정은규와 똑똑히 시선을 섞는 노란 눈알이 소름끼쳤다.

초량은 있는 힘을 짜내어 뱀을 졸랐다. 뱀도 만만찮았다. 그 와중에 초량의 팔뚝에 독니를 꽂아 콱 깨물고 늘어졌다. 당장 몸이 터져도 의아하지 않을 힘의 대결이었다. 독니가 꽂힌 초량의 팔은 점차 독이 퍼져 새까맣게 물들어 갔다.

「보아라. 독이 흐르는구나. 너는 나를 절대 이길 수 없다. 네 팔 또한 곧 나처럼 잘리게 될 것이니라.」

"초량 씨!"

「어허이, 위험하다니까!」

소리침에 옥상이 쩌렁쩌렁 울렸다. 다른 팔로 뱀의 머리를 뜯어 버릴 듯 붙잡고 젖히자 뽁 소리와 함께 독니가 뽑혀 나갔다. 선명하게 구멍 난 팔뚝에서 검게 변한 피가 줄줄 흘렀다.

더는 지켜볼 수 없다. 이러다가 초량의 생명이 위험해지기라도 하면. 아무리 만류하여도 방관하고 있을 수만은 없다.

무기로 쓸 만한 것도 없으면서 막무가내로 오면 어떡하느냐고 화를 내려던 초량은 저벅저벅 다가온 정은규가 단도를 높게 쳐들자 벙찐 표정이 되었다.

아는 검이다, 아니지 칼, 아니, 어쨌든. 나 저거 안다고.

「……영 왕자의 검이잖아?」

아무리 귀여운 사이즈로 포장해 봐야 숨길 수 없을 정도의 살의가 묻어 있는 검이다.

이 미친놈, 어쩐지 검을 수리 맡겼다 했어. 그 검이 악귀 좀 베었다고 데미지를 입어 봐야 얼마나 입었겠는가. 저 꼴로 무식하게 동강내었으니 데미지를 입었겠지!

그 조각이 어디로 갔나 했더니만 교수 손에 들려 있을 줄이야. 까맣게 몰랐다. 위험한 줄 알면서도 왕자 놈이 태평하게 교수님에게 확인시켜 주라는 말을 했을 때부터 알아봤어야 하는 건데!

「히야. 비 맛이 좋다 하였거늘 성수로구나.」

비죽 튀어나온 뱀의 혀가 비에 축축이 젖었다. 말과 달리 성수가 닿은 혀에서 연기가 피어올랐다.

「그렇다면 너는 더욱 내 편이 되어야 한다. 나와 함께 새로운 세상을 열어라. 그리하면 너의 육신은 영원히 살 수 있다.」

간교한 뱀이 녹슬어 가는 혓바닥으로 유혹하고자 들었다. 선뜩함이 뒷목을 스치고 지나갔다. 정은규는 현혹되지 않으려 가까워질수록 아등바등 몸부림치는 뱀의 머리통에 일말의 고민 없이 단도를 푸욱 꽂았다. 머뭇거릴 시간이 없었다.

칼날이 단단한 비늘을 뚫고 여린 살을 갈랐다. 지독히도 생경하고 징그러운 감각이었다. 정은규의 턱이 이를 악물어 부르르 떨렸다.

팟!

그때 손잡이가 붉게 타오르며 따끔한 충격이 일었다. 도끼로 손목을 내리치는 듯한 아픔이 쏟아졌다. 정은규는 소리도 못 지른 채 손목을 감싸 쥐었다. 손목이 잘릴 듯 욱신거렸다.

머리통에 단도가 꽂힌 채 버둥거리던 뱀은 얼마 못 버티고 혀를 길게 빼고 눈을 까뒤집었다. 그러더니 이내 김현수의 모습으로 돌아가 축 늘어진다.

그 모든 광경을 두 눈으로 똑똑히 보았다. 뱀이 쓰러질 때까지도 정은규와 눈을 마주하고 있었기 때문이었다.

눈이 크게 떠진 정은규는 옴짝달싹 못한 채 굳어 있었다. 다가가서 김현수의 동공 반응을 확인하고 응급실에 데려가야 한다고 머리로는 아는데, 몸을 움직이지 못했다.

「교수님. 교수님 괜찮아요?」

초량의 목소리가 웅얼웅얼 울렸다. 귀에 제대로 들어오지 않았다. 흉측한 도깨비의 생김새 따위가 들어올 리 없었다. 정은규의 입술이 달달 떨린다. 손목이 아파.

"은규야."

이때 펑퍼짐한 수술복의 허리를 감는 팔이 있었다. 그 팔이 비로 축축이 젖었다. 먼저 거부하지 않는 이상 놓지 않을 단단한 팔이다.

정은규는 무심코 제 손을 들었다. 이 손으로 저 머리를 찔렀다. 뼈를 갈라 살점을 휘저은 감각이 손아귀에 선연하게 남았다. 안대영의 손이 금세 멍이 든 정은규의 손목을 부드럽게 감쌌다. 그것만으로도 통증이 가셨다. 동시에 불안이 가라앉고 위안이 고개를 들었다.

"확인만 하라니까. 다쳤잖아. 내 마음 아프게 만들 거야?"

귓가에 대고 안대영이 속삭였다. 촉, 하고 귀밑 턱에 젖은 입술이 달라붙었다. 몸이 바짝 붙어 있으나 비에 젖는 것은 안대영이 유일했다.

초량은 기절한 김현수의 생사를 확인하더니 비 웅덩이에 대강 던지고 이쪽으로 걸어왔다. 쿵, 쿵, 외발로 걸어올 때마다 지면이 울렸다. 손에는 비에 피가 씻겨 간 단도가 들려 있었다.

「받아라. 이 무서운 걸 아무렇지도 않게 교수님에게 주다니. 넌 진짜로 미친놈이다, 인정해.」

초량은 말하면서 머리카락 한 올 젖지 않은 정은규와 구멍 뚫린 듯 비가 쏟아지는 하늘을 올려다보았다. 쇳물에 설탕을 퍼부은 듯 비리고 단 비다.

「쯧.」

이제야 알겠다는 듯 혀를 찼다. 정은규는 비에 젖지 않았으나, 쫄딱 젖은 것처럼 희게 질린 얼굴로 안대영에게 체중을 실은 채였다.

「어쩐지 비가 뒈지게 오더라니, 성수잖아. 마리아가 교수님에게 축복을 내렸구먼.」

뜻에 따라 비는 여전히 내리고 있었다. 정은규를 제외한 모두가 푹 젖어 물과 같았다.

안대영을 돌아보며 달싹이던 정은규의 입술과 고개가 바닥으로 고꾸라진다. 기절은 아니었다. 정은규는 젖지 않은 제 슬리퍼와 반대로 물에 담가지다시피 한 안대영의 구두를 보고 입술을 감쳐물었다.

비 한 방울 묻지 않은 보송보송한 피부. 비가 살갗을 때리는 느낌은 났지만 젖지 않았다. 확인 사살이었다.

* * *

시간을 잠시 앞으로 돌린다. 잡았던 시간보다 수술이 일찍 끝나 치프에게 슈처를 맡기고 나온 정은규가 수술실 앞에서 대기하는 보호자에게 경과를 알렸다.

"혹의 크기가 작고 위치가 나쁘지 않아서 일주일 정도는 괜찮다고 말씀드렸었죠. 다행히도 일주일 사이에 크기가 커지지 않아서 금방 뗐습니다. 수술은 잘 끝났어요. 회복실로 옮겨 의식이 돌아오면 알려 드릴 겁니다."

"고맙습니다. 고맙습니다, 교수님."

"아닙니다. 그럼."

용건만 간단히 보고하며 인사하고 멀어지는 정은규는 싱숭생숭한 기분에 사로잡혔다. 이제 어떡하면 되지. 대영 씨를 만나면 되나.

주머니 속 한참 잠들어 있던 핸드폰을 꺼냈더니 부재중 통화가 열네 건이나 와 있었다. 박 교수부터 시작해 레지던트까지 연달아 와 있어 안대영에게 전화를 걸기 전 3년차에게 먼저 연락을 넣었다.

"나야. 응급 떴어?"

-아니, 그건 아니구요. 교수님 수술 끝나셨어요?

"어. 왜."

-교수님 수술하시는 사이에 난리가 났었어요. 김 교수님이 갑자기 이상한…… 아니, 발작 증세처럼 구셔서요.

"……뭐?"

-오는 사람도 다 밀치고 어디로 가셨는지 안 보이세요. CCTV상으론 19층에서 발견된 게 마지막인데 혹시 연락 안 되세요?

"무슨 소리야 그게."

-웬 남자한테 쫓기시던데, 보안 팀 부르기 전에 먼저 연락 드렸, 교수님? 교수님!

466 **발화** 上

좋지 않은 예감이다. 그러고 보니 조용히 서 있던 초량 씨도 어느새 없어졌지.

정은규는 주위를 확확 둘러보다가 일단 비상구로 뛰었다. 엘리베이터는 언제 도착할지도 모르고, 무엇보다 느려서 안 된다. 몇 층의 계단을 뛰어오르니 금세 숨이 턱까지 차 마스크를 끌어내리고 무거운 다리를 이끌었다. 19층. 옥상은 20층에 있다. 불길한 마음이 좀처럼 꺼지지 않는다.

손에 쥐고 있는 핸드폰이 징징 울린다. '대영 씨'로부터 걸려 온 전화였다. 정은규는 거친 숨을 토해내는 그대로 전화를 받았다.

-어디야.

"헉, 대영, 대영 씨는 어디, 어디세요. 허억."

-그만 뛰어. 야해서 듣기 좋긴 한데 숨넘어가겠다.

"허억, 헉…… 안 합니다, 하아."

-옥상으로 올라가는 중이지? 가서 아무것도 하지 말고 눈으로만 봐.

"하아……."

-확인하고 싶다며.

'하지만 신부님과 현수 선배에게는 직접 확인해 보고자 합니다.'

그랬었다. 양 무릎을 짚은 채 숨을 고르던 정은규가 끙차, 다시 상박을 세워 계단을 뛰어올랐다.

"장담은 못 하겠습니다."

-나도 말하면서 네가 내 말 들을 거란 생각 안 했어.

"……빨리 와요."

-금방 가. 늦지 않겠다고 했잖아. 자기, 내가 준 거 가지고 있지.

"예. 지갑과 단도 모두요. 돈은 안 썼습니다."

-왜. 쓰라니까 말 되게 안 듣네. 아무튼 무서워도 내 생각하면서 조금만 참고.

전화는 그대로 끊겼다.

그리고 정은규는 옥상의 참상을 마주했다. 끔찍한 몰골로 아등바등 초랑에게 잡힌 김현수를 말이다. 저를 보며 노란 눈을 빛내던 김현수는 제가 아는 '현수 선배'와 무척 거리가 멀었다. 정확히 모르는 사람, 아니 사람도 아니었다.

뱀. 나를 잡아먹겠다고 달려들던 무수히 많은 뱀.

'네가 죽인 거야.'

정은규의 일생을 그토록 괴롭히던 뱀이었다.

떨어지는 비가 정은규의 마음이라도 되는 양 아프게 살갗을 때리다가 멈추었다. 그러나 마음을 떨어트렸다고 해서 피가 되어 젖는 일은 없었다.

* * *

가지 굵은 나무에 누워 쉬고 있던 이무기는 아래에서 두런두런 들리는 대화 소리에 귀를 쫑긋 세우며 낮은 포복 자세를 취했다. 나뭇가지가 흔들리지 않도록 스스로 터득한 자세였다.

이 시간엔 영 왕자를 제외하면 도리천에 나오는 자가 없었다. 그런고로 밀담일 가능성이 높았다.

'대왕님이 왜 그러시는지 모르겠어, 나는 두렵단 말이야.'

'북산의 게이트를 열어 주라 하였다고?'

'그래. 영 왕자가 두렵지도 않으신 모양이다. 이를 어쩌면 좋으니.'

가려진 이파리 사이로 보이는 얼굴은 변성왕과 태산왕의 책사들이었다. 저들의 대화가 몹시 수상쩍었으므로 이무기는 기록할 만한 대체제가 없는지 주위를 두리번거렸다. 그러다가 위쪽 나무에서 흐르는 진액을 힐긋 살폈다. 저거면 되겠다.

'이계의 악귀를 허락 없이 데려오는 것으로 부족해서……. 아이코, 큰일이로구나.'

'나, 나는 분명히 죽임을 당할 거야. 영 왕자가 나를 살려둘 리 없어.'

'침착해라. 네가 한 짓이 아니었다고 소명하면 되는 것 아니냐.'

'그 미친놈이 내 말을 듣겠느냐!'

'쉬잇. 듣는 귀가 있을지 모르니 조용히 하렴.'

그 듣는 귀가 여기 있었다. 살금살금 몸을 일으킨 이무기가 붉은 새의 둥지에서 얄팍한 나뭇가지를 주워 진액을 묻혔다. 나무 몸통을 끌어안은 채 낙서처럼 대화 내용을 적기 시작한 이무기는 혹시 사각사각 스치는 소리라도 날까 숨을 흡 참았다.

'그런데 이무기가 무슨 힘이 있다고 악귀까지 끌어들여 없애려고 난리인 거지?'

제 이야기가 당연한 수순으로 이어졌다. 저들은 나의 이야기를 신이 나게 하면서 왜 나를 싫어하는 걸까. 대화 내용을 차곡차곡 정리해 기록하던 이무기가 쪼그려 앉아 무심히 아래를 내려다보았다. 이상하게 이무기는 저들이 밉지 않았다.

'대왕님은 어떻게든 영 왕자의 힘을 무력시키고 싶어 하셔. 상징적으로나마 있는 여의주를 없애려는 것이겠지.'

'하긴, 아홉 마리를 없앴는데 나머지 한 마리를 살려 두실까.'

'뿐만 아니라 염라께도 반기를 드시려는 모양인데…….'

염라에게 반기를 들어? 이 부분은 뱉고도 실수라고 생각하였는지 침묵이 이어지다가 황급히 다른 화제로 넘어갔다.

'그래서 게이트는 언제 열리고?'

'모레 유시. 도리천에 아무도 없을 때.'

예리한 방향으로 촉이 섰다. 모레 유시에 게이트가 열리면 이계의 악귀가 들어온다. 악귀를 부른 이유는 나를 없애기 위함이다. 그것을 지시한 자는 변성왕과 태산왕이며 이들은 나를 죽이고 영 왕자의 힘을 무력화시킴과 동시에 염라의 자리까지 넘보고 있다.

엄청난 내용이었다. 진액으로 괴발개발 기록된 내용이 짙은 색의 글씨를 만들어 내었다. 꼴깍 마른침이 넘어갔다.

목숨이야 하루 이틀 위협받는 게 아닌지라 의외로 현실감 있게 와닿지 않았다. 그러나 신경이 쓰이는 것은 영 왕자의 힘을 무력화시키려 나를 죽이려 든다는 논리였다.

나는 그저 태어났을 뿐인데……. 왜 다들 나를 못 잡아먹어 안달일까.

'숨바꼭질 좋아해?'

대체 언제 왔는지 기척 없이 나타난 영 왕자로 인해 화들짝 놀란 이무기는 팔을 허둥지둥 휘젓다가 그를 바락 껴안았다. 그 바람에 잎사귀가 시끄럽게 흔들리며 들려오던 대화 소리가 뚝 멎었다.

들켰을까. 들켰을 거다.

가슴이 뛰어나갈 것처럼 두근거려 홉뜬 눈이 영 왕자에게 다급하게 닿았다. 이를 어떡하면 좋습니까.

두 눈에 다급함이 잔뜩 묻어 어쩔 줄 모르는 이무기를 내리깐 시선으로 보던 영 왕자가 코웃음 치며 바로 위 새 둥지를 검집째로 퍽 쳤다. 갑작스러운 습격에 자고 있던 붉은 새가 괴성을 지르며 푸드덕 날아올랐다. 아래에서는 새가 날아드느라 낸 소음으로 받아들였는지 주위를 살피다 급하게 자리를 떴다.

'이제 됐어?'

빼꼼히 아래를 내려다본 이무기가 천만다행이라며 제 가슴 대신 끌어안고 있는 영 왕자의 등을 쓸어내린다. 뭐가 무서워서 이래? 졸지에 애 달래듯 등이 만져진 영 왕자는 기가 막힐 따름이었다.

'놀랐습니다. 들킨 줄 알고요.'

'들키면 뭐. 내가 쟤네한테 질까 봐?'

'밀담이었습니다. 여기 보세요, 제가 기록해 두었습니다.'

'나도 귀 있어.'

'예?'

'들었다고.'

'아……'

올려다보는 시선의 물음이 이리하였다. '그런데 어째서 살려 두십니까?'. 영 왕자는 엉망진창으로 적힌 나무의 기록을 보다가 이무기를 허벅지 위에 앉혔다.

'일 두 번 하는 건 덜떨어진 것들이나 하는 짓이니까. 잘됐네, 심심하던 차였는데.'

답지 않은 행동이었다. 평소 행실로 볼 때 저 자들은 당장 목이 잘려 쇠꼬챙이에 꽂혀 달구어져야 마땅하였다. 자비를 베풀 줄 모르는 신이 아니었던가. 그 눈에 묻은 질문을 낚아챈 영 왕자가 이무기의 살 없는 볼을 매만지다 뽀뽀를 하고 떨어졌다.

'너랑 있는 시간 방해받기 싫어서 내버려둔 거야.'

'……제가 그리 좋으십니까.'

'싫으면 이 시간에 여길 왜 와. 그러게 씨발, 열한 번째 지옥으로 가자니까 왜 여기서 이 지랄을 겪고 있어.'

씨발이니 지랄이니 이무기는 좀처럼 알아들을 수 없는 이승의 언어였다. 그러나 대강의 뜻은 파악할 수 있었다. 저건 욕이다. 욕은 짜증이 나거나 화날 때 쓴다. 그리고 이무기가 아는 영 왕자는 제 앞이 아니라면 대부분 짜증이 잔뜩 나 있는 상태였다.

'시왕의 명령이기에 어쩔 수 없습니다.'

'그놈의 시왕은 씨발……. 전부 쳐죽일까?'

또 욕을 한다. 뒷말은 무척 진심처럼 느껴져 이무기가 작게 도리질 쳤다. 저를 위해 피바다를 만드는 것은 원하지 않았다. 착해 빠졌어. 영 왕자는 애정을 담뿍 담아 이무기의 부드러운 머리칼을 어루만졌다.

'저번에 말했던 거 잊지 않았지. 널 아무도 찾지 못하는 곳에 숨길 거라고.'

'잊지 않았습니다.'

'미룰 만큼 미루려고 했는데 한계가 오네.'

'저를 어디로 숨기시려는 겁니까. 열한 번째 지옥입니까?'

'아니. 이딴 데 숨길 거면 말도 안 꺼냈어.'

'그러면요?'

씩 웃기만 하면서 눈꺼풀과 콧방울에도 입술을 붙였다 떼어낸다.

'있어. 나만 아는 곳.'

그곳이 어디입니까, 묻고 싶었지만 꾹 참았다. 제가 책사들의 대화를 엿들은 것처럼 어디서 이 대화를 듣고 있을지 모르는 일이었다.

'우리가 금방 만날 수 있는 곳인가요?'

그래서 살짝 우회해 물었다. 묻는 내내 영 왕자가 입술을 잘근잘근 깨물어 댄 탓에 발음이 뭉개졌다. 축축한 혀가 말랑한 입 안을 훑는다. 뜨겁고 단 혀.

'글쎄. 하지만 빨리 만나도록 노력할 거야.'

쉬운 방법이야 있다. 당장 이 나무에서 내려가 보이는 족족 독을 묻힌 검으로 머리를 잘라 못 속에 처넣으면 이 드넓은 지옥에서 호의호식 하며 살 수 있다. 순리와 섭리 따위야 알 게 뭔가. 착해 빠진 이무기가 싫다고만 하지 않았으면 명부는 진작 파탄 났을 곳이다.

내가 배려하는 사랑이라는 건 이딴 식으로 극단적이라서 실상을 알 게 되면 버티지 못할 거야. 그러니까 모른 채 살아. 그러다 보면 자연스 럽게 깨닫게 돼. 내가 널 얼마나 사랑하고, 너에게 얼마나 집착하는지. 깨닫게 되면 도망칠 수 없을 지경이 되겠지만, 널 봐주는 게 내가 할 수 있는 최대한의 인내야.

'입을 다시 맞추고 싶습니다.'

'눈 감고 맞출까, 뜨고 맞출까.'

'이렇게…… 제 얼굴을 감싸고, 눈을 뜨고 저를 보면서, 그리 입 맞춰 주세요.'

'미치겠네.'

어디서 이런 건 터득해서 돌게 만든단 말인가. 한 손에 반절 넘게 덮이는 작은 얼굴을 가졌으면서, 조금 더 예뻐해 달라고 비비적거리는 애교에 속이 녹아 버리겠다. 날카롭게 뜨인 눈이 감지 않은 채 서서히 내려가 코와 코를 비볐다. 하아. 슬쩍 각도를 빗겨 깃털처럼 입술 위를 쪼았다 떼었다. 헤 벌린 입술이 곧장 따라오다가 아쉬움에 입맛을 다셨다.

그대로 입 맞춰 주는 줄 알았는데 애태우는 바람에 손바닥에 땀이 맺힌다. 이무기는 영 왕자의 옷깃을 꼬옥 잡은 채 호선을 그린 입가에 입술을 살포시 가져다 대었다. 할 줄 아는 유혹의 연장선이었다.

'나를 잊지 않겠다고 약속해.'

폭풍에 감돈 눈이 진심을 담고 있었다. 날 잊지 않겠다고, 네 입으로 직접 말해.

얼굴이 감싸진 이무기가 속눈썹을 내리깔았다.

'약속은 못 합니다. 저는 수많은 변수를 겪어 왔으니까요. 하지만…… 설령 잊는다 하여도 다시 떠올릴 겁니다. 상대가 영 님이니까요.'

참으로 이무기다운 대답이었다. 이런 대답을 듣고도 죽이고 싶다는 분노보다 사랑스럽다는 감정이 우선적으로 드는 걸 보니, 역시 난 네게 모든 걸 다 걸었다고 인정할 수밖에 없다.

'제가 영 님을 믿지 못한다고 하여 실망하셨습니까.'

'별로.'

'믿지 못하더라도 사랑은 영 님만 합니다.'

'그건 나 갖고 노는 건데?'

'……그건 아닙니다. 그게 절대 아닙니다. 갖고 놀다니요. 저는 제 심장을 꺼내 영 님께 드릴 수도 있습니다. 얼마든지요. 그러니 그런 말씀은 마세요. 영 님의 욕은 무섭지 않지만, 그런 말은 무섭습니다.'

'눈 감아.'

당황한 이무기가 눈을 꾹 감자마자 거칠게 입술이 비벼지다 포개졌다. 급작스러운 탓에 숨이 모자라 어깨와 가슴을 다급하게 두드릴 만큼 격정적인 입맞춤이었다. 입술과 입술 사이 빠지는 공기가 없다. 타액이 아무렇게나 넘쳐 턱을 타고 흘렀다.

분풀이와 애정이 어중간한 비율로 섞인 압박적인 입맞춤이었다. 입술을 떼자 하아, 하아, 숨을 몰아쉬는 이무기의 얼굴이 빨갛게 달아올랐다.

'나는 네가 그런 말 할 때마다 여기가 저려.'

영 왕자가 심장을 콕 집어 가리킨다. 저만 아픈 줄 알았던 심장의 증세가 영 왕자에게도 있다니.

'그러니까 다른 새끼들한테는 절대로 그러지 마.'

'예.'

'넌 나만 알아야 해. 나만 사랑해야 하고. 나만 생각해야 하고.'

'……이미 그러고 있습니다.'

이파리가 한차례 크게 흔들렸다. 다시금 입을 맞출 때는, 조금 전보다 덜 거칠었다. 애먼 곳에 화풀이하지 않겠다는 다짐처럼 느껴졌다. 이무기는 영 왕자의 등을 바투 끌어안았다. 티 없이 부릴 수 있는 소유 욕구였다.

* * *

"병원에서 유명한 곳입니다. 봄이 되면 벚꽃이 예쁘게 흩날리거든요."

뜨겁다시피 데워진 캔 커피를 안대영에게 넘긴다. 비에 쫄딱 젖어 차에 상비하고 다니는 운동복으로 갈아입고 온 안대영이 캔 커피를 목덜미에 대고 마사지하듯 느릿느릿 문질렀다. 피부가 찼다.

후드 티에 트랙 팬츠, 운동화까지. 아무리 봐도 저보다 어려 보이는 안대영은 사실 정은규보다 한참 나이가 많았다. 동갑은 이승에서의 허울 좋은 구실일 뿐이다. 이 사실을 처음부터 알았다면 거북하게 들렸던 반존대가 기분 나쁘진 않았을 텐데.

바삭바삭 마른 머리칼을 쓸어 넘긴 안대영이 담배를 입술 새에 끼워 물다가 아 씨발, 하고 성가신 눈을 했다. 좆같은 병원. 좆같은 금연 구역. 눈에 그리 쓰여 있는 듯했다.

둘이 서 있는 곳은 주차장에서 내려오다 보면 있는 쉼터였다. 나무 밑동이 잘려 있는 휴식처. 젖었던 땅은 바람으로 인해 말라 떨어진 낙엽에 물기가 맺혔을 뿐이었다. 물기 없는 의자에 엉덩이를 붙인 정은규가 손 안에서 캔 커피를 굴렸다.

"정리가 필요합니다."

"어디서부터."

"아까 봤던 초량 씨의 모습은 원래의 모습인가요?"

"어. 존나 못생겨서 놀랐지."

"딱히 그렇진 않던데요. 놀라긴 했지만 못생기진 않았습니다."

초량이 들었더라면 감격하여 바둥바둥 껴안고 놓아주지 않을 테다. 정 교수 앞에서 본모습을 보인 것이 민망하고 겸연쩍다며 자리를 피했다는 사실을 모르니 하는 소리겠지.

"너는 눈이 어디 달린 거야. 이 병원에 안과 있지? 가서 검사 좀 받아 봐."

"어쨌든 제 의견은 그래요. 그리고 다음은 현수 선배인데…….."

주제가 나오자마자 한숨이 깊게 새어나왔다. 단전에서부터 끌어 올린 한숨이 겨울에 흐트러졌다.

"선배는 어떻게 되는 겁니까."

"빈 몸이 되었지. 악귀가 들어왔다 나갔으니 동시에 눈이 완전히 뜨였고."

"빈 몸이요."

"작정하면 아무나 그 몸에 들어갈 수 있다는 뜻이야. 걔는 원래 그렇게 태어났어."

기절한 김현수는 응급실에 실려 갔다. 가벼운 뇌진탕 소견이 있었으나 그 외의 의학적인 문제가 없는 터라 수액 처치를 받고 쉬는 중이었다. 어쨌든 깨어나는 것은 본인의 의지다.

안대영도 알고 있다. 김현수가 정은규에게 어떤 의미의 사람인지. 친구 하나 없이 세상을 버티던 무딘 사람에게 손을 내밀어 주었던 동료. 뱀이든 뭐든 간에 그 머리통에 칼을 꽂았다. 정은규가 이 정도의 컨디션을 유지하는 것만으로도 기적이다. 알아. 머리론 아는데.

"이건 널 위로하려고 하는 말이 아니라, 그 새끼는 원래 무당 짓으로 먹고 살 팔자야. 대대손손 무당 팔자를 타고 났는데 여태 신을 받지 않아서 그 꼴이 난 거지. 살려면 눌림굿을 주기적으로 받았어야 했는데 좆까라고 뻐겼으니 잡아먹히지 않고 배겨? 그게 싫었으면 신을 받…… 씨발. 내가 이딴 말을 왜 하고 있는 건지."

구구절절 길기도 하다. 안대영은 저답지 않은 행동에 욕설을 짓씹으며 애꿎은 돌멩이를 걷어찼다. 데굴데굴 굴러가 수풀 어딘가에 처박힌 돌멩이가 정은규처럼 보여서 기분이 배로 좆같아졌다.

"……앞으로 멀쩡히 살아갈 순 있을까요."

"그걸 의사 양반이 나한테 물어보면 어쩌자고."

"그러게요. 제가 의사네요. 넋이 나갔나 봅니다."

"아, 좆같네 진짜. 은규야. 정신 안 차려."

험한 말이 나가게 만들어, 왜. 정은규의 어깨를 부여잡은 채 허리를 숙인 안대영이 얼굴을 가까이 들이밀었다.

"내가 너 처음 만났을 때부터 정신 차리라고 줄곧 얘기했었지. 그것도 몇 번이나."

"……"

"네 기분 모르지 않아. 이해 안 하는 것도 아니야. 근데 네가 만든 기분에서 그만 빠져나와. 살았잖아. 어? 그거면 됐지, 땅굴은 왜 파. 그런다고 뭐가 도움 되는데. 넌 너만 생각해."

캔 커피를 내려다보던 눈꺼풀이 슬그머니 들렸다. 마주 보는 시선에 넋이 나가지 않아 다행이었다.

"……맞아요. 도움 안 됩니다. 대영 씨가 있어서 제가 살 수 있는 거잖아요. 혼자 있을 때 이런 일에 부딪혔더라면 나는 분명히 무너졌을 겁니다. ……그냥 잠깐, 잠깐 괴로웠어요. 잠깐. 신경 쓰였다면 미안합니다."

정 교수는 정이 많다. 보통 사람을 예로 들었을 때보다는 적은 편에 속했으나 안대영의 기준에선 상당히 과했다. 본인을 최우선으로 두고 살아도 부족할 판에 그깟 새끼 걱정은 왜 해 줘.

백 퍼센트 맞는 연인 관계란 있을 수 없는 법이지만, 고작 이런 일로 언성을 높이기 싫어 생각을 정리할 때까지 기다려 주었다. 나에게서 인내를 이끌어 내는 것만으로도 널 얼마나 사랑하는지 알아줬으면 하는데.

"너 때문이 아니야. 자책하지 마. 살기 위한 방어였다고 여겨."

"어떻게 보이는지 모르겠지만…… 자책 안 해요. 그 정도로 무르진 않았습니다."

정리가 끝이 났는지 도리질 치면서 안대영의 어깨를 끌어안는다. 정은규는 본인만의 틀이 있다. 그 안에서 스스로 이해하고 해답의 방향을 찾기 전까지 시스템의 로딩이 걸렸다.

어정쩡하게 안긴 안대영이 정은규를 일으켜 등허리를 제대로 안았다. 토닥, 토닥. 아기 어르는 듯 두드려주는 손길이다. 정은규는 안대영의 어깨에 콧날을 파묻었다.

"내가 한 말에 상처 받았어?"

"아니요."

"난 돌려 말할 줄 몰라. 쓸데없이 호의 베푸는 것도 못 해 먹는 성격이고. 그래서 내 말과 행동에 상처 받았던 적도 있을 거야. 그게 진심이 아니라고도 못 하겠어."

"……."

"그래도 지금처럼 착한 정 교수가 나를 견뎌."

이를테면 애교 같은 것일까. 아니면 부탁일까.

뭐든 굽히고 들어오는 안대영은 적응이 안 된다. 이기적임을 받아달라는 건방진 청혼이 싫지 않다. 정은규는 푹신하고 도톰한 후드 티에 포옥 감싸인 채 안식을 얻는다. 달달한 체향을 맡으며 안겨 있는 동안 바닥까지 내려갔던 게이지가 점차 차오르는 듯 정신이 맑아지고 매가리 없던 체력에도 힘이 실렸다.

"손목은 좀 어때."

"괜찮아요."

"수술한다는 사람이 손을 그렇게 함부로 쓰면 어떡해. 하지 말라는 짓은 하지 마. 그러다 개작살 나면 내 마음 찢어져."

개작살이라니……. 제가 한 거라곤 차려진 밥상에 숟가락만 얹은 수준이었다.

만약 초량의 팔에 독이 퍼지지 않았더라면 자신도 끼어들 자리가 아님을 알고 얌전히 확인만 했을 수도 있다. 그것이 안대영의 부탁이었으니까. 하지만 썩어 버릴 것처럼 새까맣게 물드는 초량의 팔을 보았을 때 정은규는 앞뒤 가리지 않고 달려들었다.

나 때문에 더는 누군가 아프지 않았으면 좋겠다. 그리고 안대영에게는 미안하지만, 같은 일이 두 번 일어나지 않으리라는 확신이 없었다. 언제고 비슷한 상황이 일어난다면 정은규는 또다시 그리 할 것이기에.

"뱀은 죽은 겁니까."

"아쉽게도 아니. 도망갔어. 그 새끼가 교수님이 그렇게 나올 줄은 몰랐나 봐, 공격까지 했던 걸 보면. 자기 센데?"

손목이 아팠던 이유를 농담 섞어 설명한다. 섬세한 배려였다.

"제가 센 게 아니라 대영 씨가 준 단도 덕분인 거잖아요. 어디로 도망갔습니까."

정은규도 참 정은규였다. 요만큼의 공치사도 허락하지 않았다.

"어디겠어. 베드로밖에 더 있나."

가벼운 말투였다. 안대영이 가볍게 굴었기에 정은규도 무겁게 달려들지 않았다.

"초량 씨는요. 괜찮습니까?"

"걔 멀쩡히 살아 있으니까 우리 얘기나 하는 건 어때."

빈정 상한 입매가 비틀렸다. 정은규가 다른 이를 걱정하는 것이 좆같아서 살려 놓은 목숨들을 죄다 끊어 버리고 싶다. 그러면서도 정은규가 살며시 옷깃을 잡거나 곁에서 의지하고자 하면 기꺼이 품을 내주는 게 안대영이었다.

놀아나는 것도 정도가 있지. 씨발, 간 쓸개도 죄다 퍼 주게 생겼군.

"지금이 봄이었으면 좋았을걸요."

"왜."

"여기. 벚꽃이 정말 예쁩니다. 대영 씨와 함께 봤더라면 참 좋았을 텐데 아쉽네요."

"그래. 은규 꽃 좋아했지."

"알레르기가 있지 않은 이상 꽃 싫어하는 사람은 잘 없습니다. 저도 보는 건 좋아하지 이름까지 외우고 다니진 못해요. 잘 모릅니다."

네가 손에 풀물을 들이며 만들어 주었던 꽃다발이 발밑에 밟혔던 날을 떠올린다. 기억의 일부분이 지워진 내가 네 흔적을 모조리 치우겠다며 날뛰었던 핏빛의 밤이었다. 나는 그때의 나를 죽이고 싶다.

"부탁이 있어."

"말씀하세요."

"내일부터는 나하고만 있어 줘."

"아. 내일 목요일이죠. 그러겠습니다. 오늘 병원에서 나가니까…… 스케줄 짠 것 있습니까."

"있지."

"설마 데이트요?"

"그러고 보니 제대로 된 데이트 한번 못 했네. 데이트 할까?"

여전히 간지러운 단어임은 분명하다. 슬쩍 안대영을 밀어낸 정은규가 살짝 식은 캔 커피를 이 손에서 저 손으로 넘겼다.

"차차 코스 짜 볼게. 그전에 가 볼 곳이 있긴 해."

"어딘데요."

"정 교수 화풀이 할 곳."

"화풀이라면……."

"자기도 베드로 멱살은 잡아 봐야지."

그랬다. 김현수로 인해 가득 찬 상념은 차차 화로 변질되었다. 이렇게까지 상황을 만든 자에 대한 화. 그래 봤자 안대영에 비하면 새발의 피 수준이었으나 베드로 신부를 만나 묻고 싶은 것이 산더미 같았다.

이런 것들을 미리 파악하고 데려다주려는 눈치야말로 대단하다고 여긴다. 이 남자는 언제부터 나를 사랑한다는 이유 하나로 성질을 눌러 가며 견뎠을까.

"퇴근 시간까지 병원에 있을 거야, 아니면 바로 나갈 거야. 난 되도록 후자였으면 좋겠는데."

"……전자면요."

"음."

실은 아까부터 핸드폰이 울리고 있었다. NS는 전화가 안 된다는 푸념조의 응급의학과를 떠올린다. 그럴 만했다. 실려 오는 응급 환자의 대다수가 신경외과의 도움을 받아야 했고 일손이 절대적으로 부족하니까. 지금도 레지던트들이 후다닥 뛰어갔을 것이다.

살며 어쩔 수 없는 것들이라는 게 있다. 일의 순서를 결정짓는 찰나의 순간이 몸에 밴 행동대로 이끌리는 것. 그리 하지 않으면 견딜 수 없어지는 것들.

"가. 퇴근 때까지 기다릴게."

뒤도 안 돌아보고 뛰어갈 기세로 굴 거라 예상했으나, 입술에 닿은 따뜻한 촉감에 안대영의 눈썹이 짝짝이로 휙 들렸다. 사회적 위치를 중요시하고 날을 세우기로 유명한 정 교수가 일터에서 입을 맞춰 온 것이었다.

물론 키스라고 할 것까지도 없는 뽀뽀의 선이었으나 그 어떤 고백보다 강렬해 안대영은 안면 근육이 죄 굳어 버린 듯 얼떨떨하게 정은규를 내려다보기만 하였다. 애들 장난 같은 뽀뽀가 안대영에게는 치명적인 독이었다. 그것도 모르면서 정은규가 후드를 씌워 주었다.

"멀리 가지 말고 근처에 있어요. 해결하고 나서 전화할게요."

잠깐만, 가지 마. 미련 없이 떠나려는 손목을 잡아당겨 얼굴을 감싸고 입술을 겹쳤다. 쓰고 있는 후드가 각도를 비틀 때마다 정은규의 옆얼굴을 보드랍게 터치했다 떨어졌다.

정은규의 입 안은 뜨거운 여름 같다. 작열하는 뜨거움이 혀끝까지 배어 입 안에서 살라면 기꺼이 그러겠노라 옷을 벗어던질 만큼 더웠다. 축축한 애정이 하체까지 뻗어져 성기의 윤곽이 바지 위로 잡힐 즈음 안대영은 정은규의 얼굴 여기저기에 촉촉한 입술 도장을 남겼다. 할 수 있다면 이마부터 죄다 빨아먹고 싶었다.

"아무래도 머리가 이상한 쪽으로 돈 것 같아."

"돌진 마세요. 자칫하면 저한테 진료 받아야 하는 케이스일 수도 있습니다."

"정 교수가 주치의면 나는 환영인데?"

"무서운 소리도 하지 마시고요. 갑니다."

고무 슬리퍼를 신은 발에 모터가 달린 듯 뛰어가는 정은규가 흡사 부끄러움에 사로잡힌 도주자처럼 보였다. 아. 존나 감당 안 되네. 입술 선을 덧그려 보다가 온기가 남아 있는 캔 커피를 후드 티 주머니에 넣은 안대영이 허탈하게 웃었다.

휘둘리는 건 딱 질색이라고 생각했었는데, 쟤 앞에서 그딴 건 필요 없어진다. 정은규야말로 불가항력이었다.

정은규의 모습이 완전히 사라졌을 때 안대영은 후드를 벗었다. 이곳에 저 말고 다른 이들이 있었다.

"나와."

허공에 대고 불렀을 뿐인데 어딘가에서 초량을 비롯한 도깨비 두 마리가 눈치를 보며 살금살금 튀어나왔다. 이량과 삼량이었다. 우두머리인 초량을 제외한 56명의 도깨비들은 도깨비 량(魎)자 앞에 숫자를 붙여 이름을 지었다. 숫자는 탄생의 순서대로 붙인다. 독니에 물린 초량의 팔뚝은 깨끗한 붕대가 둘둘 감겨 있었다.

"요즘 것들은 이래서 안 된다니까? 공과 사를 구분하질 못하니 일터에서 입이나 맞추고 자빠졌어!"

그 입맞춤을 모조리 훔쳐보았으면서 당당하게 면박을 준다. 상기된 볼을 보아 못생기지 않았다는 정은규의 말을 들은 모양이었다.

"하나만 해. 지랄을 하든지 감격해 뒈져 버리든지."

"가, 감격하긴 누가! 그저 의외의 반응이라 노, 놀랐을 뿐이지. 나는 교수님이 징그럽다고 도망갈 줄 알았단 말이다!"

어쭈. 말까지 더듬고. 같잖다는 눈길에 초량이 흠, 흠흠, 흠흠흠, 어수선하게 콧방귀를 꼈다.

이량과 삼량은 오랜만에 인간들의 터에 내려와 신이 났는지 현신한 상태로 붕붕 뛰었다. 저래 보여도 원래의 모습으로 되돌아가 큰 힘을 쓰다 팔에 독까지 퍼진 우두머리가 걱정되어 치료차 내려온 것이었다.

그러나 현신의 비주얼은 엉망이었다. 수염이 덕지덕지 난 덩치 큰 성인 남자의 모습으로 저러고 있으니 오면서 먹은 샌드위치가 얹히는 듯했다. 안대영은 참을 인자의 한 획이 그어지기도 전에 캔 커피로 찍어 죽일 듯 흉흉한 기색을 내보였다.

"정신 사나우니까 가만히 있어."

둘은 즉시 안정을 되찾았다.

"그래. 흠. 비린내 나던 놈은 냄새가 안 나더구먼. 신부에게 도망친 듯하다. 그러니 하나는 해결했고, 우리의 다음 일은 무어냐."

"오늘 밤 석호랑 민혁이가 귀환서 들고 명부에 갈 거야."

"에엥? 무엇을? 어떻게? 왜? 이왕이면 육하원칙으로 상세히 말해라. 너는 좀 그래야 돼."

식은 캔 커피가 후드 주머니에서 불룩하게 튀어나와 아래로 처졌다. 아이코. 무심결에 자지인 줄 알았네. 초량은 못 본 척 코밑을 긁었다. 저놈 자지가 실하긴 하다만.

"너 잘하는 짓 하라고, 나불대는 거. 북산으로 유인해."

"허어. 대상은?"

"가릴 것 있나. 다 개새끼들인데."

사람만 심리전이 통하는 게 아니다. 인외 존재도 충분히 정신적으로 괴롭히다가 숨통을 끊으면 짜릿한 맛이 두 배였다. "저놈 저거 이 동네 말로 새디스트 그런 거 아닌가." 삼량이 몹시 감탄하여 이랑에게 속닥거렸다. 다 들리는데 딱히 틀린 말은 아니라 욕까지 퍼붓진 않았다.

"실컷 떠들다 25일 전에 나와. 게이트 닫을 거야."

"들었다, 이 또라이야. 온화하기 짝이 없는 평등왕을 어떻게 요리한 거냐, 대체."

"할 말 끝났어. 꺼져."

"흥! 꺼지지 말라고 해도 자알 꺼질 거다! 넌 인제 뭐 할 건데!"

양손을 바지 주머니에 꽂은 채 언덕바지를 내려가던 안대영이 지나가는 말로 대답했다.

"정 교수 퇴근 기다려야지."

어이가 절로 없어지는 대답이었다.

안대영은 뒤 한번 돌아보지 않고 저벅저벅 내려가다 물기 맺힌 노란 들꽃 앞에서 멈칫해 한동안 내려다보았다. 들꽃은 한겨울에도 꿋꿋이 피어 홀로 머리를 쳐들고 있었다.

그가 허리를 살짝 굽힌다. 꽃에 뭐가 쓰여 있기라도 한가 싶었다. 아니면 꽃이 말을 걸었는가? 그런데 망부석처럼 서서 보다가 거지같다 싶었는지 뿌리째 뽑아 휙 버리는 게 아닌가. 지켜보던 도깨비 식구들은 혀를 내둘렀다. 이번에 감탄한 자는 이랑이었다.

"인간이 되긴 무슨. 사이코야, 사이코."

아름다운 인성에 박수라도 칠 기세였다. 뿌리 한 가닥까지 모조리 뽑힌 들꽃이 풀밭을 나뒹굴었다.

＊ ＊ ＊

"신부님. 편찮아 보이시는데 들어가시겠어요?"

안색이 좋지 않은 베드로 신부에게 보조 사제가 다가가 물었다. 베드로 신부는 최근 구마 의식을 행하지 않았다. 몸 상태가 좋지 않다는 이유에서였다. 아무래도 저번 구마 의식 때 어지간히 강한 충격을 받았으리라 짐작한 보조 사제가 휠체어를 끌고 왔다.

"그래. 아무래도 들어가야겠다."

사양 않고 휠체어에 앉은 베드로 신부가 식은땀이 나는 이마를 훔쳤다. 몸이 비정상적으로 좋지 않을 경우 대부분 악마의 소행이었다. 대표적인 증상은 뭉치고 뭉친 목소리들이 내면을 뚫고 피부 위로 두드러기처럼 올라가거나 멍 자국을 몸 곳곳이 내었다. 피를 토하기라도 하면 그 핏덩이들이 꿈틀거리며 기이한 음성을 내보이기도 했었다. 이외 종류는 가지각색의 형태로 몸에 드러났다.

"침대에 눕혀 드릴까요?"

"아니다. 필사 좀 해야겠어."

"그러면 차를 한잔 내오겠습니다."

"그래 주련? 아이고. 크리스마스가 다가오니 내 몸도 난리가 아니구나."

뭐라 말하려 입술을 달싹이던 보조 사제는 입을 다물었다. 다만 차를 타러 다녀올 뿐이었다. 녹차 티백이 담긴 찻잔을 둔 보조 사제가 조용히 문을 닫았다.

책상 앞에 앉아 떨리는 손이 만년필을 집었다. 속에서부터 자글자글 끓는 악마의 속삭임이 기침을 만들어 냈다. 쿨럭, 쿨럭! 연거푸 피 섞인 기침을 쏟아 낸 베드로 신부가 숨을 깊게 들이쉬었다 내쉬었다. 색색거리며 내쉬는 폐 소리가 평소보다 컸다.

"……."

시이잇— 시잇—. 날파람이 문틈에 고였다가 퍼진다. 불 피운 향초가 위태롭게 흔들리자 베드로 신부가 만년필을 내려놓았다. A4 크기의 노트가 단정한 글자로 빼곡하게 채워져 있었다. 베드로 신부가 마음을 가다듬기 위해 이어 온 습관 중 하나인 성경 필사 자국의 흔적이었다.

집중해 필사할 동안 몸 상태는 놀랍도록 괜찮아졌다. 이런 것 또한 주의 은총이라고 보아야 하는가. 안타깝게도 아니라는 확신이 섰다.

사뭇 바람이 불었다. 이번엔 신부의 이맛살에 닿았다가 떨어져 나갔다.

몸을 타고 올라온 개미가 귓속에 한 마리, 두 마리, 세 마리, 열아홉 마리, 쉰 두 마리……. 더는 셀 수 없을 만큼 줄지어 고막으로 달려들었다. 무심코 귀 한쪽을 틀어막자 반대쪽 귀에서 손톱만 한 거미가 동굴을 통과하듯이 빠져나왔다. —시시시식. 바닥에는 등딱지가 꺼먼 벌레들이 우르르 떼 지어 기어 다녔다. 창이 파들파들 떨린다.

「파멸의 문이 열리노라…….」

음성의 근원지 앞으로 다가갔다. 〈최후의 심판〉 앞이었다. 벽화가 기이하게 꿈틀거렸다. 마치 죽음을 앞둔 뱀의 몸부림과도 비슷한 모양새였다.

인간 놈이 대영이에게 존재를 들켰구나.

이것은 신호였다. 꾸물꾸물, 하단에 그려진 악마들이 생동감 넘치게 움직였다. 울부짖는 자들을 낚아 배에 태워 그 살과 피를 탐해 힘을 얻었다. 아그작 아그작 씹어 먹는 육체가 다디단 표정이었다. 말라비틀어진 예수가 괴로운 듯 신음하자 악마는 암브로시아라도 마신 양 더더욱 활개치고 다녔다.

「네게 나의 목소리를 들려주니 그것이 곧 힘이요.」

「나는 그 자체로 새로운 세상이고 젖과 꿀이 흐르는 강이리라.」

손바닥에 거센 통증이 일어 악 소리도 내지 못하고 다른 손으로 부여잡았다. 그러나 보이지 않는 힘에 의해 맞잡았던 손이 떨어져 벽화의 오른쪽에 가서 달라붙었다. 몸 또한 벽화로 이끌린다. 등이 세게 부딪쳤다.

움직이지 않는 왼손과 더불어 오른손도 타악—! 수평으로 뻗었다. 손바닥이 보이는 방향이다. 십자가에 못 박힌 예수의 모양새였다. 베드로 신부의 머리 위는 생기 넘치는 예수와 성모가 그려져 있다. 주변으로 나팔을 부는 천사들과 구원을 원하는 자들이 구름 떼처럼 몰려들었다.

쾅. 쾅. 쾅.

탕. 탕. 탕.

못이라도 박힌 듯 구멍 난 손바닥에서 새빨간 피가 줄줄 흘렀다. 귓속에 못질하는 소리가 고통스럽게 울려 퍼졌다.

탕. 탕. 탕.

이번엔 일자로 모아진 발목에 고통이 일었다. 통증의 강도가 상당히 강하였다. 누군가 우악스럽게 다리를 잡은 채 못 위로 정을 두드려 뼈를 뚫었다.

베드로의 얼굴에 고통이 어렸으나 신음 하나 내지 못했다. 혀가 뽑혀 버린 듯 안으로 돌돌 말렸다. 머리 위 예수가 웃고 있는 듯하였다. 그가 웃으면서 말하였다.

「변절자며 위선자로구나. 너에게 내가 내릴 자비는 없다. 너는 나를 세 번 부정하였으나 그것으로 끝이 아니었지 않으냐.」

"끄윽, 구원을…… 구원을 해 주십시오, ……구원을…….''

「여전히 거짓말을 하고 있어. 너는 여전히 나를 부정한다.」

"주여, 그렇지 않습, 끅, 않습니다…….''

완벽한 십자가의 형태로 묶인 베드로 신부가 힘겹게 고개를 들었다.

동그랗게 말린 듯한 어벙한 발음이 툭, 툭 튀어나갔다. 주여, 어찌하여 그런 말씀을 하십니까.

또 내가 네게 이르노니 너는 베드로라 내가 이 반석 위에 내 교회를 세우리니 음부의 권세가 이기지 못하리라 (마16:18)

사도 베드로. 주의 복음을 전파하고 유구한 믿음을 이어 왔다고 하나, 진즉 본질을 간파한 마리아가 억겁의 회귀를 거친 그를 저주받은 성당에 가두게 하였다. 무수히 많은 세월이 지나는 동안 구원의 대상에 시몬 베드로의 이름은 없었다.

그는 변하지 않았다.

'새로운 세상을 원한다.'

변한 척했을 뿐이었다.

'그리하여 내가 왕으로 거듭날 것이다.'

인간의 내면이란 참으로 간사하기에. 결코 변하지 않는다.

끼기기기긱. 쇠 위를 손톱으로 긁는 듯 소름끼치는 감각이 온몸에 서렸다. 그것은 직접적인 증오와 원망이었다. 핏발 선 눈이 올곧게 뜨였다. 어룽어룽한 형체가 혀를 시시식 날름거리며 허리를 곧추세우고 있었다. 대가리에 팔다리가 달린 뱀이다.

「힘을 합쳐야 한다. 나의 힘을 너에게 주마.」

「너와 내가 결합하여 새로운 세상을 열 것이니 거부하지 말라.」

벽화가 서서히 변질된다. 구원을 원하던 이들이 지우개처럼 지워져 갔다.

순서는 미켈란젤로의 거죽을 든 이의 모습부터였다. 잉크를 새로 덮는 듯 새까만 자국이 나팔 부는 천사도, 빛도, 하늘도 지웠다. 예수와 성모가 거꾸로 떨어지길 기다리는 악마들이 아가리를 쩌어억 크게 벌렸다.

「나를 보아라.」

뱀의 두 팔이 후두둑 떨어졌다. 널브러진 팔에서 흐르는 피가 한 방울도 없다. 신부는 못 박혔던 팔다리를 뜯어내듯이 내렸다. 피가 흥건해야 할 손과 발목은 핏방울 하나 없이 깨끗했다.

「너를 구원해 줄 자는 우리뿐이니 새 세상의 지평을 열어라.」

베드로 신부의 가슴 속에 어렸던 정은규가 떠올랐다. 어미를 집어 삼킨 악마가 그 작은 몸마저 삼켜 새로운 세상을 열고자 하였으나 극진한 모성애로 인해 불발되었다.

수십 번이고 삼킬 기회가 없었다면 거짓이다. 커다란 시험이었다. 군침이 도는 본능을 억지로 숨겨 왔다. 이것이야말로 마지막 구원의 열쇠를 거머쥐었다 여겼기 때문이었다.

하지만 틀렸다.

그것은 이제 와서 전부 회한이 되었다.

받아들이지 말았어야 했는데.

"……."

꺼진 향초에서 고독이 내비쳐졌다. 어둠이 가라앉았다. 뱀은 없었다. 베드로 신부는 세 걸음 앞으로 나와 뒤를 돌았다.

시시싯— 연기가 사그라졌다. 바쁘게 움직이던 그들은 다시금 그림이 되었다.

천국과 지옥의 양극화였던 벽화는 청색 어둠이 내려앉아 이제 온통 악마뿐이었다. 밑바닥에 있던 악마들이 천상에 올라 천사의 나팔을 빼앗아 불고 있었다. 그 그림엔 예수도, 성모도 없었다.

새로운 세상. 악이 그토록 원하던 새로운 세상의 왕의 탄신일. 크리스마스.

"대영이가 오겠구나."

드디어 완벽한 죽음의 문을 열어 줄 열쇠가 수면 위로 떠오른 것이었다.

＊ ＊ ＊

-딸기 콩포트를 얹은 치즈 케이크로 예약해 두었어요. 파티셰에게 물어 봤는데 설탕을 최소화해서 단 걸 싫어하시는 분들도 잘 드신다고 하더라고요. SNS에 올라간 사진 보니까 모양도 아기자기하니 예뻐서 괜찮았습니다. 그래도 더 신경 써 달라고 이야기했어요. 사이즈는 제일 작은 1호입니다.

"응."

-혹시 몰라 곁들일 와인도 주문해 두었습니다. 스파클링 와인으로 신맛이 강한 편이라 느끼한 맛을 잡아 준대요.

"잘했네."

성심성의껏 보고하는 김석호와 달리 안대영의 말은 뚝뚝 끊겼다. 그는 기절한 김현수의 침대 옆에 서 있었다. 이 병실은 이전 하나당 이재숙 의원이 의뢰 건으로 불렀던 VIP 병동 3실이었다. 반나절만 누워 있어도 하루치로 계산되어 세 자리수를 호가하는 비싼 병실료는 온전히 김현수의 부채로 떠넘겼다.

살려 놓기 싫었다. 원래는 초량을 시킬 게 아니라 직접 나서서 이 목을 따 버리려고 했다. 굳이 타인의 손을 빌려 몸속의 악귀를 내쫓은 이유는 자칫하다가 정은규에게 트라우마가 될 수 있기 때문이었다. 그것만 아니었더라면 지금쯤 저 몸은 오체분시 되어 삼도천을 둥둥 떠다니고 있을 거다. 당장 불쑥 치솟는 경멸과 혐오에 목으로 가려는 손을 겨우 자제하고 있었으니까.

-명부에는 연통 넣었습니다. 오늘 밤 가겠다고요. 5지옥의 승인도 바로 떨어졌습니다.

"그래."

-먼저 부채를 찾은 다음 열한 번째 지옥에 가 볼 예정인데요. 대표님은 교수님 승천시키신 후 오시는 거죠?

"그럴 거야. 초량이가 후발대로 뒤따를 거니까 크게 걱정하지는 말고."

-그에 대한 걱정은 안 합니다. 저는 대표님을 걱정하는 거죠⋯⋯.

"네가 날 왜 걱정해. 쓸데없는 소리하지 말고 초량이한테 남은 무기나 싹 다 들려 보내."

김현수의 이마에 손을 덮자 붉어진 손바닥 아래에서 열이 피었다. 고스란히 열이 스며들어 누워 있던 몸이 '으으으음⋯⋯.' 하고 미약하게 몸부림 쳤다. 이깟 새끼 뭐가 예쁘다고 기억을 지워 주고 있는 건지 스스로 우스울 따름이다.

이렇게 하여도 정해진 팔자는 그대로 이어 살 수밖에 없다. 고쳐 주려면 못할 것도 없지만 이 새끼가 정 교수도 아닌데 뭘 굳이. 사나운 기억을 지워 주는 것만으로도 이 자식은 정은규에게 삼 보 일 배를 해야 한다. 이딴 개 같은 아량을 베풀어 본 적이 없는데.

이마에서 손을 떼자 화상 자국처럼 남은 열꽃이 점차 희미해지다 사라졌다.

관상용으로 놓인 화병 속의 꽃을 빼니 물이 후두둑 떨어졌다. 꽃은 던져두고 화병을 집어든 안대영이 그 안의 물을 주저 없이 김현수에게 흩뿌렸다.

차악! 졸지에 머리카락부터 목덜미까지 쫄딱 젖은 김현수가 악몽을 꾼 사람처럼 안면 근육을 일그러뜨리다 벌떡 일어났다. 입술 새로 물이 들어갔는지 목울대가 꿀렁였다. 김현수는 삐딱하게 서 있는 안대영과 맞닥뜨리자마자 화들짝 놀라 이불을 끌어 모았다.

"누, 누구, 헉!"

본 적 있는 얼굴이다. 다, 당신은 내 치, 치킨 걷어찼던! 질겁해서 소리조차 지르지 못하는 김현수가 꽁꽁 얼어붙었다. 화병을 제자리에 둔 안대영이 스냅을 딱딱 쳤다.

"너. 아는 무당 있지."

"무, 무당이요?"

"없으면 조상 무덤에라도 찾아가서 명줄 늘려 달라고 빌어."

빈 몸이라 지금은 수명의 숫자가 드러났어도 악귀가 들어서면 다시금 마리오네트가 될 운명이다. 그러니까 이딴 개소리를 내가 왜 해 주고 있는 거냐고. 정 교수가 극진히 생각하는 직장 동료만 아니었어도. 이 새끼 머리통에 검 꽂았다는 걸 정은규가 평생 죄책감처럼 끌고 갈까 봐. 엄연히 말해 뱀의 머리를 공격한 것이지만, 사람의 생각이란 언제든 급류에 휩쓸리기 마련이다. 정은규에게 후회의 씨앗을 남겨 두기 싫다. 안 하던 짓을 하려니 온몸이 짜증으로 인해 가려웠다.

"일어났으면 일하러 가. 뭐 하는 거야, 다른 교수들 바빠 뒤진다는데."

"제, 제가 여기 왜―"

"꺼지라는 말 안 들려?"

"네, 네. 네네."

성급하게 링거 바늘을 빼고 휴지로 지혈한 채 후다닥 뛰어가다가 스텝이 엉켜 엎어진다. 가지가지 하네. 대놓고 비웃은 안대영이 엉거주춤 몸을 일으키는 김현수를 불렀다.

"야."

"네?!"

필요 이상으로 놀라 뒤돌아본다.

"지금 있었던 일 정은규 앞에서 토씨 하나 흘리지 마."

"……네? 정 교수 말씀이십니까?"

"입이라도 벙긋했다간 날 또 보게 될 거야."

"이, 입 다물고 있겠습니다. 그, 그럼……."

헐레벌떡 뛰어 나가는 김현수를 보아하니 역시 소리 소문 없이 죽이는 편이 나았겠다 싶다. 살려 둔 후회를 안대영이 하는 꼴이었다. 아직 끊지 않은 통화를 이으려 핸드폰을 귀에 대자 온갖 신의 이름을 읊조리던 김석호가 놀란 목소리를 그대로 내보내었다.

-엄청 인간적이신데요. 이런 모습도 있으셨다니 천 년을 넘게 모시면서 처음 봤어요.

"시끄럽고 내가 갈 때까지 잘 버티고 있어."

-저 대표님. 저 찝찝해서 그러는데 제대로 마무리 짓지 못한 이야기 다시 꺼내도 될까요? 마리아 님께 드렸다는 승천 공문에 관해서요. ……정말 승천하시게요?

"실망이다, 석호야."

-……갑자기요?

"난 너만큼은 내 뜻을 정확히 파악할 줄 알았는데. 내가 책사를 잘못 뒀네."

-갑자기요?!

일 하나만큼은 똑 소리 나게 처리해 왔다. 명실상부 으뜸가는 책사의 자부심이 있었던 김석호는 충격의 도가니에 빠져 말까지 더듬었다.

-제가, 제가 모자라 그렇습니다. 인정해요. 하지만, 세상에 아니, 너무 충격적이잖아요. 어떻게 그런 말씀을 하실 수 있어요.

김석호가 서러워하거나 말거나 어둑해진 창밖을 물끄러미 응시하는 안대영은 따분한 표정이었다.

"전에 평등왕이 사무실에 찾아왔을 때 열한 번째 지옥을 주겠다고 했었지. 나는 명부에 돌아가지 않겠다고."

-앗. 네. 알고 있습니다. 하지만 결렬된 사항 아닌가요?

"유효한 이야기야."

김석호가 어버버하며 말을 잇지 못하였다.

"그런데 대가리를 잘 굴려 보니 재발이 일어나지 않는다고 확신할 수가 없어."

-그, 그렇긴 합니다.

"결론은 간단해. 시왕이라는 단어 자체를 없애면 되잖아. 명부를 돌볼 윗대가리는 둘이면 충분하거든."

-말씀하신 둘이라면 염라대왕 님과 평등왕 님을 일컬으십니까?

김석호는 잠시 서러움을 넣어 두고 논리적으로 정리하기 시작했다. 뜬금없지만 김석호와 정은규는 이성적으로 판단하는 부분에서 공통점이 있었다.

-명부 대청소를 하시겠다는 말씀이시군요. 그럼 승천 공문은 주변의 혼란을 야기시킬 경고문이자 최후의 보루라고 보면 되겠습니까. 초량이가 후발대로 오는 것도 여론 몰이에 가담하기 위함이겠고요.

"이제야 좀 알아듣네. 왜 한번에 못 알아들어서 귀찮게 해."

공문. 마리아에게는 나약한 척하는 사랑꾼을 향한 동정심의 도구로, 염라에게는 협박과 압박을 동반한 종이 한 장이다. 그리고 안대영이 바란 파급력은 그들이 보기 좋게 속아 넘어감으로써 충분히 이루어졌다.

아무리 귀환서가 있다 한들 순순히 게이트를 열어 주겠는가. 망나니를 베이스 삼아 성당에서 있었던 일로 패륜아 칭호까지 따내었을 영 왕자의 수하들에게 말이다. 이는 염라의 포기 어린 동의나 마찬가지였다.

돌아가면 재판은 열릴 것이다. 과거와 현재를 충돌시켜 멋대로 이무기의 운명을 바꿔 놓은 죄질에 대한 재판이리라. 하지만 전과 다른 점이라면 영 왕자가 그때보다 더욱 치밀해졌다는 사실이다. 두 번의 실수는 없다. 재판 결과 또한 그때와는 정반대로 흘러갈 것이다.

-그래도 약속은 해 주세요. 저와 차 장군을 버리지 않으시겠다고요. 저희는 명부 소속이기에 앞서 대표님의 부하들입니다. 어딜 가서도 배반하지 않고 따라갈 대표님 편이요.

"그만 불안해해. 안 버려."

-……솔직히 그리 말씀해 주지 않으셨으면 울었을지도 몰라요.

"징그러워 새끼야. 끊어."

-초량이 통해 보고 드리겠습니다. 다시 뵙게 될 때까지 건강하세요.

똑똑한 놈이니 말로 다 하지 못한 이야기도 차근차근 이해했을 것이다. 그 드넓은 하늘도 예수와 마리아 둘이 돌보는데 명부라고 못할 게 뭐란 말인가. 권력에 찌들어 주제 모르고 나대는 썩은 뿌리들을 뽑아내면 지난날과 같은 불상사는 재발하지 않을 것이다.

이것들이 복수에 해당하느냐고?

그럴 리가 있나. 가치 없는 것들에게 복수라는 거창한 칭호까지 붙일 마음 따위 없다. 단지 필요에 의한 말살이다.

힘을 가진 자는 그 힘을 제대로 다룰 줄 알아야 한다. 남용하여 행패를 부린다면 벌레 같은 시왕과 다를 것이 없다. 과시야말로 멍청이나 하는 짓이다. 차근차근 쌓아 놓은 계략의 시너지를 극대화시킬 한 방만 가지고 있으면 된다. 이것이 먹이 사슬의 꼭대기와 그 아래 있는 자들의 커다란 차이점이었다.

김석호가 이승에서의 마지막 메시지를 보냈다. 메시지의 내용은 예약한 케이크 상점의 약도와 토끼가 주먹 쥐고 붕붕 날아다니는 이모티콘이었다. 피식 터진 웃음이 가볍게 흩어졌다. 새끼, 더럽게 불안해하기는.

* * *

퇴근 준비를 끝낸 정은규가 진료실을 돌아보았다.

가지런히 걸어 둔 가운, 큼지막한 모니터 두 대, 먼지 한 톨 없는 깨끗한 책상, 안으로 밀어 넣은 의자, 물기 없이 마른 세면대, 처치용 베드, 빼곡하게 꽂힌 서적, 창가의 화분까지 당장 내일 돌아와도 정은규 교수를 맞아 줄 것처럼 모두 제 자리에 있다.

들고 나올 것도 없었다. 여느 때와 다름없이 단출한 백팩을 한쪽 어깨에 걸치기만 하면 항상 하던 퇴근이다. 평소와 다른 점은 오늘 병원을 벗어나면 언제 다시 돌아올지 모른다는 사실 하나뿐이었다.

각 잡혀 가지런히 걸려 있는 가운 왼쪽 가슴에 파란 실로 수놓아진 '신경외과 정은규'의 이름이 유독 눈에 들어왔다. 가운 주머니에 꽂힌 펜 두 개가 내일 보자고 말하는 듯했다.

진료실 불이 꺼진 것은 그로부터 10여 분 후였다. 미닫이문을 닫고 나온 정은규는 바로 옆 진료실에서 퇴근 복장으로 나오는 김현수를 보고 돌이 되어 굳었다. 그는 일찍 깨어날 수 없는 상태였다. 김현수 본인이 신봉하는 미신의 힘이 통하기라도 했으면 모를까.

기절할 때 충격을 머리부터 받았는데 어째서 이렇게나 빨리 깨어났지. 회복력이 이 정도로 좋은 사람이라고? 그럴 리가. 설사 그에 해당한다 하여도 멀쩡히 걸어 다니며 일까지 하기란 결코 쉬운 일이 아니었다.

피골이 상접한 김현수가 입이 찢어져라 하품하다 말고 굳어 버린 정은규를 발견했다. 어깨를 툭 쳐 주는 손. 정은규는 놀람과 얼떨떨함이 섞여 미묘한 표정이 되었다.

"귀신 봤냐? 뭐 그렇게 놀란 얼굴이냐, 인마."

김현수는 빈 몸이라고 했다. 다시금 귀신이 들어선 걸까. 이렇게나 빨리? 혼란에 빠진 정은규가 공격성이 없어 보이는 김현수에게 조심스럽게 다가갔다.

"선배. 선배 괜찮아? 괜찮은 것 맞아요?"

"안 괜찮아. 온몸이 쑤시고 결리고 난리도 아니다. 예전에 교통사고 당했을 때도 이렇게 쑤시진 않았어."

"선배, 나 누군지 알겠어요?"

"너? 너 정 따까리. 야, 너 혹시 나 시험하냐? 잠깐 쓰러졌다고 환자 취급해?"

백팩 앞주머니에 넣어 두었던 펜라이트를 꺼내 냅다 김현수의 눈에 쏘아보았다. 동공 반응은 지극히 정상이었다. 딸깍 꺼진 펜라이트를 집어넣는 정은규에게 김현수가 기가 막힌다는 듯 안면 근육을 찡룩였다.

그는 아무 일 없었다는 듯이 굴고 있다. 전혀 기억을 못하는 사람처럼. 머리꼭지도 갈라진 틈 없이 빽빽했다. 정은규는 그제야 살짝 안심했다.

"놀라서 그래. 아까 선배 쓰러졌을 때 너무 놀랐습니다."

"일시적인 쇼크를 받긴 했지. 그거 아냐? 혈관 뚝 끊기는 기분. 아씨, 나도 내가 왜 기절했는지 이유를 모르겠네."

"몸이 쇠약해서 그래요. 처방은 받았어요?"

"처방? 받기야 받았지. 잡다한 거 믹스해서 놨더라."

기억을 못하는 이상 굳이 꺼낼 이유가 없다. 김현수를 면밀히 살피던 정은규가 모르쇠로 일관하며 능청을 부렸다.

"저녁은 먹었어요?"

"집에 가서 먹어야지. 야, 아무리 일터라지만 병원 놈들 진짜 야박하다. 그거 몇 시간 쓰러져 있었다고 병실료 내래. 지혈도 끝까지 못하고 내려와서 응급 봤더니 기껏 준다는 게 이거다. 더럽고 치사해서 로컬로 빠지든가 해야지."

수납 용지를 팔랑팔랑 흔들어 보인다. 직원 할인 50%가 적용된 VIP 병동의 병실료였다.

"바로 집으로 가요?"

"그래야지. 아 존나 피곤하네. 내일이 오프라 천만다행이다. 당직이었으면 나 울었어. 근데 넌 어디 가냐. 시간 있으면 술이나 마실래?"

"아, 나 약속 있어서. 집 도착하면 문자 하나만 줘요."

"뭔 오그라드는 소릴 하고 있어. 너랑 나랑 사귀는 사이도 아닌데 그런 문자를 왜 보내 짜샤."

"……그냥. 그냥 걱정돼서 그래."

"걱정도 팔자다. 먼저 간다. 대체 우리 정 따까리는 언제 시간이 나서 나랑 술 먹어 주냐? 그마저도 내일부터 세미나 간다고 하지 않았어? 씨 발 부럽다. 줄도 타고 나는 거야. 잘 갔다 와라."

낮의 모습과는 딴판이었다. 정은규가 그 농에 받아치지 못하고 근심 어린 시선으로 보기만 했다. 김현수는 그 시선이 굉장히 부담되는지 눈 좀 치우라며 성질을 내다가 휙 돌아섰다.

"야, 근데 정 교수야."

"예?"

멀어지는 뒷모습을 지켜보고 있던 정은규가 즉답하자 머뭇거리던 김 현수는 혀를 차며 도리질 쳤다.

"……아니다. 조심히 들어가라. 세미나 잘 갔다 오고. 가서 빼먹을 거 있으면 나도 좀 나눠 줘~"

그런 게 있을 리가. 김현수의 의식이 돌아온 것은 다행이나 앞으로 그가 멀쩡한 꼴을 하고 살 수 있을지는 미지수였다. 팔자가 뭐기에. 운 명이라는 게 대체 뭔데 이리 얄궂으냐고.

복도에 홀로 남은 정은규가 힘겹게 마른세수를 했다. 남 걱정할 때가 아니었다. 지금도 내가 모르는 곳에서는 아주 많은 일이 일어나고 있겠 지. 시시각각 변하는 환경의 유속이 빠르다. 그 가운데 느림보는 저 혼 자인 듯했다.

자책의 단계까지는 아니나 촉각이 예민하게 곤두세워지는 것은 어쩔 도리가 없다. 앞뒤가 썩둑 잘린 채 중간만 보고 파악해야 하는 단계가 아닌 것만으로도 다행이라고 생각해야 하나. 지끈지끈한 머릿속을 열어 뇌를 꺼내 찬물에 식힌 후 다시 담고 싶었다.

"또 그러네. 죄 없는 머리 괴롭히기."

엘리베이터에서 내린 안대영이 정면으로 다가오고 있다. 정은규는 두 피를 지압하던 한 손을 내렸다. 뻗친 머리는 대강 넘겨 버렸다.

그런데 대영 씨가 나타난 타이밍이…….

문득 김현수가 의식을 차린 것이 안대영과 관련이 있을까 싶어졌다. 물어볼까 말까. 머뭇거리던 정은규는 의문을 묻어 두기로 하였다. 중요한 것은 어찌 되었든 김현수가 의식을 찾았다는 사실이었다.

"나가는 김에 아예 퇴사하는 건 어때?"

"싫어요."

"일에 미쳐도 좀 적당히 미쳐야지. 그러다 복 중에 일복만 남는다. 아, 내가 있으니까 인복도 있네."

농담으로 들리라고 한 말이 아니다. 안대영은 진심이었다. 정은규 또한 쉽게 수긍하는 사실이었다. 일복은 터졌고, 제일 없던 게 인복이었다. 그 자리를 안대영이 채워 주었다.

"대영 씨. 라면 잘 끓여요?"

"갑자기 라면?"

안대영의 식성 취향은 채소와 육류가 적당히 섞인 음식을 싱겁게 먹기다. 그런고로 라면은 그 취향과 거리가 굉장히 멀었다. 가동을 멈춘 에스컬레이터를 지나 엘리베이터에 올라탄 정은규가 지친 목소리를 내었다.

"라면 먹고 싶어서. 안 먹은 지 꽤 됐거든요."

"그거 보통 꼬실 때 하는 말 아냐? 라면 먹고 가라고."

"드라마 말고도 실제로 그렇게 꼬신다고? 말이 됩니까? 유치해."

"안 해 봐서 모르겠는데. 그리고 너한테 라면으로 꼬심 당한 건 나잖아요."

"저도 안 해 봐서 모르겠는데 꼬신 건 아닙니다."

"골라 봐. 우아하게 스테이크 썰고 섹스 할래, 홀딱 벗고 라면 먹다 섹스 할래."

"보기가 왜 그래요. 왜 섹스로 끝납니까."

"선택해. 뭘 골라도 잘 때 팔베개 해 줄게."

그런 말을 하는 주제에 안대영은 세상에서 제일 다정한 사람인 양 굴고 있었다. 그것이 저하된 기분을 끌어올려 주려는 달램이라는 걸 정은규는 뒤늦게 알아챘다.

"그거 압니까. 팔베개를 오래 하면 요골 신경계가 망가질 수 있어요. 머리 무게를 우습게 여기면 안 돼요. 5㎏ 정도로 무겁습니다."

"머리 잘라서 들어 봤어?"

"열어는 봤죠."

"그 말만 들으면 고어 영화라고 오해하겠네. 혹시라도 나 없을 때 처키 같은 새끼가 와서 섹스 하자고 하면 단도로 대가리를 찍어 버려."

"대체 뭐라고 하는 겁니까. 그리고 전 후자 고르겠습니다. 피곤해요. 사실 라면 안 먹어도 돼요. 집에 빨리 가고 싶어서 그랬어……."

그리고 단도로 머리를 찍어 버리는 건 이미 두 번이나 해 봤다. 블랙 유머를 나누기에는 피곤한 시간이었다.

정은규는 지하주차장으로 내려가는 내내 안대영의 어깨를 빌려 편히 기대 있었다. 찰나에 까무룩 잠들 뻔해 휘청거리자 단단히 허리를 감싸주는 팔이 있었다. 팔의 힘 하나만으로 어지럽던 머릿속에 안도가 찾아왔다.

* * *

깜빡 잠든 정은규가 눈을 떴을 때 차는 지하주차장에 얌전히 주차되어 있었다. 운전석은 비었고 전방 유리 밖에는 안대영과 낯선 이가 대화를 나누고 있었다.

안대영의 가슴에나 겨우 올 정도로 작은 키의 여자였다. 동그란 안경 속 서늘한 눈매가 안대영과 닮아서 처음엔 남매인가 싶었으나 예의를 갖추는 것으로 보아 그쪽은 아니겠거니 싶었다.

내려도 될까. 대화를 방해할까 싶어 묵묵히 기다리는 정은규를 눈 치챘는지 안대영이 조수석을 벌컥 열었다. 여자의 시선도 이리로 따라왔다.

"일어났으면 내리지, 답답하게 왜 차 안에 있어."

"대화 방해될까 봐 기다렸습니다."

"방해는 무슨. 내려."

당사자가 괜찮다면야. 차 문 닫히는 소리가 주차장에 메아리처럼 울렸다. 삐빅. 록이 걸렸다.

"안녕하십니까. 북산 타워 관리소장 계수복이라고 합니다."

깍듯하게 인사하는 계수복에게 묵례한 정은규가 애매한 거리에 떨어져 섰다.

"저 먼저 올라갈까요."

"아니. 조금만 기다려, 얘 갈 거야. 그래서 뭐?"

"대화를 잇기엔 무리인 것 같습니다. 중요한 내용은 모두 말씀드렸으니 생각해 보시고 나중에라도 알려 주세요. 저는 가 보겠습니다. 이무기 님도 만나 뵙게 되어 반가웠습니다."

……이무기 님? 평생 불려 본 적 없는 호칭이었다. 뭐라고 대답해야 할지 보기에 없어 생각에 빠진 사이 어깨에 올라오는 손 하나가 있었다. 부드럽게 감싸 끌어당기는 스킨십이 자연스럽다.

"이름 있어. 정은규."

"아, 네. 정은규 님. 모쪼록 영 왕자님 케어 잘 부탁 드리겠습니다. 무탈한 승천도 기원 드리고요."

"뭐 타고 가게."

"콜택시 불렀습니다. 그럼 전 이만."

미련 없이 멀어지는 계수복은 이내 자취를 완전히 감추었다. 워낙 짧은 시간이었던지라 누군지 파악도 제대로 하지 못했다.

그런 와중 안대영은 본드칠 한 것처럼 들러붙어 섹스를 위한 전초전을 벌써부터 시작하고 있었다. 정은규는 집으로 오르는 내내 귓불을 잘근잘근 씹는 안대영의 옆얼굴을 밀어냈다.

"씻고 해요."

"라면도 먹고?"

"……안 먹어도 됩니다. 저 분은 누굽니까."

"민혁이 친구."

　단칼에 정리가 된다. 차민혁 실장은 이승에 친구도 있구나. 단순하게 생각한 정은규는 현관문이 열리자마자 강한 힘에 이끌려 발을 헛디뎌 넘어질 뻔해 황급히 안대영을 붙잡았다.

"놀랐어?"

　웃다가도 허리를 굽혀 발목을 만져 보더니 이상 없음을 확인하고 번쩍 안아들어 침대에 눕힌다. 두 개의 침대 중 한 침대에 둘의 부피가 실렸다.

"……침대가 왜 두 갭니까."

　왜 이제야 묻느냐는 표정이 되돌아왔다. 성격대로라면 진작 물었을 부분이면서.

"너는 하나만 궁금한 적이 없잖아. 한 번에 물어봐."

"사무실에 있는 옷 사이즈도 왜 여러 벌인지 알려 줘요. 대영 씨는 물론이고 직원 분들도 안 맞을 작은 사이즈까지 있던데요."

"아. 난 네가 질투하면 진짜 존나 좋아서 웃음이 막 나와."

　진심으로 기뻐하는 웃음이었다. 후드를 벗어던진 안대영이 정은규의 벨트부터 풀었다.

"널 기다린 흔적들이라고 하면 되나."

"나를?"

"그래, 너. 이승의 넌 어떤 모습일지 내가 알 길이 없잖아. 그래서 사이즈별로 구비해 놨어. 침대는 잘 꼬셔서 데려와도 같이 자려고 안 할 테니까 하나 더 샀고."

"아……."

실제로도 그랬다. 이 집에 처음 왔던 날, 정은규는 필사적으로 안대영과의 동침을 피했다. 만약 안대영이 한 침대에서 손만 잡고 자겠다며 저를 꼬셨다면 자리를 박차고 나와 버렸을지도 모를 일이었다.

되게 철두철미하네. 간지러움과 감탄이 동시에 쏟아지다가 민망함을 뒤집어썼다. 낱낱이 드러낸 질투가 뒤늦게 부끄러움을 몰고 왔다.

"근데 그때는……. 준비하면서도 널 찾지 못하길 바랐어."

마치 혼잣말 같은 대꾸였다.

"왜요."

"누가 내 머릴 좀 만졌거든. 지나간 얘기니까 넘겨. 은규 얼굴 빨개졌네?"

조작된 기억을 따라 혹시라도 널 죽이게 될까 봐 그 머릿속을 하고서도 찾지 않으려 들었다. 말대로 지나간 이야기였기에 입 밖으로 꺼내지 않았다.

"저기. 제발 씻고 하면 안 됩니까."

정은규는 빨개진 얼굴을 보여 주기 싫어 팩 돌렸다. 안대영이 짓궂게 물었다.

"오늘은 샤워실 안 들렀어?"

"당신이 기다리니까……."

"씻게 해 주면 뭐 해 줄 건데."

"자지 빨아 줄게요."

"그건 당연하고."

"……또 뭐가 있어야 합니까?"

"여기, 내 마음대로 빨게 해 줘."

속옷 안으로 불쑥 들어온 차가운 손이 구멍을 슥 훑고 지나갔다.

"취향 되게 이상해. 거길 왜 빨고 싶어 하는 거야."

그러면서도 정은규는 끝내 양손으로 얼굴을 가리며 고개를 끄덕거렸다. 가린 손 위에 웃음기 섞인 입술이 내려앉았다.

정은규는 비위가 강한 편이었다. 시각과 후각, 촉각까지 덤덤함에 물들어 어지간한 하드코어 장르의 영화도 거리낌 없이 보았고 피비린내가 진동하는 응급 환자 앞에서 인상 하나 흠칫해 본 적이 없었다. 메마른 현실이 생리적인 현상을 이겨 버린 탓이었다.

그런 정은규가 안대영의 성기를 빨아 주다 말고 욱, 하며 치솟은 헛구역질을 삼켰다. 목구멍을 뚫고 기도로 넘어간 성기가 억지로 틈을 넓혔기 때문이었다. 입천장을 긁고 넘어간 귀두의 감촉이 선연하다. 깊은 바다에 빠지기라도 한 듯 울대가 턱 막힌 기분이었다. 불룩한 이물감으로 인해 숨 쉬기가 답답하다.

턱이 빠져라 삼킨 채 혓바닥을 위아래로 움직여 자지를 마찰시키다가 더는 못 참고 기침을 토해 냈다. 안대영은 제 샅에 얼굴을 파묻은 채 콜록거리는 정은규의 머리를 쓰다듬어 주었다.

"많이 늘었어."

"잘 빱니까?"

기침으로 새빨갛게 물든 얼굴을 치켜들고 갈라진 목소리를 뱉어 낸다. 안대영은 곧추서서 침범벅인 자지를 손으로 쭈욱 쓸어 올렸다가 퉁 놓았다. 뺨에 닿은 단단한 허벅지에도 힘줄이 바락 섰다.

"잘 빠는데 약간 아쉬워. 조금 더 빨았으면 쌌을 건데."

"한계야. 그 이상 못 집어넣어."

"자기 섹스 할 때 반말하는 거 존나 꼴려. 알아?"

"……몰라."

엉금엉금 몸을 일으켜 뺨을 대고 있던 허벅지에 앉았다. 뒷목을 완전히 덮은 손이 힘을 줘 아래로 이끌었다. 입술이 맞물리기 전부터 반쯤 벌어진 정은규의 입에선 혀끝을 내밀고 있었다.

질척하게 얽히는 입술 새로 침이 질질 흘렀다. 누구 하나 이 짐승 같은 행동이 추하다고 여기지 않는다. 거의 엎드리다시피 한 정은규의 양 허벅지를 악력 좋게 주무르던 안대영이 살 없는 볼을 한 움큼 깨물었다.

"교수님. 혀 쓰는 공부 열심히 했나 봐요. 빨아 주는 것도, 키스도 곧잘 하는데요?"

평소에 들을 수 없는 존댓말이다. 아. 이게 뭐라고 아래로 피가 쏠리지. 단숨에 발기했다. 몸과 몸 사이에서 크기를 키운 성기의 감촉에 정은규의 잇새에서 뜨거운 숨이 터졌다.

가늘어진 안대영의 눈이 아랫입술을 짓씹은 정은규의 얼굴과 움직이고 싶어서 움찔움찔하는 엉덩이로 향한다. 허벅지를 쥔 손에 힘을 주어 위로 끌어당겨 보았다. 이때 몸 사이에 압박당한 좆이 쓸리면서 격렬한 쾌감이 이는지 정은규가 어깨를 콱 깨물었다.

"읏!"

"내가 존댓말 하면 꼴려요?"

"아, 아 잠깐만."

어깨에 선명하게 남은 잇자국을 신경 쓸 겨를이 없었다. 허벅지를 떡 주무르듯 가지고 놀던 안대영이 철없는 애새끼 같은 표정을 지었다.

"못 싸게 하면 나 원망할 거예요?"

"으읏, 아, 장난치지 말고."

"장난일 리가 없잖아요. 나도 안 쌌는데 교수님 혼자 가면 치사하지."

페티쉬 한번 지 같네. 속으로 웃는 것도 잠시, 자세를 뒤집어 정은규를 메다꽂다시피 아래로 내던진 안대영이 곧장 다리를 활짝 벌리도록 붙잡았다.

"교수님, 자지 젖었어요."

"……하지 말라니까."

말과 달리 잔뜩 발기한 성기가 꺼떡거렸다. 살다 살다 존댓말 듣고 흥분하긴 처음이다.

안대영은 정은규가 마음껏 수치심을 느끼도록 팔로 다리를 붙잡게 만들었다. 훤히 드러난 아래에 군침이 넘어간다. 오른손 검지가 팽팽하게 당겨진 허벅지 근육을 쓸며 내려오자 그 길을 따라 파스스 돋는 소름이 육안으로 보인다. 검지는 허벅지를 지나쳐 고환에 닿았다.

"교수님 여기 동글동글해서 탄력적인데 빨아 봐도 돼요?"

"……진짜."

영 면역 없는 음담패설은 몸 전체를 달아오르게 만들어서, 정은규는 다리를 잡고 있던 팔을 놓고 상체를 반쯤 일으켰다. 안대영은 실실 웃고 있었으나 눈만큼은 음험하게 가라앉아 있었다.

"왜. 이런 건 취향 아니야?"

"하지 마."

"뭘 하지 마. 은규 잘하는 거 있잖아, 솔직하게 놀자고. 그리고 나 구경 좀 하게 다리 계속 잡고 있어."

경치 좋은 풍경도 아니고 이런 걸 왜 구경해. 도무지 이해할 수 없었으나 정은규는 곧이곧대로 다리를 다시 붙잡았다. 까딱거리는 양 발목을 잡고 이로 긁듯이 잘근거리면서 스윽, 제 자지를 회음부에 한번 마찰시켜 본 안대영이 입맛을 다셨다. 문자 그대로 짐승 같았다. 몇 입이면 저를 모조리 삼키고도 남을 만한 짐승.

팔에 힘이 달린다. 오래 지속한 자세 탓에 골반도 뻐근해졌다. 정은규가 슬슬 놓으면 안 되겠냐고 물으려던 차, 안대영이 이만하면 됐다는 듯 발목을 놓아주었다. 본격적인 삽입은 하지도 않았는데 벌써부터 지쳐 땀이 송골송골 비집고 나왔다.

"힘들어?"

웃음을 거둔 시선이 뻗어 있는 몸 전체를 훑었다. 어디부터 먹어 버릴까 고뇌하는 모습이었다. 정은규가 대답 없이 가파른 숨을 쉬었다. 더없이 발기한 성기가 사정 욕구로 인해 아팠다. 손으로 몇 번 훑거나 빨아 주면 금세 쌀 텐데, 이번엔 안대영의 몸 위 거꾸로 엎어진 꼴이 되었다.

그리고 엉덩이가 최대로 벌려지는 느낌이 들자마자 입술 전체가 그 사이를 덮는 느낌에 정은규는 눈을 질끈 감아 버렸다. 보이지 않으니 입술 주름 하나하나가 구멍과 회음을 훑는 감각이 직접적으로 느껴진다. 참다못해 뺨에 밀착한 성기의 반을 삼키고 쭉쭉 빨았다.

소음의 종류는 셀 수도 없이 많지만, 이런 외설은 귀를 넘어 몸 안쪽까지 불로 훑고 지지는 것만 같다. 살덩이를 축축하게 빨아 당기고, 핥고, 쑤시는 일련의 행동이 자극으로 이어지면서 귀를 잘라 내고만 싶어졌다. 몰입이라는 건 무섭다. 나를 내다 버리는 기분이 들어.

엉덩이를 찰싹—! 내리치는 손바닥에 흠칫한 정은규가 기둥을 핥다 말고 으읏, 짧게 터진 숨을 연거푸 내쉬었다. 입술에 늘어진 침이 기둥까지 연결되어 질척하게 흘렀다.

뜨거운 입 안에서 사탕처럼 굴려지는 고환과, 방심할 만하면 구멍 안에 뾰족하게 세운 혀끝이 삽입해 괴롭혔다. 우뚝한 콧대가 엉덩이 사이를 게걸스럽게 헤집었다. 더운 숨이 여린 곳을 자극시켰다.

감질나서 돌아 버리겠다. 싸고 싶다. 싸게 해 줘. 눈이 풀린 채 뒤돌아본 정은규가 주춤주춤 손을 뻗어 안대영의 팔꿈치를 더듬었다.

"넣어 줘……."

"참아."

안대영은 그 후로도 한참이나 구멍과 회음이 닳아 없어질 것처럼 빨았다. 아무래도 감각이 둔해질 때까지 괴롭혀야 성에 차는 모양이다.

침과 쿠퍼액이 섞인 액체를 꿀꺽 삼킨 정은규가 나중에 가서는 스스로 허리를 움직여 엉덩이를 안대영의 입 위에 비볐다. 더는 버틸 수 없었다.

"아흐읏……!"

몸이 굳는다. 오르가즘이 올 때는 늘 나무토막처럼 몸이 뻣뻣해지곤 했다. 인체를 이루는 신경이 전부 하체로 쏠린다. 혀의 돌기 하나까지 생경하게 느껴질 즈음, 곧추선 자지에서 물총처럼 정액이 흘렀다. 제멋대로 쏘아진 정액이 누구의 몸이라 할 것 없이 희뿌옇게 물들였다.

잘게 떠는 몸이 진정될 때까지 엉덩이를 주물럭거리던 안대영은 반질반질한 입술을 혀로 싹 훑었다. 흥분을 맛본 사나운 포식자의 그림이었다.

"넣지도 않았는데 가면 어떡해."

정은규는 그대로 몸을 일으켜 침대에 납작 엎드리게 되었다. 아래로 팔을 뻗어 뱃가죽을 감싸 힘으로 들어 올린 안대영이 치켜든 엉덩이 사이에 침을 탁 뱉었다. 뱉은 침이 구멍에 머물렀다. 번들번들하게 물든 구멍과 회음부가 붉게 달아오른 채였다.

"실컷 빨았습니까……."

꼬리뼈에 툭툭 치던 자지를 쭈욱 미끄러트려 구멍 위에 비비던 안대영이 등에 몸을 겹쳤다. 연약한 귓바퀴가 속절없이 입 안에 담겨 씹혔다.

"네. 구멍 맛있네요, 교수님."

"으읏, 아, 천……천히. 아읏."

"하아, 안 다쳐……. 힘 풀어요."

음담패설과 다정함이 엉뚱하게 섞이든 말든 첫 삽입은 항상 벅차서 있는 대로 시트를 그러모아 쥐었다. 악문 이로 인해 턱이 달달 떨렸다.

"아파……."

다 들어왔다고 생각했는데 아직도 넣고 있었다. 그것이 배려하느라 천천히 삽입한다는 사실을 알고 있다. 갈증이 나서 침을 그러모아 겨우 삼켰다.

"얼굴, 아윽…… 얼굴 보고 싶어……."

어차피 아플 거라면 예쁜 얼굴을 보고 싶었다. 섹스에 집중한 안대영의 얼굴은 고통도 잊게 만드는 섹시함이 묻어났기 때문이었다.

곧 엉덩이에 음모가 닿았다. 드디어 삽입이 끝났다. 뒷목부터 쪼는 듯한 키스를 퍼부어 가며 입술의 길을 만들어 낸 안대영이 조심스럽게 정은규를 옆으로 눕혀 다리 한쪽을 팔에 걸쳤다. 정은규가 고개를 비틀어 애틋하게 눈을 마주쳐 온다. 눈가가 아래처럼 빨갰다.

"울었어?"

눈꺼풀 위를 다정하게 보듬는 키스와 달리 삽입한 좆은 슬슬 난폭함의 시동을 걸었다. 부어오른 입술끼리 촉촉하게 맞부딪쳤다.

버티다 못한 정은규의 고개가 시트에 톡 떨어졌다. 그 입술을 집요하게 따라가 혀를 밀어 넣은 안대영이 키스에 정신없는 새 체위를 정상위로 바꾸어 다시금 삽입했다. 확실히 정은규도 정상위로 박을 때 안정이 되는 모양이다. 더듬더듬 등을 안아 오는 팔이 사랑스러워 입술이 닿는 대로 뽀뽀 세례를 퍼부었다.

"으읍…… 흡, 흐읍."

"하 씨발, 은규야."

"안에, 안에 조금만 더, 거기, 웃, 아, 어지러워."

사랑의 힘은 무척이나 위대해서 아픔도 쾌락으로 희석시켰다. 드나드는 구멍에는 마찰로 인해 희고 부글부글한 거품이 일었다. 퍽, 퍽, 조절이 불가능한 힘이 정은규를 무너뜨린다. 불필요한 상념과 약간이나마 남아 있던 걱정도 새하얗게 바랬다.

"하아, 하, 불러 줘, 은규야, 후으 씨발, 영 님이라고, 응?"

"훗……!"

"불러 봐…… 어?"

"……영 니임, 아윽!"

집착은 대부분 소유욕으로부터 발현되지만, 때때로 절박함에 의해 탄성처럼 흘러나오곤 하였다. 네가 나를 영 님이라고 불러 줄 때, 날 보면서 쾌락에 의한 눈물을 흘릴 때 완전한 너를 내 손에 거머쥐었다는 환희가 오르가즘처럼 일었다.

예뻐서 좋아한다. 맞는 말이다. 예뻐서 견딜 수 없었다. 그보다 앞선 감정은 누구에게도 말한 적 없다. 밑바닥에 깔려 위로 올라올 기미가 없던 절박함이 네게 전부 묻어 있었다.

너는 내게 거울 같은 존재다. 한 번은 이 거울을 부술까도 고민했었어. 그러하면 내 유일한 약점은 사라지게 될 테니까.

네 순정이 나를 짓밟아. 예전부터 그랬다.

네가 나를 올려다볼 때면 항상 절박함을 담고 있었다. 살고 싶다는 절박함, 나를 사랑한다는 절박함, 믿지 않겠다고 하면서도 날 믿을 수밖에 없다는 절박함.

반추해 보면 나도 너와 크게 다르지 않았다.

널 지켜 내고 싶다는 절박함, 평생 겪을 리 없을 거라 여겼던 사랑의 절박함, 맞잡은 손을 다시 놓고 싶지 않다는 절박함. 내 나름의 모든 것들.

우리의 절박함이 여기까지 끌고 온 거야.

난 그래서 네가 영 님이라고 부르면 온몸이 저릿해져. 이 세상에 내 뜻대로 되지 않는 건 너 하나야.

눈 속에 불씨가 피었다. 집착은 원죄의 일부다. 아담과 하와가 처먹지 말라는 선악과를 기어이 따 먹는 바람에 모든 인간이 태어나면서 원죄를 가진다는 기독교의 발상을 대놓고 비웃었던 적이 있었다. 그딴 건 원죄 축에도 들어가지 못한다고.

안대영에게 진정한 원죄는 살고자 하여 못을 벗어난 이무기에게 검을 겨누었으나, 죽일 마음이 없었던 것부터 다시 쓰여야 한다.

"하아, 있……잖아."

별안간 구멍을 꽉 조이는 바람에 이를 악물었다 놓았다. 정은규는 두 번째 사정을 하고 있었다. 점도 있는 액체가 또다시 아무 데나 튀었다. 가파르게 들썩이는 가슴팍이 울긋불긋한 키스마크로 범벅이 되었다.

"왜요……."

대답하는 목소리에 힘이라곤 찾아볼 수 없었다. 느릿느릿 호흡을 조절하며 얕게 파고들던 안대영이 정은규의 코끝을 가볍게 물었다.

"자기가 위에서 움직여 볼래?"

정갈한 눈썹이 꿈틀거렸다. 말도 안 되는 주문을 이해하려 노력하는 성실한 점원 같기도 하였다. 안대영은 부러 애처로운 표정을 지으며 정은규의 얼굴 곳곳에 애교처럼 입술을 맞댔다.

"응?"

왜 저런 얼굴에 약해지는 거지. 박혀서 아픈 건 난데. 내가 생김새에 이렇게 약했나.

"뭐……. 그건 어떻게 하면 되는데요."

말이 끝나기 무섭게 등 아래로 팔을 깔아 들어 올린 안대영이 푹신한 침대에 누웠다. 정은규는 몸 위에 앉게 되면서 삽입이 깊어지자 관통당하는 느낌이 들어 허벅지를 부르르 떨었다.

"웃!"

깊다. 정상위와 후배위보다 훨씬 깊었다. 이것이야말로 몸이 뚫리고 두 쪽이 나는 기분이었다. 몸에 꽉 찬 자지의 모양이 문신처럼 새겨지는 듯해 갈라진 허벅지와 무릎의 중간 살을 안대영의 허리에 문질렀다. 그 바람에 엉덩이에도 힘이 들어가 슬쩍 일어서게 되면서 뿌리까지 꽂힌 자지가 모습을 드러냈다가 삼켜졌다.

그래도 위아래로 꽂듯이 움직이는 것보다, 이 편이 터질 것 같은 고통에서 조금이나마 해방되었다. 꿈틀꿈틀 감질나고 느린 움직임이었다. 그러나 정은규는 그것이 쓸모없는 짓이라는 걸, 안대영이 허벅지를 붙잡아 더욱 벌리면서 내리꽂는 바람에 깨달았다.

"내 가슴에 손바닥 받치고 허리를 위아래로. 잘한다, 우리 은규. 응, 이번엔 원을 그리듯이 돌려 볼래?"

"아, 너무 깊, 아웃."

아무래도 교활한 여우에게 사기당하는 것 같은데. 그 얄팍한 의심은 안대영이 허리를 쳐올리면서부터 싸그리 날아갔다. 말 그대로 처넣는다고 볼 수밖에 없는 난폭함이었다. 그러면서 입술에서 나오는 말은 한없이 달콤해 어느 쪽이 진심인지 알 길이 없어졌다. 정은규는 속절없이 흔들리다가 결국 안대영에게 무너져 박히는 내내 눈물을 짜냈다.

"왜 울어. 응? 자기가 우니까 내 자지도 울잖아."

"그게, 으읏, 싸는 거지, 무슨 우는, 흐읏!"

"그렇게 말하면, 하아, 자지도 슬퍼서, 후우…… 몇 번 더 울고 싶어질 텐데."

안대영은 싸는 동안에도 속도를 늦추지 않고 세게 박아 대었다. 자지가 드나들 때마다 불투명하고 점도 짙은 정액이 새어나와 다리 사이를 타고 흘렀다. 박은 채로 몸을 뒤집자 접합부가 쿨쩍거리는 외설을 쏟아내었다. 안대영의 쇄골은 정은규의 눈물이 잔뜩 묻어 비처럼 흘렀다.

"쉬이. 그만 울어."

"계속…… 할 거야? 쌌잖아요."

"그런 말하면 나 서운해."

"……그러면."

"음?"

"더 해요. 서운해하지 말고……. 근데 방금 그건, 그건 정말 아파서, 그거는 하지 않았으면 좋겠어요. 내가 위에서 하는 거."

"은규야, 자지가 큰 걸 어떡하라고. 네가 적응해야지."

몸속에서 빠져나온 안대영이 정은규의 좆을 턱 물고 거세게 빨아들였다. 단숨에 목 근육이 뻣뻣하게 일어난 정은규가 다리를 세운 채 헐떡였다.

"아, 또 섰잖아……. 되게 잘 빠네요."

받았던 칭찬을 고스란히 돌려주었다. 안대영이 말랑한 허벅지 안쪽을 한 입 가득 깨물고 정은규의 귀두를 살랑살랑 핥았다.

"난 아직 모자라거든. 세워 줬으니까 박는다?"

귀두를 힘주어 뽀옥 빨고 뱉어 낸다. 그러면서 흘러나온 정액을 그러모아 구멍 안으로 밀어 넣으며 보란 듯이 회음을 길게 핥아 올렸다. 정은규는 제 회음을 핥아 올리며 치켜뜬 안대영의 눈길이 미치도록 야해서 몸서리 쳤다.

흐물흐물 풀어진 구멍에 손가락 하나 정도는 감각조차 없다. 이윽고 안대영이 다시금 성기를 바투 삽입할 때에야 미진한 고통이 퍼졌다. 진입할 때 몸속에 고여 있는 정액이 귀두를 적시는 느낌이 들어 안대영의 입가에 만족스러운 미소가 퍼진다.

"흐웃……."

"아, 씨발 존나 좋네."

그르릉대면서 웃는다. 다 박은 후에는 처음처럼 내리 키스해 주었다. 정은규는 가파른 숨을 쉬었다.

"그래도 아까보다는, 하아, 덜 아프네요……."

"그냥 네 안에 박은 채 다니고 싶어."

"ㅡ제발."

"농담 아닌데."

또다시 입술이 겹쳐진다. 서서히 움직이는 안대영에 의해 축축한 소음과 삐걱거리는 매트리스의 박자가 절묘하게 맞아 떨어졌다. 침대 위에 긴 밤이 머물렀다.

* * *

집채만 한 바위 앞에서 검을 꺼내든 차민혁이 허공에 燠자를 휘갈기자 붉은 글씨가 되어 바위 표면에 음각으로 패였다. 용암이 뚝뚝 흐르는 모양새로 파인 글씨에서 연기가 피어오르더니 꿈쩍하지 않을 것 같은 바위가 스르륵 옆으로 비켜났다.

이곳은 무광산에 위치한 게이트였다. 원래 안대영이 열었으나 귀찮다고 차민혁에게 전권 위임한 이후 자연스럽게 이곳의 문지기 일까지 하게 되었다. 소용돌이처럼 돌아가는 이계의 결계 앞에 선 차민혁과 김석호가 짠 것처럼 코밑을 슥 훔쳤다.

"여기로 들어가면 5지옥으로 빠지던가?"

저 속에 빨려 들어가려니 차민혁도 찝찝해서 괜히 한 소리였다.

무광산의 게이트는 여덟 번째 지옥과 연결된다. 그러나 지옥의 게이트가 여러 곳이었기에 따로 지정하지 않는 경우 랜덤으로 떨어졌다. 차후 탄생한 열한 번째 지옥은 반드시 타 지옥의 게이트를 굽이굽이 통과하여야 당도할 수 있었다. 후발대는 이래서 번거롭다. 김석호는 용감하게 한 발 내딛었다.

"가자. 차 장군아."

"야. 왕자님 진짜 뒤따라오는 거 맞냐?"

"오실 거야. 초량이도 온다고 했으니까."

"좆같네. 걔 오면 존나 시끄러운데."

투덜투덜거리면서도 김석호보다 앞서 게이트로 출입한 차민혁이 번지점프라도 하는 양 훌쩍 뛰어내렸다. 삽시간에 결계로 빨려 들어간 몸이 곧바로 사라졌다. 겁 많은 김석호는 눈을 질끈 감고 뒤이어 뛰어내렸다.

빙글빙글 돈다. 어린애들 뛰어 노는 놀이터의 미끄럼틀처럼 회전 구조로 만들어진 구간을 지나니 명부 특유의 냄새가 코끝을 스쳤다. 유황과 모래 바람이 섞인 기묘한 냄새. 김석호는 낯익은 고향의 냄새에 질끈 감았던 눈을 떴다.

그의 몸은 비행기를 타고 있는 듯 명부의 하늘에 붕 떠 있었다. 투명한 막으로 이루어진 구간 밖에 붉은 새가 끼루룩 울며 날아갔고 아래는 드넓은 삼도천이 펼쳐졌다. 음울한 장송곡이 울려 퍼진다. 유람선을 기다리는 망자들이 하늘을 날아다니고 있을 김석호와 차민혁을 물끄러미 올려다보았다.

고속도로에서 최대로 밟는 듯 재빠른 속도로 삼도천을 건너 여덟 번째 지옥의 8게이트에 다다르자 둘은 괴물의 입에서 토해져 나오듯 꼴사납게 던져졌다. 그나마 차민혁은 운동 신경이 뛰어나 추하게 넘어지진 않았으나, 김석호는 짱돌처럼 굴러가다가 철퍼덕 엎어져 고운 흙을 한 움큼 퍼먹는 꼴이 되었다. 근육이 아깝다.

"아, 멀미 씨발. 야, 멀미 존나 심한데 너 저번에 버스 보낼 때 편하다고 구라 쳤지. 망자들이 네 욕 존나 했을걸. 너 오래 살겠다."

옷을 탁탁 털며 일어난 차민혁이 정면의 무사들을 보고 아직도 엎어져 있는 김석호에게 게걸음으로 다가가 발끝으로 툭툭 쳤다.

"야야. 일어나서 귀환서 꺼내. 얼른."

복화술이었다.

그들의 앞을 가로막은 무사들의 수가 어마어마했다. 무사뿐이랴. 삼지창을 든 문지기가 셋이었고, 하늘과의 화친에서 얻어 온 머리 세 개 달린 개새끼들까지 왈왈거리며 짖고 있었다.

김석호는 죽은 듯이 엎어져 있다가 차민혁에게 들릴 만큼 '쪽팔려……'

라고 말하더니 아무 일 없었다는 듯 태연한 척 땅에 손을 짚었다.

"어찌하여 인간의 몸을 하고 명부에 출입하는가!"

불호령이 떨어질 줄 알긴 하였어도 평등왕의 지옥이라 방심한 게 문제였다. 쪽수가 후달린다는 차민혁의 복화술이 이어졌다. 그러나 무사의 본새가 있으므로 김석호의 앞을 가로막은 차민혁이 날카로운 검 끝을 그들에게 겨누었다.

"떼씹이라도 하자는 거야, 뭐야. 너희 따위가 어딜 가로막아."

안대영에게 고대로 배워 온 말투였다. 싸가지 예술 점수로 10점은 먹고 들어갔다. 여의주를 문 용이 휘감긴 차민혁의 검 앞에선 제아무리 용맹한 무사라 할지라도 감히 달려들지 못했다. 영 왕자가 저 자에게 직접 하사했다는 검이다. 덤볐다간 뼈도 못 추릴 것이었다.

"귀환서입니다. 다들 물러나시지요."

쪽팔림을 뒤로 미뤄 둔 김석호가 영장을 들이미는 형사처럼 그들에게 귀환서를 펼쳐 보였다. 염라의 직인이 찍힌 채 북산에서 발행된 정품 귀환서를 확인한 그들이 주춤하였다.

"평등왕 님을 불러 주십시오. 그리고 이것은 여러분을 비롯하여 명부 전체를 아우르는 영 왕자님의 전언입니다."

전언? 차민혁은 따로 들은 게 없었다. 왜 너한테만 전언 같은 걸 남겨? 같은 편이 의심을 내보여도 큼큼, 목을 가다듬은 김석호가 단전에서부터 우렁찬 소리를 끌어내었다.

"뒤지고 싶으면 내 새끼들 건드려. 어디 한번 나대 봐. 곱겐 안 죽여."

물론 뻥이었다. 안대영이 저를 '내 새끼'라고 부를 리가 없단 사실을 아는 차민혁은 심드렁한 표정이 되었다.

그러나 이 공갈 협박은 효과가 꽤 좋아서, 그들은 주춤하는 것으로 모자라 모세의 기적처럼 양쪽으로 갈라섰다. 개도 말을 알아듣는지 머리 세 개가 일제히 끼이잉, 하며 뒷걸음질 쳤다.

"왔니?"

만들어진 길로 평등왕이 담뱃대를 문 채 자박자박 걸어왔다. 뒤이어 이차남이 졸졸 따라오다가 작게 손을 흔들어 보였다. 서둘러 예의를 차리는 김석호와 달리 차민혁은 검을 넣으며 묵례해 보이기만 하였다. 평등왕이 뿜어내는 푸르스름한 연기가 매캐했다.

"따라오렴. 너희는 각자의 위치로 흩어지고."

썰물처럼 빠져나간 여덟 번째 지옥의 일원들이 모래바람을 일으켰다. 어푸, 어푸. 오랜만에 내려온 명부는 제집처럼 편안해야 마땅한데 어째 가시방석처럼 불편하다. 그새 이승에 적응해 버린 탓인가, 아니면 불길함에 의한 건가.

"잘 지냈느냐."

"저희는 늘 똑같죠."

"영이 어지간히 귀찮게 했나 보구나."

"귀찮진 않았습니다. 단지 워낙 사랑꾼이셔서."

태평한 차민혁은 평등왕에게도 뒷담화를 아무렇지 않게 흘렸다.

"차남아. 가져온 것 꺼내라."

"예에. 받아라, 김 책사야. 대왕님이 극진히 보관해 주셨던 네 물건이다!"

"아, 부채. 감사합니다."

털끝 하나 상하지 않았다. 쫙 펴진 부채를 꼼꼼히 살핀 김석호가 오랜만에 만난 분신을 품에 소중히 안았다.

발길이 닿은 곳은 도리천이었다. 명부에서 가장 아름답기로 소문난 도리천은 어째서인지 짙은 어둠이 깔려 있었다. 영롱한 달빛이 쏟아져야 할 곳이 저 아래의 지하 감옥처럼 캄캄하고 어두웠다. ……게다가.

"달이 어째서……."

항상 샛노랗던 달이 핏빛으로 물들어 있었다. 뒷짐 진 평등왕이 달을 등지고 섰다.

"열한 곳의 지옥이 균등한 힘을 이루어야만 밝게 뜨는 달이 피를 머금고 있으니 곧 수명을 달리하겠지."

"말씀이시라면……."

"영이 너희를 먼저 보낸 이유를 점찍어 볼까. 흐음. 지옥을 무너뜨리기 위함이냐?"

김석호는 말문을 닫아 버렸다. 동시에 안대영이 평등왕을 아군으로 돌린 까닭도 금세 이해되었다. 평등왕은 눈치가 엄청나게 빠르다. 사태를 발 빠르게 읽고 영 왕자에게 무릎을 꿇음으로서 진작 살길을 찾은 것이었다.

"그렇다면 영이 내 목숨을 앗아 가지 않겠다는 약조 또한 이와 관련이 되었을 것이고……."

평등왕이 담뱃대를 건네자 이차남은 공손히 받아 멀찍이 떨어져 있었다. 책사조차 듣지 않겠다는 의지라면, 이것은 분명한 밀담이었다.

"이승에 남은 악귀가 그리도 부르짖던 새로운 세상은 영이 개척하겠구나."

"잘못 아시는 게 있으신데요. 왕자님은 권력 욕심이 없으십니다. 그런 쪽으로는 굉장히 투명하신 분입니다."

대꾸한 자는 뜻밖에도 차민혁이었다.

"그냥 이 새끼나 저 새끼나 다 좆같으신 겁니다. 그리고 그건 저도 동의하는 바입니다."

"이무기가 승천한 후에 위협 받길 바라지 않으세요."

즉각 순화하여 덧붙인 김석호가 무례를 저질렀을까 싶어 차민혁 대신 고개를 조아렸다. 다행히도 평등왕은 불쾌한 기색이 아니었다.

"영의 연정은 못과 같다. 어둡고, 깊고, 속을 알 수 없지."

"……."

"염라께서 영을 양자로 받아들인 연유가 무엇이겠느냐. 반란을 막고 싶으셨던 게야. 영은 이무기의 운명을 바꾸었지만, 염라는 명부의 운명을 바꾸지 않았다. 그것이 둘의 상극이기도 하고."

"……."

"달은 실컷 봐 두어라. 비록 피를 흘리어도 도리천의 상징이니까."

인사 없이 멀어지는 평등왕의 뒷모습을 한없이 바라보던 김석호가 잊지 않고 챙겨 온 자료를 꾹 쥐었다. 평화 협정은 물 건너간 지 오래다. 새삼 막중한 임무였다. 명부를 흔들어라.

"야. 나 처음으로 그런 생각이 들었는데."

"뭐?"

철퍼덕 앉은 차민혁이 고요한 수면을 응시했다.

"이무기 존나 불쌍하다고. 저 안에서 천 년 가까이 숨어 있었으니 교수님도 그런 성격이 안 되고 배기냐."

"그러니까 일이 번복되지 않으려면 우리 몫을 잘 해야 돼."

거기엔 뒤따라오는 대답이 없었다. 다만 마른세수를 할 뿐이었다. 마치 어미와 형제를 모두 잃은 이무기가 겪었을 고독과 절박의 잔상이 수면에 남아 있기라도 한 것처럼.

도리천은 이무기를 가두기 위한 찬란하고 아름다운 감옥에 불과했다.

차민혁은 어쩐지 영 왕자의 분노를 조금이나마 이해할 수 있을 것 같았다. 나 같아도 대가리 빡돌지.

* * *

끼이익. 갓길에 깜빡이를 켠 차 한 대가 섰다. 운전석에서 내리는 사람은 볼캡을 깊게 눌러 쓴 안대영이다. 세상모르고 곯아떨어진 정은규가 깨어나기 전에 돌아갈 생각이라 성큼성큼 걷는 보폭이 유독 컸다.

분홍색 외관에 아기자기한 글씨로 '디저트 공방'이라 적힌 간판 아래의 유리문을 열고 들어가자 유행하는 발라드가 잔잔히 흘렀다. 협소한 공간이 온통 빵 단내 천지다. 단맛이라곤 초코에만 반응하는 미뢰를 가지고 있는지라 옷에 냄새가 배기 전에 나가고 싶었다.

안쪽 커튼을 열고 나온 파티셰가 쇼케이스 안의 조각 케이크를 흥미 없이 구경하고 있던 안대영에게 친절히 미소 지었다.

"어서 오세요. 예약하셨나요?"

"김석호로 예약했을 겁니다."

"잠시만요……."

모니터에 덕지덕지 붙은 포스트잇 가운데 하나를 떼어 내더니 커튼 안으로 들어가 케이크 상자를 가지고 온다. 상자의 크기가 작다. 힐끔 들여다 본 안에는 치즈 케이크 위에 빨간 딸기 콤포트가 먹음직스럽게 올라가 있다. 지갑을 꺼낸 안대영에게 파티셰가 손사래 쳤다.

"계산은 주문하실 때 미리 하셨어요."

이 새끼가 시건방을 떨었네. 지가 왜 계산해. 표정이 딱 그리했다. 그러나 원체 볼캡을 깊게 눌러쓴 터라 타인이 그 못마땅한 표정을 알아차리진 못했다.

"초는 몇 개 필요하실까요?"

초. 생각 안 해 봤다. 이승에서는 생일 케이크에 불 켜진 초를 꽂고 노래를 불러 주는 게 관례라고 하였나. 그래도 저딴 못생긴 일반 초는 꽂기 싫었다.

"필요 없고 이거나 계산해 줘요."

'HAPPY BIRTHDAY!'가 적힌 토퍼를 내밀려다가 그 옆에 애들이나 쓸 법한 고깔을 하나 들고 왔다. 쓰지 않겠다고 단칼에 거절하겠지만, 써 달라고 약한 척을 할 생각이다. 싫어할 정은규의 안면 근육이 마구 씰룩이는 모습이 상상돼 기분이 좋아졌다. 아무래도 개변태 새끼가.

그러면서 안대영은 쇼케이스 안의 생초콜릿 세트를 가리켰다.

"그리고 이것도."

잠시 후 딸랑, 종소리를 울리며 가게를 나온 안대영의 양손은 달다구리가 한가득이었다. 보냉 포장된 초콜릿과 케이크를 조수석에 내려놓은 뒤 탄산수 뚜껑을 따 마시며 핸들을 돌려 도로에 파고들었다. 목을 타고 넘어가는 탄산이 따갑다.

안 하던 짓을 하려니 닭살이 자글자글 돋는다. 인간은 안 하던 짓을 하면 죽을 때가 된 거라는데. 아, 인간이 아니라 상관없는 이야기인가.

그러니까 이런 간지러운 행동이 적응될 때까지 정은규는 내 옆에 있어야 한다. 적응한 후에도 마찬가지고.

이쪽은 와 보지 않아서 밀리는 구간에 들어서자마자 안대영은 샛길로 빠져 밟았다. 피우고 있던 담배가 반절 남은 탄산수 안으로 퐁당 들어가 피시시 젖었다.

-크리스마스가 코앞으로 다가왔습니다. 모두의 축제인데요. 저작권법으로 인해 거리에 흘러나오는 캐럴은 이전보다 줄어들었지만, 성대한 트리를 바라보는 연인의 모습은 행복이 가득해 보입니다. 특히 시청 광장에는 국내 가장 큰 트리가 설치되어 관광객의 발걸음이 끊이지 않고 있습니다. 포토존을 사수하려는 열띤……

TV에 송출한 뉴스가 라디오 버전으로 편집되어 조용한 차 안에 흐른다.

똑같은 하루를 살아가는 이들은 셀 수 없이 많았다. 그들 각자의 삶과 죽음은 전혀 관심 없다. 하지만 그들이 보낼 평탄한 하루는 안대영이 목표에 두고 있는 것이었다. 보통이라 불릴 수 있는 범주 내의 평범함. 알고 보면 그게 제일 어려운 거다.

쳇바퀴같이 돌아가는 삶의 측면은 뾰족한 모서리로 이루어져 있다.

그러나 대부분의 인간은 모서리의 존재를 깨닫지 못했다. 신이 인간을 창조할 때 고통이란 감각을 심었음에도 망각의 동물이라 불리는 뜻이 무엇이겠는가. 굴레가 만들어지는 원리란 참으로 간단하다.

닭장 같은 빌딩숲과 칸막이에 가둬진 사람들. 새벽같이 일어나 하루를 보낼 곳으로 출발하는 사람들. 그 외 각자의 삶을 사는 사람들. 매일이 똑같은 쳇바퀴의 굴레.

알고 보면 삶이란 별거 없다지만, 그 별거 아닌 삶을 절실히 원하는 누군가가 존재하기 마련이다. 정은규가 그랬고, 이제는 안대영도 거기에 포함되었다.

전방 유리에 빗방울이 한두 방울씩 토독 떨어졌다. 방울이 제법 크다. 지나가는 빗방울일지언정 정은규와 관련된 이상 가볍게 넘길 수 없었다. 이딴 상념을 떠올릴 때가 아니었다.

빨간불이 들어온 신호를 무시하고 내달리다가 방지 턱 앞을 가로막고 선 악귀를 거침없이 치었다. 찍소리도 못하고 몸이 찢긴 악귀가 아스팔트를 기었다.

상념을 벗어던진 안대영의 눈 속에 불이 피어오른다.

사이드미러에 비친 악귀는 그뿐만이 아니었다. 신체라고 부를 수 없는 고깃덩이들이 기이하게 꿈틀거리고 있었다. 그러나 평소 처리하던 악귀의 생김새와 조금 달랐다.

산산조각이 나서 제대로 구별할 순 없었지만, 짧은 시간에 파악한 바로는 머리에 뿔이 달렸고 이빨이 코끼리의 상아처럼 컸다. 명부 짓이 아니다.

차민혁과 김석호, 초량까지 명부로 보낸 것은 일의 순서를 정해 하나씩 처리하기 위함이었다. 간이 배 밖으로 나오지 않은 이상 이승에 올라와 내게 덤빌 순 없다. 씨발 조질 것들이 한둘이어야지.

머리에 박힌 특유의 뿔과 비늘로 유추해 보건대 이것들은 하늘의 사탄인 뱀 새끼의 뒤를 닦아 주는 것들이다. 제게 이만큼 붙었다면, 삼엄한 결계로 인해 드나들 수 없는 집 밖에도 깔려 있을 확률이 높았다.

이것들이 어디서부터 따라오기 시작했을까.

여태 볼 수 없는 광경이었다. 대낮의 도로에서 로드킬 당해 잘린 시체들이 우글우글 기어 다니는 꼴이야 익숙했어도 그 대상이 하늘의 악귀였던 적은 없었다. 악의 힘이 이렇게나 커졌다면, 베드로가 그들이 원하는 '새로운 세상의 왕'이 될 준비를 마쳤다는 뜻으로 볼 수 있다. 그리고 그 새끼들이 남겨 둔 목표는 정은규 하나다.

안대영은 찰나에 느슨했던 표정을 지웠다. 더는 작은 것 하나라도 무시할 수 없었다.

글로브박스를 열어 얌전히 잠들어 있는 도구를 꺼내 탁 펼치자 몽둥이의 형태였던 것이 손도끼가 되었다. 적시적기의 사태를 대비해 가진 차마다 예비로 넣어 두었던 무기였다.

차에서 내리기도 전에 달려들 테니 근거리에서는 검보다 도끼가 용이하다. 가벼워 보이지만 무게가 육중하게 나갔다. 확실히 검보다 많이 무겁다. 뒷좌석에 누워 쓰임을 기다리고 있는 검이 역시 자기만 한 무기가 없지 않느냐며 의기양양하게 구는 듯했다. 맞는 말이다. 비상용이 괜히 비상용이라고 불리겠는가.

도끼의 날을 살피고 도로 접어 조수석 바닥에 내던졌다. 그 바람에 세워 두었던 와인 병이 쓰러져 뒹굴었다. 이런 와중에도 악귀는 안대영이 피리 부는 소년이라도 된 것처럼 부지런히 몰려들고 있었다. 언제, 어디서, 어떻게로 이어지는 공식은 더 이상 중요한 점이 아니었다.

* * *

'신부님은 왜 구마 사제가 되셨어요?'

베드로 신부의 컨디션은 좋고 나쁨이 명확했다. 구마 의식을 한 직후의 컨디션이 가장 나빴으며, 피부가 온전치 않은 기간은 그때그때 달랐다. 그러다가 어느 날이면 멀쩡해져서 휠체어 없이도 산책을 한 시간 넘게 하였다.

'또 내가 네게 이르노니 너는 베드로라 내가 이 반석 위에 내 교회를 세우리니 음부의 권세가 이기지 못하리라(마16:18).'

'무슨 말씀이신지 모르겠습니다.'

차라리 어려운 수학 문제를 냈으면 하였다. 성경은 집중해서 들으려고 해도 한 귀로 흘리고 말았다. 게다가 함축적 의미가 담긴 문장은 더더욱 이해하기 어렵다.

'그리스도께서 내게 내린 축복이란다. 나는 그 축복을 마땅히 이행하고 있지. 선한 사람을 악으로부터 구원하는데 별다른 이유가 있겠냐.'

'그 사람들 살리느라 신부님 몸은 아프시잖아요.'

'은규야. 너무 많은 걸 담아 두려고 하지 마라. 그리고 꿈이 의사라는 놈이 그런 말을 하면 어째. 너야말로 왜 의사가 되고 싶은 거냐.'

'돈 많이 번다고 해서요. 그리고 너무 바빠서 아무 생각도 안 든대요.'

'얼씨구. 성당에 사는 놈이 때가 묻었네. 나중에라도 누가 물어보면 이렇게 대답해라. 사람을 살리는 일이 보람차서 선택한 직업입니다, 라고.'

'그건 거짓말이에요. 겪어 보지 않았는데 보람을 어떻게 미리 느껴요. 확신할 수 없는 말은 안 합니다.'

'그러니까 의사 가운 입게 되면 말이야, 자식아.'

또 휘말렸다. 진득하게 대화를 이끌어 나가려고 시도하면 베드로 신부는 항상 유들유들한 태세 전환을 시켰다. 무어라 받아치려던 정은규는 이번에도 입 밖으로 내뱉길 포기한다. 거듭 떠올려 봐도 희생적인 행동이 도무지 이해가 안 되었지만, 그것이 신부님의 인생이려니 하고 넘어가야 속이 편했다.

주제넘은 말일 수도 있겠지만, 전 신부님이 악마가 실린 사람을 살리는 게 보람차 보이지 않았어요. 단 한 번도요.

어릴 때 막연하게 커 보였던 베드로 신부는 어느덧 제가 내려다볼 정도로 작아졌다. 제대로 말하면 성장기의 정은규가 훌쩍 컸다는 쪽이 옳지만, 어쩐지 베드로 신부가 점점 쪼글쪼글해지고 있다는 느낌을 지울 수 없었다.

이러면 안 되는데 산에서 보았던 악귀들이 떠올랐다. 신부님도 그것들처럼 점점 작아지다가 새까만 덩어리로 남을까 봐, 사람을 구하고자 행하는 의식이 키워 준 은인을 잡아먹게 될까 봐 두렵다고, 열아홉을 앞둔 정은규는 차마 입술이 떨어지지 않았다.

"ㅅ…… 신부…….."

잠꼬대가 귓속에 들렸다. 업어 가도 모를 만큼 깊게 잠들어 있었는데 몸이 먼저 깼다. 팔을 휘저어 옆이 빈 것을 확인한 정은규가 무거운 눈꺼풀을 들어올렸다. 아니나 다를까 안대영은 옆에 없었다. 또 어딜 갔을까. 잠이 많다고 스스로 말한 것치고 그는 굉장히 부지런했다.

몸을 일으키려다 사정없이 몰아치는 근육통에 소리도 지르지 못하고 기겁한 정은규가 일단 손발은 멀쩡히 달려 있는지 위아래를 훑었다.

신체는 멀쩡하다. 곳곳에 수놓은 입술 자국과 하도 빨려 퉁퉁 부어 버린 유두를 제외하면 외관상 그럭저럭 봐 줄 만했다. 가랑이 사이가 더럽게 아프다.

온종일 누워 있을 수만은 없는 터라 핸드폰만 겨우 가져왔다. 짧은 거리임에도 욱신거리는 통증이 수반돼 식은땀이 날 지경이었다. 나하고만 있어 달라는 안대영의 말이 빈말은 아니었던 모양이다. ……골반 빠진 것 아닌가. 답지 않게 엄살까지 피웠다.

병원으로부터 연락은 민 교수의 문자 한 통이 전부였다.

[세미나 잘 다녀와라. 많이 배우고 와.]

자조적인 웃음이 짧게 스쳤다. 글쎄요. 세미나였으면 제가 이러고 있진 않았겠죠.

아픈 허리를 퉁퉁 두드려 보다가 그것조차 안 되겠어서 도로 누운 정은규는 시트가 홀랑 벗겨진 옆 침대와 보송보송한 몸을 번갈아 보았다. 섹스 하는 동안 네 번을 쌌다. 마지막은 방전된 체력으로 기절 직전까지 몰아쳤던 터라 안에 사정당하는 감각과 함께 정신을 놓았다.

내가 네 번을 쌌으면, 대영 씨도 그만큼 쌌다는 건데 씻겨 줄 체력이 남아 있었나. 여러모로 대단하다. 정은규는 본인을 이렇게 만든 화제의 주인공에게 전화를 걸었다. 일련의 행동이 물 흐르듯 자연스러웠다.

-어, 은규야. 일어났어?

시끄럽다. 그리고 괴성이 들렸다. 사람의 아우성과는 무척 거리가 먼, 괴수의 울부짖음이었다. 무어라 속닥속닥 떠드는 대화도 들렸다. 그런 와중에 안대영의 목소리는 평화롭기 그지없었다. 마치 현장의 방관자처럼.

"어디예요……."

-주차장. 집 밖으로 나오지 마. 누가 벨을 누르든 말든 무시해. 몸도 아플 텐데 침대에 누워 있어.

"예? 무슨 말이에요. 그보다 이 소리는 뭡니까, 괜찮아요?"

잠이 확 달아났다. 티셔츠를 꺼내 목을 통과시키고 팔을 끼워 넣는 정은규의 귀에 인터폰 벨소리가 들렸다. 눈매가 가늘어진다.

-괜찮아. 그리고 이번엔 부탁이 아니라 명령이야. 나오지 마.

띠링. 띠링. 인터폰이 계속 울린다. 겨우 일어난 정은규가 절뚝거리며 안방의 문지방을 밟았다.

쾅쾅쾅. 인터폰으로 부족해 이젠 현관문을 부술 듯 두드리고 있었다. 낯설지만 익숙한 일이다. 이건 귀신들이 자기를 괴롭힐 때 쓰는 방법 중 하나였다.

"……귀신입니까."

-걔네랑 결이 좀 달라. 금방 올라갈 테니까 기다려. 볶음밥이나 만들든지.

전쟁터에 서 있으면서 농담 할 여유가 있나.

웃음 섞인 통화가 끝나자마자 정은규는 문지방을 넘어 거실에 다다랐다. 인터폰 화면에는 아무도 없었다. 그럼에도 벨소리는 돌림노래처럼 울렸다. 정은규는 인터폰 앞에 서서 귓속에 파고드는 여러 소리를 가만히 들었다.

전화할 때도 들렸던 속닥거림은 영어가 아니었다. 라틴어와 히브리어, 또는 헬라어. 그 계열인 듯했다. 알지 못하는 언어라 정확히 구분할 수 없었지만, 그들의 대사는 한국어로 번역된 것처럼 선명하게 전달되었다.

「먹어 치운다.」

「먹어 치우겠어.」

「이 문을 열고 널 먹어 치우겠다.」

삐걱거리는 고개가 거실 창밖에 돌아갔다. 그리고 정은규는 보았다. 거실 창밖에 우글우글한 것은 여태 보지 못한 종류의 귀신이었다. 비늘로 덮인 몸에 괴상한 뿔이 달린 그것들은 새빨간 혀를 길쭉하게 내민 채 결계 밖에서 창문 쪽으로 바글바글 덤벼들고 있었다. 정은규와 눈이 마주치자 더욱 결계를 뚫으려 발악한다.

쾅쾅쾅. 쾅! 쾅쾅. 밖에서 두드렸음에도 현관문 안쪽에 손자국이 더 덕덕덕 묻는다. 보랏빛이 도는 액체가 손자국을 타고 줄줄 흘렀다. 시큼한 포도주 냄새가 풍겼다.

「왕이 너를 기다리고 있음이라.」

그들의 포도주는 뱀의 독이요 독사의 악독이라. 신명기 32장 33절에 등장하는 구절이다.

본 적도 없지만, 불현듯 단어가 떠올랐다. 저것들은 악마다. 정은규의 시선이 닫힌 작은 방에 닿았다.

〈다음 권에 계속〉